深海余烬

『1』失乡的幽灵

远瞳 ▶ 著

DEEP SEA EMBERS

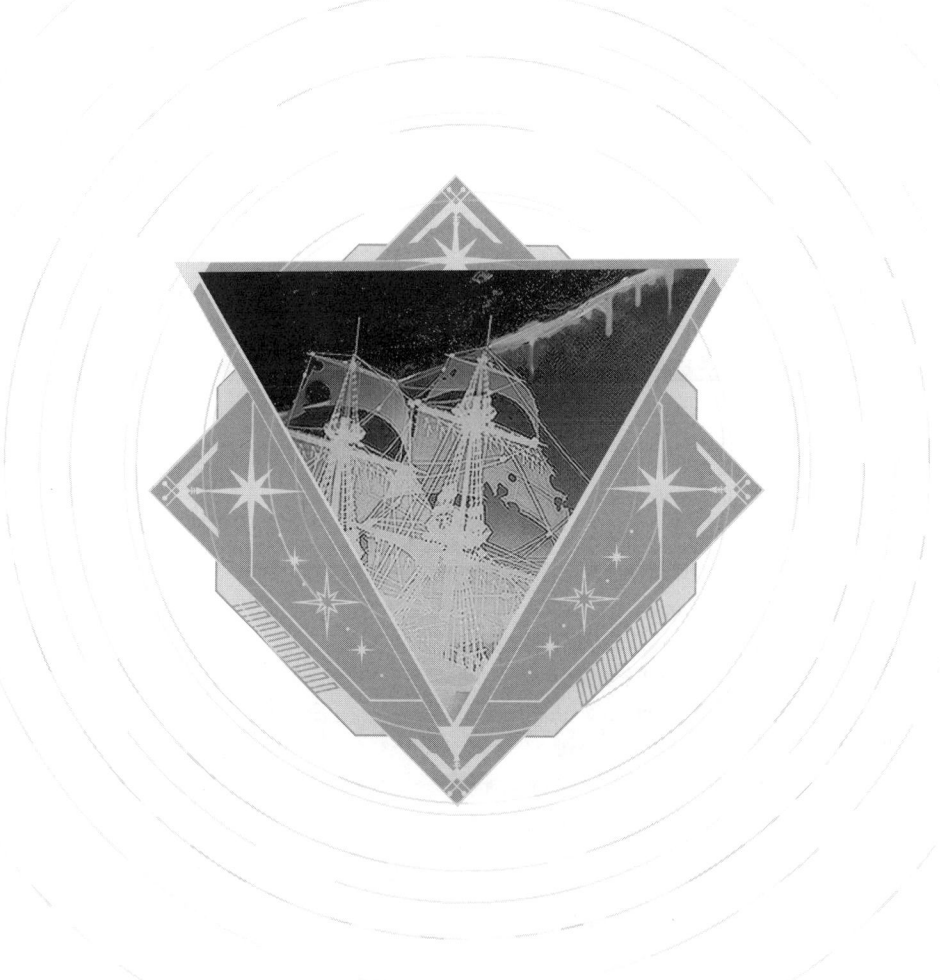

湖南科学技术出版社 · 长沙

图书在版编目（CIP）数据

深海余烬. 1，失乡的幽灵 / 远瞳著. -- 长沙 ： 湖

南科学技术出版社，2025. 6. -- ISBN 978-7-5710-3525-9

Ⅰ. I247.5

中国国家版本馆 CIP 数据核字第 2025B8Q013 号

SHENHAI YUJIN . 1 SHIXIANG DE YOULING

深海余烬. 1 失乡的幽灵

著　　者：远　瞳

出 版 人：潘晓山

策划编辑：曾志远

责任编辑：曾志远　何苗

出版发行：湖南科学技术出版社

社　　址：长沙市芙蓉中路一段 416 号泊富国际金融中心

网　　址：http://www.hnstp.com

湖南科学技术出版社天猫旗舰店网址：

　　　　　http://hnkjcbs.tmall.com

邮购联系：0731-84375808

印　　刷：长沙超峰印刷有限公司

　　　　　（印装质量问题请直接与本厂联系）

厂　　址：宁乡市金洲新区泉洲北路 100 号

邮　　编：410600

版　　次：2025 年 6 月第 1 版

印　　次：2025 年 6 月第 1 次印刷

开　　本：710 mm×1000 mm　1/16

印　　张：20.5

字　　数：375 千字

书　　号：ISBN 978-7-5710-3525-9

定　　价：49.80 元

序
Preface

　　最初构思《深海余烬》的时候，我并未想过它作为一部"小说"最后会走到哪一步——作为文学作品的高度？作为商业作品的价值？这些是我极不擅长考虑的事情。从十几年前第一次尝试在网络上写故事的那天起，我喜爱且擅长的，一直以来就只是讲故事——讲一个我喜欢的，也希望大家能喜欢的故事。

　　在《深海余烬》这个故事里，幽灵船"失乡号"宛如漂泊在无尽黑暗中的孤舟，承载着船长邓肯与一群身世各异的船员。他们穿梭于扭曲的时空、诡异的海流，每一次与未知的交锋，都似命运沉重的锤击，却也锤炼出人性中最闪耀的光芒。每一页文字，都是他们在绝境中挣扎、探索的足迹——而这些足迹，最终会通往光明的新纪元。

　　我着迷于描绘人类灵魂在重压之下的模样，试图借邓肯等人的经历，探寻希望的真谛。在那看似永夜的深海之上，他们未曾被绝望吞噬，反而以勇气为火种，点燃了冲破黑暗的希望之光。这份对希望的执着坚守，正是我想传递给每一位读者的力量。

　　一路走来，《深海余烬》能收获如今的成绩，离不开无数读者的陪伴与支持。你们的热情反馈，是我创作之路上的熠熠星光，照亮了我前行的方向。如今实体书问世，愿它成为一座桥梁，让你们能更真切地触摸到那个神秘的深海世界，感受其中的热血与感动。

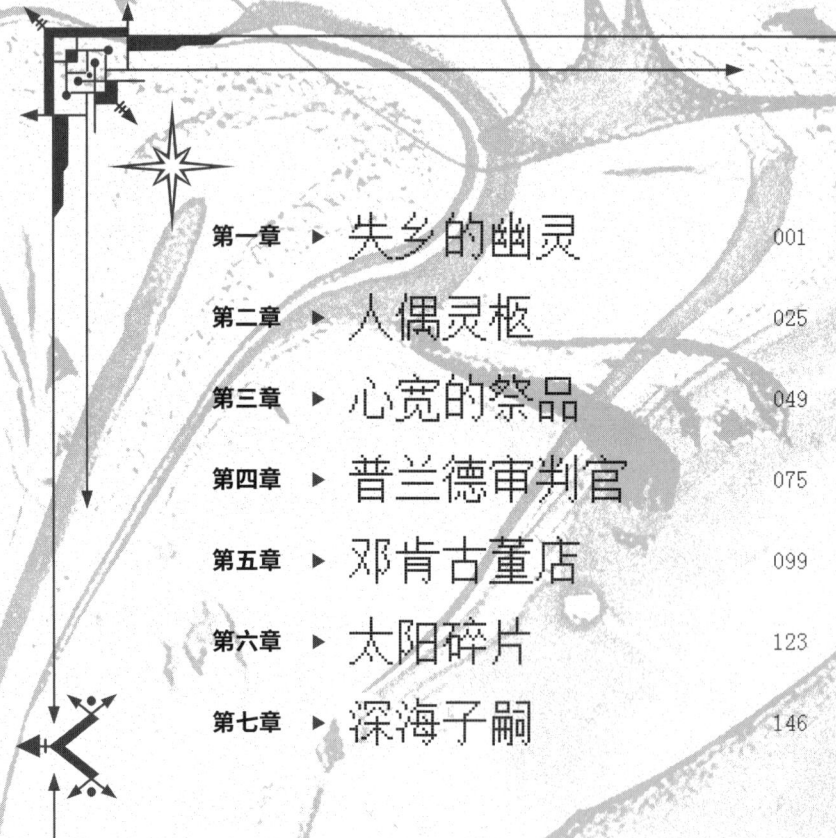

DEEP SEA EMBERS

目　录

CONTENTS

一本书，一场远航，一次冒险，一份礼物

▶ 第一章

失乡的幽灵

无边无际的浓雾在窗外翻滚，浓郁得仿佛整个世界都已经消失在雾的彼端。混沌未明的天光穿透雾气照进屋来，让这安静的房间维持着一种半昏半明的状态。

略显凌乱的单身公寓内，周铭伏案桌前，桌上的杂物被粗暴地推到了一旁，而形容憔悴的他正在奋笔疾书："第七天，情况没有任何改变，浓雾笼罩着窗外的一切，窗户被不知名的力量封锁……整个房间仿佛被什么东西给整个'浇铸'进了某种异常的空间里；没办法与外界联系，也没有水电，但电灯一直亮着，电脑也能打开——尽管我已经拔掉了它的电源线……"

仿佛有轻微的风声突然从窗户方向传来，正埋头在日记本上书写的周铭猛然间抬起了头，憔悴的双眼中微微亮起光来，然而下一秒他便发现那只是自己的幻觉，那扇窗外仍旧只有盘踞不散的苍白浓雾，一个死寂的世界冷漠地笼罩着他这小小的蜗居之所。他的目光扫过窗台，看到了被胡乱丢弃的扳手与铁锤——那是他过去几天里尝试离开房间的痕迹，然而现在这些坚硬粗笨的工具只是静静地躺在那里，仿佛在嘲讽着他的窘迫局面。

几秒钟后，周铭的表情重新变得平静下来——他再次低下头，回到自己的书写中："我被困住了，完全没有头绪的困局，过去几天里，我甚至尝试过拆掉屋顶、墙壁和地板，但用尽全身力气也没能在墙面上留下一丁点痕迹，这房间变得像是……像是一个和空间'浇铸'在一起的盒子，没有任何出路……"

"除了那扇门。"

"但那扇门外的情况……更不对劲。"

周铭再一次停了下来，他慢慢审视着自己刚刚留下的字迹，又有些漫不经心地翻动日记本，看着自己在过去几天里留下的东西——压抑的言语，无意义的胡思乱想，烦躁的涂鸦，以及强行放松精神时写下的冷笑话。他不知道自己写下这些有什么意义，不知道这些胡言乱语的东西将来能给谁看，事实上他甚至都不是一个习惯写日记的人——作为一个闲暇时间相当有限的中学教师，他可没多少精力花在这上面。但现在，在一觉醒来之后，他被困在了自己的房间，不管愿不愿意，他有了大把的闲暇时间。窗外是不会消散的浓雾，雾气浓郁到甚至根本看不见除了雾之外的任何东西，整个世界仿佛失去了昼夜交替，二十四小时恒定的、昏昏沉沉的光线充斥着房间，窗户锁死，水电中断，手机没有信号，在房间里搞出再大的动静也引不来外界的救援。

仿佛一个荒诞的噩梦，梦中的一切都在违背自然规律运转，但周铭已经用尽了所有的办法来确定一件事：这里没有幻觉，也没有梦境，有的只是不再正常的世界，以及一个暂时还算正常的自己。他深深吸了口气，目光落在房间尽头那唯一的一扇门上。

普普通通的廉价白色木门，上面还钉着他从去年就忘记换下来而一直留到今天的日历，门把手被磨得锃亮，门口脚垫放得有些歪——那扇门可以打开。如果说这封闭异化的房间如同一个囚笼，那么这囚笼最恶毒之处莫过于它其实保留了一扇随时可以推开的大门，在时时刻刻引诱着笼中的囚徒推门离开——那大门对面并不是周铭想要的"外面"。那里没有陈旧却亲切的楼道走廊，没有阳光明媚的街道与充满活力的人群，没有他所熟悉的一切。那里只有一个陌生而令人心生不安的异域他乡，而且"那边"同样是个无法摆脱的困境。

周铭知道，留给自己犹豫的时间已经不多了，所谓的"选择"从一开始就不存在。他的食物储备是有限的，矿泉水也只剩下最后四分之一桶，他已经在这封闭的房间中尝试过了所有脱困、求救的手段，如今摆在他面前的路只有一个，那就是做好准备，去门的对面求得一线生机。或许，还能有机会调查清楚到底是什么原因造就了如今这诡异窘迫的超自然局面。

周铭轻轻吸了口气，低下头在日记本上留下最后几段文字："……但不管怎样，现在唯一的选择都只剩下了前往门的对面，至少在那艘诡异的船上还能找到些吃的东西，而我过去几天的探索和准备应该也足以让自己在那艘船上生存下来……尽管我在那边能做的准备其实也实在有限。"

"最后的最后，致后来者，如果我没能回来，而未来的某一天真的有什么救援人员之类的人打开了这间房间，看到了这本日记，请不要把我所写下的这一切当成一个荒诞的故事——它真的发生了，尽管这令人毛骨悚然，但真的有一个名叫周铭的人，被困在了疯狂诡异的时空异象里面。"

"我尽己所能地在这本日记中描述了自己所见到的种种异常现象，也记录下了自己为脱困而做出的所有努力，如果真的有什么'后来者'的话，请至少记住我的名字，至少记住这一切曾经发生过。"周铭合上了日记本，把笔扔进旁边的笔筒，慢慢从桌后站起身来。

是离开的时候了，在彻底陷入被动与绝境之前。但在短暂思考之后，他却没有直接走向那唯一可以通向"外界"的大门，而是径直走向了自己的床铺。他必须以万全的姿态来面对门对面的"异乡"，而他现在的状态，尤其是精神状态，还不够好。周铭不知道自己能不能睡着，但哪怕是强迫自己躺在床上放空大脑，也好过在精神过于疲惫的状态下前往"对面"。

八小时后，周铭睁开了眼睛。窗外仍然是一片混沌雾霭，昼夜不明的天光带着令人压抑的晦暗。周铭直接无视了窗外的情况，从他所剩不多的储备中拿出食物，吃到八分饱，随后来到房间角落的穿衣镜前。镜子中的男人头发杂乱，颇为狼狈，也没有什么气质可言，但周铭仍然死死地盯着镜子中的自己，就仿佛是为了把这副模样永久地印在脑海中。

他就这样盯着镜子看了好几分钟，然后低声自言自语着，仿佛是要说给镜子里的那个人听一般："你叫周铭，至少在'这边'，你叫周铭，要时刻牢记这一点。"

这之后，他才转身离开，来到那扇再熟悉不过的房门前，深深吸了口气，将手放在把手上面。

除了一身衣服，他没有携带任何额外的东西，既没有带食物，也没有带防身的装备，这是之前几次"探索"留下的经验——除了自身之外，他没办法把任何东西带过这扇门。事实上，他甚至觉得连这"自身"都要打个问号，因为……

周铭转动把手，一把推开了房门，一团"蠕动"的灰黑色雾气如某种帷幕般出现在他眼前，而在涨缩不定的雾气中，他仿佛已经听到海浪声传入耳边。迈步跨过那层雾气，略显腥咸的海风迎面吹来，耳边虚幻的海浪声变得真切，脚下也传来了微微的摇晃感。周铭在短暂的眩晕后睁开眼睛，入目之处是空旷的木质甲板，伫立在黑暗阴云下的高耸桅杆，以及船舷外根本看不到边际、正在微微起伏的海面。周铭低下头，看到的是比自己记忆中要更加强壮一些的身体，一身看起来做工精致、造价不菲但风格完全陌生的船长制服，一双骨节粗大的手掌，以及正握在自己手中、外观古典精美的黑色燧发手枪。

是的，就连"自身"都要打个问号。

这并不是周铭第一次穿过这道门来到"对面"。数天之前，自周铭一觉醒来发现自己被某种"异象"困在自己的房间中，而诡异的浓雾遮蔽了整个世界之后，他便发现了大门"对面"的这处诡异之地。毕竟，那扇门如今是他"房间"里唯一的出口。

他还记得自己第一次推开大门看到外面是甲板时的茫然和无措，更记得第一次低头看到自己换了副身体时的惊愕与慌乱，但在那之后，为了寻求突破困境的机会，他已经大着胆子对"这边"进行了数次成功的探索。如今，虽然他还是没搞清楚自己身上到底发生了什么，也没搞清楚这艘出现在自己"房门外面"的诡异大船是个什么情况，但至少，他已经掌握了一些经验，并且对这艘船有了些初步了解。像之前的几次一样，周铭用尽可能短的时间强迫自己摆脱了穿过大门所带来的眩晕感觉，随后便第一时间确认这副身体的情况。他检查了手中那柄短枪，凭记忆比对着所有的细节，最终确认自己身上携带的物品与上次离开甲板时是一致的。

"看来每次穿过这扇门的时候身体都会'无缝切换'……如果能在甲板这边放置一台摄像机就好了，那就可以确认自己返回公寓房间的时候这副躯体是如何变化的……"

"可惜两个'世界'的物品无法通过大门，也没办法把摄像机拿过来……"

"不过放在公寓里的手机之前倒是录下了从那边穿过大门时的景象，我自己确实是走过了那道黑雾……所以确实是身体在穿过黑雾的时候'变化'成了这副样子？"

周铭嘀嘀咕咕着，他知道自己这样站在甲板上自言自语的样子在外人看来可能有点滑稽，但他必须弄出点声音来，在这空旷无人的诡异船只上，他需要一点证据来证明自己还"活着"。一阵腥咸的海风吹过甲板，吹动了身上那件材质不明的黑蓝色船长服，周铭轻轻叹了口气，但他并没有向甲板的方向走去，而是转过身来看着自己身后的那扇门。

他把手放在门把手上。转动把手后，只要把门向里面推开，他就会看到一道灰黑色的浓雾，穿过浓雾，他便会返回自己那间住了许多年的单身公寓。

他手中用力，将门向外一把拉开。略显沉重的橡木门发出"吱呀"一声响，门里面是一间略显昏暗的舱室，昏暗的光线下可以看到墙壁上悬挂着的精美挂毯，摆放着诸多装饰品的置物架，以及房间中央一张宽大的航海桌。又有一扇小门位于房间最深处，门前铺着酒红色地毯。

将门拉开后所见到的，便是船长室。

周铭迈步走入那间船长室，在路过门口的时候，他习惯性地向左看去——旁边的墙壁上固定着一面一人高的镜子，在镜子中，清晰地映着"周铭"现在的样子。那是一个身材高大的男人，黑发浓密，蓄着威严的短须，眼窝深陷，仅凭容貌便有不怒自威的气场。他看上去似乎已经年过四十，然而英武的外貌和极具压迫感的眼神却模糊了这种年龄感，而那身做工精良的船长制服则更显示着镜中人身份的特殊。

周铭活动了一下脖子，又对着镜子做起了鬼脸——他觉得自己是个随和友好的人，而镜子中的形象跟自己的气质实在不太符合——但很快他便放弃了这番尝试。因为他觉得那镜子里的自己非但没有显得友好一些，反而从一个威严的船长变得更像是个心理变态的连环杀手了……

而在周铭做着这些动作的时候，一阵轻微的咔嚓咔嚓声从航海桌的方向传了过来，他毫不意外地看向声音传来的方向，便看到那桌子上摆放着的一个木质山羊头雕像正一点点把脸转向自己——无生命的木块这一刻仿佛活了过来，那双镶嵌在木头脸庞上的黑曜石眼睛幽幽地注视着这边。

第一次看到这诡异场景时的慌乱记忆从脑海中一闪而过，周铭却只是嘴角翘了一下。他迈步走向那张航海桌，桌上的木质山羊头也随之一点点转动着脖子，一个嘶哑阴沉的声音从它的木头腔子里传出来："姓名？"

"邓肯，"周铭平静地开口，"邓肯·艾布诺马尔。"

那木质山羊头的声音瞬间从嘶哑阴沉变得热情友好起来："早上好，船长阁下，很高兴看到您还记得自己的名字。您今天心情如何？您今天身体如何？您昨晚睡得好吗？希望您做了个好梦。另外，今天可是个扬帆起航的好日子，海面平静，风向适宜，凉爽舒适，而且没有恼人的海军和聒噪的船员，船长阁下，您知道一个聒噪的船员……"

"你已经足够聒噪了，"尽管已经不是第一次跟这诡异的山羊头打交道，周铭此刻仍然感觉到脑仁一阵颤抖，他几乎是恶狠狠地瞪了那家伙一眼，声音从牙缝里挤出来："安静。"

"哦，哦，哦当然，船长，您是喜欢安静的，您忠诚的大副兼二副兼水手长兼水手兼瞭望手非常清楚这一点。保持安静有诸多好处，曾有一位医学领域的……也可能是哲学领域或者建筑领域的……"

周铭现在感觉自己不但脑仁在颤抖，甚至连支气管都开始跟着抖起来："我的意思是，命令你保持安静！"

当"命令"两个字一出口，那山羊头终于安静了下来。周铭则微微舒了口气，迈步来到航海桌前坐下——现在，他是这艘空无一人的幽灵船的"船长"了。

邓肯·艾布诺马尔，一个陌生的名字，一个拗口的姓氏。

第一次穿过那层灰黑色雾气，踏上这艘船的那一刻，他脑海中便知道了这些。他知道自己在"这边"的这具身体名叫邓肯，知道自己是这艘船的主人，知道这艘船正航行在一趟远超想象的漫漫长旅中——他知道这些，但也只知道这些。他脑海中所存留的记忆模糊而稀薄，以至于只有上述那些关键的信息，此外的细节完全是空白的，就好像他知道这艘船有一个惊人的航行计划，却完全不知道它到底要往哪开。这艘船原本的主人——那个真正的"邓肯·艾布诺马尔"，似乎在很久很久以前就死了。而周铭脑海中所残留的那些东西，更像是一个幽灵船长在彻底死亡之后残留于世的那一点点最强烈、最深刻的"印象"。

本能告诉周铭，这位"邓肯船长"的身份背后有大问题，尤其是在这艘船上存在超自然现象（会说话的木质山羊头）的情况下，这个邓肯船长身上的谜团甚至可能意味着某种他从未想象过的危险。但他却必须顶着这个名字才能在这艘船上安全活动，因为就像刚才的木质山羊头一样，这艘船上的某些事物随时都在尝试确认"船长的身份"。

甚至这艘船本身都在随时确认船长的身份。

这给人的感觉就好像是某种保险措施，好像是这艘船的船长真的随时可能遗忘自己的名字，而一旦他遗忘了自己的名字，就会发生某种极端可怕而危险的事情，所以才要在船上到处设置"检查手段"。周铭不知道"邓肯船长"遗忘了自己的名字到底会有什么后果，但他相信一旦说错了名字绝对不会有什么好结果，毕竟哪怕仅仅是航海桌上的那个木质山羊头，看起来也不像是什么良善之辈。

但如果他顶着邓肯·艾布诺马尔这个名字，那么这艘船上的所有东西就都还挺和蔼可亲的。反正它们看上去智力不是很高的样子。

周铭——或许应该叫邓肯了——结束了短暂的沉思与回忆，看向了桌上那张摊开的海图。

然而那海图上根本没有任何可供识别的航线、标记与陆地，甚至连个岛屿都看不到，它那粗糙厚实的羊皮纸表面上只能看到大片大片不断翻涌起伏的灰白色团块。那些灰白色的、如同雾气一般的东西仿佛遮蔽了纸面上原本存在的航线，以至于海图中唯一能看到的，只有一个在浓雾中央若隐若现的船只剪影。

邓肯（周铭）在过去的几十年人生里可没有什么扬帆出海的经验，但哪怕再不认识海图的人，肯定也知道"正常"的海图不长这样。显然，跟桌上的那个木质山羊头一样，这幅海图也是某种超自然物品——只是邓肯暂时还没有总结出它的使用规律。

似乎是注意到船长的注意力终于放在了海图上，桌上安静了很久的山羊头又有了动静。它开始发出咔嚓咔嚓的木头摩擦声音，脖子也小幅度地扭来扭去。刚开始还扭得比较克制，但很快那咔嚓咔嚓的动静就大到了让人无法忽视的程度——最终这山羊头整个脑袋都跟开了振动模式似地在底座上振动起来。邓肯生怕它继续振下去会在自己的航海桌上钻木取火，于是忍不住看了它一眼："说。"

"是，船长阁下。我要再强调一遍，今天真是个扬帆起航的好日子，'失乡号'一如既往等待着您的命令！我们要升帆了吗？"木质山羊头那张硬邦邦、黑黢黢的脸孔注视着坐在航海桌后的邓肯，黑曜石制成的眼珠中仿佛流淌着诡异的光。这玩意儿压根儿没有产生表情的能力，但邓肯分明从对方那张木头脸上读出了某种期待之情。

　　而事实上，这已经不是山羊头第一次催促他"扬帆起航"了。每一次他来到这里，山羊头都会这么催促一次。他甚至觉得这艘船都在不断地催促着他，让他尽早结束这盲目的海上漂流，早日扬帆起航回到正途。然而邓肯却沉默下来，他如今这副威仪的面孔上遍布阴云。在沉思与缄默中，他清晰地意识到两个问题：第一，这整艘船上只有他自己一个人，而这艘船的规模简直是丧心病狂的大——作为一艘风帆动力的船只，这艘被称作"失乡号"的舰船的全长粗略估计得有一百五十米到两百米。而要把这么个庞然大物操控起来，起码得有几十甚至上百个经验丰富的水手才行，他一个人，怎么开？第二，排除掉上述因素之外，还有一个关键问题阻拦着他的航海之旅——他不会开船。

　　邓肯有点焦虑，他努力假设了一下如果自己跟眼前这个诡异又聒噪的山羊头请教舰船驾驶技术会发生什么事情，假设完后，更焦虑了。

　　然而山羊头却不知道自己的船长在想些什么，它只是问道："船长，您有什么顾虑吗？如果是担心'失乡号'的情况，那您完全可以放心，'失乡号'永远都做好了随您航行至世界尽头的准备。或者您是担心今日出航不吉？我略通占卜之道，不知您比较相信哪一种占卜？天象、熏香、水晶都行，说到水晶，您还记得……"

　　邓肯努力绷着脸上的肌肉，一边克制着跟眼前这山羊头决一死战的冲动，一边沉声开口："我先去甲板上观察情况，你在这里安安静静地待着。"

　　"谨遵您的意愿。但我必须提醒您，'失乡号'盲目漂流已经太久了，您必须尽快掌舵，让这场航行重归正途……"伴随着木头摩擦的声音，山羊头终于重新回到了一开始的姿态。

　　邓肯瞬间觉得整个世界都消停了。

　　他轻轻舒了口气，脑仁的嗡鸣渐渐平静，随后拿起了放在桌上的燧发枪，起身走出船长室。这把看上去颇有年头的燧发枪是他在船上探索时找到的，一同找到的还有一把单手剑，那把剑目前正挂在他的腰上，而这两样东西是他在船上行动时安全感的保障。在过去几天的探索中，他用了很长时间来粗略学习该怎么使用这两样东西——尽管到目前为止，他在这艘船上都不曾见到除自己之外的任何活物。

　　会说话的"物品"不算。

　　腥咸的海风扑面而来，邓肯略有些烦躁的心绪随之平静，他来到船长室外的甲板上，下意识地仰头看着天空。浓郁的阴云仍然覆盖着目之所及的天空，云层中看不到任何日月星辰，浑浊的天光笼罩着这片无边无际的海面。这样的景象已经持续了很久，事实上，自从邓肯来到这艘船上的那天起，他就只见过这样的天空。他甚至怀疑这个世界压根就不存在正常的天气，或许这阴云密布的景象才是这片海域上永恒的天象？

邓肯转过身，他看到船长室的那道门静静地立在那里，门上方的横梁上用某种他不认识的字母刻着一行字，而当他目光凝聚在那行字上时，它的含义却直接清晰地映进了他的脑海："失乡者之门"。

"失乡者之门……'失乡号'，"邓肯自言自语地嘀咕了一句，随后又有些自嘲，"这艘船倒是有个好名字。"

随后他迈步绕过了船长室，沿着甲板边缘的楼梯来到了船尾的上层甲板，在这里有一处木质的平台，是整艘船除了瞭望台之外视野最开阔的地方。一个沉重的黑色舵轮在平台上静静地等待着掌舵者的到来。邓肯皱了皱眉，不知为何，他突然有一种紧迫和焦躁的感觉，而这种感觉似乎是在他看到那舵轮的一刻凭空产生的。

他之前几次来到这里的时候都没有产生过这种感觉！仿佛是为了响应他心中的这份焦躁，一阵没来由的、混乱的风突然吹过了甲板，周围原本平静的海面也瞬间泛起了波浪，尽管这风浪还不至于对规模庞大的"失乡号"产生什么影响，邓肯心中却警铃大作，下一秒，他便在直觉驱使下看向了船首所在的方向。在"失乡号"正前方的海面上，在那一片混沌朦胧的天海相交处，一道无边无际、仿佛通天壁垒般的白雾高墙竟凭空浮现，让他瞬间瞪大了眼睛！

那是仿佛将整个世界都环绕、隔绝起来的白雾，如连接着天地的万丈绝壁。而比起其令人心悸的规模，更让邓肯（周铭）警惕的，是那东西让他瞬间联想起了自己单身公寓窗外的那片无边雾霭！

"失乡号"正在笔直地驶向那道雾墙！

邓肯不知道那道浓雾是什么，也不知道雾的深处有什么，但他本能地察觉到了巨大的危险。生存的直觉告诉他，被那道浓雾吞噬绝不是什么好事情！他下意识地冲向了船舵所在的平台——巨大的无力感也同时笼罩下来：即便掌舵，凭他一个人又该怎么把这艘巨大的舰船从那道雾墙前开走？

但他仍然本能地来到了舵轮前，而几乎同一时间，他听到舵轮旁边的一根与船长室连通的铜管中传来了一个嘶哑阴沉的声音，那是山羊头的声音——那诡异之物的语气这次竟然有点惊慌："船长阁下，前方出现边境坍塌，我们正在靠近现实极限！请立即调整航向！"

听着山羊头惊慌失措的声音，邓肯差点就破口大骂——调整航向说得容易，你倒是现场给我变出百八十个会开船的好哥哥把这玩意儿开起来啊！紧接着他又抬头看了一眼前方桅杆的方向，看到的是光秃秃的几根桅杆立在甲板上，心中的悲怆感更胜——别说扬帆了，事实上这艘船根本就没有帆，那几根杆子上都是空的！情绪激动之下，他甚至没顾得上认真思考山羊头刚才说话时蹦出来的那些古怪词语，只有本能让他下意识地抓住了眼前那不知为何正在微微震颤的舵轮。

数日以来，这是他第一次主动将手放在"失乡号"的舵轮上——之前这艘船上的诡异情况以及那山羊头的反复催促始终让他心有疑虑，对"掌舵"一事充满抵触，而现在，他终于没了犹豫的机会。他紧紧握住了那船舵，空白的头脑中甚至来不及构思该如何以一人之力去执掌一艘空荡无人的幽灵船。

变化，便在下个瞬间发生。

如山呼海啸般的声音在邓肯脑海中轰然炸响，就仿佛有一万个欢呼的人正站在岸边为一艘船送行，仿佛有千百个欢呼的水手在甲板上高喊着船长的姓名，中间又仿佛夹杂着苍凉的船歌与无形的惊涛骇浪。一团绿色的光焰在视野边缘浮现，邓肯下意识地看向自己的手掌，他看到一团碧绿之火突然从"失乡号"的舵轮上迸发出来，又以惊人的迅猛态势席卷过来，眨眼间便蔓延全身。

在猛燃的火焰中，血肉之躯骤然间变得空洞虚幻，船长制服如同在海水中浸泡了上百年般变得破旧褴褛，而在突然变得像灵体一般虚幻的血肉之下，邓肯甚至可以模模糊糊看到自己的骨骼——那晶莹如玉的骨骼上跳跃着火焰，不熄之火如水般在他的体内流窜。然而他却感觉不到丝毫疼痛与灼热，在熊熊烈焰中，他只觉得自己的感知正在向四面八方蔓延。

火从驾驶台席卷而下，漫过了甲板，漫过了船舷，漫过了桅杆。烈焰如网般交织，又如呼吸般从甲板上升腾起来，沿着孤零零的桅杆一路蔓延，交织成如纱似雾般的巨大风帆。

"失乡号"扬帆了，在这正迅速坍塌的现实边境前。

幽绿的火焰在身上熊熊燃烧，血肉与骨骼在烈焰中化作半透明的灵体，邓肯在这"流火"中执掌着"失乡号"的船舵，而他的感知则顺着火焰一路蔓延出去，最终蔓延到了整艘舰船。

原来，它根本不需要船员。

"失乡号"自可扬帆，只需船长掌舵，它随时可以起航。

幽绿火焰腾空而起的瞬间，邓肯陷入了短暂的慌乱，但在过去几天的探索中他已经在这艘船上见到了不止一次超自然现象，这些经历让他强行镇定下来，并在那最关键的几秒钟内没有松开手中的舵轮。

现在，他终于确定这火焰应该是某种对自己无害的"力量"——姑且不论之后自己的身体是否还能恢复过来，最起码现在看着，这火焰的力量在帮助自己掌控脚下这艘幽灵船。

脑海中的山呼海啸声渐渐褪去了，邓肯感觉自己的头脑比任何时候都要清醒，

"失乡号"如同他延伸出去的肢体般传来了各种各样难以言喻的"触感"。尽管他仍然不具备作为一个合格船长应有的知识和经验，但至少，现在他有能力凭一人之力掌控这艘船了。

如纱似雾的灵体风帆在桅杆上鼓起，又有诸多辅助的角帆和侧帆开始自行调整着角度，此刻海面上的气流一片混乱，然而那些灵体之帆却仿佛从乱风中汲取到了方向一致的动力，庞大的"失乡号"结束了之前漫无目的的漂流，开始在风帆的推动下稳定下来。邓肯尝试着转动手中舵轮，实在的力量反馈入他的脑海，他能感觉到脚下庞大的船体终于开始渐渐转向，尝试远离前方那片无边无际的雾霭。

但这转向的速度似乎不够，那片无边无际的浓雾仍旧在一点点靠近过来，舵轮旁的铜管中传来了山羊头尖锐的呼喊："注意，正在逼近现实极限……我们就要落入灵界了！船长，我们需要……"

"我正在做！"邓肯大吼着打断了山羊头的声音，"比起在下面聒噪，你不如想想有什么能帮上忙的！"

山羊头瞬间安静下来，然而就在邓肯以为对方终于消停的时候，那铜管中却骤然又传来了它那嘶哑、凄厉甚至让人有点毛骨悚然的大喊："加油！加油！"

邓肯："……？"

这一刻，他突然觉得周围的一切都失去了真实感，他接受了自己遭遇的异象，接受了这艘船上的超自然力量，甚至接受了自己正在被一团绿火"文火慢炖"，却无论如何都想不到那个从一开始就让自己感觉十分诡异危险的山羊头此刻竟有如此惊奇之举……这个邪门玩意儿从一开始就很邪门，但此刻实在是过于邪门了！

可那不断迫近的浓雾却没有给邓肯更多思考和吐槽的机会，尽管"失乡号"已经开始飞快地转向——以它那庞大的船身来看，这转向速度几乎可以用漂移来形容，然而远方那道浓雾却仿佛在有意识地追逐着眼前的猎物，它的边缘弥散出了大片大片的稀薄雾霭，雾霭蔓延的速度极快，几乎一瞬间便笼罩了"失乡号"周围的整片空间。

在海面上升起薄雾的一刹那，邓肯便明显地感觉到周围的环境发生了某种诡异变化，天光一下子变得格外暗淡，而原本蓝色的海水竟不知何时浮现出了数不清的、丝丝缕缕的黑色细线，那些黑色细线如同细密纠缠的毛发般从海面之下漂浮上来，并以肉眼可见的速度将整片海洋染成了一片漆黑。

薄雾中，似乎有无数影影绰绰的事物在浮现出来。

"我们落入灵界了！"山羊头那聒噪又诡异的"加油"声终于停歇下来，它的喊叫声听上去就仿佛从极为遥远的地方传来，中间还夹杂着无数低沉细密的呢喃，就好像有大量充满恶意的声音围绕在邓肯周围，"但'失乡号'还没有完全掉下去——船长，掌住舵，在下沉到幽邃深海之前，'失乡号'都有动力维持航向，我们还能出去！"

"前提是我要知道往哪开！"邓肯低声吼道，他的声音混杂着绿色火焰燃烧的噼啪作响，仿佛从地狱中传来一般，"我失去了方向感！"

"直觉，船长，直觉！"山羊头的声音在铜管中大喊着，"您的直觉比海图上的标线更准！"

邓肯："……"

一股无力感涌上心来，但邓肯已经没有多余的力气去跟一个邪门的山羊头斗嘴，既然对方说了要靠直觉，那他就干脆莽一点——循着雾霭升腾起来之前所残留的那一丝感觉，他用力抓紧了手中舵轮，拼尽全力朝着自己所相信的方向一转。

"失乡号"从上到下都发出了一连串令人毛骨悚然的啸叫，庞大的船体在已经完全化作一片漆黑的海面上划出了一道惊人的弧线。狂风呼啸，雾霭盘旋，而在这昏暗的天光和雾气中，邓肯眼角的余光突然捕捉到那雾气中似乎有什么东西正渐渐浮现。

下一秒，他便发现那是一艘船，一艘看上去比"失乡号"要小一圈的、船身中段立着一根漆黑烟囱的白色舰船。在"失乡号"划出的漂亮弧线末端，那艘突然从雾中浮现出来的船正笔直地撞过来——或者说，"失乡号"正在笔直撞过去。

邓肯心中只剩下一声呐喊："完蛋，灵界飙船飙出事儿了！"

他在这个诡异的世界探索了那么长时间都没见到活人，为啥偏偏这种时候能突然冒出艘船？这是啥概率的双向奔赴啊？

狂风呼啸，巨浪滔天，无垠海正在尽情释放着它那恐怖的威能。而在这足以撕碎超凡强者的自然伟力面前，"白橡木号"正在榨出蒸汽轮机中最后的一点力量，以对抗死亡的命运。头发花白的船长劳伦斯·克里德站在驾驶室中，驾驶室坚固的墙壁和玻璃窗户却丝毫给不了他安全感，他双手紧握着船舵，而"白橡木号"垂死时发出的嘶吼仿佛可以通过那舵轮后的一系列齿轮与连杆直接涌入他的脑海。

透过宽阔的窗户，劳伦斯清楚地看到船舷外面正掀起惊人的巨浪，但比那巨浪更令人恐惧的，是远方海面上不断升腾蔓延的诡异浓雾，以及浓雾中若隐若现的黑色闪电。"白橡木号"是这个世界上最先进的蒸汽船，但再先进的机器也只能确保这艘船在"正常"的海域上动力澎湃，可如今它和它的船长要面对的，却是正在坍塌的现实边境，是正在从世界底层那些邪恶神祇的恶臭宫殿中蔓延上来的刺骨深寒。

"船长！牧师快撑不住了！"

大副凄厉的叫喊声从旁边传来，劳伦斯从对方的声音中听到了些许浑浊而嘶哑的回响。他紧接着又看向驾驶台前方，看到安置在祈祷台上的熏香炉中正升腾起不祥的紫黑色烟雾，而那位身穿深蓝色长袍、可敬且忠诚的神职人员正浑身颤抖地坐在熏香炉前，他的口鼻中满是鲜血，双眼中疯狂与清醒不断交替出现。

劳伦斯心中一沉。

他知道，那位可敬的牧师现在还站在人类一边，他正在用自己最后的虔诚信念以及至纯至圣的灵魂来对抗源自"世界深处"的呼喊，但这种坚持已经是强弩之末，那熏香炉中冒出来的紫黑色烟雾便是污染已经快突破临界点的明证。一旦牧师倒下，这艘船上每一个清醒的心智都有可能变成一扇通往幽邃深海，甚至通往亚空间的大门。

"船长！"大副的声音再次从旁边传来，劳伦斯打断了他，这位人到中年的船长此刻脸上满是决然："暂时关闭圣徽道标，我们沉入灵界！"

大副瞬间目瞪口呆，这个在海上讨了半辈子生活的男人仿佛不敢相信自己的耳朵："船长？！"

"沉入灵界——这样至少在十分钟内，我们能躲过边境坍塌最凶猛的一波冲击，而牧师也有机会缓过来，"劳伦斯以不容置疑的语气再次下令，"执行我的命令。"

大副张了张嘴，似乎还想再说些什么，但紧接着他便一咬牙："您是船长！"

船员开始飞快地执行来自船长的命令，亲自掌舵的劳伦斯则深深吸了口气，位于船舱深处的圣徽道标正在渐渐熄灭，他能感觉到那道笼罩在"白橡木号"周围的无形保护力场正在快速衰弱，而失去了圣物的保护，这艘船正一点点沉入现实与幽邃深海中间的"灵界夹层"里面。

周围的海面上出现了薄雾，海水也在被渐渐染黑。

这很危险，但在历史上，并非没有舰船从灵界状态重返人间——作为探险家协会的一员，他曾无数次翻阅过这方面的典籍，以及由幸存者书写的各种各样的"求生指南"。还能糟到哪一步呢？他只需要让"白橡木号"在灵界边缘躲一波风暴，然后借助先进的蒸汽轮机输出的澎湃动力进行一次惊险的"灵界漂移"。如果运气仍然眷顾自己，他就能带领自己的船员们重返人间，然后赶紧把货舱里那该死的"异常099"交到普兰德城邦的执政官手上，从此以后都不再蹚当局的浑水了。

不会更糟了。

劳伦斯如此宽慰着自己。

　　然后他就看到远处骤然变得漆黑的海面上突兀地浮现出了一艘比"白橡木号"足足大一圈的三桅帆船，它带着某种一往无前的气势，划出一道惊心动魄的弧线，劈头盖脸地撞了过来……

　　劳伦斯船长木然注视着前方，那庞大的阴影碾压而至，"白橡木号"上的每一个人都看到了这足以令他们铭记一生的瞬间。那是看上去古老而充满威仪的三桅战船——在这个蒸汽船已经不再稀奇的年代，那从浓雾中浮现的风帆战船古老得仿佛从一个世纪前的油画中走出来一般。它的桅杆高耸，船舷陡峭，漆黑的木质船壳上燃烧着亡魂般的绿色火光，巨大的帆在虚无中鼓动起来，帆上凝聚着嘶吼的幻象与层层烈焰——此等场景，只有在最恐怖的无垠海海难传说中才会出现。

　　"要撞上了！！！"

　　有船员大声惊呼起来，这些在海上讨生活的，以勇悍粗犷闻名的人在面对一艘如此庞然大物的时候也不免失了方寸。他们呼喊着，奔跑着，有的尝试在甲板上寻找躲避之处，有的抓紧了身边一切可以固定自身的东西，更有甚者直接在颠簸与风浪中跪了下来，以前所未有的虔诚之心祈祷并念诵着风暴女神葛莫娜或死亡主宰巴托克的名字。

　　在这无垠海上，众神的赐福然衰微，但唯有这两位正神的力量仍旧可以平等地注视所有子民。

　　但并非所有船员都失去了冷静，船上的大副第一时间把目光投向了他最信赖的船长，他知道，在无垠海上航行危机四伏，而经验丰富的船长是能够决定全船命运的关键。劳伦斯踏足航海已有三十多年，这位年过半百的老船长或许已经不像年轻时那么强壮，但他在这片汪洋上存活下来的经验或许还能为所有人求得一线生机。

　　那艘从浓雾中浮现出来的舰船明显不像是正常航行在现实世界的船只，而更像是从灵界或"更深处"冒出来的什么东西，如果那是某种超凡异象，那么或许可以用某种超凡的力量来与之对抗。然而，大副却只从船长脸上看到了恐惧与震惊。

　　这位老船长一动不动地握着舵轮，全然没有注意到整艘船已经完全被笼罩在阴影下，他死死盯着正前方那道碾压过来的舰影，脸上肌肉紧绷，整个人仿佛一座石雕。他终于从牙缝里挤出几个字，那几个字却比冷冽的海风还要寒冷："……是'失乡号'……"

　　"船……船长？！"大副被这个飘进耳中的名字吓了一跳，像每一个在无垠海上讨生活的人一样，他也曾从许多比自己更年长、更有资历也更迷信的船员口中听到过这个名号，"您说什么？！那……"

"失乡号！！！"劳伦斯船长却仿佛没有听到大副的声音，他只是尽全力握住了"白橡木号"的舵轮，仿佛要对什么东西怒吼一般嘶声咆哮。而几乎在他话音落下的同时，"失乡号"那巍峨的船身也终于触及了"白橡木号"的舰首。

几乎所有的水手都尖叫起来。

然而预想中地动山摇的撞击却没有出现——那艘燃烧着绿色烈焰的巨船仿佛一道规模宏大的幻影，以呼啸的光焰幻象横扫了"白橡木号"坚硬的甲板。厚厚的船壳，阴森的舱室，灯光昏暗的走廊，燃烧着烈焰的龙骨与支柱……水手们瞪大惊恐的眼睛，眼睁睁看着自己撞进那幽灵船的幻象中，而幽灵船上燃烧的绿色烈焰便如一道火网，在他们身旁横扫着掠过。

劳伦斯同样眼睁睁地看着那道烈焰朝自己呼啸而来，但在此之前，他首先看到那烈焰扫过了自己前方的大副——大副的身躯在虚幻的火焰中骤然化作了一具虚幻的"灵体"，"灵体"中的骸骨如柴薪般燃烧。他又看向前方祈祷台旁的那位牧师，看到那位牧师身上的火焰忽明忽暗，仿佛他身后的神明仍在用微薄的赐福来庇护其免遭"失乡号"的吞噬。

随后火焰同样烧到了劳伦斯身上，他看到自己的躯体也发生了同样的变化，而一种强烈的倦怠、服从与畏惧的感觉则充盈了他的全身。他藏在身上的海洋护身符开始发挥作用，一股灼热与清凉交替出现的感觉勉强维持着他的理智，在仅存的理智中，他"穿过"了"失乡号"的船舱与走廊。

阴森压抑的船舱扑面而来，又呼啸而去，燃烧着绿火的古老木柱上缠绕、附着着腐烂的绳索与藤壶，他看到一间巨大的货舱，货舱中静静地躺着本应埋葬在深海中的各种诡异之物，他又看到一间豪华的舱室，舱室中央的桌子上安置着一颗木质的山羊头颅。

那山羊头扭转过来，冷漠地注视着劳伦斯的眼睛。

最后，劳伦斯用尽全身力气抬起了头，他看到了那个执掌舵轮的身影——在古典式的船舵旁，身穿黑蓝色航海家制服的高大身影仿佛噩梦中的主宰，威严而恐怖。那个身影主宰着所有的幽灵烈焰，甚至就连已经处于灵界深度的大海仿佛也慑服于他的威仪，在他身后撕开了一道裂口。

劳伦斯认命地闭上了眼睛——他知道，自己现在已经是"失乡号"的一部分了。那位噩梦般的船长需要一些祭品，以满足他那永无止境的空虚与孤独。但下一秒，他又强撑着勇气睁开了眼睛，他觉得自己此生所有的勇气与疯狂似乎都汇聚在了这几秒钟，他回忆着自己从书籍以及传说中得来的知识，以尽可能坦诚平静的态度注视着那位站在"失乡号"上的恐怖船长。

"您没必要带走所有人——带我走，放过我的船员们。"

然而那高大的身影却没有回答，他只是冷漠地把视线投了过来，那目光中似乎有一点点好奇——仿佛是在好奇为什么一个渺小的凡人船长竟敢跟自己讨价还价。劳伦斯终于按捺不住发出了一声怒吼："他们都还有妻儿老小！！"

那个站在"失乡号"上的身影终于有了反应，他盯着劳伦斯的方向，似乎说了些什么，可一种响亮的呼啸声却从旁响起，呼啸声中，劳伦斯只模模糊糊地听到了一些动静，然而却一个字都听不清楚。"失乡号"上传来的回应就这样消散在海浪的呼啸声中——"你说啥？！风太大我听不见！！"

下一秒，巨大的嘈杂声冲入了劳伦斯的耳中，里面夹杂着风声、海浪声以及门外水手们的喊叫，他眼角的余光看到有绿色的火焰飞快褪去，而"失乡号"最后一片残存的幻影也快速从空气中消散干净。

劳伦斯猛吸了一口气，紧接着便注意到自己本已被绿色烈焰烧尽的双手竟然恢复了原状，连驾驶室里其他人也都重新变成了血肉之躯。那位虔诚的牧师正趴在祈祷台旁大口喘着粗气，同时不断念诵着风暴女神葛莫娜的圣名，而熏香炉中不祥的紫黑色烟雾也渐渐散去，从铜制炉罩上升腾起来的，是纯净的白色烟雾。

劳伦斯用了许久才把气喘匀，随后惊疑不定地看着四周，仿佛不相信刚才那场噩梦已经结束，直到大副的声音从旁传来："船长！那艘船——'失乡号'，离开了！"

劳伦斯有些失神，反应了几秒钟才喃喃自语着："……他竟然放过我们了？"

大副一时间没听清楚："船长？您说什么？"

"那位邓肯船长……"劳伦斯下意识地嘀咕着，但紧接着便因自己不小心提起了禁忌的词语而给了自己一巴掌，随后他猛然抬起头看着大副，"全船点名，快！看看船上少了什么人！"大副立刻点头领命，但他刚要离开，劳伦斯又立刻叫住了他："还要看看船上是不是多了什么人！"

大副愣了一下，紧接着便反应过来，眼神中多了一丝惊疑与恐惧。他深吸一口气，低声念诵了风暴女神的名号，紧接着飞快地跑到了外面的甲板上。仍然航行在灵界状态的"白橡木号"上，集合钟的声音如催命一般敲响。急促的钟声之后伴随着水手们杂乱慌张的脚步声，劳伦斯则和二副以及那位还没有把气喘匀的牧师一道留在了驾驶室中。

这位老船长看向窗外的海面，此刻"白橡木号"还处于灵界深度，船舷之外的大海上盘踞着雾霭，水面也仍然如墨染一般漆黑，但风暴已经止息，那可怕的"失乡号"也已经不见了踪影。这不禁给人一种错觉，就好像之前的风暴甚至崩塌的现实边境都是那艘幽灵船带来的一样，而现在所有的灾难又随着那艘船的离去而远离了"白橡木号"。

劳伦斯联想到了那些有关"失乡号"以及邓肯·艾布诺马尔船长的可怕传说，联想到了一个多世纪前被现实边境吞噬掉的那支舰队，以及在与"失乡号"的遭遇中沉入幽邃深海的一艘艘海船，突然觉得这也不是不可能的事情。但不管怎么说，现在"失乡号"离开了，周围的海域也暂时恢复了平静，尽管仍然处于危险的灵界深度，可至少他和他的船员们有了喘息的机会。

接下来，劳伦斯必须确定"失乡号"到底从"白橡木号"上带走了什么——或者留下了什么。

而且必须尽快确定。

不排除所有隐患，他不敢贸然让船上浮到现实世界，因为某些从灵界带出来的东西会在现实世界造成可怕的污染，但如果在灵界深度滞留太久，他和他的船员们同样会受到不可逆的影响。听着甲板上传来的嘈杂声，劳伦斯突然从思索中抬起头来，他看向正坐在熏香炉前、脸色已经好了些许的牧师，表情十分严肃："罗恩先生，我们现在的稳定度如何？"

牧师咳嗽两声，随后从怀中取出了一个造型精美、表面铭刻着诸多象征海洋的神圣符号的小巧罗盘，啪一声按开金属盖子之后，那罗盘上的指针立刻飞快旋转起来，并最终稳稳地停在了某个位置。

"我们停留在灵界表层，略微靠近现实世界，来自幽邃深度的影响……十分微弱，"牧师看着那罗盘指针的状态，表情突然有些困惑，"奇怪……我们完全稳定在这里了，在关闭圣物的情况下，几乎完全没有下沉的……咳咳……"

"或许'失乡号'那一'撞'，反而把我们'撞'到了安全的航线上，"劳伦斯苦笑着摇了摇头，"我听说灵界中存在一些微妙的平衡点，可以让现实世界的东西免于更深层的'拉力'……"

"船长先生，这个笑话冷得过头了，"牧师说着，又咳嗽了两声，虽然已经缓过气来，但他的状态一点都说不上好，"咳咳，无论如何，今天发生的事情都必须上报给教会……'失乡号'的出现绝不是小事。过去几十年总有关于'失乡号'的遭遇报告，但事后又都被证实只是船员们的胡言乱语或者异象失控导致的群体幻象，可今天我们确确实实地目睹了它……女神在上，您回到普兰德之后最好做一下近期都无法再出航的心理准备。"

"我明白——不管是教会还是城邦当局，都不会允许一艘刚刚遭遇了异象灾害的舰船返回大海的，这是为了所有人的安全考量。而且我要上报的可不只有教会，城邦，探险家协会……唉，还有我那个可怕的老婆……"劳伦斯船长用力按了按额头，一声长叹之后摆摆手，"不说这些了，您现在需要休息，直到回港之前，这艘船都需要女神的保佑。"

牧师轻轻点了点头，而很快，刚离开不久的大副也回到了驾驶室中。

"船上没有少人，也没有多人，"刚一见面，大副不等船长问话便立刻汇报道，"我亲自检查了在甲板上集合的水手，还去锅炉房检查了留在那里的机械师，他们都能准确念出各自所信仰的神祇的名号，是活人没错。"

"一个人都没少？"劳伦斯却瞪大了眼睛，这本应是好消息，他却不敢相信大副汇报的情况，"圣徽道标那边呢？"

"圣物也正常，"大副立刻点点头，"导航员正在准备熏香和精油，等待您的命令以重启那圣物。"

劳伦斯惊疑不定地听着，又一次忍不住轻声嘀咕起来："……他真的放过了这艘船？"

"好运气是眷顾我们的，船长，"大副摊了摊手，"我们什么都没损失，或许那位可怕的幽灵船长只是恰巧路过，甚至可能只是不小心撞上。"

"这话你自己信吗？"劳伦斯立刻瞪了自己的大副一眼，"如果好运气真的眷顾我们，我们压根就不会遇上……"

他的话刚说到一半，一阵急促的脚步声便突然从门外响起，紧接着便有人一把推开了驾驶室的大门，满头大汗的水手长出现在劳伦斯面前，这个身材高大的男人脸上满是惊恐。

"船长！'异常099'不见了！！"

驾驶室中瞬间安静下来，所有人都在面面相觑。然而不知为何，劳伦斯在短暂的震惊中竟又突然觉得松了口气——太好了，跟"失乡号"遭遇之后，船上终于找到了不对劲的情况，那这就太对劲了！但紧接着他便控制住了脸上表情，一边走向门口一边语气急促地吩咐大副接管舵轮，一边又吩咐水手长在前面带路。

急促的脚步声在"白橡木号"的船舱走廊中响起，很快，劳伦斯便在水手长的带领下来到了这艘蒸汽船的最深处——一间特殊的舱室出现在他眼前。这舱室的大门上刻满了密密麻麻的神秘学符号，沉重漆黑的门扉竟好像是用一整块黑铁铸造而成，玄奥的符号从门框边缘一直延伸至走廊，仿佛是要形成某种封闭的囚笼，来束缚住舱室中保存的东西。

劳伦斯看了一眼大门，确认大门以及周围的符号都没有损坏的迹象，又抬头看了一眼上方——安置圣徽道标的"圣物室"就在封印间的正上方，那道标是确保船只不受"深层"影响的关键，同时也是维持封印间的第二重保险，即便处于关闭状态，它也理应能够确保封印间的屏障完整。

但就是在这样两重屏障皆完好无损的情况下，封印间里的东西，"白橡木号"此次航行所护送的最关键的货物，"异常099"——人偶灵柩——消失了。劳伦斯深吸一口气，上前打开了封印间的大门，用力将那沉重的门扉一把推开。封印间内，灯火通明，悬挂在四根立柱上的汽灯几乎无死角地照亮了房间中央的位置，然而本应放置在那里的"货物"却已不翼而飞，原地只留下几道纵横交错的锁链，以及一些洒落在周围地面上的灰白色灰烬。

水手长的声音从劳伦斯身后传来："按照'异常099'的封印要求，这间房间里一直维持着灯光照明，并且每隔两小时都会有一名船员进来重新加固'灵柩'周围的锁链以及在房间的地面上撒下骨灰，但在那艘……幽灵船出现的时候，因为情况混乱，本应轮值的水手没有及时进入房间，他晚了差不多七分钟，结果就发现'异常099'消失了……"

"仅仅晚了七分钟不会导致那东西失控，顶多是封印减弱出现异动，最糟的情况也不过是一口棺材在这间房间里乱跑——这里层层叠叠的封印和圣徽道标的禁锢都不是摆设，"劳伦斯却皱着眉摇了摇头，"现在的情况是它消失了……货物离开了这艘船，这跟那个水手没关系。"

水手长的表情有点紧张："那您的意思是……"

"一定是'失乡号'，"劳伦斯沉声开口，"那位'船长'带走了'异常099'……"

说到这儿他顿了顿，又轻轻叹了口气："或许我们应该感到庆幸，'失乡号'向来只会带走它想要的东西，那位船长是冲着'异常099'来的，而不是我们的性命。"水手长看了看自己船长的脸色，又看了看空荡荡的封印间，良久才犹豫着问道："那……我们丢失了如此重要的货物，该如何向城邦当局……"

劳伦斯看了水手长一眼，用力拍了拍对方的肩膀。

"'失乡号'属于天灾，我们有海事保险。"

"……保险公司赔这个吗？"

"他们不赔就让探险家协会发布对'失乡号'的新悬赏……"

"船长您是不是有点焦……"

"闭嘴。"

那熊熊燃烧的绿色烈焰正在渐渐消退，周围的海面也平静下来了。

在从山羊头那里确认"失乡号"已经离开危险海域，接下来可以正常航行之后，邓肯便将手从那黑沉沉的舵轮上拿了下来。他此刻正低着头，映入他眼中的，是重新恢复了血肉之躯的身体，以及绿火熄灭之后恢复原状的"失乡号"甲板。但冥冥之中，他有一种感觉——许多事情都不一样了。

他能感觉到，在自己握住"失乡号"的舵轮的那一刻，某些东西便发生了变化。那绿色的火焰将他和这艘船连接了起来，甚至将他和这片大海连接了起来，哪怕如今火焰已经退却，他仍然能感觉到这种无形的连接，感觉到脚下这艘大船上的每一处细节。

邓肯慢慢闭上了眼睛，他听到"失乡号"内深邃昏暗的走廊中传来若有若无的呢喃，那呢喃中带着莫名的亲切感；他看到船长室中的提灯不知何时已经点亮，玻璃制的灯罩中跳动着惨白的光；他听到海浪拍击船壳的声音，那海浪之下仿佛隐藏着深邃的目光，但当他尝试去寻找那目光来源的时候，后者却如同有意识般隐藏了自身的存在……

邓肯睁开了眼睛，他轻轻呼了口气，"失乡号"桅杆上那层如纱似雾般的灵体之帆便随之鼓动起来，他走向通往甲板的楼梯，楼梯旁的绳索便蠕动着向两边退去。他明白过来——在选择接过舵轮之后，他才算是这艘船真正的船长了。

"船长，我们正在从灵界边缘上浮，很快便会返回现实世界，"山羊头的声音从旁边传来，但这次却不是通过在船上通信用的铜管，而是直接出现在邓肯的脑海中，而在谈起正事的时候，它显得严肃了很多，倒也没那么聒噪，"我们运气不错，最深的时候也只到灵界底层'晃'了一下，几乎没有受到幽邃深度的影响。"

现实世界，灵界海域，幽邃深海，还有似乎在更深处的亚空间……邓肯脑海中浮现出了这些接二连三出现在自己面前的古怪词语，他知道这些词语正指向这个诡异世界的真实情况，但他仍然不知道这些词语真正的含义是什么。

只不过，听着山羊头称呼自己"船长"时的声音，邓肯总觉得对方的语气出现了一些微妙的变化，他甚至怀疑自己此刻哪怕说出了"周铭"这个身份，那山羊头都仍然会服从自己的命令——这正是在自己执掌过那舵轮，并成功从"绿火"中恢复过来之后所产生的变化。但略作犹豫之后，他还是没有贸然做这方面的尝试，也没有向山羊头询问有关灵界海域、幽邃深海和亚空间的事情。

如果是几天前，他确实陷入了焦急和不安，那时候他迫切想要搞清楚自己的处境，但现在，他好像不着急了。这个世界，存在其他"人"，存在其他船，存在有着秩序的社会，存在着其他文明，这足以让他对未来凭空生出许多指望，甚至生出一些目前还相当模糊的规划来。胡思乱想中，邓肯回忆起了与那艘突然从浓雾中浮现的船只的遭遇细节，回忆起了那艘船上醒目的烟囱，以及它与"失乡号"交错而过时直接出现在他脑海中的那些机械结构。

"那是一艘机械动力的船……而'失乡号'看上去却像是上个时代的风帆战舰……"邓肯自言自语着，"但那又不完全是一艘机械船……"那艘船上存在某些意义不明的舱室，舱室中的布置就仿佛某种祭祀现场一样，船身的龙骨上还能看到许多奇怪的花纹和符号，像是装饰，但又超过了装饰的必要。

"山羊头，"邓肯突然开口道，他不知道那山羊头叫什么名字，便下意识地把脑海中的称呼直接说了出来，"刚才跟那艘船'交汇'的时候，那个看着像是船长的人对我大喊大叫，他说了什么？"山羊头似乎对船长如何称呼自己毫不在意，它欣然接受并很快答道："风浪太大，没有听清。"

"你也没听清？"邓肯皱了皱眉，"总觉得当时他的表情悲壮得就像准备跟我同归于尽一样，他喊叫的应该也是相当重要的事情。"

"想跟您同归于尽属于人类的正常反应，尤其是海上水手们的正常反应，并不值得大惊小怪，而他们如蚍蜉撼树的吼叫更不需要您劳心费力去关注……"那山羊头的回复显得特别理所当然，正从楼梯走上甲板的邓肯却差点脚下一晃，他惊愕地抖了抖嘴角："想跟我同归于尽是人类的正常反应？"

这话刚说完他便觉得有点不妥，因为这仿佛是在暴露他这个"船长"的身份存在漏洞，暴露他对"自身"的情况不够了解。这或许是刚才那绿火过度消耗了精力，也可能是与"失乡号"融为一体的感觉削弱了警惕性，不论如何，这都让邓肯瞬间有点紧张——但那山羊头却仿佛完全没有注意到。

"他们恐惧您，这很正常，"山羊头的语气竟好像还有点自豪，"任何在无垠海上航行的人都应该恐惧您，就像他们恐惧那些旧日的神明和亚空间中的阴影一样，说起阴影，您知道有一位杰出的工程学家……也可能是农业学家或者美食家曾经说过一句话……"

邓肯理智地没有接过这个话题，因为他很担心这话题继续下去自己会跟不上（当然更重要的原因是他实在不愿意搭理那山羊头，因为对方只要有人回应，其聒噪的程度便会呈几何级数上涨），而且下一刻，他就被甲板上的另一样东西转移了注意力。

"……这是什么玩意儿？"邓肯站在甲板边缘，愕然地看着船长室门口的东西。

这是个足有一人多长的木箱，做工看上去十分精良，不知名的暗沉木料被严丝合缝地拼接起来，又以黄金模样的金属进行了铆接、加固，其箱体边缘还可以看到铭刻的复杂花纹，像是文字，又像是刻意扭曲之后的象形符号——这箱子绝不是"失乡号"上的东西！邓肯之前从船长室离开的时候可没见过它！

山羊头的声音沉默了片刻后随之响起："不认识，但应该是战利品。"

"战利品？！"邓肯一下子没反应过来，他绕着那箱子走了两圈，"这玩意儿看着怎么跟口棺材似的，但又比普通的棺材精美多了。等等，战利品，你的意思是这东西是从刚才那艘船上'弄'过来的？！"

"一次成功的猎获，船长，"山羊头语气颇为严肃，中间还夹杂着恭维般的语调，"您的每次航行总是能满载而归，这是正常的发挥。"

邓肯下意识张了张嘴，寻思着自己也没打算从人家船上弄东西下来啊，这算是哪门子的猎获和"满载而归"？但转念一想，这话说出来不符合自己的"船长"形象，更重要的是那艘机械船此刻已经消失在海雾深处，联想到刚才那个白胡子船长瞪着自己时目眦欲裂仿佛要同归于尽般的状态，他寻思这东西应该是没办法给送回去了，便只能把所有话都压回肚子里头。

他站在那仿佛棺材一般的华丽木箱前，注意到这东西的盖子似乎已经松动，看上去一把就可以打开。犹豫了一下之后，他把手放在了木箱的盖子上——至少，他要搞明白刚才那番"灵界飚船"到底把什么东西弄到了船上。自己这副身体比想象中的还要强壮，而那盖子也不像想象的那般有分量，他几乎只是稍一用力，那看上去黑沉沉的箱盖便升起了一条缝，随后就被他完全掀开了。

邓肯看着箱子里面，目瞪口呆。

"一个人？"

木箱中，静静地躺着一位美丽的年轻女性——银白色的长发如水银般铺在箱内，容貌精致无瑕，又隐隐带着某种高贵超然的气度，她身着一袭华美的紫黑色宫廷洋装，双手交叠放在身前，似乎处于长久的沉睡之中。

完美得仿佛一具人偶。

"不对，这真的是个人偶！"

在仔细观察中，邓肯突然注意到了对方那非人的关节结构。一具人偶，一具精致到栩栩如生，让邓肯乍看之下都差点没分辨出来的人偶——她静静地躺在那华丽的木箱中，仿佛一位沉睡在棺材中的女士，正等待着有人来将其唤醒。

邓肯真的觉得对方下一秒就会醒来。

但这只是错觉，那人偶只是静静地躺在箱子中，对周围环境全无反应。邓肯警惕而谨慎地观察着这诡异的"东西"：一具人偶本身是没什么奇怪的，但对方那过于接近真人的外表以及那灵柩般的木箱却让他本能地产生了一种危险的感觉，再联想到这箱子莫名其妙出现在"失乡号"上的过程，也难怪他心生警惕了。

观察许久之后，邓肯确定箱子里这个华丽的哥特人偶不会突然跳起来给自己一波惊喜时，才稍微松了口气，随后他皱着眉询问起山羊头："你认为这是什么情况？"

"这应该是之前那艘船所护送的重要货物，"山羊头立刻回答道，尽管它之前表示并不认识那突然出现在甲板上的诡异木箱，但关于海上之事的经验，它显然比邓肯这个假船长丰富，"木箱外表有指向神明的符号，箱子周围有用于固定锁链的销钉，这或许说明它曾处于某种封印状态——在无垠海上运送封印物是一件风险极高的事情，那艘船看样子有些来头。"

"封印？"邓肯的眼皮下意识一跳，紧接着便看向了那已经被自己完全打开的箱子盖。在刚来到"失乡号"上的时候这盖子就坏了，所以才能被邓肯轻易推动，尽管他不懂封印之类的事情，但他相信这东西的封印绝对已经失效，"所以这东西是危险物？"

"对那些脆弱的普通人而言很危险，但我并不认为这对您会有什么威胁——这种可以被人用特殊技巧就封印起来的'异常'，无法抵抗邓肯船长的威能。"

邓肯沉默不言，表情严肃，心中却思绪起伏。山羊头的恭维听上去挺让人受用——如果他真的是什么"邓肯船长"说不定他还真信了，但他不是，所以他现在心里慌得不行。因为山羊头的话已经明确了这个躺在"棺材"里的人偶就是个"危险品"！只不过是威胁不到那个真正的船长罢了！

尽管他现在已经顶着邓肯船长的名头，甚至好像还占据了对方的躯体，掌握了一些力量，但"周铭"相当有自知之明——他并不认为这就能让自己变得和那个"真正的邓肯船长"一样。他对这个世界，对这艘船，甚至对自己如今这副躯体的了解都还太少。此外，他还敏锐地注意到山羊头刚才的话里出现了一个新的古怪词语——"异常"。

不合常规便是异常，这听上去好像是个很普通的词，但山羊头格外强调，却让他隐隐意识到这个词在这里似乎有着特殊的含义。或许，在这个世界的"异常"一词所指的不仅是"超出寻常"这一层含义，它还特指某一类事物？比如……一个躺在"棺材"里的人偶。

可惜的是，他没有合适的理由在这里询问这种应该是"常识"的事情。心中感慨了一下还是需要谨慎搜集情报、积累知识之后，邓肯皱着眉头看了那人偶一眼，仿佛下定了某种决心："我该把它扔回海里。"

说这话的时候他心中有一丝犹豫，尤其是在看着那人偶的时候，这种犹豫的情绪便尤为明显。这当然不是因为"这人偶很漂亮"这样简单的理由，而是因为……"她"真的太像一个沉睡在棺材中的活人了，在想到要将其扔回海中的时候，邓肯甚至觉得自己是在把一个活生生的人给扔下船去。

可这种犹豫的情绪反而坚定了他的决心。因为他早已知道，这个世界是存在许多诡异离奇之物的——尽管目前为止他在这个世界所接触的也不过只有一艘"失乡号"，但哪怕仅仅是在这艘船上，他就已经见到了会说话的山羊头、会自行扬帆的桅杆、永不熄灭的船灯，以及那片怪异危险的大海、令人心有余悸的灵界和无尽海雾……而就在刚才，他还撞上了一艘在这诡异大海上运送封印物的机械船，那艘船所"押运"的东西又离奇地上了"失乡号"的甲板。作为一个理智且谨慎的人，他不能因为这人偶看着漂亮就把这种极有可能蕴含诡异危险力量的东西留在身边。遗憾归遗憾，邓肯最终还是坚定地把那"棺材"的盖子又盖了起来，因为不放心，他又从船舱里找到钉子和锤子，认认真真地给那"棺材"又上了一圈铁钉。

最后，他把这装着人偶的"灵柩"推到了甲板边缘。

山羊头的声音传入耳中："您可以随意处置您的战利品，但我仍将恭谨且卑微地提出建议，您没必要如此谨慎，'失乡号'已经许久不曾增加过战利品了……"

"闭嘴。"邓肯简单地掐断了山羊头的絮絮叨叨。

山羊头沉默下来，邓肯则用力在那"灵柩"上踢了一脚，将其直接踹入海中。沉重的木箱在甲板边缘笔直下坠，径直落入了已经恢复成正常颜色的大海中。它发出沉闷的响声之后，又从水中浮上来，渐渐漂向了"失乡号"的船尾方向。

邓肯注视着那箱子随波漂远，直到其完全被船尾遮挡之后，才稍稍松了口气，随后他又抬头看向远处，看到海面上的雾霭已经完全消散，蔚蓝的大海正在"失乡号"周围缓缓起伏。这艘船已经完全脱离了"灵界"，重新回到了现实维度，在附近的海面上，完全看不到之前那艘与"失乡号"短暂交会的机械船的踪影。

邓肯眉头微皱，简单估算了一下两艘船交会之后所经过的时间以及两艘船各自的航速。根据目前海面上的情况，那艘船不应该这么快就消失在目视距离中。

"……这也是因为这片大海的诡异吗？还是跟所谓的'灵界航行'有关？"邓肯心中泛起了嘀咕，但很快，他的注意力便被别的事情吸引住——他看到海面上空那从未散开过的阴云深处突然泛起了一线金光。

亮金色的阳光渐渐充盈，厚重帷幔般的云层仿佛被无形之手拂去般渐渐消散，阴沉了不知多久的海面正在渐渐被阳光照亮——邓肯站在"失乡号"的船头，睁大眼睛注视着那阴云消散的风景，在这个瞬间，他突然感受到了一种莫名的触动。

自从多日前知晓了"这一侧"的存在，自从第一次探索这艘怪船，那不散的阴云便始终笼罩着整片海洋，以至于他几乎认为这个世界压根就没有阳光，认为这个世界会永远阴云密布。他已经与阳光阔别了太久，哪怕是在"门"对面，在周铭的那间单身公寓，窗外浓厚的雾霭也早已遮挡了太阳。

但现在，无垠海放晴了。在阔别阳光许久之后，他终于在"这一侧"的世界有了重见天日的感觉。

邓肯下意识地深吸了口气，向着阳光照耀的方向张开了双手，而那厚重的云层也仿佛与他呼应般迅速消散、褪去，在天光最耀眼的瞬间，那一颗被无数扭曲的金色光流所笼罩的巨大球体映入了邓肯眼中。

邓肯所有的表情凝固在张开双手迎接阳光的一刻。

他瞪着眼睛，直视着天空，阳光很刺眼，但远不像他所熟悉的那样刺眼，他能清晰地看到那个悬挂在天空的物体，看到它那仿佛有着无数密密麻麻纹路的球体外壳，看到它周围四溢出来的辉煌光流，以及在光流交织的背景下，以中央球体为中心呈同心圆状分布的、正在缓缓运转的两道圆环结构。

邓肯眯起了眼睛，他依稀分辨出，那两道圆环是由无数细密复杂的符文连接而成，就仿佛有某种无上的伟力在苍穹间铭刻下永恒的束缚，将"太阳"禁锢在了天空。

邓肯没能拥抱到他期盼许久的阳光。

这个世界根本没有阳光。

"那是什么？"他轻声说道，嗓音低沉得有些冰冷。

"那当然是太阳，船长。"山羊头的声音一如既往地冷静。

第二章

人偶灵柩

阳光很明亮。

如果那高悬天空的发光物体真的是太阳的话，那么它的"阳光"……确实很明亮。

邓肯不知道自己盯着天空看了多久，直到眼睛变得酸胀而难以忍受，他才从云端收回视线。然而那"太阳"的姿态仍然深深印在他的视网膜和脑海深处，哪怕闭上眼睛，他也仍然能清晰地回忆起它的模样——那散发着淡淡金光的球体，那围绕球体扭曲逸散的光流，以及在球体周围静静运行的同心圆环结构。

太阳不是这样的，太阳不应该是这样——在他所熟悉的那个世界，哪怕是到了异星的天空下，高悬天空的恒星也不会是这副模样。

但现在他必须接受事实了。

他在异乡，比想象更加遥远的异乡，甚至就连太阳，都变成了他无法理解的模样。邓肯下意识地回过头，看向了船长室前的那扇门。

将门向里推开，就可以返回他曾住了许多年的那间房间，返回他的单身公寓。但在那间房间外面，厚重的浓雾早已遮蔽了整个世界，他所熟悉的"故乡"，从某种意义上已经只剩下那最后的三十平方米小屋。看上去只要推开门就能返回的"家"，实际上只是另一艘海中孤舟。

长久的沉默后，山羊头的声音突然传入了邓肯耳中："船长，我们接下来要去哪儿？您有什么航行计划吗？"

航行计划？邓肯怎么可能有那种东西——尽管他也很想立刻就制定出一个完善的、探索这个世界的方案，敲定好接下来的航程，但他手头连一张正常的海图都没有，更不知道这个世界有什么陆地，有什么势力，也不知道这片无尽汪洋到底有没有个尽头。他在几个小时前才刚刚知道该怎么驾驶这艘"失乡号"。

但他仍然沉思起来，并在数分钟后于心中开口："之前那艘和'失乡号'撞上的船，是从哪儿来的？"

"您想前往那些城邦？"山羊头的声音有些意外，紧接着便劝阻起来，"我建议您最好不要靠近被那些城邦掌控的航道……至少现在不要。尽管您是伟大的邓肯船长，但'失乡号'现在的状态终究不如当年了，而那些城邦的卫戍海军和教廷卫队一定会拼尽全力抵挡您的……进攻。"

邓肯一时间有点无语，他突然很想知道自己所顶替的这位"邓肯船长"当年到底干了些什么天怒人怨的事情，以至于好像在尘世间露个面都能瞬间给刺激出个25人的"团本"（注：团本通常指网络游戏中一群玩家集结到一起合力完成的某个副本任务）来。而且听山羊头这话中委婉的意思，邓肯也意识到了"失乡号"以及自己这个"船长"现在的状态似乎并不像它平日里恭维的那样好——敢情幽灵船长和他的船虎踞远洋的原因其实是不敢返回文明世界的港口？

放逐的另一种说法就是前往世界尽头的旅行呗！邓肯有些许苦恼，他迫切需要找到了解这个世界的渠道，他必须想办法和这个世界的"文明社会"接触，不管是为了长久地在这里生存下来，还是为了解开谜团并返回自己所熟悉的那个"故乡"，他都不能继续随波逐流地在这片无尽汪洋上流浪，而问题在于——这个世界的"文明社会"好像不这么想。当地人眼中的"邓肯船长"就是个在主城外面浪的"世界 boss"（编者注：通常指虚拟游戏中玩家需要击败的最强大的终极敌人），一旦出现在视野范围内，就必须拉个25人"团本"的那种……

邓肯叹了口气——但凡这艘"失乡号"上能有本书看他都不至于这么被动，他在这儿唯一的情报来源就是那个神神叨叨的山羊头，可他现阶段又不敢在那个山羊头面前太过暴露自己的底细。

不过话又说回来……这偌大的一艘船上，怎么连一本书都没有？

孤独漫长的航海旅程对于在海上生活的人而言是一种极端的压力环境，人总要有点缓解压力的手段才行，普通的水手或许没什么时间读书消遣，但堂堂的"邓肯船长"……不可能是个文盲吧？要知道，"船长"可是个对知识水平要求很高的技术工种，哪怕是最粗鲁野蛮的海盗们，起码也得有个能看懂海图、懂得星相、会计算航线的船长才行。

心中有所疑惑，邓肯便随口问了出来——他问得很谨慎，尽可能表现得像是随口一提。而山羊头的回答倒是没什么迟疑："书？在海上看书可是一件危险的事情，幽邃深海以及亚空间的那些家伙每时每刻都在等着凡人的心智出现漏洞，而唯一安全的读物就只有那些教廷发行的'经典'。那东西倒是安全，但读起来枯燥得还不如去洗甲板……您不是一向对教廷的东西不感兴趣吗？"

邓肯顿时挑了挑眉毛。这怎么在海上看本书还能有生命危险？还只有教廷的"经典"才能被安全阅读？这片无边无际的大海到底是有什么大病？感觉才多掌握了一点有关这个世界的知识，又多了一些新的疑惑。邓肯只好强行把这些新的疑惑压在心中，他来到了船舷尽头，眺望着远方一望无际的海水与天空。

那轮金色"太阳"洒下万丈光芒，在海面上映出如细碎金箔般起伏的波动——如果不考虑那太阳过于诡异的模样，这倒确实是一番美景。

"我想听听你的建议，"斟酌再三，邓肯终于还是谨慎地对山羊头说道，"我对这漫无目的的航行有些厌倦了，或许……"他的话刚说到一半，一种异样的"感觉"便突然从心底传来，这感觉来源于他和"失乡号"之间的联系，就好像有什么"异物"突然接触了这艘船。紧接着，他又听到船尾方向传来了"咚"的一声，好像有沉重的东西撞在甲板上。

邓肯眉头一皱，紧接着便拔出了腰间已经上好弹的燧发短枪，另一只手则拔出了那柄单手长剑，随后飞快地跑向了声音传来的方向。片刻之后，他来到了船尾甲板上，而甲板上静静躺着的一样东西让他目瞪口呆——是那个如同灵柩般的华丽木箱。

是那个诡异的人偶！

一股毛骨悚然的感觉涌上了邓肯心头，他死死地盯着那个表面仍然湿漉漉的箱子，仿佛后者下一秒就会突然自行开启一般。随后，他便注意到那木箱盖子周围的钉子已经不翼而飞了——那是他在将这箱子扔入海中前钉上去的钉子，理应牢固无比。

就这样在箱子旁边警惕地对峙了好几分钟之后，邓肯才终于下定了决心，他一手紧握着燧发枪，另一只手则用长剑探入了木箱的盖子缝隙，随后用力将其撬开。华丽的箱盖吱呀一声开启，无生命的哥特人偶仍然静静地躺在其中，她被红色的天鹅绒内衬环绕，仿若沉睡中的公主。

邓肯盯着那人偶看了好几秒钟，以严肃的语气沉声开口："如果你是活的，那就起来与我交谈。"连着说了两遍，那人偶仍旧纹丝不动。

邓肯表情严肃地看着她，最终淡淡说道："很好，那我只能再把你送回去了。"

说完他便毫不犹豫地把盖子又盖了起来，然后拿来工具又给箱子上纵横交错地钉了一圈的"棺材钉"，敲完钉子之后还找到一根铁链，利用箱子上原有的挂钩，将它的盖子牢牢固定。做完这一切之后，邓肯直起身来满意地拍了拍手，看着被自己五花大绑又加了一圈"棺材钉"的"灵柩"微微点头："这次你应该没法揭棺而起了。"说完他便毫不犹豫地把那箱子再次踢入了海中。

目视着箱子落水，又目视着箱子随海流起伏并渐渐漂远，邓肯微微松了口气，随后转身离开船尾。但刚走到一半，他就猛然回过头，再次看向那箱子漂远的方向。木箱仍然在海面上随波逐流。

邓肯点了点头，扭头继续走开，随后又突然回头。那箱子还在海面上漂着，而且已经漂出去很远很远了。

"或许我应该给里面放一枚炮弹之类的东西，这样它就能沉下去了……"邓肯嘀咕了一声，这才转身慢慢朝着船长室的方向走去。

"您对那位女士有些严酷。"山羊头的声音在他脑海中传来。

"闭嘴！你管一个诅咒人偶叫'女士'？"

"那看上去好像确实是个诅咒人偶……但无垠海上有什么诅咒能比得过'失乡号'和伟大的邓肯船长？船长，其实那位女士挺温和无害的……"

邓肯："……"

这山羊头在说起"失乡号"和邓肯船长两者的诅咒以及恶名的时候为什么这么自豪？或许是察觉到了邓肯在沉默中的情绪不佳，山羊头立刻转移了话题："船长，您之前说想听听我的建议，具体是……"

"之后再说吧，我需要休息一会儿——之前驾驶'失乡号'在灵界航行损耗了我的精力，你接下来保持安静。"

"是，船长。"

山羊头安静下来，邓肯则回到了船长室中，他来到那张航海桌前，目光很随意地扫过海图。下一秒，他的目光突然有所凝固。那海图似乎出现了一点微妙的变化——原本覆盖整张图纸，仿佛有生命般不断蠕动的灰白色斑块好像消散了一点点，"失乡号"周围的海面正变得清晰起来！

这东西……难道在随着"失乡号"的航行而实时更新周围海域的信息？邓肯立刻来到航海桌前，全神贯注地关注着海图上的微妙变动。但他这聚精会神的状态很快便被打断了。

精神深处，"失乡号"再次传来了"接触异物"的信号，而紧接着，邓肯便听到船长室侧后方的甲板上传来"咚"的一声——那口"棺材"又回来了。

"失乡号"的船尾甲板上，邓肯面无表情地看着正静静躺在自己面前的华丽木箱，木箱边缘的水珠一滴滴地落在他脚边，证实着他此前将木箱扔入海中的记忆绝非虚假，也证实着这东西不久前还确确实实在大海中漂荡。如此诡异的情况足以让人心中发寒，然而不知为何，邓肯此刻的心情却比他自己想象的要平静。

或许是因为身处这本就无比诡异的幽灵船上，或许是因为前不久才经历了一次惊险刺激的"灵界漂移"和撞船事故，又或许是因为跟某个同样诡异的山羊头打了好几天的交道，邓肯已经对这个世界离奇古怪的超自然现象有了一定的免疫。事实上，早在上次把这个"诅咒人偶"扔下海的时候，他就隐隐约约猜到事情不会这么简单结束了。

他低下头，不出意外地发现之前钉在"棺材"周围的铁钉和那一圈锁链都已经不翼而飞，随后他弯下腰，再次用手中的海盗剑将"棺材"的盖子一把撬开。华丽的哥特人偶仍然静静地躺在红色天鹅绒内衬中央，双手交叠，恬静优雅。但邓肯这一次清晰地注意到了对方裙角似乎有被海水打湿的痕迹——一股轻微的海腥味则从"棺材盖"的内侧传来。

截至目前，这诡异人偶除了一次次去而复归之外好像并没有任何别的出格或危险举动，但仅仅是"去而复归"这一点，便已经算是"诅咒物品"的标准属性了。邓肯面无表情地看了那人偶一会儿，突然似笑非笑地打破了沉默："我突然想要满足一下自己的好奇心……"

话音落下，他便转身走向了不远处的船舱入口，颇为放心地把人偶留在了甲板上。虽然他个人对那人偶很警惕，并不想将对方留在自己身旁，但基于对"失乡号"以及对那个山羊头的了解，他知道暂时把那人偶放在甲板上也不会出太大问题，即便她暴起伤人，这艘船上的诸多"活物"也足以应付。

而他要在这段时间里做些"准备工作"。

邓肯穿过了船尾甲板，打开通往甲板下层的木门，踩着不知已经有多少年头的木楼梯，轻车熟路地来到了甲板下的船舱中。这里在船舱中属于"上层舱"，是安置火炮的地方——样式老旧的前装火炮静静地卧在船舱两侧，霉变发黑的木板盖在旁边的射击口上，黑漆漆的火药桶和实心铁球般的炮弹堆放在炮位之间，看上去仿佛已经堆积了一个世纪之久。

邓肯的目光扫过这些一眼看去颇具年代感的装备，心中突然想到一件事情，在这艘船上，他并没有看到除自己之外的第二个"人"影，那么这些火炮……又是谁在操控？难道就和"失乡号"本身一样，这些火炮到时候也是可以自行装填、自行发射的？那么船上的淡水舱呢？也是在自行补充？损坏的地方也是自行修复？或者说……这艘船真的有"损坏"的概念吗？

心中的疑问一个个冒了出来，却都想不到该从何解释。

邓肯很清楚，自己对这艘船的了解还是太少太少，尽管过去几天中已经对这里进行了一定程度的探索，但也仅仅是大致了解了它的上层结构。那些更深处的区域远比上层更加诡异，也更令人忌惮，再加上之前他一直寄希望于能够离开自己的单身公寓，返回地球上的正常世界，并未将主要精力放在"失乡号"上，这导致了他对进一步探索"这边"并没有太大动力。

但现在，他突然对这艘船有了更大的好奇，或者说……有了更大的"掌控意识"。

这是他的船，他理应去了解更多，这或许也是在握住那舵轮之后产生的变化。

邓肯摇了摇头，暂且将后续的探索计划放在心中，随后便来到了堆放炮弹的地方。片刻之后，抱着好几个铸铁炮弹的邓肯返回了船尾甲板，如他所想的那样——"棺材"里的诅咒人偶仍然老老实实地躺在木箱中。

"她刚才有什么动静吗？"

"完全没有，"山羊头的声音立刻传来，它好像已经憋了太久，一开口就噼里啪啦的，"这位女士如她的模样一般安静，您应该相信我的判断，她于您而言是温和无害的，既然她三番五次回到船上，那或许说明她与'失乡号'之间存在某种联系，一位伟大的园艺师曾经……"

"闭嘴。"

"哦。"

邓肯面无表情地注视着"棺材"里的人偶。也不知道她是真的不能行动，还是事到如今仍在假装沉睡——反正邓肯对此并不在意。

他要满足一下自己的好奇心了。

实心铁球般的炮弹格外沉重，在处决船上叛徒的时候，绑一发这样的炮弹，再老练的水手也得葬身鱼腹。邓肯往"棺材"里放了四个——然后又返回船舱，搬了另外四个。八枚炮弹几乎塞满了木箱里所有的剩余空间，那华丽典雅的哥特人偶现在被一圈炮弹包围着，看上去……武德非常"充沛"。

优雅是不怎么优雅了，邪门是真的邪门。

邓肯再次封住了"棺材"的盖子，然后颇为费力地把那木箱推到甲板边缘，饶是以自己如今的身体强度，完成这番操作都不太轻松。最后，他飞起一脚，将那"棺材"踢入海中。

沉重的落水声传来，华丽的木箱笔直入水，径直沉没。

邓肯仍然静静地站在甲板边缘，注视着木箱落水的地方，久久没有移动。

山羊头的声音传入他的脑海："船长，您是反悔了吗？如果您对于丢弃这件战利品感到遗憾，'失乡号'可以试着用船锚再把那箱子捞上来，虽然这不是船锚的正确用法，但船锚说它可以试试……"

"闭嘴。"

"但我看您已经在甲板边缘站很久了……"

"闭嘴。"

"哦。"

邓肯轻轻呼了口气，在狗腿子山羊头面前，他总不能承认自己脚趾头疼。于是他就在甲板边疼了好几分钟，全程努力维持着一个威严船长应有的严肃，到最后他都有点怀疑自己看上去是不是像一块望妻石时才终于缓过劲来，然后不紧不慢地返回了甲板下的上层舱中。

又安静地等了几分钟之后，估摸着时间差不多了，邓肯才走向上层舱的船尾区，并打开了两尊尾部火炮中间的观察窗口，凝神关注着海面上的动静。那山羊头安静了也没多久，这时候便忍不住了："船长，您这是……"

邓肯一边全神贯注地盯着海面一边回了一声："我很好奇那个诅咒人偶到底是怎么回来的。"

"呃……因为她是个诅咒人偶？"

"……我很欣赏你这种不求甚解的态度，但我认为，即便是个诅咒人偶，她返回船上也一定存在某种过程。她想假装自己是'死'的，但又一次次回到船上，我认为这中间一定有着原因，而且她一定存在交流能力……可她现在拒绝交流，那我就只能想办法抓住她的行动规律，强行跟那家伙建立交流了。"

听着邓肯的解释，山羊头沉默了两秒钟，突然试探着问道："船长，您好像……兴致突然变高了？啊，这可真是个好现象！自从上次睡醒之后您的心情就一直不是很好，显得对很多事情都失去了兴趣，您忠诚的大副兼二副兼……"

"闭嘴。"

"哦。"

山羊头安静下来之后，邓肯仍然在凝神关注着海面上的动静，而在他的视线中，船尾方向的海面只有一片平静——那口"棺材"似乎真的沉入深海，不再出现了。

但有了前两次的经验，邓肯这一次格外有耐心，他默默计算着时间，默默等待，默默观察，任凭时间流淌。他自己都没有注意到，他正在主动期待那人偶重新出现。

然后，他视野中真的出现了一个小小的黑影。

在一次波浪起伏间，那黑影冲入了邓肯的眼帘，那是一口精美的木箱，如风浪中的孤舟般破开了海面，而那美丽的哥特人偶正站在木箱中，以一个颇有气势的姿势抱着她那华丽的"棺材盖"，在风浪中左右开弓地玩命划水往前冲——一个站在"棺材"里挥舞着"棺材盖"乘风破浪的哥特人偶。

优雅是不怎么优雅了，邪门是真的比八个炮弹还邪门。邓肯觉得自己大概一辈子也忘不掉这个画面——诡异危险的无垠海上，一个被神秘力量驱动的哥特人偶立于"棺材"之中，双手抱着巨大的"棺材板"，乘风破浪而来……

而且看上去好像不是很高兴。

这不管从哪个角度看都过于邪门了，以至于一时间邓肯甚至不知道是该先惊讶于那诅咒人偶真的在活动，还是该先震惊于她那抢着"棺材板"排山倒海的气概，他只觉得这一幕实在有违他一开始的想象——他想象过很多种对方回到船上的方法，但唯独没有想过这么个景象。

而就在邓肯愣神的片刻工夫，那人偶已经来到了"失乡号"的船尾附近。

尽管用的工具是"棺材板"，但她有着异样的灵巧与力量，划水速度快得惊人。邓肯小心翼翼地把头探出观察口，便看到那人偶将"棺材板"往"棺材"里一扔，紧接着便伸手抓住了船尾部突出的一块木头，开始飞快地向上攀爬——灵活且迅捷得就好像有无形的绳索在牵引着她向上。而那口看上去颇为沉重的"棺材"更是诡异地直接从海中飘了起来，仿佛失去重量一般飘浮在人偶身旁。

邓肯赶在那人偶注意到自己之前飞快地把头收了回去。

而那人偶则显然没有发现这艘幽灵船的船长一直在暗中观察，她几乎是眨眼间便爬上了"失乡号"高耸的船尾，一翻身跳到了甲板上，随后又在空中挥动了一下手指，让那飘浮在自己身旁的"棺材"稳稳当当地落在脚旁。接着她四处转头，似乎是在观察甲板附近的情况，确认四下无人之后，她便飞快地整理了一下已经被打湿了些的衣裙，开始手脚并用地往"棺材"里爬。

爬到一半的时候便被一把突然从旁边冒出来的海盗剑给挡住了——紧接着，是传入耳中的、燧发枪击锤抬起的咔嚓声响。人偶的动作瞬间僵硬下来，她尝试扭头，却看到一个浑身缠绕着绿色火焰的幽灵船长正站在旁边冷冷地注视着自己，那仿佛从灵界深处传来的声音冰冷幽邃："哦，我抓到你了，人偶。"

在邓肯眼前，那人偶明显颤抖了一下，她似乎受到惊吓，想要本能地向旁边躲避，但情急之下动作有点走形，其上半身一晃，邓肯便听到清脆的"咔嚓"声从对方的肩颈位置传来。

然后她的脑袋就掉下来了……

当着邓肯的面，一颗美丽的头颅从人偶身上落下，银白色长发在海风中散开，缠绕着头颅一道滚落在他脚旁——那人偶的身体仍然维持着准备逃跑的姿势，一只手茫然地在半空中抓着，头颅却无助地盯着邓肯，嘴巴一张一合："帮……帮……帮……"

不夸张地说，邓肯这一刻心脏都不跳了——虽然他很怀疑自己在被幽灵烈焰焚烧的时候心脏还存不存在。那人偶脑袋落下的一幕仍切切实实地给他造成了震撼，只不过熊熊燃烧的幽灵烈焰遮掩了他此刻惊悚的面容，而他在惊愕之下的片刻迟疑则被人偶当成了某种冷漠对待，以至于人偶小姐根本没发现这可怕的邓肯船长好像比自己还紧张，只是一个劲地重复着："帮……帮……脑袋……掉了……"

邓肯终于反应过来，他安抚着自己那此刻正存在于想象中的小心脏，尽全力控制着自己的动作和声音，以最大的冷静和镇定观察了那人偶一会儿，确认了这诅咒人偶尽管有着种种诡异之处，但看上去……她好像更怕自己这个幽灵船长。

明确了这个事实后，邓肯意识到自己必须维持这种冷静。他还不了解这个世界，更不了解这个诅咒人偶，而在能彻底掌控局势之前，"可怕的邓肯船长"这个身份是他确保安全的最大倚仗。另一方面，他也不能把眼前这个人偶放着不管——虽然事情的发展不太符合自己一开始的预料，但从结果来看，这个人偶终究是可以与自己交流了。

他将燧发枪收了起来，另一只手则继续握着手中利剑——在近距离下，只有一次射击机会的燧发枪显然不如刀剑可靠，更何况他仓促间练习的枪法还远不能让自己变成一个熟练的枪手——随后他用空闲出来的手抓起了人偶那落在地上的头颅。

这感觉非常怪异，尽管知道对方只是个诅咒人偶，但伸手抓起一个"脑袋"的感觉仍然让邓肯心底有些犯嘀咕，而紧接着从这颗头颅上传来的温度感更是让他产生了将其扔出去的想法——太邪门且诡异了。

但他最终还是克制住了心底传来的那些异样感，冷静地与那脑袋对视着："需要我帮你放回去吗？"

"自……自……自……"

"好，你自己来。"邓肯点点头，随手把那脑袋递到人偶那正在半空中胡乱抓握的手中。

然后他便看到那双手极为娴熟且灵巧地接住了头颅，还顺手整理了一下有些杂乱的银发，又调整了一下角度，把脑袋往脖子位置一放，伴随着清脆的咔嚓声，球形关节严丝合缝——整个过程行云流水，显然不是第一次这么干。紧接着人偶那有些僵硬的面孔便迅速灵动起来，她眨了眨眼，长出口气："呼……活过来了。"

邓肯："……"

不管从哪个角度，他都觉得自己该吐槽一下，但想了想自己"邓肯船长"的人设以及眼前这人偶情况不明的底细，他最后只是面无表情地对那人偶点了点头："很好，现在你跟我来——你三番五次来到我的船上，我们得聊聊。"

一边说着，他一边散去了身上缠绕的幽灵烈焰，恢复了自己一开始的模样。主动转化成"灵体形态"，这是他在握住"失乡号"的舵轮之后便掌握的力量，但这毕竟是仓促间接触的东西，现在还远远说不上熟练，更谈不上对这份力量有什么"利用心得"。除了能用来开船之外他甚至不知道这玩意儿还有什么别的功能——刚才放出来，其实也只是为了在诡异的诅咒人偶面前营造个强势形象，顺便给自己壮大声势罢了。

现在形象已经确立，人偶也很配合，继续维持烈焰消耗精力可就没什么必要了。

那诅咒人偶听话地从"棺材"旁站了起来，紧接着便惊讶地看到了邓肯恢复人类外形的过程，她目瞪口呆："你……你不是幽灵？"邓肯淡淡看了她一眼："必要的时候，可以是。"

人偶抬起一只手扶了扶脑袋，眼神中似乎有些敬畏。邓肯也不知道这家伙在敬畏什么，但看得出来她的脑袋好像不是很牢靠——刚才可能又差点被吓掉。

他转身向船长室的方向走去，而通过与"失乡号"的实时联系，他能感觉到那人偶在短暂迟疑了一两秒钟之后也老老实实地跟了上来。与料想的一样，那口华丽又古怪的"棺材"也紧紧飘浮在人偶身后，她似乎走到哪里都要带着它。

片刻之后，邓肯带着那诅咒人偶来到了船长室中。在木雕山羊头幽幽的注视下，幽灵船长与诅咒人偶隔着航海桌面对面而坐，邓肯坐在他那把黑沉沉的靠背椅上，他对面的人偶小姐则把那口跟棺材一样的木箱当成椅子，优雅端庄地坐在上头。

她确实是优雅端庄的，当她保持安静的时候，当她银发披散，身着哥特式长裙坐在木箱上的时候，都端庄美丽得仿佛一个应该置身于宫殿之中、被卫兵拱卫的艺术品。可惜邓肯只要一看见她，就会联想到这位小姐刚才乘风破浪以及和木箱分头行动的过程……

他叹了口气，恢复那副冷漠又威严的模样，注视着人偶小姐的眼睛："姓名？"

"爱丽丝。"

"种族？"

"人偶。"

"职业？"

"人偶……为什么要问这些？"

邓肯想了想："做一些基本的了解。"

宽大的航海桌两侧，"失乡号"的船长邓肯与受诅咒的人偶爱丽丝面对面而坐，两人（尽管这两个可能都不是人）之间的气氛说不上融洽。自称"爱丽丝"的人偶小姐看上去仍然有点紧张，尽管眼前的幽灵船长已经向她承诺了暂时的安全，但在邓肯那张天生威压的面容前，哪怕她是诅咒人偶也安不下心来。她此刻正保持着端庄的仪态坐在自己的"棺材盖"上，但悄悄捏在一起抓着裙边的手指却暴露了她的不安。

邓肯则暂时沉默着，一边思索一边观察着眼前这位……"女士"。

一个被不明动力驱动的人偶，一个明显不是血肉之躯，却能说能走甚至有一定体温的"超自然个体"，这如果放在他老家那边，是要上《走近科学》的——而且起码能上三集半。邓肯不知道像爱丽丝这样的人偶在这个世界属于哪种存在，但在这几天与山羊头相处的过程中他也旁敲侧击地了解到了一些情报，他知道尽管这个世界存在"超凡异象"，可各种超凡事物也不是什么寻常可见的东西，而眼前这位人偶小姐……

邓肯猜测她即便在这个奇诡异常的世界上也应该属于某种特殊存在。

他的猜测并非无的放矢——那艘与"失乡号"迎面相撞的机械动力船很新，而且拥有一支训练有素的海员队伍。他曾亲眼看见，尽管陷入极大恐惧，那艘船上的许多水手依旧坚守着各自的岗位，而且那艘船内部还有大量看不明白用途的舱室与物品，很多物品上都描绘着复杂的符文标记，而那些标记的风格与爱丽丝"灵枢"表面的符号非常相近……

换言之，那样一艘新锐舰船，其出航的目的极有可能就是护送……或者说"押运"爱丽丝这个诅咒人偶。邓肯在座椅上调整了一下姿势，以安逸却又严肃的眼神注视着爱丽丝——自己的船上多了一个了不得的"客人"，这一点毋庸置疑，但换个角度，这位人偶小姐似乎也不是什么可怕的人物，她胆子好像还挺小的。

毕竟刚一见面时，自己这边还没说什么话呢，她的头就被吓掉了。

"请问……"大概是邓肯长时间的沉默与注视带来了太大的压力，爱丽丝终于忍不住开口了，"还有……"

"你从哪儿来？"邓肯终于收回了那让人颇感压力的注视，以一个较为平和的语气问道。

爱丽丝明显愣了一下，好像是对邓肯这个问题的含义还没反应对来，过了几秒钟，才用手指轻轻了敲自己身子底下的华丽木箱："从这儿。"

邓肯表情瞬间有点僵硬。"我当然知道你之前躺在这个箱子里，"他轻咳了两声，"但我问的是你从什么地方来。地点，明白吗？你有故乡吗？或者某种可以称得上出发地的东西？"

爱丽丝又仔细想了想，很坦然地摇摇头："记不清了。"

"记不清了？"

"人偶何来故乡呢？"爱丽丝双手交叠放在腿上，端庄且认真地回答道，"我大部分记忆都是躺在箱子里，我躺在这里面，被人从一个地方运送到另一个地方，偶尔能模模糊糊地感觉到有人在箱子外面走动或看守……啊，我还记得一些低声的交谈，那些在我的木箱外面看守的人，他们用恐惧又紧张的语气谈论一些事情……"

邓肯扬了扬眉毛："谈论一些事情？他们在你身边谈论什么？"

"只是一些无聊琐事而已。"

"但我产生了好奇。"邓肯很认真地说道——他相信那些可能真的只是些无聊琐事，但现在他真的很需要尽一切可能了解这个世界。

"……好吧，最常听到的是一个名号，'异常099'——他们似乎用这个来指代我和我的木箱，但我不太喜欢，我有名字，"爱丽丝一边回忆一边说道，"除此之外还偶尔听到他们谈论封印和诅咒什么的，但大都记忆模糊了。我在箱子里的时候会睡觉，并不太认真去听外面的动静。"

人偶不紧不慢地说着，随后又好像突然想起什么，补充了一句："不过最近听到的东西倒是还记得，那应该是在我来到你的船上之前吧，那些在木箱外交谈的声音频繁提到一个地方，普兰德城邦，那似乎是他们的目的地……应该也是我的目的地？"

"普兰德城邦？"邓肯眼神内敛，在心中将这个名字默默记下。他终于又得知了一点有用的东西，尽管他不知道这点有用的情报要什么时候才能派上用场。随后他抬起头，再度注视着眼前的人偶小姐："除此之外呢？"

"除此之外，我大部分时间都只是睡觉而已，船长阁下，"人偶小姐一本正经地说道，"当你被人封锁在一个灵柩一样的大箱子里，周围还不断有令人昏昏沉沉的呢喃低语钻入耳中的时候，不睡觉还能干什么呢？在'棺材'里仰卧起坐吗？"

邓肯嘴角抽了一下。仪态端庄，脑袋不掉的时候是个优雅美人，但实际上不但会划着"棺材板"乘风破浪，还会突然蹦出把人噎死的垃圾话来——他心中迅速构建好了这位爱丽丝小姐的新形象。但他在表面上仍然维持着沉稳威严的形象，只是不置可否地"嗯"了一声便接着开口："所以，除了在木箱中昏昏沉沉之外，你对外边的世界根本一无所知，你既不能告诉我这个世界如今的变化，也不能告诉我任何一个港口或城邦具体在什么地方。"

"恐怕是这样的，船长阁下，"人偶小姐一本正经地点了点头，紧接着好像突然反应过来般微微睁大了眼睛，颇为紧张地注视着邓肯，"所以……你是又打算把我扔下船了？因为我没什么价值了？"

邓肯还没开口，便听到爱丽丝又紧接着说道："好吧，我理解，这毕竟是你的船，但这次能不能别往箱子里塞炮弹了？说认真的……八个炮弹稍稍有点过分了……"

看得出来，这位人偶小姐的心情不是很好——但又不太敢发作出来。

邓肯也很尴尬，他主要尴尬在当初往箱子里塞炮弹的时候完全没考虑过之后还要跟当事人心平气和讨论此事的情况——那时候他只把箱子里躺着的爱丽丝当成一个标准恐怖片里的诅咒人偶，满脑子浮现的画面都是朝着这个画风走的……他哪想过这个诅咒人偶不是从《咒怨》里走出来的，而是从四合院里走出来的？

于是前期为了对抗恐怖诅咒而做的准备现在全变成了尴尬。

不过邓肯好就好在脸皮比较厚，而且那张威严阴森的面容就跟刀砍斧剁一样刻在脸上，只要末梢神经不短路他就还能绷得住，于是他强行无视了八个炮弹带来的尴尬，只是云淡风轻地摇了摇头："我还没有想好是否要把你扔下船，毕竟你似乎总有办法再回到船上，我只是有些好奇，你为什么非要一次次地回到'失乡号'？看得出来，你其实很忌惮我，也忌惮这艘船——既然如此，何不远离这份危险？"

"这艘船叫'失乡号'？好吧，我确实有点……害怕你和你的船，但比起这个，大海深处不是更危险吗？"人偶小姐静静地注视着眼前的幽灵船长，在她的视野中，这个身材高大的男人身后是一片无边无际的晦暗虚无，那片晦暗与船舱中的真实景象交叠着，仿佛两个世界被强行叠加在一起。但比起这庞大到令人窒息的虚无阴影，那些来自无垠海更"深"处的东西更让身为"异常099"的她感到危险，"在这个世界上，还有比深海更令人恐惧的地方吗？"

深海是值得恐惧的。

爱丽丝是一个人偶，但她仍然有着足以表达感情的灵动眼神以及难以用常理来解释的表情变化，所以邓肯可以很明显地从对方神色中察觉出那种对于深海……或者说深海中某些"事物"的恐惧与抵触，而再联想到自己之前在海上见到的灵界与所谓边境异象，他很容易便可以意识到——自己所置身的这片汪洋大海，绝对隐藏着大恐怖。

然而"失乡号"便在这片无边无际的汪洋上航行，之前在灵界撞到的那艘机械船也在这片汪洋上航行。这不禁让他对某些更加遥远的地方产生了好奇——这个世界的陆地，是什么样的？或者说，这个世界存在正常的陆地吗？然而眼前的人偶无法回答自己的问题，爱丽丝记忆中的大部分时间都处于昏昏沉沉的状态，根据邓肯的判断，那应该是某种封印……或"压制"所产生的影响。

他还记得自己在和那艘机械船交会而过时，透过"失乡号"庞大的感知所观察到的船舱情况，那些玄奥神秘的符文、宗教象征意味浓郁的布置以及爱丽丝"灵枢"外面铭刻的符号无一不说明着一件事：她这个诅咒人偶在"文明社会"中肯定是被人深深忌惮的。

邓肯若有深意地看了眼前的人偶小姐一眼，后者则回以坦然且恬淡的神情。

"再确认一遍，你完全不记得自己是从哪儿来的，也记不清自己过去都有什么经历，没错吧？"

"不记得，"爱丽丝很认真地回答道，"从有记忆以来，我就一直躺在这个大箱子里了——虽然不知道为什么，但我周围似乎始终有一群紧张兮兮的人，他们生怕我从里面出来，便用各种办法把箱子封住。说实话，现在回忆起来，我竟然觉得你之前在我箱盖上钉的那圈钉子还挺友好的……虽然后面你又加了八个炮弹，但起码你没有再往里面灌铅是吧？"

邓肯这次却没有在意爱丽丝的垃圾话，而是接着问道："那你的名字又是从何而来？是谁给你起了这个名字？如果你真的不曾离开箱子，也不曾与其他人接触，你为何会有个名字？难道这是你自己给自己起的？"

爱丽丝突然愣住了。

她似乎真的陷入了迷茫，保持着呆愣的状态长达十几秒钟，几乎就在邓肯担心这人偶是不是也有"死机"这个设定的时候，这位人偶小姐才再度恢复活动："我……不记得了，我从一开始就知道自己叫爱丽丝，但这个名字不是我自己起的，我……"

她迷茫地喃喃自语着，双手下意识地扶住了脑袋，这模样让邓肯眼角一跳，赶紧喊停："好了，不记得就算了，你不用把脑袋揪下来……"

爱丽丝："……"

在这之后，邓肯又向眼前的人偶小姐询问了许多问题，然而遗憾的是，其中大多数都没什么结果。就如人偶小姐自己所述的那样，她有意识以来的大部分时间几乎都是在那个"灵枢"中昏昏沉沉地度过，维持着一种沉睡与半醒交替的状态。她对外面的世界所知甚少，仅有的知识都来自半梦半醒间听到的"灵枢"外的交谈声，而这些琐碎的知识几乎无法为邓肯拼凑出这个世界的轮廓。

但即便如此，邓肯也不是毫无收获——在和爱丽丝的交谈中，他至少确定了几件事情：这个世界存在一种被称作"城邦"的势力结构，"城邦"这个单词在人偶小姐的讲述中反复出现，几乎构成了她旅途的全部。而她这一次原本的旅途终点，就是一个被称作"普兰德"的城邦，那似乎是个繁荣的地方，水手们在交谈中说它"在许多航路上都有着重要的位置"。

其次，爱丽丝还有个"异常099"的名号，而且这似乎才是文明世界的某种"官方"称呼，至于她自己所说的"爱丽丝"这个名字，目前为止除了她自己和邓肯之外貌似根本没有第三个人知道。

最后，爱丽丝一直在被从一个城邦转移到另一个城邦，而且被这样转移的"异常"似乎不止她一个，在某些旅途中，她曾听那些负责"护送"的人在交谈中提及"其他封印间"这样的字眼。

邓肯据此大胆猜测，或许这种将"异常"不断转移地点的行动本身也是封印异常、避免其"脱困"的必要手段。而显而易见的是，这一次负责运送"异常099"的那支队伍倒了大霉——因为横空出现的"失乡号"，他们所押运的"人偶"已经脱困了。只是不知道，这个奇奇怪怪的诅咒人偶到底有什么可怕之处，她脱困又会造成怎样的破坏。

毕竟……她在"失乡号"上待着的时候看起来还挺无害的。

坦白说，邓肯挺失望的。他原以为自己终于找到了一个能够帮助自己了解这个世界的情报渠道，却没想到那"棺材"里躺着的家伙跟自己一样糊涂。但当他目光再次扫过仍然静静坐在木箱上的爱丽丝时，这点失望又变淡了少许。至少，他现在在"失乡号"上多了个可以交谈的对象——虽然她好像是个人偶，虽然她脑袋掉下来的时候很惊悚，虽然她肯定还有更多秘密，虽然她偶尔会蹦出点垃圾话。

但她总比那个聒噪的山羊头画风正常。

而且说起诡异危险……这片无垠海，这艘"失乡号"，这船上稀奇古怪的东西，哪个看起来安全？甚至从旁人的视角来看，他这个"邓肯船长"才是无垠海上最危险的一个。邓肯呼了口气，不知不觉间，他的表情舒缓了一点，并带着一种闲话家常的态度问道："我想知道，如果我再次把你扔下船，你会怎么办？"

爱丽丝眨眨眼："这次还塞炮弹吗？"

"不。"

"那还钉钉子吗？"

"呃……不。"

"灌铅吗？"

"不……咳，我的意思是，如果我拒绝你留在船上……"

"那我就划回来，"爱丽丝端庄地坐着，一脸坦然地开口，"我可不想被这片大海吞噬，你这艘船上起码有个落脚的地方。"

邓肯被这个人偶的坦然震惊到了，以至于一时间都不知道该说她是诚实还是脸皮厚，斟酌再三才冒出一句："你大可以委婉一点……"

"反正你已经知道答案了，不是吗？"爱丽丝微笑着说道，"不过如果再回来，我可能会想办法藏在船舱里的某个地方不让你发现，不会再大大咧咧跑到甲板上了。我苏醒时间尚短，之前几次返回时考虑得都不太周全，但现在我有了经验……"

邓肯打断了她："我的感知遍布整艘船，甚至可以判断出每一朵浪花拍击船壳的位置。"

爱丽丝后面的话顿时被憋了回去："啊……"

邓肯又继续一脸平静地说道："而且我也可以选择直接摧毁你，用更彻底的方式避免你继续纠缠我和我的'失乡号'。"

人偶小姐似乎真的没有想过这个可能性，她下意识地睁大了眼睛，然后脖颈附近咔哒一声……

无头人偶手忙脚乱地接住了自己的脑袋，开始毛毛躁躁地往脖子上按。严肃的气氛顿时营造不下去了，邓肯只能哭笑不得地叹了口气，等爱丽丝把脑袋安回去之后才接着说道："不过，我突然觉得这艘船上多一个船员也不是坏事——如果你能在这艘船上老老实实的，我可以给你安排一个位置。"

"你早说啊！我头都吓掉了！"

邓肯终究是没忍住，眼角抖了一下："所以你这脖子到底是怎么回事？"

爱丽丝一脸无辜："我不知道啊！我平常又没那么多机会'出来活动'，我哪知道自己的身体为什么会有这样的毛病……"

邓肯默默看了爱丽丝几秒钟，一脸认真地说道："看来长期卧床对颈椎不好。"

爱丽丝："……"

看着一脸无语的人偶小姐，邓肯的心情突然好了一点。

"好吧，总而言之，'失乡号'上多了一个新船员——跟我来，我给你安排一个休息的地方。"

"失乡号"很大，出奇地大——作为一艘风帆动力的船，它的规模在邓肯看来几乎已经超过了必要的限度。如此大的规模，意味着更大的货舱、更多的火炮、更坚固的结构，以及在风浪面前更加稳定的姿态——这一切都意味着它足以面对最艰辛的远航挑战。但目前的邓肯对所谓的远航尚无任何计划，这艘大到出奇的幽灵船带给他的只有孤独感，所有如果船上能多一个可以说话的"船员"绝非坏事。

反正这艘大船上有的是闲置的"客房"。

脚步声打破了走廊中的寂静，邓肯带着那哥特人偶走下木质楼梯，来到了船尾甲板下层的船舱中，这里就位于船长室的正下方，从结构来看，应该算是这艘大船里的"上等居住区"，比起更下层那些黑暗阴森又透着丝丝诡异气息的区域，这里至少算得上明亮整洁。

邓肯在一个船员舱前停下了脚步，接着随手推开了那扇虚掩着的木质房门，里面是一个有着简陋陈设的单人房间。船上有数个像这样的单人舱室，但都闲置已久，而且完全看不出曾有人使用过的迹象。在初步探索过"失乡号"的上层区域之后，邓肯便注意到了这些空房间的存在，只是当时并未多想，但如今他已经亲自执掌这艘幽灵船，知道了这艘船能够独自航行的秘密，一种疑惑便油然产生。既然这艘船根本不需要船员……那么船上的这些船员舱又是给谁准备的？

上层船舱里的单人房间显然是给大副、二副、水手长之类的上层海员预备的，而在下层区域更有着为一般船员准备的通铺船舱，此外船上还有明显供多人使用的餐厅和棋牌室——和那些无需人工操控的风帆、缆绳不同，这些设施的存在本身，便是给"人"准备的。

但这艘船根本不需要船员。

邓肯微微皱着眉头，他已经意识到了，这艘如今在海上独自航行的幽灵船，在它历史上的某个时期……应该也是有船员的。至少在这艘船建造之初，它便设计了合理的乘员设施以供船员使用。那么到底是发生了什么事，才导致这艘船变成如今这副模样？这艘船上原本的船员们又去了什么地方？真正的"邓肯船长"是这艘船自始至终的主人吗？那个诡异的山羊头，又知道些什么内幕？

"船长？"一个疑惑的声音突然从身后传来。

邓肯的思考被瞬间打断，同时吓了一大跳，紧接着他才意识到这是那位人偶小姐发出的声音——他竟然一时间忘了爱丽丝的存在。过去这些日子，邓肯已经适应了这艘船上只有自己一个活人的现状，那个聒噪山羊头的声音他也习以为常，结果这时候突然多了个爱丽丝，他倒有点不习惯了。

"我叫邓肯，你可以叫我邓肯船长——当然，直接叫船长也是你的自由，"邓肯迅速整理了一下表情，这才转过身来看着跟在自己身后的人偶小姐，"这个空房间以后就是你的了，进去看看吧。"

"啊，好的！"爱丽丝点了点头，先探着头越过邓肯的肩膀看了一眼房间里的情况，随后才转过身抓住了那口始终飘浮在她身后的木箱，将其扛在肩膀上后，小心翼翼地走进房间。看到爱丽丝那口始终形影不离的"棺材"，邓肯忍不住嘴角抽动，他又看见人偶小姐把那"棺材"小心翼翼地放在床铺旁边，格外仔细地检查了一下"棺材"里面铺着的天鹅绒内衬，这才开始环视房间中的陈设。邓肯终于忍不住开口："你要一直带着这个箱子？"

"是啊，"爱丽丝理所当然地说道，"不然我把它放哪儿？"

"这箱子曾是你的封印，我还以为你会在意这点，"邓肯皱了皱眉头，"现在看来，你倒是离不开它。"

"封印我的是那些人，又不是箱子的错，"爱丽丝坐在了箱子上，一边说着一边拍了拍木箱的盖，"您要一起进来坐坐吗？"邓肯摇摇头："不必了，你对这房间感觉如何？"

"啊，非常好，"爱丽丝看上去挺高兴，她环视着房间中简陋的陈设，却好像正置身于华丽的宫廷，"那个是衣柜吗？我没什么可替换的衣服，应该用不上，但有个柜子挺好的。哦，还有一张桌子，将来可以往上面放东西，但我好像也没什么可往上面放的……或许可以用来放发？梳头的时候会比较方便……"

"你满意就好，"看着一个哥特人偶坐在"棺材"上规划生活是很诡异的景象，尤其是这规划中还出现了一些很可疑的内容，但邓肯脸上却慢慢露出了一丝微笑，接着他向后退了半步，表情恢复如常，"你可以先在这里休息一会，适应下这里的环境。"

"除了通向下层的楼梯之外，你可以在这一层以及甲板层自由活动，这里结构并不复杂，你应该很快就能掌握所有房间的位置。"

"我就在船长室，你有事可以去那边找我——如果我不在，航海桌上有一个会说话的山羊头，他是我的大副。"

爱丽丝前边还在一边听一边点头，等听到最后两句的时候却一下子睁大了眼睛："山羊头？那个黑漆漆的木雕？！"

"看来你已经注意到它了。"

"我是注意到了……可你说它会说话？而且是你的大副？！"爱丽丝一脸的惊奇，"我还以为那只是个……太不可思议了！"

"……你是一个会说会走的人偶，"邓肯面无表情地看着爱丽丝，"你还觉得一个会说话的山羊头不可思议？"

爱丽丝愣了一下，低头看看自己的双手，仿佛刚反应过来般嘀咕起来："啊……好像也是……"邓肯摇了摇头，转身离去："就这样，你在这里休息吧，有事找我。"

从他身后传来了爱丽丝的声音："好的，船长。"

离开之后，邓肯没有再去别的地方，而是径直返回了自己的船长室，他来到那宽大的航海桌旁坐下，桌上的木雕山羊头立刻便活动起来，吱吱嘎嘎地把脑袋转向邓肯：

"啊！是船长回来了！看样子您已经安顿好了那位女士——您看，就像我说的那样，那是一位温和无害的女士，对您的航海之旅绝无妨碍，还可以陪您聊天解闷。我看您已经决定把她留在船上，您打算给她安排些什么事情做吗？'失乡号'不怎么需要人，甲板会清洗甲板，火炮会擦洗火炮，水舱会维护水舱……或许她可以负责管理厨房？您似乎一直对船上的伙食不太满意……啊，说起伙食，我们好像需要补充些食材，仓库里那些咸肉干和硬奶酪可能有点陈旧了，虽然粗鲁的海员不会挑剔海上的食物，但伟大的邓肯船长必然……"

邓肯感觉自己脑浆子都快沸腾了，他这一刻再度确信了一件事：有这个聒噪的山羊头在，他确确实实需要一个像爱丽丝那样"正常的"谈话对象！

"闭嘴，"他狠狠瞪了山羊头一眼，在后者闭嘴之后才接着说道，"刚才爱丽丝在的时候你倒是很老实，我还以为你终于学会保持安静了。"

"船长面试新船员的时候可不能插嘴，这是海上的规矩，哪怕我是您忠诚的大副兼二副兼水手长兼……"邓肯没等山羊头说完（事实上如果他不打断，这个山羊头根本说不完）："这些天注意盯住那个人偶的动静。"

"啊……啊？要盯着那位女士？您是还不放心她？哦哦，也对，必要的谨慎是作为船长的……"

"她有很多秘密，而且没有全说出来，或许是因为她自己也真的不知道，也可能……是出于某种目的在故意隐瞒，总之不管怎样，她终究是个诅咒人偶，而且有着'异常099'的名号，"邓肯淡淡说道，"之前那艘船上的人用了重重封印来防止爱丽丝离开那口木箱，可现在被封印的人偶就在我的船上大摇大摆地活动，我需要花一点点时间，来确认爱丽丝是否真的是个无害的人偶……哪怕仅仅是在'失乡号'上无害也行。"

自亲手掌舵之后，邓肯拥有了对"失乡号"真正的掌控权，也能够感知到这艘船上的任何动静——但即便如此，出于谨慎，他还是命令山羊头时刻关注那个诅咒人偶的动静。因为他知道自己并不是神秘学领域的专家，对这个世界的超凡力量也知之甚少，而一个会走路会说话的人偶实在超出了他的知识范畴。爱丽丝的言行举止或许是无害的，但如果那位人偶小姐还有什么……肉眼不可见的"影响"，他极有可能看不出来。

这一点，山羊头比他专业。

而且即便抛开这点，邓肯也知道自己无法时时刻刻关注"失乡号"的情况——虽然现在他已经决定了要在"这边"这个世界生存下来，但必要的时候他还是可能要返回门"对面"的那个世界，到那时候他不一定还能感知到"失乡号"上的动静。想到最后这点，邓肯的眼神微微有些变化，他不动声色地看了航海桌边缘的山羊头一眼，后者那黑曜石雕琢的眼球则回以空洞的注视。

在自己返回"门对面"的时候，在自己回到自己那间单身公寓的时候……这个山羊头究竟是否有所察觉？在他离开"失乡号"的时候，这艘船上是个什么情况？这突然浮现出来的疑问让邓肯心中有些烦躁，但在山羊头空洞的注视下，他什么都没表现出来，而是分出一丝心神关注了一下爱丽丝那边的情况。

当然，他并没有偷窥的爱好——哪怕对方是一个"非人存在"。他只是大致感知着甲板下面的情况，但哪怕仅仅通过和"失乡号"之间的感知传递，他也可以确定爱丽丝目前的位置，以及确定她是否有尝试破坏什么东西。毕竟，在那位人偶小姐人畜无害、优雅漂亮的外表之下，是诅咒人偶的本质，是被这个世界的普通人称作"异常099"的危险个体。

她目前还留在房间中，可能真的在研究房间中的陈设，布置休息的地方。

邓肯稍微松了口气，与此同时，旁边的山羊头则突然发出声音来："船长，您接下来有什么安排？如果感到无聊的话，您忠诚的……"

"闭嘴。"邓肯看了山羊头一眼，随后双手按在了航海桌边缘，伴随着心念变动，之前双手握住舵轮的那种感觉再次浮上心间，绿色的火焰亦再次如水流般淌过。在烈焰焚烧中，邓肯的身躯再度化作"灵体"，四溢的流火则沿着航海桌蔓延出去，一路蔓延到船长室外，蔓延到上层甲板，攀上桅杆，攀上缆绳，并令桅杆上那半透明的灵体之帆随风鼓动起来。随着大量主帆、侧帆与角帆在海风中灵活地调整角度，庞大的三桅帆船开始在这广袤无垠的海面上缓缓加速，邓肯的目光则落在眼前的航海图上，如预料中的那样，他看到那航海图上盘踞的灰白色雾气也瞬间发生了变化——代表"失乡号"的剪影正在缓缓前行，而剪影周围的雾气则随之消散。

短暂思索之后，他开始尝试将注意力集中在那幅海图上，幽绿色的火焰笼罩在航海桌周围，如邓肯肢体的延伸般传达着来自船长的意志，在这种微妙的"连接"状态下，邓肯终于隐约地察觉到了这明显也属于超凡物品的海图的奥秘。随着心念一动，那海图上代表"失乡号"的剪影瞬间放大了一点，随后又紧接着缩小成原本的尺寸。

邓肯在"缩放"海图所呈现出的画面，而这个异想天开的举动获得了成功——尽管目前不管怎么缩放，海图边缘能看到的都只有一片雾霭，但邓肯此刻已经确定，这幅海图足以记录并呈现出"失乡号"所探索过的每一寸海洋，并精确且实时地呈现出"失乡号"周围情况的细节！在山羊头空洞的注视下，邓肯脸上没有任何表情变化，就好像一个真正的船长在认真观察海图般神色冷峻，但一种隐隐的激动却浮现在他心间。

他的目光扫过自己身体上升腾的烈焰，意识则感知着"失乡号"的状态，感知着海图发生的变化。这诡异的绿色火焰果然是掌控"失乡号"的关键，而且也是掌控这艘船上许多诡异物品的关键！或许……这就是"船长"的威能？邓肯揣摩着这火焰的力量，他很明白，如果自己想真正掌控好这艘船，并以此为基础在这个诡异的世界上好好生存下去，那就必须搞明白自己的能力。

首要任务是完全掌握这火焰。至于刚才山羊头所说的"接下来的安排"……

邓肯看着眼前那正在缓缓发生变化的海图，看着"失乡号"剪影周围缓缓散去的白雾，心中的打算也很简单。既然对这个世界了解不够，既然满地图都是迷雾状态，那先开地图肯定是没错的。

毕竟，开船就是为了出去浪。

反正"邓肯船长"在当地人心目中的形象本就是个在野外地区到处浪的"世界 boss"，他跟"失乡号"哪怕老老实实在海上待着对风评也不会有任何改善。至于就这么漫无目标地在大海上乱开会不会有什么风险，邓肯是这么认为的——在他亲自掌舵之前，这艘船本来也是在到处飘荡，"失乡号"从未下锚停泊，又何来"额外的风险"？相比之前那种盲目飘荡的情况，在"扬帆"状态下的航行至少还能驱散海图上的迷雾，这也算是结束了之前那种完全被动、陷入迷雾的状态。

邓肯从航海桌后站了起来，身上的绿色火焰也渐渐消散，但在他的感知中，"失乡号"桅杆上的半透明灵体之帆却并未随之消失，一部分盘踞在桅杆和缆绳上的绿色火焰也仍在燃烧，继续执行着船长的意志。结合之前掌舵时所观察到的情况，邓肯心中有所了然。

尽管这艘船是在他掌舵之后才在烈焰中扬起了灵体之帆，但不管是那规模庞大的风帆，还是这艘船上自动运行的诸多设备，所依靠的都不是"船长"本人的力量——这艘幽灵船有着自己的动力来源。虽然他还不知道让这艘船动起来的"能源"到底是什么，但很显然，他这个船长要做的就只是对这艘船"下达命令"而已。

然后，这艘船自然会忠诚执行船长的命令。

邓肯离开了航海桌，并转头看向船长室最深处的那扇小门。那扇门后面是他作为船长的独立寝室，在最开始几天探索这艘船的过程中，他一直将那个房间当作休息据点。现在，他需要一个比较安静的环境，来好好研究自己作为"失乡号"的船长到底还能做到些什么事情。但在此之前，这艘已经进入扬帆状态的船还得有人看管。

他看向航海桌边缘的木质山羊头，用很理所当然的语气说道："你来掌舵。"

"啊？"山羊头愣了一下，语气有点意外，"但是船长，您……"

"我有事要忙，这段时间不要打扰我。"邓肯却仿佛完全没有在意山羊头要说什么，只是非常自然地吩咐着，而在他的另一重感知中，在绿色火焰沿着船舱外的甲板蔓延而得到的信息中，他却可以清晰地看到隐藏在这艘船深处的各种联系。

桅杆，缆绳，风帆，船舵，火炮……

所有东西都在无形中连接着，某种宛若神经或血管一般的"脉络"贯穿着这艘船，而所有这些"联系"最终都汇聚到了船长室。山羊头与这一切都隐隐相连。或许，这个神秘又诡异的山羊头就是"失乡号"本身？或者是某种在紧急情况下用来接管全船的"控制机关"？

邓肯不是这艘船的建造者，自然不知道这艘船的运行原理，但他想，如果是真正的邓肯船长，必然知道山羊头都能做些什么。从另一方面，始终自称"大副"的山羊头本身也该理所当然地可以在情况需要的情况下代替船长掌舵。邓肯需要稍微冒一点风险，做一些他之前从未做过，但身为真正的船长又必须知道、必然会做的安排。

毕竟，船长总有休息的时候。

一秒钟后，山羊头发出了愉快又聒噪的声音："啊，好的船长，您放心忙吧，您忠诚的……"

邓肯没有理会，只是随意摆摆手，转身走入位于船长室深处的寝室，随手关上了房门。门扉在身后合拢，挡住了山羊头空洞的注视。但邓肯仍旧能清晰地感知到"失乡号"，感知到这艘幽灵船上每一处细微变动——在那如同肢体延伸般的共感中，他"看"到"失乡号"的一系列船帆正在海风中精细地调整着角度，位于船尾驾驶台上的黑色舵轮则在微微转动，令"失乡号"在海浪中进一步稳定下来。

如他所料，山羊头暂时接管了船舵，开始兢兢业业地履行作为大副的职责——但邓肯仍然可以随时亲自接管这艘船。比起由自己直接掌舵的时候，"失乡号"不管从灵活性还是从航速上都要弱化了一些，但现在邓肯的主要目的是进一步驱散海图上的迷雾，本就没有明确的目标和航线，他也就不在意这点影响了。

在确认山羊头没有什么异动，甲板下面的那位哥特人偶也老老实实待在房间之后，邓肯轻轻舒了口气，并打量了一眼这间不算太大的房间。

这里是他作为船长的私人寝室，也是"失乡号"上最舒适、最考究的房间，除了一张软和的床铺之外，房间大门正对着的靠墙位置还有一个古典大衣柜以及一个摆放着许多奇奇怪怪物品的置物架，而与床铺相对的位置则有一张暗棕色的书桌，只是那书桌上看不到任何书籍，只摆放着几样陈设以及书写、绘图用的工具而已。书桌旁边则有一扇窗户，可以直接眺望到远处的海面，窗户旁边的墙壁上还有几个挂钩——邓肯现在佩戴在身上的长剑以及那把燧发枪之前就挂在这些钩子上面。

邓肯来到书桌前，将长剑与燧发枪放在了趁手的地方，又打开桌子抽屉，检查了一下放在木盒中的火药与铅弹。一个小小的黄铜罗盘放在铅弹与火药袋旁边，邓肯拿起那罗盘，看到玻璃壳下的指针仍旧在胡乱旋转，仿佛一直在受到无形混乱的力场牵引，罗盘底部则铭刻着一行细小的文字——"我们都是失乡者"。

邓肯随手把玩着罗盘，看着上面的指针跟喝醉了酒一样转来转去。

这里的东西都是他已经检查过很多遍的，在最初的探索中他就发现了这个房间。而这里的物品，包括那一行留言，想必都是曾经真正的邓肯船长留下来的。心中复盘了一下目前所掌握的资料之后，邓肯才呼了口气，随手将罗盘放在桌上，又抬起右手轻轻搓了搓指尖。

一簇绿色的小小火焰随之在他指尖点燃，在火焰的映射下，邓肯的半只手掌立刻呈现出了灵体般的透明虚幻质感——但在有意识的控制下，这火焰却并未像之前那样四处蔓延，而是如同一点烛火般悬停在他手指上方。

在火焰稳定之后，邓肯用另一只手靠近火苗感受了一下，随后从旁边取过一支羽毛笔，用笔的尾端去触碰那火焰。既感受不到热量，羽毛笔也没有被点燃，只有一点暗绿色泽蔓延在笔杆上，让那羽毛笔泛着幽幽的光。而邓肯则没有从那羽毛笔上"感觉"到任何反馈，这一点与他用火焰接触海图与船舱时完全不同。

邓肯在心中默默记下新的经验——这"灵体之火"并无温度，也不会点燃物品，而且它极有可能只与"失乡号"上的"异常"物品产生联系，在普通物品中则不会产生任何反馈。那么如果是来自"失乡号"之外的"异常"物品……这火焰会有反应吗？邓肯沉思着，有那么一瞬间，他脑海中突然浮现出了某位哥特人偶的身影——爱丽丝，好像就是来自"失乡号"之外的"异常"？

她会受到这灵体之火的影响吗？

但他也就是这么想了一下，随即便把这个不着边际的念头给扔到一边。因为哪怕爱丽丝并非人类，哪怕她是带有诅咒的"异常099"，她也同时是个能说能走、有自己思想的独立个体，而且现在还是"失乡号"的"船员"，邓肯已经下意识地将其当作一个"人"来看待。他不能接受用活人来测试自己的火焰——毕竟，他还不确定这火焰对受到影响的"异常"到底有什么深远影响，到底是否有害。

接下来邓肯又测试了几次，一边检查着火焰的性质，一边确定着这间寝室中各种物品背后是否存在超凡的属性。最后，他的目光终于落在了那个有着"留言"的小小黄铜罗盘上。

黄铜罗盘在桌上静静躺着，玻璃壳下的指针胡乱旋转，但不知是不是错觉，在邓肯维持火焰将"不怀好意"的目光落在指针上的时候，那指针仿佛突然凝滞了一瞬间。

然后继续若无其事地原地乱转。

邓肯："……"

这玩意儿刚才绝对对他的目光产生了反应！

本来他是对这罗盘有些忌惮的，毕竟那上面留有"真正的邓肯船长"留下的字迹，他很担心那位已经死去的幽灵船长是否在这件随身物品上留下了某种力量或"陷阱"以防窃贼，所以一直没有用火焰对罗盘进行测试，但在看到那罗盘产生的反应之后，他突然下定了决心。

邓肯伸手拿起了罗盘，冰凉的触感传至指尖，扫了一眼仍然在胡乱旋转的指针之后，他直接把这玩意儿放到了用于维持灵体之火的右手中，并慢慢握紧。幽绿火焰如燃烧的油脂般流淌着，从他的手指缝中开始蔓延，随后，罗盘表面迅速燃起了一片幽幽火光，火光中似有无数幻影起伏消散。而下一个瞬间，那本来正在胡乱旋转的指针猛然停了下来，并笔直地指向了茫茫大海上的某个方位。

邓肯心中一动，这一瞬间，他清晰地感受到了那罗盘传来的"反馈"，并确认了这的确是一件可以被灵体之火支配的"异常物品"。但还没等他仔细感知这反馈中的细节，一股猛然出现的"引力"便突袭而来！邓肯只感觉自己身体摇晃了一下，下一秒便眼前一花，船长寝室中的陈设不知何时已经化作虚无，连带着周围的墙壁、屋顶也眨眼间如雪花般崩解消散，在纷纷扬扬散落的光影中，无边无际的昏暗充盈了他的视线。

邓肯在错愕中站立于这片昏暗的中心，心中警铃大作。他第一反应是伸手去拿放在身边的燧发枪与佩剑，但下一秒他便发现自己身边已经只剩下那个黄铜罗盘——它仍然被自己紧握在手中。

邓肯眨了眨眼，在他的目光中，那黄铜罗盘周围突然弥漫出了数不清的、丝丝缕缕的纤细光线。这些光线在黑暗中蔓延着、交织着，仿佛织网般无限扩展，而在光芒交织之间，又有无数星星点点的光芒浮现出来，这些光芒有的零星飘散，有的汇聚如河流，在光网交织的背景中，竟如星河般灿烂。

邓肯有些困惑地看着眼前出现的异象，他很警惕，又有些不安，但不知为何，他并未感受到任何危机感，甚至……在这昏暗的光网与星点之间，他反而感受到了一种久违的安心舒适。

下一秒，一种异样的感觉突然传来，邓肯的目光不由自主地被光网交织中的一簇星光所吸引，他看向那簇星光，只觉得那星光摇摇欲坠，仿佛立刻就要彻底坠入黑暗。

他下意识地向那星光伸出手去。

一股巨大的拉力就在此刻传来——邓肯感觉自己的灵魂仿佛都飞了起来，他不由自主地冲向了那即将坠入黑暗的星辉，而罗盘所交织出的繁密光网则在视线中飞快后退，周围由星光所汇聚成的星河也猛然间开始旋转"蠕变"！

在急速飞越中，他下意识地看向自己紧握着罗盘的右手，却看到那罗盘不知何时已经消失不见。与此同时，在即将接触到那颗暗淡星光的一瞬间，他眼角的余光又看到黑暗中突然凝聚出了一个影子，那影子竟好像始终伴随在他身边一样自然而然地浮现出来，并随着他一同飞快地坠向那暗淡光点。

邓肯只依稀看出那影子似乎是一只展翅飞翔的鸟，还未待看清细节，便眼前一黑。

来自现实世界的沉重触感从四肢传来，一并传来的，还有某种肢体腐烂的腥臭，以及沉重铁链拖地的刺耳声音。

▶ 第三章
心宽的祭品

━━━━━━━━━━━━━━━━━━━━━━━

寒冷，潮湿，腐肉的腥臭，铁链摩擦地面的噪声。

许多异样的感知涌入了邓肯的脑海，但他一时间却没能成功地睁开眼睛——这一刻，他觉得自己的灵魂仿佛被分成了两个部分，一部分还留在"失乡号"上，另一部分却被塞进了一个完全陌生的躯壳。这躯壳如一台陈旧破烂的机器般难以驾驭，纷杂混乱的感知在神经系统中横冲直撞，又夹杂着某种迟钝与麻木感。他尝试睁开眼睛、活动手指，却根本感觉不到这些对应的身体部位的存在。

这令人难受的感觉持续了好几秒钟，神经系统中那难言的麻木与迟钝感才终于渐渐褪去，邓肯感觉自己的"身体"好似从漫长的冬眠中苏醒，并一点点恢复了活动的能力。

他终于睁开眼睛，看清了自身周围的情形。

入目之处，是一片昏昏沉沉、仿佛地穴般的空间，有燃烧的火把插在远处的石壁上，摇晃的火光映出了四周的可怕画面，邓肯看到许多人——或者说许多死去的尸体，被横七竖八地扔在潮湿浸水的泥土与岩石间，这些人大部分衣衫褴褛，也有少部分身上还留着完整的衣衫。有凝结的水滴从洞穴顶部滴落，远处还依稀可以听到仿佛地下河或排水道中污水流淌的声音，而那铁链摩擦的声响则似乎是从与洞穴相连的一条甬道深处传来，而且已经渐行渐远。

邓肯眨了眨眼，试图搞明白发生了什么——他低头看向自己的右手，映入眼帘的是一只完全陌生且瘦弱的手掌，以及手臂处褴褛的衣衫，而之前一直被他握在手中的黄铜罗盘早已消失不见。他又抬头看向自己身旁，他还记得自己在那片星辉与光网中穿梭时曾瞥见一道阴影跟在自己身边，那阴影的轮廓看上去仿佛是某种鸟类，但他依旧什么都没发现。

那道飞鸟般的阴影似乎并未随着他一同来到这方空间。邓肯慢慢握了握手掌，强行压下了心中的紧张不安，随后尝试着搓了搓手指。

一簇极为微弱的绿色火苗从指尖冒了出来。

不得不说，这一簇火苗现在看上去远比邓肯所熟悉的要弱小，但他仍然感觉到了一点心安。而在火苗燃烧起来的同时，他仍有些混乱的精神也微微一振，并且比刚才更加清晰地感觉到了某种精神层面的撕裂与相连。他清晰地感知到了，自己的另一部分精神并不在这里，他感知到了"失乡号"的存在，感知到了正坐在书桌前的、手握黄铜罗盘的自身。

这种感觉非常奇妙，但邓肯立刻便隐约意识到了现在是个什么情况：

他的精神发生了……某种投射，或者说延伸，那投射出去的一部分心智跨越了不知多远的距离，如今钻入了一个陌生的躯体里面。而在这种投射状态下，他仍然能清晰地感觉到自己"本体"的存在。

这一定与那个黄铜罗盘有关！难道这就是那件"异常物品"的能力？

邓肯心中冒出一些猜想，但他并没有让胡思乱想占据自己太多时间。在确认自己的本体仍安然无恙，自己的精神也仍然受控，如今只是暂时进入了一个遥远的无名躯壳之后，他已经稍稍安下心来，并准备先确认一下自己这"新身体"到底是个什么情况。

首先第一点可以确定，这周围的环境绝不属于某艘船上。这里是陆地——是他在海上漂荡了那么多天都没能找到的陆地！第二点，这处阴森的洞窟看起来可不是什么好地方，四周散落的尸体也不像是正常的"安葬"场面，自己如今占据的这副躯壳……是因为怎样倒霉的原因才被困在这么个人间地狱里面？

邓肯深深吸了口气，一撑身体坐了起来——他这副躯体此前一直倚靠在一块大石头上，那姿势可说不上舒适。而就是这一吸气加一起身，邓肯猛然间从身体上感觉到了一股巨大的异样——他感觉自己吸进身体里的空气一下子就泄了出去，某种空荡荡又诡异的感觉也从胸口传来，连带着起身的动作也发生了变形。

邓肯诧异地低头看了一眼，看到一个大洞。

大洞开在心脏位置，里面的"东西"自然已经不翼而飞。有清冷的风从里面吹过去，混杂着刚才还没有完全散掉的、邓肯吸进去的一口气，并最终逸散在潮湿的空气中。

邓肯甚至从某个角度清晰地看到了自己背后的画面。

"……什么？"

哪怕是神经再粗大，哪怕是在"失乡号"上多多少少增长了一些"世面"，邓肯这一瞬间仍然感觉自己出了一层的冷汗，他感觉自己的鸡皮疙瘩层出不穷，如"峰峦叠翠"般，每一根汗毛都竖了起来！而在这惊悚之后，他紧接着意识到的便是：自己仍然好好地站在这里，甚至尚有"骂街"之力。

在心脏不翼而飞、胸口破个大洞的情况下，他甚至没有从这副躯体上感受到任何疼痛！

"这是……一具尸体？"

片刻之后，邓肯已经醒过味来，他进一步搞明白了自己的状况，并迅速冷静下来。占据了一具尸体的躯壳并起身活动或许并不是什么值得大惊小怪的事情，毕竟他还有一艘可以自己航行的幽灵船和一个能把人聒噪到脑浆沸腾的木质山羊头大副，最近还认识了一个能够分头行动、擅长在无垠海上乘风破浪的诅咒人偶，这几样哪个不比"死人在说话"要惊悚点？

好歹他现在只是失去了心脏，爱丽丝的脑袋还经常不在脖子上面呢……

脑海里转着这些乱七八糟的念头，邓肯以让自己惊讶的速度恢复了镇定，随后他确认了一下这副躯体的活动情况，又稍稍适应了一下胸口异样带来的动作走形，这才迈步走向那些被抛在洞穴中的尸体们。

"果然……"

邓肯看着第一个尸体，在看到对方胸口那骇人的空洞之后感觉并不意外。那是一个面容憔悴衣衫褴褛的中年人，看起来仿佛是路边的乞丐，他已经死去多时，但怒目圆睁的模样仍然传达着他在临终那一刻的挣扎和绝望。邓肯继续向前走去，看到的是一个又一个失去心脏的尸体，他们凄惨地倒在冰冷的石头上，其中只有两个例外——那两个人的头部有着狰狞的创口，似乎是猛力撞击在石头上并当场毙命的结果。

邓肯不禁产生了一些联想——或许，这是两个在面对剜心之苦前便自我了断的人。

说实话，这洞穴里的东西对普通人而言有点刺激过头了，哪怕是邓肯这么一圈检查下来也感觉有些吃不消，以至于他在查看过所有尸体的情况之后，不得不在一处距离现场较远的地方找到一块比较干净的石头坐了下来。他一点点整理着自己的状态，并在冷静下来的过程中推测着这一切的真相。

显而易见，这是骇人听闻的谋杀——但从那过于冷酷又统一的杀戮方式来看，这似乎又不仅仅是谋杀，更透露着某种邪恶的……仪式感。邓肯再度召出那灵体火焰，感受着自己与"本体"之间的联系，他知道自己随时可以切断这种"投射状态"，回到安全的"失乡号"上，但他觉得自己有必要搞明白这里到底发生了什么。

哪怕仅仅是为了掌握一些关于陆地的情报。

邓肯呼了口气，感受着胸口漏风的感觉，从暂时休息的大石头上起身站了起来，他看向洞穴深处的那条甬道，记起之前铁链摩擦的声音就是从那边传来。这处地下空间不只有尸体，还有别的人在活动，那些能够在这可怕的地方自由活动的人……应该能给他一些答案。

贸然闯过去查看情况当然不怎么安全，但邓肯并不在意——反正他现在"心宽"。

在离开暂时藏身的洞穴之前，邓肯先从附近的尸体身上拽了些破布裹在自己身上。

这倒不是因为受不了洞穴中的阴寒，而是为了多多少少挡住自己那"敞开"的心扉——尽管胸口那个破洞完全没有影响到邓肯的"存活"，可作为一个骨子里的正常人，在透心凉的情况下走来走去着实是一件过于邪门的事情。给身上套点东西起码能带来一点心理安慰，也能减少一些"穿堂风"带来的诡异触感。而且邓肯也考虑到了在这处地下空间中走动时突然撞到其他人的可能——以常理推断，胸口露个大洞可能不利于跟陌生人交谈……

就这样，简单处理过"伤口"之后的邓肯小心翼翼地离开了那阴森潮湿的洞穴，他进入了与洞穴相连的一条甬道，慢慢朝深处走去。这副临时占据的躯体行动起来并不方便，不光是胸口的致命破损影响了活动的灵活性，还在于邓肯能够明显地感觉到这具身躯的虚弱不堪——那过于瘦弱的手脚连走路都走不快，与幽灵船长那强悍到明显超出凡人的躯体完全没法比。

邓肯看不到这具躯体的全貌，但仅从能看到的部分判断，他猜测这应该是一个少年，一个因长期重度营养不良而体质虚弱的少年——尽管此刻在操纵这具身躯的是一个强大的幽灵船长的灵魂，但似乎灵魂层面的强大并不能突破这虚弱之躯所带来的物理极限。

可惜现在也没得选，邓肯只能控制着这勉强能用的躯体在幽深的甬道中慢慢向前探索。他知道，以这个临时身体的状态，遇上任何危机恐怕都会束手无策，他只能祈祷这躯壳能多用一段时间。

甬道很深，潮湿且阴暗，但似乎又有隐藏的通风孔存在，微微的气流一直在从附近流过，每隔一段距离，还可以看到挂在墙上的火把或油灯，这些东西的存在则证明了这里一直有人在活动。

又沿着甬道走了很长一段距离之后，邓肯突然发现前方的道路豁然开朗，人造的痕迹开始出现在视线中——他看到甬道的尽头出现了一个岔路，岔路相连的道路有着平整的墙壁与高高的半圆拱顶，铺着砖块的地面黢黑潮湿，又有两条水道沿着地面两侧流淌，里面流动着令人作呕的污水。

而在道路两侧的墙壁上，也可以看到污水从一些排污口中流出，被注入下方的水道，流向更加黑暗的远处。

"……下水道？"

邓肯很快反应过来，他眼前的显然是某种规模颇大的下水道系统，而之前那个藏匿了许多遗体的地方，则像是一个与下水道正好相连的天然洞穴结构。

规模庞大的下水道，与下水道相连的天然洞窟，还有隐匿的遗体。

邓肯脑海中一瞬间冒出了数不清的猜想，而在心中冒出诸多推测的同时，他也在认真观察着眼前这下水道的种种细节。

规模庞大，建造工艺精良，主要支撑部分用的似乎是钢筋水泥结构，必要的情况下甚至可能足以作为某种地下掩体来使用。能建造出这种体量的东西，这座下水道上方的城市规模肯定也不小，而且各项技术想必也已发展到一定高度。

技术是无法孤立存在的，每一样工程产物背后必然是无数相关产业与技术的同步支撑，哪怕仅仅是一个下水道，它也能向邓肯揭示出其背后的施工、规划、材料、维护，以及所对应居民的生活观念等信息。这足以让目前严重缺乏情报的邓肯获得一些来自文明世界的宝贵情报。

邓肯沿着下水道向前走去，刚走了一小段距离便停了下来，目光也随之落在附近的墙壁上。那墙壁上镶嵌着一盏灯——玻璃外壳的灯具，外面还罩着看上去颇为坚固的金属笼。比起之前洞穴中的那些火把和油灯，墙壁上镶嵌的这盏灯显然更亮，磨砂质的玻璃壳里面是正在稳定燃烧的明亮火焰，其发出的光芒足以照亮下水道中相当远的一段距离。

邓肯凑上去仔细观察着，对于现在的他而言，一切来自"失乡号"之外的东西，尤其是现代文明的造物，都有着极大的吸引力。在观察了半天之后，邓肯终于搞明白了眼前这光源是个什么东西——这是一盏瓦斯灯。但这盏瓦斯灯与他曾经在资料上看到过的又似乎有所不同，除了样式上的区别之外，最明显的就是他在那灯壳的玻璃罩上看到了几个纤细的符号。

那符号似乎是在灯壳生产之初便被加上去的，弯弯曲曲呈现出仿佛象形文字般的姿态，邓肯不认得这些符号，但他第一时间联想到了之前在那艘机械船上，以及爱丽丝的"棺材"上所看到的那些神秘符文。

尽管内容不同，却都有着相似的"气质"，那是某种神圣化的、仪式性的事物。邓肯退开了一些，他抬头看向下水道更深处，看到墙壁上每隔一段距离便有一盏正在明亮燃烧的瓦斯灯。

作为一个除了必要维护之外几乎不会有人造访的地下设施，这下水道中的照明设备显得有点多了，而那每一盏瓦斯灯的外壳上，或许又都有着类似的神秘符文。这给了邓肯一种感觉，就好像这些密集分布的瓦斯灯其实是在这无人造访的黑暗地下对抗着什么——它们背后所代表的人类文明世界，正在对抗着什么。

邓肯沿着瓦斯灯所照亮的道路向前走去，视线同时关注着周围墙壁、地面与拱顶上所出现的任何有价值的线索。突然间，他眼角的余光发现了一些异样。他在两盏瓦斯灯之间的位置停了下来，这里算是下水道中比较昏暗的一截，他抬头看向斜上方，看到在墙壁的高处，在靠近下水道拱顶的位置附近，有用暗红色的颜料涂绘着的一些画面。

邓肯眯起眼睛，努力分辨了半天，终于看清了那些粗糙的线条勾勒出的画面——他看到一双双手探向天空，仿佛在顶礼膜拜着某样事物，而在那些手所簇拥的方向，则高悬着一个散发出万丈光芒的球体。在这膜拜与簇拥的画面之下，则是一行歪歪扭扭的文字，那文字的笔触抖动，仿佛蕴含着强烈的狂热与期待。上面的字母并非地球上的任何一种文字，可邓肯自然而然地懂得——"伪日终将坠落，真实的太阳神将自血与火中复活！万物生机归于太阳，万物秩序归于太阳！"

邓肯静静地站在下水道中，仰头注视着那瓦斯灯光芒最昏暗的交界区域，注视着那些暗红色的涂鸦，注视着那轮仿佛浸透了鲜血的、光芒万丈又被人狂热膜拜的太阳。

仿佛在长久地注视着另一个世界。

他就这样看了许久，直到一阵噪声突然从下水道的深处传来——几个脚步声传入了邓肯耳中。他猛然抬头看向声音传来的方向，却看到几个穿着罩袍的身影从前方走了过来，那些身影的头脸都笼罩在兜帽的阴影中，如同阴森的鬼怪般出现在这污浊的下水道深处。

邓肯没有躲藏——事实上这段笔直的下水道也几乎没有躲藏的地方，他这具行动不便的临时躯体更做不出"盲区跑位"之类高端的操作，所以在简单地寻思了一下之后，他干脆就大大咧咧地站在了下水道中央，非常坦然地注视着那几个正从前面走过来的、不管怎么看都非常可疑的兜帽人。

既然这具身体跑也跑不掉，注定是一次性的消耗品，那倒不如最后再换一点情报回去。下一秒，那些身穿罩袍、头戴兜帽的人影理所当然地注意到了不闪不避站在路中间的邓肯。

此刻的邓肯仍然是那副刚刚离开洞窟时的模样，瘦弱干瘪的身躯上套着破破烂烂的衣衫，临时套在上半身的破布挡住了胸口上的大洞。他就这么大大咧咧地站在路中央，看上去像是被突然冒出来的"兜帽人"给吓住了一样——而那几个身穿罩袍的人影显然也很意外，他们明显呆滞了一下，然后为首的一个人才突然发出一声喊叫："有一个祭品逃了！"

紧接着邓肯便看到他们朝这边跑了过来，又有一人边跑边喊叫着："快！拦住他！别让他跑了！"

邓肯耸了耸肩，只是继续面无表情地看着这些朝自己跑来的、不管怎么看都不像好人的身影，在权衡过目前局势之后他压根就没有跑的意思，但对面几个人还是在一边冲过来一边嚷嚷着："别让他跑了！""有祭品逃跑了！"

　　结果邓肯这老老实实站在路中间不闪不避的举动反而让气氛尴尬了起来，那几个朝这边边跑边喊的人跑到一半就觉得有哪儿不对，嘴里的喊叫不由自主地停了下来，却又不得不继续朝这边跑着。邓肯几乎能从他们那黑沉沉的兜帽下面闻到尴尬夹杂着恼怒的味道——然后这些尴尬又恼怒的人便把他前后左右包围了起来。

　　到这时候邓肯才环视了一下自己周围的人影，犹豫片刻之后说道："我刚才是不是应该逃跑一下？毕竟气氛都到这儿了……"那几个身穿罩袍的人影却仿佛没有听到邓肯的冷笑话，他们只是警惕地看了后者一眼，紧接着便看向了邓肯身后的方向。其中有两人飞快地低头交谈了几句，邓肯依稀听到他们交谈的内容：

　　"为什么会跑出来一个？"

　　"难道是教会那帮鬣狗发现了这个藏身处……但他不像是被人放出来的……"

　　"总之先带回去，这个跑出来的祭品不太对劲……得赶快处理掉。"

　　"让使者做决定吧。"

　　邓肯完全搞不清楚这帮人到底是什么底细，更不知道对方所提到的"使者"是个什么意思，但联想到之前一路上看到的情况以及对方提到的"祭品"一词，他已经隐约猜到了这里的某些真相。他不知道自己该作何反应才算"正常的祭品"，而且也压根没有配合这些人表演的意向，在"失乡号"之外的地方，又使用着一具临时性的躯壳，他所要顾虑的事情明显很少，所以在稍微观察了一下周围的情况之后他便干脆开口问道："你们要带我去哪儿？"

　　那些身穿罩袍的人听到眼前的"祭品"平静开口明显有些诧异，尽管他们的兜帽上还带着完全遮掩了面容的黑纱面罩。但即便如此，邓肯也能猜出他们此刻的意外，其中一个黑袍人隔着面罩恶狠狠地看了眼前的"祭品"一眼，嗓音压得低沉："你没有资格发问——带走！"

　　几个黑袍人立刻上前，但在他们动手之前邓肯就主动向前走了一步："不用你们动手，我跟你们走就是了。"几个黑袍人面面相觑，大概是觉得眼前这个"祭品"的精神有点不正常，为首的黑袍人挥了下手："这样最好，反正你也跑不掉了……跟我们来，你或许还能体面地迎接荣耀。"

　　几个黑袍人就这样围拢在邓肯周围，前后左右地封住了他所有的"逃跑"路线，并带着他向下水道的更深处走去。

　　下水道中的腥臭污浊气息令人作呕，但这些黑袍人就仿佛全然没注意到一般坦然地走在道路上，邓肯面无表情地沉默着，一边跟着这些黑袍人向前走去一边侧耳聆听着这些人的交谈——这些黑袍人之间交谈不多，但在偶尔的几句交谈中，邓肯还是听到了诸如"普兰德""执政官""教会"之类有用的字眼。

"这里是普兰德城邦？"邓肯突然开口道，坦然得就仿佛跟熟人闲谈一样。

"废话……"其中一名黑袍人下意识地回了一句，但紧接着就反应过来，见鬼般地看了邓肯一眼，"你倒是很冷静，小子，你知道接下来会发生什么吗？"

"大概能猜到，"邓肯点了点头，脸上甚至带着微笑，紧接着他又试探着问了一句，"真实的太阳神……是吧？"

几个黑袍人明显脚步迟滞了一瞬间，他们似乎从邓肯这异样的反应中产生了错误的理解，其中一人低声与同伴交谈："等等，难道这也是主的信徒？"

"不可能，他显然是逃出来的祭品……"另一个黑袍人低声说道，紧接着看了邓肯一眼，"你倒还算机灵，但别以为这样就能免去献祭……主已经裁定了你的命运，你最好欣然接受。"

邓肯不置可否，他知道是自己这过于平静的反应让眼前这帮疑似邪教徒的家伙产生了错误的脑补，他们多半以为自己是在故作冷静并伪装为信徒来尝试求生，但真实的情况只有邓肯自己知道。这临时占据的躯体连正常行动都费劲得不行，他脸上的肌肉跟末梢神经坏死一般僵硬……那当然就只剩下平静得面无表情了！

但他也不在意这帮邪教徒心里到底是怎么想的，他只想在这"一次性的探索行动"中尽可能多地收集一点情报，所以紧接着便随口问道："你们认为目前天上的'太阳'是伪日？你们觉得它迟早会掉下来？"

"虚假的太阳当然终将坠落！"这显然是个能够刺激到这些邪教徒的话题，邓肯如愿以偿地听到了他们中一人积极且狂热的反应，"哪怕是教廷那帮走狗，也得在通史中承认天上的太阳是在大湮灭之后才出现的扭曲怪诞之物！真正带给世间万物生机和秩序的是太阳神，可吾主被那卑劣的伪物篡夺了权柄……那卑劣的伪物迟早会有从天空崩落的时候！"

紧接着，邓肯便听到周围的邪教徒纷纷响应："伪日迟早会坠落的！""真实的太阳神很快就要复苏！""世间多余的海水会被太阳神的伟力驱逐回虚无深空，大地将重新回到丰沃和稳定的纪元中！"

听着这些邪教徒明显已经开始上头的话语，邓肯脑海中却在飞快地转动着自己的念头。他知道，这种狂热的邪教徒不可以常理理喻，他们所坚信的东西则多半是扭曲、篡改之后的信息，但他们透露出的某些情报仍然值得参考：天上悬挂的"太阳"是伪物；真正的太阳被篡夺了权柄；真正的太阳是一位陨落的神明，那位神明会"从血与火中复苏"……

他们还提到了世间多余的海水，提到了丰沃与稳定的纪元……这些词语又是什么意思？

邓肯脑海中思绪纷繁，而那几个邪教徒则在不久后便冷静了下来，他们还记得正事，还记得自己正在押送一个逃跑的"祭品"。于是离邓肯最近的几人恢复了缄默，而走在队伍最后面的两人则小声嘀咕了几句：

"你有没有觉得这个'祭品'有点邪门？"

"他好像不太对劲……我有点不踏实。"

"难道这个祭品逃跑后在无光的地下待了太久，精神被什么东西给……"

"那正好，主的威能会净化他的。"

邓肯听着身后传来的交谈，他尤其注意到了"无光的地下"这样的字眼，但就在他想要从这交谈中收集到更多情报的时候，为首的黑袍人却停下了脚步。

"我们到了。"这个身披黑袍的邪教徒声音低沉冰冷地说道。

邓肯心中顿时有些遗憾，但紧接着，他便被眼前的景象吸引了注意力。前方是一段道路的尽头，是几条下水道的交会之处，而在这片宽广如同地下大厅的空间内，赫然是一处黑袍邪教徒的集会现场！

这处下水道系统的规模极其庞大，在邓肯眼中甚至已经完全超出了城市排污这个单一功能的必要，而下水道中随处可见的、带有符文的瓦斯灯以及足以充当避难掩体的强化结构更让他对这片地下设施的定位产生诸多猜想。但不管这里在设计之初承载了建造者的什么想法，有一个事实显而易见：在这庞大设施的深处，在地上世界的目光之外，这阴暗寒冷的地方已经成为某种邪恶力量滋长的苗圃。

一个名义上在崇拜太阳，却只让人感到寒意的邪教集团。

下水道几条走廊的交会处是一处宽广的地下空间，坚固的水泥支柱撑起了砖石堆砌的穹顶，金属铸造的管道结构在那穹顶附近纵横连接，宛若蛛网。明亮的瓦斯灯照亮了整个空间，也照亮了聚集在这处交会地的人群——一眼看去至少有数百个身穿黑袍的人就聚集在这污浊潮湿的地方，他们中间是一处凸出地面的高台，高台上站着一个同样身披黑袍的高大人影，那显然是这群黑袍人中地位最高之人。

这个站在高台上的人没有戴着和其他人一样的兜帽，而是佩戴着一张金黄色的面具，那面具样式古怪，宛若一个向四周放射出无尽光焰的圆盘，其表面同时又铭刻着大量支离破碎的裂纹状图案。

在这佩戴面具的人身后的高台上，还有一个奇特的图腾——那是一根高高的木桩，木桩顶部固定着一个熊熊燃烧的火球，那火球的核心仿佛是某种金属，其表面开着许多小孔，火焰便是从那些小孔中喷涌出来。

当邓肯被"押送"到这里的时候，所看到的就是这样一幕。

聚集在集会场中的黑袍人们也注意到了他。

"我们赶来集会场的路上抓到了一个逃跑的祭品！"之前负责押送的黑袍人之一走上前去，对那高台上的"领导者"恭敬地说道，语气中不无邀功之意，"这个祭品在黑暗中待了太长时间，思维已经有些混乱，愿您施展威能，让吾主的荣光降临在这个可悲的躯体上！"

那高台上佩戴黄金面具的邪教首领转过身紧紧盯着面无表情的邓肯，语气中带着一丝意外和冰冷："逃跑的祭品？"

邓肯却没有做出任何反应，他只是在好奇地观察着这个地方，包括那名邪教首领脸上的金色面具，以及对方身后那燃烧火球模样的图腾。或许，这些象征物对于这个世界的普通人而言是诡异离奇的东西，但他几乎一眼就看了出来，这些东西……是在模仿太阳。不是模仿如今天上那个被大量焰流和两重符文圆环束缚住的"光球"，而是模仿邓肯所熟悉的、散发出万丈光芒的、熊熊燃烧的太阳。

这些人真的在崇拜太阳，崇拜一个似乎在很古老的年代便"陨落"的太阳，而且是当作某种神明在崇拜。

邓肯抬起头，表情坦然地注视着正在高台上俯瞰自己的黑袍神官，但或许是面部肌肉坏死的缘故，他这坦然的模样在对方眼中倒更像是某种失去灵智的麻木。佩戴黄金面具的神官与邓肯对视了不到两秒钟，便转过头吩咐一个站在高台旁边的人："去检查关押祭品的地方，速看速回。"

吩咐完之后他又对那些将祭品"押送"回来的黑袍人点了点头，语气中带着一丝称赞："你们做得很好，即便对于主而言是细微的功劳，在阳光重新普照万物之后这也将化作你们永恒的荣光。"

仅仅是一句不咸不淡例行公事的夸奖，几名黑袍人却仿佛受到了莫大的鼓舞，一个个激动起来，一边赞美着"真正的太阳神"一边将邓肯推到了高台前，而那佩戴面具的神官则直到此刻才对邓肯开口："走上歧路的可怜者啊……你可在无光的岩石与泥土间感受到了深寒？"

邓肯压根听不懂这个神棍在说什么，只能沉默以待。而那神官也根本不在意眼前的"祭品"能有什么反应，他的言语不是说给邓肯听的，而更像是说给周围的信众，以及说给他所坚信的那位太阳神：

"寒冷与黑暗是虚假太阳留给这世间的苦难，在虚假太阳的统治下，幽邃黑暗的海洋肆虐世间，仅有支离破碎的小块陆地让生灵苟延残喘。可即便是在这些支离破碎的陆地上，世人也难以摆脱苦难，地下盘踞着旧日的阴影，无光的地穴中蠕动着它们那择人而噬的爪牙，地上充斥着仇恨与争端，人类纯净的灵魂被邪神呼出的气息沾染……"

"我们如何忍受这长久的苦难？我们如何忍受那虚假太阳带来的，扭曲荒诞的世界？"

"我们无法忍受！我们唯愿吾主回归，唯愿真实太阳神再次降临大地，自血与火中熊熊燃烧，将秩序与繁荣重新带回人间！"

在这"面具神官"极具鼓动性的言语煽动下，邓肯明显能感觉到集会场中的气氛发生了变化，那些身披黑袍的信众一个接一个地激动起来，他们先是附和着，紧接着这附和便变成了热切的呼喊："唯愿真实太阳神再次降临大地！自血与火中熊熊燃烧！""唯愿真实太阳神再次降临大地！自血与火中熊熊燃烧！"

"唯愿真实太阳神再次降临大地，"高台上的神官高声说道，随后伸手一指邓肯，"而今天，吾主将进一步从沉睡中醒来——迷途者的鲜血将抚慰太阳崩裂之后的伤痕！"

"将祭品带上来！"

几个黑袍人从旁边一拥而上，但邓肯比他们还快——他都不用人推，自己就翻身爬上了祭台。这副身体虽然不怎么好使，但爬个台子还是可以的。

爬上去之后他就来到了神官的眼前，而后者这时候还维持着刚才下令时那威严又神秘的姿态——变化发生得非常突然，完全超出过往经验的展开方式让这个邪教头子一下子没反应过来，他隔着金色面具与邓肯面面相觑，祭台周围也一下子诡异地安静下来。

邓肯却仿佛完全没有注意到周围气氛的变化，他只是感觉自己又收集到了有关这个世界的更多情报，并十分期待在这个临时躯体"报废"之前还能不能看到点更多的稀罕场面。

"那什么，"带着某种探索的期待感，邓肯搓了搓手，很认真地打听着，"然后呢？下一步是怎么搞？"

面具神官："……"

"没听清吗？"邓肯皱了皱眉——但因为脸上肌肉不太好使，没皱起来，"我说，下一步该做什么？"

这时候那神官才终于反应过来，虽然隔着一个面具，但他的眼神中明显出现了一瞬间的混乱，不过很快他便压着低沉的嗓音开口："黑暗中的阴影确实影响到了你的心智，不过放心吧，至高至圣的太阳会终结你的苦难……把祭品带到图腾前！"

两名黑袍人立刻从旁边走上台，拉着邓肯的胳膊走向那个顶着火球的图腾柱。这一步邓肯不太了解，自然也就没办法"提前配合"，但他还是保持着不反抗的状态，老老实实地在两个黑袍人的"钳制"下站到了那个熊熊燃烧的火球下面。

尽管邓肯身体上没有任何反抗举动，两个抓住他胳膊的黑袍人仍然用了极大的力气来钳制住"祭品"的胳膊，仿佛生怕这个"祭品"在最后关头剧烈反抗挣脱开来。他们的力气大得异常，邓肯甚至能感觉到这具临时躯体的骨骼都在一点点爆裂开来，这让他相当诧异地看了那两个黑袍人一眼。

而紧接着，那名佩戴着面具的神官又走了过来。

邓肯的注意力立刻被吸引过去，他看到那神官从怀里掏出了一柄造型奇特的匕首，那匕首弯曲怪异得如同干枯扭曲的指节，刀刃漆黑，仿若黑曜石，其表面又倒映着图腾上的火光，看上去诡异非凡。邓肯默默做好了切断灵魂投射的准备，他知道，这具临时躯体能收集的情报应该也就到这了。

邪教神官的祝祷声在高台上响起："至高至圣的太阳神啊！请您收下这高台上的祭礼！我向您献上这祭品的心脏，愿您自血与火中归还！"

听到那邪教神官所祝祷的内容之后，邓肯立刻停下了切断灵魂投射并返回"失乡号"的举动，跟看傻子一样看着眼前的邪教神官。神官手中那柄仿佛是用黑曜石雕琢而成的小刀被高高举起，他看着祭台周围的信众们一个个地兴奋起来，并异口同声地念诵着他们"主"的名号，念诵着那个在传说中已经陨落多年、四分五裂的"真实的太阳神"。

他们要将自己这个"祭品"献给太阳神，具体的做法是献上祭品的心脏。

现在邓肯终于明白之前那个洞窟中的惨状是由何而来，明白这些邪教徒的疯狂罪恶行径是怎么回事了。

然后，他看到那"面具神官"朝自己迈出一步，而对方手中高举着的黑曜石小刀表面则突兀地浮现出了一层漆黑的火焰。

这引人注目的超自然现象瞬间让邓肯好奇起来，他猜测着这柄小刀是否也是某种"异常"物品，猜测着眼前这个神官是否是某种能够驾驭超凡力量的"特殊人类"，猜测着像这样的特殊人类在这个世界的文明社会中有多少数量，而他们又可能会扮演怎样的社会角色。

与此同时，他面无表情地看着那燃烧黑色火焰的小刀刺了下来，直刺入自己的胸口，发出扎破几层破布的空洞闷响。

火焰在里面烧了几下，什么都没烧到。

在他身后的图腾柱上，那熊熊燃烧的火球中突然发出了一连串令人不安的噼啪爆鸣，爆鸣声中仿佛还夹杂着某种撕裂般的、令人头晕目眩的噪声。邓肯隐约感觉到好像有什么东西从那火球中弥漫了出来，那是一种冰凉而疯狂的"触感"，他难以描述这种感觉，不只是因为这具临时占用的躯体感官迟钝，还因为这感觉超出了他以往的任何感知经验——他只知道一件事，在这个切实存在超凡现象的世界，眼前这神官的献祭仪式出了大麻烦。

图腾柱上的"象征太阳"出现的异变立刻引起了距离最近的信众们的注意，伴随着几声压抑的惊呼，现场迅速从狂热中安静下来，就连两边死死钳制住邓肯手臂的两个黑袍人也仿佛被什么东西给震慑，在惊恐中松开了手，畏惧地向那图腾柱跪拜下来。而手持黑曜石小刀的神官更是僵在原地，他还保持着手握刀刃的姿态，却又死死地盯着眼前"祭品"的脸，透过面具上的开孔，邓肯可以看到一双正陷入困惑与混乱的眼睛。

邓肯扯动着僵硬的嘴角，终于挤出一个诡异的微笑来，他慢慢抬起右手，搭在了那神官紧握黑曜石小刀的手上，丝丝缕缕的绿色火焰则如水般流淌、渗透，慢慢缠绕在那柄小刀上面。几乎一瞬间，邓肯就感受到了那小刀传来的反馈，但奇怪的是，这反馈的感觉却微弱又空洞，就好像这小刀只是某种伪劣的仿品，空洞的外壳里只寄宿了一点点借来的力量一般。

但对他而言，这小刀是不是仿品并不重要，他扯着嘴角对那神官笑了笑，不紧不慢地说道："我得说两件事。"下一瞬间，神官感觉到自己和黑曜石小刀间的联系突兀地被某种外力干扰了，他对太阳神那赤诚狂热的信仰力量好像被一层坚不可摧的万仞壁垒直接切断。

"第一，我是个胸怀宽广的人——你看，有这么宽。"

邓肯扯掉了本就破烂，此刻又被小刀划开的布条，一个触目惊心的大洞露了出来，透过那个可怕的大洞，主持献祭仪式的神官甚至可以清晰地看到邓肯身后的画面。

"第二，尽量避免给你的主献上过期食品。"

邓肯轻轻推开了神官的手，不知为何，在他用绿色的灵体之火缠绕了那黑曜石小刀之后，眼前的神官好像一下子失去了大半的力气，以至于邓肯如今这羸弱无力的肢体都能轻易地把这个人高马大的神官给推开。

而在被推开之后，那个神官也好像猛然间反应过来，巨大的惊恐与愤怒笼罩了他，他肌肉颤抖着，抬手指着邓肯，仿佛要以高声的喊叫来恢复祭祀场上的秩序："死而复生的秽物！复生亡魂！你亵渎了这神圣的献祭仪式！秽物……你背后是哪个胆大妄为的亡灵法师？！你不怕来自太阳的威能吗？！"

"我不明白你在说什么，"邓肯看了一眼被自己拿在手中的黑曜石小刀，一边感受着小刀中微弱的力量反馈一边随口说道，他紧接着抬头看了一眼面前的神官，听着身后图腾柱传来的噼啪声，一个大胆的奇思妙想突然就冒了出来，"不过我突然想满足一下自己的好奇心。"

说完他就突然把手中的黑曜石小刀举了起来，在周围一群仍然陷入混乱惊恐状态的黑袍信徒众目睽睽之下，指着那"面具神官"高声说道："至高至圣的太阳神啊！请您收下这高台上的祭礼！我向您献上这祭品的心脏，愿您自血与火中归还！"

下一秒，他就看到那黑曜石小刀上的火焰猛然升腾，而从身后图腾柱中逸散出来的冰冷触感则一下子收束起来，并指向了不远处的"面具神官"。邓肯看到那神官突然露出惊恐的眼神，他似乎想要立即离开这高台，然而小刀的速度比他还快——这小刀直接从邓肯手中飞了出去，它被某种无形的力量牵引着，裹挟着熊熊燃烧的黑焰以及隐隐缠绕的绿火，笔直地刺入了那神官的胸口，后者发出一声凄厉惨叫，随后胸口直接被洞穿，其心脏则在一瞬间化作灰烬。

下一秒，小刀便回到了邓肯手中。而就是这一来一回的工夫，它里面所蕴含的那点力量似乎也终于耗尽了。

已知，邪教祭台的献祭范围内有两个人，其中一个有心脏一个没心脏，而某个邪神今天高低要来个人心尝尝，问：谁会失去心脏？

那当然得是有心脏的那个。

可即便这个逻辑成立，整件事的顺利程度仍然超过了邓肯的预料，他真没想到自己脑洞大开的尝试竟然能奏效。直到看着那邪教神官倒下去，他才扭头看了身后已经恢复平静的图腾一眼，语气古怪地嘀咕："合着只要词儿对，谁给的都行？"

图腾柱上的火球当然不会回答他的问题，但祭台周围的邪教徒们这时候显然已经反应了过来，巨大的慌乱不可避免，但在慌乱之余，更有狂热的信徒爆发出了愤怒，这份愤怒甚至超过了之前图腾出现异象时带给他们的恐惧之情！几个距离祭台最近的邪教徒首先反应过来，他们高喊着太阳神的名号冲向邓肯，这些胆子最大的信徒很快便带动了更多的人，一大群黑袍人就像失去了心智一般猛冲上来，有的人甚至从黑袍下面拿出了随身携带的短剑与匕首。

邓肯本来还打算再嚷嚷一句"我把祭台上所有人的心脏都献给太阳神"来试试这个诡异邪神的饭量，但当他看到那些冲上来的邪教徒里还有人竟然从怀里摸出了左轮手枪之后立刻便打消了这个念头，考虑到献祭仪式生效的时间以及"七步之内又准又快"的定律，他干脆利落地对这帮邪教徒比了个中指，切断了灵魂的投射状态。

让这帮疯子接着疯吧，他要回"失乡号"了。

与此同时，茫茫的无垠海上，一阵有节奏的脚步声在"失乡号"的甲板上响起。身穿华丽哥特长裙的人偶爱丽丝离开了她的房间，来到了船长室门前。那口华丽的木箱这一次没有跟在人偶小姐身后，而是被她留在了房间里面。

船长说过，她可以在甲板下面那一层舱室中随意活动，也可以在甲板上走动，如果有事情不明白，可以直接来船长室找他——爱丽丝记得很清楚。

她在船长室门口停了下来。

人偶小姐抬起头，看着眼前这扇黑沉沉的橡木门，注意到门框上用漂亮的花体字母书写着：失乡者之门。"失乡号"的船长室门框上出现这么一行字当然没什么奇怪的，但爱丽丝还是下意识地皱了皱眉——她好奇的不是这扇门，而是自己为何会认识文字。

她没有学习文字的记忆，事实上她没有任何学习的记忆，也不记得自己曾在什么地方积累过在外面活动、与人交谈的经验，然而这些知识却自然而然地存在于她的脑海。她能看懂船长室门框上的字母，也能看懂房间中的各种陈设有什么用途，而这些东西仅仅依靠躺在木箱里听外边的人交谈是不可能学得会的——那么这些知识从何而来？

在今天之前，爱丽丝从未考虑过这个问题，但不知为何，在与那个邓肯船长交谈过之后，人偶那本应永远平静运转的心智中突然冒出了"好奇"这个概念。她仔细回忆了一下，变化似乎是在邓肯询问起"爱丽丝"这个名字的由来之后产生的……在那一瞬间，她对自己心智中一些理所当然的事情产生了质疑，并开始尝试回忆自己名字的来历，然后，自己心智中的某些东西便发生了松动。

爱丽丝不知道这种松动是好是坏，但她不喜欢这种困惑的感觉，所以她很快便摇了摇头，把心中这点疑惑扔到一边，又在船长室门口调整了一下心态，这才将手放在橡木门的把手上，微微用力向前一推。

门纹丝未动。

爱丽丝怔了一下，又试着推了推，却感觉那扇木质的房门竟好像整体用钢铁浇铸一般毫无动摇。

紧接着，在她又想再试一次的时候，一个声音突然从船长室中传了出来——那声音嘶哑低沉，就好像从一块朽木中发出："门向外开，女士。"

这不是邓肯船长的声音，爱丽丝被吓了一跳，但她很快反应过来，慌忙"哦"了一声才将门向外拉开——这一次，门开启得十分轻巧。

她也到这时候才回忆起来，之前船长带自己来这里的时候确实是将门向外拉开的。

看样子脑海中凭空出现的"生活知识"终究只是知识，常年在木箱中沉睡的自己还是过于缺乏真正的生存经验——爱丽丝这么稍稍反省了一下，便小心翼翼地探着脑袋看向船长室内。船长室中空无一人，那张醒目的航海桌静静待在灯光下，桌上的海图表面泛着稀薄的雾，而那个黑沉沉的木雕山羊头则正从桌子边缘转过视线，一双用黑曜石雕琢而成的眼睛空洞地注视着自己。

"请进来吧，女士，船长正在忙碌，你可以在这里等他一会儿，"那山羊头说话了，比爱丽丝想象的还要礼貌，"另外，尽量避免这样探头探脑的举动，这会让'失乡号'上某些过于神经敏感的家伙觉得自己被人讨厌了，安抚它们会很麻烦——而且万一你的脑袋再掉下来也是个问题，我没有双手，没办法帮你捡……"

真的说话了！这个木雕真的在说话！

虽然之前邓肯船长就说过，航海桌上的山羊头会讲话，但突然听到一个木雕跟自己噼里啪啦说这么多东西还是让爱丽丝一愣，她反应了一下，才下意识地回答："啊，好的，不过我的头其实没那么容易掉下来，而且上次安装的时候我还专门……等等！你说'失乡号'上某些神经敏感的……难道这艘船上还有……"

爱丽丝后知后觉地意识到了刚才山羊头话语中透露出的信息，她顿时带着诧异与紧张环视起四周，这一刻，她仿佛觉得这船长室，甚至整个"失乡号"上的每一样东西都在昏暗中摇晃起来，变成了跟那个诡异山羊头一样的"奇诡之物"，而山羊头的声音则紧接着传入她耳中："这很奇怪吗？要让一艘这么庞大的船运转起来可需要不少人手，难道你以为伟大的邓肯船长会亲自去冲洗甲板？"

这山羊头说得竟然还颇有一番道理，爱丽丝那刚苏醒还不太灵光的心智虽然觉得这事儿好像有哪儿不对，但想了半天还是只能点点头："说的也是……所以'失乡号'上有很多像你一样的……"

"船长忠诚的副手只有一个，剩下的都是一群脑筋不太灵光的家伙，你不用考虑和它们交流——它们也没有与人交流的兴趣，"山羊头不等爱丽丝说完便打断了她，"但考虑到你是船上的新人，有很多道理和规矩不明白也是正常的，作为邓肯船长最忠诚的大副兼二副兼……我需要告诉你一些在这艘船上生存所必须知道的常识，毕竟船长可不会屈尊去向新人讲解这种东西……女士，做好准备了吗？"

爱丽丝一愣一愣地听着，她已经忘记了自己来船长室最初的目的，只觉得眼前这个山羊头每次一开口就是噼里啪啦的一大串，三两次开口之后这交谈的节奏就已经完全不在自己这边了，尤其是刚才对方突然蹦出来一大串头衔的时候，她感觉自己整个脑袋都是嗡嗡的，这时候对方话音落下她也只能下意识地点了点头："啊，啊，好……好的？"

"很好，那么接下来是'失乡号'船员必知的几条法则，这将有助于新人更快适应环境，并在危险的无垠海上充分接受来自'失乡号'以及伟大的邓肯船长的庇佑……"

那山羊头对爱丽丝的回答显然很满意，他一边说着一边晃了晃自己的木头脑袋，语气中带着明显的得意：

"第一，邓肯船长是'失乡号'绝对的主宰，邓肯船长永远是正确的，哪怕现实与邓肯船长的语言发生了冲突，也要以邓肯船长的判断为准。"

"第二，任何船员都只能在邓肯船长所允许的区域活动，邓肯船长没有下令开放的区域，绝对不许踏入半步，因为那些区域是不存在的。"

"第三，如果踏入了未经允许的区域而且你又侥幸暂时存活着，必须留在原地，等待邓肯船长将你带回，或安心等待死亡——绝对不允许擅自返回，因为你返回的不是'失乡号'。"

"第四，'失乡号'永远航行在正确的航道上，不要质疑船长的航行计划，如果你发现'失乡号'周围的景色与自己预想的不一样，或者发现'失乡号'落入了更'深'的海域，那么这是正常航行计划的一环。"

"第五，船长偶尔会离开船，但他一定会返回，在船长离开期间，'失乡号'会继续正常航行，但所有船员一律不得靠近船尾的驾驶台——船舵系统在船长离开时会缺乏安全感，船尾的缆绳则会绞死所有表现出'篡位'举动的冒失鬼。"

"第六，在'失乡号'上，船员基本守则有且只有六条。"

"第七，船长室的门向外开。"

山羊头似乎曾不止一次向新船员普及"常识"，他将这些守则说得非常流畅且自然，但爱丽丝在听到最后两条的时候立刻察觉了不对劲的地方："等等，山羊头先生，你刚才第六条说……"

"第六，在'失乡号'上，船员基本守则有且只有六条。"山羊头立刻回答，在提起这些基本守则的时候，他毫不拖泥带水。

爱丽丝一时间有点怀疑是自己出了问题还是眼前的大副出了问题："可是刚才你还提到了第七条……"

"第七，船长室的门向外开。"山羊头回答得非常自然。

爱丽丝怔怔地看着桌上那黑黢黢的山羊头木雕，在怀疑完自己的耳朵之后，她开始怀疑自己的脑子——但很快她便意识到自己并没有脑子，于是又确认了一遍："这两条……不矛盾？"

"毫无矛盾。"

听到山羊头笃定的回答，看着对方那双空洞而漆黑的眼珠，爱丽丝张了张嘴，但突然又把所有的疑问都咽了回去。

爱丽丝不是很懂得这个世界上的事情。但至少，她曾无数次在木箱中听到那些夹杂着恐惧与紧张的低声交谈，从那些因为负责押送异常物而神经格外紧绷的船员与看守口中，她建立了对某些异乎寻常之事的最基本的认知。如果一件事明显不合常理，而又切切实实地存在，那么首先谨遵已有的安全守则，在保持安全距离的前提下再考虑研究与分析，这才是生存之道。

爱丽丝对自己身为"异常099"的事实其实并没有什么感触，她也不清楚自己到底能做什么，或者做过什么，才会让人类那样畏惧警惕自己，她不知道作为一个有灵智的"异常"应该怎么思考才是"正常"的——此时此刻的她，只是如人一般思考着。

既然山羊头说船员守则有且只有六条，那么就是六条；既然山羊头提到了第七条守则，那就记住这第七条。但她仍有些疑问忍不住想问出来："刚才我试着推船长室的门来着，发现门确实是向外开——这么理所当然的事情，为什么要专门在守则里强调一下呢？"

木质的山羊头静静注视着爱丽丝的眼睛，过了足足两秒钟后，他才以前所未有的语气言简意赅地开口："有时候，它可以朝里开。"

"那……"

"如果你见到门朝里开，绝对不要进去，在整个'失乡号'上，只有船长有资格这么做。"

这是从刚才以来，山羊头第一次用如此严肃，甚至有些威慑意味的语气开口，哪怕是刚才介绍船员守则的时候他都没有这么严肃过。

爱丽丝被对方这格外郑重的语气吓了一跳。

但紧接着，那山羊头的语气又变得轻快起来，他就好像刚才的严肃话题从未发生般愉快地开口了："好了，新船员入伙时必要的介绍流程已经结束，现在让我们聊点别的……啊，对了，女士，你来船长室是有什么事吗？如果是船上的设施不会用，那完全不必麻烦伟大的邓肯船长，如果是想找人聊聊天那可就找对了，我非常善于寻找话题而且知晓无数有关这艘船的伟大事迹……你对伟大事迹不感兴趣？那我可以给你介绍一下无垠海上最有名的菜色，我对厨艺还是略通一二……"

山羊头一开腔就进入了状态，爱丽丝几次想打断都没找到机会，而等到她意识到大事不妙的时候，为时已晚。

"异常099"，人偶爱丽丝小姐，在今天面对了"失乡号"上除船长邓肯之外的第二大恐怖。

而在同一时间，与他们只有一墙之隔的寝室内，邓肯正静静地听着从海图室传来的动静。他刚刚醒来，灵魂从一具遥远的躯壳中回归"失乡号"，他并没有听到山羊头与爱丽丝最开始的谈话，但他听到了那几条船员守则，以及关于"船长室的门向外开"的交谈。

重要的情报，意料之外的收获。

邓肯还没来得及将自己刚才从那帮邪教徒身上搜集的情报消化完毕，就意外听到了山羊头与爱丽丝之间的交谈，而不管是那几条古怪又诡异的船员守则，还是最后山羊头言语中透露出的信息，都对他极其重要。

果然，当自己向里推开船长室大门返回"对面"的时候，山羊头是知道的，对自己而言这一举动是返回自己的单身公寓，但对这边的"失乡号"而言，这似乎意味着"船长暂时离开了"。

山羊头对此没有任何怀疑，而且将这视作邓肯船长本身就会有的一种举动。所以……这艘船原本那位"真正的邓肯船长"曾经也会推开船长室的大门，然后前往某个神秘的世界？而且这种事情不止一次地发生，以至于不但变成了山羊头眼里理所当然的事情，甚至成为了"失乡号"船员守则的一部分？

这个消息对邓肯而言是好事，这意味着他之后返回"另一侧"的时候不必有太多顾虑，哪怕船上增加了别的新船员，他也可以光明正大地用这种方法消失在所有人眼前，而且不必担心有人效仿跟随并发现自己的秘密。但从另一方面，邓肯心中却也产生了不可避免的思虑——这与山羊头刻意提到的那"6+1"条船员守则有关。

这些船员守则到底意味着什么？这些听上去怪诞、危险，甚至存在矛盾之处的守则是基于什么制定的？它的某些条目听上去是为了强调船长的权威，但真实的情况显然不止如此，那些严格的行为限制倒更像是为了让船上的人可以在某种危险环伺的环境中生存，为了让船员们可以通过某种既定规则来躲避不可见的危险。

邓肯微微皱起眉头，他在思索着自己在这些守则中真正的位置——从守则内容判断，他这个"船长"似乎是唯一拥有最大自由与主动权的个体，他无须担心船上"不可见的风险"，甚至他本人就是许多风险范围的裁定者，但……这一切的前提是他必须是"真正的邓肯船长"。

这正是最值得担心的部分。

但他又突然想起了自己这段时间来在"失乡号"上的探索行动，想起了自己在船舱里随意走动的事实。山羊头从未提醒过自己关于船员守则的事情，他把自己当成真正的邓肯船长来看，自己在船上行动的时候也没有遇上过任何诡异危险，而且也根本不可能有第二个"船长"跳出来给自己指定什么活动限制。

从这一点看，山羊头在船员守则中提到的危险对自己而言好像确实是无须在意的。

邓肯轻轻呼了口气，他继续侧耳倾听着从海图室传来的动静。半分钟后，他恨自己没办法关掉自己的耳朵。

垃圾话人偶和聒噪山羊头展开了交流，后者明显正占据着压倒性优势，那喋里啪啦的废话就跟无垠海上的风浪般在海图室中涌动着，哪怕是躲在寝室里暗中观察的邓肯都扛不住了。他觉得自己得赶紧出去把那可怜的人偶小姐给救下来——缺乏社交经验的爱丽丝显然不是山羊头的对手，但略作犹豫之后，邓肯还是停了下来。

他刚刚结束了一次奇妙的"灵魂旅行"，还有许多情报需要整理，更有经验需要总结，他得搞明白刚才自己身上到底发生了什么，搞明白这个过程是否可控——就目前看来，这种将精神投射到远方的能力将是他今后搜集陆地情报时最好用的手段。正常情况下，他还要担心自己埋头在房间里研究自己的新能力太长时间是否会引起山羊头不必要的关注，但现在有个爱丽丝可以在外面牵扯那个"聒噪货"的注意力……真是再好不过。

心中默默对人偶小姐说了声抱歉，邓肯低头看向自己的右手，下一秒，他的表情便愣住了——那个比怀表略大一圈的黄铜罗盘不知何时消失不见了。

而他明明记得直到前不久，那罗盘还被自己紧紧握在手中！

邓肯的眼神瞬间有些凛然，因为他发现自己完全不曾注意到手中的变化，而这种松懈疏忽的情况是在他来到这艘古怪诡异的幽灵船上之后第一次出现。下一秒，他虚握了一下右手，一团幽绿色的火焰随即浮现在指缝间，紧接着他便从书桌后站了起来，准备利用灵体火焰和超凡事物之间的联系来检查整个寝室中是否有异常痕迹。

但就在起身一瞬间，邓肯的动作却突然停了下来，某种微妙的联系从他心底浮现，他下意识地看向那联系传来的方向，在眼角的余光中，发现有几片似真似幻的羽毛从空中飘落下来。邓肯诧异地看向羽毛飘落之处，看到一团幻影正迅速浮现、凝聚在自己眼前，不到三秒钟，那幻影便凝聚成了一只雪白的……鸽子。

失踪的罗盘就挂在那鸽子胸口，还有一柄眼熟的黑曜石小刀静静躺在鸽子脚边。

那雪白的鸽子呆呆地站在桌子上，脖子上挂着邓肯找了半天的黄铜罗盘，而那柄眼熟的黑曜石小刀则放在它的脚边。邓肯表情有点发愣地看着鸽子，鸽子也表情发愣地看着他。

从一只鸟的脸上看出表情可不是件容易的事情，但不知为何，邓肯就是觉得这鸽子的表情他可以看明白，不但表情可以看明白，他甚至可以从鸽子那对略微发红的眼珠中看出某种睿智的光辉来——这鸟的俩绿豆眼儿就这么直勾勾地向前看着，当邓肯把视线投过去的时候，它的一只眼睛显然也把注意力转了过来，但它的另一只眼睛却好像仍然看着船长寝室的天花板，视线到处乱晃着，飘忽不定。

"一只……鸽子？"

反应了好几秒钟之后，邓肯才终于嘴角一抖，下意识地嘀咕起来。为什么是一只鸽子？为什么会突然冒出一只鸽子？为什么自己的黄铜罗盘还挂在这鸽子身上？那柄小刀又是怎么过来的？或者千言万语汇总成一句话：这艘不正常的船上，到底还能不能发生一点正常的事儿了？！而在邓肯这边满脑袋问号心里泛着嘀咕的时候，那个呆了半天的鸽子也好像终于"醒"了过来，它点着脑袋在桌子上走了两步，凑到邓肯面前，使劲伸着脖子，发出响亮的"咕咕"声。

"……"邓肯无言地看着这鸟，脑海中不知怎的就突然浮现出记忆中许多海盗船长的经典形象来，然后低头看了一眼自己身上的船长制服，"船长身边跟个鸟好像也确实是标配，但正常情况下不该是个鹦鹉吗？鸽子是怎么回事？"

那鸽子听到邓肯的话，立刻煞有介事地点了点头，发出一个音调有些怪异呆板的女声："传送完成！"

邓肯这边从心里到嘴里所有的嘀咕顿时就被掐断了，他一口口水差点呛进肺叶子里，瞪着眼睛看着眼前的白鸽，表情错愕。他回忆起了自己第一次踏上这艘船，在船长室里见到一个会说话的山羊头时的心情。但好歹他不是第一天来到"失乡号"上，对这个世界的异常之处他已经见怪不怪，所以这鸽子开口说话也只是让他意外了一瞬间，下一秒，他表情便严肃下来，同时一只手中已经微微冒出绿色的灵体之火，在戒备中注视着眼前的鸽子："你从哪儿来？"

那鸽子歪了歪头，一只眼睛直勾勾地看着邓肯，另一只眼睛飘忽地看着天花板："地址错误，请重新检查地址，或联系系统管理员。"

邓肯："……？"

除了表情上的瞬间呆滞，他内心更是掀起巨大的波澜！

这鸽子说的东西……不像是这个世界的画风，不像是山羊头或者爱丽丝或者那些黑袍邪教徒中的任何一个能冒出来的词语，反而是他作为"周铭"这个地球人更熟悉的名词！然而鸽子却仿佛完全没有注意到邓肯眼神与表情变化，它只是低头啄了啄自己的翅膀，又晃了晃胸口挂着的黄铜罗盘，随后便怡然自得地在桌子上闲庭信步起来。踱了几步之后，它又跑到了那柄黑曜石小刀前面，用爪子把它朝邓肯的方向拨拉几下，嘴里发出和之前一样音调怪异的女声："拿上这把太阳能战斧，去拥抱战斗的荣耀！"

邓肯猛然间从书桌旁站了起来，座椅磕碰着地板发出刺耳的摩擦声，他死死地盯着眼前那仍然一脸无辜淡然的鸽子，一种极端怪诞滑稽的情绪充盈着他的脑海。这鸽子绝不可能是"失乡号"上原本就有的东西，也几乎不可能是这个世界原本就有的东西！它所说出的词句，只有"周铭"才明白是什么意思！

或许是因为桌椅磕碰的声音太大，就连海图室中都能听到这边的动静，邓肯突然听到脑海中传来了山羊头的声音："船长？您没事吧？"

邓肯仍然紧盯着桌上的鸽子，他知道山羊头不敢直接窥看船长寝室中的情况，所以便低沉着声音用一如既往的冷静语气答道："我没事。"

"爱丽丝小姐来找您，要不要……"

"你先接待。"

"是的，船长。"

邓肯呼了口气，回头看了一眼通往海图室方向的房门。山羊头对爱丽丝的聒噪轰炸仍在继续，人偶小姐已经好几次想要起身离开又被拦了下来，邓肯觉得自己应该出去把那个倒霉人偶给救下来，但现在……他却有更重要的事需要确认。

再辛苦一下爱丽丝吧。

邓肯坐回到了书桌前，准备尝试看看能不能与眼前的鸽子进行正常的言语沟通，而就在这时，他才突然看到了一幕自己刚才没注意到的情况——那一簇在他右手指缝间跳跃的灵体之火中隐隐约约延伸出了一条"火线"，这条焰流纤细得就像头发丝，其末端飘出去十几厘米之后便消散在空气中。

而在那只古怪的鸽子身上，同样缠绕着一缕幽绿色的火焰，那火焰就隐藏在它翅膀下羽毛的缝隙中，另一端同样延伸到空气中，并在半空中消隐不见。

邓肯皱了皱眉，抬起右手心念一动，火苗跳跃的瞬间，桌上的鸽子便消失不见。下一秒，鸽子出现在他的肩膀上，它低头啄了啄邓肯的头发，发出响亮的声音："咕咕！"

邓肯又弹了一下手指，他肩膀上的鸽子便再度出现在书桌上。黄铜罗盘挂在鸽子胸口，亮闪闪的外壳上映着火焰的绿光。

邓肯眉头皱了起来："……与这个黄铜罗盘有关？"

他已经能够确定，这鸽子和自己存在一定联系，这种联系甚至比他和"失乡号"之间的联系还紧密，这或许也能解释为什么鸽子会知道一些只有他自己才知道的、来自地球的知识，他只是不能确定这只鸽子出现的原因。而思来想去，他只能把怀疑的目标放在那古怪的黄铜罗盘上。

从自己测试灵体之火到现在，所有的异常都是从这个黄铜罗盘开始的，不管是之前那种灵魂穿梭的经历，还是精神投射到一具尸体上的体验，再到刚才罗盘不翼而飞，再度出现时却挂在鸽子胸口……一切的源头，似乎都是这玩意儿。

邓肯盯着鸽子看了一会儿，将手伸向罗盘——他想把这东西取下来好好研究研究。

鸽子并未躲避也未阻拦，然而邓肯的手指却未能触碰到黄铜罗盘的表面——他的手指直接穿了过去，摸到了鸽子胸口软乎乎的绒毛。

就像穿过一层幻象。

鸽子原地跳了两下，似乎是被邓肯弄得有些痒痒，张开嘴咋呼着："今天是肯德基疯狂星期四，V我50（意为'微信转我50元'）……"邓肯眼角跳了两下，又不信邪地测试了两次，终于确认自己根本不可能把那个黄铜罗盘从鸽子身上取下来——这玩意儿显然已经发生了某种异化，变成了一个和鸽子绑定在一起的幻象，摘不掉也摸不到。

或者说……那鸽子才是黄铜罗盘当下的本体？邓肯心中一瞬间冒出了许多连他自己都不知道该不该相信的猜测，而他唯一能够确定的事情就只有一件：这只鸽子的出现，与他使用黄铜罗盘进行"灵魂穿梭"的经历密不可分，而这个经历也可能同时改变了黄铜罗盘的形态。这或许就是黄铜罗盘本身的性质，是它作为某种"异常物"固有的属性，或者说"使用代价"，至于鸽子为什么这么不对劲……不是因为罗盘，是因为"周铭"这个地球人。

这一切现在还无法证实或证伪，除非邓肯能找到"失乡号"上各种异常物的说明书。

至于现在，他必须想想该怎么安置这只……异常的鸽子。

短暂思索之后，他决定先给这只鸽子起个名字。

"我得给你起个名字，"他用手指轻轻敲了敲桌面，很认真地对眼前的鸽子说道，"我想你应该是能听懂我说话的，对吧？"

鸽子歪了歪头，两只绿豆大小的眼睛飘忽地看着邓肯："艾伊？"

大概是感觉邓肯没有听清，它很快又重复了一遍，声音比刚才还大："艾伊！"

邓肯终于明白了这鸟是什么意思："你的意思是，你的名字叫艾伊？"

鸽子骄傲地点了点头，在书桌上踱来踱去："咕咕！"

邓肯忍不住揉了揉眉心，总感觉跟这只鸟交流起来比跟山羊头交流还诡异，而这种诡异主要体现在鸽子那难以捉摸的语言风格上。邓肯问道："你知道自己是怎么诞生的吗？或者说……你是怎么出现在这里的？"鸽子想了想，两只眼睛飘忽地同时望向了不同的方向："哎呀，页面不见了，刷新一下试试？"

邓肯："……"

他发现自己完全无法理解这只鸟脑子里到底在想什么，甚至不敢确定它嘴里突然蹦出来的这些句子到底是不是跟当前话题有联系。但他又绝对可以肯定，这只鸟是有在思考的，而且是在很认真地与自己交流。

只不过它显然对"交流"有着自己的理解。

邓肯又跟这个自称"艾伊"的鸽子交谈了几句，结果是他们的交谈始终维持着平行线般的状态，基本上就是各说各的。要说话题相关吧，实在看不见交点在哪儿，要说无关吧，这鸽子有问必答……而且偶尔还有那么一两句貌似是回答了邓肯的问题。交流到最后也没太多进展，邓肯只能皱着眉念叨了一句："这又是个什么邪门玩意儿……"

他觉得自己大概要很长时间才能跟这只鸟建立起正常的交流了，这个过程甚至可能比他适应山羊头的聒噪还要困难。鸽子则蹲在他对面的桌子上，无辜地眨巴着小眼睛，偶尔念念叨叨地要求"V我50"。邓肯没有在意这只鸟的念叨，而是屈起手指轻轻搓了搓，看着指尖的绿色火苗在空气中跳跃，他起码有一点可以确定——那黄铜罗盘尽管已经与眼前的鸽子融为一体，但从本质上，它仍旧是一件可以被自己操控的"异常物品"。

幽绿色的灵体之火升腾起来，鸽子"艾伊"羽毛的缝隙间也几乎同时升腾起了绿色的火焰，那枚挂在它胸口的黄铜罗盘则"啪"一声弹开，透明的玻璃壳下，略显虚幻的指针正随着邓肯的意志而渐渐稳定下来，描绘着诸多神秘符号的表盘也逐渐被火焰充盈。

艾伊则全程没什么反应，只是相当自然地沐浴着这灵体之火，仿佛在等待邓肯的命令。

在黄铜罗盘被彻底激发之前，邓肯主动散去了火焰。

在测试过程中，邓肯心中也在默默总结着：

"罗盘还能用……只是多了个古怪的'介质'，暂时不能确定这只鸽子有什么作用，或许能带来某些助益……"

"目前还不清楚这个罗盘的底细，在做好准备之前最好不要进行第二次'穿梭'……下次测试的时候要时刻关注罗盘和鸽子有什么变化。"

"鸽子和我之间存在联系，在激发出灵体之火的情况下，这种联系会变得更加紧密，甚至可以在一定程度上直接控制鸽子出现在什么位置……但控制也只能到这一步……"

"艾伊明显有自己的意志，会按自己的想法活动，给它下达的指令不一定都会得到执行，这一点与'失乡号'上的其他'物品'不同。"

"能说话，有一定思考能力，会独立判断问题……和普通的异常物比起来，这只鸽子的性质似乎更接近山羊头……"

邓肯心中总结了一些目前已知的情报，最后，他将目光落在了那柄黑曜石小刀上。

小刀有着如干枯扭曲手指般的刀身和漆黑反光的刀刃，这正是那个戴着金色太阳面具、在下水道集会场中主持邪恶献祭仪式的黑袍神官曾持有的东西，从用途来看，这应该是一件"仪式刃具"。

邓肯以精神投射的方式抵达了那个疑似位于普兰德城邦的地下集会场，返回的时候也是以"精神方式"返回，他本以为整个过程应该完全是精神或灵魂层面的，但现在这把仪式小刀却真真切切地摆在他面前。略作思索之后，邓肯伸出手拿起了那柄小刀。

冰凉坚硬的触感实实在在地传来，这是一件真实存在的物品。

邓肯又释放出些许灵体之火，让火焰缠绕刀身，而从那空洞虚无的反馈来看，这柄仪式小刀中曾蕴含的超凡力量确实已经消散干净。就如他之前在献祭现场的判断，这东西并非真正的异常物，而应该是某种超凡力量的延伸产物，或者用人工方式"灌注"出来的临时物品。邓肯虽然不清楚这个世界的"异常物"到底有怎样的体系，但他猜这柄小刀应该算不上多么稀有的物品，至少……它看上去像是量产出来的。

"这是你带回来的东西？"他抬起头，看向正在桌子上休憩的艾伊，扬了扬手中的黑曜石小刀，"而且是专门给我的？"

鸽子用红色的小眼睛直勾勾地盯着邓肯，全身一动不动，对提问毫无反应。

邓肯："……"

他又问了一遍，鸽子仍然没有任何动静，就跟突然变成了一个没有生命的雕塑似的。

突然出现的异常变化让邓肯眉头微皱，但就在他准备用灵体火焰刺激一下艾伊看能不能将其强行唤醒的时候，这只鸟又一下子"活"了过来，它原地蹦了两下，大声嚷嚷着："拿上这把太阳能战斧，拿上这把太阳能战斧，拿上这把……"

"好的好的我明白了，你不用把我刚才每一遍的提问都回答一遍，"邓肯赶紧摆了摆手，一边强行让鸽子安静下来一边又组织了一下语言，"那你知道自己是怎么把这把小刀带过来的吗？或者说，你可以携带'实物'进行穿梭，是这样吗？"

鸽子沉思了一下，低头啄啄邓肯的手指："全场满减，件件包邮。"

邓肯："我……就假装听懂了吧。"

他叹了口气，觉得自己跟这只鸟的交流极限也就到这儿了，随后他从书桌旁站起来，看向了海图室的方向。

山羊头和爱丽丝还在外面，热切友好的交流还在持续。人偶小姐已经很长时间没有发出声音了，而山羊头刚刚开始讲述海带炖菜的第十七种做法。

邓肯觉得自己有必要去把自己目前唯一的（而且竟然是画风最正常的）船员给救下来。

另一方面，他在寝室中待的时间也太久了，中间又搞出了一些异常的动静，现在也有必要出去露个面，让山羊头安安心。不过在离开之前，他还是犹豫地看了正在桌子上跑来跑去的艾伊一眼。

要不要把这只鸽子也带出去？带出去了要怎么解释？

邓肯只犹豫了两秒钟，便果断地抓起鸽子放在自己肩膀上。

他是要长期在"失乡号"上活动的，而这只鸽子在可以预见的将来也肯定会长期跟着自己，虽然目前还不知道这只鸟有什么生活习性，但作为一个具备思考能力和交流能力的"异常物"，它大概很难像个死物一样被藏在某个地方。船上多了一个"乘员"，这是藏不住的事情，而如果现在隐藏，将来一旦暴露，反而是对"邓肯船长"这个形象极大的损害。

所以他不如大大方方地把这只鸽子带出去，就说是自己新的"战利品"——他不需要跟那个山羊头解释什么，船长不需要跟大副解释——大副自己会脑补的。

至于这只鸽子时不时蹦出来的怪话（在这个世界的当地人听来那肯定都是无法理解的怪话）……那也不用解释。就让山羊头和爱丽丝自己想办法去脑补吧。

肩膀上扛着肥鸽子，邓肯起身整理了一下仪容姿态，从容地向海图室的方向走去。鸽子骄傲地挺起了胸膛，仿佛刻意宣告般嚷嚷着："正宗好凉茶，正宗好声音，欢迎收看由……"

第四章

普兰德审判官

　　说实话，邓肯哪怕有一根比顶梁柱还粗的神经，发现肩膀上这只鸽子突然开口讲话的时候，也很难走出从容的步子。这一刻他无比希望自己能像个正常的海盗船长一样肩膀上顶个鹦鹉——再不济顶个猴也行。

　　但他已经推开了通往海图室的大门，这时候再扭头回去是不可能了。

　　摆放航海桌的房间内，山羊头正在兴高采烈地叨叨着关于海鱼炖菜的第十二个传说，船长寝室开门的声音终于打断了这个聒噪的家伙，他那黑黢黢的木头脑袋立刻便转向邓肯的方向，语调上扬显得十分愉快："啊，船长！您终于出来了！我要跟您说，爱丽丝小姐真是一位出色的交谈对象，我已经很多年不曾如此尽兴地与人聊天了，您知道……"

　　邓肯直接无视了山羊头的大声叨叨，第一时间看向航海桌对面的受害者，然后就看到无头的人偶正板板正正地坐在椅子上，手里捧着自己的脑袋，同时死死地按着自己的耳朵。即便如此，爱丽丝的眼神仍然涣散得跟连续上了十二节高数课似的，甚至连邓肯走到她面前都没有任何反应。

　　邓肯："……"

　　"她自己把脑袋拔下来的，"山羊头不等邓肯开口就解释起来，"虽然我也不知道她为什么要这么做……"

　　山羊头的叨叨何等威力绝伦，竟然能逼得一个诅咒人偶把自己的脑袋拔下来以对抗声波？！而在邓肯心中震惊的同时，那说嗨了的山羊头也终于注意到了船长带出来的某个陌生家伙，他的木头脑袋微微转了一下，黑漆漆的眼珠突然盯着邓肯肩膀上的鸽子："嗯？船长，您肩膀上这是……"

　　"它叫艾伊，现在开始是我的宠物。"邓肯言简意赅地说道，用尽可能少的句子来避免可能的漏洞，并同时观察着山羊头听到这话之后有什么反应。

　　"您的宠物？"山羊头明显呆了一下，随后便仿佛自顾自地脑补了什么，"啊，刚才'失乡号'确实感知到您暂时离开了船……您是去进行灵界行走了吗？这是您在灵界行走的过程中带回来的战利品。"

灵界行走？

一个从未听过的词突然冒了出来，邓肯则想到了那个放在船长寝室中的黄铜罗盘，想到了曾经真正的邓肯船长留下的字迹，以及灵魂穿梭投射到远方的奇妙体验，他心中隐隐将之对应，感觉猜得八九不离十之后才表情淡然地点点头："稍微散散心而已。"

邓肯话音落下，那山羊头立马意料之中地恭维起来："啊！真不愧是伟大的邓肯船长，哪怕是一次简简单单的灵界行走都能带回战利品——这是一只鸽子吗？能成为您的宠物，那想必有非凡之处？您甚至把您的罗盘都挂在了它身上，这是否……啊，当然，您的判断永远是正确的，不过这只鸽子是有什么特殊？难道它……"

邓肯从山羊头的恭维中听到了某种委婉的东西，他心中一动，意识到这山羊头显然认识如今正挂在艾伊胸口的黄铜罗盘，而且这个罗盘对真正的邓肯船长而言显然非常重要——重要到本不应该随随便便放在一个新冒出来的"宠物"身上。

但哪怕察觉了不妥之处，他也毫无办法，因为那罗盘现在跟鸽子已经"绑"在一块了，甚至……根据灵体之火的操控反馈来看，此刻那鸽子仿佛才是罗盘的本体！

邓肯心中迅速地思考起来，但他脸上的表情毫无波澜，而就是这么一愣神的工夫，原本正老老实实蹲在他肩膀上的艾伊却突然发出响亮的咕咕声，紧接着便拍打着翅膀飞到了山羊头面前。

山羊头漆黑的眼珠瞬间盯在鸽子身上，后者则煞有介事地歪了歪脑袋，用嘴壳子啄了啄山羊头的脸："充Q币不？"

邓肯："……"

"具备灵智的'异常'？！"山羊头也显然怔住了，但紧接着便反应过来，语气极为惊讶，"这只鸽子竟然会说话？！"邓肯立刻在旁边委婉地提醒了一句："你也会说话。"

鸽子艾伊也在桌子上踱了两步，一边走开一边自顾自地念叨着："像话吗像话吗像话吗……"

邓肯见状随即搓了搓指尖，伴随着绿色火焰突然跳跃，在桌上踱步的鸽子眨眼间便消失在空气中，并在下一瞬间回到了他的肩膀上。

"是的，具备灵智的'异常'，而且被我直接控制，"邓肯对山羊头点了点头，"还有什么问题吗？"

山羊头赶忙回答："啊……当然没有，当然没有，这样就完全没有问题了——一切尽在伟大的邓肯船长掌握之中。"邓肯便不再搭理山羊头。迅速结束了这个话

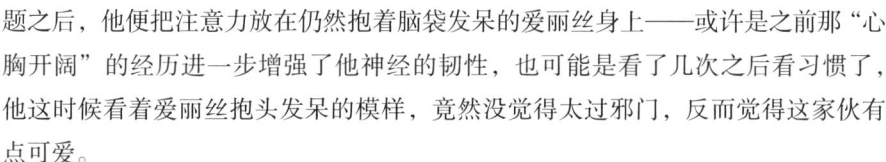

题之后，他便把注意力放在仍然抱着脑袋发呆的爱丽丝身上——或许是之前那"心胸开阔"的经历进一步增强了他神经的韧性，也可能是看了几次之后看习惯了，他这时候看着爱丽丝抱头发呆的模样，竟然没觉得太过邪门，反而觉得这家伙有点可爱。

他伸手拍了拍人偶小姐的肩膀："醒一醒，醒一醒。"爱丽丝的身体激灵一下，仿佛从一个长久的噩梦中惊醒一般，随后被她捧在手中的头颅便嘴巴一张一合地发出声音："船……船……船……"

邓肯："你先把头接上。"

爱丽丝这才反应过来，赶紧手忙脚乱地把脑袋放回原位，"咔哒"一声关节闭合之后，她的声音终于恢复流畅："啊，船长你回来了？刚才好像发生……山羊头先生说完了？"

桌上的山羊头立刻开口："不，我们刚聊到关于海鱼炖菜的某些传说，这个话题下次可以……"

邓肯言简意赅："闭嘴。"

"哦。"

一旁的爱丽丝则在山羊头开口的瞬间非常明显地抖了一下，堂堂一个诅咒人偶脸上竟然露出惊悚的表情，哪怕下一秒那山羊头已经在船长的命令下老实地闭上了嘴巴，她也仍心有余悸地看了航海桌的方向一眼。邓肯怀疑在未来相当长的一段时间里，这位人偶小姐都不会踏进船长室了。想到这，他终于好奇地问了一句："你来找我，有什么事？"

"我……"爱丽丝表情有点呆滞，仿佛她最初造访船长室的目标已经随着跟山羊头的一场交谈而忘光了，但几秒钟后她还是反应过来，"啊对了，我只是想问一下，船上有可以洗澡的地方吗？我的木箱之前进了海水，现在感觉关节有些……不太舒服。"

说到最后，人偶小姐脸上的表情明显有点尴尬，但其实比她尴尬的反而应该是邓肯——毕竟她那箱子之前是被邓肯给扔下船的。

而且还扔了好几次。

心中尴尬一闪而过，邓肯努力维持住了脸上表情不变，语气平淡："就为了这个？"爱丽丝拘谨地坐在椅子上："就……就为了这个。"

"对于很多远洋海船而言，淡水是极为宝贵的资源，洗澡是一件奢侈且需要克制的事情，"邓肯先是一本正经地说着，但紧接着便突然露出一丝微笑，"不过你很幸运，'失乡号'不是一般的船，淡水在这里不是问题。跟我来，中段甲板下面的船舱里就有洗澡的地方，要去那里首先得穿过上甲板。"

爱丽丝立刻站了起来——这个放着山羊头的地方她是真的一秒都不想待了。

邓肯则在离开房间之前回头看了山羊头一眼："你继续掌舵。"交代完之后，他才起身推开船长室的门，带着爱丽丝来到了甲板上。

此刻夜幕已经低垂，无垠海上夜空晴朗。这是在连续多日的阴云之后，邓肯第一次站在这个世界的晴朗夜空下。他突然停了下来，仰头望着天空，一动不动地盯着这片夜幕。

夜空漆黑无星，没有任何天体存在。

唯一能看到的，只有一道隐隐约约仿佛撕破了整个天空的灰白色裂痕，那裂痕横亘在天际，其边缘仿若血肉绽开般延伸出细密的裂纹，暗淡灰白的光晕从裂痕中缓缓向外逸散着，如同一池深水中弥漫开的血痕。

这道横亘天空的"苍白伤痕"照亮了整个无垠海，比邓肯记忆中的月光要明亮两倍有余。

从某种意义上，这无星无月唯有一道伤痕的天空对邓肯造成的冲击甚至远胜过那一轮被符文圆环禁锢起来的"太阳"。因为不管再异常的太阳，它也只照耀着邓肯脚下的土地，而在邓肯作为地球人的认知中，所谓"太阳"，无非是亿万天体中的一个罢了。

所有的扭曲异象，应该只是局限在阳光照耀之下，阳光之外的天空中，还可以有蕴含着无穷可能的群星——虽然对于一个被困于重力的生灵而言，"阳光照耀之下"就相当于整个世界，但起码，只是这样的话，邓肯还能理解并接受这异象的规模。

然而此刻的夜空中，邓肯却没有看到任何可以被称作星辰的天体，没有星星，没有月亮，没有遥远的星河。有的只是一道撕裂的伤痕，以某种他无法理解的光影姿态覆盖在苍穹之上，向外不断逸散着苍白的光雾。整个无垠海都笼罩在这苍白如雪的夜色中。

比太阳更远的地方，是遥远的虚无，以及更大的异象。

邓肯什么也没说，只是死死地盯着天空，无数的疑问与猜想却在他脑海中盘旋着。

其他星球在什么地方？是从一开始便不存在吗？还是说……自己脚下的世界是一个位于宇宙真空地带的天体，它与其他星辰的距离过于遥远，以至于这里的夜空是漆黑无星的？那横亘天穹的"苍白伤痕"又是什么？是一道撕裂的空间缝隙？是一个可以触碰的天体结构？抑或仅仅是一个幻象，漂浮在这险恶的无垠海上空？

"船长？"

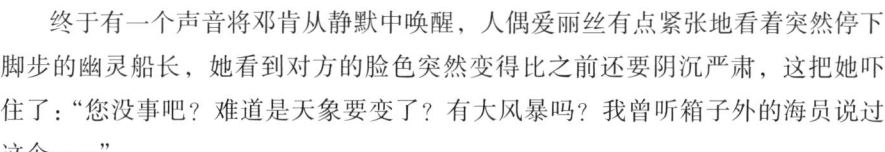

　　终于有一个声音将邓肯从静默中唤醒，人偶爱丽丝有点紧张地看着突然停下脚步的幽灵船长，她看到对方的脸色突然变得比之前还要阴沉严肃，这把她吓住了："您没事吧？难道是天象要变了？有大风暴吗？我曾听箱子外的海员说过这个……"

　　"……什么也没有。"邓肯轻声说道，随后从天空收回了视线，一脸平淡地看着爱丽丝，好像是回答，又好像说给自己似的重复了一遍："什么也没有。"

　　"那我们……"

　　邓肯迈步向前走去，表情平静得仿佛什么都没发生："走吧，我带你去船舱，你以后也可以在那里洗漱——如果你需要洗漱的话。"

　　这个世界再一次向异邦人展示了它的诡异怪诞，而这种诡异怪诞似乎还远远没有尽头。邓肯已经意识到，不知道还有多少令人惊愕的异象在未来等着自己，每一次都大惊小怪的话，他这辈子恐怕就只剩下大惊小怪了。如果说过去几十年在地球上的人生经历让他积累了什么经验，那有一条是如今最有用的：如果一个问题确实地存在着，那就想办法去解决，问题不会因为自己的否认而自行消失，就如眼前这怪诞的天空不会因为他的质疑而变成繁星灿烂的样子。

　　这个世界呈现出这般姿态一定有它的道理，万事万物既然能存在于这里，那这就是个无可辩驳的事实，再荒诞、再古怪的现象，也是客观事实上的存在——自己一时间无法理解，那是自己的问题，不是世界的问题。

　　作为"失乡号"如今的船长，邓肯觉得自己可能会有很长时间来慢慢了解这个世界。

　　爱丽丝不知道这一路上船长的沉默是因为什么，她只知道邓肯身边的气氛突然间变得有些压抑，但在抵达目标船舱之后，这种压抑的感觉却又突然消失了。

　　邓肯带着人偶小姐来到了可以洗澡的地方，这是给上层海员准备的浴室——对于一艘古典的风帆海船来说，这种浴室算是某种"奢侈"设施，正常情况下这种设施不是给普通水手准备的。

　　古老时代的风帆船只在远洋航行的时候，其生存条件其实相当恶劣，有限的淡水、腐败的食物、糟糕的医疗以及长期航行带来的心理问题困扰着每一个挑战大海的探险者。在地球上，这其中的许多问题直到工业时代前期都未能完全解决。

　　据邓肯所知，地球上早期的风帆远洋船只上甚至没有给普通船员准备的厕所，一般水手的个人问题通常都是在朝向大海的格栅板上解决（这个过程还要注意风向），洗澡更是个艰难的问题——用备用帆充当澡盆、用海水冲洗身体是许多不讲究的水手们的解决之道，而更多风帆时代的海员干脆就选择数周甚至数月不洗澡。

　　毕竟，和坏血症、鼠疫以及巨大精神压力导致的群体癔症比起来，一点点卫生问题反而是最不重要的。

但不知是不是讽刺，在一艘人人畏惧的幽灵船上，这些糟糕的生存问题反而得到了解决。

"失乡号"上的淡水舱会自行补充水源，放在仓库中的食物毫无腐败的迹象，幽灵船长不会生病，爱丽丝的颈椎问题也不是航海导致的。

除了跟山羊头相处的时候经常感到血压上升之外，这艘船其实还挺宜居的……

"澡盆旁边的管道通往淡水舱，直接取水就行了，澡盆的塞子挂在那边，别弄丢——目前条件有限，船上不供应热水，但你应该不介意这个。"

邓肯向爱丽丝介绍着船舱里的设施，这些平平无奇的经验却都是他在过去好些天里探索的成果。

"能冲洗一下身体就行了，关节进了盐水实在不太舒服，"爱丽丝倒是一点都不挑剔，她略带好奇与兴奋地看着船舱中的各种东西，一边听着邓肯的介绍一边点头说着，"我只是个人偶，对热水澡没什么追求的。"

邓肯点了点头，但紧接着表情又有点怪异，他看了爱丽丝一眼，语气略显犹豫："说起来，你知道怎么洗澡吗？你有这种……'生活经验'吗？"

爱丽丝呆了一下，然后一边思索一边很认真地说着："应该……行吧？就是把关节拆下来冲洗冲洗，洗完了装回去……"

邓肯："……"

他看着爱丽丝，爱丽丝也一脸无辜地看着他。

"你考虑过都拆下来之后怎么靠自己装回去吗？"邓肯知道自己这随口一提醒真是对了，眼前这个从来没离开过箱子的人偶是真的没这方面经验，"我可没办法帮你。"

爱丽丝："……好像也是啊。"

"而且我非常不建议你经常拆卸自己的关节，"邓肯又语重心长地提醒道，"哪怕你的身体结构允许这么做。"

爱丽丝有点困惑："为什么？"

"拆多了容易掉，"邓肯终于无奈起来，他之前可完全没想到跟一个诅咒人偶待在一条船上竟然还会有这么多"细节问题"，小说、电影、电视剧里面从来没提过这个，"我可不希望某天你走在甲板上突然就当着我的面散了一地，船上可没有人懂得怎么维护人偶的关节。"

说到这，他顿了顿，又补充了一句："你的颈椎问题已经够严重了。"

爱丽丝想象了一下那个画面，顿时一缩脖子："啊，好的好的我明白了……我想到该怎么做了……"

"最好如此，"邓肯说着，又有点不放心地看了这个生活经验不怎么够用的人偶一眼，这才准备转身离开，"我还有很多事要忙——别搞出太大的麻烦。"

"好的船长，谢谢船长，"爱丽丝愉快地说着，但就在邓肯即将走出船舱的时候，她突然又开口了，"啊对了，船长……"

邓肯停了下来，微微侧头："还有什么事？"

"船长……我突然觉得你好像也没那么可怕啊，"爱丽丝看着邓肯的背影，认真斟酌了一下词句，"那个山羊头说你是无垠海上最可怕的船长，是所有航线上最不可捉摸的灾祸，但……"

"但是什么？"

"但我看你好像挺好说话的，还有点像个爱操心的家长……"

邓肯没有回头，只是沉默两秒后，问道："你从哪里来的家人的概念……你有家人吗？"

爱丽丝顿时迟疑了一下，慢慢摇着头："好像没有。"

"那就不要谈论什么家长的话题了，老老实实在船上待着，我会安排好你在这艘船上的生活。"

"哦，好的船长。"

现实生活跟奇诡故事是不一样的，其中最大的区别就在于生活在现实中，你不得不考虑一大堆真实而琐碎的细节问题——会活动的诅咒人偶需不需要做关节保养？爱丽丝经常拆卸关节到底会不会导致她将来走着路就突然散一地？幽灵船上的咸肉和干奶酪到底有没有过期？白天应酬晚上跟邪恶势力打架的超级英雄到底睡不睡觉？跟超级英雄打完架的邪恶势力平常到底要不要去超市里买东西？故事里从来不跟你讲这些，故事里的人永远都是白衣如雪来去如风的，故事里的诅咒人偶也只需要突然从犄角旮旯里钻出来吓唬人就可以了，就像故事里的幽灵船长也从来没有发愁过船上只有过期了一个世纪的咸肉干和硬奶酪的问题。

而现实中的诅咒人偶在泡过海水之后浑身刺挠，洗个澡都要临时寻思怎么处理关节缝里的盐粒……

站在船舱外的邓肯叹了口气，更加清晰地意识到，要在这艘船上长久地生存下去，需要的不只是决心，还得考虑一大堆的实际问题，尤其是在船员数量增加之后新增加的问题。

幽灵船上其实没有太丰富的生活物资，这一点邓肯是很清楚的。

这艘船有不限量供应的淡水，但不限量的也就只有淡水而已，食物舱里储备的食材在消耗之后是不会自动补充的，而且那里可吃的东西只有咸肉干和硬奶酪，虽然由于"失乡号"的特殊性质，它们都没有腐烂的迹象，但邓肯仍然合理怀疑它们起码已经存放了一个世纪。除此之外，这艘船上也没有适合爱丽丝体型的替换衣服（虽然那位诅咒人偶并没提起过这方面的需求），没有可以用来消遣的东西——哪怕是一副象棋、一副扑克。

无垠海广袤无边，然而"失乡号"很难从这茫茫大海中得到真正的物资补给，这艘船似乎也没有一个靠谱的母港可以停留休整，更没有与陆地上的文明城邦互通有无的渠道。山羊头似乎完全没有在意过这方面的问题，但邓肯此刻已经认真思索起来——他要想办法改善"失乡号"如今缺乏物资的情况。

进一步地，他也在考虑要怎样和陆地上的城邦建立起联系。

永远在大海上这么盲目漂流是效率极其低下的探索手段，关于这个世界的情报必须从陆地上获取，这是邓肯在灵界行走之后最深的体会。

抛开这一点不谈，哪怕是为了自己的身心健康，他也要尝试着更多地接触陆地上那些城邦，接触这个世界的文明社会——否则他很担心在漫长的漂流之后，自己会真的变成一个扭曲、阴郁、孤僻的幽灵船长。想到这里，邓肯微微转过头来，看向了正老老实实蹲在自己肩膀上梳理羽毛的鸽子艾伊。

他的目光主要是落在艾伊胸口的黄铜罗盘上。

鸽子歪头看了看自己的主人，冷不丁冒出一句："开分基地啊！铺菌毯呐！哎，你会不会运营啊？"

邓肯一时间有点沉默，这鸽子大部分时候都神经兮兮的，但它偶尔蹦出来的话却又如此恰到好处，甚至恰到好处得让人怀疑它这是大智若愚。目前看来，灵界行走似乎是"前往"陆地城邦唯一可行的手段。尽管这个手段似乎有太多的不确定性，而且在上次使用之后就出现了像艾伊这样的神秘意外，但邓肯知道，自己很快就会进行下一次灵界行走——不光是为了收集陆地上的情报，也是为了尽快验证并掌握一项很有用的能力。

而和灵界行走同样重要的，是鸽子艾伊从遥远的陆地带回一柄仪式小刀的"特殊能力"。

如果它能带回一柄小刀，是否还能带回更多的东西？这只鸟携带物品的规律和限制是什么？这个过程是否可以人为控制？思索片刻之后，邓肯决定直接询问这只鸽子："你知道自己是怎么把那柄小刀带回来的吗？"

鸽子想了想，语气深沉："你需要更多的晶体矿。"

邓肯："……"

他决定还是暂时放弃与这只鸽子的交流，这方面的事情还是等下次进行灵界行走的时候亲自尝试比较靠谱。

船舱内，爱丽丝终于磕磕碰碰地搞明白了取水的管道该怎么用，又大致寻思明白了澡到底该怎么洗。在条件有限的幽灵船上，她只能洗个冷水澡，只不过对于一具人偶而言，这完全算不上什么问题，但在跳进澡盆之前，爱丽丝决定首先把整个舱室里的东西都问候一遍。她拍了拍那个巨大的橡木桶，又敲了敲支撑船舱的柱子；她用脚尖踢了踢脚下的地板，又踮起脚扒拉了一下从屋顶上垂下来的绳索与钩子。

"你们好，我叫爱丽丝，"她愉快地与这些冷冰冰的东西打着招呼，就像跟之前那位山羊头先生打招呼一样，"以后我要住在这艘船上了。"

船舱中没有任何东西回应她的问候，但爱丽丝没有丝毫在意。山羊头说过，"失乡号"是活的，这艘船上很多东西都是活的，尽管它们似乎都没有像山羊头那样真正的"灵智"，甚至连交流的能力都没有，但这不妨碍爱丽丝将整个"失乡号"当作一位需要问候的"邻居"来看待。

"失乡号"是活的物品，她也是。确信自己的问候礼貌又得体，爱丽丝的心情更加愉快起来，随后她才褪去华丽的衣裙，有点笨拙地爬进了已经放满水的橡木桶里。第一步，先把脑袋摘下来冲洗冲洗——反正脖子上的关节本来就不怎么结实。

人偶小姐认为自己的规划非常合理。

深夜的普兰德城邦终于结束了一整天的喧嚣，在夜空苍白的清辉下，这座繁荣昌盛的"海上明珠"渐渐陷入安眠。

但在静谧的黑暗中，自有守夜者注视着入睡之后的城市。

普兰德城邦最高建筑大钟楼上，一名留着灰白色长发、身材异常挺拔高大的年轻女士正站在窗口前俯瞰城区。

这位女士的五官很漂亮，却又有一道划过左眼的醒目疤痕令人望而生畏，她的身材比一般男性还要高大，身上则穿戴着银灰色的轻甲与战裙。她显然饱经锻炼，四肢的肌肉饱满、线条匀称，而在她身旁触手可及的位置，则摆放着一柄散发着淡淡银辉的巨剑——那巨剑的剑柄处铭刻着象征海浪的符文，剑刃上亦有仿佛水波般的微光浮动。

女士身后，机械运转的声响不断传来——大钟楼的机芯正在蒸汽机的驱动下平稳运转，结构繁复精密的齿轮与连杆结构贯穿了屋顶与地板，正驱动着楼上的四面表盘以及隐藏在建筑深处的拟态天象仪不断运行。从声音判断，这台庞大而精密的机器运行状态十分良好，并未有邪恶的力量侵扰到神圣的蒸汽核心。

但审判官凡娜心中仍然有隐隐的不安，一种仿佛某些事件即将发生或已经发生，而她注定对其无能为力的糟糕预感令其烦躁不已。

脚步声从楼梯方向传来，窗口前的灰发女性循声转过身，她看到一名身穿海洋祭司长袍的牧师从楼梯口走了上来，牧师手中提着铜制的熏香炉，洁净的烟雾正缓缓缠绕在他周围。这名牧师来到房间中央的机芯立柱前，将原本挂在立柱护栏上的旧熏香炉取下，换上新的炉子，他观察着从熏香炉中逸散出的烟雾，确认烟雾毫无阻碍地飘浮在那些运转的齿轮和连杆周围，这才低声念诵了风暴女神之名，并转头看向站在窗前的灰发女士。

"审判官阁下，夜安——您又在亲自守夜？"

"我总有不好的预感，最近几天总是如此——今夜尤其。"

"不好的预感？是哪方面的？"牧师抬起头，深邃的眼神中带着担忧，"女神对您降下了预兆？"

"不是那么清晰的信息，"年轻的女性审判官摇了摇头，"我只是隐约感觉……有什么东西在靠近这座城市。"

拥有无上威能的神祇居于这世界的基石中，以那超脱时空的视线注视着这个世界的运转，而具有灵性力量、向神皈依的虔诚信徒，会在一定程度上从自身与神明的隐秘联系中窥见一些现实与未来的走向，以及某个不为人知的角落正在发生的变化。

这种窥看不受时空的束缚，而且暗含着被亚空间侵蚀的风险，但对于那些意志坚定的虔诚信徒而言，这种危险又强大的力量正是他们用来保护这片无尽汪洋中那点脆弱的文明灯火时最大的倚仗。虔诚的审判官已经连续多日看到一个相似的幻象了。

在半梦半醒中，她看到无边无际的汪洋被染上一层墨色，随后有雷霆般的巨响从大海深处传来，海洋一分为二，当中出现直达海床的恐怖壕沟，而一艘燃烧着火焰的巨船从海床上升起，如飞空艇般在半空中缓缓上浮，又有一个浑身披覆星光的无形巨人跟在这艘巨船后方，一步步走向普兰德城邦的方向。

在审判官凡娜迄今为止的人生中，像这样规模庞大到可怕的预兆只出现过两次。

第一次发生在童年，她从鲜血满溢的噩梦中惊醒，随后在邪教徒的袭击中失去了父母，脸上则留下了那道伴随一生的疤痕。第二次发生在四年前，她在梦境中看到城邦地下升起一轮黑暗太阳，由此剿灭了太阳神教派渗透至城邦中的最大一处据点——时至今日，那些邪教徒阴魂不散的爪牙还在普兰德地下庞大复杂又古老的隧道系统中四处躲藏，与教会的守卫者进行着毫无意义的纠缠。

这是第三次，她看到一艘船从深海返回，并将一个不可名状的巨人带到了这个世界。

她对眼前的牧师说谎了——自己看到的预兆其实非常清晰，清晰到让她这个审判官都数日失眠。

牧师看着眼前女士那双沉静的灰白色眼睛，犹豫许久之后还是开口了："但您向神祷告，似乎并未收到不好的反馈？"

"……女神不一定会提醒所有的风险，有时候磨难恰是考验，"凡娜平静地说道，"不说这个了，探险家协会那边有什么消息？"

牧师立刻点点头："协会方面的联络人刚刚传来信息，留在协会总部的圣物已经感知到那艘船出现在西南海域，但船上的电报装置好像出了问题，目前处于无法联络的状态，只能确定那艘船正在以正常的航速和航向靠近普兰德近海。"

"……一度消失在圣物的感知中，随后凭空出现在与预定航线偏差甚远的另一处海面上，当前状态无法联络，笔直地驶向城邦……而且失联前正在执行护送异常物的任务，"审判官的眉头一点点皱了起来，常年与诡异之物打交道所带来的直觉让她心生警惕，"我记得那艘船是叫'白橡木号'吧？"

"是的，'白橡木号'，船长是探险家协会成员劳伦斯·克里德，一位经验丰富的船长，由于运送货物的特殊性，那艘船在从伦萨城邦出航前就曾向教会报备，"牧师一边回忆一边说道，"对了，那艘船上的随行牧师是深海教会注册神官。"

"教会的同胞吗？希望情况没有太糟，"凡娜语气严肃，"总之，那艘船的情况不太对劲，从伦萨到普兰德之间的航线全程都处于探险家协会控制下的'安定区域'中，但那艘船却曾消失在圣物感知中……我怀疑'白橡木号'极有可能曾短暂离开现实世界，甚至……可能去过不该去的地方。"

"通知港口的守卫者，在'白橡木号'入港之后立刻盯住那艘船，在所有的检查工作完成之前，不能有任何人或物从船上离开——治安部队那边有反应吗？"

"请放心，您的叔父……执政官阁下已经命令治安官们控制住港口周边了，并调高了港口的警戒等级，从现在开始直到警戒解除，所有出入普兰德的船只都会暂时在西侧的备用港口停靠。"

"这就好——叔父一向是个谨慎的人，"凡娜脸上紧绷的表情终于放松了一点，"只要他别让治安部队里那些普通人掺和到这件事里就行。"

牧师看着凡娜淡灰色的眼睛，谨慎地挑选着措辞之后说道："您认为……那艘船已经被'污染'了吗？"

"现在还不能确定，但短暂离开现实世界的船即便最终返回，也很少完全正常的，可能是船上的某些物品已经在不知不觉中异化成为'异常'，可能是隐藏在船员内心深处的精神疾病，甚至可能是多出来的水手和被替换的船长……对于出现过反常现象的海船，报以最高的警惕永远没错。"

"唉……但愿那艘船和它的船员一切安好，"牧师不由得将手横放在胸口，念诵着风暴女神的名号，"愿风暴女神庇护那些勇敢挑战大海的人。"

"愿他们一切安好，"凡娜同样垂下眼皮，轻声祝福了一句，紧接着又仿佛是在提醒眼前的牧师，"但如果他们不幸未能安好，我们也要有所准备。"

"是的，我明白。"

凡娜点了点头，但就在她准备把注意力重新放在窗外的城区上时，一阵急促的脚步声却突然从楼梯方向传来。

下一刻，一名身穿黑底银边制服、胸口位置描绘着海浪与匕首徽记的守卫者就从楼梯口快步跑了上来。

"审判官阁下！"年轻守卫者喘了两口气，立刻语气急促地说道，"我们在下水道发现了一处崇拜太阳神的邪教祭祀据点，还抓到一批教徒！"

凡娜的表情瞬间格外严肃起来："那帮崇拜黑暗太阳的邪教徒？等等，你说你们发现的是一处祭祀点……不是躲藏点？他们胆敢再次举行祭祀活动？！"

"是的，是举行祭祀仪式的场地，我们发现了举行过献祭仪式的证据，"守卫者飞快地说道，"而且还在距离仪式现场不远的地穴中发现了大量牺牲者——其中大多数已被献祭了心脏。只不过……祭祀现场那边的情况有些不对劲。"

凡娜从守卫者脸上看出了夹杂着荒诞与迷惑的神色，她从旁边拿起那把接受过风暴女神赐福的沉重大剑，一边将其背在背上一边飞快地向楼梯方向走去："带路，我亲自去现场。"

沉重的赐福大剑与金属肩甲发出一声清脆的撞击声，急促的脚步穿过大钟楼内长长的阶梯，凡娜来到大钟楼前的小广场，看到几名守卫者已经聚集在此处待命，两具蒸汽步行机则正停在广场边缘，蜘蛛状的机械身体中不断传来咔哒咔哒的声响。

凡娜没有停留，只是给了守卫者一个出发的手势，便径直走向了其中一辆步行机——这个足有两辆双轮马车大小的庞大机器仿佛一个趴卧在地上的机械蜘蛛，其钢铁节肢边缘安装了便于在平坦地面上滑行的车轮和用于应对特殊环境的钢钩，而在步行机上层的甲壳两侧，则是安装了转管火枪的射击座舱。

纯粹的科技造物很难对"异常"或"异象"造成足够的影响，但碾压性的火力可以干掉那些躲在背后操控异常的异端教徒——当然，这东西在下水道里不太能发挥出威力，可用来堵门却相当好用。

圣洁的8毫米子弹泼洒出去，眨眼间就能送一大群妄图逃亡的异端去亚空间里侍奉他们的主。

灰发灰眼的审判官直接跳上了步行机的甲壳，背负长剑稳稳当当地站在夜色中，另有两名守卫者则轻车熟路地爬到了甲壳两侧的射击座舱内，伴随着一系列气缸和压缩管道增压、泄压的嘶嘶声，白色的蒸汽从步行机的节肢连接处喷出，庞大的机械蜘蛛随即起身，一步跳至最近的主干道上，又以滑行模式飞快地冲向了最近的下水道入口。

庞大沉重的机械蜘蛛将长长的节肢折叠收缩至腹部，并利用节肢外侧的车轮结构在平直的道路上极速滑行，审判官凡娜则如铸造在这机械造物的甲壳上一般稳稳地站立着，略带海腥味的夜风吹过街道，冷空气让她的头脑愈发清醒。那些崇拜太阳神的邪教徒是现代文明的心腹大患——而不幸的是，类似的心腹大患可不止一个。总有充满恶意的视线从亚空间深处投向人间，也总有愚蠢的凡人妄图染指那些不祥的力量，而在这种古神与凡人的勾结之间，又有从古代遗落的扭曲之物、禁忌子嗣和污染残响潜伏在城邦的深处，蠢蠢欲动，妄图撬动这个社会的秩序结构。

在所有这些威胁中，太阳神的追随者是最令普兰德城邦的保护者警惕且头疼的一支。

他们不仅是邪教徒，更是旧世界某一部分失落历史的产物，比起大部分愚蠢盲目的普通邪教，这些崇拜黑暗太阳的异端最危险之处便在于他们是有某种"信念"存在的——尽管狂热且扭曲，尽管其底层成员龙蛇混杂，但在这个可恶教派的高层中，确实存在着某种千百年不曾改变过的"核心信念"。

这一信念围绕着旧日太阳照耀下的"秩序纪元"展开，不但自成体系，甚至有一套对应的、不被现代文明承认的"真实太阳历"存在，他们坚信自己是某个早已失落的古文明的后裔，并认为那个辉煌的古代文明必将复兴。作为深海教会的审判官，凡娜对那帮邪教徒的歪理邪说兴趣不大，但她知道，正是这些歪理邪说的存在，让太阳神的教徒有着远超其他异端的团结与顽固，让他们在一次次打击之后仍能顽强地存活下来，并在诸多城邦的阴影中日夜滋长。但他们在普兰德死灰复燃的情况仍然让凡娜有些意外。

自从四年前那一轮力度空前的打击过后，普兰德城邦内的太阳神信徒便元气大伤。据几次调查报告，那些异端应该已经把他们的主要成员转移到了伦萨、摩柯甚至更远处的冷港城邦，普兰德内残留下来的基本只是一些受到蛊惑冥顽不化，但又没有资格随着主教团转移的喽啰而已。

这些爪牙在下水道中躲躲藏藏，完全依靠着对地下世界的了解以及黑太阳给他们的那点扭曲赐福来躲过守卫者的追杀。四年了，他们的数量越来越少，能做的事情也只剩下苟延残喘罢了。但在四年后的今天，他们却突然又聚集了起来，甚至胆敢冒着暴露的风险在集会场中举行献祭仪式……谁给的他们胆子？或者说……这城邦中要发生什么大事？是否有某种足够的理由，让那帮邪教徒哪怕冒着被掐灭最后一点火苗的风险，也要把黑太阳的视线引到普兰德来？

机械蜘蛛体内传来蒸汽核心不断运转的振动与噪声，淡淡的薰香味则从蒸汽泄压管中溢出，又顺着夜风飘来，凡娜暂时收起了心中的胡思乱想，抬头看了一眼天空。"世界之创"高悬于夜空，洒下的苍白光辉照亮了普兰德城中高低错落的屋舍、烟囱以及塔楼，现在行动小队正穿过工业区的边缘，那些横跨在厂房之间的巨大蒸汽和热液管道如同巨人的血管般贯穿了街道上方的天空。

凡娜依稀回忆起了从前，回忆起了她记忆中最深刻又最可怕的那一夜——在那个弥漫着血腥味的午夜，她的叔父背着她从火海中逃生，街道上到处都是陷入集体幻觉的行尸走肉与涨缩不定的血肉阴影，他们从工厂的管道上逃亡，血腥味和管道中渗出的化学油脂味道令人作呕……

脚下的机械蜘蛛突然传来一阵震动，将凡娜从回忆中惊醒。

平坦的道路到了尽头，前方是城区边缘的废弃区域，路面坑坑洼洼，起伏不平，两只机械蜘蛛结束了滑行模式，它们将长长的节肢舒展开来，开始在凹凸不平的路面上飞快行走。没过多久，小队便抵达了一处废弃的下水道入口。另一支八人小组已经在此待命，他们封锁了附近区域，以防止无关人员靠近这处入口。凡娜与这里的部下打过招呼，随后直接跟着现场负责人进入了下水道深处。

穿过深邃的甬道，穿过肮脏的小路，凡娜最终抵达了那处秘密集会场——在这里，她看到了更多的守卫者战士，以及正在进行净化仪式的教会牧师。一座临时搭建的祭祀台位于集会场正中，木质的高台仿佛是被火焰焚烧过一般，高台上还可以看到太阳神教徒搭建起来的亵渎图腾——那图腾已经被火焰焚毁，但基本结构仍然完整。高台周围则是几十个被绑住双手蹲在地上的邪教徒，他们中的大多数人都在瑟瑟发抖，少部分人则嘴唇翕动着，无声地咕哝着他们那亵渎的祈祷。但在仪式现场被捣毁、风暴女神已经关注到此处的情况下，这些异端的祷告根本毫无作用。

在祭祀台附近不远处，则是从附近洞穴中找到的牺牲者的遗体，这些凄惨的遇害者被安置在绘有符文的亚麻布上，匆匆赶到的入殓师正在检查每一具尸体的状态。几名教会牧师正在祭祀台周围走动，他们手中的铜链微微摇晃，铜链末端的薰香炉散发出洁白的烟雾，那烟雾触碰到祭祀台附近的地面，便会立即被染上一层不祥的黑色阴影，而更多的洁白烟雾则会带走这些污染——黑太阳留在这里的气息将在这个过程中被一点点清除。

"审判官阁下，请来这边，这是我们发现不对劲的地方，"那名年轻的守卫者指着祭祀台旁边的几具尸体说道，"请小心些，这里的地面不甚洁净。"

凡娜径直走向那些尸体，而在看到其中一具尸体的情况之后，她下意识地皱起了眉头。

那是一个戴着金色面具的邪教徒——毫无疑问，是这亵渎的祭祀场上直接负责献祭仪式的神官。

他的胸口赫然有一个可怕的空洞。

"……这是怎么回事？"凡娜皱了皱眉，"这狂热的异端在仪式最后过于激动，把自己也献祭了？我可没听说过那些崇拜黑太阳的邪教徒还有这种规矩。"

"这正是诡异离奇的地方——他不是自我献祭，"带凡娜前来的那位守卫者立刻摇了摇头，脸上表情略显古怪地说道，"根据现场抓到的邪教徒描述……他们的使者是被一个'祭品'给献祭了……"

"被一个'祭品'给献祭了？"凡娜顿时挑了挑眉毛，"这是什么疯话？"

"确实很像疯话，"守卫者无奈地摊了摊手，"事实上当我们赶到的时候，这里的大部分邪教徒的确已经是半疯状态了。"

"已经是半疯状态？"

"是的，他们的献祭仪式显然出了很大的纰漏，许多人染上了疯狂，甚至有不少人已经开始互相砍杀，他们似乎都把对方当成了……被某种恐怖之物占据的'怪物'，也正是因为他们在疯狂中冲出了集会场，才会惊动附近巡逻的治安官，导致事态暴露……当我们赶到的时候，能清醒地回答问题的人已经不剩几个了，而那仅剩的几个还能流畅说话的人坚称是祭品献祭了使者。"

"陷入疯狂？互相砍杀？而且认为别人是被占据的怪物？"凡娜的表情立刻变得严肃起来，"做过检查了吗？是被黑太阳污染的结果？"

"找不到被外源污染的痕迹，倒更像是一种自发的疯狂——导致疯狂的因子根植在他们自己的精神世界里，"守卫者说着，抬手指了指一位正在邪教徒之间走动的、身穿黑色长裙的年轻女士，"海蒂女士已经到了，如果确认这些邪教徒并非受到黑太阳污染，我们就只能从催眠术上想想办法验证了。"

凡娜抬起头，看向那位正在检查某些邪教徒精神状态的"黑裙女士"，后者注意到了她的视线，也抬起头向这边微微致意。

对方看上去大约只有二十出头，却有着某种远比年龄成熟的沉稳气质，其黑色的长发在脑后盘起，耳垂上的淡蓝色水晶耳坠在晃动间反射着不远处瓦斯灯的反光。

"……海蒂也来了……是市政厅派她来的？"凡娜询问着身边的年轻守卫者。

"不，事情发生的时候海蒂女士正好在这附近，听到消息就直接过来了——有什么不妥吗？"

"不，没什么，海蒂虽然是市政厅的雇员，但也长期与教会有合作关系，回去之后补个现场登记就可以了，"凡娜摇了摇头，很快便把注意力重新放在眼前的事情上，她一边检查着那个失心而死的邪教神官，一边随口询问，"那些尚能交流的邪教徒还说什么了？当时到底是怎样的情况？"

"他们的语言很混乱，其中有两人提到，当时正常的献祭仪式本已结束，但突然又有人在集会场附近抓到了一个逃跑的祭品，于是使者决定将这个祭品献祭给太阳神……"守卫者一边回忆一边说着，"那两个邪教徒当时站在远离祭台的位置，没有看清台上具体的景象，他们只说那个祭品穿心而不死，而且反而高呼着太阳神的名字，直接把使者指定为祭品……结果使者就被献祭了。"

"……一个被选定为祭品的人，现场高呼邪神之名，就直接把主持仪式的人给献祭了？"凡娜仿佛听到了什么天方夜谭，心中只感觉极其荒诞，但这话是从一个经过严格训练、忠诚可靠的教会守卫者口中说出来的，她便不得不认真面对，这让她的表情古怪起来，"怎么会有这么离谱的事——如果这也行的话，那多少邪教祭祀现场上的牺牲者岂不是只要嘴巴快一点就能反杀那些异端神官？"

"谁说不是呢，哪怕是再蹩脚的神官，主持仪式的时候也是占据绝对主导位置的，怎么可能被一个虚弱的普通人随随便便一句话就让仪式失控到那种程度——更何况我们还检查了这个神官，他身上确实留有来自世界'深层'的投影侵蚀过的痕迹，这是个真正的'受洗者'，而且据现场邪教徒描述，他当时手中还握着带有赐福的仪式匕首……"

年轻的守卫者一边说着，一边摇了摇头，接着来到了旁边的另一具尸体前。

"但是……您来看看这个吧，这就是那个'反杀'了神官的'祭品'。"

凡娜看了守卫者一眼，视线才落在那具已经完全失去生机的尸体上，下一秒，她的视线变得锐利起来。

那是个瘦弱的年轻人，甚至由于过于瘦弱，其体型更接近一名少年，而他身上最显著的异常之处，便是胸口那个空荡荡的大洞。

"……他已经被献祭了……"

"是的，这是一个已经被献祭过的祭品，综合现场痕迹以及邪教徒的口供判断，这个'祭品'在被推上台之前恐怕就已经失去心脏，"守卫者语气严肃地说道，"所以……当时真正的情况是，有一具会走路的尸体，在众目睽睽之下走到台上，将主持仪式的神官当作祭品杀死了。"

"……亡灵法师的把戏？"凡娜思索中自言自语着，"不对，黑太阳的力量对亡灵法师有极大克制，他们控制的行尸不可能大大咧咧走到黑太阳的图腾前……

是被异常控制的复苏者？"

"你们检查过这附近的灯光吗？"她突然抬起头，看向身旁的守卫者，"五百米范围内，是否有彻底无光的地下空间？"

"我们检查过了，没有无光地穴存在——哪怕是邪教徒也知道无光地穴的危险，他们在丢弃遗体的洞窟里都留下了火把和油灯，这方面做得非常谨慎。"

凡娜一时间没有开口，而是带着浓浓的疑问在那具年轻人的遗体前弯下腰来。她仔细检查着这个曾在众目睽睽之下将一名超凡者献祭掉并导致仪式彻底失控的"祭品"，伸出手去翻动对方僵硬的眼皮，试图从其身上找到某些异端力量留下的蛛丝马迹。突然，她眼角似乎有微光一闪——她仿佛看到那年轻人的尸体微微张开了眼睛，有幽绿色的火光在那空洞的眼珠中跳跃起来，一点细微的火星迸射在她探出的右手食指指尖。

凡娜眼神一凝，瞬间用左手取出腰间的匕首，毫不犹豫地挥手切断了自己的右手食指，紧接着反手将匕首钉在那具尸体的额头，刻满符文的神官匕首猛然冒出熊熊烈焰，将那具尸体完全吞噬。她只用了不到一秒钟来完成这一切，在那尸体被火焰吞噬的瞬间她已经直起身并后退了两步，又紧接着从腰间取出受过赐福的圣油，用牙咬掉瓶塞之后将里面的油脂倒在正疯狂冒出鲜血的右手上——圣油接触到血肉，瞬间嗤嗤地冒出大片白烟。

钻心的疼痛涌了上来，但凡娜脸上的表情丝毫未变。她看到那名一直跟在旁边的守卫者已经迅速抽出腰间钢剑，一剑斩下了那具正在熊熊燃烧的"祭品"的头颅，紧接着又向火焰中投入了混杂着海藻提取物和银粉的药剂。伴随着连续不断的爆鸣，和猛然冲上高空、几乎舔到顶棚的火焰，那具异化的尸体眨眼间便化作了一片灰烬，而这声势颇大的火焰却没有蔓延着烧到旁边的其他尸体上。

周围的守卫者已经纷纷反应过来，其中一半瞬间拔出符文钢剑围拢在凡娜周围，另一半则拔出了大口径的左轮手枪迅速在外围形成警戒。现场的两名牧师也拔出了藏在长袍下的左轮手枪，一边用熏香炉对枪口进行赐福一边念诵着风暴女神葛莫娜的姓名，并不断将枪口指向那些疯疯癫癫的、因周围环境变化而骚动起来的邪教徒们。

"审判官阁下！"手执钢剑的年轻守卫者这时候才来到凡娜面前，"您怎么样？刚才……"

"有某种力量残留在那个'祭品'体内，而且这力量绕过了女神赐给我的所有防护，甚至绕过了我的灵能警戒。"凡娜摆了下手，目光落在自己的右手上——女神的恩赐生效了，被匕首斩断的食指正在蠕动着一点点复原，可即便感受着剧痛渐渐消散，她心中也一点都没有安定下来。

"情况不对劲，这里不仅仅有'黑太阳'，可能还有另一股强大的力量造访过这场献祭仪式……而且这股力量并没有完全离开，它还有所图，"这位审判官迅速做着判断，"把所有人证物证都转移走，带到教堂严加看管，之后所有的检查和审讯都在教堂内进行，这里的现场要接受彻底净化……别的地方还有人吗？"

旁边有一名守卫者立刻回答："有，我们之前在附近的另一处洞穴中救下了一批被监禁的'预定祭品'，他们现在暂时被安置在旁边的管道间里。"

"也一并带走，带到教堂——虽然是受害者，也必须接受严格检查才能放他们回家，"凡娜飞快地说道，紧接着才突然想起什么，"海蒂女士呢？她没事吧？"

"我在这儿，"一个冷静的女声这时才从附近响起，这位身穿黑裙、受雇于市政厅的"精神医师"不紧不慢地走了过来，对凡娜点点头，"不必担心，我刚才完全没反应过来——所以到底发生什么了？"

"……像许多经典的故事里讲的那样，邪教徒招惹了比他们更邪门的东西，"凡娜看了这位"精神医师"一眼，"我强烈建议你之后在检查这些邪教徒以及对他们进行催眠的时候多做一层防护……这里出现过不该出现的力量，而且有残留。"

夜色褪去，占据整个天空的"苍白伤痕"也随之渐渐消散，邓肯站在船尾甲板上仰头注视着天空，没有放过这昼夜交替时刻的任何一点细节。他看到那道伤痕就仿佛渐醒的梦境般一点点变得透明、虚幻，其周围逸散出的灰白色光雾首先和天空融为一体，紧接着是伤痕的本体——而在这整个过程中，那"伤痕"的位置都不曾改变。

邓肯眨了眨眼，心中隐隐泛起进一步的推测：天空的那道痕迹并未改变位置，是否说明它并不是某种遥远的天文结构？是否说明它只是某种"印"在大气层背景中的、会随着无垠海同步运动的幻影？或者是由于无垠海所在的星球（如果这里真的是一颗星球的话）和那道伤痕正好保持了同步运行？抑或那道伤痕其实是在移动，但由于观测时间太短，无法用肉眼察觉？种种猜想在脑海中此起彼伏，但邓肯十分清楚，在有充足的证据以及可靠的实验验证之前，这些猜想也都只是猜想罢了，一个自然现象背后可能的解释有千千万，但缺乏理论与证据支撑一切都是空谈。

那轮"太阳"升起来了。

最先是天海一线处浮现的金色光辉，紧接着便是巨大的发光结构体突兀地浮出海面，伴随着辉煌灿烂的霞光，被双重符文结构锁定的光体圆球出现在邓肯的视野中。在符文结构的缓缓运行下，太阳庄严地上升，这个威严的过程仿佛伴随着某种声音——某种低沉、有力、迟缓的轰鸣虚幻地在邓肯脑海中回荡开来，但当他真的凝神去听时，那声音却突然消失了。

他皱了皱眉，有些怀疑自己刚才是否产生了幻听，但那声音是如此鲜明，让他根本无法否认。那是……太阳在上升时向这个世界发出的宣告？抑或只是无垠海带来的诸多幻觉之一？没有谁能解答邓肯的疑惑，广袤无边的无垠海一如既往地保守着所有的秘密。

鸽子艾伊如平常一样安逸地蹲在邓肯的肩膀上，接着它很突然地站了起来，用力拍打着翅膀，一边看着海面一边大声嚷嚷着："整点薯条！整点薯条！"

邓肯忍不住笑了起来，他看了这只古怪的鸽子一眼，突然觉得有这么个"鸟玩意儿"在好像也不赖——这鸽子时不时飙出来的怪话总能让他产生一些"家乡的亲切感"。"可惜船上没有薯条，"他随手拨弄了一下鸽子的鸟喙，转身走向船长室的方向，"但有一句话你说对了，得弄点吃的。"

片刻之后，"失乡号"的船长为自己准备好了幽灵船特色早餐——在船长室内，邓肯直接将航海桌当成了餐桌，把几个盘子放在海图旁边的空桌面上，今天的早餐和昨天的晚餐、昨天的午餐以及过去的每顿饭一样，是肉干、奶酪与白开水。邓肯坐在航海桌前，认真且有仪式感地为自己铺上了餐巾，山羊头静静地待在他的对面，他左手边是一大早就跑来打招呼的诅咒人偶爱丽丝，那只古怪的鸽子则蹲在他右手边的桌面上。

邓肯突然觉得，这一幕画面开始符合自己作为幽灵船长的人设了——代表恶魔的山羊木雕，无法丢弃的诅咒人偶，知晓异界知识的能言之鸟，还有坐在主位的幽灵船长，这拍下来不用修都能给电影当封面了……

但"失乡号"上的伙食现状只有当事人才知道是怎么个情况。邓肯叹了口气，低头看着餐盘中的东西——电影海报般的开场画面结束了，接下来是"失乡号"上柴米油盐的真实生活。他拿起餐刀，用力切在奶酪上，硬物摩擦中有吱吱嘎嘎的声音响了起来，他又用叉子戳了戳旁边的肉干，肉干和盘子碰撞，发出清脆的叮当声响。爱丽丝好奇地看着这一幕，终于忍不住问了一句："船长，今天和昨天的饭一样啊？"

"明天的也会一样，"邓肯抬头看了这个诅咒人偶一眼，"你要试？"

爱丽丝想了想，直接用手拿起一条肉干，放进嘴巴里用力嚼了两下，紧接着便呸呸地吐了出来："一点都不好吃！"

"好吃你也吃不下去——你有胃吗？"邓肯伸手拿走了爱丽丝手里剩下的半条肉干，"让你试你还真试。"

说着，他又有些发愁地看了盘子里的食物一眼。船上能找到的食物只有这些，肉干的口感像加了盐的厚纸板，奶酪则像是疏松的木柴，而且不管怎么处理都有一股怪味。他也曾尝试用水煮一下肉干或进行烘烤、生煎，但费了好大劲也没能把这些东西的口感和味道变好一点。好消息是这些食物最起码没有腐坏，不会把人毒死，坏消息是岁月流逝的力量仍旧把这些不曾腐烂的物质变成了某种极端不推荐下咽的状态——邓肯完全有理由相信这些奶酪的岁数比自己还大好几轮，而那些肉干如果还活着的话起码也都见证过一个世纪的风雨兴衰。

"失乡号"的船长或许不用担心坏血病，但邓肯仍旧很向往健康的饮食搭配——起码，他希望盘子里的食物能比自己年轻一点。

同岁也行。

昨天心中盘算过的"'失乡号'物资补给计划"与"陆地探索计划"再次浮上脑海，但这都不是一时半会儿可以实现的。

邓肯叹了口气，继续以报仇雪恨般的姿态去切割盘子里的"木柴"。在旁边桌子上歪着脑袋看了半天的艾伊则好奇地走了过来，这鸟先看了自己的主人一眼，又看了看盘子里的东西："晶体矿储量不足？"邓肯看了鸽子一眼，随手捏了点掉落的奶酪碎屑扔给它，艾伊低头啄了两下，立刻就跟突然死机似的浑身一僵，站那不动了……

这鸟就这么僵了足足三四秒钟，才突然间活动起来，它扑啦啦地拍着翅膀飞到旁边的架子上，发出气急败坏的声音："我今天就是饿死，死外边，从这儿跳下去，也不会吃……"邓肯感觉自己受了点伤害，而在桌子对面好不容易安静了半天的山羊头则终于忍不住开始发出吱吱嘎嘎的木头摩擦声。

在这货钻自己取火之前，邓肯终于点点头："有话就说。"

"是的船长，"山羊头可算有了说话的机会，立刻聒噪起来，"我从昨天就一直想问了，您带来的这位……是叫'艾伊'吧？它说话我怎么总是听不懂呢？昨天我想了一晚，充Q币到底是什么意思？"

邓肯顿时挑了下眉毛——他是真没想到这山羊头竟然能憋到这时候才问出来，自己竟然低估了这货的自制力！"你不必在意，这只鸟的思维很古怪，"邓肯没有停下手中的"木工活"，一边用手中刀叉发出锛凿斧锯的声音，一边随口说出早就想好的托词，"它似乎会用一套只有它自己能理解的语言来和人交流，听多了就能大概猜到它是什么意思。"

"是这样吗？"山羊头兀自思索起来，"但我总感觉它的话语中好像隐藏着某种逻辑……就好像那语言背后隐藏着一套完整的、自洽的知识似的……您是在灵界行走的过程中发现了艾伊？那它会不会是某种来自幽邃深度的投影？您知道的，越深的地方就越是会有来自错位时空的信息以投影的形式浮现出来，其中不乏一些我们未曾了解过的失落时代，甚至未来的某些碎片，艾伊或许说的是另一个时空的事情？"

邓肯手中的切削工作以肉眼难以察觉的幅度停顿了一瞬间，紧接着一切如常，同时语气平淡地说了一句："那祝你早日总结出艾伊言语背后的逻辑。"

山羊头的话或许是随口胡猜，但其中透露出的信息却不可避免地在邓肯心中掀起了波澜！灵界行走的过程中，他的灵魂靠近了这个世界的更深层？在越深的地方，越是会见到来自错位时空的投影？那些投影甚至有可能呈现出不同时间线中的景象？邓肯在灵界行走的时候可没看到什么"不同时间线中的风景"，但山羊头有一句话却没说错——艾伊，确实是来自另一个时空的。那么……这只鸽子到底是被名为"周铭"的地球人带到了这个世界，还是真的如山羊头所说，是从这个世界的更深层而来？

这顿早饭味同嚼蜡，不，口感比蜡还差。

结束了一顿并不怎么满意的早餐之后，邓肯的心情并没有随着肚子被填饱而有丝毫好转，反而是因为山羊头无意中提到的某些情报勾起了一堆乱七八糟的猜想，因此略有些烦躁起来。他看了看正在附近的架子上闲庭信步的鸽子艾伊，感觉脑海中的胡思乱想越发离谱。他一直认为，这只满口"地球话"的鸽子是因为自己有一个地球人的灵魂才诞生的，认为是在自己进行灵界行走的时候，"周铭"这个个体与黄铜罗盘产生了反应，从而催生出艾伊这么个怪鸟来。

但如果……情况真的不是这样呢？如果真如山羊头所说，这只鸽子只不过是从更深的地方跑出来的某种幻影，然后恰好在自己身边凝聚出了形态呢？那么艾伊时不时蹦出来的那些"地球话"便和"周铭"的记忆无关，而变成了这个世界本身记录下来的某段历史中的投影……

这背后的可能性让邓肯心烦意乱。

爱丽丝站了起来，她的声音打断了邓肯的胡思乱想："需要我去洗碗吗？"

邓肯有些诧异地看了人偶小姐一眼，后者尴尬地挠挠头发："我是觉得既然自己已经上船了，总该找点事情干，否则像个混饭的……"

"但你根本就不吃饭，"邓肯提醒了她一句，"不过你有这个心倒是挺好——把盘子送到水房吧，跟水池商量商量，如果它不介意的话，你就洗。"

说完这句话，他不等爱丽丝回答便径自站了起来，一边走向船长室门口一边随口说着："我去巡视一下甲板，没有事不要来打扰。"正在架子上散步的鸽子立刻扑啦啦地飞到了邓肯的肩膀上，跟着邓肯一起离开了房间，留下爱丽丝在航海桌前与山羊头大眼瞪小眼。

"船长的心情是不是不太好？"迟疑片刻之后，爱丽丝小心翼翼地问了山羊头一句。

山羊头语气深沉："船长的心情就像无垠海的天气，不要揣测，接受就好。"

爱丽丝不等这山羊头继续开口便又飞快地接着问道："对了，刚才船长说让我跟水池商量……怎么商量啊？"

"简单，你去洗东西，如果被溅了一身水，就说明水池不喜欢你——说起来你会洗碗吗？如果不会的话我有一些理论经验……"

山羊头话音未落，就见爱丽丝飞快地收拾好了桌上的餐具，然后一边冲向门口一边嚷嚷着："不用了我会学的，谢谢你山羊头先生，再见！"

船长室中一下子安静下来，只留下黑黢黢的山羊头待在桌子上，用空洞的眼神注视着所有人离去的方向。良久，航海桌上才传来一声叹息："我要有腿多好……"

随后它的目光重新回到了海图上。"失乡号"周围的迷雾仍然在不紧不慢地消散着，船长留给它的掌舵任务还是得好好完成。在精确的控制下，这艘庞大且"活着"的幽灵船灵敏地调整了各个船帆的角度，开始继续在这无垠海上航行，山羊头则哼起了一首不知是何年月流传下来的船歌——粗粝嘶哑、宛若噪声般的哼唱在船长室中回响着：

升帆了，升帆了，离家的水手继续向前。

风浪中，喧闹中，我们离死亡只差一层木板。

收起角帆，张开主帆，放开缆绳，抓紧船舷！我们已经来到大海中间！

离鱼远一点，离鱼远一点，水手要越过那些子嗣盘踞的航线。

离鱼远一点，离鱼远一点！我们要平安靠岸——烈酒和火炉就在前面……

邓肯在存放补给的仓库里转了一圈，又在厨房转了一圈，最后才回到"失乡号"中段的甲板上。不管他翻找多少遍，这艘船上也找不到比肉干和奶酪更能入口的东西。好消息是他不用像地球上那些风帆时代的水手一样去吃生了蛆的饼干，坏消息是这船上甚至连生了蛆的饼干都没有。他把之前那些胡思乱想暂时抛到一边，带着安安静静的艾伊，来到了甲板边缘。眺望着无垠的大海，他心中不断盘算：

"……无论如何，要想办法补充'失乡号'上的生活必需品……虽说在幽灵船上不能太讲究生活质量，但我终究不能真的像个幽灵一样活着……"

"爱丽丝说不定还需要换洗的衣服，这船上可没有适合她的衣裙。"

"必须尽快和陆地上的城邦建立联系……'失乡号'已经在海上漂荡了太多年，陆地上的城邦可能已经在这段时间发展到连那个山羊头都无法预料的程度了，从

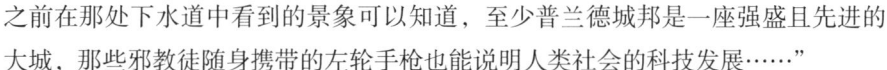

之前在那处下水道中看到的景象可以知道，至少普兰德城邦是一座强盛且先进的大城，那些邪教徒随身携带的左轮手枪也能说明人类社会的科技发展……"

"古老的幽灵船在发展了一个世纪的文明社会面前不一定还那么无敌，'失乡号'余威犹在，但万一只剩下余威就不好办了……"

邓肯看了肩膀上的艾伊一眼。或许……今天养精蓄锐一下，就该再试试下一次灵界行走了。

"咕咕？"艾伊歪了歪脑袋，总算冒出点正常鸽子该有的动静来。

邓肯忍不住笑了一下，而就在这时，他眼角的余光注意到附近的海面上似乎有波光一闪。他被那动静吸引了注意，下意识地朝船舷外多看了几眼，紧接着便注意到附近的水面下似乎确实有什么东西在游动。迟疑片刻之后，邓肯突然一巴掌拍在自己脑门上。

"嗨！我这反应……这是在海上啊！海里不是有鱼嘛！"

突然出现的"可能性"让邓肯的心情顿时好转，他意识到，要建立和陆地上的联系以及对"失乡号"进行稳定的物资补给，不是一朝一夕能搞定的事情，但这广袤无垠的大海本身，难道就不能帮上点忙吗？

海里有鱼——而他已经受够幽灵船上的肉干和奶酪了！邓肯的热情被激发起来，他记起甲板下面的某个仓库里就有用于海钓的重型鱼竿，而甲板边缘的船舷上也可以找到用于固定鱼竿的位置，至于鱼饵……不知道那些肉干和奶酪能不能奏效？就这样，诅咒人偶在水房里洗碗，会说话的山羊头在专心开船，"失乡号"的船长却在甲板和船舱之间忙碌起来。邓肯很快便找到了自己想要的东西，他扛着三根重型鱼竿和一桶"饵料"回到甲板上，又颇为生疏地把这些东西固定在船舷边缘，上饵、抛竿之后，他又从附近搬了个空桶，用来充当等待时的椅子。

邓肯其实没有海钓的经验——他所有的钓鱼经验都局限在池塘和老家的一条小河边，他也不知道自己这心血来潮的举动是否真的可以钓上鱼来，但反正闲着也是闲着，万一呢？权当作进行下一次灵界行走之前的休养生息，顺便还能对未来的伙食改善保留一份期待。邓肯在几根鱼竿之间坐了下来，在漫长的等待中，他的心情也一点点重归平静。

今天的海况还算平稳，天空有些云层，并无暴风雨的预兆。邓肯坐在木桶上，背靠着一座用来固定缆绳的绞盘，在船身微微的摇晃中微微眯起眼睛。不知何时，他陷入了半梦半醒的状态。他梦到自己赤脚踏在平静的海面上，海水蔚蓝，阳光和暖，记忆中那轮熟悉且"正常"的太阳高悬在天空，明亮却不灼热。他听到有水花四溅的声音响起，循声望去，却看到有鱼突然从附近的平静水面中跳了出来。

是一群金色的小鱼，看上去只有巴掌那么大，它们在空气中吐着泡泡，摆动着尾巴，就像在水中游动一样，环绕着邓肯慢慢地转圈。

这些在空气中游动的鱼一点点靠了过来，邓肯好奇地看着它们，看着它们圆鼓鼓的眼睛，看着它们细密的鳞片，看着它们一张一合的嘴巴，以及它们身后微微飘荡开的、像水波一样的细纹。

邓肯突然觉得这些鱼很漂亮，而且……

很香。

一定非常非常香。

▶ 第五章
邓肯古董店

一阵突然而来的海浪声将邓肯从梦境中惊醒。

他猛然睁开了眼睛，之前在半梦半醒间所看到的幻象已经只留下些许稀薄的剪影，他只记得自己看到有鱼在空气中游动，而那些环伺在自己周围的鱼似乎格外美味——但那些鱼是什么模样来着？鱼……会在空气中游动吗？邓肯眨了眨眼睛，一种现实和梦境撕裂又交融的诡异感觉让他短时间内有点迷惑，他看向自己固定在钓竿架上的三根鱼竿，并未看到有鱼上钩的迹象，而远处的海面则已经开始起伏，一波又一波海浪正拍打着"失乡号"的船壳。

紧接着，那海浪变大了，在肉眼可见的幅度内，一波强过一波的海浪开始连续不断地从远方涌来，"失乡号"庞大的船身在风浪中摇晃着，波涛涌动的声音充斥耳边。邓肯抬头看了一眼天空，发现天气仍然很好，似乎只是多了一些风浪，但应该不至于出现大风暴之类的极端天象。

"这可能不是个钓鱼的好天气……"

他嘀咕了一句，考虑着是不是该把鱼竿收起来，但就在这时，他眼角的余光却突然看到其中一根鱼竿的前端猛然一弯！专为海钓准备的强韧鱼线瞬间紧绷了起来，短粗坚韧的海钓鱼竿仿佛是抓住了什么大家伙，整个前半段弯曲如弓，用于固定鱼竿的钓竿架也在这巨大的力量拉扯下发出了木头摩擦的声响，而这一切都传达给邓肯一个信号：鱼来了！大鱼！

他瞬间打消了收竿休息的念头，钓鱼佬的热情在胸膛中熊熊燃烧，他两步就来到了那根"出货"的鱼竿前，一手抓住鱼竿以防止它从钓竿架上脱落，另一只手开始一点点地调整着鱼线的松紧。

"我就说嘛！我怎么可能'空军'！"

邓肯兴奋地自言自语着，开始与鱼线另一端的某个庞然大物较量起来。这是一番艰难的搏斗，鱼线尽头的东西显然不打算束手就擒，一股巨大的力道在拉扯着钓竿，哪怕是以邓肯的力气，再加上钓竿架的支撑，也难以打破这种僵持的局面。

"失乡号"周围的风浪一点点变大了，但对于邓肯而言，这点小小的摇晃尚不算什么。他只是被那顽固的猎物弄出了火气，又担心好不容易到眼前的改善伙食的机会平白溜走。鱼线已经紧绷到临界点，大鱼就要从他手中挣脱了。在不知僵持了多久之后，邓肯终于把心一横，一簇幽绿色的火焰突然从他握着鱼竿的手中向外弥漫。

绿火猛燃，如水流般迅速沿着鱼竿、鱼线流淌出去。灵体之火一路燃烧，沿着鱼线形成了一道直入海水的"火线"，下一秒，"失乡号"周围的海水深处便突兀地浮现出了一片虚幻的绿焰轮廓，而在那幽绿火焰的映照与勾勒下，一片庞大的阴影在海水中浮现。那阴影仿若涨缩不定的肉团，几乎笼罩了"失乡号"周围数百米的海面，它的边缘又延伸出大量不断变幻、不断滋生的黑暗之物，仿佛千百只手臂般在海洋中蠕动挥舞着，搅动着"失乡号"周围的海水，控制着无形的海浪起伏翻涌。

邓肯听到海中传来些异样的动静，他一边维持着与猎物的僵持，一边探头好奇地向外看了一眼。他什么异常都没看见，只知道海浪起伏，跟刚才比起来没有太大变化，而且他明显感觉到钓竿上传来的那股对抗的力量比刚才减弱了一点。猎物的力气开始不足了，这个事实让他脸上露出灿烂的笑容。

他开始用力收紧鱼线，一点点将自己的猎物拖出海面……

……

爱丽丝被船舱外传来的轰鸣与呼啸声吓了一跳，剧烈的摇晃从脚下传来，舱室中的陈设发出一连串叮叮当当的碰撞声响，她眼疾手快地抓住了附近的一根栏杆，这才没有让自己摔倒，脸上则露出惊疑不定的表情："发生什么了？"

"失乡号"在摇晃，仿佛有巨大的风暴正在外面肆虐，这艘古老的幽灵船深处也传来某种低沉压抑的怪声，就好像它正在怒吼、咆哮，在对抗着深海带来的恐怖，对抗着某个尝试吞噬自己的庞然巨兽。舱室里的各种东西都在叮叮当当地乱响，一开始爱丽丝还以为这都是船只摇晃带来的碰撞，但很快她便发现这些发出噪声的事物有很多其实是在原地聒噪——它们在发出声音互相交流，但爱丽丝根本听不懂这种只有"失乡号"自己才能理解的语言。

她只知道，外面可能出状况了。

人偶小姐决定去甲板上看看——她跌跌撞撞地跑出了船舱，一边扶着附近的墙壁避免摔倒，一边跑向甲板。在几次险些被乱飞的缆绳和横冲直撞的木桶绊倒之后，她终于来到了阶梯的尽头。她推开那扇在风浪中不断摇摆的木门，看到无垠海上正掀起惊人的巨浪。天空漆黑如墨，不祥的浓云几乎凝成了沉重的团块，云层黑压压地靠近了海面，城墙般的巨浪则在乌云下翻滚奔涌，包围在"失乡号"

附近起伏！

爱丽丝第一次见到这样的景象，她不知道这是不是海上的正常情况，但她知道这时候必须找到船长。她在甲板上环视了一圈，几乎没费什么工夫，就找到了正站在甲板边缘的船长邓肯。

……

"上来吧你！"邓肯愉快地喊了一声，最后一次猛力拉动手中的钓竿。

一条大鱼跃出了海面——真的很大，几乎有他半个人那么大。

在这短暂的一瞬间，邓肯与那条半空中的鱼视线相对。

"……挺丑的。"这是他心中第一个感慨。

那确实是一条极丑极丑的鱼，黑不溜秋的身体表面仿佛覆盖着某种增生物般凹凸崎岖，古怪的灰白色花纹沿着两侧的鱼鳍胡乱蔓延，鱼头位置还能看到许多骨刺一样的结构，一对空洞泛白的眼珠则在那些骨刺下面注视着邓肯。邓肯感觉很不舒服，他竟感觉那鱼是在不怀好意地注视自己。但下一秒，他便看到那鱼猛然抽搐起来，它那对注视自己的眼珠不知为何凭空爆裂了，瞬间鲜血直流。

鱼沉重地掉在甲板上，仿佛遭受电击一般疯狂跳跃扭曲，并在短短的几秒钟后安静下来，鲜血从它的嘴巴和爆裂的眼珠中向外流出，一点一点地落在甲板上。邓肯有些诧异地看着这只奇丑无比的鱼在自己脚边迅速失去生机，他依稀记起自己在书上看过的知识：大部分深海中的鱼确实是很丑的，而且由于长期生活在高水压的环境下，它们在被钓出海面之后确实会因压力变化而血管破裂，甚至因此快速死亡。原来这个世界的鱼也是这样。

就在他这么一愣神的工夫，一阵噼里啪啦的声音又传了过来。邓肯好奇地循声看去，却看到又有好几条体形更小的"怪鱼"也紧跟着落在甲板上。它们的模样和那条足有半人高的怪鱼差不多，但尺寸只有半米左右，而且和大鱼一样——在邓肯注视到它们的时候，它们就已经在浑身剧烈出血了，而且很快便奄奄一息。邓肯有些发怔，良久才反应过来："葫芦娃救爷爷？一送送一串的？"

……

爱丽丝紧紧地抓着旁边的栏杆，紧张地注视着不远处那足以令普通人疯狂的凶残搏斗景象。她看到邓肯船长站在甲板边缘，身上幽绿的火焰滔天爆燃，他如同一个熊熊燃烧的巨人般对峙着大海，有三道钩索从他脚下的甲板延伸出去，其中一道钩索上燃烧着恐怖的烈焰。她看到无垠海中突然出现了庞大的阴影，紧接着有一道几乎比"失乡号"主桅杆还粗大的触腕从海水中伸了出来，那触腕表面张开了无数只泛着恶意的眼睛，又有数不清的尖牙利齿在眼睛之间摩擦、咀嚼，仿佛下一刻就要将整艘船咬成碎片。

爱丽丝几乎惊呼出声，她想要提醒船长躲避，想要冲上去帮忙，但在她来得及行动之前，那触腕便向着船长砸落下来。她看到邓肯船长抬起头，在熊熊火焰燃烧下，脸上竟带着丰收的喜悦——他注视着那触腕上的无数眼睛，触腕上的无数眼睛也注视着他。下一秒，那触腕上所有的眼睛便猛然爆裂开来，夹在其中数以百计的尖牙利齿则发出了刺耳且痛苦的嘶鸣。紧接着，那触腕便凭空断裂——就好像是隐藏在海平面下的某个庞大本体主动切断了与触腕间的联系，将已经严重受创的触腕末端直接抛弃在了甲板上。触腕砰然落地，从断口处洒落的污浊黏稠血肉也噼里啪啦地掉了一地，落在船长脚边。

大海平静下来了。

爱丽丝看到那条触腕掉落在甲板上，某种蕴含强大力量的血肉碎屑也随之掉落在船长脚边，生机迅速从这些血肉中消退，而在同一时刻，"失乡号"周围海水下面盘踞的某种庞然巨物也开始加速下潜——在付出一条触腕作为代价的情况下，它迅速脱离了"失乡号"所在的海域，那模样甚至像是在仓皇逃窜。

在这个庞大阴影重新潜入深海的过程中，大海以令人惊愕的速度恢复了平静，天空那片深墨色的阴云也随之完全消散——那或许根本不是阴云。

爱丽丝抬头看了一眼天空，她还记得之前那片阴云的模样，她回忆起那阴云消散时的轮廓，终于依稀将其和之前水下的那个阴影对应了起来。天上那片浓云好像是一片影子，是海中的某个庞然巨物在天空投下的阴影。

噼噼啪啪的火焰灼烧声从甲板边缘传来，打断了爱丽丝的走神。她赶紧看向船长，却看到船长已经恢复了平日里的模样，这个身材高大的男人脸上带着愉快的笑容，他已经注意到站在不远处的爱丽丝，于是招着手示意人偶小姐过去。

看到爱丽丝走到自己面前，邓肯踢了踢甲板上的大鱼，语调略有些上扬："看，我抓到一条大鱼！"

"大……大鱼？"爱丽丝表情有点呆滞，她看向邓肯脚边，在扭曲翻卷的血肉之间，数不清的、血肉绽裂的眼睛仍然以半睁半闭的姿态注视着天空，嶙峋的尖牙利齿则泛着金属色的寒光。

伴随着邓肯的脚踢，这条断裂的触腕上有一半的眼睛突然眨了一下，但紧接着便全部闭上了。

"是啊，大鱼，"邓肯愉快地说道，"你看，把这玩意儿弄上来可费了我不小功夫。"

尽管只是一具人偶，爱丽丝这一瞬间仍然感觉自己眼角仿佛有肌肉抖动了一下，她张口欲言，却不知道该从哪儿开始。

她看向邓肯脚边的"鱼"。

一条丑陋的大鱼躺在那里——黑黢黢的颜色，坑坑洼洼的外皮，鱼鳍附近有古怪的灰白色花纹，头上延伸出了骨刺，一对失去生机的鱼眼则迎着她的视线。还有许多"小鱼"散落在周围的甲板上。爱丽丝突然失去了所有能表达此刻心情的言语，她瞪大眼睛看着眼前的场景，看着那些躺在甲板上的"鱼"，看着这些前一秒还不是"鱼"的东西。

缺乏人生经验的人偶小姐尚不明白什么叫"怀疑人生"，但这一刻，她确确实实对一切都产生了怀疑。她甚至怀疑自己是不是在做梦——那条触腕，那些血肉残片，都上哪儿去了？或许是她一瞬间的呆滞太过明显，邓肯立刻察觉了爱丽丝的异常，他挑了挑眉毛，看着这位人偶："怎么了？有什么不对吗？"

"我……"爱丽丝张了张嘴，然而就在她打算开口纠正些什么的时候，之前山羊头告诉她的那些守则却突然浮现在她的脑海。在"失乡号"上，邓肯船长是绝对的权威，他的言语是绝对的"事实"——如果现实世界与邓肯船长的话相悖，那么以船长的判断为准。

"没有任何问题！"爱丽丝猛然反应过来，飞快地说道，紧接着仿佛是为了掩饰语气中过于紧张的部分，她又赶紧换了个话题，"对了船长，刚才那阵风暴真吓人……"

"风暴？你说那阵波浪？"邓肯疑惑地看着人偶小姐，"那阵波浪确实不小，但还远远称不上风暴吧……不过也是，你也没见过什么真正的风暴。"

爱丽丝："……您说得对。"

邓肯船长将那场几乎覆盖整个海域的风暴称作"波浪"，那么它就是波浪，邓肯船长认为他捕到船上的东西是"鱼"，那这些东西就是鱼。

"……我感觉你有点紧张，你真的没事吗？"邓肯却还是察觉了爱丽丝语气中的不对劲，他有些关心地看着自己的"一号船员"，"难道是晕船了？你会晕船？"

"我没事，就是刚才船晃得有点厉害……"爱丽丝看着眼前面露关切之色的船长，却不知该感到安心还是该感到更大的畏惧，她只能生硬地转换着话题，"对了，您抓这些……'鱼'，是打算做什么？"

"这还用问？"邓肯顿时笑了起来，"当然是吃啊！"

爱丽丝表情瞬间呆滞："……吃？"

"不然呢？你没有发现'失乡号'上的食材储备过于单调？"邓肯的心情显然很好，"我打算把这条大的拆开，炖一部分烤一部分，这几条稍微小一点的用盐腌一下做成鱼干……"

他愉快地说着自己接下来的规划，但嘴上虽然很自信，其实他挺不确定自己到底能不能成功——他的厨艺只能说一般，更没有处理这么巨大的海鱼的经验，而且做鱼干也只是有点理论知识，没有丝毫的实操经验。但不试试怎么知道呢？

唯一的问题……就是别吃坏了肚子。

邓肯在大丰收的喜悦中还是保留了一些理智的，他谨慎地看着自己脚边的大鱼，猜测着这来自大自然的馈赠会不会有毒。最稳妥的办法就是找个倒霉蛋先尝尝。他首先想到了船长室里那个山羊头，然后瞬间排除了这个选项，接着又看了一眼对面的诅咒人偶——这个人偶也不可行。

爱丽丝根本没有胃。

最后，他看向了自己肩膀上的鸽子。鸽子也歪头看着他。艾伊怎么看也不像是正常生物，但如果非要在船上找个有血有肉的活物，那好像也只剩下这只鸽子了……

片刻之后，邓肯带着他的"收获"离开了甲板——午餐时刻临近，他已经迫不及待要改善"失乡号"上的伙食了。爱丽丝则在原地发了一会儿呆，接着来到了船长室门前。她本不打算来找山羊头的，自从上次见识了这位"大副"那唠叨的本事之后，她甚至对整个船长室都产生了深深的敬畏感。

但凡可能，她都不想主动踏进船长室的大门。

但今天发生的事情实在太过古怪，她觉得还是有必要跟经验丰富的山羊头先生咨询一下，看这到底是不是"失乡号"上的正常现象。她并没有违背船员守则，只是打听一下情况，应该不犯忌讳。

犹豫了足足十几秒钟后，爱丽丝终于鼓起勇气，拉开了船长室的大门。

下一秒，她便惊愕地看到那山羊头早已经转向门口的方向，正死死地盯着这边——它仿佛早就在等着自己过来。

"外面发生了什么？"山羊头极其罕见言简意赅地开口了。

爱丽丝从对方这反常的表现中察觉出一丝不对味，她赶紧反身关好房门，来到航海桌前，把自己看到的一切都告诉对方。而在她话音落下之后，山羊头陷入了极其反常的沉默——在长达一分钟的时间里，它竟然不发一言。木雕的羊头无法做出表情，但爱丽丝能明显地感觉到……事情似乎有点超出这位"大副"的判断。爱丽丝一下子紧张起来，她下意识地往前倾着身子："难道这不是'失乡号'上会正常发生的事情？难道船长真的……"

"'失乡号'一切正常，"山羊头终于从沉默中惊醒过来，它飞快地回答，仿佛是要第一时间堵住某种漏洞似的打断了爱丽丝的话，"听着，'失乡号'一切正常，永远正常，伟大的邓肯船长也一如既往！"

"那……我只是看你的反应……"

"事情有点超出我的预料——但这是我的想象力和认知不足所致，"山羊头的话语迅速流畅起来，它似乎正一点点从错愕中恢复到平日的状态，紧接着，它的情绪明显开始高涨，连语气也变得激昂又兴奋，"是的，伟大的邓肯船长——他理应更伟大和更强大才对！没有任何反常，爱丽丝小姐，听着，'失乡号'上一切如常！让船长做他认为正确的事，不要继续讨论这个话题了……你只要从今天开始记住这个事实就好：'失乡号'的厨房里有鱼，鱼是美味的食材。"

要将那么巨大的一条鱼料理成午餐可不是一件容易的事情。

这不仅是件技术活，还是件体力活。

好在钓鱼佬的使命感以及对改善伙食的热情驱动着邓肯，让他能够以十足的动力去对付今天钓上来的大鱼。他在厨房里忙活了很长时间，总算顺利地拆掉了那丑陋怪鱼脑袋上的骨刺，又磕磕绊绊地把它肥硕的鱼身分割成了好几块。怪鱼的鱼头实在没什么肉，被他暂时扔在了一边，鱼腹和鱼背倒是有一些肉质很好的部分，很适合变成"失乡号"上的食材。

堂堂船长亲自在厨房里忙活似乎有点古怪，但邓肯相当乐在其中——只是不知道那些对"失乡号"畏若天灾的普通人见到这一幕会是个什么反应，是惊愕于令人闻风丧胆的幽灵船长竟也有如此平易且生活化的一面，还是首先赞叹邓肯出色的钓鱼功底？

在将怪鱼的肉分割成几块的过程中，邓肯突然想到了这个问题，心情很好的他不由得笑了起来，心中寻思着或许将来真有那么一天，他会友好地邀请一些人来船上做客——"失乡号"不会永远是灾难的代名词，他自己也不打算真的当个冷血无情的幽灵船长，在对这个世界的了解更进一步之后，他自然是要和当代的文明社会接轨的。

到那时候，就请上船的客人们吃鱼好了。

完成简单的分割之后，邓肯把大部分鱼肉都暂时放进了铺着海盐的木桶里面，又将沉重的木桶推进了厨房深处的仓库，剩下的小一些的鱼他准备稍后再做处理，到时候要把它们腌渍并晾晒在甲板上，如果一切顺利的话，它们会在海风中变成咸鱼干。可惜船上没找到烈酒，否则对鱼的处理还能多一些手段。

每天都有新鲜的鱼吃当然是件好事，但邓肯知道钓鱼这种事情一向随缘，他今天收获颇丰，未来可不一定总能如此——总得考虑要如何将多余的食材处理保存才行。毕竟，虽然"失乡号"上库存的肉干和奶酪没有腐败迹象，他却无法确定这是"失乡号"本身的特殊还是那些肉干和奶酪有异常之处，好不容易钓上来的鱼放烂了可不是好事。

咸鱼干起码比一个世纪前的咸肉好点，哪怕是换换口呢。

邓肯留下了最鲜嫩，看上去肉质最好的部分，并把它们和肉干一起扔进锅里炖煮——肉干在这个过程中充当着调味品的角色。这是暴殄天物的做法，任何一个真正的厨师在看到邓肯的操作之后血压都会瞬间顶破天灵盖，这些鲜嫩的鱼肉最合适的做法应该是制成鱼脍，其次也是适度的煎烤——邓肯自己也知道这点，但他这么做是为了保险起见。

从海里钓上来的不认识的玩意儿，他可不敢随随便便就生着吃进肚里，虽然理论上海鱼不会携带对人体有害的寄生虫，而且他这个幽灵船长应该也不怕普通的毒物，但万一呢？相比之下，炖煮是最能有效处理陌生食材的加工方案。他要先这么试试，如果确认这鱼真的能吃，再考虑别的做法。

在时间几乎快到下午的时候，他这顿迟来的"午餐"才终于完工。

一碗鱼汤盛上来，鲜美的味道令邓肯食欲大开，但在此之前，他还是谨慎地首先叉了一块鱼肉，吹凉之后放在鸽子艾伊面前。鸽子当然是不吃肉的——但艾伊很难说是一只正常的鸽子。

邓肯需要满足一下自己的好奇心，在"失乡号"上，他有太多事情需要试试看。

至于这只"异常鸽子"吃下鱼肉之后万一真的中毒了怎么办……邓肯其实也有准备。

首先，他已经尽可能地处理过了食材，让鸽子试一试也只是走个过场，其次，如果艾伊情况真的不对，他也能第一时间用绿火将它整个拉入灵体状态——他之前已经试过，在灵体状态下的艾伊与黄铜罗盘传回的反馈一样，就相当于一件受到灵体之火操控的"物品"，他甚至可以将灵体艾伊分解重组并传送到自己身边的指定位置，这种情况下，寻常的毒素肯定是不会生效了。

艾伊歪着脑袋看着邓肯的操作，在确认那块鱼肉是给自己的之后，它首先用嘴壳子啄了啄旁边的桌面，两只眼睛飘忽地看着邓肯以及天花板："你这瓜保熟吗？"

邓肯："你就说你吃不吃吧。"

艾伊扬了扬翅膀，学着邓肯的语气："你就说你吃不吃吧！"

然后它才低下头，飞快地啄着已经凉掉的鱼肉，以令人惊讶的速度，它几下就消灭掉了那不管怎么看都不像是给鸽子吃的食物！吃完之后，艾伊使劲伸了伸脖子，紧接着便趾高气扬地在桌子上走动起来，它好像变得非常愉快，绕了一圈之后回到邓肯面前大声道："真香！真香！"

邓肯目瞪口呆地看着这鸽子，脑海中不知怎么就突然冒出一句感慨——这货现在集"鸽子、真香、复读机"于一体了！

三大要素齐备，简直是人类（地球）之光，按照"形式自由九宫格"划拉划拉，怕不是艾伊也能算个地球人……

又过了一会儿，邓肯确认这鸽子没有任何异常反应，这才彻底放下心来。"失乡号"的船长和他的宠物就这么躲在厨房里大嗛食粮——鱼果然很香，就像邓肯在梦里所见的一样。

夕阳正在渐渐接近城市边缘的高墙，普兰德城邦那些高耸的烟囱、管道与塔楼正一点点沐浴在淡金色的光辉中。城市中心区域，风暴大教堂所在的高地上传来了大钟鸣响的洪亮声响，伴随着蒸汽冲出泄压阀的尖锐呼啸，一大片白雾从教堂侧翼的塔楼顶端喷涌而出，仿佛云霞般笼罩了高地上方的天空，折射着来自海面的金色阳光。

这是代表昼夜交替的信号——是太阳的力量即将快速消退、"世界之创"即将占据天空主导位置的提醒。尘世的秩序将在这之后由稳固走向动摇，来自世界深层的影响则会随着夜幕降临迅速加强，这个过程将一直持续到第二天太阳升起的时刻。在夜幕中，谨慎的人会选择留在家中，不得不出门的人也要尽可能选择待在灯光明亮的地方——由圣职者赐福过的瓦斯灯可以最大限度地驱散夜幕中的恶意。

但不管怎么说，这里也至少是繁荣且稳定的大城邦，在神圣的风暴大教堂庇护下，哪怕是世界最深层的影响也会被压制在安全的临界点下，城市中偶尔出现的异常现象只是无伤大雅的小问题，寻常市民都知道该怎么保障家门内的安全，更有夜晚巡逻的教会守卫者接管治安官的工作，在入夜之后确保城市的秩序。

但就像再明亮的路灯下也总有照不到的阴影——哪怕是在教会守卫者眼皮子底下，也总有向往黑暗与颠覆的愚蠢者存在，他们畏惧又憎恶着世间现有的秩序，并在狂热中期待着某个连他们自己都不曾见过的"美好时代"。幸运的是，在秩序力量占据主导位置的城邦里面，这些颠覆者在大部分时间都只能蜷缩在阴影里。

城邦边缘，一处废弃的下水道入口深处，几个身穿黑袍的身影正蜷缩在房间角落。这里曾经是给下水道的维护管理人员暂时休息的房间，但如今已经随着城市规划的变动而被人遗忘，无人打理的角落变成了邪教徒仓皇逃窜之后的避风港——一盏不怎么明亮的油灯被挂在墙上，灯光摇晃中，照亮了几张阴郁、恐惧又夹杂着愤恨的脸庞。

一个三十岁上下的黑袍人正躺在破布堆成的地铺上，紧咬牙关，面色苍白，气息微弱而混乱，其他人则坐在他附近。有人低声咒骂着："那些该死的教会鬣狗……"

"我们失去了大量的同胞，使者也死在仪式中……"另一人声音嘶哑地说道，

"神圣的仪式怎么会突然失去控制……"

"那个祭品……显然是因为那个祭品，他明显是异端的爪牙……"

"你们听，"一个黑袍人突然做出侧耳聆听的动作，又抬手指了指上方，"是暮钟和汽笛的声音。"

"……就要入夜了，"最先开口咒骂的那名黑袍人嗓音低沉，并不安地看了正躺在地铺上、状态极糟的"同胞"一眼，"该死……希望他能熬过今夜……"

代表昼夜交替的暮钟与汽笛声穿过了幽深潮湿的坡道与竖井，在这阴暗逼仄的下水道中隐隐约约地回响着，而这夜幕临近的信号让躲藏在废弃休息室中的邪教徒们更加沮丧起来。他们中的一人生了重病，原因不明的重病，现在他就要死了——死在这个灯光昏暗的地下世界。

"他现在还活着……"一个邪教徒犹豫着说道，他看了一眼那个躺在地上的"同胞"，看到对方的眼睛半睁半闭着，眼球正在眼窝中慢慢转动——这个倒霉的家伙还能听到周围的动静，但他已经没有足够的力气睁开眼睛了。

"也只是现在还活着，"另一名邪教徒嗓音低沉，"暮钟已经响过了，他不能死在这个房间——主会庇护他在黑暗中获得安眠的。"

躺在地铺上的男人手指抽动了两下，他显然已经明白了自己的处境，他不想就这样死去，但死亡已经紧紧咬住了他的影子，而且就目前看来，他那些亲爱的"太阳同胞"们已经考虑着要在真正的死亡降临之前就把自己这个"隐患"移出"庇护所"了。

极端压抑的沉默笼罩着房间，以至于垂死之人微弱的呼吸声都变得清晰可闻。在死寂了不知多久之后，之前咒骂深海教会的黑袍人突然打破了沉默："再等一等吧，至少……人刚咽气的时候不会立即发生变化。"

"……那就再等等，"嗓音低沉的黑袍教徒有所松口，他看了一眼那个正在艰难喘息的男人，又忍不住嘀咕起来，"但他为什么会突然发病？你们确认这只是正常的发病吗？"

"我认识他……他在下城区开着一家快关门的古董店，店里全都是假货的那种，"旁边一个始终没怎么开口的教徒说话了，"他本来就有病，身体从来就没好过，大概是在下水道里待的时间过久，之前又受了惊吓，才导致病情恶化了吧。"

听着旁边人的解释，嗓音低沉的黑袍教徒终于放松了一些——虽然他并非身份高贵的"神官"，但也皈依太阳神多年，如今也多少算是个知晓不少神秘学知识的"专家"。他深知在一场失败的献祭仪式之后会有多少长远而隐秘的危险残留下来，而每一个参加过那场献祭仪式的信徒都有可能成为这些隐秘危险的"载体"，如今这个突然陷入极端虚弱的人……就有可能是一个这样的"载体"。

如果不是有"太阳子民皆手足"的约束，再加上身边还有几个狠不下心的教徒在看着，他早就把这个倒霉家伙扔到外面的茫茫黑暗中了。在沉默许久之后，这个黑袍教徒突然有所动作，他从怀里摸出一个淡金色的护符，塞进了那个奄奄一息的"同胞"胸口。

"你这是……"旁边的一名教徒好奇开口。

"这枚神圣的护符是我花很大代价从使者手中换来的，"他低沉说道，语气带着诚恳，"愿主的恩典能保护我们的手足，太阳的光辉或许可以让他在黑暗中免遭进一步的侵蚀。"

旁边的两名教徒顿时不疑有他，并且以钦佩的眼神看着"送"出了护符的教会前辈，他们将手握拳放在眉心，虔诚地低声念诵着："太阳子民皆手足……"

嗓音低沉的黑袍人同样将手握拳放在眉心，跟着低声念诵起来："太阳子民皆手足。"

在太阳彻底落入海平面之后，那无星无月的天空再一次出现在邓肯面前，苍白的裂痕横亘天际，以清冷的光辉照亮了无垠海，以及正在海上航行的"失乡号"。

邓肯站在船尾甲板附近，他收回望向天空的目光，微微叹了口气。不管看多少次，他也不可能从那苍白清冷的光辉中看到本就不存在的繁星，但比起上一次看到这无星之夜的时候，他如今的心情好了许多。一方面，是他已经接受了这个世界的种种诡异之处，并且在主动适应如今的生活；另一方面，则是今天的鱼确实不错。

他是个很乐观的人，生活中任何一点微小的改善对他而言都是值得高兴的——更何况来自大自然的馈赠比他想象的还多。照这个节奏下去，哪怕短时间内无法建立和陆地上的稳定联系，他起码也能改善这条船上的生活条件。胡思乱想中，他扭头看了看正站在自己肩膀上的鸽子，带着玩笑语气随口说道："你说……我是不是干点海盗船长该干的事会更简单一点？比如找个繁忙的航道打家劫舍什么的。"

鸽子歪着头，两只眼睛也不知道分别在看什么地方："像话吗像话吗像话吗……"

"也是，这不符合我的性格，"邓肯笑了笑，"而且说着容易——打家劫舍起码也得能找到有商船活动的航道嘛。"

这茫茫大海空空荡荡，"失乡号"也不知道是漂到了距离文明社会多远的地方，自从上次与那艘运送"异常099"的船相撞之后，他再也没见过别的船出现在视线里——真是想打劫都不知道去哪儿找受害者。但就在这时，一个声音却突然从旁边传来，打断了邓肯的胡思乱想："船长，我们要去打劫吗？"

邓肯循声望去，看到爱丽丝正坐在旁边一处很高的木板上，好奇地看着这边。在天空那道"苍白伤痕"的辉光照耀下，身穿宫廷长裙的哥特人偶高高地坐在幽灵船上，水银般的长发在夜色中泛着清冷的光泽，她端庄地坐着，眼神中带着好奇——这一幕，竟仿佛一幅古典而神秘的画作。邓肯一时间有点讶异——在经历了几次鸡飞狗跳的"现实琐事"之后，他差点忘记这位人偶小姐最初躺在木箱中时带给自己的那种典雅、神秘的印象了，以至于这时候看到安静状态下的爱丽丝，他竟然有点错愕。

爱丽丝却不知道船长在想什么，只是好奇又问了一遍："船长，我们要去打劫吗？"

这句话就比较破坏她的形象了。

邓肯哭笑不得地看了人偶一眼："你喜欢打劫吗？"

"不喜欢，"爱丽丝摇了摇头，"听上去挺没意思的。"

"可你就是被我'打劫'到船上的。"邓肯笑着提醒她。

"……也是啊，"爱丽丝想了想，点头说着，紧接着又问了一句，"那我们现在要去打劫吗？"

"不，"邓肯摆了摆手，不紧不慢地走向自己的船长室，"我也觉得打劫挺没意思的——相比之下，散步更适合作为饭后运动。"

邓肯回到了船长室中，在简单吩咐一下山羊头负责掌舵之后，他便如上次一样进入寝室，关好了房门。他已经决定，今夜就进行第二次灵界行走，但和上次不同的是，这一次他要通过艾伊这只鸽子来测试这项能力。

一簇幽绿色的火花在邓肯指尖跳跃着，而在火焰跳跃的瞬间，原本正在桌子上溜达的鸽子便眨眼消失，又在他肩膀上凝聚出了身影。感受着艾伊与自己之间若有若无的联系，邓肯慢慢静下心来，随后他回忆着上次激活黄铜罗盘时的那种感觉，开始尝试着用手中的灵体之火去沟通艾伊——无形的绿色火焰化作一道细线，缠上了艾伊的双翼，下一秒，这只白鸽便骤然被烈焰包裹起来！

在火焰燃烧中，白鸽的羽毛尽皆化作虚幻的形态，升腾的绿火仿佛重塑了它的血肉和骨骼，艾伊在火焰中扬起双翼，那个挂在它胸口的黄铜罗盘则"啪"一下打开——描绘着诸多神秘学符文的表盘上微光闪烁，正中央的指针则在疯狂旋转之后笔直地指向了远处。四周的景象崩解四散，熟悉的黑暗空间出现在邓肯眼中，紧接着，是那些熟悉的光流，以及无数星星点点的"灯火"。邓肯循着心中的感觉看向那些星光，寻找着下一个适合接触的目标。

突然间，他被其中一簇星光吸引了。

他不知道这是否就是山羊头总在念叨的"邓肯船长的直觉"，但他决定循着这种感觉走——不管那星光背后是谁，现在，他与邓肯船长有缘了。

普兰德城邦边缘废弃的下水道中，那几个侥幸从教会守卫者手中逃脱的太阳神邪教徒正在无言中沉默着。

地上世界已经陷入深沉的夜色，地下世界则仅有一簇微弱的灯光庇护着废弃的房间。哪怕是再凶残再没有人性的邪教徒，也会在这逐渐迫近的黑暗中感到紧张恐怖。旁边的破布地铺上，垂死者就要呼出最后一口气了。

听着那逐渐低沉艰难的喘息声，几双眼睛不约而同地看向了垂死者。他们死死地盯着地铺上的"同胞"，每个人都很清楚，这人确实是不可能熬过这一夜了。就这样在几双眼睛的注视下，地铺上的男人进行了最后一次胸膛起伏——他呼出了自己此生的最后一口气。

"愿太阳在黑暗中继续照耀你的灵魂，"旁边，嗓音低沉的黑袍教徒慢慢说道，紧接着便一挥手，"把他……"

下一秒，他的话突然被噎了回去。

在他眼前，那具紧闭着眼睛的尸体再次开始了呼吸。尸体仿若在死亡的国度边缘徘徊了一圈，便折返人间。房间中的黑袍教徒们愣愣地看着这一幕，他们中有人甚至没意识到眼前这个男人刚才其实已经"死去"一次。这生死轮换的一刻实在短暂，以至于不是仔细关注都分辨不出来，他们只是感觉眼前垂死"同胞"的气息不知为何竟突然平稳、有力起来，这让人分外诧异。

下一秒，躺在地上的男人便睁开了眼睛。

他似乎已经在黑暗中待了太久，以至于房间里不够明亮的油灯都让他感觉刺眼，他眨着眼睛适应着光线，然后眼球慢慢转动，好一会儿才注意到周围聚拢的三个黑袍人。

"感谢主的庇佑！"一个较为年轻的黑袍教徒终于反应过来，忍不住激动地赞颂着，"你挺过来了！我还以为你会……"

"等等！不对！后退！"那名嗓音低沉的教徒却突然反应过来，他一把拦住了其他人的动作，同时狠狠盯住刚刚苏醒的男人，一边向后退去，一边用警惕的语气说道："他刚刚的呼吸已经完全停止了，我绝对没看错……情况不太对劲！"

邓肯终于适应了周围的环境，耳鸣般的噪声也渐渐从脑海中退去。他看清了那些围在自己身边的人影，心中第一反应就是：怎么一睁眼还是这帮人？怎么还是在下水道？灵界行走应该是随机的，他在选择目标的时候也完全是循着直觉乱点，却没想到两次睁眼竟然都是落在这帮邪教徒中间。这算哪门子的孽缘？但紧接着，他便从周围那些人的反应中察觉出了有哪儿不对，下一秒，他便注意到了自己身上的黑袍。

邓肯沉默了两秒钟，心中已经恍然。

上一轮自己是被邪教徒献祭的祭品，然后眼一闭一睁，现在他是"邪教徒"了。他跟这帮人是真的有缘。

"……情况不太对劲！"

就在这时，一个饱含敌意的低沉嗓音突然打断了邓肯在"苏醒"后的头脑混乱状态，他循声看去，立刻便迎上了一道充满警惕的冰冷视线。那道视线的主人正冷冷地注视着自己。而他的旁边，另外两名黑袍教徒也后知后觉地反应过来，纷纷后退，做出戒备姿态。

邓肯愣了一下，突然意识到——自己可能跟上次一样，也是附身了一具尸体。

自己这是当着这帮邪教徒的面诈尸了！

搞明白眼前的状况之后，这几个邪教徒的紧张反应也变得容易理解。邓肯头脑飞快地运转起来，他感觉到这具躯体中残留的麻木迟钝还未完全散去，如今行动分外不便，要在好几个邪教徒的眼皮子底下搞事似乎不太容易，只能先想办法稳住这些人——而就在他飞快寻思出路的时候，一点点支离破碎的记忆突然在他脑海中浮现出来！

在那支离破碎的记忆中，他"回忆"起了许多不属于自己的经历片段——他记起"自己"在下水道中躲藏，记起"自己"将家中钱财供奉给太阳的使者，记起"自己"为了疗愈疾病而参加那些黑暗疯狂又血腥罪恶的仪式，饮下无辜者的鲜血以换取"太阳的赐福"……

在一连串凌乱记忆的尽头，他又"看"到了献祭仪式的现场，看到许许多多和"自己"一样身穿黑袍的人站在高台旁边，而一个年轻的祭品被推上高台，那个年轻的祭品带着僵硬又诡异的表情，让整个仪式陷入一团混乱……

他看到"太阳的使者"被献祭了心脏，祭台周围所有人都陷入疯狂，教徒在自相残杀，汹涌的火焰从太阳图腾中四溢流淌，愤怒的嘶吼和虚无的呢喃充斥着集会场，而他这具身体的原主人和最后仅存的几个教徒仓皇逃离……

邓肯不知道自己呆滞了多久，或许其实只有一瞬间，他脑海中汹涌的陌生记忆又重新平静下来，一段可悲又可恨的人生就这样变成了一连串苍白的碎片，仿佛供人阅览般躺在他的心底——宛若某种"养分"。这是这具身体原主人的记忆——虽然残留不多，但来源毫无疑问。

邓肯眨了眨眼，这是上次灵界行走的过程中不曾发生的变化。上一次，他没能从附身的尸体中得到任何记忆，那个"祭品"的大脑只有空白一片……这次为什么会有这种变化？是因为自己这次占据的躯壳还很"新鲜"？还是因为鸽子艾伊强化了黄铜罗盘的力量？邓肯慢慢从地上坐了起来，他知道，不管这变化背后的原因是什么，现在都不是发呆的好时候，那些神经紧绷的邪教徒显然已经意识到自己这"死而复生"的过程不对劲了。

而伴随着邓肯起身的动作，三名邪教徒也立刻向后退了半步，紧接着那名嗓音低沉的黑袍人便一手按着腰间打破了沉默："你先别动——告诉我，你叫什么名字？"

"……罗恩，"邓肯略一回忆，便相当自然地说出了自己刚刚从记忆中得知的姓名，"罗恩·斯特莱恩。"

"他是叫罗恩。"对面一名年轻的黑袍教徒立刻压低声音对那名隐隐成为三人首领的、嗓音低沉的黑袍人说道。然而那名黑袍人却丝毫没有放松警惕，他只是仍旧死死盯着邓肯，随后突然以古怪的音节和语调念诵道："以日之名，唯愿主的光辉普照，以日之名，唯愿主的赐福降临！"

听着对面那邪教徒突然发疯的动静，邓肯先是愣了一下，紧接着便感觉到胸口一阵灼热。他下意识地伸手掏出了那正在衣服下面发热的东西，却看到那是一枚金黄色的太阳护符——一阵阵诡异的热量正从护符表面传来！下一秒，那护符竟猛然燃起了熊熊烈焰，烈焰仿佛饱含着恶意，向邓肯的心脏位置直扑过来！

"主的荣光在反噬他！"看到这一幕，刚才念诵祷词的邪教徒瞬间反应过来，他一把抽出腰间短剑，同时口中高喊，"他的灵魂被替换了！杀了这个异端秽物！"

另外两名邪教徒的动作明显慢了一点，但紧接着也反应过来，这些前一刻还以为邓肯是"同胞"的人毫不犹豫地抽出了随身携带的短剑与匕首，一边饱含杀意地猛扑过来，一边高声呼喊着："杀了他！！"

邓肯手握已经开始熊熊燃烧的太阳护符，看着三道身影朝自己猛扑过来，下一秒，却又有另一道影子突然出现在他的视线边缘！一只浑身燃烧着幽绿火焰、仿佛幽魂般的亡灵鸟撕裂了空气，裹挟着冰冷的焰流掠过屋顶，它发出怪异的尖声啸叫，翅膀拍动间洒下无形的灰烬与羽毛碎片。

三名邪教徒理所当然地被这只亡灵鸟吸引了注意，他们下意识地抬头看了化作灵体形态的艾伊一眼。下一刻，他们所有人的动作都迟滞下来，就如同和现实世界之间的联系突然变得遥远又迟缓，三个黑袍人的身影仿佛"一卡一卡"的逐帧动画般在半空中拉出了重叠的残影，他们以慢到滑稽可笑的动作落地，并最终在邓肯面前不到两米的距离彻底陷入静止。

他们眼神中带着巨大的惊骇，看着那只亡灵鸟在天花板上盘旋了一圈之后落在对面的黑袍"同胞"身上。他们看到那个男人手中的太阳护符仍在熊熊燃烧，但下一秒，那些燃烧的火焰便变成了幽幽绿色，变成了和亡灵鸟身上烈焰一样的形态。

邓肯捏了捏手中的太阳护符，绿色的灵体之火丝丝缕缕地缠绕着护符表面，从护符中喷涌出的焰流在他身前绕了半圈，便如宠物般安分地消停下来，讨好般地在他手臂上缓缓盘旋。他握着已经被自己完全占据、改造的太阳护符，不紧不慢地来到了三名邪教徒面前，看着对方惊骇的眼睛，语气中不由得带着遗憾："你们要是假装什么都不知道该多好。"下一秒，三名邪教徒的身影突然在半空中剧烈闪烁了几下，紧接着消失不见。

浑身缠绕绿火、宛若骸骨般的亡灵鸟在邓肯肩膀上蹦跶两下，在火焰灼烧的噼啪声中，它发出尖锐嘶哑的喊叫："哎呀，页面不见了，刷新一下试试？"鸽子说这话的时候从内容到语气都一如既往的滑稽、"谐门"。然而现在它却是一只浑身燃烧着幽灵烈焰的亡灵鸟，半透明的血肉中是流淌着火焰的骨骼与肌腱，它的叫声中混杂着噼啪作响的爆鸣，如冥府敞开大门时泄露出来的冤魂啸叫。

事实证明，很多时候"邪门"与"谐门"之间并没有那么大的距离。

邓肯身边缠绕的灵体之火仍然在燃烧，他眼睁睁地看着三个邪教徒消失在自己眼前，却不敢确定这个过程背后的原理。他只知道，这就是艾伊的能力。

几秒钟后，确认三个邪教徒是真的回不来了，他才微微侧头，询问自己肩膀上的鸽子："……你把他们弄哪儿了？"艾伊拍了拍翅膀，用嘴巴梳理着自己已经变成半透明形态的羽毛，好一会儿才突然冒出一句："退回到阴影中！"

邓肯皱了皱眉，他这阵子已经开始学着理解艾伊这些话语中真正的含义："……你的意思是，你把他们放逐到了某种……平行空间？或者是把他们变成了某种不可接触的状态？"

鸽子抬起头，两只眼睛飘忽不定地看着邓肯："咕咕！"

它现在又开始假装自己是只真正的鸽子了。但邓肯相信自己已经了解了真相，他用手指按了按艾伊的脑袋，随后再一次环视这个灯光昏暗的"庇护所"。在油灯摇晃的光影中，小房间里的一切都一目了然，曾经藏身于此的太阳神信徒们已经彻底消失在这个世界上，如今站在这里的，只有一个占据了邪教徒的尸体降临于此的幽灵船长，以及他的鸽子。但冥冥中，邓肯却有一种感觉——他仿佛能感觉到那三个邪教徒还在这里，就在自己身边，他们被困在这个房间中，在某个无法被任何手段探知和接触到的维度夹缝中。

他甚至能"感觉到"那几个邪教徒在徒劳地喊叫、挣扎，感觉到他们想要重新接触现实世界却被无形的屏障永久屏蔽在现实之外的绝望。这种感觉在无形中弥漫着，直到某一刻，邓肯看到了证据：在桌上油灯的某一次摇晃中，在某次恰到好处的光影交错中，他突然看到附近的墙壁上出现了一道痕迹，那看起来仿佛是短剑用力劈砍所留下的。但当他再次看过去的时候，油灯的火苗又摇晃了一下，墙上的痕迹便消失得无影无踪了。

那就是三个太阳信徒与现实世界的最后一次接触。

邓肯轻轻呼了口气，带着鸽子转身离开房间。

废弃的休息室外，是一条比之前所见的下水道走廊要狭窄很多的甬道，深邃的甬道一直向两侧延伸，其中一端通往一条岔路口，另一端则连接着一条倾斜向上的坡道。即便是被废弃的区域，城市的管理者也维持着对这些地下设施最基础的维护——至少，甬道两侧的瓦斯灯还亮着。

邓肯简单判断了一下甬道的走向，又根据自己脑海中残存的一些记忆碎片梳理着通往地表的路线，很快便迈步走向了那条倾斜向上的坡道。

他越走越快。

清新的气流出现了，微凉的风迎面吹动着邓肯的头发，他听到一些模糊遥远的声音，那似乎是地表的某些工厂设施在彻夜运转中传来的轰鸣，还有更加遥远的海浪声传来……那是晚间碎浪拍打沿岸礁石的声音。邓肯几乎小跑起来。

浑身褪去灵体火焰之后恢复如常的鸽子艾伊在他肩膀上拍打着翅膀，发出高兴的声音："时代在召唤！时代在召唤！"邓肯突然停了下来，他盯着鸽子的眼睛："在外面不要随便说话——正常的鸽子是不会说话的。"

艾伊想了想，使劲拍打着翅膀："Aye captain!"

邓肯顿时大感意外，因为这鸽子竟然正确回应了自己一次，也不知道这是巧合还是其他原因——但很快他就不再考虑这个了。

他要为迎接这个世界做好准备。

身上的黑色长袍是肯定不能穿出去的，在"吞噬"而来的记忆中，这种可疑的长袍只用在太阳神信徒的秘密仪式场合，放在地表的城市街头，这身衣服属于是露面就得被七八个治安官捆在树上打的待遇。

普兰德城邦中执行着相当严格的宵禁，夜晚徘徊似乎是一件相当危险的事情，普通人晚上想要出门必须手持通行证件且提前报备——自己附身的这个邪教徒显然没有这些合法手续，因此要在城市中活动就必须躲开那些巡夜的人。夜间负责维持城市秩序的人被称作"守卫者"，他们似乎是深海教会下属的武装力量，在"吞噬"而来的记忆中，这具身体的原主人对那些全副武装的守卫者和神官有着深深的忌惮和敌意……

邓肯飞快地整理着脑海中的记忆碎片，由于是从一具尸体中继承的记忆，这些碎片大多凌乱且模糊，他无法从中拼凑出一个"现代文明社会成员"的完整人生轨迹，也无法拼凑出关于普兰德城邦的所有资料，但即便是其中最基本的部分，也足以让他在接下来的行动中心里大致有底。

他首先在通往地表的坡道前脱下了身上的黑袍——黑袍下面是正常的衣服，走在外面不会引人怀疑。他考虑了一下是不是应该把黑袍付之一炬，但火焰和烟反而可能引来守卫者的关注，于是最后他只是把黑袍卷了卷，藏在坡道附近的角落里。那枚太阳护符也是可能带来麻烦的东西，但它同时有可能蕴藏着有价值的情报，犹豫再三之后，邓肯还是决定把它带走——返回"失乡号"的时候可以用这枚护符再做个测试，看艾伊是否能把它带回去。

他可以在"失乡号"上放心研究这东西。

处理好了藏黑袍的痕迹，他又大致整理了一下自己的仪容，尽量让自己看上去像一个普通的市民，而不是一个在下水道里东躲西藏、狼狈不堪的邪教徒——等做完这一切之后，他才迈步走上那条坡道。接下来的路并没有太远。

邓肯在坡道上疾行，愈发清新的空气涌入他的胸腔，他已经可以清晰地听到远方工厂与海浪的声音，而在几分钟后，他甚至看到有清冷的光辉出现在前方不远处的台阶上。他向前紧走几步，那道清冷的光辉终于将他完全笼罩起来。

他来到了地表——坚实的，稳定的，沐浴在苍白辉光下的大地。

邓肯瞪大了眼睛，他看到一座城市，一座仁立在无垠海上的，代表着凡人文明的城市——天穹间的巨大伤痕横贯在城市上空，照亮了那些鳞次栉比的屋顶、高塔与更远处的楼宇。在他前方不远处，是略显破旧的边缘城区，而在更远处的高地上，还可以看到许多宏伟的建筑——它们属于上城区，大教堂与市政厅便矗立在那里。

邓肯突然笑了起来，他没有发出声音，却笑得上气不接下气。不过片刻之后，他便强行止住了自己的笑，他在清冷的夜风中深吸口气，接着便大步走向了记忆中的某个方向。邪教徒也是有自己的"正常生活"的，除了少数完全以祸害苍生为职业的"神官"之外，太阳教会与其他大多数邪教一样，都是依靠着数量庞大的一般人在支撑自己的运转——这些受到蛊惑的基层信徒多是城市下层的贫苦人：他们可能是缺乏关注的老人，是涉世未深的青少年，或者像邓肯如今所占据的这具躯体一样，是个无人关注的、身染重疾的、开着个骗人古董店在下城区里与生活和税款搏斗的普通人。这个名叫罗恩的古董店主那糟糕透顶的人生结束了，他与某个邪恶神明之间的债务已经随着那最后一口气一笔勾销，但他在这个世界上仍然留下了一个位置……这个位置，邓肯很中意。

凡娜从一个怪诞而纷乱的梦中惊醒过来，发现窗外仍然夜色深沉——"世界之

创"清冷苍白的光辉照在描绘着深海符文的窗台上，显得平和静谧。

然而那怪诞梦境中的景象仍然清晰地映在她的脑海——

一艘船，一艘燃烧着绿色幽灵烈焰的大船，从大海与天空的交界线中驶来，仿若碾压过来的大山一般碾过了整个普兰德城邦，在幽灵烈焰中，又有无数的呼喊和苍凉的歌谣在齐声轰鸣，仿佛要掀翻整个世界一般地鼓噪着。

而在这巨船降临的同时，她又看到普兰德城邦的深处升腾起一轮烈日——并非世人所熟知的、被上古符文束缚住的太阳，而是像那些太阳信徒所描述的"上古太阳"一样熊熊燃烧的天体，它自城邦深处升腾，火焰融化了大地，所有人都仿佛蜡像熔融般流淌在街头。

深海教会的大教堂便在这活火熔城的炼狱中心静静伫立着，她在梦境中向着教堂祷告，期望得到风暴女神的指引，然而大教堂只是传来了嘈杂而无意义的钟鸣，未有任何指引降临……

凡娜从床上坐了起来，穿着睡衣来到窗前，她看了一眼外面仍然平静的城市与天空的"世界之创"，心中烦躁越甚。片刻后，这位年轻的审判官收回望向城市的视线，她来到床铺附近的梳妆台前，随手拉开一个抽屉——里面放着一柄匕首，弯弯曲曲的仪式匕首，象征深海教会的符文在匕首的刀刃根部闪烁着微光，仿佛正受到莫名力量的刺激而产生着共鸣。

凡娜的目光在那些闪烁的符文上停留了好几秒钟，才用刀刃在手心划开一道伤口，随着鲜血渗出，她将手横置于胸前，低声念诵着风暴女神之名，以尝试寻求神祇的指引。然而不知为何，她只听到一些虚幻的海浪轰鸣，往日里非常轻松就能进入的"灵能感应"状态今天却迟迟没有动静。就好像有一层不可见的帷幕突然笼罩在自己周围，阻断了她和风暴女神葛莫娜之间的联系。

凡娜的眉头一点点皱了起来。

信徒与神明之间的联系受到干扰，这种情况非常罕见，但并非不可想象——亚空间与现实世界之间的映射关系艰深复杂，以凡人的智慧根本无法理解，哪怕是神明的力量，有时候也会受到亚空间、幽邃深海以及灵界的层层影响而出现暂时的强弱变化，再加上众神与众神之间、众神与古神之间永恒不休的动荡争执，某些信徒在极罕见的情况下突然听不到神明的声音也是可能的。

但风暴女神葛莫娜……不应该这样。无垠海包围着凡人文明，风暴女神的力量贯穿所有维度并影响着整个现实，所有神明都有可能和现实世界失联，哪怕死神也偶尔会留下像"复苏者"这样的漏洞，可唯独风暴女神……不可能。这也是深海教会能成为无垠海上最强盛教会的原因之一。

问题出在自己身上？

凡娜理所当然地开始怀疑起自己的状态，然而她看着自己的手心，却看到刚刚划出的伤口已经开始快速愈合。女神的赐福还在，生效起来没有丝毫的迟滞。凡娜再次回忆起了之前那个嘈杂怪诞的噩梦，以及过去许多天里看到的不祥征兆。这一切之间必然有着关联。

燃烧着绿色火焰的幽灵船……幽灵船……

凡娜脑海中飞快地回忆、比对着自己所掌握的神秘学知识，随后眼神突然变得严肃起来。

她并不是一个航海领域的专家，也很少接触那些荒诞不经的、在迷信的水手之间流传的怪谈，但哪怕是在正统的教会典籍里，也有一艘幽灵船占据着特殊的位置。那是一艘从亚空间返回的不祥之船，它的船长，是在一个世纪前导致维瑟兰十三岛被边境坍塌吞噬的恐怖船长邓肯。

凡娜在梳妆台后霍然起身，但紧接着她便想起——现在是深夜，大教堂的档案馆和其他任何一个图书馆一样，在夜间都是不开放的。而且从安全角度考虑，她也最好不要在"预兆之梦"刚刚结束的数小时内与人谈论跟这个梦境有关的内容——如果这个梦境真的指向那位邓肯船长，那他极有可能会通过这个梦境所建立起的联系反向感知到凡人对自己的谈论。

毕竟，那是一个能够从亚空间返回的……"鬼魂"。

现在最符合安全守则的做法，就是耐心等待，等到太阳重新占据世界的主导位置，等到梦境所建立起的联系渐渐消散，再去档案馆里查阅相关资料，或者找教堂里的大主教商议这些不祥的预兆。不管怎样，如果这些"预兆之梦"真的指向那位邓肯船长，真的是在提醒她那艘传说中的"失乡号"正在对普兰德虎视眈眈，那么作为城邦的守护者，她就必须不惜一切代价阻止那个恐怖的幽灵船长靠岸……

一个高高瘦瘦的黑影快速走过无人的下城区街道，瘦长的身影在瓦斯灯下掠出一闪而过的轮廓。

完全陌生的城市，完全陌生的建筑，脑海中似是而非的记忆，宵禁时间显得冷清又诡异的平民街区。然而邓肯走在这样的陌巷中，心情却格外愉快。

他成功了——不但成功地进行了第二次灵界行走，而且成功地控制着一具躯体来到了地面，来到了普兰德城邦的地表。他在接触这个世界的文明社会，他在亲眼观察这个时代的建筑，这个时代的技术。而且他使用的还是一具完整的身体——既不"心胸开阔"，也不"脑洞大开"，这具从外表看起来正常的身体，可以让他接下来的行动都很方便。

坦白说，这具躯体的健康状况其实也不怎么样，哪怕是在灵界行走的状态下可以无视躯体上的大部分毛病，邓肯也能明显地感觉到这具身体的亚健康状态，但他对此毫无抱怨，甚至觉得理所当然。毕竟从这两次的经验来看，灵界行走占据的就是死亡后一定时间内的尸体——但凡活蹦乱跳的能是个尸体吗？

一阵狗叫声从遥远的街巷尽头传来，邓肯谨慎地放慢了脚步，将自己躲藏在建筑夹缝的阴影间。他不知道那是不是巡夜的教会守卫者牵着的巡逻犬，但谨慎一点总没毛病。附近的建筑物上空，有巨大的管道结构横跨过低矮的房屋，"苍白伤痕"投下的光辉在那些管道间洒下断断续续的光影，偶有蒸汽从某些管道的阀门间泄漏出来，在夜色中形成了朦胧的薄雾。

狗叫声远去了。

邓肯从藏身的地方走出来，左右观察了一下街道上的动静，又随手安抚了一下在自己肩膀上动来动去的鸽子艾伊，这才循着记忆向街道对面走去。在一排低矮的二层或三层小楼建筑之间，有一扇陈旧的房门，房门上方悬挂着脏污的招牌，两侧的墙壁上还可以看到灰扑扑又缺乏打理的橱窗——这是一间店铺，规模看上去还不小，但明显缺乏打理，生意惨淡。

这就是脑海中的记忆碎片指引邓肯前来的地方。

他来到那扇陈旧的房门前，抬头看了一眼门上的招牌，一排字母在黑暗中依稀可辨：罗恩古董店。邓肯低声咕哝着："倒是个言简意赅的名字……"

说完，他便在门口寻摸起来，由于脑海中的记忆并不是很清楚，他翻找了半天才从窗台下面的某个隐藏挂钩上找到了备用钥匙。这具身体的原主人没有把钥匙带在身上，也没有携带任何能表明身份或用于寻找到这家古董店的物品，这似乎是出于一名资深邪教徒的谨慎——但对于一个能夺取记忆的幽灵船长而言，这些表面功夫的谨慎并无意义。

邓肯打开了罗恩古董店的大门，闪身进入之后飞快地关好房门。

木门发出砰响，声音却并未在夜色中传出去太远，挂在大门上方的招牌在震动中略微歪了歪，招牌上的字母在苍白清冷的夜色中蠕动起来，眨眼间，新的文字浮现在木板上——邓肯古董店。

这间古董店内部的情形就如邓肯猜测的一样——处处充斥着杂乱与颓废，一副生意惨淡的模样，哪怕仅仅是看着橱窗附近堆积的灰尘，造访者都可以想象到此间主人已经把自己的生活弄得多么糟糕。

他首先看到的，是两侧墙壁附近的置物台，低矮稳重的台面上放置着大型的花瓶、雕塑和意味不明的图腾样物品，而置物台后的墙壁上则打着格子，里面用于放置比较小的商品。柜台正对着大门，是一道长长的吧台，柜台后面的置物架上同样有些蒙尘，里面放满了色调阴暗的画框和小型摆件。在柜台后方，则可以看到一道通往二楼的楼梯，那上面昏沉沉的，暂时看不清结构。楼梯下还有一扇小门，在原主的记忆中，那扇门应该通往店铺后方的仓库——里面有一半的空间都堆满了杂物。

很难想象，自己所附身的这个邪教徒就是依靠这么间看上去谁都不会来光顾的店铺生活着，甚至还有余钱供奉给太阳神的神官。邓肯走向深处的柜台，陈旧的木质地板有些吱呀作响，在经过楼梯的时候，他注意到了那盏固定在墙壁上的灯。

那是一盏电灯。

邓肯的眉头微微皱了起来。

灯具的样式是陌生的，铁艺外框和灰蒙蒙的灯罩都带着异域感，但无论如何，里面那钨丝灯泡的结构一目了然——这盏灯的能源来自电能。在这个世界，电力原来已经是如此普及的东西了？下城区的普通平民家里用的也是电灯，那为什么之前下水道里用的光源却是瓦斯灯和油灯、火把？为什么外面的路灯用的也是瓦斯灯？巨大的疑惑冒了出来，这在邓肯看来显然不合常理，尤其是在下水道那种环境里——存在明火且使用易燃气体的瓦斯灯和清洁安全的电灯比起来有着明显的缺点！

原先他还以为是技术的限制让城市的管理者只能用瓦斯灯来充当下水道的光源，然而现在看来……至少在普兰德城邦，科技早就发展到了"电力进入寻常百姓家"的层次！

巨大的违和感充斥着邓肯的内心，他尝试从脑海中的记忆碎片里搜寻对应的知识，却只得到了"这是理所应当的常识"以及"城市规划如此"的答案。看样子，要么是这方面的知识并未对民众公开，以至于自己所附身的这个邪教徒对此一无所知，要么是这方面的知识过于基础，以至于没有在这个邪教徒脑海中留下足够强烈的印象，导致其在死亡之后对应的记忆便迅速模糊淡化了，只留下"理所当然"的印象。

心中怀着一份暂时无解的困惑，邓肯伸手扭亮了电灯——伴随着开关"咔哒"一声轻响，明亮的光辉立刻照亮了楼梯与柜台附近的区域。对面墙上还有一个开关，用于控制一楼店面其他区域的灯光，但邓肯暂时不打算动它。如今夜深人静，本已关门的古董店里亮起一盏小灯还能用"店主夜里起床走动"来解释，但突然灯火通明就有可能引来不必要的目光了。

借着楼梯附近有限的灯光，邓肯的目光首先扫过那些距离最近的商品，首先映入眼帘的，是一个木头雕刻、不到半米高的图腾样物品，木质的图腾上用红色

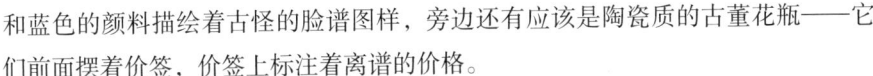

和蓝色的颜料描绘着古怪的脸谱图样，旁边还有应该是陶瓷质的古董花瓶——它们前面摆着价签，价签上标注着离谱的价格。

原价四十二万索拉，打完折三百六十索拉。

邓肯的目光很快移开，并在整个店铺内扫过。

这里但凡有一件真货，他都让"失乡号"一头"怼"在普兰德的城墙上。

假得不能再假了，都不用真正的收藏家来鉴定，随便找个智力正常的都不会相信这家开在下城区的古董店里会售卖真正的古物——真能倒腾起古董的人会在这种贫民区开店？这整家店年头最长的玩意儿怕不是门口那块招牌……

但邓肯对这家店的存在本身却并不感到意外——店主知道自己卖的是假玩意儿，来这里买东西的人本身也没指望真在家里摆个有千年历史的雕像，大家对此心知肚明。下城区的平民也需要途径来满足自己的精神需求——门口那"古董店"的招牌不是店主挂给别人看的，是给来这里买东西的人一份心理安慰。毕竟地球的天桥底下还有卖翡翠的呢，九十八一个镯子号称老坑冰种，戴回家不小心磕门框一下能掉一地的玻璃碴子——买货的和卖货的能不知道怎么回事吗？

邓肯对这家店的店主曾经的糟糕人生不感兴趣，他关注的只有一点：这里，应该可以作为他这个"失乡号"船长在陆地上的第一个"落脚处"。一个用于了解陆地世界，了解现代文明社会的"前哨据点"。他已经暗暗做出决定，在灵界行走条件允许的情况下，要尽可能地维持住自己目前这具身体，并以这间古董店为掩护在普兰德城邦中行动。而如果之后对艾伊的训练顺利，如果艾伊真的可以稳定受控地在"失乡号"和普兰德之间传输实物，这间古董店也将成为一个秘密的物资中转仓库。

邓肯来到柜台后面，坐在椅子上仔细梳理着脑海中的记忆碎片，从中推敲着所有可能产生隐患的地方。这具身体的原主人是一名太阳神信徒，但在整个教会体系中也只是最下层的成员，由于城邦当局对邪教活动的不断打击，普兰德城内太阳神信徒的生存空间已经被压缩到了极限，其成员联系极其谨慎，除了参加任何聚会的时候都要戴着全覆盖的兜帽和面罩之外，许多底层成员和教会上层的联系甚至只有特定的一到两个"接头人"，这对于如今的邓肯而言毫无疑问是件好事——

这意味着哪怕是在邪教徒内部，也只有那一个人知道"他"的现实身份和联络方法，一旦这个人没了，那么就无人再知道"他"那不可告人的异端身份，他可以堂堂正正地走在城邦的管理者面前，以良好市民的身份。

而更好的消息是，在仔细梳理了自己的记忆之后，邓肯确认这最大的隐患其实已经消失。因为"他"的接头人就是之前自己刚醒过来的时候看到的那三个黑袍教徒之一——那三个倒霉蛋已经被鸽子"鸽"了。

他心中放松了一点,转而以一个更舒适的姿势坐在椅子上。最大的隐患消失之后,如果非要说还有什么可担心的,那就是之前地下集会场中举行献祭仪式的其他太阳神信徒,以及那些信徒背后的、更加庞大且诡秘危险的太阳神教会。

如果脑海中的记忆没错,普兰德城邦四年前曾对城市中盘踞的太阳神教会进行过一次严厉的打击,从那之后这支异端在城邦里便一蹶不振了,别说举行什么仪式,平日里他们能隐藏好自身、不被教会守卫者抓出来就已经该谢天谢地。但现在,这些极端低调的邪教徒却干了一件相当高调的事情。

献祭仪式的目的之一是取悦神明,另一个目的则是收集力量或增强神明对现实世界的影响。当时在集会场中的邪教徒,甚至包括那个主持仪式的神官"使者",其实都只能算是太阳神教会的基层成员,这些基层成员会自发组织起来整这么大个活?

邓肯脑海中的记忆碎片不算太多,一个基层邪教徒不可能接触到教会的核心秘密,但仅从已有的情报推理一番,他也能猜出那些突然整活的邪教徒应该是受到了更高层的指示。那个崇拜"真实太阳神"的异端教派……他们想在普兰德干一件大事,而被自己意外搅黄的献祭仪式,恐怕只是这件大事开始之前最微不足道的一簇水花而已。

邓肯对普兰德城邦谈不上有什么感情,但如果他想以这里为起点进行发展,那就不得不考虑一群像太阳神教徒那样的疯子在城邦里胡来会对自己造成什么影响了。

第六章

太阳碎片

宵禁状态的城市不适合外出探索，邓肯彻夜都留在古董店内——踏上陆地的兴奋驱动着他，让他不知疲惫地把这整座建筑物都探索了一遍。

这具身体原本的主人是个邪教徒不假，但他在身为邪教徒的同时也是一个需要正常社会生活的普通人，他需要现代文明所提供的便利来维持自己的生存，需要与人交流，需要各种日常用品，需要与整座城市打交道。而这一切，都会留下非常多的线索，可以让邓肯在记忆碎片模糊不清的情况下仍然大致推断出在普兰德城邦的生存方式，以及这个时代大致的技术水平、民生状态。

他在一楼柜台后面的暗格中找到了不多的现金，包括一把零零碎碎的硬币以及几张面额不等的蓝色和绿色货币，这是在大多数城邦中都通用的法定货币，由诸城邦执政官和无垠海商会联合认证并发行，主币单位被称作"索拉"，另有价值相当于主币十分之一的"比索"作为辅币发行。邓肯找到的现金加起来只有两百多索拉，而根据记忆中所得的情报，这些钱大概够一个三口之家在下城区生存一个月左右。

看样子即便店铺里的生意惨淡，又把大部分家产都捐给了教会，这具身体的原主人也仍然维持着基本的生活水平——这说明这家古董店还是有自己稳定客源的。

整个店铺一楼只有两个部分，占面积三分之二的是位于楼梯前部的铺面，剩下三分之一则是位于楼梯小门后面的仓库，仓库后面还有一扇门，是整个建筑的后门，同时应该也是进货用的出入口。店铺二楼的结构则复杂一点，除了一间盥洗室之外，还有一大一小两个房间以及一个和旁边建筑共用的管道间，大小房间分别位于二楼楼梯口的两侧，打扫得还算干净。此外，二楼还有一间小小的厨房，但看样子最后一次使用恐怕都在至少半个月前了，厨房里所有的东西都落着一层灰尘。

在检查过所有东西之后，邓肯回到了位于二楼的主卧室中，他看着这个比自己那间单身公寓还要小一圈的房间，目光落在床铺旁边的小柜子上。那里有一个相框，里面是一张黑白照片。照片上是一家三口，有一对装束朴素的年轻男女，带着一个看上去只有四五岁的小女孩，他们站在人工痕迹明显的庭院布景前，脸上带着淡淡的微笑。邓肯来到相框前，拿起之后仔细端详，并不断和记忆中那些模糊凌乱的线索进行对应。

这具身体的原主人……不在照片中。

这张照片中的人似乎是这具身体的亲人——很亲的那种。在注视着那对年轻夫妇的时候，邓肯仿佛能感觉到一种淡淡的思念正从记忆深处浮现。然而关于这张照片的更多情报却模糊不清，似乎……关于他们的更多记忆都已经随着这具身体的原主人那最后一口气而消失在这个世界上了。

他放下照片，思索着这样一张黑白照在下城区的平民中算是什么级别的消费，思索着这个世界的摄影技术发展到了什么阶段，所使用的设备又是基于什么原理。与此同时，他的目光也落在被整理整齐的床铺上，心中泛起淡淡疑惑。一个已经彻底沦陷在太阳神信仰中的邪教徒，平日里会有很多时间来把房间整理得这么干净吗？一楼的店面都明显疏于打理，这卧室里的床铺是怎么做到整整齐齐的？

他又走到门外，来到楼梯对面那间小一点的房间里，看着同样整齐干净的床铺以及书桌。

他整理着脑海中的记忆，确认自己这具身体的原主人在数天前便离开店铺，前往秘密集会场去参加太阳神信徒的聚会——那是他最后一次离开，记忆中的细节已经模糊，但似乎并没有离开之前打扫收拾屋子的印象。也就是说……还有别人？

还有别人和这个邪教徒生活在一起？是亲人？

邓肯微微皱起眉，一边在脑海中寻找着对应的线索一边来到小房间的书桌前，他的目光扫过那些收纳整齐的纸笔文具，最后落在一本书上。那本书就放在书桌最显眼的位置，深蓝色的封面，封皮上有着齿轮与连杆的图案，漂亮的花体字母书写着书名:《蒸汽与齿轮的技艺——通用教材Ⅲ》。邓肯皱了皱眉，他已经模模糊糊意识到这间房间应该属于"另一个人"，但还是下意识地把那本书拿了起来。

在"失乡号"上，没有任何可供阅读的书籍，在主卧室以及店铺里的其他地方也没有找到一纸半字的文章可看，眼前这本书或许有助于他了解这个世界。翻开书的封面之后，带有插图的内页映入了他的眼帘——这确实是一本讲述工程工艺和蒸汽机械原理的教材，而且教材的段落之间还可以看到书主人留下的许多注解。

纤细漂亮的字体似乎出自一位年轻女性之手。

邓肯揉了揉额头，这具身体的原主人似乎并没有什么亲戚朋友，他记忆中的大多数画面或者说"印象"，都带着冰冷孤寂的色彩，但在数次梳理记忆之后，他终于模模糊糊地"回忆"起了一个人……是一个留着深褐色头发的女孩。那似乎是名为罗恩的邪教徒在呼出最后一口气时脑海中唯一姑且算得上牵挂的身影。

邓肯的目光落在书页上，他没有费心费力去看那些涉及具体技术的字句和图纸，而是专门挑类似编者引言、概念探讨的部分看。一行行文字就这样映入了他的眼帘：

"……火焰，或者更严格地讲，通过燃烧深海中的油脂及近海矿物结晶而释放出的特定的火焰，是支撑现代社会运转并保护我们文明的基石……

"现代文明的繁荣及秩序建立在火焰和蒸汽的基础上……清洁便利的电力无法取代火的驱魔效果，也无法让大型机器长久稳定地运转……实验证明，蒸汽是在受到深层空间影响时最稳定的动力形态……

"本章节我们将讨论蒸汽核心的三种典型架构，并阐述其中的机械原理和设计思路……"

邓肯的眼神微微凝滞。他记起了之前在下水道中随处可见的那些瓦斯灯、火把、油灯，还有城市街道上的瓦斯路灯，也记起了自己在店铺里看到那盏电灯时心中产生的疑惑。原来，这些看似怪异的情况背后竟是这样的原因。哪怕冒着一定风险也要在下水道里使用明火灯具，在电力已经发展到一定程度的情况下也要在户外街头用瓦斯灯照明，其原因竟然是因为火可以在一定程度上抵挡某些"危险怪诞"的蔓延？

邓肯心中泛起了说不清道不明的感慨，他的目光继续向下看去，看到的是复杂的图纸、密密麻麻的注释以及书籍主人认真留下的笔记。

图纸里是他压根看不懂的机器——而且绝对不是他上辈子所知道的蒸汽机。

那些精密的齿轮，那些极端复杂的气缸，还有各部件之间的连管以及阀门，都远远超出了蒸汽机的概念。这些更像是某种从幻想系图鉴里蹦出来的设备，处处透露着矛盾又怪诞的美感——这就是支撑这个世界文明前进的"心脏"。

在沉思中，邓肯慢慢将书放回原本的位置——因为他彻底看不懂了。

作为一个地球人，哪怕他当过老师，也看不懂这本书上那些发展到极致状态的蒸汽动力机关的具体机制。但即便如此，一种隐隐约约的开悟还是在他心底浮现出来：这个世界的文明发展似乎走在一条他认知之外、截然不同的道路上。

为了在危机环伺的世界上生存，凡人国度也呈现出了光怪陆离的姿态，但不管再怎么古怪的世界，只要还能称为"文明"，它就一定有自己发展至今的道理和逻辑在里面。那些在下水道中燃烧的瓦斯灯，在店铺中点亮的电灯，在书本上描绘的、由不知多少人智慧凝聚而成的蒸汽机关，都隐隐透露出了一种韧性。

邓肯将书放回去，又检查了一下屋中其他地方的陈设，并未发现什么有价值的东西——这间小卧室中的东西少得可怜，而且似乎并不常被使用，最有价值的线索就是那本书，以及放在书桌抽屉里的两个旧笔记本。笔记本上写满了跟蒸汽机关、工程原理有关的内容，偶尔夹杂着几句对某些老师或某些同学的抱怨。这让人可以很容易地做出判断：住在这里的是一个尚在求学年龄的年轻人。

邓肯慢慢梳理着脑海中的记忆碎片，在将房间里的东西都恢复原状之后回到了主卧室中。

坐在床沿思索了一会儿，他又起身来到旁边的立柜前，几乎是循着肌肉中的记忆拉开柜门，打开其中一个抽屉。几瓶烈酒静静地藏在抽屉深处，还有半盒用于镇痛、舒缓神经的药片，这是名叫罗恩的邪教徒留在世上的物件。

他有严重的疾病，而且已经恶化到无药可治，质量低劣的烈酒与能够管一时之用的止痛片是抽屉里常备的东西，但这些玩意儿对于延长一个疾病缠身之人的寿命显然毫无助益。于是这个对生活失去了希望的男人便投向了太阳教派，传教的人告诉他，太阳神的疗愈力量可以解决世间一切顽疾，并净化皈依之人的身心。而在一定程度上，那些教徒确实兑现了诺言：他们有血腥诡异的仪式，利用鲜血为媒介，将无辜之人的生机导入患病的信徒体内。邓肯不知道这仪式的原理是什么，也不知道它是否真的能治愈不治之症，只是根据记忆碎片中残留的内容，名叫"罗恩"的邪教徒的病情确实是在仪式之后得到了好转，并进一步死心塌地地成为了太阳神的信徒，甚至向"使者"捐出了一大半的家财。

不过邓肯并不关心那些已经死去的邪教徒之间曾经发生过什么事情。他伸手摸向抽屉的更深处，顺利地摸索到一个暗格，又在里面摆弄了几下之后，找到了一柄左轮手枪，还有一盒状态良好的子弹。

普兰德城邦并不禁止公民持枪，只不过需要合法的手续，而一个生活在下城区的假古董贩子显然缺乏办理枪证的资金和身份，所以这毫无疑问是一件非法持有的武器。出于谨慎，这具身体的原主人把枪留在了房间里，而没有带着它前往集会场，他平常应该是用这东西保护自己的店铺的，但现在这东西归船长所有了。

邓肯当然知道这只是一把普普通通的武器，别说跟"失乡号"上的"异常物"相比，哪怕是自己在船上的那把看似落后的燧发枪，可能都有凌驾于这把左轮之上的特殊威能——但他是个现实的人，他知道自己在普兰德城邦行动的时候不比船上，自己现在所用的身体可是血肉之躯，而这座城市的很多地方绝说不上安全。毕竟，他总不能遇上什么事情都让鸽子把人"鸽"了——艾伊活动起来的动静太大了，容易引起城市中教会不必要的关注。

就在这时，一阵轻微的声响突然引起了邓肯的注意，他听到有钥匙摩擦声从一楼店铺门口的方向传来，紧接着是开门的动静以及急促的脚步声。邓肯将左轮贴身收好，这才注意到窗外竟然已经天光大亮——自己已经在这古董店里忙活了一整晚。鸽子艾伊在他肩膀上叨叨起来："你有新的短消息！"

"安静，"邓肯立刻看了鸽子一眼，一边走向门口一边飞快说道："你先留在房间里，等我命令。另外，如果有外人在场，不要开口。"

艾伊立刻拍打着翅膀飞向附近的柜子："Aye captain！"

邓肯快步离开房间，而就在他刚走到楼梯口的时候，便听到那个急促的脚步已经踏上台阶，紧接着，便是一个年轻又急促的女孩声音从下面传来："邓肯叔叔？是你回来了吗？"下一秒，一个身穿棕色长裙与白色衬衫、留着深褐色长发的女孩便进入了邓肯的视线。女孩看上去只有十七八岁，瘦瘦小小的模样，头发上似乎还沾着一点清晨的露水，容貌并不太突出，只是有着这个年龄应有的青春秀丽。她瞪大眼睛看着站在二楼楼梯口的邓肯，脸上惊喜而意外。

邓肯却没有回应，他只是沉默地站在二楼，从楼梯后面一扇狭窄窗户洒进来的阳光逆着他的身影，让他的表情隐藏在朦胧之中。他就这样静默地看了女孩好几秒钟，才终于慢慢开口："你刚才叫我什么？""邓肯……叔叔？"女孩脸上有片刻的诧异，紧接着便微微紧张起来，她扶住了旁边的楼梯扶手，小心翼翼地窥探着，似乎想要在逆光中看清楼上那中年男人脸上的表情，"有什么不对吗？您……您是不是又喝酒了？您好几天没回家……我刚才看到一楼的灯亮着……"

女孩的表情与声音分别落在邓肯眼中与耳中，她显然还不懂得（或者是完全没想到）隐藏自己的情绪反应。根据自己"吞噬"得来的记忆，这个女孩应该是自己这具身体原主的侄女，也是他唯一的亲人。邓肯隐隐确定，这个女孩完全不认为自己说的话有哪里不对，没有意识到她口中的"邓肯叔叔"是个从一开始就错误的称谓。哪里出了问题？为什么这个理论上根本不可能知晓他秘密的姑娘会如此自然而然地叫出"邓肯"这两个字？

纷繁的猜想在心中迅速翻涌，与此同时，邓肯也在脑海中的记忆碎片里找到了与这个女孩对应的一点点信息——那个有着深褐色头发的孩子，自己这具身体的原主人在人世间最后还多少有点留恋的身影。"妮娜，"邓肯表情未变，语气平淡，头脑中的思维风暴完全没有表现出来，"你昨天住在学校？"

"我这些天一直住在学校，"楼梯下的女孩立刻回答，"我以为您会和以前一样，在外面待至少一个星期，所以收拾好家里之后就去找同学借住了……管理宿舍的怀特太太同意了的。今天是突然发现有一本书留在家了，我才赶回来……您没事吧？我感觉您……怪怪的……"

"我没事，只是刚才有点没睡醒。"

邓肯态度自然地回应着，随后迈步走向一楼，他心中已经泛起了某种极端离谱的猜想，现在他必须去确认。他与妮娜错身而过，楼梯上的年轻女孩一边侧过身体，一边好奇地看着邓肯的眼睛，在后者几乎要走到一楼的时候，她才突然问道："邓肯叔叔，您之后还出门吗？您……要在家里多住几天吗？"

"……看情况，"邓肯没有回头，因为他还不确定自己脸上的表情是否足够自然，他只是在循着记忆中应有的语气回答着这位"侄女"的提问，"我就去门口看看，如果没什么事的话，我这几天都在家。"

"啊好的，那我回头去买菜，家里的食材不多了……"

女孩一边飞快地说着，一边噔噔地跑上楼去，脚步飞快，语气也带着某种轻快。邓肯则已经走到了店铺门口，他轻轻吸了口气，一把推开大门。走出门外后，他转过身，抬头看向店铺门口悬挂的招牌，陈旧肮脏的招牌上，一行字母清晰地映入眼帘：邓肯古董店。

开头几个字母如之后的字母一样陈旧，完全看不出临时修改的迹象，就仿佛它从一开始便是如此。

邓肯皱了皱眉，慢慢来到旁边的橱窗前，他向前探着身子，借着脏兮兮的玻璃映出的画面观察着自己的脸。那确实是一张陌生的面孔，不属于那个威严又阴郁的幽灵船长，而是一个胡子拉碴、眼窝深陷、带着疲惫之色的中年人的脸，属于已经在下水道里咽气的、名叫罗恩的邪教徒的脸。

邓肯一点点直起了身子，他听到城区正在慢慢活跃起来，清晨开门的临街店铺门口传来铃铛碰撞的清脆声响，自行车车铃的声音和路人交谈的声音渐渐充斥着街道。有人从古董店前路过，那似乎是住在隔壁的邻居，有招呼声传入邓肯耳中："早上好，邓肯先生——你看今天的报纸了吗？深海教会好像捣毁了一个很大的邪教徒窝点，这可真是件大事！"

一份普兰德消息报的价格是十二比索，相当于一份寒酸的早餐，或十字街区一份最便宜的甜点——报纸可以向路过的报童购买，也可以多走几步路，到另一条街道尽头的报刊亭买一份。邓肯怀中揣着几个硬币，在报刊亭购买了一份当地的报纸，报刊亭的老板是个正埋头阅读的中年人，他听着邓肯把硬币投进盒子里的动静便摆了摆手示意报纸自取，全程连头都没有抬起来。

邓肯探头看了一眼对方正在看的东西，发现是一份往期彩票的分析文章，上面用花花绿绿的线条勾勒着一切不切实际的幻想。他低头看了一眼自己刚买到的报纸，报纸的头版头条便是他最感兴趣的新闻：可敬的教会守卫者部队在审判官凡娜·韦恩的带领下成功捣毁一处太阳神邪教聚会点，并在现场抓获大批教徒，同时解救市民若干……

那位审判官阁下的照片就印在这版新闻的一侧，出乎邓肯预料，是一位相当年轻的女子，其左眼位置有一道醒目的疤痕，但仍称得上是一位美丽的女士——她与她的部下们站在一起，比周围的其他男人平均都要高出半个头来。审判官穿着贴身轻便的甲胄、战裙，还带了一把仿佛从冷兵器时代走出来的双手大剑，如同中世纪画风的飒爽女骑士——在这位女士和一群教会守卫者身后，还可以看到一具庞大的蒸汽机关，那蒸汽机关上甚至可以看到明显的炮台结构……

奇妙而诡异的画风，矛盾却又融洽。

邓肯的目光长久地落在这幅照片上。

邪教徒集会点被剿灭的新闻对他而言算得上好消息，在不担心自己身份暴露的情况下，他可以毫无心理压力地见到那帮进行活人祭祀的恶棍被抓捕归案。而另一方面，他更关注这幅照片所透露出的种种情报。专业对付邪教徒的女性审判官，全副武装的蒸汽装甲机器人，冷兵器与热兵器兼备的教会武装部队……

在"失乡号"上极难获得的情报，在文明社会内部只需要一份十二比索的报纸就能看个明明白白。正如邓肯之前所想的那样——在"失乡号"盲目漂流一个世纪的时候，时代已经变了。哪怕不从"谁比谁更能打"这种粗浅的角度考量，普兰德城邦所代表的凡人文明社会也已经发展到了一种堪称精彩的阶段。

路口并不是看报的好地方，邓肯随手将报纸卷一卷之后夹了起来，他还记得古董店那边有个叫妮娜的侄女在等着自己，于是迈步往回走去。和自己一个人漫无目的地在城市里乱逛比起来，一个先天对自己有信任加成的当地人显然是更好的情报来源。至于"失乡号"那边，邓肯并不担心——即便是在灵界行走的状态下，他仍然可以清晰地感知到"失乡号"上的情况，感知到自己另一具身体的状态，山羊头在替自己掌舵，爱丽丝看起来也挺安分，他应该还可以在这边多行动一段时间。反正原本"失乡号"的船员守则上就有"船长偶尔会离开船"的表述，船长一个灵界行走溜达两天也不算什么大事吧？而且随着灵界行走的持续，邓肯感觉自己对这种特殊"精神投射"的控制也在逐渐熟练，或许不久之后，他就可以尝试着同时控制两边的身体活动——这样就更不用担心在自己灵界行走期间船上的情况了。

一股香甜的味道突然从旁边飘了过来，邓肯下意识停下脚步，他看到旁边一间临街的蛋糕店，新出炉的糕点正被摆在外面。这里是普兰德城邦的下城区，不存在什么高档的甜点商店，但即便是一些最廉价的粗劣糕点，也让邓肯的脚步停了下来。口袋里还有几个硬币，加起来不到二十比索，但买块蛋糕还是绰绰有余。略作犹豫，他便来到那蛋糕店前，掏钱买了一块最普通的蜂糖蛋糕——店家用来打包蛋糕的包装材料是某种质地粗劣的厚纸，摸起来毛毛糙糙的。

邓肯拿着报纸与蛋糕向古董店走去，心情却莫名地愉快起来。走在街头，与人交谈，购买东西，返回住处，如此简简单单的事情，却让他产生了一种仿若隔世的感觉——他几乎是细细品味地享受着这种在陆地上呼吸的感觉，并把这些普通的日常当成了某种宝贵的生活体验看待。

"失乡号"上的生活其实也还可以，山羊头聒噪但可靠，爱丽丝也是个有趣的家伙，但能体验一下陆地上的生活更不错。没过多久，邓肯便回到了古董店前。推门进店之前，他还是先抬头看了一眼店铺上的招牌——"邓肯古董店"的字母仍然静静地印在上面，带着仿佛十几年不曾改变的陈旧质感。他推门进店，铃铛的碰撞声清脆响起，紧接着，便有一阵急促的脚步声从楼梯方向传来。

褐色长发的年轻女孩急匆匆地跑了下来，又在楼梯口前一个急刹车站定，她扶着旁边的柱子瞪大眼睛看着邓肯，表情紧张又担心。"邓肯叔叔，您去哪儿了？"她飞快地说着，"您说去门口看看，但一转眼就不见了……我还以为您又跑去酒馆或赌场……"

邓肯有点诧异地看着眼前的姑娘，他能听得出来，对方是真的在紧张和担心着什么。她在担心一个和自己相依为命的、世上仅存的亲人——哪怕这个亲人是个嗜酒嗜赌、颓废暴躁的烂人，而且背地里还涉足邪教徒的血腥勾当。

一种说不清道不明的感觉淡淡涌现，但他脸上表情没什么变化："我只是出去走走，顺便买了点东西。"他一边说着，一边走向古董店的柜台，准备把报纸和蛋糕放在上面。妮娜则好像终于放下心来，紧接着向楼上跑去，一边跑一边飞快地说着："叔叔你等一会儿，我把早餐端下来——这个时间你肯定又没吃早餐吧？我煮了玉米甜菜汤……"

邓肯还没来得及说话，妮娜的身影就已经消失在楼梯上。又过了一会儿，她便端着大大的托盘小心翼翼地走了下来，托盘上是两人份的朴素早餐。邓肯表情有些呆滞地看着这个女孩忙上忙下，看着她熟练地将柜台清理出一块地方，把食物摆放好之后又去旁边搬了把额外的椅子给自己……

她手脚格外麻利，而且透着一股不知从何而来的高兴劲，邓肯看着她忙碌，想要帮忙却发现根本插不进手去。他跟这个年纪的年轻人打过不少交道，但他几乎没见过和她一样勤快、麻利的孩子。

放在地球，她应该只是高中生的年纪，哪怕放在这里，她看上去也是一个学生。邓肯突然想到，和一个堕入邪教的叔叔共同生活，想来不是一件容易的事情——但这个名叫妮娜的姑娘似乎已经完全适应了这种不管怎么看都称不上美满的生活，而且还能在生活中找到支撑自己的东西。

"我们吃饭吧，"妮娜这时候已经准备好了一切，她看了邓肯一眼，仿佛说过无数遍一样开口说道，"阿尔伯特医生说过，您如果能按规律吃早餐并保持良好的心情，长久来看那将比烈酒……比止痛片还管用。"邓肯却一时间没有说话，只是静静地看着妮娜，在对方表情就要变得局促紧张之前，他才把之前放在一旁的蛋糕拿了过来，并打开包装放在妮娜面前。

妮娜惊讶地睁大了眼睛，困惑地看着眼前的东西："这是……"

"蛋糕，从街角买的，"邓肯随口说道，"你在长身体，早餐吃些有营养的东西。"

妮娜却愣住了，她只是呆呆地看着眼前的廉价糕点，过了半天才反应过来，近乎自言自语地小声说道："您真的没事吧？"

"我当然没事，"邓肯表情相当自然，"只是突然想起来，很久没给你买过甜点了。"

"确实，都一年多了……"妮娜嘀咕了一句，但紧接着便突然笑了起来，同时拿起餐刀，"那我们一人一半，阿尔伯特医生说过，您也需要有营养的东西。"

邓肯的感觉很古怪，但在沉默片刻之后他还是点了点头："好。"

这种感觉很奇妙。邓肯可以清晰地感觉到远方的事情——他能感觉到"失乡号"正在茫茫的无垠海上漂荡，那活着的幽灵船正在一个山羊头的控制下不断开拓海图上的航路，有一个脑袋不怎么结实的诅咒人偶在船舱里转来转去，仿佛探险一般熟悉着船上的环境，幽深黑暗的大海则在周围缓缓起伏，海中隐藏着无数奇诡之物。然而在他的另一道视线中，自己正坐在普兰德城邦下城区的一间古董店内，街道上的人声、车声传入耳中，反而衬托着店内的清静，一个名叫妮娜的人类女孩坐在自己对面，正小口小口地吃着下城区最便宜的蛋糕。

他是邓肯船长，是"失乡号"的主宰者，无垠海上的移动天灾——他如普通人一样坐在这里，吃着自己的早餐，置身于平和的市井深处。不知是不是错觉，他感觉自己心中有一块始终悬着、不安的部分正一点点沉淀下来，那可能是在幽灵船上长期紧绷的神经，也可能是别的什么东西，但他觉得这总归不是坏事。似乎是注意到旁边传来的视线，正吃着蛋糕的妮娜突然抬起头来，她好奇地看了一眼邓肯："邓肯叔叔，你不吃吗？"

邓肯看了一眼对方盘子里的食物："够你吃吗？"

"够了，吃太多甜食不好。"

"嗯。"

邓肯点了点头，拿起蛋糕咬下一口，他认真感受着这许久不曾尝过的丰富味道，感受粗劣的甜味在口腔中慢慢化开——然后，清晰地感知到这具身体开始处理吃下去的食物。他心中微微安定了一点，知道情况如自己所料。这具身体比第一次临时占据的那副躯壳"好用"——它的"零件"完整无缺，死亡时间不长。自己的灵魂接管几乎是无缝重启了躯体中的生机，这和之前那个"心胸开阔"的尸体完全不同。

他现在有呼吸，有血液流动，心脏也在跳动——虽然跳动的速度似乎慢了一点，但应该还在正常人的范畴。

应该不必担心躯体腐败的问题了，也省了泡防腐剂的算计，而且这样一来，也更不容易在普通人面前暴露。不过有一点邓肯还是不太确定，他知道自己这具身体应该是有疾病的——在"吞噬"得到的记忆中，关于沉疴缠身的负面印象比其他所有记忆都要深刻，而且之前在柜子里找到的烈酒与止痛片也是个明证。他不知道这具身体之前到底生了什么病，因为发病时间、发病诱因方面的事情似乎已经是很久以前的记忆，早已模糊不清。但有一点很明显：此时此刻，除了普通人体质带给自己的虚弱感之外，他并未感觉到这副身体有任何毛病。

疾病消失了？因为灵界行走，这副躯体已经自愈？还是因为投射过来的灵魂在感知上终究受限，以至于自己其实感觉不到身体的问题，这副身体的健康状态其实还在不断恶化中？邓肯一边思索一边不动声色地吃着饭，随后看了一眼正在自己对面吃东西的妮娜："你今天不用去上学吗？"

妮娜生活在下城区，经济条件说不上好，但普兰德城邦显然已经发展到了基础教育较为普及的程度，她如今在由教会和市政厅联合开办的学校中上学，主攻蒸汽机关方面的专业——这种学校可以看作是一种"职业高中"，主要是为了向工厂和教堂输送熟练的蒸汽工匠。

妮娜的学费一半由她的叔叔支付，另一半则来自市政厅的补助。对于一个发展到工业时代的城邦而言，哪怕由官方补贴来培训这方面的工匠也是相当值得的事情——而不可否认的是，这种目的性非常明确的学校也至少解决了平民的扫盲问题。妮娜很好学，在她叔叔的记忆中，这个女孩在所有课程中都有着较为优异的成绩。

"我今天上午没有课了，"妮娜点点头，"只有下午两节历史课。另外下午我还要去和怀特太太说一声，这几天不在宿舍住……"

邓肯突然停下了手中的动作，他很认真地看了妮娜一眼，问道："你不认为留在这照顾一个像我这样的人会耽误很多事情吗？你可以长期住在学校的，那对你的学业或许更有帮助。"

妮娜愣住了，她有些呆滞地看着自己的"邓肯叔叔"，紧接着突然生气起来："您不该这么说话！您只是生病了而已，老老实实按照医生的建议吃药就好——爸爸妈妈把你托付给我……"

"是你的爸爸妈妈把你托付给我，"邓肯很认真地纠正道，他一边利用脑海中的记忆组织语言一边开口，"那时候你才六岁。"

"但现在我十七岁了，"妮娜鼓着脸，用叉子用力扎在最后一小块蛋糕上，"您照顾自己的能力甚至还不如我——如果我真的搬出去，您不用三天就能把房间弄得一团糟。事实上您还可以让我帮忙打理店面的，至少打扫打扫卫生，橱窗都脏得快看不清楚了……"

邓肯有些无奈地听着这个女孩絮絮叨叨地"说教"，他没想到自己随口一句话的"测试"竟然能带来对方这么大反应。但慢慢地，他却又不由得笑了起来。他从这个叫妮娜的女孩身上感受到了一种温度……一种仿佛沐浴在阳光下的，暖洋洋的温度。

"好吧，我就是随口一说，"他摇了摇头，一边搅动着碗里最后一点汤一边说道，"下午是历史课……你最近历史课学得怎么样？"

"邓肯叔叔您真的没事吧？"妮娜惊讶地睁大了眼睛，"您以前从来……好吧，至少这两年从来不过问我在学校的事情的。"

邓肯张了张嘴，刚想说些什么，面前的女孩却又自顾自地说了下去："我们最近在讲古代史，莫里斯老先生在跟我们讲大湮灭之后的事情……说实话，还挺有趣的，古代史听上去很多部分都像故事一样，远比近代史和现代史有意思。"

邓肯想了想，一脸认真："听上去你学得不错？那我考考你好了，大湮灭的相关概念是什么？"

今天的邓肯叔叔很奇怪，虽然说不上来是哪里奇怪，但就是跟平常不一样。可妮娜却没有想太多——比起叔叔略显奇怪的言行，这个单纯的姑娘此刻更高兴邓肯叔叔终于打起了精神，而且看上去心情很好。她很高兴，邓肯叔叔提问的恰好是自己刚刚掌握的内容，于是她带着得意的笑容，开始向邓肯讲述自己刚刚学来的知识：

"大湮灭是发生在距今约一万年前的事情——虽然由于不明原因，像精灵、森金人、吉普洛人这样文化传承较为独特的少数民族在自己的历法中记录着不一致的时间，但总体上，考古学界公认的大湮灭发生时间是在一万年前的秩序纪元末期……"

邓肯一脸平静地听着——心里全是问号。

精灵？森金人？吉普洛人？这是什么情况？原来陆地上不只有人类一个智慧族群？而且精灵……这跟自己理解中的"精灵"是一个概念吗？无垠海中还存在生活在蒸汽工业时代的精灵城邦不成？

他脑海中不由得浮现出了某些画风十分诡异的画面，妮娜的声音则还在从对面传来：

"……各个城邦对大湮灭的记载存在一定出入，但其中较为共同的部分是，大湮灭之前的秩序纪元是一个远比如今繁荣、稳定且安全的时代，当时存在极为广阔的大陆，海洋面积远不像今天这样漫无边际，且海洋与陆地都不存在所谓'现实边境'这样的尽头……"

"大湮灭之后的时代被称作'深海时代'，深海时代一直延续至今，且目前仍未有结束的征兆。深海时代最显著的特征是无垠海覆盖了几乎整个世界，而陆地仅剩下旧时代的不足一成，且都被分割为大大小小的岛屿或'雾中异境'，如今的诸多城邦便建立在较为稳定的岛屿上，而各种远洋舰船则成为岛屿间互通有无、互相联络的交通工具。"

"在深海时代早期，旧世界的遗民们遭遇了重创，旧文明几乎全部毁坏，最初从废墟中崛起的'克里特古王国'是距今可考的、深海时代最早的文明始祖，尽管这个古王国的持续时间不足百年，却留下了大量对后世影响深远的遗产，其中就包括对深海时代诸多异常和异象的最原始粗浅的分类办法，以及在深海时代维持生存的大量宝贵经验……"

大湮灭，是这个世界所有历史的转折点，也是如今所谓"深海时代"的开端。根据妮娜所讲述的内容，邓肯终于大致搞明白了这个世界曾经发生过怎样的惊天巨变，也意识到了原来这个世界曾经并非如今这般诡异、危险——按照历史记载，大湮灭之前的世界本是一片繁荣、安全的乐园。

那时候的海洋还不是无垠海，那时候有限的海水并未如今天一样占据全世界百分之九十五以上的表面，那时候人类还生活在广阔且安全的陆地上，而即便是海洋中，也不存在诸如灵界、幽邃、亚空间这样的危险异象。历史书上所记录的"秩序纪元"给邓肯的感觉倒更像是他所熟悉的世界——尽管现代的人会带着惊奇与不可思议的眼光去回望那个不存在"异常"的上古时代，但对邓肯而言，如今这个世界的模样才是彻头彻尾的不对劲。

历史书上并没有对大湮灭这个关键事件进行详细的解释，尽管考古界一直在做这方面的努力，但各个城邦、各个民族关于古代史的极大分歧始终存在。没有人知道所谓的大湮灭到底是如何发生的，也不知道那场灾难的本体到底是个什么玩意儿——巨大的混乱和迷雾笼罩着那场剧变，而在迷雾之后，就已经是如今的深海时代了。不知从何而来的海水淹没了九成以上的陆地，残存的文明幸存者在仅剩的群岛和小块陆地上建立了城邦与舰队，无垠海和海上迷雾又带来了被称作"异常"与"异象"的奇诡之物，至今仍然在威胁着文明的存续。

妮娜却不知道眼前有一位异域而来的幽灵船长正在从她的言语中汲取着知识，

她只认为这是叔叔在考验自己的功课——叔叔已经很久不曾有过这样的好心情了，她只觉得很高兴，甚至觉得这一刻格外宝贵，因为她很担心不知什么时候邓肯叔叔就会又变回之前那样……而根据以往经验，这几乎是不可避免的。只要烈酒失去作用，或止痛片吃完，叔叔就会变得格外暴躁、易怒、歇斯底里。所以在邓肯再次发病之前，她想把自己的进步都展示给他看——这或许可以让他的好心情再多持续那么一两天。

"……莫里斯老先生对克里特古王国的历史非常感兴趣，他是这方面的专家，他跟我们说过，尽管克里特古王国只维持了百年，却是深海时代来临之后第一个从废墟中站起来对抗异常和异象的文明，他们用一百年摸索出的经验，直到今天还在指导着世界上的大多数人——其中最重要的，便是他们对'异常'与'异象'的分类方法……"

"对'异常'与'异象'的分类方法吗？你已经学到这个了？"邓肯扬了扬眉毛，话语中还不忘引导。

他刚才听的时候就很在意，这时候才愈发确信，在这个世界的普通人眼中，那些不合常理的事物应该是有一套严格的分类标准的，有的事物被称作"异常"，甚至还有编号，但另外一些东西……好像被单独地叫作"异象"，而不像他之前印象里那样，通通笼统地归类到"异常"里面。他之前在"失乡号"上从未在山羊头那里听到这方面的细节知识，而现在妮娜在学校里学到的东西终于可以补上他在这方面的常识短板。

妮娜点了点头，一边回忆着课堂上听来的东西一边说道："莫里斯老先生教给我们异常与异象间最简易的划分方式，就是规模。"

"通常来讲，异常的规模较小，往往局限于一样物品、一只动物，甚至是一个'人'。"

"大多数异常可以被人为移动，其影响范围也有限，很多异常在同一时间内甚至只影响一个目标。而在掌握特定方法的情况下，大多数异常也可以被安全地封印或隔离——其中一些较为无害的异常甚至可以像工具一样，通过特定方法来加以利用。"

"异象的规模则远大于异常，最小的异象也有一栋房屋那么大，大一些的则可以覆盖整个城邦，甚至比那更大……大到难以想象。"

"相当一部分异象是无法人为移动的，它们要么固定在一处，要么是按照自己的意志在运行，其影响能力也远超异常。通常情况下，异象在自己的生效范围内可以影响无限多的目标，以至于它们几乎可以跟'自然现象'画等号，所以才有了'异象'这个称呼。"

"跟异常不同，几乎所有的异象都无法被封印或控制，它们就像自然现象一样存在于世，不受外界干扰地运转，并自然而然地影响范围内符合条件的一切目标。而由于大多数异象都是危险的，所以人们能做的也只有远离这些危险异象，或通过特定方法避免自己成为异象的生效目标……"

"幸运的是，那些最危险的异象通常不会移动，先驱者们帮我们探明了这些危险，我们就能安全地和它们保持距离……"

妮娜很认真地说着，然后好像突然想起什么，又赶紧补充了一句："啊对了，老先生还专门跟我们提了一句，说是这些判断方法和特征都只是'通常有效'——异常与异象是不合常理之物，因此不管人们如何总结经验，也总会有不符合定义的异常或异象突然冒出来，甚至有时候异常与异象还会发生互换，也存在异象被人力干涉、消灭的情况。"

"比如新城邦历 1830 年，伦萨城邦就有一个被称作'菌丝'的异常失控，当地的教会守卫用了很大代价将这个失控的异常放逐到附近的一座岛上，而那座岛在 1835 年被认定晋升成为异象，就是之后的真菌岛——但在 1844 年，伟大的圣徒帕拉丁以生命为代价将真菌岛收容到了自己的骨灰瓶中，于是异象'真菌岛'便在同年被除名，它重新成为了一个'异常'，被称作'帕拉丁的蘑菇瓶'，如今被封印在伦萨城邦大教堂地下的圣物库中……"

邓肯全神贯注地听着妮娜所讲述的这一切，头脑飞速地运转着，同时又以平静的表情掩饰着内心的起伏。在这短短的早餐时间，他所收集到的情报已经超过了自己过去那么多天在"失乡号"上的总和！与陆地建立交流、在地表城邦设置一个前哨站果然是正确的思路——文明社会才有世间大多数情报的汇总！

他下意识地看着眼前仍然在说话的女孩，心中颇有感悟。

一个正常发展到工业阶段的文明，它一定会想方设法地将社会运转的基础知识压缩汇总在自己的教育体系中。一个生活在这个体系内部的孩子可能很难意识到，他们平日里接触到的课本是怎样一座宝库：那是无数人在无数岁月中积累下的知识，又通过经年累月的梳理整合成了最适于学习吸收的结构。那些书本中构筑的是世间最精巧的"营养压缩包"，为的就是在最低的时间和精力成本内，让一张白纸般的人可以迅速成为社会运行的零件。这一点，哪怕是平常就热爱学习的妮娜自己也体会不到——唯有邓肯这个"外乡人"，才能意识到这些知识是何等宝贵。

妮娜却没有察觉到邓肯在想些什么，她只是想起了自己那位可敬的历史老师曾在课堂上讲的东西——

"……所以莫里斯老先生在上节课最后跟我们说了一句，他说人们在和'异

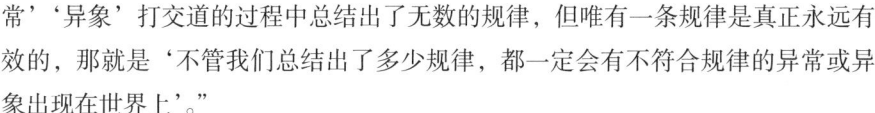

常''异象'打交道的过程中总结出了无数的规律，但唯有一条规律是真正永远有效的，那就是'不管我们总结出了多少规律，都一定会有不符合规律的异常或异象出现在世界上'。"

"这条规律也被学者称为'永远的第〇条'，被默认排在所有相关领域书籍和论文的首位，人们也据此提出了著名的'异常与异象永久失准定律'，直到今天，这个定律都没有被打破过……"

妮娜很高兴，因为她已经很久不曾像这样正常地与邓肯叔叔吃一顿饭，交流一下在学校中发生的事情，更不曾看到过邓肯叔叔脸上露出笑容了。这让她甚至想起了以前，想起了叔叔还没有生病的时候。自六岁失去父母之后，这个如同父亲般的男人成了她在这个世界上唯一的亲人，但从四年前开始，那连医生都查不清原因的疾病便把叔叔变成了另一副模样，这段时间的日子……说实话，很难熬。叔叔仍然在供自己上学，在维持自己最基本的生活，但妮娜能感觉出来，关于"未来"的一切色彩都渐渐从这间熟悉又亲切的小店中褪去了，消散在那些烈酒、药片以及那些和叔叔打交道的可疑"朋友"们一次次阴森压抑的聚会中。她早已不奢望可以让生活回到几年前的模样，但哪怕是让情况好转一点点，都很值得高兴。

邓肯也很高兴，因为他终于接触到了这个世界的更多情报，终于触摸到了这个世界的历史脉络——哪怕仅仅是其中一部分，也让他有一种拨开云雾的愉快。彻底失落的史前"秩序纪元"，重塑万物秩序的"大湮灭"事件，延续至今的深海时代，遍及全世界的异常与异象……这些曾经他完全不知道的，或者仅仅一知半解的事物，此刻终于有了较为清晰的轮廓。

早餐结束了，妮娜起身收拾餐具。她手脚麻利，看得出来平日里经常做这些家务——毫无疑问，楼上的卧室也是她在收拾——一个重疾缠身、生活颓废还把大部分精力和热情都奉献给邪教事业的家伙显然不会做这些事情。但看着眼前女孩的忙碌，邓肯最后还是没忍住，起身接过妮娜手中的大托盘："我帮你拿着吧——看你上楼费劲。"

妮娜惊讶地看着邓肯，她刚想再说些什么，后者却已经迈开大步走向楼梯。女孩只能赶忙跟了上去，一边在后面跟着一边提醒："叔叔你小心点，医生说你现在的病情还不稳定……"

"医生……阿尔伯特医生吗？"邓肯没有回头，一边上楼一边在记忆碎片中寻找着对应的记忆，却只找到几个一闪而过的片段，"没关系，反正他到现在也连病因都查不明白，开的最有效的药也就是止痛片。"

"……那也应该听医生的建议，"妮娜跟着邓肯上了二楼，一边走向厨房一边嘀嘀咕咕，"他至少知道该怎么保持健康的作……"

妮娜的话说到一半，一阵拍打翅膀的声音便突然打断了她的动作。她与邓肯同时看向声音传来的方向，便看到那扇虚掩着的主卧门缝中有影子一闪而过。"邓肯叔叔，你房间里有什么东西闪过去了！"妮娜惊讶地说着，随后便上前抓住了门把手，"会不会是隔壁那只猫……"

"哎你别……"

邓肯只来得及阻止了半句，就看到妮娜已经一把推开了那扇虚掩着的房门，躲在房间中的鸽子随即出现在两人面前。艾伊正站在柜子顶上，一只爪子抓着根薯条往嘴里塞，突然打开的房门让这鸽子瞬间静止下来，它保持着一只爪子塞薯条的姿势愣在那儿，两只绿豆眼分别愣愣地看着妮娜，以及另一边的墙面。

然后它看到了邓肯，翅膀拍打了两下，发出很大的声音："啊……咕咕？"

邓肯眼角跳了一下，看到不远处的窗户正大敞着，那显然就是艾伊的逃跑路线——而正对着窗户的远处，则依稀可以看到一座码头正沐浴在阳光中。

这鸽子去码头上整了点薯条回来……

"鸽子？"妮娜这时候终于反应过来，惊讶地看着柜子上的艾伊，"邓肯叔叔！你房间里有一只鸽子！"

"我看到了，"邓肯面无表情，"我不认识它。"

艾伊立刻把薯条一扔，扑啦啦地飞了过来，落在邓肯的肩膀上摇晃着脑袋。

"好吧，它是今天早上飞进来的，"邓肯叹了口气，"可能是别人养熟的鸽子，但脑子不是很聪明，我给它吃了点东西它就不走了。"

艾伊听着，发出响亮的咕咕声。如果不是有外人在场而且之前邓肯还下了命令，它这时候肯定已经开始大声"啊对对对"了。妮娜却丝毫没有怀疑叔叔的说法，她只是眼睛放光地看着这只鸽子，然后小心翼翼地凑了过来，一边观察鸽子的反应一边询问邓肯："那……那您要把它养下来吗？我可以养它吗？"

女孩的心思全写在脸上，她眼中的艾伊显然只是一只漂亮又可爱的白鸽子，艾伊则歪头看了看邓肯，喉咙里发出疑问的咕咕声。邓肯突然觉得这鸟不开口的时候竟然比开口的时候还好懂！片刻之后，他装作犹豫了一下，才点点头："可以——但前提是这只鸽子愿意留下来，它说不定什么时候就会飞走，你到时候不要抱怨。"

妮娜顿时喜笑颜开："太好了！我就知道邓肯叔叔你其实是个通情达理的人！"

风暴大教堂的中央祈祷室内，身穿黑底金纹神官长袍的城邦主教瓦伦丁正面色严肃地站在风暴女神的圣像前。

他身形高瘦，白发稀疏，眼神如深水般沉静。

祈祷室内的大烛台正静静燃烧，具备圣性的火焰照亮了房间，葛莫娜的圣像高居于台上，这位女神没有面容，头部覆盖着黑纱，一袭描绘有诸多海浪波纹的长裙则从她身上一直垂坠至平台边缘——尽管只是一尊石像，神性的力量仍旧在此彰显。整尊圣像都散发着强烈的存在感，只要是站在圣像周围，便可以感到一种隐约存在的被注视、被庇护的感觉。这种被注视、被庇护的感觉是真实的，也正是在这种注视和庇护下，前来与主教商议事情的凡娜才能放心大胆地把自己在梦境中所见的画面都说出来。

"……如果你在梦境中所见不错，那确实是'失乡号'。"

城邦主教瓦伦丁转过身，看着一大早就来找自己的年轻审判官——尽管从教会神职来看，司掌武力的审判官和司掌仪祭的城邦主教是平级关系，但在涉及超凡事件的研判时，审判官找主教寻求建议甚至寻求指点都是很正常的事情。

"那果然是'失乡号'？"尽管心中已有答案，在听到主教的判断之后凡娜还是忍不住睁大了双眼，"我还以为……"

"你还以为那艘船只是个传说，就和那些紧张兮兮的水手在酒馆里胡乱吹嘘的各种幽灵船的传说一样？"瓦伦丁知道凡娜想说什么，这位白发稀疏的老人摇了摇头，语气深沉，"'失乡号'的存在是得到所有城邦和教会承认的事实，它不是一个传说，而是在教会卷宗里都能查到的东西。"

"这我知道，'失乡号'曾经确实是存在的，普兰德的城邦档案馆里甚至能查到那艘船在一个多世纪前的部分建造图纸和开工档案，但所有这些切实可查的资料都仅限于'失乡号'还是一艘在现实世界航行的船，仅限于邓肯船长还是个人类的时候……"凡娜说着，语气严肃，她看向主教身后的圣像，在提及某些字眼的时候表情愈发谨慎。

"关键在于，那艘船是被明确记录坠入了亚空间的……一个世纪前，维瑟兰十三岛有数以千计的逃亡者亲眼见证了那艘船和他们的家园一同被边境坍塌吞噬，并直坠入亚空间的阴影中。而在那之后的几十年间，虽然一直有目击报告说看到'失乡号'重新出现在现实世界，却都缺乏真正的证据，相当多的学者都对那艘船的'返航'存疑……"年轻的审判官一边说着，一边看向眼前的老人，"被亚空间吞噬的东西，真的可能重新出现在现实世界？"

"……迄今为止，没有任何除了'失乡号'以外的东西在落入亚空间之后又返回现实，即便是'失乡号'，也仅有事后的目击报告存在，各界学者都对那艘船的返航存疑，不过这不是关键……"老人说着，目光突然落在了凡娜身上，脸上带着某种异样的严肃，"关键在于，审判官，你是不是在害怕什么？"

风暴女神葛莫娜的圣像前，受赐福的烛火平静燃烧着，又有自穹顶洒下的天光照在圣像周围，令身穿漆黑袍服的城邦主教仿佛沐浴在神恩之下。主教瓦伦丁就这样在光中抬起头，静静地注视着凡娜仍然坚定的灰色双眼，他的话语中仿佛带着某种魔力，隐隐约约中，凡娜听到有温柔的海浪声在脑海中起伏，随后又传来了雷霆般的鸣响——在外力的协助下，女神的力量终于冲破了那层帷幔，在她心底炸裂。

凡娜突然猛吸了口气，仿佛从深水窒息的状态中一下子回到陆地。她胸膛剧烈起伏，心脏怦怦直跳，神明的注视感铺天盖地地压了下来，而在半恍惚的状态下，她听到瓦伦丁的声音继续传入自己耳中："'失乡号'的存在有历史记载，你遭遇的'预兆之梦'更是客观存在的事实，在这两点齐备的情况下，你的正常反应应该是首先假设威胁的存在，然后寻求解决方案——但你刚才在下意识地质疑'失乡号'是否真的存在，这说明你在潜意识中回避'预兆之梦'向你传达的信息。"

"审判官，你在下意识否认'失乡号'的存在，这就是那艘船真实存在的证据——看样子，它确实在靠近文明世界的疆域。"

凡娜感觉额头冒出一层细汗，但那种始终遮挡在自己和女神间的"帷幔"仿佛已经消失了，这反而让她心中轻松不少，而城邦主教的话更是让她意识到发生了什么：在不知不觉间，她已经受到了"失乡号"的影响！这正是许多具备恐怖威能的异象或异常所拥有的特征：令接触者认知错乱，产生下意识的忽视和否认，以至于在不知不觉间受到的影响越来越大！这种下意识的忽视和否认本是智慧生物保护自己的本能反应，是对危险的回避，但在和异常接触的时候，这种本能反应却会成为麻痹大意的源头，并最终导致自身不知不觉地成为异象与异常的受害者！作为一个经常与超凡力量打交道的审判官，凡娜对这方面的知识了若指掌，但她从没想过，自己竟然也会落入到这种"心理陷阱"中——自己那强韧的意志力竟没有产生丝毫作用？

"我不知道自己是什么时候受的影响，"她坦然说道，在同为虔诚信徒的主教面前，她没有回避自己这次暴露出的弱点——被异常或异象影响而陷入心理异常是再正常不过的情况，羞愧和隐瞒是于事无补的，"从'预兆之梦'中醒来之后我就直接来了这里，中间不曾与任何人交谈，不曾接触过任何书卷、古物，我认为自己在这个过程中并未受到外界侵蚀。"

"但你刚才确确实实表现出了对'预兆之梦'的刻意回避……所以影响应该发生在更早的时候，"主教凝神注视着凡娜的脸，仿佛在随时观察她的眼神变化和气息波动，"最近你有没有接触过什么不正常的东西？那可能是来自'失乡号'的……污染，提前在你的潜意识中留下了锚点。"

"最近……"凡娜皱起眉头，随后突然回忆起了那个倒在黑太阳祭祀现场的

"祭品"，回忆起了对方眼底闪过的绿色火焰，以及自己那根切断的手指。

她睁大了眼睛，猛然注视着主教："前日我带队去清理下水道那个黑太阳祭祀场，回来之后有没有报告过现场存在无名污染的情况？有没有报告过现场存在一个受到污染的'祭品'？"

主教摇了摇头："……没有，你当时把那些邪教徒送到教堂之后直接回去了。"

凡娜心中一凛："那当日参加行动的其他人，有人报告过这方面的事情吗？"

"没有任何报告传来——所有案卷上都只记录了跟黑暗太阳异端有关的事情。"

在女神的圣像下，主教注视着凡娜，凡娜也注视着主教。

"看来我们找到污染最初'上岸'的时间点了，"主教轻轻呼了口气，表情仍然平静，但眼神中却酝酿着仿佛风暴欲来般强烈的力量，"以吾主葛莫娜之圣名，审判官，你那晚的记忆还清晰完整吗？"

凡娜深呼吸着："以吾主葛莫娜之圣名，我还记得当晚的所有细节。"

主教点了点头，转身点燃了特制的熏香，随后一边将铜制的熏香炉放在圣像脚下一边声音沉稳地说道："当时发生了什么？"

于是，凡娜将自己记忆中发生在下水道祭祀场中的一切和盘托出——她没有放过任何细节，在神圣的熏香辅助下，她的记忆和思维变得比以往任何时候都要清醒，当晚的经历就如再临己身般清晰……她还记得那个祭品突然睁开双眼，还记得那个祭品眼窝中跳跃着绿色的火焰，她还记得火焰落在自己的手指上，但被自己当机立断地执行了净化，在返回教堂的路上，她默默告诉自己，污染已被彻底净化，污染已被彻底净化，污染已被彻底净化……她一路上都在喃喃重复这句话，所有和她走在一起的守卫者，也都在喃喃重复这句话！

没有一个人觉得这有什么不对！

如今回忆起来，那是何等可怕又诡异的一幕——苍凉夜色下，教会的守卫者小队穿过寂静无人的街道，每一个人都在不断地低声重复同样的句子，直到返回教堂。而在这个过程中，他们却还自认为正常地做着事：看管着刚刚抓获的异端，清理着污浊的祭祀现场，押送邪教徒回程……

"……灵体火焰落在灵魂上，切断肢体所带来的肉体层面的净化是无效的，你得到的只是一个欺骗性的安慰——正确的做法是立即燃起香料，把圣油撒在地上布置临时的圣地，随后用祈祷仪式呼唤女神的力量，以执行'灵'的净化。"

"……这是我的过错，"凡娜语气沉重，"我本应更警惕、更机敏一些。"

"是失误，但不是错误，"老人摇了摇头，"你有强大的力量，但作为审判官终究是经验少了一点。幸运的是你现在摆脱了影响，这说明当时残留在那个祭品上的'污染'并不太强，它只对你造成了心理层面的干涉……通过刚才的熏香仪式，我能大致判断出它的强度。"

说到这他顿了顿，似乎是在斟酌着什么："当时和你一起行动的守卫者受的影响应该更小，他们只是站在你周围，受到的影响应该会随着在教堂中的祈祷而迅速消退。"

"总体上，当时你们受到的污染虽然凶险诡异，但由于源头已经切断，所以后续影响并不可怕，按照刚才你的表现和熏香的反馈，哪怕你今天没有过来，几天之后你也会自己察觉到不对劲的。"

"比起这个，我们更需要担心的是将来。"

"将来……"凡娜重复着主教的最后一个字眼，表情慢慢变得严肃。

是的，将来，这件事还没有结束，"预兆之梦"所昭示的画面是女神降下的警示——自己目前所接触到的这些，恐怕只是风暴来临前的前奏。

"'失乡号'已经很多年不曾出现在文明疆域的视线内了，很多人都认为它已经回到亚空间，成为世界最深处诸多阴影中的一员，但现在看来，那位邓肯船长对现实世界执念仍存。"

主教瓦伦丁慢慢说着，一边转过身去，注视着风暴女神的圣像。

"一个世纪前，'失乡号'坠入亚空间深处，虽然没有明确的证据，但很多目击报告都提到，当时有一场大风暴在附近海域徘徊，那艘船的坠落在一定因素上是受到了风暴的影响……"

"风暴，是吾主的权柄。"

凡娜皱了皱眉："你认为那位邓肯船长是要……向神复仇？"

"不好说——即便是从亚空间返航的鬼魂，要找神明复仇也是不可想象的事情。神明居于神国，神国隐藏在现实之上，而世间万物只有从世界上层向下坠落的道理，从未听说过有人能反向前往比现实更高层的'神国'……"

"但如果那位邓肯船长是要找吾主在人间的代行者执行报复……可能性就很大了。"

"神圣的风暴大教堂在无垠海上代主巡视世界，大部分时间都航行在隐匿航路中，无人能够找到它的踪影，而相比之下……普兰德城邦是除了风暴大教堂之外，风暴女神在世间最大的信仰锚点……也是人人都可造访的信仰锚点。"

"从这一点考量，那位复仇幽魂选择在普兰德登陆倒也是顺理成章。"

众神居于远离现实世界的神国之中，世人相信那个特殊的维度就是世界的基石，而和常识不同的是，这个"基石"并非位于世界的底层，而是位于所有维度的顶点。古老的克里特王国在遗留下来的典籍中如此描述他们所认知的世界结构：世界基石位于顶端，有永恒的真理和秩序守护，神国便在"基石"之中，自有永有；自神国向下，是众生所在的现实，尘世众生在这一层得享秩序的余晖，可以在相对安定富饶的现实世界生存；自现实向下，是渐渐偏离凡人认知的灵界，灵界之中，众神的赐福已经稀薄，扭曲怪诞的力量则开始占据上风；自灵界向下，是已经不适宜生物生存、被奇诡力量主宰的幽邃深海，那已经不能再算作物质世界的一部分，而更像是虚无的倒影；越过幽邃深海，便是世界的最底部——盘踞着万物阴影的亚空间深度，极端危险的古神和各种险恶之物的本体都盘踞在亚空间中。

在克里特古王国的记述中，众神在基石中定下了契约，这契约便是世间所有秩序的源头与准绳。这秩序奔流而下，厘定了世界运转的法则，也浸润着尘世万物，而随着"深度"的不断下降，秩序的力量也会开始减弱，并渐渐被亚空间占据上风——众神所处的"基石"与亚空间就如世界的上下两个端点，"秩序"则在这两个端点中单向流动。

这是一万年前那个在深海时代中开创先河的辉煌文明留给世人的馈赠，而在漫长的岁月中，无数学者皓首穷经地研究这个"分层结构"，都没有找出这个模型的错误之处，现如今，它已经成为世人公认的"世界标准模型"。而在这个标准模型中，尘世的凡人会坠入更深的地方，却鲜少有人能从"深层"返回"浅层"，即便偶尔会有那么一两个幸运儿从灵界返回现实，也从未听说有哪个逆天的存在可以从现实抵达众神所处的"基石"维度。也正是因此，从亚空间中返回现实的"失乡号"才会成为这个世界上最离谱的异象——它的返航违背了世人对世界标准模型的认知。但从另一方面，"失乡号"的存在却又符合有关异常和异象的那条经典论述：异常与异象永久失准定律。

可不管怎么说，主教瓦伦丁和凡娜都不认为那个幽灵船长有能力去向风暴女神复仇——哪怕他有这个心，也做不到这种事。因为"基石"和现实世界是不连续的，它不像现实和灵界、灵界和幽邃深海之间那样存在连续下坠、物质互通的关系，迄今为止，都没有任何学者找到"基石"和现实世界能直接连通的证据，甚至就连神明，也只能通过投影、喻令之类的方法来间接降下自己的影响。一艘幽灵船……又怎么可能反攻诸神国度？既然无法找风暴女神本人复仇，那么剩下的选择当然就只有女神在尘世间的信徒。

作为深海教会总部的风暴大教堂是一艘在无垠海上隐匿航行的"巡礼方舟"，来无影去无踪，坐镇方舟的教皇冕下拥有代主执掌风暴的威能，并不是很好的下手目标。那么固定在海上、目标明显、对外开放的普兰德城邦自然就成了更好的选择：这座城邦里百分之八十的人都是风暴女神的信徒。

凡娜已经认定那位幽灵船长是为复仇而来——毕竟，一百年前的"失乡号"

就是在风暴中坠入亚空间的，除此之外她也想不到别的理由，来解释为什么消失了那么多年的"失乡号"会突然返回现实世界，还把矛头指向了普兰德城邦。但那位幽灵船长到底打算怎么做？

凡娜眉头紧皱，在思索中慢慢开口："瓦伦丁主教，你认为……'失乡号'与最近一段时间那帮太阳信徒在城邦里的异动有关系吗？"说完她顿了顿，又补充了一句："在昨夜的梦境中，我看到燃烧的太阳和'失乡号'一同出现在普兰德，两场灾难的同时降临或许就是女神给我的预兆……"

"但你别忘了，在地下祭祀场，那个受到污染的'祭品'杀掉了黑暗太阳的神官，那是一个受过洗礼的'使者'，"主教摇了摇头，"至少在那个祭祀现场，'失乡号'和黑太阳的立场似乎是敌对的。"

凡娜一时间没有说话，只是因主教的话陷入沉思中，她对面的老人则在短暂沉默之后又接着说道："关于那些崇拜黑暗太阳的教徒，我今天早上倒是从伦萨城邦那边得到了一些线报……"

凡娜立刻抬起头："线报？"

"太阳异端并不只是在普兰德死灰复燃，最近他们在许多城邦都有异动，一大批太阳异端最近通过伦萨、摩柯港口中转，在向普兰德聚集，其中有一些落网的，"老主教点点头，"在审讯中，那些异端提到了'太阳碎片'。"

"'太阳碎片'……那些异端口中'真实太阳神'解体之后剥落的残骸？"凡娜猛然间反应过来，"他们认为有一块'太阳碎片'藏在普兰德？"

"目前看来是这样，不知道那些异端从哪儿得到的情报，也可能是他们在疯疯癫癫中得到的'启示'，总之，现在他们坚信自己的'主'有一部分残骸就藏在这座城市里，"瓦伦丁主教表情沉静，"而他们将这视作黑暗太阳复苏的希望。"

"……那帮疯子，"凡娜忍不住低声咒骂，"为了复活那个黑暗和被亵渎的太阳，他们已经残害了多少人命！"

"黑暗太阳是我们对它的称呼，他们心目中的太阳神可是光明四射，代表着最真实的秩序呐——你不能指望那群失去理智的邪教徒在满手血腥的时候还能有什么良心，"瓦伦丁摇了摇头，"他们坚信自己所言所行皆为正义，跟他们打交道，只有两种语言最管用，一种是口径，一种是磅数。"

听着主教这颇有深海教会风格的发言，凡娜嘴角也忍不住抖了一下："看来我们要有的忙了。"

"无垠海上从不太平，城邦也在无垠海中，"瓦伦丁说道，"船长们要面对海洋中的风暴，我们要面对尘世愚徒带来的风暴，审判官，做好准备吧，普兰德城邦可能要面临一场挑战了。"

"两场挑战，"凡娜很认真地纠正道，"除了黑太阳的信徒，还有一个诡秘恐怖的幽灵船长——如果'失乡号'和黑太阳真的不是一路，那我们的麻烦就从一个变成两个了。"

瓦伦丁主教略作沉吟："或许还有另一个可能——根据下水道祭祀场上的情况，'失乡号'说不定会跟黑太阳的信徒打起来呢？"

"……那两个麻烦就合并成了一个毁天灭地的麻烦，瓦伦丁主教，"凡娜看着眼前明显已经开始思维发散的老人，"从亚空间返回的幽灵船和一群争抢'太阳碎片'的邪教徒在普兰德城邦里打起来，中间还可能伴随着黑暗太阳的神降，我想不到比这更糟糕的情况了。"

瓦伦丁叹了口气，承认凡娜说得对。

"总之，先和治安官部队一同努力，把那些渗透进城邦的太阳异端都抓起来，在事态严重之前消弭掉黑太阳的威胁，这是较为容易达成的目标，"在解除了"失乡号"对自己的精神干扰，同时又进入自己擅长的领域之后，凡娜的思维明显活跃起来，"至于那艘幽灵船……我们不知道它接下来的行动，暂时无从着手，只能先做好对灵界以及城邦周边海域的监控……"

说到这儿，这位年轻的审判官不由得摇了摇头，神色严肃又无奈："该死，谁能知道一个幽灵船长接下来会想干什么……"

第七章

深海子嗣

"我想再加点番茄酱……"邓肯对餐桌对面的妮娜招了招手,"你递过来我自己弄就行。"

妮娜立刻把番茄酱递过去:"好的,邓肯叔叔。"

现在已经到中午,邓肯与妮娜正在二楼的小厨房吃着午餐,饭食很简单——一种普兰德当地特色的咸煎饼,配上番茄酱或辣酱,还有蔬菜浓汤,说不上是什么美味佳肴,但不管是邓肯还是妮娜都吃得津津有味。邓肯已经很久不曾吃过这样正常的午餐,妮娜也已经很久不曾像这样正常地吃午餐了。

邓肯觉得自己开始喜欢这个地方了。

午饭之后,邓肯看着妮娜收拾好了餐桌,他本想帮忙洗碗,却被对方以"叔叔身体不好,医生说了要少接触凉水"为由强行拦了下来,于是便只好靠在楼梯口附近,一边看着早上买来的报纸一边看着女孩在厨房里忙忙碌碌。这种仿佛普通人家的日常景象让他心中不禁产生了些许怪异的感觉。

就在这时,妮娜的声音从厨房传来:"邓肯叔叔,报纸上有什么新闻吗?"

邓肯低头看了报纸一眼,首先看到的是"新城邦历1900年8月14日"的日期,随后便是教会审判官带队抓捕了几十个邪教徒的新闻——整份报纸上,这应该是最有分量的头版消息了。

"这上面说审判官带队抓了几十个太阳异端,"他随口说道,"还说这是近四年来教会成功破获的规模最大的异端集会活动,后面还有请市民注意夜间安全、注意甄别身边异端信仰的提醒。"

"啊,我在来这边的路上也听说了!"妮娜手脚麻利地将洗干净的碗放进碗橱,"真吓人,我以前就听老师说过,那些崇拜太阳的邪教徒甚至会干出把活人献祭给太阳神的事……你说谁会那么丧心病狂地信仰这种教派啊?"

邓肯一下子不知道该说点啥,因为不管说啥他都感觉这事儿过于微妙——是该说自己前不久还在那祭台上沉浸式体验了一下献祭套餐呢,还是该说你叔叔就是这么个丧心病狂的邪教徒?不过有一点倒是很明显,从妮娜的反应来看,她显然不知道自己的叔叔是太阳异端的事实——她甚至有着和普通人一样正常的三观，认为太阳信徒信仰的那种活人祭祀是一件可怕的事情。她视角中的叔叔，只不过是因为生病而有些脾气暴躁，有些酗酒，还有一些"奇奇怪怪的朋友"罢了。自己所占据的这具身体或许曾经是个满手血腥的烂人，但至少，他确实将妮娜抚养到了今天，并且到目前为止都将这女孩保护在太阳神的信仰之外。或许未来的某一天，某个名叫罗恩的邪教徒真的会堕落到最后一步，把自己在世上最后的亲人也拖入这个无尽深渊中，但至少在今天之前，这一切尚未发生。

未来也不会发生了。

"叔叔？你怎么突然不说话了？"妮娜对身后的沉默有些好奇，她回头看了一眼，眼神中带着关切，"又不舒服了？"

"不是，只是有点走神，"邓肯反应过来，摇了摇头，"你说的不假，那确实是丧心病狂的事情……报纸上还提到了让市民注意安全，及时举报身边的异端行为，这阵子你也尽量不要在学校和家之外的地方乱跑了。"

妮娜点了点头，但紧接着便"啊"了一声，脸上露出有些犹豫局促的神色："可……可我还约了同学，过两天要去博物馆参观……"

"博物馆？"邓肯随口问道，"什么博物馆？"

"就是在学校附近那个，靠近上城区边缘的海洋博物馆，"妮娜解释着，"我听说那里最近在展出近海矿物标本……可以吗？"

"想去就去吧，"邓肯想了想，点头说道，"现在到处都是教会守卫者和城邦治安官的巡逻队，那帮邪教徒想来也不至于胆大包天到这两天就跳出来。"

妮娜开心地点了点头："嗯！"

"你下午还要去学校吗？"邓肯又问道。

"嗯，下午是历史课，莫里斯老先生的课我可不想错过，"妮娜点头说道，"那可是历史领域很有名气的专家……不过也真奇怪，像他那样有名的老先生，为什么不在上城区的大学讲课，而要来下城区的公办学校呢？班上一大半的同学都不喜欢历史课，老先生上课的时候他们都在睡觉……"

邓肯坦然地摇摇头："我哪知道。"笑话，别说那位教历史的莫里斯老先生了，他连妮娜都是刚认识的——妮娜上的那所公办学校在哪儿他都得倒腾几个钟头的记忆才能想出来，而且即便是这具身体的原主人，对侄女近况的了解恐怕也没比他多多少——在邓肯接管他的人生时，他显然已经在太阳的异端信仰里陷得太深太久了。

妮娜下午还有课要上，所以午饭之后她并没在古董店里待多久，匆匆收拾过东西，带上那本被她落在家中的课本，女孩便一路小跑着离开了家——从古董店到那所下城区公办学校有将近一小时的路程，她不能多浪费一分钟，才能避免在莫里斯老先生的课上迟到。当然，城市里有公共交通，哪怕是在较为落后的下城区，蒸汽机关驱动的有轨机车和无轨巴士也会驶过街头，但这些需要四至六比索的车票费用。

妮娜笑着告诉邓肯，多跑跑步对健康有好处。

如果有一辆自行车，她的上学路就会轻松很多——邓肯在下城区的街头看到过有人骑着这种交通工具。

在一个已经发展出蒸汽机械的社会，自行车这种工业产物还不至于昂贵到普通人难以承担，但对于下城区的居民而言也绝对算不上便宜，一辆最普通的自行车可能需要一个三口之家半个月到一个月的生活费……算得上是一笔负担。邓肯不知道自己目前所占据的这个身份在未来会走向何处，但看着妮娜一路小跑着消失在街头拐角，他总觉得……在有余力的情况下，自己似乎应该对这个姑娘好点——哪怕是为了之前的蔬菜汤和咸煎饼。更何况，她还是个勤奋好学的学生，或许自己应该好好思索一下在这个"文明城邦"赚钱的门路。

心中转着各种各样的念头，他放下手中报纸，慢慢踱步来到了二楼走廊的尽头，打开那扇狭窄的窗户之后，有些出神地望着阳光照耀下的城市街头。在这个世界，"异常"与"异象"早已和文明进程相伴相生，不管是当局还是教会，都没有对民众隐瞒超凡领域的事情，甚至连妮娜这样还在上学的姑娘，都能从课本上直接学习到跟异常、异象有关的内容。她知道克里特古王国留下的、沿用至今的异常与异象分类标准，甚至还知道一部分已被探明规律的异常和异象的公开编号与名称。

是的，这部分知识甚至是向全社会公开的——虽然并非全部。

各个城邦的当局与教会皆认可着一份名单。在这份名单上，那些最有名或最危险的异常、异象都有着自己的特殊编号，这些编号并非永久不变，在特殊情况下，会有某些异常、异象因各种各样的原因而消灭或转化，其编号也可能会发生转让或空置，但不管其怎么改变，总体上有一点是确定的：能够拥有独立编号与名称的异常、异象，一定有着特殊的危险或强大之处。当局公开了其中一部分异常和异象的名录，一方面就是为了确保每一个公民都能知道这些特定的危险，让全民具有自保常识，另一方面，则是因为某些异常和异象实在是离人们的生活太近了。这些东西甚至已经浸入普通人生活的每一个角落，浸入到社会运转的每一个环节中，人们随时就可以看见，无法隐瞒，也没有隐瞒的必要。

邓肯抬起头，默默地注视着天空。

"异象001"，太阳。

在天空运行的巨大光体，于深海时代主宰天空的伟大异象，诞生于克里特古王国崩溃之后的第二天清晨。影响范围——全世界，影响单位——无限，自行运转并移动，无法被人力干涉，符合异象定义。

历史文献中有记录，古王国崩溃之日海水汹涌，城邦碎裂，初代王朝全员在黑暗中慷慨赴死，其鲜血浸满大海，于是"异象001"自大海中升起，从此之后，无垠海上才有了白昼的安宁。克里特古王国，深海时代开启之后由幸存者建立起的第一个城邦文明，持续时间短短百年，却留下遗产无数，福泽绵延至今。

"克里特"三个字，在古语中的意思就是"永夜"——那是持续了一个世纪的夜幕。

这一切，就写在妮娜的历史课本中。

这个世界遭遇过惊人的历史变迁，以大湮灭为节点，整个世界甚至连基本法则都迎来了一次天翻地覆的巨变，以至于大湮灭之后的深海时代与大湮灭之前的"秩序纪元"几乎可以视作两个截然不同的"世界"。但即便如此，仍有人坚持不懈地整理着自大湮灭之后传承至今的历史资料，并尝试从各个城邦那支离破碎甚至互相矛盾的档案中整理出历史的真实模样。不幸的是，或许是由于传承断绝过于彻底，也或许是各个城邦记录的矛盾之处过于混乱，人们至今都未能寻找到大湮灭之前的较为完整可信的历史记载。

无人知晓秩序纪元时的世界到底是个什么模样，但幸运的是，克里特古王国之后的世界，是有相对明确的历史传承的——尽管一座座城邦在无垠海上兴衰起伏，分分合合，但至少文明的延续本身从未断绝，古老王国的记忆或留于书卷，或刻于巨石，或在古老隐秘的家族和结社中代代相传，有诸多散佚，也有脉络留存。而学者认为，深海时代的文明传承之所以能在极端不利的条件下延续到今日，有一半以上的功劳都应归功于那照耀世界的奇迹："异象001"，太阳。

这是人类目前已知影响范围和威能最大的异象——事实上由于它的规模实在是太大，其存在又如此的"理所当然"，很多学者都在争论太阳本身到底是异象还是自然现象。但克里特古王国覆灭之后的最初一批记录者，也就是古王国的幸存者简称它为"异象001"，这个古老的编号也就这么传了下来，并且至今不曾改变。显然，并非所有的异象都是恐怖有害之物，"异象001"便为这个世界一半的时间带来了安全，在太阳照耀下的白昼，来自世界深层的污染几乎全都会被压制在海平面以下，而正是有了这样稳定的白昼存在，各个城邦文明才有可能发展到今天。克里特古王国留下的资料显示，在深海时代开启之后，"异象001"出现之前，整整一个世纪的时间里，整个世界是被夜幕笼罩的——"世界之创"清冷暗淡的辉光照耀了无垠海一百年。所以古王国的人民才会以"永夜"来称呼自己的国度，甚至以此称呼自己所生存的时代。

邓肯站在狭窄的窗前，若有所思地看着这个在阳光照耀下的世界。大湮灭之前的世界……到底是什么样？在那可怕的一百年永夜降临之前，这个世界曾有太阳照耀万物吗？想来是有的，因为不管各个城邦在上古记录中有多大缺漏、矛盾之处，其中有一点都是共通的："秩序纪元"是一个光明、安全又繁荣的时代。但不论如何，那个繁荣又光明的时代已经过去了，如今的无垠海是被"异象001"照耀着，世人皆知这一点，并对"异象001"所带来的白昼心怀感恩。因此，在这样的时代背景下，那群崇拜远古"真实太阳"，甚至以此攻击如今天上那轮太阳，并将其称作"伪日"的邪教徒才会显得格外偏执扭曲，为世人所不容。

他们攻击的不只是天上的太阳，他们攻击的是人类文明在深海时代挣扎生存到今天的倚仗。

可是邓肯却知道，那群邪教徒所崇拜的太阳……极有可能真的是大湮灭之前曾存在过的太阳的真实模样。从某种角度看，那群邪教徒掌握了一部分真实的历史——可惜的是，那真实的历史在这个时代已经成为让他们扭曲的根源。

邓肯不认为那群邪教徒的宏愿可以实现，也不认为他们真能靠献祭活人就把一个熊熊燃烧的聚变恒星给造出来，这个世界的扭曲情况远超想象，深海时代呈现出这副模样，绝不是失去恒星就能解释的。

这里的夜空，可是连一颗星星都没有。

邓肯回到房间，关好房门，对旁边的柜子招招手，把正在上面用柜子顶磨嘴壳子的艾伊招呼下来。

艾伊落在他肩膀上，歪了歪脑袋："谁在呼叫舰队？"

邓肯没有搭理这鸟，而是走到床边，从床角落中找到了之前被自己藏好的太阳护符。随后他想了想，又来到柜子前，打开门之后，找到存放烈酒的抽屉，从里面拿出两瓶烈酒。酒瓶上似乎贴着什么东西，邓肯好奇地转动瓶身，看到那是一张小纸条，上面是妮娜的字迹："少喝点酒。"

纸条似乎是很久以前贴上的，每一瓶酒上都贴着一张，每一张都没产生过作用。邓肯笑了下，关好抽屉和柜子，拿着两瓶酒和太阳护符回到床上，又戳了戳艾伊，让它看清自己拿的东西。

"如果可以的话，试着把它们带到'失乡号'上。"

艾伊立刻拍了拍翅膀，发出得意的声音："亲，顺丰包邮哦！"

邓肯点点头，让自己以一个舒适的姿势躺了下来，开始为穿梭做准备。他已经离开"失乡号"太长时间了，虽然那艘船没自己看着也不会出什么情况，但自己这个船长总不能一直把自己关在房间里面。

妮娜下午要去学校上课，课程结束之后还有一些别的事情，忙完会很晚，邓肯已经跟她商量过，让她今天再在学校宿舍住一晚，明天下午放学之后再回来。而在这段时间里，邓肯正好研究一下灵界行走的细节问题，同时按照之前的构想，测试一下在不完全切断灵魂投射的情况下，是否能同时控制两边的身体活动。根据他在"这边"的时候对"失乡号"的感知情况，这应该是可行的。在占据这副"新鲜"躯壳的时候，他和"失乡号"本体之间的联系比之前明显强烈、稳定得多，这给了他信心与灵感。

心中的盘算慢慢落定，邓肯轻轻呼了口气，一点幽绿色的火焰在他肩膀上燃烧起来，噼噼啪啪的爆鸣声中，鸽子艾伊眨眼间化作亡灵鸟的形态，其胸口的黄铜罗盘也"啪"一声打开。

无边无际的黑暗，发光的线条，闪烁的星光——熟悉的感觉潮水般涌来，而返回"失乡号"的轨迹是这片黑暗中最明亮的"航线"。邓肯的意识沿着这条航线飞快穿梭，眨眼间便感觉到自己的主意识已经在"失乡号"的船长寝室中苏醒过来。但在彻底脱离那片黑暗空间之前，他凭借着自己对灵体之火以及自身灵魂的掌控强行进行了一次"刹车"，以尝试保留下自己和那间古董店之间的联系……

"失乡号"，船长寝室内，邓肯慢慢睁开了眼睛。他低头看看自己的双手，又看向四周，所见之处是熟悉的陈设，耳边传来的是熟悉的海浪声音。他慢慢从椅子上起身，而在他的意识深处，却有另一具身体的触感在清晰地传来！

邓肯脸上浮现出一缕笑容，随后按照自己的理解，开始尝试通过那一点遥远的联系去感知、去控制自己位于古董店内的另一具身体。

他尝试了好几次。

普兰德城邦内，邓肯古董店二楼，正静静躺在床铺上的"古董店长"突然睁开了双眼！下一秒，这具躺在床铺上的身体便带着僵硬的表情一点点地转动头颅，仿佛僵尸一般左右观察着房间，接着又慢慢挪动手脚，像是在强行操控一台生锈的机器般让自己的肢体开始活动。这一幕如果被外人看见，恐怕当场就会吓得去找附近的治安官举报，说这里有人被邪灵附体了。

换个角度看看，这么举报好像也没毛病？

"失乡号"船长室内的邓肯一边在脑海中转着这些稀奇古怪的念头，一边生疏地用一种"远程视角"遥控着那具躯体慢慢活动。这很艰难，意识不在身体内的情况下仅凭一些远程联系去指挥身体活动，比让一个新手去操控二十八个关节的提线木偶还难。但在多次尝试之后，他还是成功让那具位于普兰德城邦的身体从床上坐了起来！下一秒，他脑海中远程传来的画面便突然一阵天旋地转。

那具身体栽倒在地板上了……

邓肯叹了口气："好吧，看来我得练习挺长一段时间。"

一个意志，同时关注着两个视角，控制着两具躯体，做着完全不一样的事情，这对于邓肯而言是一种相当新奇的体验，也是一种极其困难的挑战。

他认为自己现在应该已经不能算是个普通人，但即便如此，要一心二用毫无负担地控制两具躯壳也不简单。他努力熟悉着这种一心二用的感觉，最后折腾了半天，也只是勉强控制着那具位于古董店中的躯体爬回到了床上继续"挺尸"，尽管他依旧认为自己迟早可以通过漫长的熟悉和训练掌握这种一心二用的技巧。在将古董店内的躯体安置妥当并留了一点注意力在那边之后，邓肯终于舒了口气。

在结束灵界行走之后第一时间确保对"远程身体"的联系是最紧要的事情，这直接关系到自己好不容易在文明世界找到的立足点是否能长久使用下去，而这件事搞定之后，他心情便轻松不少，也就有精力去关注其他了。一阵拍打翅膀的声音就在此刻从旁边传来，鸽子艾伊三两下跑到邓肯面前，这鸟挺着胸膛，眼神和语气中带着浓浓的自豪："传送成功！"

邓肯的目光越过了这只鸽子，落在它身后的桌面上。一枚淡金色的太阳护符，以及两瓶烈酒，此刻正静静地放在那里。邓肯脸上慢慢浮现出笑容，并越来越灿烂。

可行！让这只鸽子在灵界行走的过程中捎带"货物"是可行的！而且不局限于超凡物品，连普通的物品也可以传送过来！带着满意的笑容，他起身拿过了桌上的几样物品，首先检查了一下太阳护符的情况，确认这件超凡物品中仍然有淡淡的力量流转——那是已经被他用灵体之火彻底占据、改造之后的威能。随后，他又拿起其中一瓶烈酒，取下盖子凑在鼻子前，浓烈的酒气立刻传来。

邓肯低头看了已经开始在桌子上昂首踱步的艾伊一眼。高效，保质，而且包邮——他开始喜欢上这只神神叨叨的鸽子了。鸽子也注意到了主人的视线，它立刻小跑到邓肯旁边，用嘴壳子啄着桌面，大声叨叨："整点薯条！整点薯条！"

"船上暂时没有薯条，但我想这很快就不成问题了，"邓肯愉快地抓住鸽子捧在手上，跟对方的绿豆眼大眼对小眼，"只是不知道你每次传送物质的上限是多少，是否局限于死物，以及是否会出现'丢包'的情况……这还要多测试几次……"

鸽子想了想，仰着脖子："丢包？哎呀，页面不见了……"

"……对，我怕的就是这个，你这名字总让我觉得不太可靠。"邓肯的思维不由得发散了一下，鸽子成功将更多东西传送到"失乡号"上的事实让他大感振奋，这让他想到了更多可操作的尝试，而不局限于向船上运送补给，然而这只鸟飘忽不定的智商和"接触不良"的逻辑却总让他不敢放下心来。思前想后，他还是觉得要多做几次测试，才能真正建立起"失乡号"和陆地之间的"补给线"。

　　心中暂时有了下一步计划，邓肯才从椅子上站起，他走向通往海图室的房门，但刚迈开两步便停了下来。他原地活动了一下身上的关节，又伸伸腿脚，感受着四肢传来的触感——灵活，有力，丝毫没有疲惫或迟滞感，就好像他只是在桌前坐了一小会儿似的。然而他十分清楚，自己"离开""失乡号"已经一天多了，在灵界行走的时候，他的身体就留在船长寝室里——维持着坐在桌前的姿势。邓肯仔细感知着四肢百骸，通过对自身身体情况的精准掌握，他几乎能确定这具身体完全维持着灵界行走那一刻的状态，就好像……在意识离开的一刻，这身体便陷入了某种"静滞"一般。

　　这也是"邓肯船长"的特殊力量？还是说……因为自己现在本质其实是半个幽灵，所以会像幽灵一样不知疲惫？

　　他好奇地思索着，却丝毫没有头绪。他已经开始了解这个世界的历史，了解文明城邦的兴衰，却连自己身上的秘密都解不开。但不管怎样，这似乎不是坏事，这具身体不需要太多"保养"，这就意味着他可以更放心地把一部分精力分在别的方面。

　　邓肯是个很能看得开的人，或者说，他很擅长将那些暂时无解的谜题放在一边。心中想通之后，他就来到门口，推开了通往海图室的门。

　　橡木门发出吱呀一声轻响，打破了海图室中的安静，下一秒，航海桌边缘的木雕山羊头发出咔嚓咔嚓的声音，这块木头飞快地把头转向了声音传来的方向，它空洞地注视着，随后缓缓开口："姓名？"

　　"邓肯·艾布诺马尔，"邓肯看了山羊头一眼，"我回来了。"

　　"啊！伟大的邓肯船长回到了他忠诚的'失乡号'上！抱歉船长，您这次灵界行走的时间比较长，我需要额外确认一遍……这毕竟是您定下的规矩。您感觉如何？心情如何？身体如何？这次漫长的灵界行走收获如何？是找到了有趣的东西？您愿意与您忠诚的大副兼以下省略分享一下这次行走之旅吗？您有没有注意到刚才我用了'以下省略'？爱丽丝小姐说这样可以让话精简一点，您可能比较喜欢这样精简的……"

　　"闭嘴，你精简的那点单词全在后面的废话上找补回来了，"邓肯看了这聒噪的玩意儿一眼，"我离开期间，船上发生什么事了吗？"

　　"啊，邓肯船长的严厉与幽默一如既往，您教训得是——船上一切正常，您忠诚的以下省略完美地完成了您交付的掌舵任务。另外爱丽丝小姐来过两次，但都不是什么大事，一次是跟缆绳打架，一次是跟锚索打架……"

　　邓肯本来正准备穿过海图室去检查甲板上的情况，听到山羊头的话顿时停了下来，他一脸问号："她为什么要跟缆绳和锚索打架？"

他在灵界行走期间能感知到"失乡号"上的情况，但也没有分太多精力去过多关注，只能依稀感觉到爱丽丝在船上走来走去地"探索"……趁自己不在的时候，她在船上还过得更热闹呢？

"哦，其实爱丽丝小姐也是好心，"山羊头立刻回答起来，"她觉得在船上无所事事很不好，就想找点事做，于是便去整理缆绳和维护绞盘——但我忘了告诉她缆绳怕痒，锚索则需要午睡……"

邓肯："……"

"船长您生气了？"邓肯的突然沉默让山羊头顿时紧张起来，它来回晃动着自己的木头脑袋，"其实都不是什么大事，再者说，一艘船上的新成员总是需要磨合一下才能和老水手们打成一片的——现在他们已经进入'打'的阶段，这说明爱丽丝小姐融入集体的进度很快。事实上她在船上还挺受欢迎的，'失乡号'上大部分……"

山羊头话刚说到一半，就听到外面的甲板上突然传来一阵急促的脚步声，紧接着船长室的门便被人一把拉开，爱丽丝急匆匆地冲了进来："山羊头先生，为什么弹药库的炮弹一直滚来滚去不让我……"

邓肯默默看了爱丽丝一眼，爱丽丝也发现了站在航海桌旁的邓肯，整个人僵硬又尴尬地看着他。

"好吧，这是第三次了，"航海桌上的山羊头发出一声叹息，"这次她在跟炮弹打架……我承认爱丽丝小姐在船上的磨合过程可能是过于热闹了那么一点点……"

爱丽丝缩了缩脖子（可能是在加固关节），紧张兮兮地看着表情木然的邓肯："船长，您回来了哈……"

"嗯，"邓肯点点头，一脸淡然，"看样子我不在的时候你在船上过得很愉快？"

爱丽丝："……"

在自己"离开""失乡号"期间，爱丽丝在船上的活跃有点超出了邓肯的预想。他一直觉得这位哥特人偶走的是优雅得体的大小姐画风——虽然她掉头，冲浪，说"垃圾话"，但她正常情况下确实是优雅又安静的，在船上做什么都很谨慎，身处陌生环境时老实又本分，没事做的时候甚至会像个普通的人偶一样安安静静地在自己的箱子里躺着，给人一种人畜无害的感觉。但现在看来，好像只有自己在附近的时候她才会这么安静？

房间里突然低沉下来的气氛让爱丽丝感觉有点紧张，她小心翼翼地看了面无表情的邓肯一眼："船长你没生气吧？我可以解释的……"

"我知道，你在帮忙，只是未遂，"邓肯看了人偶小姐一眼，语气有点无奈，

"不过既然你也知道这艘船上很多东西是'活'的，那下次想做什么的时候能不能向我或者我的大副确认一下？"

爱丽丝立刻连连点头，大声答应："好的船长，没问题船长！"

随后她又立刻扭头转向山羊头，小声嘀嘀咕咕："有帮忙未遂这个说法吗？"

山羊头言简意赅："现在有了。"

"好了，如果你真的想帮忙，就去检查一下晾在甲板上的鱼干吧，或者去厨房整理一下存放食材的仓库，腾出一些地方来，将来我们可能会有机会补充'失乡号'上的食物，"邓肯叹了口气，看着爱丽丝说道，"别跟甲板下面的火炮以及弹药库打交道——它们可不像山羊头一样有完整的智慧，那些危险的东西只会对外部刺激做出本能反应，万一弹药库认为自己遭到了破坏或入侵，那我可就只能用扫帚和簸箕把你救出来了。"

爱丽丝一听这个，顿时缩了缩脖子，连连答应着，转身离开了船长室。看着这个人偶离开的模样，邓肯脸上忍不住露出一丝笑容。这果然是个很有趣的家伙——小小的混乱无足挂齿，这死气沉沉的幽灵船倒确实是因为她的上下折腾而热闹起来了。

"看样子您的心情很好，船长，"山羊头的声音从旁边传来，"啊，您手上拿着东西……那是什么？是您这次灵界行走的收获吗？就像上次那柄小刀？"

邓肯看了一眼手上拿着的太阳护符——他把烈酒留在了房间里，护符则顺手拿在手上，准备无聊的时候研究研究。

"是战利品，"他点点头，"跟上次的仪式小刀一样。"

"哦！不愧是伟大的邓肯船长！您总能满载而归，而且还是这种一看就具备奇妙力量的非凡之物……，等等，这难道是一枚太阳护符？"

"你认识这东西？"邓肯扬了扬眉毛，"没错，太阳护符，几个胆大包天的邪教徒把这东西塞给我。"

"我……倒是知道一点……"山羊头似乎是在仔细观察那枚护符，声音略显迟疑，"追随远古真实太阳的狂人们将此物视作圣物，他们认为将金属铸造成真实太阳的模样，并以人血淬火，便可以将太阳的力量灌注在符印中，通过这种方法批量制造出具备弱小威能的超凡之物……这种护符是太阳追随者中具备一定地位之人的身份象征，也是他们用于确认同胞、辨别信徒和异端的工具……"

"辨别信徒和异端吗？确实有这个功能，"邓肯了然，"虽然我个人感觉这个功能没什么用。"

"那些胆大妄为的邪教徒后来怎么样了？"山羊头在说这话的时候似乎犹豫了一下，"他们多是偏执愚昧的狂徒，连最低劣的海盗都不愿意跟这种追逐上古之物的狂徒打交道，如果他们胆敢冒犯……"

"他们已经不在这个世界上了，"邓肯一边观察着山羊头的语气变化一边控制着自己的表情说道，"看样子你对这些自称'太阳信徒'的人也不怎么喜欢？"

在和山羊头打了这么长时间交道之后，邓肯其实已经大致摸清了这个诡异大副的门道，他基本可以确定，只要自己这个"邓肯船长"好好执掌着这艘船，这个山羊头就不会有什么失控异动，在这个基础上，他和对方交谈的时候胆子也在一点点变大。现在，他已经可以谨慎地主动向对方询问一些情报了。

"谁会喜欢那些追随远古真实太阳的狂人呢？他们所向往的那些'光明'与'秩序'早已不为这个世界所容，"山羊头果然如常回答着邓肯的问题，"哪怕是'失乡号'，也沐浴在这个时代的阳光下，哪怕是在幽邃深海中徘徊的恶灵，也不会喜欢深海时代之前的'太阳'——大概只有那帮邪教徒会认为真实太阳复活是件好事吧……"

说到这儿，山羊头顿了顿，又带着一丝感慨说道："但话又说回来，那帮邪教徒中九成九的人其实也只不过是一帮被洗脑的蠢货罢了，他们本来也不知道自己追随、崇拜的到底是个什么东西，他们把所谓的'太阳子嗣'当作先知和救世主，又把那些子嗣所描述的古代世界当作天国去向往。但在我看来，太阳子嗣压根就没把那些狂热的教徒当成子民看待……他们和深海中的子嗣根本没什么不同。"

太阳子嗣？这是什么意思？而且听上去还有什么深海子嗣？这又是什么玩意儿？！

邓肯心中一动，一个全新的陌生名词蹦在自己脸上，带来了新的困惑。他不动声色地摆弄着手中的太阳护符，仿佛随口问道："太阳子嗣？我倒是没遇上他们。"

"很正常，太阳子嗣可不敢随随便便在文明世界露面，哪怕他们伪装成人类模样，教廷的鬣狗们也能分分钟从他们的影子里嗅出异端的臭味儿来——说到底，毕竟也是'子嗣'的一种，作为远古之物的残渣，就该老老实实地待在历史的阴沟里面……唉，所有种类的'子嗣'里，也就他们能这么搞事情了。"

邓肯突然发现了山羊头这时不时就唠叨的毛病其实也有好处——虽然它一天一万句话里有九千句都是废话，但只要运气赶上了，它也是可以蹦出有用的情报的！碍于还没有完全掌握这个山羊头的底细，邓肯的打听也只能停留在旁敲侧击，不敢问得太过露骨，但即便是在这样旁敲侧击的询问中，他也掌握了许多之前在普兰德城邦没能掌握的线索："子嗣"，这似乎是个相当重要的情报，这个世界存在一些被称作"子嗣"的……生物，而且他们无一例外都不为文明世界所容，而山羊头将他们称作是"远古之物的残渣"；那些崇拜"真实太阳神"的教徒虽然数量庞大，但似乎其中绝大部分都只是无足轻重的小卒，都是愚昧盲目又被洗脑的"狂徒"，在他们的"教会"结构中，还有地位比他们更高的、真正的统治阶层……就是被称作"太阳子嗣"的家伙；那些"太阳子嗣"并不经常在文明世界露面，他们似乎另有不为世人所知的隐居之所，并通过遥控的方式影响着世间的太阳神教派，暗中收集祭品、能量；最后，也是对目前的邓肯而言最应该关注的一点：山羊头对那些邪教徒以及站在邪教徒背后的"太阳子嗣"充满鄙夷。

这说明"失乡号"，或者说"真正的邓肯船长"，和这些被称作"子嗣"的家伙不是一个阵营……甚至应该算作敌对阵营的。看样子将自己在这次灵界行走过程中和太阳邪教徒打交道的事情告诉山羊头是个正确的决定——否则的话，这些有用的情报还不知道要什么时候才能被自己知晓。这种过于隐秘的知识可不会写在妮娜的课本中。

邓肯离开了船长室，他拿着那枚太阳护符，若有所思地走在"失乡号"的甲板上。子嗣有很多种，而根据山羊头透露的情报——"子嗣"都是远古之物的残渣，再加上太阳信徒追随的是大湮灭之前的远古真实太阳的事实，他有合理的理由怀疑，这些所谓的子嗣极有可能就是大湮灭的产物，其诞生或可追溯到大湮灭发生之前的"秩序纪元"。海平面上有"太阳子嗣"，深海中也有"深海子嗣"。

邓肯不知不觉走到了船舷旁，他探头看了一眼外面深邃蔚蓝的大海，心中略感好奇。

海里……原来不是只有鱼啊？

到最后邓肯也没有搞明白"子嗣"到底是个什么东西。山羊头对这方面语焉不详，而且似乎是因为它自己都不知道这些游走在文明世界边缘的古老之物是什么底细。至于邓肯，也只能从有限的线索中总结出一点概念："子嗣"是古老岁月的产物，且对现代世界心存憎恶，他们有着诡异危险的力量，又隐秘低调藏于暗处，除了太阳的"子嗣"之外，其他"子嗣"几乎从不在文明世界现身，而是在边缘地带威胁着探索者的安全。

而在所有这些情报中，还有很令人在意的一点：太阳的"子嗣"似乎可以伪装成人类的模样——只有教会的超凡者可以把伪装的太阳子嗣从普通人中区分出来。邓肯联想到了普兰德城邦最近的变化，想到了那些低调数年之后突然高调整活的太阳信徒们。邪教徒的高调活动背后，是"子嗣"命令的吗？那些古老诡异的存在，是在图谋普兰德城邦的什么东西？

邓肯站在"失乡号"的甲板边缘，长久地注视着脚下起伏动荡的海面。

深海中也有"子嗣"，是和"太阳子嗣"不一样的古老存在，"它们"威胁着各个城邦之间远航舰队的安全。

邓肯对这些深海中的玩意儿警惕又好奇。他认为，尽管自己没有和这些东西打过交道，但只要"失乡号"还在海上游荡，那迟早有一天是要遇上这些诡异玩意儿的，在此之前多做一些准备总没有坏处。不管是收集情报，还是进一步掌控自己的力量，抑或发掘出"失乡号"的潜能，都是在为将来做打算。当然，他也不是畏惧深海中潜藏的危险——毕竟他都跟着这艘船在海上漂这么长时间了，深海里有多少诡异的玩意儿他多多少少也能猜到，子嗣也只不过是那数不清的诡异威胁中的一个罢了，所谓"虱子多了不痒""债多了不愁"，作为"失乡号"的船长，他在这里要警惕的东西可多了去了。

他在甲板上思索了很长时间，发现自己当前最需要担心的，就是好不容易找到的"补给渠道"会不会受到影响——那些深海的子嗣不会影响到自己钓鱼吧？

鸽子艾伊虽然有运送物资的能力，但现在还无法确定它的运载量以及可靠性到底怎样，更何况普兰德城邦是个有秩序的地方，运到船上的补给物资那也是要花钱去买的，所以这条补给线还不一定什么时候能派上用场。再加上上次钓鱼时丰厚的猎获犹在眼前，邓肯很清楚，"失乡号"的生活条件改善终究是离不开大自然的馈赠。

而那些"子嗣"现在成了个隐患——它们说不定会影响到大自然的馈赠。

邓肯有点发愁，他只希望海里的邪门玩意儿别影响到自己钓鱼。

明亮的瓦斯灯发出光辉，驱散了教堂地下设施中的阴暗，铭刻在幽长走廊中的深海符文散发着令人安心的力量，那些符文中所蕴含的象征海浪、海岸的线条彼此连接，仿佛勾勒着无形的巨网，将整座建筑的地下结构都笼罩在神圣又静谧的氛围中。

凡娜走在教堂的地下圣所中，这个神圣又安静的地方让她略显浮躁的心绪也一点点平静下来。

风暴女神，执掌无垠海上最强大的力量，但她并非只有象征着"风暴"的狂暴一面，这位古老的神祇同时也执掌着静谧、封印的力量。就如大海存在着一体两面，平静与风暴总是相伴相生，女神的权柄同样如此——大教堂的地下，便象征着"风暴的镜像"。这个世界有很多神明都是这样一体两面，或者具备一体两面的特征，死神同时执掌着生机，智慧之神同时也有剥夺理智、痴愚疯狂的权柄，普通人或许对这方面不甚了解，但作为一名高阶圣职者，凡娜在这方面的知识很丰富。

她还知道，正是由于许多神明一体两面的特征，催生了某些极具争议的，甚至接近异端的思想，有一部分学者甚至认为整个世界也是一体两面的——在某个维度中，甚至存在着一个与现实中大海与陆地互成镜像的"枯竭之地"，那里是一望无际的干枯大地，而极其稀少的河流与绿洲点缀其间，那个枯竭之地甚至存在着与现实世界"似是而非"的智慧文明，他们与现实中的万物互成倒影……

这些离谱的、完全建立在臆想基础上的推测当然不受承认，就连普兰德城邦那位素以开明著称的瓦伦丁主教，在听到这方面的说法时也是嗤之以鼻——用那位老人的原话说，这个世界最底下有个亚空间已经够让人头大了，某些民间神学家就不要再往亚空间下面挂东西了成不成？

凡娜摇了摇头，让不受控制的思维再次收拢。

在静谧的大教堂地下，人的思维很容易不受控制地发散出去，这是因为"风暴的镜像"带来了过于安详的心理暗示，女神庇护所带来的安心感可以最大限度地削弱凡人的心理屏障，这种效应无形而强大，连她这样受过严苛训练的审判官都无法免疫。但从另一方面讲，这种特殊的环境又有着特殊的用处，比如让某些狂热又疯癫的邪教徒开口。

凡娜在地下圣堂的走廊尽头停了下来，这里有几扇门，通往各个审讯室，而一座风暴女神圣像则静静伫立在几扇门之间的门厅中。这座圣像与教堂地上的女神圣像不同——地上的圣像双手张开，仿若在接受万民朝叩，自有无穷的威严；而在地下，女神的圣像却双手合拢于胸前，静谧温柔，仿佛是侧耳聆听的少女。不过不管是哪一尊圣像，都以轻纱覆盖着面容——这象征着神明的不可知性。

这双手合拢的聆听圣像就是风暴女神的另一副姿态：静海少女。

她镇压着海平面以下的水体，庇护着城邦地下世界的安宁。

凡娜在静海少女的圣像前躬身行礼，随后转身推开了附近一间审讯室的大门。门轴转动的声音打破了地下设施中的宁静，大门打开之后，一间宽敞却又较为昏暗的房间出现在凡娜面前。房间中央摆放着一张大桌子，身穿黑色长裙的海蒂女士正从桌旁起身，而在桌子对面，则是一张带有拘束锁链的椅子，一名太阳异端正安静地坐在椅子上。那异端双目无神，歪歪斜斜地靠着旁边的扶手，似乎理智和力气都已经被抽离了躯体，只余下了混沌。房间中残留着浓烈的熏香气息，海蒂女士的医疗箱还放在桌上，里面可以看到空掉的大型注射器、蠕动的刺藤以及仿佛仍然残留着血迹的黄金尖锥。

"哦，凡娜阁下，你来得正好，"海蒂女士听到开门声，转头打着招呼，"我刚刚完成一个'疗程'。"

凡娜的目光扫过海蒂的医疗箱，表情倒是一如既往："说真的，我还是很难把你这套东西跟'疗程'联系起来……"

"这可都是'精神医师'的标准工具……好吧,我承认自己使用它们的频率可能是比普通的医生高,"海蒂女士说着,耸了耸肩,"但谁让我是受雇于市政厅而且还经常帮教会做事的'催眠师'呢?我接触的'病人'可都不是什么正常患者,尤其是像这样的邪教徒,摇晃的水晶和低频摆可没有一针三倍剂量的'午夜合剂'好用。"

"……我很怀疑你每次给邪教徒注射三倍剂量的原因是你这个大针筒里只能装三倍剂量,"凡娜吐槽了一句眼前的熟人,但紧接着摇摇头,"但这并不重要,你能撬开这些家伙的嘴巴就行……说说吧,有什么收获?"

"有,而且收获不小,情况诡异,"海蒂女士立刻答道,"我已经对数名邪教徒进行了深度催眠,还用上了一些特殊手段,现在基本可以确定……这些参加献祭仪式的邪教徒极有可能并不是在仪式失控之后才发疯的……"

"不是在仪式失控之后发疯的?"凡娜立刻皱了皱眉,海蒂的话超出了她的预料,"这是什么意思?"

"我搜索了他们的记忆,发现这些人的思维……或者说认知逻辑,在最后那次失败的献祭仪式开始之前就出了问题。更严格来讲,这些邪教徒好像从仪式开始之前就遭到了某种……认知滤镜的影响,以至于他们的记忆中……嗯?凡娜阁下,你好像并不太意外?"

凡娜脸上毫无意外的表情当然没瞒过海蒂,这位时常跟教会合作的"精神医师"立刻便从这位审判官的反应中猜到了什么。

略作犹豫之后,她谨慎地问了一句:"看样子……这次事件背后问题很大?"

凡娜点了点头:"问题很大。"

海蒂想了想,一边收拾自己的医疗箱一边飞快说道:"我明天休假,这阵子可能都……"

"海蒂女士,你可能已经与这件事建立联系了,"凡娜看了海蒂一眼,"很抱歉,但包括我在内,当时所有出现在现场的人都曾经暴露在某种认知污染下,你在这些邪教徒身上发现的精神问题,其实曾经发生在我们每一个人身上,只不过……感谢女神庇佑,我们受的污染不深,所以这时候'醒'过来了而已。"

"……该死,我就知道干这行迟早会遇上这种事情,"海蒂终于停下了收拾医疗箱的动作,她揉了揉额头,"当初真应该听我父亲的建议,去继承他的事业当个古董鉴定师,或者哪怕听母亲的建议去十字街区的公立学校当个历史老师也行……那可比跟邪教徒打交道安全多了。"

"想开点吧,至少你现在的工作足以让你在上城区维持体面的生活,"凡娜摇了摇头,在年纪相仿又熟识多年的海蒂面前,她的态度显得比在部下们面前平易近人许多，"还是说说你的发现吧，这或许有助于教会和市政厅把握事态。"

"……其实很简单，一个显而易见的违和之处，"海蒂叹了口气，说着自己从那些邪教徒潜意识中挖出来的线索，"在献祭仪式当晚，一个祭品在太阳的图腾前失控，并反向献祭了主持仪式的神官。而根据我们在现场发现的线索，那名导致失控的'祭品'其实是一个已经被献祭过的'尸体'，他死而复生地走到了高台上，对吧？"

凡娜点点头："当然，我记得很清楚。"

"那问题就来了……既然这个祭品已经被献祭过一次，那为什么当时现场的邪教徒一个都没认出他来呢？普通邪教徒也就罢了，为什么连那个神官自己，也没有认出眼前的祭品在不久前就曾被自己亲手献祭过？"

凡娜慢慢皱起了眉头："……现场的邪教徒眼睁睁看着前不久被献祭过一次的祭品再次出现在眼前，却没有任何人察觉异常……他们的记忆被篡改，认知被扭曲了。"

"连我们在当时也没察觉到这个显而易见的违和之处，不是吗？"海蒂苦笑着摊开手，"事实上直到一小时前，我都没意识到自己竟忽略了这理应注意的事情，而直到现在，我也才从你口中知道，我自己的精神曾受过影响。"

凡娜一时间没有说话，转身来到了那名仍然处于浑浑噩噩状态的邪教徒面前。被大剂量神经类药物和强效熏香双重催眠的邪教徒微微晃动着脑袋，茫然地看着眼前的高大女士。

凡娜突然回头问道："这些邪教徒在仪式失控之后互相砍杀，也是因为认知错乱？"

"是的，我在他们的记忆中'看'到一些闪烁的画面，"海蒂回答道，"这些画面似乎给他们烙印了非常强烈的印象，让他们坚信仪式现场的其他人都被恶灵或类似的东西给占据、控制了，他们并不认为自己是在砍杀同胞，而是认为自己在把其他同胞体内的恶灵给驱逐出去……"

"这多半是他们的灵魂本能在示警——邪教徒也是教徒，他们背后毕竟有个黑暗太阳在给这些人'赐福'，当巨大而诡异的危险出现时，这些接受赐福的教徒极有可能感知到了什么，"凡娜根据经验分析着，"他们那疯狂的幻觉其实多多少少昭示了真相，可惜，这些没有受过训练的普通人根本不懂得分辨这些警示的意义，反而陷入了集体狂乱状态。"

海蒂看着一脸严肃的凡娜，犹豫几次之后，终于还是谨慎开口："所以……这件事背后的东西到底是什么玩意儿？比那个远古太阳还邪门？"

凡娜想了想，轻轻摇头："还是别打听了，海蒂，你和这件事的联系还不深，但若是进一步了解下去，某些不可切断的联系恐怕就建立起来了。"

"好吧，既然连你这位审判官都如此说，那我还是保护自己的小命要紧，"海蒂一边说着，一边拎起已经收拾好的医疗箱，"我真的要给自己放个假了……放心，不是跑路，过两天海洋博物馆有一场展览，我还挺有兴趣的。"

凡娜点点头："参观海洋博物馆是放松心情的好方式，女神的赐福也充盈在那些展品中。"

海蒂笑了笑，拎起医疗箱走向门口，但就在要推门出去的时候，她却突然停了下来，回头不放心地看了凡娜一眼："我说……污染真的消退了吗？"

"放心吧，当然消退了，"凡娜无奈地一摊手，"我们只是赶上点'残留'而已，你在这静谧的地下圣堂里待了这么久，女神的赐福早已把你受到的影响清理干净了。"

"那我就放心了，"海蒂这才松了口气，推开大门，"那就下次见了，凡娜审判官。"

凡娜目送海蒂离开房间，而在她身旁，那个被强效熏香、神经药剂弄得浑浑噩噩的太阳教徒也半睁着眼睛，茫然地注视着凡娜。现代文明制造的药剂，古老年代传承下来的熏香，静谧的圣堂环境，深植于灵魂中的太阳"赐福"，这些混乱的力量互相纠缠、汇聚，在邪教徒体内产生着微妙的影响。

邪教徒的双眼中，倒映出了凡娜朦朦胧胧的身影。他看到这位审判官站在前方，身姿挺拔而坚定。他看到一个模模糊糊的虚影站在凡娜身后，那是近乎透明的幻象，幻象周围还燃烧着幽绿色的烈焰——这个高大的幻象静立在凡娜身后，面无表情地站着。

邓肯面无表情地坐在海图室中，看着人偶爱丽丝在自己面前忙活。

她端来了大大的托盘，托盘上有锃光瓦亮的餐具，还有一大碗热气腾腾的汤。闻上去，可能是鱼汤。显然，在进一步熟悉了"失乡号"上的环境之后，这位人偶小姐又冒出了新的点子，要"用她自己的方式为船长做点什么"。

"晚饭？"邓肯好奇地看着人偶，看着对方将餐具与鱼汤摆放在自己面前，"你怎么突然想到做这个？"

"我收拾完厨房的食材库了，然后看到了桶里的……鱼肉，"爱丽丝满脸笑容，带着自豪的神色，"船上的许多工作我都帮不上忙，但做饭总该可以，以后我就给您做饭好了。"

"有这份心，是好事，"邓肯也不知道该怎么评价这个奇奇怪怪的人偶，只是面对爱丽丝那真诚的笑容，他也不好意思拒绝，只是有点好奇道："但作为一个人偶，你会做饭吗？"

"我可以学啊，感觉还挺简单的，"爱丽丝一脸理所当然，"最基础的东西跟山羊头先生打听一下就行了，他之前跟我讲了好多好多做饭的事情……"

邓肯面无表情地看了一眼旁边的山羊头，又看了一眼爱丽丝。一个木雕，一个材质不明的人偶，俩加起来凑不出一套消化系统，还凑到一块研究做饭！一个敢教，一个是真敢听啊！他也不知道自己该怀着什么心情，只是拿起汤勺搅动了一下碗里的鱼汤，心说最起码这东西闻起来味道倒是对的，然而下一秒，他的动作便僵住了。

沉默片刻之后，他伸手从汤勺里捞出一根长长的银白色头发。

"你头发掉进去了。"邓肯面无表情地说着。

"啊，我不是把头发掉进去了，"爱丽丝立刻摆着手，"我的头掉进去了……不过您放心，我立刻就捞上来了，都没用人帮忙！"

邓肯："……"

这事儿实在过于邪门，所以邓肯到最后还是没能把那碗鱼汤吃下肚。毕竟，只要一想到人偶小姐的脑袋曾经在汤锅里起伏滚动，他就觉得这顿晚饭的画风在直朝着"咒怨"的方向一路狂奔——哪怕爱丽丝真实的画风其实"谐"得不行，她把脑袋掉锅里这件事也有点过于惊悚了……

人偶小姐显得有点受伤，她看着被邓肯放到一旁的食物，两只手抓着衣服边的蕾丝装饰："船长您是生气了吗？"

邓肯身心俱疲地看了这个人偶一眼："你要是在船上有什么不开心的可以直接告诉我……"

"啊？我没有啊……"

"那以后就尽量别进厨……"邓肯随口说着，但很快他就注意到了爱丽丝那越来越沮丧的表情，最后还是无奈地摇摇头改了话锋，"算了，你出发点是好的，其实我很高兴。但做饭这事吧……不熟练就会出点意外，今后熟悉了就好了。"

爱丽丝顿时就支棱起来："那我以后还可以试试？"

邓肯憋了半天，终于点点头："……注意点就行。"

他这也是考虑了一番的：这个诅咒人偶显然很受不了在"失乡号"上混日子的现状，或许她真的有某种"本性"，让她必须要在这艘船上做些事情才能安下心来，而她又是一个有思想、有人格的独立个体，邓肯觉得自己不能永远用打击的方式来对待这个人偶。那么相比之下，让爱丽丝去厨房帮忙总好过让她继续跟缆绳、锚索和炮弹打架——起码"失乡号"上的锅碗瓢盆脾气还相对好点。

他低头看了一眼放在旁边的鱼汤，平心而论，这鱼汤的味道挺正常的，虽然船上调料有限，但火候完全没有问题，而作为一个连味觉和消化系统都没有的人偶，爱丽丝可以仅凭听来的几句理论知识（而且这理论知识还来自一个同样不吃人饭的山羊头）就做到这种程度，其实已经相当不错了。两个不吃人饭的家伙凑一块能鼓捣出一顿人能吃的饭来，还能要求啥呢？邓肯觉得这人偶以后只要小心一点，应该还是能胜任厨房里的工作的——这样起码他这个船长以后不用亲自做饭了。

"那……船长，要不要我再给您做点别的？"这时候爱丽丝的声音从旁边传来，打断了邓肯的思索，"我还跟山羊头先生学了烤鱼和炸鱼片的做法，厨房里就有……"

"先不用了，我不饿，"邓肯摇摇头，他这具身体其实对食物的需求并不怎么旺盛，平常维持一日三餐也只是为了保持自己作为"人类"的习惯而已，刚才一碗"爱丽丝靓汤"已经打消了他半天的食欲。他从桌子旁站起身来，"我要去船舱里走走。"

"您要去船舱？"爱丽丝愣了一下，紧接着仿佛想起什么似的，表情略微紧张起来，"那……那您可以去'下面'看看吗？"

"下面？"邓肯皱了皱眉。

"就是更深的舱室——不让我去的那些地方，"爱丽丝说道，"我总是听到那下面传来吱吱嘎嘎的声音，有时候还好像有谁在地板下面嘀嘀咕咕，您要不去看看……下面是不是有情况？"

看着人偶小姐脸上略显紧张的表情，邓肯这颗心顿时慢慢提了起来。"失乡号"的深层……那是他还不曾探索过的地方！因为在过去，那最深处给他的感觉实在诡异危险，而那时候他还没有掌舵，也没有掌握灵体之火的力量，所以之前的几次探索都是在通往深层船舱的地方止步——当然，将来他是有进一步探索的计划的，但如今看来，计划得提前了。

就在这时，山羊头的声音突然从一旁传来："啊，听上去是舱底有些不安分了，船长您要下去看看吗？"

邓肯还没开口，就听到山羊头已经自顾自地絮絮叨叨起来："仔细想想，您好像确实很长时间没有检查那下面了，舱底有些需要船长的安抚。您知道的，那里毕竟长期浸泡在无垠海中……您要带上您的提灯吗？还放在老地方，就在门后……这段时间您一直在上层活动，下层的家伙们可是聒噪得不行，您是不知道它们有多烦，唉，我可是个爱安静的，听不得那些在半夜里吱吱嘎嘎作响的声音……"

邓肯默默看了山羊头一眼，后者顿时安静下来。

说真的，在听到山羊头念叨的某些内容之后，他对那诡异的舱底又多了一分抵触——听上去，那里明显受到了无垠海更深的影响，已经变成了哪怕在"失乡号"上都算得上"不对劲"的结构！但抵触的想法也只是在脑海中盘踞了不到一秒钟——他迟早要对"失乡号"的其他结构做进一步的探索，而且晚去不如早去，理智告诉他，这件事其实越早越好。

"失乡号"很大，不只是长度惊人，其船舱深处也分了许多层，目前邓肯所了解的区域其实只有这艘船的上层结构——包括甲板区，甲板下面的上层船舱和弹药库、火炮区，还有再往下一层的仓库、淡水舱以及一部分船员室。根据之前几次的探索，他完全可以想象，在已经探索的这些区域之下到底还有多么庞大的结构隐藏在黑暗深处。

那些结构位于水线以下，从深度看，它们完全浸泡在无垠海中。黑暗，阴森，回荡着空洞的风声或啸叫——越往深处，"失乡号"里的环境就越是诡异。

邓肯不了解自己的船——这种情况一直拖着肯定不行。他已经是这艘船的船长，"失乡号"是他的落脚点，更是他在这个世界活动的大本营，他不能对自己的基本盘都一知半解——哪怕只是为了在充斥着异常和异象的无垠海上长久生存，他也必须对"失乡号"的潜能和危险之处都了解清楚。天知道明天会不会有危机降临，天知道"失乡号"下一秒会不会就撞上那些深海中的"子嗣"，或坍塌的"现实边境"。

更何况刚才山羊头还提到一句：舱底需要船长的安抚。

"船长"已经太长时间没有去下层船舱了……再这样下去，似乎会有不好的事情发生。邓肯起身去门后找到了山羊头提到的那盏提灯。这是一盏相当老旧的提灯，铜制的框架上宽下窄，呈六角棱柱形，玻璃制的灯罩镶嵌在铜框架里，显得有些模糊不清，而在那灯罩内部，邓肯却没有看到类似灯芯的结构。他没有表现出好奇，也没有向山羊头询问，在短暂且不动声色地思索之后，他尝试着激活了那幽绿的灵体之火，并将这份力量灌注到提灯中。

一簇明亮的绿色火苗立刻在灯罩内跳跃燃烧起来，这古朴陈旧的提灯开始释放出恒定的辉光。

在提灯照耀之处，一种凄冷的氛围弥漫开来，邓肯站在这光芒中，却产生了一股莫名的平静与掌控感，他仿佛能隐隐约约感觉到自己的力量在随着灯光扩散，光芒所照耀的地方，一切事物的细节都清晰地映照在他脑海中。

鸽子艾伊突然扑啦啦地飞了过来，落在邓肯肩膀上。它已然化作了那骨肉虚幻的亡灵鸟形态——尽管邓肯根本没有主动"激活"这只鸽子，但在提灯的照耀下，它仍然被动地完成了"转变"。邓肯低头看了一眼手中提灯，认为这可能是个好东西……它似乎可以以极小的损耗将自己的力量扩散到周围环境并维持出一个"力场"，这力场兼具探测、预警甚至掌控的功能，这一特性显然相当适合在陌生或危险的区域长期探索。

"船长……我能跟你一起去吗？"

邓肯回过头，看到爱丽丝正站在自己身后，她好奇地看着那盏提灯，同时脸上又带着跃跃欲试的表情："我还没去过下层呢！山羊头先生说没有您的允许不能下去……"

邓肯想了想，微微点头："可以。"

他还不知道船舱下层有什么东西，但不管怎么说也是"失乡号"的一部分，在自己已经成功掌舵的前提下，舱底想来不会有什么太大的危险，带上这个人偶说不定还能给自己搭把手。留在航海桌上的山羊头则没有发表任何意见，显然在它的视角看来，船长去视察"失乡号"是一件相当正常的事情——带上个帮手同样如此。船舱外，夜幕已经降临，"世界之创"清冷的辉光正照耀着海面，照耀着空荡荡的幽灵船甲板，半透明的灵体之帆在空气中鼓动，无人操控地慢慢调整着角度。

邓肯手执提灯，带着自己的佩剑和燧发枪，与爱丽丝一同穿过了空荡荡的甲板，穿过了最上面的两层船舱，沿着木头楼梯一路向下，走向"失乡号"的船舱深处。海员舱室尽头的楼梯就是邓肯此前探索时的止步之处。一种异样的昏暗盘踞在那条倾斜向下的楼梯四周，视线中只依稀能看到用于支撑船舱的立柱和一些墙壁结构。

"这下面好黑啊，"爱丽丝站在楼梯口，有点紧张地看着下面昏暗的环境，"这下面没有点灯？其他地方明明都有一直不灭的油灯的……"

"不，那下面有灯光，"邓肯手持提灯，慢慢开口，在提灯所散发出的力量影响下，他这一次终于比之前更加清楚地看到了船舱下面的情况，"……只不过下面的灯光是黑色的。"

"……啊？"爱丽丝愣了一下，半天没反应过来，"还有黑色的光？"

邓肯没有立即回应，只是拎着提灯慢慢向下走去，直到爱丽丝也跟上来之后他才轻声开口："毕竟，我们已经到无垠海的水面以下了。"

人偶与厨房

"失乡号"上的厨房，与别处是很不同的。

这里没有别的厨师和帮厨，从上到下就只有一个人偶在忙活，而这个人偶，要解决整艘船上的伙食问题——虽然事实上整艘船现阶段也就只有船长一个人需要吃东西而已。

但即便只有船长需要吃饭，大厨的工作也万万马虎不得。

首席大厨爱丽丝一大早就来到了厨房，现在她要开始一天中最重要的工作。

新鲜的鱼肉放上案板，残留的生机让它在案板上四处爬行蠕动，但这对于优秀的厨师而言并不是问题——手起，刀落，切到手，惊呼，在厨房里连蹦带跳。一整套流程行云流水，爱丽丝已经演练过无数遍，厨具们对此也轻车熟路。

在人偶哭丧着脸等待手指伤口愈合的时候，菜刀已经自行与案板上的鱼肉完成了激烈的搏斗。切好的肉块下锅，随后各式香料按次序投入，汤勺则磨磨蹭蹭地来到灶台旁边，等待人偶重振旗鼓。

爱丽丝最大的优点是能够承受挫折——她沉稳地拿起汤勺。

她知道，火候的掌控在接下来的环节中虽然马虎不得，但这对于优秀的厨师而言不是问题——汤滚，头落，脑袋掉锅里，惊呼（带着咕嘟声），身体在厨房里连蹦带跳。

一整套流程行云流水……

五分钟后，爱丽丝成功将自己的脑袋从锅里捞出来，去一旁的水池中清洗干净后，安装在脖子上。随后她便沉默地等着厨房的锅自己把鱼汤炖好并盛到盆里。

时间一秒、一秒地过去，人偶沉浸在沮丧中——第三秒，她重新开心起来了。

做好一顿饭，对优秀的厨师而言完全不是问题。

不优秀的话，心宽也可以。

别让船长知道就行。

第八章 ◀
舱底最后一扇门 ──────────────

　　船长的话如同清冷的夜风，穿过了越发昏暗的楼梯。爱丽丝下意识地抱了抱胳膊，更近地贴在邓肯身后。而随着二人继续向下，她也终于明白了船长所说的"灯光是黑色的"是什么意思。

　　下层船舱里确实是有灯光的——至少从结构与布局上，她所看到的舱室也有着和上面一样的支撑柱，支撑柱上则挂着不会熄灭的油灯，那些油灯正在燃烧，可是燃烧的灯焰反而导致油灯附近呈现出比远处更加昏暗的状态。是的，距离油灯越近的地方，光芒越暗，油灯本身更是被笼罩在一片阴影中，只能模模糊糊地看到些许轮廓，而离油灯远一点的地方，光芒反而渐增——船舱最角落的地方，亮度甚至接近上层的船舱。之前在楼梯上看这下面感觉异常昏暗，正是因为这下面的楼梯两侧挂着两盏灯——从视觉效果看，就仿佛是这些灯在主动释放出黑暗，中和、湮灭掉了船舱中本就有的光明一般。

　　爱丽丝瞪着眼睛看着整体上都处于昏暗状态的船舱，良久才念叨起来："这……这合理么？这……"

　　"你一个不合理的人偶在这里跟我讲合理性？"邓肯看了明显紧张起来的爱丽丝一眼，"无垠海的海平面下，事情合理本身才是最不合理的地方。"

　　他这么说的时候表情颇为淡然，仿佛这邪门的情况早已是他见惯了的小风小浪，但实际上他的心理反应跟爱丽丝一模一样——连肩膀上的亡灵鸟形态的鸽子都突然拍着翅膀说出了心声："像话吗像话吗像话吗……"

　　邓肯无视了肩膀上鸽子的聒噪，而是仔细观察着这个自己从未踏足过的船舱，同时调整着手中提灯的角度，尝试在光影变化中洞悉这里的环境。在"失乡号"的水线以下，船舱中的灯光是"反相"的，灯具仿佛并未散发光芒，反而在吸收空间中原有的光线，就仿佛……某种"世界镜像"。然而邓肯手中的提灯所释放出的灵体辉光却在遵循正常的光照规律：提灯周围很明亮，越往远处越昏暗。

　　这背后有什么原理？这仅仅是无垠海的影响，还是混杂了"失乡号"本身的特性？船舱中本身的"明亮环境"是真的吗？如果那些"吸收光线"的油灯被熄灭，这里会变成个明亮的地方？有那么一瞬间，邓肯心中竟真的冒出了这个大胆的想法，他真的在思考熄灭这一层的油灯会有什么现象发生。然而下一瞬间，他又硬生生地掐灭了这个明显不对劲的念头。他不能熄灭这里的灯光——哪怕看上去是这些灯光导致了整个舱室一片昏暗，它们在这里点亮也一定是有理由的！

他突然想到一点，在普兰德城邦，自己得到的情报是"燃烧的火焰可以驱散诡异危险"——在这句表述中，产生作用的其实是"火焰"本身，而不是火焰散发出的光，这是不是说明在特定的情况下，这个世界上的光与暗就是会出现"反相"，而在这种反相条件下，唯一值得相信的只有"火焰"本身？这是否也间接说明了为什么电灯散发出的光芒没有驱魔的效果——因为那仅仅是光，它缺乏"火焰"这一要素。

"船长？"爱丽丝的声音突然从旁边传来，人偶小姐的声音带着紧张和关心，"这里有什么异常吗？"

"没有异常。"邓肯表情不变，淡淡答道，同时慢慢迈步向前走去。

那些"吸收光线"的油灯在两旁的支撑柱上静静燃烧着，还有一些散乱的绳索堆放在立柱周围，当邓肯从它们中间走过去的时候，悬挂在立柱上的油灯便发出轻微的噼啪声，地上的绳索则慢慢蠕动着向后退去，为船长让路。

不知为何，邓肯心中突然浮现出了一句话：光影是深海带来的假象，在不再可信的海平面下，只有火焰本身仍然忠诚地守卫着"失乡号"的财富。他看向那些静静燃烧的灯火，微微点了点头，仿佛是在表示认可与感谢。于是下一秒，整个船舱中所有的油灯以肉眼可见的幅度变得旺盛起来，一个个玻璃灯罩下面是猛蹿起来的火苗。

整个船舱更暗了……

邓肯："……"

他突然有点后悔夸早了，应该等自己准备返回的时候再给这些油灯打鸡血的。爱丽丝跟了上来，这人偶小心翼翼地观察着周围的情况，她看到了堆积在船舱角落的大木桶和一些板条箱，还有一些封闭起来的房间和不知通往何处的走廊，小声嘀咕着："这里似乎也是仓库……这难道曾经是一艘货船？"

"如果是货船，货物可不会放在这么深的地方——有一种概念叫搬运成本，"邓肯摇摇头，随口说道，"这些都是远洋补给，是供'失乡号'本身在长期远航的过程中消耗的。"

爱丽丝眨眨眼："远洋补给？"

邓肯没有吭声，而是上前检查着距离自己最近的一些货物。一部分木桶里面是某种油脂，深褐色且质感黏稠，却没有太强烈的味道，可能是某种燃料，但显然已经在这里堆放了很久很久——邓肯甚至怀疑这些燃料是在"失乡号"变成幽灵船之前的"存货"，它们原本可能是用于照明、驱邪的，但在这艘船变成幽灵船之后，货舱里很多像这样的东西都派不上用场了。在另一部分木桶中，邓肯则看到了熟悉的东西：年纪比他还大的奶酪，能够开山裂石的咸肉。

邓肯默默把盖子重新封好。

在这一层，大部分地方都堆积着物资储备，尽管其中相当一部分看上去在如今的幽灵船上已经派不上用场，但足以证明他此前对"失乡号"的判断：这艘船，至少在建造之初是为了某种远洋探险而准备的，它能携带大量的补给，且各个补给货舱之间还有严密的安全措施，以防止火灾蔓延，或避免虫害、鼠害损耗给养。再联想到这艘船上层还有大量火炮以及规模不小的弹药库，他几乎可以猜到这艘船在最初曾经承载着怎样一个雄心勃勃的探索梦想——那是最遥远的航路，最危险的旅程，要面对最凶险的环境以及最险恶的敌人。而这样的探索之旅，还需要整整一船忠诚优秀的水手，以及一个坚定不移的船长才能完成。然而现在，这个可能存在过的探索计划已经随风而逝，雄心勃勃的"失乡号"变成了无垠海上最恐怖的天灾，水手们也不见了踪影，唯有一位幽灵船长，仍然掌控着这艘失去目标的幽灵船。

他与爱丽丝继续向前走去，在越过几个彼此独立的货舱之后进入了一条走廊，如果这一层的结构和上层对应，那么通往更下层的楼梯应该就在走廊的深处。

"我感觉……越来越阴森了……"人偶小姐抱着胳膊，一边谨慎地四周观望一边小声说道，"您有没有听到风声？船舱里怎么会有风声？"

"我听到了，不必紧张，是正常情况，"邓肯随口说道，紧接着又瞥了这人偶一眼，"你好歹也有'异常099'这个名号，怎么胆子这么小？"

一边说着，他同时也想到了之前从妮娜那里得到的情报：在这个世界上，有不少"异常"与"异象"的名录是对民间开放的，这些名录有助于人们规避日常可能遇到的危险或及时识别某些异常失控的征兆，但这个名录并不完整，对民间开放的只有"因威胁受控或性质特殊而距离一般民众较近"的那部分异常与异象，普通人生活中压根没机会碰上的异常与异象则不在其中。

他曾尝试从妮娜口中打听"异常099"的事情，但那女孩压根没在课本上见到过这个编号。这说明爱丽丝这个诅咒人偶要么是有着特殊的秘密，以至于被当局和教会封锁了消息，要么……就是她危险性过高，以至于始终被严密地隔离在文明社会之外，因而完全不会和普通人产生交互。不管是哪个原因，都足以让这位人偶小姐在邓肯眼中多出一丝神秘性。可这个来历显得谜团重重的人偶在听到邓肯的话之后却只是缩了缩脖子，一脸紧张："又不是有编号胆子就能大的，我是

'异常099'，又不是'胆子099'……"

邓肯叹了口气，心里寻思着眼前的人偶怕不是这世界上最丢人的异常了，也真亏之前押送她的那些水手们能紧张成那样……

邓肯一直很好奇，这个自称"爱丽丝"的哥特人偶到底有怎样的特殊和危险之处，以至于那些护送她的水手那般紧张，以至于她在这个危险诡异之物层出不穷的世界上都能占据着"异常099"的名号。诚然，一个能够自行活动、具备理智的人偶本身确实就很邪门，她偶尔抱头乱跑或者分头行动的画面也着实惊悚，但在邓肯看来，这点邪门之处还远远够不上获得"上位编号"的标准，最简单的对比，就是他从妮娜口中得知的一个情报：

"异常196-血液"，一个被收容封印在普兰德教堂地下圣堂中的危险异常，其本体是相当于一个成年男性全身血量的鲜血，该异常具备一定思维特征，会自行流动、扩散，会尝试替换附近符合条件的"宿主"体内的血液并占据躯壳出逃。阻止其流动扩散的方法是将其分别存放在二十二个血罐中并维持冰冻——但如果存放点附近十米范围内有人流血，封印即刻失效，流血者体内的血液会被"异常196"替换，宿主本人的理智也会被一并接管。

该异常无视圣徒以下的反制措施，会无条件杀死符合要求的宿主。作为普兰德城邦负责管理的最危险的异常之一，"异常196-血液"的相关情报始终对民众开放，以确保一旦该异常泄漏至城区，当局可以迅速定位并采取措施应对。邓肯不知道所谓的"圣徒"是个什么概念，但听名字就可以知道，这应该对应着某种相当强大的超凡者级别，或许那位在报纸上出现过的审判官凡娜就是一个圣徒——而像她那样有可能对抗"异常196"的圣徒，在整个普兰德城邦能有几个？

这还仅仅是个"异常196"，排名一百开外将近两百的东西。爱丽丝的编号，是"异常099"，在百位以内。

虽然按照妮娜的说法，异常与异象的编号存在些许不确定性，不同的异常、异象之间也并非总能做出明显的强弱对比，但总体上，排名靠前的异常与异象通常都会有更高的危险性，或更诡异、更难以控制的"特征"。或者，就是曾造成过惊人的破坏或促成过特殊的历史事件，以历史留名的方式牢牢占据着独有的上位编号。无论如何，百位以内的编号，要么意味着对文明世界而言极端棘手的诡异特性与危险程度，要么就是在历史上整出过什么惊人的大活儿。可这个名叫爱丽丝的诅咒人偶……

邓肯回头看了正老老实实跟在自己身后的爱丽丝一眼，后者注意到船长的视线，立刻抬起头来，回以一个人畜无害又有点怂的笑容："嘿嘿……"

指望这货自己搞明白自己的危险性是不太可能了——回头还是得从普兰德城

邦的历史档案里找找门道。但一个在下城区混日子的古董店长要以什么办法去接触到这种"机密情报"呢？那个邪教徒罗恩留下的"古董行业人脉"显然不可能，那家店里大部分玩意儿的历史不超过一周……

邓肯静静思索着，同时脚步也没停下来。幽绿的灵体之火在他手中的提灯内静静燃烧，光芒向着船舱的更深处弥漫，而那些由于舱底诡异环境呈现出"反相"状态的环境光与提灯的光芒混合在一起，呈现出令人有些眩晕的、迷幻错乱的光影状态。在外人看来，这一幕极其诡谲、阴森可怕。

然而邓肯的心却非常平静，他的力量浸润在提灯的光芒中，如涓涓水流般一点点渗透在这封闭了不知多少年的船舱深处，这片之前对他而言完全未知的舱底结构正在他的脑海中一点点清晰起来，并传来了微妙的"触感"——"失乡号"上最后一片不受船长掌控的区域在重回正轨。邓肯能愈发清晰地感觉到，随着自己的探索，他身边船舱里各种事物所呈现出的隐隐"躁动"正在逐渐平复。确实如山羊头说的一样，"失乡号"的舱底因为长期浸泡在无垠海中而有些许"异动"，但只要船长亲自下来安抚，船上的秩序就会渐渐平复。

"你果然很怕海底，哪怕仅仅是来到位于海平面下的船舱里也会怕成这样，"邓肯突然对跟着自己的爱丽丝说道，"那为什么还非要跟来？"

"我……我当时没想到这么多啊！"爱丽丝强行镇定着，"我想的是再怎么走，那也是在船上……我哪有'水线以下的船舱'这个概念啊！我只是个人偶！"

"你连个消化道都没有你还研究做饭呢——别拿人偶当借口，"邓肯随口说道，"你以后需要好好补一补船上的知识了。"

爱丽丝沮丧地"哦"了一声，邓肯则略作沉默之后又好奇问道："你为什么这么害怕深海？或者说……你为什么这么怕'泡在海中'这件事？我知道深海很危险，许多人都怕深海，这个理由你是说过的，但现在看来……你的紧张比我想象的严重，已经到了哪怕仅仅是站在位于水线以下的船舱里，只要联想一下外面的海水就会神经过敏的程度……你别揪自己衣服上那点花边了，现在'失乡号'上可没有给你替换的衣服，坏了自己缝。"

"哦，"爱丽丝赶紧把手放松了一点，但紧接着又不自觉地揪起扣子来，"我……我完全没有想过这个问题啊，我就是怕，怕还不行么？"

听着人偶小姐紧张兮兮的语气，邓肯不置可否，他看向走廊尽头，看到一道倾斜向下的楼梯已经出现在视线中。那是更深的地方，可能会直达舱底——这艘船与无垠海接触最深之处。

邓肯与爱丽丝站在楼梯口往下看了一眼，借着灵火提灯散发出的光芒，他们却没有看到下方的船舱结构，而是有一扇门立在黑暗深处，邓肯不由得皱了皱眉。

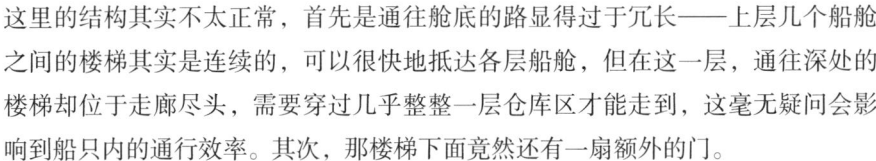

这里的结构其实不太正常，首先是通往舱底的路显得过于冗长——上层几个船舱之间的楼梯其实是连续的，可以很快地抵达各层船舱，但在这一层，通往深处的楼梯却位于走廊尽头，需要穿过几乎整整一层仓库区才能走到，这毫无疑问会影响到船只内的通行效率。其次，那楼梯下面竟然还有一扇额外的门。

邓肯犹豫了一下，还是拎起提灯，慢慢向下走去。

爱丽丝更加犹豫，但最后还是老老实实跟上——现在让她自己返回上层那是万万不敢的，还是跟在船长身后能有点安全感。很快邓肯便来到了那扇门前，他举起提灯照亮四周，尝试寻找这扇门周围是否有文字标注——然后一行位于门框上的字母便意料之内地出现在他视线中："舱底最后一扇门"。

"这是什么意思？"爱丽丝好奇地看着门框上的字母，"舱底最后一扇门……正常情况下门牌上不是应该写明房间的功能吗？"

"显然是一句提醒，"邓肯若有所思地收回了望向门框的视线，他的一只手搭在了门把手上，在推开门之前提醒着身旁的人偶，"如果进去之后发现别的门存在，都别碰。"

爱丽丝紧张地点了点头，随后便看到邓肯一把推开了那"舱底最后一扇门"。异样的苍白微光迎面照射而来，他们迈步向前，踏入一片开阔的空间。在看清楚门对面的情况之后，爱丽丝瞬间瞪大了眼睛："这……这……"

她"这"了半天，才终于憋出一句："船……船长！船底碎了啊！碎了啊！"

她大声嚷嚷着，邓肯却一时间没有回应——因为后者这时候也在目瞪口呆地看着周围的情形。"失乡号"的最深层，浸泡在无垠海中的舱底结构，已经支离破碎！入目之处是完全呈现出四分五裂状态的船舱，是数不清的巨大裂隙和散发出微光的空洞，数以百计的船舱碎片分散飘浮在空间中，又维持着某种"支离破碎的有序性"，维持着舱底应有的轮廓和结构。而越过那无数碎片之间的巨大裂缝，邓肯能清晰地看到舱底之外的"风景"——那不是他想象中的、深邃黑暗的无垠海，而是一片苍白晦暗的虚无，以及无数在虚无中飞快穿梭的、晦暗未明的光影。

邓肯与爱丽丝站在通往舱底的楼梯尽头，所看到的是奇诡惊悚的一幕——整个"失乡号"的船底竟呈现出支离破碎的状态，而在那破碎的船舱之外，则是弥漫着无尽晦暗微光的"某种虚无"。这就是"失乡号"真正的"舱底结构"？那这支离破碎的船舱之外又是什么东西？无垠海的海平面下会存在这番景象吗？

邓肯谨慎地向前走了两步，来到那支离破碎的船舱中，他踩在最大的一块木板碎片上，回头看向自己来时的方向。那"最后一扇门"仍然静静地伫立在原地，固定在一片飘浮的木板上，门后面是一条黑沉沉的楼梯，倾斜着通往上方——然而在门的四周，却看不到理应存在的墙壁，唯有一片空旷。

这扇门是孤零零地飘浮于这片空间的。

邓肯小心翼翼地绕到门背后，发现那后面什么都没有，透过敞开的大门，他可以直接看到对面破碎状态的船舱。

"船长……"爱丽丝紧张兮兮的声音传了过来，她一脸害怕地看着四周，最后目光又落在邓肯身上，"这……这是正常的，对吧？"

邓肯心里其实比这个人偶还没底，毕竟后者还能盲目信任一下船长，他这个"船长"这时候上哪找信心去？然而看着爱丽丝那紧张兮兮的模样，再联想到山羊头曾说出的那些船员守则，邓肯还是硬生生地控制住了自己的不安情绪，维持着平日严肃沉稳的模样。

"不用担心，"他淡淡说道，"'失乡号'是一艘你难以想象的船。"

"确实，确实难以想象……"爱丽丝惊叹地说着，邓肯的沉稳表现显然让她稍微安心了一点，她开始好奇地打量着那些破碎的船体以及船体外面的混沌光影，"船长，这外面……不像是有水的样子啊？"

邓肯想了想，突然好奇地看着爱丽丝："你认为这外面是无垠海的海面以下吗？"

爱丽丝一愣："啊？您为什么问我？"

邓肯一脸淡然："因为你有经验。"

"那还不是被您给扔……"爱丽丝下意识开口道，但说到一半就赶紧咽了回去，开始老老实实回答，"我觉得不是……海里肯定全都是水啊，无垠海哪怕再不对劲，那海平面下也肯定是有水的，但这外面看上去就好像……就好像……"

"一片充斥着混沌光流的虚无，"邓肯摇了摇头，慢慢向前走去，他来到脚下木板碎片的边缘，低头看着船舱外那些流动的光影，"'失乡号'的船底……并没有在无垠海内。"

爱丽丝一愣："啊？那这是在哪儿？"

邓肯没有开口，显得高深莫测——实际上是因为他也不知道。但他仍有一个模模糊糊的猜测：或许，这艘船其实是同时在数个不同的维度内航行？表面上看"失乡号"是航行在现实世界的无垠海上，但实际上这艘船的不同部分压根就分属于不同的维度？这也解释了为什么越往"失乡号"的深处走去，周围的舱室就越是显得诡异阴森，或许诡异阴森的根本不是船舱本身……

那么这船舱外面的晦暗混沌空间如果不是无垠海，又是什么地方？看上去不像是灵界，也不像是执行灵界穿梭时看到的那个黑暗空间……难道是更"深"处？幽邃？亚空间？心中泛起无数的猜测与假设，邓肯慢慢伸手抽出了腰间的海盗剑，随后一只手提着提灯，一只手握着长剑，慢慢探向脚下这块碎片的边缘——他此刻非常谨慎，尽管这些碎片之间的缝隙看上去一步就可以跳过去，他也没有贸然跨步，而是要先用长剑试探。

天知道这些裂缝里会不会突然冒出什么东西，把贸然跨越的人给吞掉。

下一秒，他在惊讶中微微睁大了眼睛。他看到长剑的尖端消失了，而在裂缝对面的碎片边缘，一截剑尖却突兀地浮现出来。邓肯皱了皱眉，又朝不同的方向进行测试，类似的现象再度发生。

他终于慢慢明白过来。

这些看似裂缝的区域，其实从空间上仍然是连续的！看似支离破碎的舱底结构，其实仍然保持着完整！他直起身，环视着四周那些裂缝以及在裂缝外面流动的光影，心中有所明悟：这些"断裂"景象只是一种光学结果，却没有影响到空间上的连续性，"失乡号"的船身在这里并未破裂，但由于某些原因，导致船壳外面的"画面"出现在了船身内部。但这是什么原因导致的？是空间交叠？还是高维度向低维度的错误投影？

邓肯下意识地调动着脑海中所有靠谱或不靠谱的知识，尝试解释这里诡异的现象，一旁的爱丽丝则一脸困惑地看着船长在裂缝边缘做些奇怪的举动，一会用提灯到处照，一会用长剑到处戳，看了半天才终于忍不住开口："船长……您是在用特殊的安抚仪式来……安抚船舱吗？"

邓肯背对着爱丽丝默默收起长剑，硬着头皮："……对。"

"哦！好厉害！"爱丽丝顿时眼睛一亮，"那您要给这里的所有碎片都进行一次安抚仪式吗？"

"……这就够了，"邓肯继续板着脸硬着头皮说道，然后赶在这个好奇心旺盛的人偶继续开口之前转移了她的注意力，"我们往前走走吧。"

一边说着，他一边手持提灯谨慎地向前迈出脚步——在这一步踏出去的时候，他几乎绷紧了全身的肌肉和神经，随时防备着跨越裂缝时发生什么意外情况，但结果是什么意外都没发生，就和之前用长剑测试时一样，他直接"跳过"了跨越裂缝的过程，就像在正常的船舱里走动一样，直接走到了对面的碎片上。爱丽丝惊奇地看着船长走在前面，像无视了脚下的裂缝般自如穿行，也有样学样地跟了上来。但在跨越裂缝的时候，她还是紧张起来，最后忍不住加速往前一跳……

然后理所当然地一头撞在前面的邓肯身上。

邓肯只感觉身后风声骤起，紧接着便是有什么东西结结实实地撞击了他的后背，他下意识地猛然转身，抬手一挥……下一秒，他面无表情地看着正在自己身后手忙脚乱到处乱抓的无头人偶，她的脑袋则在十几米外一边滚动一边结巴着："对……对……对不……"

"你老实在这儿等着，我给你捡回来，"邓肯叹了口气，一边在心里反思自己为啥要带这个废物人偶下来，一边快步追上了爱丽丝那已经渐渐滚滚远去的脑袋，将其轻车熟路地捡起，"你要不要考虑给自己的脖子打个螺丝……"

爱丽丝的头颅却仿佛没有听到邓肯后半句的吐槽，她只是突然睁大了眼睛，看着旁边某个方向："那……那……那边有……有扇……"

邓肯一皱眉，扭头看向爱丽丝头颅拼命用眼神示意的方向。一扇黑漆漆的木门静静地伫立在尽头的碎片上。

一扇门……竟然还有一扇门，果然还有一扇门！

虽然之前看到楼梯尽头那扇门上的提示时邓肯心里就想着会不会发生这种经典情况，但是此时真正看到这"舱底空间"还有一扇额外的门时，他心中还是忍不住一跳！

这时候爱丽丝的身体也跌跌撞撞地走了过来，邓肯一边把人偶的脑袋还给她一边看向那扇门："刚才那边有这么一扇门吗？"

爱丽丝把脑袋"啵儿"一声塞回脖子上，一边活动颈椎一边朝那边看了一眼："好像没有，是咱们走过来之后才出现的。"

邓肯不置可否地"嗯"了一声，手执提灯小心翼翼地朝那扇门走去。其实在这处诡异的船舱里，他已经用不到提灯的照明，从那些裂缝外面渗透进来的混沌微光虽然晦暗，却也足以让整个空间维持着基础的亮度。但他仍然维持着手中提灯的照明——这是必要的谨慎。虽然山羊头没提醒过这方面的事情，但邓肯已经决定，只要自己还在水线以下的舱室里，就绝不熄灭这盏灯。

那扇新出现的门看上去平平无奇，黑黢黢的门板和之前楼梯尽头的"最后一扇门"没多大区别，也和"失乡号"上大多数舱室所用的门有着相似的风格与材质。邓肯抬起头，在这扇门的门框上方，他看到一行仿佛是用铜汁浇铸进去的字母："此门通往失乡号"。

门框上的字母看上去已经度过了一个世纪的光阴，在灵火提灯以及弥漫于整个船舱的混沌微光映照下，字母上的每一根线条都似镀上了一层"凝固的时光"，透着古朴与神秘。邓肯盯着那行字母看了好几秒钟后，面无表情地扭头就走。

爱丽丝的声音顿时从旁边传来："哎？船长，咱们这就要走了？这扇门不需要查看一下吗？哪怕不打开也可以……"

"已经没什么可看的了，这已经是舱底尽头。"邓肯随口说道。

但就在这时，一阵轻微的叩击声突然传来，让他停下了脚步。邓肯转过头，看了看落在自己身后的爱丽丝，爱丽丝则紧张地四周观望了一下，最后转头看向那扇黑沉沉的木门："声音好像是从这扇门背后传来的……"

　　邓肯停在原地，面色严肃地注视着那扇突然传来叩击声的木门，他耐心等待了好几秒钟，突然又听到两声敲击传来——敲击声微弱而模糊，就好像那扇门被一层极其厚重的帷幕包裹着，这种感觉并非幻觉。短暂却激烈的权衡之后，他终于回到了那扇门前，爱丽丝也跟着凑了过来，紧张地关注着接下来可能会有的动静。

　　邓肯一手提着提灯，一手紧握长剑，仔细观察着眼前这扇黑沉沉的木门。就在这时，他才突然发现这扇门其实并没有完全闭合起来——在门的侧面，可以看到一条大概只有一厘米宽的门缝。门是虚掩着的，仿佛是谁仓促从此处离开后忘了关上，又好像是里面的某些"东西"故意留了个门缝，吸引着盲目者的造访。邓肯拿起提灯，谨慎地朝里面照着，眼睛透过门缝观察着门对面的情况——他的另一只手却已经将长剑抵在门缝旁，随时准备刺向从里面钻出来的任何"东西"。然而他无论如何也没想到自己会看到怎样的光景——那门缝对面，是一个房间。

　　一间不大的房间，看上去好像已经有了些年头，墙纸显得暗淡起皱，略显杂乱的陈设似乎很久没有好好收拾，正对着门的方向能看到有一张单人床，床旁边还有张桌子，桌上摆着电脑、书本与一件小小的摆设。一个高高瘦瘦的身影正在书桌前伏案疾书，那身影穿着寻常地摊上买来的白衬衣，头发杂乱而缺乏打理，明显不怎么锻炼的身体显得有些偏瘦。

　　邓肯的目光透过门缝，死死地盯着"那边"熟悉的一切，盯着那个房间，盯着那个伏案疾书的身影，而那个身影也好像突然感觉到了什么，他停下书写，猛然抬头，起身跑向门口。那个身影跑了过来，透过门缝死死地盯着外面，盯着邓肯。邓肯也盯着他，盯着那张熟悉的脸——那是他自己的脸！

　　就这么相互盯了几秒钟，门对面的那个身影突然激动起来，他开始用力推门，似乎是想要出来，但门仿佛和空间浇筑在一起般纹丝不动，于是他又开始尝试破坏门锁，用工具撬动门缝。他用力拍打着那纹丝不动的房门，似乎在用尽办法脱困，却毫无作用。门里面的人终于放弃了这徒劳的尝试，他用力拍了拍门缝附近，隔着门对这边大声喊叫着什么——然而从门外却只能听到一些模模糊糊的缥缈噪声，一个字都听不清楚。邓肯震惊又茫然地看着这一切，看着那个被困在房间里的"自己"，他知道门里面的人想做什么——他的目光慢慢落在了旁边的门把手上。

　　门把手就在自己触手可及的地方，从这边，这扇门**或许**非常容易就可以打开。

　　然而他却只是看着那把手，没有采取下一步行动。

　　被困在房间里的那个人似乎沮丧起来，他最后又对门外大喊大叫了一通，发现自己的声音完全无法传到门外之后，他又跑回了书桌旁，弯下腰飞快地在一张纸上写了些东西，紧接着又飞快地跑了回来，将那张纸展示给邓肯看。透过门缝，邓肯看到那张纸上是一串潦草的单词："救救我！我被困在这个房间里了！窗户和门都打不开！"

邓肯突然笑了起来。

他的笑容透过缝隙落在那个被困于房间的"周铭"眼中，后者终于慢慢睁大了眼睛，仿佛感到错愕，又仿佛因受到嘲弄而渐渐恼怒。下一秒，邓肯手中的海盗剑突然向前探出，穿过那道狭窄的门缝，直接刺入了门对面的"周铭"体内。后者被剑刃穿刺，张开嘴似乎是在惨叫，模模糊糊中好像有一连串嘶哑嘈杂的噪声传入了邓肯耳中，邓肯却丝毫不为所动，只是更加用力地握着剑柄往前刺去，贴近那扇门轻声说道："不会写中文可以不写。"

一路上都很沉默的鸽子艾伊这时候也突然拍了拍翅膀，发出嘶哑的声音："这是幻象，你在掩饰什么？"下一秒，门对面的那个身影开始如蜡像般熔化，并飞快地消散在扭曲错乱的光影中，而那看起来无比真实、无比熟悉的房间也迅速褪去了伪装，在邓肯眼中呈现出本来面目：一间昏暗陈旧的船舱，空空荡荡，尘封在时光凝固的破败中。手中的佩剑传来了空落落的触感，仿佛从一开始刺穿的就只是空气而已。

这扇"额外的门"对面只是一间船舱？邓肯意外地观察着门缝对面的情况，但这次不管怎么看，那边都好像只是一间普普通通的船舱。但……那船舱真是"真实"的吗？邓肯慢慢收回探过门缝的长剑，轻轻舒了口气，后退半步。刚才所遭遇的异象仍然深深烙印在脑海中，他不知道那是单纯的幻象还是别的什么东西，但有一点可以肯定……这扇门绝对有着超出他想象的诡异和危险之处。

如果那门对面映照出的幻象是基于他自己的记忆和认知扭曲而成，那说明门对面的危险已经超过了自己这个"邓肯船长"的威能，如果那不是基于自身认知和记忆生成的幻象，而是什么东西"捏造"出来的布景……情况则更糟糕，因为这个世界本不应该有人知道那间房间的模样，不应该有人知道"周铭"这个个体的存在。

但这扇门对面的"东西"却知道。

他深深吸了口气，刚才的谨慎是正确的，无论如何都不能打开这扇门。同时他又有些后怕——因为刚才真的有那么一瞬间，在看向门把手的时候，自己心中产生过这个想法：要把门打开，把"自己"放出来。

"船长……"爱丽丝的声音突然传来，将邓肯从沉思中惊醒，他抬头看向人偶，看到的是人偶关心又害怕的表情，"船长您没事吧？那扇门里有什么？您的表情怎么这么严肃……"

邓肯摇了摇头："没什么，这扇门背后不是你该看的地方——我们已经探到舱

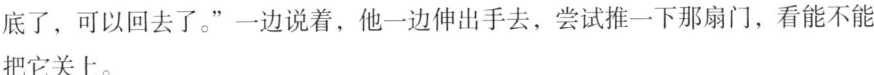

底了，可以回去了。"一边说着，他一边伸出手去，尝试推一下那扇门，看能不能把它关上。

这扇门露出的一条缝实在是让人安不下心。

但是门纹丝不动——尽管他已经用上了很大的力气，这扇门却仍然好像跟空间结为一体般稳固——就像他那间单身公寓里那些被封死的窗户。邓肯若有所思地收回了手，这扇门关不上，但他也不会尝试把它进一步打开。

"啊？哦……哦，好的！"爱丽丝则没有在意船长的关门尝试，她先是愣了一下，但很快反应过来，脸上带着开心的表情，"那就赶紧回去吧，这地方说实话还挺诡异的，我又有点紧张了……"

邓肯不置可否地嗯了一声，带上爱丽丝转身走向那扇可以通往楼梯的"最后一扇门"。

这地方实在是过于邪门，连他也不想多待了。

在这之后，没有更多异常之事发生。他们顺利地穿过了支离破碎的舱底，穿过了灯光反相的货舱，穿过黑沉沉的楼梯与走廊，回到了位于水线以上的船舱中。在返回正常舱室的一瞬间，爱丽丝便感觉到全身猛然轻松了许多，仿佛是某种先前无法察觉的、缠绕在自己身上的阴影被驱散了。她看到周围的灯光恢复了原状，船舱里也不再阴沉压抑，至于旁边的邓肯船长……

船长看起来跟之前没什么两样，似乎之前没感觉到压抑，现在也没有感觉到额外的轻松，"失乡号"深处的环境并没有对他产生什么影响。只不过回来的时候船长明显很沉默，显得心事重重。

"船长，您累了吗？"爱丽丝小心翼翼地问道，"要不要我去给您做点吃的？您晚饭都没好好吃……"

邓肯停下心中思绪，看向身旁的人偶。在人偶小姐脸上，是真诚的关心表情——就和妮娜一样。他终于放松下来，心中的些许阴霾悄然消退。

"这次别把奇奇怪怪的东西掉进锅里了。"

"我的头不是奇奇怪怪的东西！"

"尤其是你的头。"

"……哦。"

邓肯带着爱丽丝返回了"失乡号"的上层甲板——清冷的"世界之创"仍然高悬在夜幕中。邓肯以为自己在船里面探索了很久很久，甚至怀疑一夜已经过去，但现在看着这夜幕深沉的模样，他似乎仅仅在下面待了几个钟头。但仅仅这几个钟头里所看到的奇诡异常，已经足够让他印象深刻了。

他仍然记着那光影反相的船舱，以及位于舱底的那扇门……尤其是那扇门，那门背后到底是什么东西？邓肯手中的提灯已经熄灭，他与人偶一起慢慢向着船长室走去，两个人都没怎么说话——人偶似乎已经开始在脑袋里演练做饭的事情，而邓肯的注意力则落在周围甲板等船体结构上。他对比着自己的记忆，确认那扇门对面昏暗破败的船舱确实是"失乡号"的一部分，二者的风格完全一致，且建筑结构存在隐隐约约的连续性。而且现在回忆起来，他总觉得那个破败船舱的最深处好像还有什么别的东西，被隐藏在黑暗中。那是"失乡号"不为人知的"隐藏区域"——连邓肯这个船长都感知不到、探测不到的隐藏区域。

山羊头知道那扇门？它知道那后面是什么地方吗？自己该向它打听吗？

船长室到了，邓肯的思绪却还是起伏不定，他带着爱丽丝开门进去，看到山羊头仍然静静地待在航海桌上，空洞漆黑的眼珠正循声转向门口的方向。邓肯转身挂好提灯，然后就听到爱丽丝已经带着一点兴奋跟山羊头打起招呼来："山羊头先生！我跟船长去了舱底！这艘船底下好厉害啊！最下面的船舱竟然是四分五裂的——而且还有一扇很奇怪的门！"

邓肯心里顿时就不纠结要怎么跟山羊头开启相关话题了——他差点忘了自己还带着个好奇心旺盛且啥都不知道的人偶，爱丽丝这噼里啪啦一顿说不就把场面打开了吗？他努力控制着别让自己乐出声，一边不动声色地收拾东西一边竖起耳朵听着两个"船员"的交谈。他听到山羊头的声音响起，带着毫无意外的语气："我就知道你会大吃一惊！爱丽丝小姐，现在你意识到'失乡号'是一艘多么伟大的船了吧？它可是能够在确保安全的前提下同时航行在不同的维度中！"

邓肯听着，顿时心中一动。情况果然与自己猜测的一样，这艘船的船底裂缝外面之所以是那样古怪的景象……果然是因为那已经不属于无垠海所处的时空！与此同时，他心中也在飞快盘算：好奇心旺盛的爱丽丝对"失乡号"下层的奇特景象充满兴趣，她似乎不敢向自己这个"船长"询问太多事情，以至于宁愿跟话痨山羊头打听，但自己如果一直站在这里旁听，反而会显得古怪可疑，甚至可能让山羊头把话题转向自己——万一它给爱丽丝来一句"你问船长去"，自己可接不住……

想到这他立刻有了打算，整顿好脸上的表情，恢复平常的严肃之后说道："你们在这里聊吧，我要在外面走走——山羊头，爱丽丝已经是船上的一员，关于这艘船的事情，只要不是太隐秘的，你只管告诉她就行。"

爱丽丝一听这个，脸上顿时露出开心的笑容，山羊头则满口答应："当然，船长，您忠诚的以下省略，一向是个热情对待新成员的……"

邓肯推门离开了船长室。但在离开船长室的下一秒，他便又集中起精神，借助自己与"失乡号"之间的紧密联系，认真关注着船长室内的动静。在将精神集中于一处之后，模模糊糊的感知便变成了清晰实时的监控，船长室内的一切都清晰无比地倒映在邓肯脑海中。他"看"到爱丽丝干脆去搬了个凳子坐在山羊头对面，带着兴奋讲述着自己在"失乡号"下层探索的经历，讲述着舱底那些光怪陆离的情景。她好像已经完全忘记了要给船长做夜宵的事情——虽然邓肯一点都不在意。

夜幕下，艾伊突然拍打着翅膀扑啦啦地飞到了附近的桅杆上，仿佛是要站岗放哨。邓肯则像平常在甲板上巡视一样慢慢向前走去，而在他脑海中，正清晰地传来船长室内的交谈。爱丽丝已经和山羊头谈到了那扇古怪的门，人偶小姐语气中带着紧张兮兮的感觉："……那扇门看着有点可怕，船长都不让我靠近的……"

"你当然不能靠近，那扇门别说是你，连我都不能碰——你别露出这种眼神，我知道自己没有手脚，我说的'碰'是另一重意义上的……接触，掌控，了解，窥视，你明白吗？那扇门是在这重意义上的不可触碰……你碰它你就完了懂了没？"

爱丽丝似乎是被山羊头格外严肃的语气吓了一跳，她又迟疑了一两秒才开口："那……那扇门到底是什么啊？"

正在甲板上走动的邓肯一下子集中起精神，可他听到山羊头突然沉默下来，良久才沉声开口，却没有正面回答任何问题："你们确实没有碰那扇门，对吧？"

"我没碰！"爱丽丝立刻急匆匆地答道，但紧接着又犹豫了一下，才不太肯定地继续说道，"不过……不过船长凑过去看了看，透过门缝看的，还用剑戳了戳门对面的不知道什么东西……"

爱丽丝话音落下，邓肯突然感觉到整艘船摇晃了一下，紧接着所有的主帆、侧帆都在风中发出了低沉的呜咽声，所有的桅杆与缆绳也紧接着嘎吱作响——而这所有东西目前都是山羊头在接管！他惊讶地抬头看着那些晃动的桅杆与缆绳，仿佛能通过这些东西感知到其背后控制者瞬间的惊慌失措，在他脑海中，则传来了船长室内的惊呼，那是山羊头的声音："你说什么？！你说门缝？那扇门开了一条缝？"

"对……对啊……"爱丽丝仿佛是被吓到了，"门是虚掩着的，有一条缝，大概……大概只有手指那么宽……"

"船长看了一眼门缝对面？然后呢？他还用剑刺了……他当时有什么变化吗？他带你离开的时候有显得迟疑或者恍惚吗？"

"没有，"爱丽丝立刻答道，"船长只是表情很严肃，然后很快带我回来了，他路上好像在思考什么事情，但一点都不恍惚——啊，他还跟我讨论做饭的事情呢，我一会儿要去厨房……"

"先别想着厨房了！你知道那扇门背后是什么吗？"

"啊……那扇门背后是什么啊？"爱丽丝的语气有点茫然又害怕，她还从没见过山羊头如此严肃急迫的模样——这模样给她的感觉简直跟船马上就要沉了一样。

山羊头的语气突然变得很低沉，它慢慢开口："那扇门背后，是亚空间。"

正在甲板上走动的邓肯停下了脚步。那扇门背后，是亚空间？

他错愕不已，心中泛起的巨大波澜甚至险些干扰到了对船长室的监控。而紧接着，他却想到了另一件事情——那个支离破碎的舱底，舱底裂缝外面所呈现出的暗淡、混沌的光影乱流——"失乡号"同时航行在不同的维度中，其舱底外面显然是和现实世界不同的时空，而舱底又有一扇门，门的对面是亚空间……难道"失乡号"的下半部分是在亚空间里航行的？

而且听山羊头的说法，这种航行状态似乎并不安稳？不但舱底需要船长时时安抚，而且那扇门理论上也应该是紧闭着的，但现在它多了一条缝……这意味着什么？难道意味着舱底的"密封性"出了问题？还是说亚空间的某些东西在尝试进入"失乡号"？他回忆起自己在离开舱底之前曾尝试去关上那扇门，然而不管自己怎么用力，门都纹丝不动地维持着开启一条缝的状态——就如同和空间融为一体般稳固。当时他没有多想，可这时候回忆起来，一个古怪的想法却不由自主地浮上心头。

或许……当自己尝试关上那扇门的时候，门对面有什么东西抵住了它，在阻止自己关闭那条通道……

"失乡号"的船底极有可能一直在亚空间中航行——这个震撼性的情报让邓肯的心情一下子变得十分微妙。他是一直都知道"失乡号"很危险，但他从未想过这艘船会诡异到这种程度——关于亚空间的事情他所知不多，专业性甚至比不过妮娜的历史老师，但至少他也知道亚空间是这个世界上最危险的地方，是可以让圣徒夜不能寐，让众神深深忌惮的"万物之底"，那玩意儿是如此令人胆寒，以至于在即将出航的船只上，某些迷信的水手甚至都不敢大声把"亚空间"这个单词随便说出口。

哪怕亚空间并不是有理智的神祇，不会因为人们呼唤其名便投来注视，人们也如此惧怕在海上提起这个词。但"失乡号"，这艘流浪了一个世纪的幽灵船，它的一部分竟有可能一直是在亚空间中航行，甚至……它的船底还有一扇通往亚空间的门。那扇门对面昏暗破败的船舱，或许就是"失乡号"上已经彻底被亚空间占据侵蚀的结构——而那扇门，就是一道封印。

邓肯下意识地低头，看着自己脚下深颜色的甲板，目光仿佛要穿透这层层木板，看到那个破碎的船舱，以及船舱外面的混沌光影。他突然觉得自己好像就站在一个已经点燃的火药桶上——那扇门打开的一点点缝隙就是火药桶的引线，而他还不知道这根引线到底有多长。但在短暂的惊愕与紧张过后，邓肯又渐渐反应过来：山羊头的表现似乎透露出了另一个情报。

按照它在听到爱丽丝的话之后表现出来的惊慌模样，似乎只要"邓肯船长"透过那扇门的门缝窥看过亚空间，那之后就一定会发生非常可怕的事情。直到现在，那山羊头都还在船长室中反复向爱丽丝确认船长在那之后的精神状态，确认船长返回路上有没有说过什么，有没有发出异常的声音，有没有带出来不寻常的阴影。但邓肯很清楚自己的状态，他知道自己现在一切正常。

那扇门背后呈现出来的"幻象"确实让他惊慌了一阵子，他也确实曾有短暂的想法，考虑过要不要把那扇门打开——但这一切都只是单纯的心理层面的变化，他在这个过程中丝毫没有感觉到……"超凡力量"的影响。一闪而过的想法过去也就过去了，他并不觉得那扇门对自己造成了什么长远的影响。

邓肯低着头，看着自己的双手，在心中一遍遍确认着。在这里，他的名字是邓肯·艾布诺马尔，是"失乡号"的船长；在另一个时空中，他的名字叫周铭，是一个普普通通的中学老师，被困在迷雾中的单身公寓里。

或许……是山羊头紧张过度了？那只是一道门缝而已，并非敞开的亚空间通道。

"失乡号"在海浪中微微摇晃着，桅杆与缆绳传来吱吱嘎嘎的声响，半透明的灵体之帆仍有些不稳定，显示着其背后控制者的紧张与……"失职"。邓肯抬头看了一眼船帆，突然定了定心神，在脑海深处沉声说道："大副，掌好你的舵，控制好船帆。"

"船……船长？"山羊头的声音立刻响了起来，带着一点慌乱，"啊，是！是的船长！"

邓肯没有吭声，只是在精神联系中维持着一如既往的严肃，他在等着山羊头开口。后者果然没过几秒钟，便打破沉默："船长，我刚才听爱丽丝小姐说……舱底的那扇门打开了一条缝……"

"是的，"邓肯平静答道，"我检查过了。"

"您确实检查过了，爱丽丝小姐说您确认了门对面的情况……"山羊头似乎在努力斟酌措辞，"您现在有没有感觉……我是说，一点点的精神恍惚？那扇门对面……"

"亚空间，我知道，"邓肯不等山羊头说完便打断道，"你看我现在像精神不清醒的样子吗？说话就不要这么吞吞吐吐的。"

"当然，您看上去毫无异常！"山羊头立刻说道，"可能是我过于紧张了，毕竟这种事从未发生，自从您把船开回来之后，'失乡号'与亚空间之间的屏障就一直很稳定，我……没想到情况会有变化，这绝非对您的质疑。"

把船开回来？从哪开回来？邓肯敏锐地捕捉到了山羊头话中透露的情报，并迅速猜测到了些许真相，但他没有显露出任何异样，只是仿佛随口说道："据我观察，那条门缝现在还很稳定，但不排除有进一步扩大的可能——我想听听你的看法。"

"……现在稳定就已经是好消息了，船长，"山羊头不疑有他，只是显得十分忧愁，"至于我的建议……说实话，我也不知道该怎么办了，那扇门是您亲手留下，又是您亲手关闭的，您从未告诉我这之后有什么计划，也从未提起这之后会发生什么样的变化，舱底的事情一向是您亲自处理的……"

"……也是，"邓肯立刻顺势说道，"你在这方面想来也没什么建议。"

看样子，山羊头也不知道舱底那扇门的全部情报。它只知道那扇门对面是亚空间，只知道一旦那扇门打开就绝无好事，而更多的情报……竟掌握在"真正的邓肯船长"手中。可是现在上哪儿找"真正的邓肯船长"去？

"船长……"这时山羊头的声音再次在脑海中响起，"接下来您有什么安排吗？"

安排？什么安排？难不成跑路到陆地上？就邓肯船长这个举世皆敌的"声望"，怕不是只要"失乡号"出现在任何一个城邦的近海都能吸引来一整个舰队的围追堵截，那除了跟这艘船一起继续在海上漂着还能怎样？邓肯翻了个白眼，无奈地仰头看天，之前跑到桅杆上假装站岗的艾伊这时候则扑啦啦地飞了下来，落在他肩膀上一边点头一边咋咋呼呼："这是个陷阱！弃船逃生！"

"逃生？逃个……"邓肯下意识说道，但紧接着反应过来，"等等，你能听到我和山羊头的交谈？"

他一直在和山羊头通过精神联系对话，这只鸽子为什么会突然飞下来说这么一句似乎很应景的词？鸽子拍了拍翅膀，一脸趾高气扬："别说话，我有自己的理解！"

邓肯突然有点好奇鸽子汤是什么味道了。

但他没忘记另一边的山羊头还等着自己开口，于是在定了定神之后，他无视了肩膀上这只欠炖的鸽子，继续在脑海中说道："你做好自己的事情就行，我会时常关注那扇门的，一如既往。"

"遵命，船长！"

"失乡号"的姿态渐渐稳定下来了，船帆重新调整好角度，让这庞大的舰船在无垠海上继续前行。船首破开波涛，细碎的海浪拍击着船壳，传来哗啦啦的声响。

邓肯结束了和山羊头的对话，他慢慢来到甲板边缘，望着脚下黑沉沉的大海。

海水中倒映着"世界之创"清冷苍白的辉光。

他会关注舱底那扇门的，但仅仅"关注"那扇门并不会对情况有任何改变。他需要更多的知识，需要进一步了解并掌控自己的力量，或许……还需要一些助力。这些东西，船上没有，普兰德城邦或许有。明天，妮娜就会从学校返回，在接下来的日子里，她每天放学都会回到古董店中——她的"邓肯叔叔"到时候也要在店里才行。自己要在这之前把自己的"主意识"转移到城邦里——在能够熟练地同时掌控两具身体之前，这样频繁的视角切换是不得已的选择。

这一次转移的同时，他还准备让艾伊做进一步的测试。他要试试看艾伊能不能把"失乡号"上的东西带到那间古董店里，如果能，要确认一下它的携带是否有上限，以及携带较多物品的时候是否会出现"丢包"的问题……

种种计划在心中酝酿，邓肯的目光则无意识地注视着外面起伏的海浪。"世界之创"在海中的倒影显得朦胧又混沌，四散着无形的光流。

"世界之创"？！

邓肯一愣，他突然感觉那海中倒映的天空景色有着某种似是而非的熟悉。他猛然抬头，看向天空那道巨大的、如同伤痕般的裂缝。巨大的"伤口"中，充斥着混沌晦暗的微光，伤口周围的天空是逸散出去的光雾，仔细看去，那所谓的光雾……其实正是无数重叠纠缠的、模模糊糊的光流。就像……"失乡号"最底部那破碎船舱外面所呈现出的风景。邓肯久久地注视着天空那道散发出暗淡辉光的"巨大伤痕"，仿佛想要从那些混沌流淌的光雾中分辨出某些曾经见过的细节，以印证自己头脑中那个惊人的猜想——"失乡号"船底外面所呈现出的景象，是否就是"世界之创"？

如果船底外面就是亚空间，那么"世界之创"是否也是亚空间的一部分？或者至少存在一定联系？

但最后他也未能看出什么端倪，脑海中的猜想也只能是猜想。

那道"伤痕"过于遥远了，哪怕拿出单筒望远镜，也不可能看到更多的细节，而仅从目前可见的部分来看，它与"失乡号"船底外部的景象也仅仅是有那么一点点似是而非的"接近"，与其说二者相仿，倒不如说是自己在探索过舱底之后神经过于紧绷，以至于看什么都疑神疑鬼的。邓肯在甲板上吹了很长时间的海风，一边思考一边让心情慢慢恢复平静，他也在关注着山羊头那边的动静，发现自己那位"大副"似乎也已经冷静下来，此刻正认认真真地操控着"失乡号"。

但邓肯仍然敏锐地感觉到了，有一种隐隐约约的紧张感正弥漫在这艘船上——这种紧张感似乎没有源头，而且浸润着这一整艘"活着"的幽灵船，那高耸的桅杆，交错的船帆，堆放在甲板上的缆绳……这些在黑暗中沉默的"物品"，仿佛都在紧张压抑地窃窃私语，讨论着"那扇门"的事情。

这是邓肯第一次直接从脑海中感知到这艘"船"的情绪变化，似乎在从舱底返回之后，他与这艘船的联系进一步加深了。现在，整艘船都在关注着船长，关注着船长在窥探过那扇门对面的情况之后有什么异常。

晚风迎面吹来，邓肯深深吸了口气，慢慢向船长室的方向走去，他的手指轻轻敲击着船舷旁的扶手，仿佛自言自语般说道："放松，此事平平无奇。"

这一次，他更加清晰地感觉到变化：那种充盈全船的紧张感慢慢消退了，缆绳不再紧绷，风帆也昂扬起来，从甲板下面传来的轻微嘎吱声也随之止息。这艘船似乎终于确认了，船长仍然是船长。邓肯则回到了船长室门口，但他没有像平常一样拉门进入，而是略作犹豫之后握住门把手，微微用力，将门向里推开。大门打开，里面是一团涌动的黑雾。

邓肯迈步向那团黑雾走去，而一直停在他肩膀上的鸽子艾伊则突然拍打着翅膀扑啦啦地飞到了不远处的桅杆上，一边飞一边嚷嚷着："前方道路断交，前方道路断交！"

邓肯有些好奇地看了突然跑掉的鸽子一眼，但还是一步向前迈出，回到了自己那间熟悉的单身公寓中。周铭低下头，确认着自己此刻的身体：熟悉的双手，熟悉的衬衣，熟悉的长裤，不像邓肯船长那般强壮，而是一个再普通不过的人类。他又抬起头，看着房间中的情况。

一切都和他离开之时一模一样，甚至连灰尘都没有变多。

周铭若有所思地观察着房间中的陈设，随后突然回头看向门口——他看着单身公寓的房门，回忆着自己在"失乡号"底舱见到的那扇门，回忆着那道门缝的位置和角度。他站在对应的位置上，首先假设门对面有一个人，然后看向与门相对的方向。从门缝的位置，确实可以看到房间中央，能看到那张有些乱糟糟的书桌，书桌上摆放着电脑和其他杂物——而他平常就在那书桌前工作，读读写写，或批改学生们的作业与试卷。

周铭慢慢将门打开了一条缝，一点一点地，把眼睛凑在门缝上。

这一刻，他感觉到自己的心脏怦怦直跳——尽管理性告诉他，这是毫无逻辑的念头，但他仍然忍不住在想……门缝对面，会不会突然出现一只眼睛？会不会突然出现一个表情阴郁严肃的幽灵船长？会不会……突然刺进来一把海盗剑？

他贴了上去，眼睛看着外面。

外面只有一片翻滚涌动的黑雾，一如既往。

周铭突然松了口气，但不知为何，他心中又有种诡异的失落感——一种预料落空、仿佛失去了什么乐子的感觉。他使劲甩了甩头，把这有些诡异的心态甩到脑后，随后慢慢来到书桌前——自己离开前留在房间里的东西都还在原地，包括胡乱涂鸦的废纸，整理好的日记本，以及那即便切断了电源也仍然亮着的电脑屏幕。

一切都好像没什么变化。

周铭呼了口气，但突然间，他的表情僵住了。有变化！

他的目光死死盯着书桌一角，在那个不起眼的角落，如今赫然多出来一件小小的东西——那是一个精巧无比的摆设，一个栩栩如生的模型，一艘……"失乡号"。周铭如遭雷击，整整半分钟都愣愣地坐在椅子上，他百分之一万地肯定自己书桌上原本并没有这件陈设……尤其是，这陈设还是"失乡号"的模型！

过了很久，他才突然眨了眨眼睛，伸手小心翼翼地把那个不知何时出现在书桌上的模型拿在手中，放在眼前仔细端详。这惟妙惟肖的"幽灵船"只有半尺多长，拿在手中的分量也和一个普普通通的模型没多少差别，同时它又是如此细节分明，周铭仔细观察了半天，发现甚至可以从那甲板上看到每一根绳索、每一个水桶……

和真正的"失乡号"比起来，这艘船仅有的区别或许只有尺寸。突然间，周铭好像想到了什么，他把那艘船拿到眼前，又用手指小心翼翼地"扣"开了位于船尾的船长室大门，他的视线透过那小小的门看向其内部，在里面仔细寻找。

微缩的航海桌上，看不到山羊头的身影，也看不到爱丽丝。

周铭心中泛起一些古怪，他不知道自己为什么会认为"爱丽丝"会出现在这艘微缩版本的"失乡号"上，这显然是个过于离谱的念头。或许是这艘船的出现本身就过于离谱？

周铭捧着小小的"失乡号"，沉思了很久很久。他不知道这艘船是怎么出现在自己书桌上的，但很显然，自己这被封锁起来的单身公寓和"门对面的世界"之间的联系比自己想象的还要深。变化或许是在自己掌舵之后发生的，也可能是在自己透过那道门缝窥探亚空间之后发生的。他向后靠在座椅的靠背上，让自己的心神慢慢沉静。

他发现自己仍然能"感觉"到门对面的情况，他能感觉到"失乡号"，感觉到山羊头，甚至……可以感觉到不知多远距离之外的普兰德城邦，感觉到那间古董店中的另一副……"躯壳"。就这样不知道沉思了多久，周铭才突然惊醒过来，他看着仍然被自己捧在手中的幽灵船，随后看向了房间尽头一个空荡荡的置物架。那架子已经买来好几年了，但直到异象降临，他也没找到机会把它填满，此刻那上面只放了几个网购来的装饰水晶瓶，剩下的格子全都空着。

　　周铭捧着"失乡号",小心翼翼地把这个精巧的模型放在架子上。放好之后,他退后两步,仔细端详着自己的"成果",似乎很满意自己选择的这个地方。这东西是如何出现在这里的还是个谜,但至少……在这被困住的日子里,他又能装点一下自己的小屋了。

▶ 第九章

合理的日常

一阵嘹亮又悠扬的汽笛声打破了海面上的平静，早早就赶到港口的凡娜立刻走到瞭望台边缘，眺望着码头上的情况。整个港口已经被调度清空，曾经繁忙的普兰德主港现在空空荡荡，码头上不见了普通的装卸工人与交接员，取而代之的，是全副武装严阵以待的治安官部队，以及教会下属的守卫者们。

十二台蒸汽步行机封锁着所有通往码头区域的道路，而在海港外的海面上，微微起伏的波浪间，一艘漂亮的蒸汽机械船正在缓缓靠近。

"白橡木号"回来了——在经历了长时间的联络中断与航线偏移之后，这艘隶属于探险家协会的先进蒸汽船终于返回了普兰德城邦。许多人都在等着这艘船返航，无数双眼睛在紧张地注视着那道正在海面上渐渐靠近的剪影。

审判官凡娜看到，在"白橡木号"汽笛声响起的同时，码头上的人员便立刻行动起来：引导船舶靠岸的工作人员已经抵达位置，开始用灯光和旗帜向"白橡木号"发出信号，教会下属的守卫者们则前去激活在昨天晚上便安放在一号码头各处的深海圣物：那是大量用青铜铸造的界碑，其基座上铭刻着风暴女神葛莫娜的名号，顶部的凹槽中则灌注着神圣的油脂与香料，当这些界碑激活之后，"白橡木号"靠岸的区域将被封锁，成为受女神注视的"圣域"。

在更远一些的地方，则是市政厅派来的治安官们，这些普通人不擅长对付超凡事物，因此他们的主要工作是用重火力封锁所有路口——寻常枪炮难以对付诡异无形的诅咒，但如果从"白橡木号"上跑出来的是有形体的污染者，那么八毫米子弹和四磅炮将发挥很大作用。有时候凡娜也会忍不住感谢科技的进步，这些工程学的结晶让赢弱无力的普通人也有了一定力量能介入到这种涉及超凡的事件中，虽然科技进步带来的结果有好有坏，但至少……转管机枪和火炮的支援确实大大减少了教会同胞们这些年的伤亡情况。

凡娜的目光越过码头，看向远处的海面。

"白橡木号"发出了第二阵汽笛声，在岸边灯光信号的指引下，这艘船开始缓缓减速，并在距码头还有一段距离的地方停了下来。站在凡娜身旁的一名牧师见状，微微松了口气，低声说道："'白橡木号'执行了指令，看样子至少那艘船还是'人类'在掌控。"

"暂时不可断言，很多受到异常或异象影响的人直到发生突变之前都会显得和常人无异，"凡娜摇了摇头，"发出第二组信号，派出检查艇，让岸防炮随时做好准备，一旦船上出现异动……就开火。"

来自审判官的命令很快被传达下去，由于"白橡木号"的通信装置已经损坏，岸上的人只能用灯光和旗帜与那艘船交流，在一组复杂的灯光与旗语之后，"白橡木号"的船首亮起了三盏灯光，紧接着，其侧面的绳梯放了下来。一艘快艇从码头释放出来，在小型蒸汽机关的驱动下，飞快地向着"白橡木号"驶去。

那快艇上是一整支守卫者小队，包括八名战斗人员、一名指挥官以及一名深海牧师，这些忠诚的圣职者在小船上燃起了熏香，并念诵着风暴女神的圣名。他们靠近"白橡木号"之后并未立刻登船，而是首先在这艘大船周围绕了一整圈，并且在附近的海水中洒下混合着海藻提取物的圣油。这些油脂落入海水之后立刻便散发出微微的辉光，且渐渐连成一片，最终形成了一道将"白橡木号"完全包围起来的圆环。

做完这一切之后，快艇上的圣职者才真正靠近"白橡木号"，并沿着绳梯登船。

这一切都落在瞭望台上的凡娜眼中。

让一艘曾经在海上失联的船只"回家"是极其危险的事情，尤其那还是一艘曾负责运送异常物的远洋船。"白橡木号"不能直接靠岸，它首先需要在安全距离之外接受快艇的登船检查，在初步确认船上没有邪神腐化的迹象之后，才能靠近普兰德的码头。但那之后，船上的人员仍不能下船，他们还需要接受神职者的第二轮检查，同时整艘船也要接受更加严格的全面搜索与净化。再之后，船上的所有人员还要在码头的教堂内接受少则数日，多则数周的观察，且整艘船也要被熏香净化至少一周。只有所有这些流程皆完成且全程不出意外，文明世界才敢重新接纳这些曾在海上迷航的人回家——而如果任何一个环节出了问题，"白橡木号"与它的船员们就只能葬身大海。

风暴女神将接纳这些可怜人的灵魂。这冷酷到甚至有些残酷的法则并非出自任何人的恶意，而是人类社会发展至今摸索出的"生存之道"。当然，也有不愿或未能执行这些严苛规矩的城邦，这些城邦如今大多集中于中学历史课第二册的前两个单元，属于期末必考内容。

时间在一分一秒地过去，所有人都在等着登船检查的守卫者小队传回信号，而可能的信号只有两种——如果一切平安，小队将用特殊的灵能通信传回靠岸申请，如果船上已经被污染，小队将战至最后一人，并在全部阵亡前设法引爆小艇上的硝化甘油。像"白橡木号"这样规模的远洋船只，如果真的被亚空间或什么东西深度污染，那么登船检查的区区几人是不可能活着回来的。

凡娜双手抱胸，轻轻敲击着臂铠上的金属。码头上的小教堂中突然传来了钟声，钟楼两侧的蒸汽泄压管响起三次悠长的鸣响，教堂内的神官收到了检查小队传回的密讯，教堂的钟声与汽笛声则是在通告码头上的所有小组：船上安全，"白橡木号"申请靠岸，同时有特殊情况汇报。

凡娜顿时松了口气。

那艘船至少目前看来一切正常，这已经是最大的好消息了。至于有特殊情况汇报……她毫不意外。

一艘离奇迷航的船重新靠港，没有特殊情况需要汇报那才怪了。

"白橡木号"慢慢靠岸了，这艘经历了一番波折的远洋船终于重新回到了文明世界的码头，尽管船上的人员还未获准登陆，想必也会放松不少。更多的教会守卫者开始有序登船，准备进行彻底的检查以及问询。凡娜也离开瞭望台，亲自带着一队牧师来到了码头上，她走过长长的跳板，踏上"白橡木号"的甲板，终于在前甲板见到了那位头发花白、身材魁梧的船长。

老船长的神色看起来有点憔悴，显然是在高度紧张的状态下工作了太久，但在看到教会的审判官靠近之后，这位老人还是立刻打起精神，主动来到凡娜面前。

"你好，我是普兰德城邦深海教会的审判官凡娜，劳伦斯船长，"凡娜不喜欢冗余的礼节，她选择开门见山地打招呼，"我们就免去自我介绍吧——首先致以歉意，希望你和你的船员能理解城邦当局与教会的严格检查。"

"当然，审判官阁下，"劳伦斯立刻点了点头，他本想说"审判官小姐"，毕竟对方看起来几乎和自己的女儿差不多大，但话到临头还是改成了更尊敬的称呼，"我早有预料，毕竟……我们失去联系这么久。"

凡娜点点头："简单说说'白橡木号'遭遇了什么，你们为什么会失联？之后又为什么会突然出现在未经报备的航路上？你们押送的货物，'异常099'情况如何？"

这话一出来，劳伦斯脸上的表情顿时充满沮丧与紧张，他叹了口气，先是下意识地飞快看了看周围，才慢慢开口："我说出来你可能不信，我们……遇上了那艘传说中的'失乡号'……"

在他眼前，那位表情一脸严肃的审判官小姐突然石化般愣在当场，脸上凝固着怪异的表情，他说不清这表情是什么意思，但看起来就跟他前几天被"失乡号"撞了之后一样。

"审判官……阁下？"劳伦斯小心翼翼地问道，"你……"

"劳伦斯船长，"凡娜仿佛突然惊醒过来，死死盯着眼前的船长，"你再说一遍？"

"我说出来你可能不信……"

"我说后半句。"

"我们遇上了那艘传说中的'失乡号'……"

"我信。"

劳伦斯愣了愣："那……"

"你们可能需要在码头上多滞留几天了，船长，"凡娜一脸严肃地说道，"这件事很严重，非常严重，你们……，等等，你们遭遇了'失乡号'，但全员幸存？"审判官小姐脸上的表情突然微微变化，眼神中多了一丝质疑，劳伦斯见状赶忙张开手："我们人没事，但'失乡号'带走了'异常099'，就是那个人偶灵枢。我怀疑那艘幽灵船就是冲着人偶灵枢来的。"

"'失乡号'带走了'异常099'？"凡娜眉头一皱，紧接着又问道，"那之后呢？它就放你们走了？"

"是……是的，"劳伦斯也跟着紧张起来，并且隐隐约约意识到了什么，"审判官阁下，最近城里是不是……"

"……告诉你也无妨，毕竟现在看来你的'接触'可能比我们还要严重，"凡娜叹了口气，看着眼前的老船长，"劳伦斯船长，你可能不是近期唯一跟'失乡号'打过交道的人。我们找个安静的地方吧，我需要了解更多情况。"

"白橡木号"的船长室被临时布置成了一处圣所。熏香的气息在房间中飘荡，描绘着风暴符文的护符被悬挂在所有的门窗上，牧师们又在房间四角设置了青铜界碑，并在界碑顶端绑上浸满了圣油的布条，最后，一本来自大教堂的《风暴原典》被送入房间，以作为整个圣所的"支柱"。

在完成这一切布置之后，劳伦斯船长才和审判官凡娜一同进入船长室。

"希望你不会介意我们对这里的'改造'，"凡娜淡淡说道，保持着作为高阶圣职者应有的矜持与得体的礼貌，"一切为了安全。"

"当然，一切为了安全——我现在最缺的就是安全感，"劳伦斯船长立刻十分理解地点了点头，他环视着房间中那些神圣的事物，微微松了口气，"有这些东西在，寻常的扭曲污染之物怕是进来看一眼就死了……"

"你可以放心在这里和我谈论'失乡号'的事情，"凡娜点了点头，"先从最开始说起吧，你们是在哪儿，又是以怎样的方式见到那艘船的？"

劳伦斯船长定了定神，开始将自己记忆中那最可怕的一日娓娓道来："是这样的……"

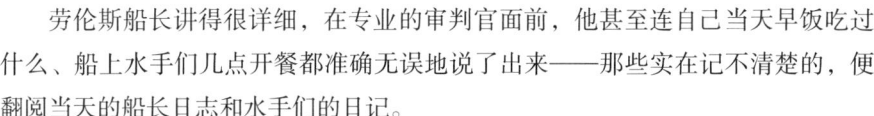

劳伦斯船长讲得很详细，在专业的审判官面前，他甚至连自己当天早饭吃过什么、船上水手们几点开餐都准确无误地说了出来——那些实在记不清楚的，便翻阅当天的船长日志和水手们的日记。

有经验的船长都知道这一点：许多异常现象发生之前，往往会有看似寻常的征兆出现，当时的人们或许很难意识到这些事物之间的联系，但事后复盘的专业人员可以从那些日常的蛛丝马迹中总结出经验，并以此警示后人。无垠海上的每一个船长都有记录航海日志的习惯——与此同时，阅读自己写下来的日志也是除了阅读教会经典之外在无垠海上唯一安全的"阅读方式"。

凡娜听完了那惊心动魄的遭遇，英气的眉头一点一点地蹙起来。

情况比想象的严重，更比想象的离奇。她原以为劳伦斯船长所谓的"遭遇"仅仅是打了个照面，或者顶多是和那艘幽灵船擦身而过，因此那个可怕的船长才仅仅带走了船上的货物，而没有伤害到任何一个人——却没想到那竟然是一次正面相撞。整艘"白橡木号"都撞进了"失乡号"的船舱里，全船从上到下都被那绿色的幽灵烈焰横扫一遍。按照劳伦斯船长的说法，当时"白橡木号"从上到下甚至已经开始向着"失乡号"转变了！他都能清晰地看到自己的躯体变成灵体状态！船上的圣徽道标当时处于关停状态，压舱圣物没有反应，船体材料中添加的防护材料毫无作用，牧师仅能自保，整艘船都在灵界深度，无法向外界求援——可以这么说，当时的"白橡木号"已经是那位船长的猎获，根本不存在什么"侥幸逃生"的可能性。

劳伦斯船长如今还能站在这里，完全是因为"失乡号"毫不犹豫地放弃了这份战利品。

"审判官阁下，"在终于讲述完自己的经历之后，劳伦斯船长看到凡娜久久没有反应，终于忍不住说道，"你说，'失乡号'当时到底想做什么？真的只是想带走'异常099'吗？"

凡娜看了他一眼："这不是你一直的看法吗？"

"我……我是一直这么认为的，但现在不敢确定了，"劳伦斯叹了口气，"尤其是你刚才说那位幽灵船长最近将力量延伸到普兰德城邦……我就总觉得事情不会那么简单。"

"没有人能猜到那位幽灵船长的想法，"凡娜摇了摇头，"现在我们能做的只有对'白橡木号'做最彻底的检查，防止这艘船携带了什么'入侵物'。你和你的船员们这些日子也要受些委屈，在调查结束之前，你们不可以和教会神官之外的任何人接触……包括家人的探视。"

劳伦斯船长低下头："我能理解。"

随后他停顿了一下，又接着问道："那……关于'异常099'的失窃……"

凡娜知道这位船长在担心什么。诡异恐怖的海上异象是悬在文明头顶的威胁，但在考虑这些长远又广大的威胁之前，这位船长首先是个需要养家糊口的普通人——他丢失了"异常099"，这份责任放在一个普通人头上太过沉重。

"放心吧，这件事会有教会出面向城邦当局以及探险家协会说明，"她声音沉静地说道，"'失乡号'的出现属于不可抗力，'异常099'的遗失不是你的责任——哪怕当时负责押送的是一艘教堂舰，结果恐怕也是一样。"

劳伦斯船长脸上的表情明显放松了一点。

凡娜心想：说到底，"异常"这种东西本身就都游走于封印和失控的边缘，每年都有新的异常失去控制，总有城邦居民在奇诡之物的影响下失去生命，而教会千百年间都与这些失控的异常进行着斗争，在这长久又规模庞大的动态平衡面前，一个异常物的遗失其实并不是不可想象——哪怕那异常的编号在百位以内。

但这种话，她这个审判官可不能说出口。

"另外……"就在这时，劳伦斯船长突然又打破了沉默，"我想打听一下，'异常099'到底有怎样的特殊之处？"

说到这，他顿了顿，又赶快补充："当然，承接押运任务的时候我是得到过一份资料的，但主要涉及'异常099'的封印方式以及初步失控之后的紧急处置方法，并未涉及这份异常物的来历背景以及完全失控之后的情况……你知道的，那毕竟是百位以内的异常，在它周围的普通人对它的了解越多，它就越可能失控，这规矩我还是懂的。"

"不过现在'异常099'已经被'失乡号'掳走，按规定，它应该算作是彻底失控了的，所以……"

"告诉你也可以，"凡娜不等劳伦斯船长说完便点了点头，"'异常099'已经脱离文明社会掌控，本来按照规定，它的相关资料就会向冒险家协会以及各城邦的超凡者队伍公布，以期日后抓捕并重新封印。而你是冒险家协会的成员，又是'异常099'的最后一个接触者，应该知道这些情报。"

说到这她停下来思索了一下，才一边整理着自己所知的情报一边慢慢说道："'异常099'，人偶灵柩，外观为一个如灵柩般的华丽木箱，其内部有一个处于沉睡状态的人偶，人偶为银发紫裙，体型和普通人类相仿。"

"该异常最初发现于北方冷冽海，其内部的人偶样貌极度接近半个世纪前被叛军斩首处决的寒霜女王蕾·诺拉，但无任何证据证明二者之间存在切实关联。该异常不具备思考倾向，没有神智，但极有可能会在本能驱使下主动感知外界，并向外界施加影响。"

"'异常099'的封印方法你应该很清楚，我就不重复了，至于它的危险之处……首先，人偶灵枢会有'定居'倾向，一旦它在某个区域长期滞留，便会将该区域视作自己的领地，之后便很难再将其转移，而它则会在自己的定居地逐渐扩大影响，同时其封印强度也会急剧减弱，变得越来越容易失控——这也是相当一部分异常物的共同特征，因此'异常099'需要经常转移封印地点，以防止其过度成长。其次，在人偶灵枢失控的情况下，其周围一定范围内，所有人形生物，包括人类、精灵、森金人和吉普洛人在内，都会被作为检定目标，这个范围少则百米，多则近千米，会随着'异常099'的'定居'时间而扩大。具体检定标准则尚不明确，只知道被选中的目标会立刻仿佛被木偶线操控般失去行动自由，并不自觉地向人偶灵枢的方向跪拜低头，就像城邦子民敬拜女王那样，而一旦这个动作完成……受害者会被即刻斩首。"

"该斩首无法回避，无法防护，无法豁免，在受害者身上施加任何祝福或穿戴甲胄都无意义，唯一生效条件就是'被人偶选中'，受害者会在动作完成之后直接变成已被斩首的状态，而在斩首完成之后，人偶会安静四至六小时，随后开始寻找下一个目标，直至范围内无人存活，或人偶灵枢被重新封印。"

"人偶灵枢在失控状态下具备移动特性，速度极快，力量极大，且会以各种匪夷所思的方式挣脱捕获，再加上'灵枢'本身极其坚固，因此其失控之后的危害性也会进一步加大。"

"在人偶灵枢的数次失控事件中，只有一位圣徒幸存下来，但那位圣徒正好拥有北方寒霜城邦的血统，因此无法确定是圣徒的力量抵抗了诅咒，还是因为他的血统正好符合人偶灵枢的'赦免'条件。"

听着年轻审判官这平静淡然的讲述，劳伦斯船长感觉自己的汗毛一点点竖了起来。他的第一想法就是：城邦当局的钱果然不好挣！怪不得押运"异常099"的报酬几乎是押运寻常异常物的五倍——这种完全无视防护无视躲闪，只要"盯上你了"就会发动致死伤害的异常物，放在逃无可逃的远洋船只上，简直是只要失控就注定会全员丧命的恐怖之物！也就探险家协会一帮专门跟"极限生存"打交道的船长们会接这种活计了。

而与此同时，他又听到审判官凡娜的声音继续传来："……对于人偶灵枢如此诡异可怕的能力，教会在对'异常099'进行建档的时候专门给它的能力起了个名字，这个名字以半个世纪前叛军处决寒霜女王时所用的刑具命名——爱丽丝断头台。"

"爱丽丝！管好你的脑袋！"

"失乡号"上美好的早晨，从船长在甲板上中气十足的一声吼开始。邓肯站在船长室外，抬手指着附近一根横梁上悬挂的人偶头颅，眼角抽了半天，才终于看到一个穿着深紫色哥特长裙的人偶躯体慌慌张张地从旁边站起，把挂在半空的脑袋摘下来。随着空气中传来清脆的"啵儿"一声，人偶小姐把脑袋装了回去，然后小跑着凑了过来："嘿嘿……"

"嘿嘿什么嘿嘿，大早上的你把头挂我门口干什么？"邓肯瞪着眼睛看着这个隔三岔五就整活的诅咒人偶，说真的大早上推门看到个脑袋在门口随风飘荡着，谁不得被吓一跳？也幸亏他在这艘船上待久了，神经比以前强韧，否则怕不是要背过气去，"别跟我说你在瞭望——放哨有鸽子呢！"

"我早上洗了个头……"爱丽丝缩着脖子，小心翼翼地答道，"头发总也弄不干，就想着挂高一点吹吹风……"

邓肯："……"

爱丽丝小心地看了邓肯一眼："船长……您生气了？"

"你……合理。"邓肯憋了半天，最终只能从支气管里憋出这么句话来，他一边克制着脸上肌肉的抖动一边不得不承认，至少从爱丽丝这个"异常099"的生活方式来看，把脑袋挂高一点吹吹风那是真没毛病——船上的绞盘还把午睡当习惯呢，擦甲板用的水桶每天下午都要滚到船尾晒太阳，在这艘船上生活，要的就是心宽。

从这方面看，爱丽丝这个适应了船上生活的人偶现在倒是真的跟这艘船"打成一片"了……

"船长您没生气就好！"爱丽丝则立刻笑了起来，她似乎不但适应了这艘船上的生活，也适应或者说了解了船长的脾气，她仍然敬畏这个强大的幽灵船长，却不再像一开始那样只有单纯的惧怕。她如今显得放开了很多，甚至敢和船长讨价还价，"那以后我还可以把头挂……"

"不可以——除了船长室门口哪都行，自己找地方，"邓肯瞥了人偶一眼，"我不希望自己一推门就看到船员的脑袋挂在门口，或者无头的身体在门前乱晃。"

爱丽丝只能老老实实低下头："哦，好吧。"

邓肯仍然看着她，表情若有所思。

"船长？"爱丽丝被对方这眼神看得有点发毛，"你怎么一直盯着我……"

"我只是突然想到个问题，"邓肯一边思索一边说道，"你会掉头发对吧，洗头的时候也掉吗？那……你会长头发么？"

爱丽丝顿时愣住了，表情仿佛宕机状态下的鸽子艾伊。又过了很长时间，她的眼睛才突然一转，满脸惊愕地看着邓肯："我……我……我完全没想过这个问题！船长您……"

她后半句话简直带上了哭腔，最后几个字硬是没敢说出口，她其实想问"船长您是魔鬼吗"，但就怕这话说出来之后被山羊头先生骂，理由是低估船长威能且过度美化海上第一天灾的形象……

邓肯并不在意爱丽丝最后把什么话咽了回去，他的思维早已发散开来："你看，你虽然会走会跳会说话，但你的身体仍然像个真正的人偶一样，不需要吃饭不需要喝水，关节掉了都可以硬按回去。那我是不是可以这么理解，你的头发是不可再生资源，洗多了就秃了……梳头梳多了也是？"

爱丽丝都快哭出来了："船长您为什么会想到这么可怕的事情……"

邓肯："其实之前你煮了那碗鱼头汤之后我就一直想问了。"

爱丽丝尽管悲伤，听到这话之后还是愣了一下："可我煮的只是鱼汤啊……"

邓肯理直气壮："废话，里面有鱼有头有汤，为什么不是鱼头汤？"

爱丽丝："……船长您合理。"

"失乡号"上美好的早晨，从大家都互认合理开始。人偶小姐精神恍惚地离开了，她似乎突然有了人生未来的大事需要去思考。邓肯的心情则愉快起来，他吹了一下海风，然后吃了一顿简单的早餐——内容有昨天爱丽丝亲手烤制的鱼片，切碎的奶酪，以及来自普兰德城邦的烈酒，算不上多美味，但却是目前"失乡号"上的伙食顶配。

在船长室的海图室内，山羊头好奇地看着心情愉快的邓肯："船长，爱丽丝小姐是怎么了？我注意到她心不在焉地回了船舱，返回自己房间的时候还两次撞在门上……她似乎心事重重？"

"她在面临一项重大的人生挑战，我想接下来很长一段时间里你都不用担心她跟船上奇奇怪怪的东西打架了，"邓肯晃了晃手中酒杯，脸上带着恶作剧得逞的笑容，"不过我确实是很好奇一件事……"

"啊？您好奇什么？"

"诅咒人偶的头发掉光了真的会变成秃头人偶吗？"邓肯很认真地跟山羊头讨论起来，"这种超凡事物，是不是应该有某种超凡的力量来确保……嗯，确保某种状态？可惜我还没来得及跟爱丽丝讨论到这一步，她就跑了。"

山羊头："……"

邓肯好奇地看了这个平日里总是很聒噪的家伙一眼："你怎么不说话了？"

山羊头憋了半天，终于憋出一句："您真不愧是无垠海上最恐怖的天灾……这种问题打死我也问不出来。"

邓肯耸了耸肩，从航海桌后站起身来。

"我要再离开一趟，"他对山羊头说道，同时打了个响指，一簇绿色的火焰随之爆燃，亡灵鸟形态的鸽子艾伊从火焰中降临，落在他肩膀上，"还是跟平时一样，你负责掌舵。"

"遵命，船长，您忠诚的以下省略不会让您失望！"山羊头立刻语调上扬地答应着，紧接着又好奇地问了一句，"船长，您最近似乎……很热衷于灵界行走？是陆地上有什么东西让您感兴趣了吗？"

邓肯没有立刻回答，而是略作思索后才开口："我最近突然发现，在历经一个世纪的发展之后，这个世界变得更有趣了一点。"

这是他权衡之后给出的回应：这句话没有透露任何指向性明确的信息，也没有暴露出自己在知识上的匮乏，同时又合理地埋下了一个引子，可以让自己之后频繁关注陆地世界的举动更加正常，在必要的情况下，也能作为"失乡号"重返文明世界的"合理动机"。而且这个回答应该并没有太过违背"邓肯船长"的形象，无垠海上最大的天灾，也可以是个乐子人——因为乐子人兼容万物。

山羊头果然没什么异常反应，就好像邓肯船长做的一切决定在它看来都是理所当然："哦，您说得对，毕竟过了这么多年，那些孱弱的城邦总该弄出点让您感兴趣的东西了，您想以此解解闷也很正常……这样的话，'失乡号'是否应该做做准备？您是打算入侵哪一个？普兰德？伦萨？还是更北方的寒霜？"

邓肯听着山羊头前半段话还在心里暗暗点头，心说这个头号狗腿子确实懂得揣摩上意捧哏搭台，结果听到后半截顿时血都开始凉了——山羊头的配合直接变成拱火，他不得不赶紧打断："我什么时候说过要入侵城邦了？有趣的事情刚刚出现，将之破坏岂不可惜？"

"啊……是，您说的是，我的建议太过莽撞了，"山羊头立刻改口，"其实我是以为您打算将来开着船过去晃一圈……当然既然您并无此想法，那这个建议理应作废。其实这也很好，毕竟大城邦还是有些实力的，贸然靠近是有点风险……"

"以后不要随便提入侵城邦的事情，"邓肯看了山羊头一眼，不放心地又加了一层保险，"我们和世界脱轨了一百年，现在我要重新掌握文明社会的变化，这可能涉及很多长远的改变——在我有明确命令之前，不要做多余的打算。"

"谨遵您的命令，船长。"

山羊头是个危险的家伙，这一点邓肯从开始就知道——它的危险不仅仅在于其是个底细不明的异常物，更在于它曾效忠于真正的邓肯船长，且直到今天还在按照旧日的规矩行事和思考。在山羊头的视角中，陆地上的城邦毫无意义，城邦中的凡人愚昧可笑，弱小的城邦舰队都是食粮，而掠夺捕杀他们……是"失乡号"理所当然的"日常"。邓肯不知道自己需要多长时间才能把这个山羊头的思维习惯调整过来，但他知道这个过程必须潜移默化——用一些合理的理由来改变自己以及"失乡号"的行事风格是最稳妥的办法。他最后看了一眼在航海桌上安静待命的山羊头，确认对方已经接管"失乡号"的船帆与船舵系统，这才推门走进自己的寝室中。

今天下午，妮娜会回到古董店，而在那之前，他要让鸽子艾伊完成更多的测试项目。通往船长寝室的门关上了，山羊头在昏暗中静静地注视着门的方向，沉默了不知多久，直到确认船长的意识已经出发进行灵界行走，它才仿佛自言自语般轻声嘀咕起来："真的没被亚空间影响……"

昏暗中，木雕的山羊头颅吱吱嘎嘎地转动着，它仿佛是在环视这个房间，又好像目光穿透了房间，在环视着整艘船。

"'失乡号'啊'失乡号'……你当年到底捞了个什么可怕的玩意儿上来……"

邓肯已经回到了那熟悉的黑暗空间中，他感受着自己的意志在无数星光与微光线条间延伸，而延伸轨迹的两端分别是"失乡号"，以及位于普兰德城邦内的古董店铺。似乎随着这种"双线连接"的时间延长，这种感觉也在越发清晰起来，他现在甚至不需要刻意集中精力，便可以感知到古董店那边的情况——还可以远程控制着那具店内的躯体进行一些简单的日常活动。

这显然是件好事，一个有半数以上的时间要在店里"昏睡"的古董店主显然是令人生疑的，而哪怕那具身体仅仅是起来活动活动，在门口站个一两分钟，都能打消很多不必要的怀疑。邓肯没有立即将自己的主意识"传输"到普兰德城邦，而是在黑暗空间中停了下来，他仔细感知着空间中的变化，随后回头看向身旁。

茫茫黑暗中，处于骨鸽形态的艾伊正无声盘旋着，幽灵化的躯体在飞翔中不断洒下星星点点的绿色火光，而在艾伊盘旋的区域中心，则是一些模模糊糊的虚影。那些虚影中有此前带到"失乡号"上的太阳护符，一柄古朴陈旧的短匕首，一块奶酪，一枚圆滚滚的炮弹，还有一条硬邦邦的咸鱼干。这些都是他出发前就准备好的"测试品"，用于进一步检测艾伊携带物品的能力和携带过程中的变化。短匕首是从船舱里找到的，曾经可能属于某个水手，是没有思想的"普通物品"，奶酪是从厨房拿来的，具有不会腐坏的属性，炮弹来自弹药库，咸鱼干则是上次钓鱼的收获之一，这两天刚晒好——其实还没有晒得很透，但已经硬邦邦的了。

邓肯看着在这些虚影周围盘旋的艾伊，微微点了点头："原来你每次都是这么携带物品的。"

艾伊拍打着翅膀，发出嘶哑尖锐的叫声："扶稳坐好，扶稳坐好！"

邓肯笑了一下，便集中起精神，准备进行主意识的投射。但就在注意力集中的一瞬间，他却突然看到那遥遥指向普兰德城邦的光流尽头浮现出了一片异样的微光！邓肯立刻停了下来，惊讶地看着那片在无数暗淡星点中闪烁起来的光芒——那光芒似乎原本就在那里，只是在他注意力集中的一瞬才由暗转亮，就好像被突然注意到一般，开始散发出明确的存在感。那是什么东西？邓肯在疑惑中尝试向着那片微光靠去，而仅仅是一个念头，他便已经跨越了茫茫黑暗，那片微光在他眼前迅速扩大，并化作一道在他眼前流淌起伏的光流。

他这才看到，这流淌起伏的光流与自己之间竟还有着一条微不可察的"连线"——就好像自己在"失乡号"上的本体与古董店中的备用躯体之间的联系一样。

这是……又一个待选的备用躯壳？

邓肯脑海中不由得冒出了这样的猜想，但很快便摇了摇头——眼前流淌的微光从规模上远胜那些代表"躯体"的光点，这么大一片光芒……与其说是代表着待选的躯壳，倒不如说是某种和自己建立了联系的庞大物品。在犹豫中，他下定了决心，伸出手谨慎地触碰了那片光芒……下一秒，庞大而陌生的"感知"便突然涌入了他的脑海——他无法看清周围的事物，却感觉到海风吹拂着自己的躯体，感觉到海浪在周围缓缓起伏，他感觉到有很多人在自己四周走动，甚至在自己的躯体上走动，他听到四面八方都在传来人们的交谈声，可所有声音都混杂在一起，仿佛隔着厚厚的帷幔，完全听不清楚。

他隐隐约约意识到，自己正在通过一个庞然大物的视角来感知环境，但这个庞然大物并不适合自己的精神直接降临，抑或是有某种力量在保护这个东西，阻挡着自己的力量侵入，因此他所有的感知都呈现出了迟滞、被遮挡的状态。这个庞然大物似乎正停留在靠近陆地的海面上，有很多人正聚集在此。有一种紧张又严肃的气氛充斥在人群中，他们似乎在郑重地处置着什么危险因素，每个人的交谈都低沉又简明扼要。邓肯努力集中起精神，想要听清这些仿佛隔着厚重帷幔的声音到底在交谈些什么东西。他努力了好久，才终于从这些嗡嗡隆隆交叠混杂的声音中听到了一个被反复提起的词——"白橡木号"。

邓肯拿回了触碰光流的手，有些错愕地看着眼前这片浮动的微光。微光在黑暗中浮动，隐隐约约呈现出舰船的虚影，"白橡木号"——这个名字他听着似乎有点熟悉，但完全记不起来什么时候听到过。邓肯努力思索并回忆着，终于在记忆深处翻腾出了一些粗浅的印象，他回忆起了自己初次掌舵时在灵界撞上的那艘船，回忆起当"失乡号"与对方相撞并穿透时，自己在那艘船的一侧船舷上似乎看到过它的名字……那艘船，好像就叫"白橡木号"。紧接着，他又记起自己在普兰德城邦买的那份报纸，当时报纸上有不起眼的板块似乎也提到了这件事，说是失联数日的远洋船"白橡木号"将在近期靠港……

邓肯愣愣地看着眼前浮动的微光。

这是"白橡木号"，曾负责押运"异常099"的"白橡木号"。那位曾尝试跟自己喊话的老船长和他的船员们看来终于顺利抵达了普兰德城邦——这一点倒是挺值得高兴。显然，自己和这艘船建立了联系。

难道联系是在当初那场"灵界撞船"事故之后建立起来的？因为当时"失乡号"的火焰蔓延到了"白橡木号"上？邓肯心中隐隐约约浮现出猜想，并以此推测着自己的灵体火焰所具备的各种属性，与此同时，他也在思考着自己与这艘蒸汽船之间的联系是否能派上什么用场。在"失乡号"上漂流了这么久之后，他对于自己和文明世界之间的每一丝联系都格外看重。现在看来，"白橡木号"虽然已经靠港，却还处于某种封锁、监视状态，那些紧张兮兮的人应该就是城邦方面专门对付超凡异象的"专业人士"。显然，对于城邦里的人而言，一艘曾在海上迷航的船只存在着危险性，而且对方与"失乡号"负距离接触的经历或许也是重大待审事项。

邓肯现在对自己以及"失乡号"的赫赫凶名还是有点自觉的。思前想后了一番，邓肯谨慎地向后退去，没有继续触碰眼前这团光雾。作为无垠海上的"头号boss"，他不打算跟城邦的保护者打交道，而且在不清楚那些"超凡专家"们有什么底细的情况下，他也不想暴露"白橡木号"已经与"邓肯船长"建立联系的事实。他可不希望自己与这艘蒸汽船之间的联系被人发现并清除掉——反正联系已经建立起来，就如海水下的锚索般稳固，他可以耐心等待，"白橡木号"的监视总有一天会解除。到那时候，说不定他还能心平气和地跟那位老船长聊聊，比如，打听一下当时风浪太大的时候那位老船长到底在跟自己喊什么。

一阵微凉的海风吹过了甲板，让刚刚从室内走到外面的劳伦斯船长下意识地搓了搓胳膊——但他也不知道这想要起鸡皮疙瘩的感觉究竟是因为这微凉的海风，还是因为那位年轻审判官告诉自己的事情。"异常099"，人偶灵枢，失控之后不但具备活动能力和脱困倾向，还能不断扩大自己的影响范围，并不断检定范围内的人形目标，进行无条件的斩首，只有圣徒才有可能抵抗这种近乎因果的斩首效果……

在过去的半个月航程里，他和他的船员们一直在跟这个危险的异常朝夕相处，尽管事实上除了最后遭遇"失乡号"之外，这趟押运之旅始终没出什么危险，但这时候回想起来，他仍然感觉有些后怕。然而也仅仅是后怕罢了，他是探险家协会的成员，一名资深的海洋探索者，他的工作，就是与无垠海打交道——和那些只在安全的近海区域活动的渔民不同，他的航行生涯中一大半时光都在跟各种各样的异常甚至异象打交道。承接异常运送任务的时候，当局或者教会都会提前告知运输过程的危险性，而这部分内容往往是整个委托合同里最简短的，通常只有一条：此任务具致命危险，具体细节无法告知。

每个在城邦之间讨生活的船长都知道自己在面对什么，而有半数以上的船长在晚年都饱受这份致命职业生涯的纠缠——常年和无垠海打交道，异常与异象总是会在你的命运中留下点什么的。他有很多年龄相仿的同事已经退下了，他们或是受困于不间断的噩梦，或是因各种程度的诅咒而产生精神问题，或是在远航中留下了肢体的残疾……抑或更糟。

远洋船上的船长和水手们有着丰厚到远超城邦居民想象的高收入，也有着远超任何职业的"职业病"。劳伦斯船长觉得自己不是一个很高尚的人，他干这行主要就是为了挣钱，当然，他年轻时也有一腔探索大海的热情，但就像大多数人一样，年轻时的热情很难伴随一生，而现在……他觉得这点热情是时候烧完了。趁着自己精神还正常，趁着无垠海还没有缠住自己的命运，找个时间退休吧。

劳伦斯微微叹了口气，转身朝着船长室的方向慢慢走去。牧师们对全船的搜查和问询还未结束，在此之前，他还不能离开"白橡木号"，在那之后，他则要和所有人一起被转移到教堂，接受隔离观察与一系列的精神鉴定。他的目光扫过周围那些熟悉的船上设施，这是一艘很好的船，而且很新，自己执掌它才刚刚五年，用无垠海上船长们的俗语来说，"船长和船的新婚期都还没过"，说真的，退休很有点舍不得。

但现在退下去，总好过死在未来的某次远航中，或在疯人院里度过下半辈子。

城邦下城区，老旧的邓肯古董店内，躺在二楼床上的中年人慢慢睁开了眼睛，略有些陈旧发霉的天花板倒映进邓肯的视野。

"呼……"

邓肯轻轻呼了口气，感受着这具躯体所传来的知觉迅速清晰、稳定下来，感受着自己对这具躯体的控制方式从远程操控到直接掌握。缓了两三秒之后，他才胳膊用力把自己撑了起来。鸽子艾伊扑啦啦地飞了过来，在他的床头磨了磨嘴壳子，咋咋呼呼地嚷嚷："亲爱的，欢迎回家。你是先吃饭，还是先洗澡，还是……"

邓肯正准备伸个懒腰，因这鸽子一句话差点直接就给押得抽了筋，他一巴掌拍在艾伊头上："你这怎么啥词都有？！"

艾伊显然并非凡鸟，被邓肯拍了一巴掌就跟没事似的，轻快地往旁边踱了两步，嘴里继续嚷嚷着："扑的只一拳，正打在鼻子上，打得鲜血迸流，鼻子歪在半边，却便似开了个油酱铺……"

邓肯直接就把这个脑子不太正常的鸟给晾到一边不再搭理，从床上起身看向了不远处的桌子。桌子上，正静静地放着之前他在"失乡号"上准备好的各种试验品——太阳护符、匕首、奶酪、炮弹，还有一条咸鱼。

东西齐全，这么多乱七八糟毫无关联的东西放在一起，艾伊也没有出现"丢包"的现象，这鸽子竟比自己想象的还要靠谱一些。邓肯上前确认了桌上每一样东西，确认物品齐全毫无损坏之后，不由得回头看了一眼正在床上踱步的鸽子，心中对这鸟还是冒出了一点赞许。然后他就看到艾伊在床头踱着四方步，这时候已经背到"鲁达看时，只见郑屠挺在地上"了……

邓肯："……"

他把心中的赞许藏好，这才坐在桌前开始逐一检查那些"货物"的情况。首先是太阳护符，它毫无变化——作为一个已经被灵体之火彻底改造、掌控的超凡物品，它体内仍然静静地流淌着温顺的力量，连续两次灵界行走似乎并没有影响到这件物品的性质。那柄不具备超凡属性的匕首看上去也没什么变化，除了样式古老之外，它的刀刃仍旧锐利，刀鞘也被保养得很好。邓肯的目光落在那块从"失乡号"厨房里带出来的奶酪上，奶酪没有异常，仍然是那副不宜食用的状态，并未如邓肯想象的那样，在离开"失乡号"之后便迅速腐烂或凭空消失。他又看向那枚炮弹——炮弹静静地待在桌上，对船长的注视毫无反应。

邓肯推了推炮弹，又敲敲它的铸铁外壳——超凡的特性从炮弹上褪去了。

在"失乡号"上，连炮弹都是具备"活性"的，当然这并不是说每个炮弹都有独立的"思维"，而是那艘船的整个弹药系统都有一个统一的"意识"在控制，而作为这个意识的"子单位"，"失乡号"上的炮弹在被船长注视的时候甚至会立刻调整位置并接受"检阅"。根据邓肯一段时间的观察，"失乡号"的武器部分应该是两个"意识"在控制，一个是弹药系统，一个是甲板下面的几十门火炮，这两个意识应该分别负责着作战时的装填和开火工作，并控制着各自系统内的每一个"成员"。眼前这枚炮弹显然是随着离开"失乡号"而脱离了其上位意识的控制，变成了一个平平无奇的铁坨子。

邓肯若有所思。

如果把这枚炮弹再带回去，它会重新成为弹药库的一员吗？"失乡号"还会"认"这个去而复归的"子单位"吗？他的思路又延伸出去——"失乡号"上的弹药是有限的，打出去的炮弹并不会再回来（当初用来给爱丽丝压舱的那八枚炮弹也没回来），那么……船上的弹药可以补充吗？补充进来的新弹药又是如何成为"失乡号"的"子单位"的？思路再延伸一点："失乡号"可以升级它的火炮系统吗？更先进的大炮，更先进的炮弹，这些东西放在那艘船上能用吗？

"失乡号"是一艘幽灵船，这注定了它很难像普通的舰船一样进行轻而易举的补给和……"改良"。搬运到船上的东西只是"外来物品",如果不能顺利成为"失乡号"的一部分,那么这些外来物品就没办法像船上的其他设施一样有"自行运转"的便利特性。但如果能有办法把这些东西变成"失乡号"的一部分,那艘幽灵船或许就能发挥出更大的力量,同时拥有更好的生活条件。

邓肯不由得在这方面想了很多。

越是接触现代的普兰德城邦,他就越是能感觉到一个世纪前的"失乡号"其实并不像它的赫赫威名那般光鲜完美——那艘船或许有着诡异可怕的力量,但它连个电灯都没有,也没有薯条;它的武器系统还是古老的前膛火炮,威力如何很不好说,而且没有薯条;灵体之帆虽然好用,但有一套蒸汽机关作为备用动力显然也不错,可船上连个烧热水的锅炉都没有。

而且没有薯条。

邓肯默默地看了一眼已经蹦到窗台上看着外面发呆的鸽子。鸽子回过头,眨巴着绿豆眼看着他:"去码头上整点薯条?"

"闭嘴,不要提薯条。"邓肯带着微妙的心情回绝了鸽子,这才把注意力放在最后一样物品上。

咸鱼,用深海里钓上来的美味加工而成的食品,味道还不错,属于"'失乡号'之外的物品"。经历过灵界行走之后,这条咸鱼看上去倒是没什么变化。

晚上给妮娜炖汤用吧。

在检查过所有的测试物品之后,邓肯对艾伊的运输能力以及"失乡号"上物品的性质有了更进一步的了解。艾伊一次性可以运输数种不同的物品,且这些物品包括了有机物、无机物、超凡事物以及普通事物,物品的种类并不会影响其运输过程的稳定性,同时运输过程也不会对物品本身的性质造成影响;"失乡号"上一些明显具备"活动能力"的事物本身是更庞大的控制意识下的"子单位",诸如炮弹就是弹药系统的子单位,而这些子单位在离开"失乡号"之后便会失去活动性质,成为平平无奇之物;艾伊的运输过程似乎并不怎么耗费其"精力",不管是一开始携带的仪式匕首,还是现在一次性携带一堆东西,这只鸟回来之后都仍然活蹦乱跳的,当然这有可能是目前为止让它运输的"货物"总量还太少,远未达到其能力瓶颈;目前只测试了物品种类不同的情况,尚不知艾伊的运输能力对"重量"或"体积"是否有限制,这还需要更多测试。

邓肯一条一条地总结着目前已知的情报,等确认都思考到位之后才舒了口气,慢慢靠在椅子上。他知道,自己目前所做的这些测试仍然很不完善,还有很多可能存在的变量没考虑周密,哪怕是从"测试物种类"来看,他所选取的样本也太少,还不足以积累出有效数据。在未来,他至少还要选择更多的物品种类,同时用不同的物品重量、物品体积来测试艾伊的运输上限以及多次运输的稳定性。只有足够多的对照样本，得到的测试数据才足够可靠可信。他在这方面十分谨慎，而这种谨慎并不是没理由的——因为他有一个很大胆的计划……或者说想法。

既然艾伊可以把物品完好无损地在陆地和"失乡号"之间传送，且不限制物品的种类，那……它能送人吗？

如果它能送人，那它能送不太算人的人吗？比如……爱丽丝？邓肯知道，一个人的能力是有限的，仅凭自己借助灵界行走的能力充当"失乡号"和陆地城邦之间的纽带，迟早会遇上人手不足、顾及不周的问题，这时候如果有帮手，情况就会好很多。鸽子艾伊所表现出来的传送能力给了他一个很好的思路。当然，爱丽丝并不是一个很好的帮手人选，这个空有上位编号的"异常099"虽然安静待着的时候优雅神秘，但只要活动起来立刻就会暴露出"又菜又废"的本质，可目前邓肯也实在没有别的人选。

想到自己手底下唯一可用的船员是个做饭都能把自己炖了的"废柴"，邓肯就不由得叹了口气。"失乡号"这举世皆敌的定位实在让他头大，他估摸着自己从人类世界是不可能找到盟友了，非要找恐怕也只能吸引来一群恶棍，就那种每天一睁眼就期待世界末日，每周一三五去割瓦斯管道，二四六去搞恶魔献祭，礼拜天去跟教会守卫者打游击的坏人……

那路货色倒是可以跟山羊头沆瀣一气，他们闲着没事可以在一起谋划入侵哪个城邦，却绝非邓肯想要的助力。

"……唉，爱丽丝起码老实听话，"邓肯叹息着站了起来，嘀咕着自言自语，"好好培养的话能成长起来的……大概。"

哪怕当不成帮手，就当让那个人偶在人类世界见见世面也好，毕竟她被关在一口"棺材"里那么多年，都不知道外面的世界是什么样子。整理完了思路，邓肯开始收拾自己带过来的这一大堆东西——他暂时还不会返回"失乡号"，这些东西有很多无法随身携带，自然是要放在店里。

古董店二楼能藏东西的地方不多，而且妮娜随时会上来帮忙收拾房间，一些看起来明显不像日常用品的东西放在房间会格外可疑（比如一个世纪前的炮弹）。不过在短暂考虑之后，邓肯就给这些东西找到了合理的去处。太阳护符贴身藏好就行，那条咸鱼可以直接放进厨房，显得合情合理。一个世纪前的炮弹和一个世纪前的水手匕首那就更简单了——邓肯直接把那两样东西带到一楼的店面，放在柜台旁边不起眼的角落里——反正这是古董店，类似画风的乱七八糟的东西要多少有多少，匕首和炮弹扔在哪儿都不如扔在一楼那堆破烂假货里隐蔽……

至于最后一样，从"失乡号"厨房中拿来的奶酪，邓肯也给它找到了好去处——垃圾桶里。处理完这一切之后，邓肯拍了拍手上并不存在的尘土，对自己的安排十分满意。随后他看了一眼外面的天色，那轮被双重符文禁锢封锁的"太阳"正高悬在天空。此刻刚到中午，妮娜会在今天晚些时候返回家里，在这之前他打算出去走动走动，以进一步了解这座城市。反正这古董店今天看样子也没什么生意。

天气有些凉，邓肯换上了一件深褐色的外套，并在出门前打理了一下自己有些杂乱颓废的头发，尽量让自己这副曾经被酒精、药物以及疾病折腾得颓废虚弱的躯体看起来精神一些，随后离开了古董店。他刚一出门，一阵扑啦啦拍动翅膀的声音便从二楼传来，鸽子艾伊自顾自地从房间里飞了出来落在他肩膀上，一边晃着脑袋，一边得意洋洋地叽叽："到二仙桥，走成华大道……"

邓肯斜了这货一眼，他原本是打算让这鸽子在二楼看家的，毕竟出门的时候身上顶只鸽子总显得过于扎眼，而自己和艾伊之间有灵火相连，真遇上情况自己随时可以用灵体火焰把它召唤到自己身旁，也不怕耽误事情。只是没想到出门的时候忘了交代，这鸟就自顾自地"上车"了。看着这鸟得意洋洋的模样，邓肯最后还是无奈笑着叹了口气："……算了，你爱跟着就跟着吧。"

他就这样顶着鸽子，来到了古董店对面的主干道上。沿着主干道走了没多远，便听到一阵清脆的铃铛声夹杂着蒸汽机关的运转声由远而近地传来。抬头看去，一辆褐色为底有着蓝色条纹涂装的双层巴士车正沿着主干道驶来，并停在不远处的车站旁。那是在普兰德城邦很常见的公共交通工具，由蒸汽机关驱动，六比索的票价，可以抵达下城区一大半的地方，而根据车厢后面贴着的线路图，它的线路末尾还有两站会途经上城区的边缘，一个叫作十字街区的地方。

邓肯脑海中对"十字街区"有印象，他知道那条街区以及周边区域被视作普兰德城邦的"交界地"。那里有较为繁华的商业和较为体面的住所，许多下城区的居民将十字街区视作自己生活层次跃升的目标与梦想，而很多无力承担上城区高昂消费又想过体面日子的中层市民也都住在那里——那里还有电影院、博物馆和几家上档次的餐厅。妮娜的学校就在十字街区附近，她提到过的那座博物馆也在十字街区旁。邓肯想了想，快步走向车站，在巴士车起步之前上了车。

车上没什么人，一层有半数以上的座位是空的，司机的驾驶台旁边站着一个穿深蓝制服的售票员，这个留着披肩发、简单化着妆的年轻女人在看到有人上车之后，先是下意识地伸手摸向票夹，紧接着便注意到了邓肯肩膀上的鸽子。

"抱歉，不能带宠物上车，这是规定，"年轻女人说道，抬手指了指邓肯肩膀上的鸽子，"包括鸽子。"

邓肯看了看艾伊，艾伊无辜地拍拍翅膀，歪着脑袋看着他。

"去车顶上扒着。"

"咕咕，咕咕。"

艾伊拍打着翅膀飞出了车外，一边飞一边"咕咕咕"地骂街。

年轻的售票员小姐一愣一愣地看着眼前这个跟鸽子交流的男人，以及那仿佛真能听懂人话的鸽子，半响没说出话来。

"现在行了吗？"邓肯不得不出声提醒似乎有些发呆的售票员，又抬手指指车顶方向，"鸟落在车顶上你们应该没法管吧？"

售票员这才反应过来："啊……是的……票价六比索，通票。"

邓肯伸手摸口袋，摸出两枚硬币，换来了一张蓝色的车票，随后找了个靠窗的位置，安安静静地坐下来，准备享受他在这个世界的第一次乘车之旅。蒸汽机关启动了，伴随着轻微的震动和机械摩擦声，车头的铃铛也随之清脆响起，然后巴士车微微一震，车窗外的景色便向后退去。邓肯舒舒服服地靠在椅背上，感受着这机械工程造物在运转间的震颤与加速。蒸汽机关是个好东西，文明社会是个好东西，科技进步是个好东西。有机会他一定要给"失乡号"也整一套——哪怕仅仅是一套能烧热水的锅炉呢，以后船上也能洗热水澡了。

他的思路刚刚发散开，便感到车子突然一震，窗外的景色慢慢停了下来。

那位年轻的售票员小姐推开了车头附近的窗户，探头对外面嚷嚷着："上车吗？有座儿！都是大座儿！"

邓肯怔了怔，哑然失笑，就在这一刻，他突然觉得这座对自己而言仍然陌生的城邦，生活气息一下子浓郁起来。在一个存在超凡异象，陆地被一望无际的海洋封锁，城邦中的守卫者和异常进行着无休止争斗的世界，普通人是如何生存的？邓肯对这座城邦仍然缺乏了解，但至少在他所见到的地方，这个世界的普通人仍旧生活在秩序与稳定的环境下——他们工作、学习、休息；他们经营店铺、互通有无；他们会在休息日去影院和餐厅，去公园和港口；他们会参观博物馆，也会在晚餐之后与邻居闲话家常。他们过着不怎么精彩，但通常很安稳的生活。

蒸汽机关驱动的巴士车走走停停，有时候在站台停下，有时候在路边停下，随时有乘客上来，随时有乘客离开。那位沉默的司机先生偶尔会和售票员说两句话，但大部分时间都在专心开车，那位年轻的售票员则时不时抬头看看车顶——她似乎还在挂念那只鸽子。邓肯坐在座位上，带着好奇观察着周围的一切，看着这些属于普通人的生活。似乎除了需要了解世界上存在的异常与异象，并将这方面的知识作为一种"安全守则"来遵守之外，这些普通人的生活也和他在地球上所见的差不太多。

在靠近十字街区的时候，巴士车又一次停了下来，这次是在站台，有许多乘客在此上车。

邓肯好奇地看着站台上的风景，看着远方那些伫立的烟囱，以及在建筑物上空纵横交错的蒸汽管道。突然间，他隐隐约约感觉到胸口附近有一股不寻常的热量升腾起来，那热量来自被他贴身藏好的太阳护符！正欣赏风景的邓肯怔了一下，下意识地摸了摸藏着护符的位置，下一秒，他便感觉到那护符不但在发热，而且还在微微震颤着。

他不知道发生了什么，但显然这护符正在和附近的什么东西产生共鸣——通过自己和护符之间已经建立起的联系，他生疏地感知着这种共鸣的来源。下一秒，他的眼睛便锁定了车窗外一个正快步从人群中穿过的身影。那身影穿着黑色的外套，看上去只是个普普通通的路人，但太阳护符传来的"指向感"正确凿无疑地指向他！

邓肯立刻从座位上站了起来，快步走向车门，而在他心念一动间，鸽子艾伊也收到指示，扑啦啦地拍打着翅膀从车顶上飞了下来，落在他的肩膀上。站在车门附近的售票员惊讶地看着这一幕，直到邓肯下车之后才小声嘀咕起来："这鸽子怎么训的……"

但紧接着这段日常生活中的小插曲便从售票员小姐的注意力中退去了，她转头看向刚刚上车的几个乘客："来这边买票……孩子也得买票，这怎么看都超一米一了……四岁？这怎么看也不可能是四岁，过线了就是全票！"

此刻邓肯却已经走进了人群中，他快步穿过路人密集的站台与路口，追踪着那个身穿黑外套的身影。那个黑衣人走得很快，下午时分路旁密集的人流也让其能很轻易地躲过视线搜索。事实上，仅仅过了几分钟，那身影便已经离开了邓肯的视野。然而太阳护符的共鸣仍在，那种从护符深处传来的"指向感"始终在为邓肯指示着正确的方向。

邓肯一边循着太阳护符的指引继续跟踪，一边飞快地思索着。毫无疑问，那个黑衣人很可疑，这护符一定是感知到了什么才会突然有反应……或许，它是感知到了来自"真实太阳神"的同源力量。从山羊头那里他已经知道，这枚护符拥有识别同胞、指引"太阳赐福"的功能，但正常情况下只有太阳神的信徒才能使用这些功能或感知到护符的指引效果。邓肯曾用灵体之火篡夺了护符的控制权，但当时他以为自己的火焰也一并破坏掉了护符的大部分能力，不过现在看来……这护符的识别能力竟然还在！只不过这份识别能力如今为自己所用了……

在护符的指引下，他渐渐离开了路人密集的主干道，并在三绕两绕之后渐渐走进了行人冷清的小路中。他再次看到了可疑的身影——那身影正快速走过前方的路口，似乎完全没有注意到身后多了个追踪者。隐隐约约间，邓肯感觉到胸口的护符变得比之前更加灼热了，它传来的共鸣感愈加清晰、强烈。邓肯悄然驱动了灵体之火，读取着这枚太阳护符传来的信息，大量指向性明确的"感知"立刻便传进了他的脑海。这感觉很微妙——尽管太阳护符并没有思考的特性，但邓肯能感到这护符在兴奋又激动地给自己传达着消息，在告诉自己这个不信仰太阳神的人，其他信徒在什么地方。

他甚至想提醒这护符矜持一点——好歹不久前它还是太阳神的圣物，这时候当"带路党"也不至于兴奋得跟个暖手宝似的。而与此同时，他也越发可以确定，自己正在接近一个有很多太阳神信徒聚集的秘密集会场所。正如他预料的那样，有更多的"太阳异端"聚集在这座城邦的阴暗角落中，之前下水道里团灭的那一拨人，只不过是这些如蟑螂般的邪教徒中的一部分罢了。他不知道这帮邪教徒到底想干什么，但他知道这些邪教徒一定比妮娜的老师们更了解有关古老历史、太阳信仰、秩序纪元的事情。要想了解这个世界更深层的秘密，就要接触超凡领域的势力，教会和城邦当局是很难通过正常手段接近的，但邪教徒就简单多了——跟他们打成一片就行。

或者把他们打成一片也行。

邓肯正这么想着，突然间停了下来。他已经来到了一条小路的尽头，而那个鬼鬼祟祟的黑衣人，刚刚钻进附近的一个路口中。太阳护符传来的信号清晰且强烈，这附近已经看不到任何路人的身影，但透过太阳护符，他感知到有更多的"同胞信号"在靠近自己所处的位置。邓肯默默拉起外套的翻领，把半张脸都遮挡在领子里——而几乎在这个动作刚完成的下一秒，他便听到有许多脚步声出现在附近的建筑物阴影间。

一个又一个的身影出现了。

那是十几个人，穿着打扮上与普通的市民没什么区别——毕竟没有邪教徒会在大白天的城区里穿着一身长袍到处走动，就像正常的刺客也不该穿着显眼的白色兜帽罩衫去闹市街头"整活"。只有太阳护符不断传来的热量和指向性明确的信号让他确信，这些从周围冒出来的家伙有一个算一个，都是真实太阳神的追随者。邓肯抬起头，看向路口的尽头，看到那个被自己追踪的黑衣男人也赫然在其中，对方正充满警惕地看着自己，而在他身旁，一个身形高高瘦瘦的年轻男人则低声和自己的同伴说了两句什么，才抬头看向这边。

"这是私人领地，你鬼鬼祟祟地跟进来干什么？"那个高高瘦瘦的男人开口了，他似乎还在努力营造一种"这边都是普通市民，你鬼鬼祟祟才形迹可疑"的感觉。因为对邓肯这个追踪者的底细不清楚，所以他既没有贸然动手，也没有放松警惕。

邓肯心里嘀咕着自己这个外行果然不适合干追踪这种专业活，同时也很好奇如果自己装傻的话，这些邪教徒到底打算怎么处置自己这个追踪者——他们是打算假装成一群爱岗敬业的黑恶势力把自己吓走呢，还是打算勤勤恳恳发展邪教事业，把自己绑了，给他们的太阳神加一顿荤？

"你没听到吗？"那个高高瘦瘦的男人皱了皱眉，不耐烦地说道，在他话音落下的同时，周围的人影也不动声色地向前迈了半步，隐隐形成包围，"我在问你话……"

邓肯耸了耸肩，随手从怀里摸出了那枚太阳护符，语气诚恳："自己人。"

先打成一片吧，兴许能套出的话更多。

如果他们不信，那就打成一片。

▶ 第十章
雪莉与阿狗

在邓肯把太阳护符拿出来的一瞬间，现场便出现了数秒钟的安静——他那句"自己人"平平淡淡地飘散在空气中，所带来的是十几双眼睛意外又谨慎的互相对视，随后那个看上去像是小头目的、高高瘦瘦的男人才压低声音语气急促地说道："快收起来！小心有教会的眼线在附近！"

这护符还真管用？这玩意儿在太阳教徒中间如此有说服力吗？邓肯心中一乐，表面却还维持着面无表情遮着半张脸的神秘姿态，一边把护符收起来一边淡淡说道："如果这附近真有教会的眼线，你们这么一大群人聚集在一起可比我的护符醒目。"他话音刚落，对面就有个胡子拉碴的男人下意识开口："不会，我们聚一块顶多把治安官引来，给按扰乱社会治安……"

"闭嘴！"那个高高瘦瘦的首领立刻喝止了手下的聒噪，紧接着目光便落在邓肯身上，"这是必要的谨慎——毕竟这座城市现在很不安全。你走过来，不要有多余举动。"邓肯坦然朝对面走去，对方则上上下下仔细打量着他，看了半天之后，高瘦男人才低声问道："你是住在这座城里的信徒？"

邓肯想了想，点点头："是。"

这具身体的原主人确实是住在城里的，他现在也住在城里，在这些显而易见的问题上，他决定实话实说。他的计划很简单，想办法浑水摸鱼混到这帮邪教徒中间，然后看能不能打听到什么消息，不暴露就多听多问，暴露了就让艾伊变身把他们全给"鸽"了。

高瘦男人丝毫没有察觉到眼前这个"教会同胞"心里在转什么危险念头，而是又紧接着问道："据我所知，深海教会在几天前袭击了下水道中的集会场，当时那里正在进行一次太阳祭祀，仪式失控了，我们损失很多人——""但我逃了出来，"邓肯毫无心理负担地说着，同时关注着周围那些太阳教徒的反应，他能感觉到这些人身上紧绷的神经明显已经放松下来，而只有他面前这个高高瘦瘦的小头目仍然保持着谨慎，"和我一起逃出来的还有三个人，但我们走散了，现在我完全联系不上教会——直到遇上你们，太阳给了我指引。"

高瘦男人不置可否地嗯了一声，紧接着目光便落在邓肯的肩膀上："这是什么？"

"我养的宠物，"邓肯随口说道，"看不出来吗？就是一只普通的鸽子。"

艾伊适时地晃了晃脑袋，发出响亮的"咕咕"声。

"这鸽子嗓门真大……"高瘦男人似乎终于放松了警惕，大概是潜意识也觉得教会那帮恪守清规戒律的家伙不会有顶着只鸟满城乱跑的习惯，他点了点头，"跟我来，在外面说话不安全。"

邓肯顿时松了口气，他觉得浑水摸鱼的第一步似乎成功了，随后他便跟在这群邪教徒身后，跟着他们向小巷的更深处走去。这巷子比他想象的还深，它似乎通往了这片破落城区被人完全遗忘的阴暗腹地，一群邪教徒带着邓肯七拐八拐，途中经过了不断释放出蒸汽的旧管道系统，穿过了污水横流的小路，最后又绕进一片低矮破旧的建筑群里。而越是往深处走去，这座繁荣的蒸汽之都那更加阴暗残破的一面便越是展露在邓肯面前。他原以为自己和妮娜所住的地方就已经是这座城市的底层社区了，但现在他突然意识到，原来那落魄的古董店竟已经是下城区中的"体面之地"。

道路两旁的破旧房屋大多数都死气沉沉，看上去已经被废弃了有一段日子，但邓肯从少数房屋的阴影中却仿佛能感受到或麻木或阴沉的注视，似乎有无家可归者躲在这片被人遗忘的城区中，在冷漠地看着闯入此地的不速之客们。但最终，这些阴恻恻的视线都很快收了回去——那个高瘦男人带着的十几个人显然足以让这里蜗居的流浪者心存畏惧。

"看到了吗，这就是无垠海上最繁荣的城邦，普兰德，"最初引起邓肯关注的那名黑衣男人咕哝起来，似乎是自言自语，又好像是说给邓肯听，"哪里都一样，伦萨也是这样，冷港也是这样，甚至精灵们那座号称'和平与公正乐土'的轻风港也是这样……他们宣称那所谓的'太阳'公平地照耀世界，为万物带来光明与秩序，但这些阴沟里还有多少阳光可谈？"

邓肯没有回应，只是抬头看了一眼。他看到从上城区以及工业城区蔓延过来的蒸汽和燃料管道在头顶的建筑上空纵横交织，巨大的阀门和压型结构就好像许多光怪陆离的巨兽，盘踞在周围低矮破旧的建筑头顶。阳光透过这些管道的缝隙洒下来，让建筑物之间的污水散发着更多难闻的臭气。那些污水大多是附近管道泄漏出来的蒸汽冷凝而成，这些污水混杂了为维持城市运作而在工厂里添加的化学药剂，日复一日地在下城区里堆积。

不必在这城市里住多久，邓肯看一眼也能大致猜测到这种"城市脓疮"是怎么出现的。邓肯默默地看了那愤愤不平的黑衣男人一眼，表情仍旧淡然。被太阳的子嗣蛊惑也好，被恶劣的生活逼迫也罢，这些邪教徒的诞生确实有其缘由——但那又如何呢？这些自认为被城邦逼迫而不得不生活在阴沟里的邪教徒最终还是到这下城区来，去抓捕那些无依无靠的贫民做活人祭祀——那处洞穴中无数衣衫褴褛的人，可没有一个是上城区的体面人。

作为一个还不够了解这个世界的"异邦人"，邓肯觉得自己没必要对这座城邦做过多评价，但至少作为一个曾经的祭品，他觉得这些邪教徒挺不是东西。在沉默中，他终于抵达了这些邪教徒的据点。

据点在一处废弃工厂的地下。

这些在阴暗里钻来钻去的邪教徒，似乎总有办法找到合适的阴沟，改造成他们的聚集地。抑或这座繁荣的蒸汽之都本就有数不清的阴沟，适合用来滋长一些黑暗亵渎的东西。一群人越过了工厂外围半坍塌的院墙，打开了通往地下结构的铁门，邓肯原本还打算好好观察一下那座工厂里的情况，满足一下自己对于"蒸汽时代"的好奇心，结果他被直接带到了一条倾斜着通往地下的阶梯，并来到了邪教徒们的"秘密基地"。

这里曾经或许是工厂的仓库，也可能是机械间之类的场地，但现在显然已经被搬空了。偌大的空间只剩下屋顶上残留的管道系统和墙壁上已经无法再点亮的瓦斯灯具——黑暗的空间很危险，连邪教徒也知道这点，所以他们在地下各处点亮了用鲸鱼油脂为燃料的油灯，而在大量油灯带来的光亮下，邓肯看到竟还有另外十几个邪教徒聚集在这里。在教会重创了一处献祭场之后，竟还有这么多太阳信徒聚集在一起？这些邪教徒是哪里冒出来的？难不成跟蘑菇和苔藓一样，但凡有个阴沟自己就长出来了？

邓肯有些诧异地看着这宽阔的地下室中聚集的人影，而那些邪教徒也在好奇又戒备地看着他这个突然出现的陌生人。随后那名高高瘦瘦的男人又走了过来，几名看上去颇为强壮高大的教徒紧随其后，站在邓肯四周。

邓肯皱了皱眉："怎么，进来之后还得再搜一遍身不成？我不知道有这个规矩。"

"如果你真是教会的眼线，搜身可没什么用，"高瘦男人说着，从怀里摸出了一根布条样的东西，递给邓肯，"放松，一次更严谨的验证而已，只是必要的谨慎——我们这些年因为各种各样的原因已经损失很多同胞了。拿着它，然后跟着我念。"

邓肯看了一眼对方递过来的物体，这就是一根脏兮兮的布条，甚至像是从旧衣服上撕下来的东西，其表面还有黑褐色的污迹，仿佛干涸的血液。这是太阳信徒们验证同胞的另一种道具？邓肯心中有点诧异，感叹这真不愧是一帮成天被追杀的专业人士，战斗力虽然没看出有多高，但这外防渗透内防内鬼的技能确实是点满了的。随后他便接过了对方递过来的东西，并听到那高瘦男人开始低声咕哝一些句子："以日之名，唯愿主的光辉普照……"

邓肯一听就觉得分外耳熟——前不久他才听一个邪教徒跟自己念叨过这个！那个邪教徒还送了他一个护身符。邓肯不动声色地抬了抬手指，一簇无人察觉的绿色火焰随即渗入他手中那根看似平平无奇的布条中，随后他便板着脸，有样学样地跟着眼前的高瘦男人把那几句祷词念了一遍。那根仿佛浸过血迹的布条老老实实地"待"在他手上，看起来毫无反应。

高瘦男人的目光落在布条上，良久，他终于轻轻点了点头，一边伸手将布条从邓肯手中收回一边微笑着说道："欢迎回到主的荣光中，同胞。"

平心而论，这些邪教徒其实还挺谨慎的。他们并没有因为邓肯拿出太阳护符就相信了这个陌生"同胞"的言辞，也没有因为邓肯说出了下水道祭祀场中的事情经过就轻易相信，他们一路上都在观察邓肯的言行举止，甚至到了集会场之后还要进行一次额外的验证来确认这个陌生人的身份——对一群东躲西藏的邪教徒而言，他们已经做到最好了。但他们所有的甄别措施都是将邓肯当作一个"正常人类"来应对的。

这些手段对"失乡号"的船长而言毫无意义。

高高瘦瘦的小头目从邓肯手中取回了那根不起眼的布条，他似乎完全没有察觉到这件超凡物品中的力量发生了什么变化，在向新同胞表达了欢迎之后，他便抬手指向集会场的一角："同胞，先在这里休息吧，这里的陌生面孔不止你一位。"

邓肯点了点头，走向那个不起眼的角落，同时关注着出现在这集会场上的每一副面孔。与之前在下水道祭祀场中所见的情况不同，他惊讶地发现这些太阳信徒都没有穿那种标志性的黑袍，而是如寻常市民一般打扮，他们也没有戴着遮挡面容的兜帽，而是坦然地把面孔暴露出来。他好奇地询问着身旁的信徒："在这里集会，大家都不需要遮掩面容的吗？"

被他询问的信徒显得很惊讶："……你们普兰德城邦的本地信徒集会的时候都要遮掩面容？"

邓肯立刻微微皱了皱眉："你们不是普兰德……"

"我们从伦萨来，"旁边的另一名信徒坦然说道，在确认了眼前的陌生人真的是教会同胞之后，这里的太阳追随者显然都放下了戒心，"大家上周才落脚，但还没等我们和本地的同胞们建立联系，就发生了那次袭击……"

"这里的所有人都是从伦萨来的？"邓肯有些惊讶，他终于知道为什么在下水道的祭祀场被摧毁之后，这座城里竟还有如此多的太阳信徒了。

"嗯，这里聚集的都是来自伦萨的同胞，不过也有从其他城邦来的队伍，大家都分散在不同的据点内，"旁边的另一名信徒参与到对话中，"唉，普兰德城邦的情况大家多多少少都听说过，在过去四年里，那个该死的执政官和教会的鬣狗们一直在打击我们的事业……你们也不容易啊，好在都过去了。"

邓肯不置可否地点了点头，紧接着又听到一开始被他询问的那名教徒开口了："你肩膀上这只鸽子还真……别致。"

邓肯眼角一抖，他知道，现场可不止一个人在关注自己肩膀上这只鸽子。非要说的话，一只鸽子也没什么奇怪的，但自己顶着只鸽子来参加集会那就怪起来了。他只能随口敷衍："这是我的宠物，可以帮我做很多事情。"

他这边敷衍着，脑海中却快速思考起来——大量太阳追随者正在涌入普兰德城邦，这正印证了他之前的猜测：一贯低调的太阳教会突然在下水道里搞了个高调的大活，果然是要干什么大事！他这次浑水摸鱼进来，竟正好找到了正确的方向。与此同时，他也明白了为什么在这里参加集会的邪教徒都没有遮掩面容，而是如寻常市民一般打扮。

之前在下水道里，太阳信徒们那副完全遮掩身份的装扮以及底层信徒之间单线联系的制度都是为了对抗教会一轮又一轮的清剿，同时规避教会内部出现叛徒或关键成员被捕泄密的情况，是境况窘迫的本地教会在不得已下的选择。而眼前这些刚刚从各个城邦聚集到普兰德的乌合之众们显然还没有这方面经验——他们毕竟只是邪教徒，不是纪律严明的特种部队。另一方面，他们也没有进行这种伪装的必要：因为聚集在这里的都是从同一个城邦赶来的"老乡"，他们互相之间早已熟悉，在集会时掩饰身份毫无意义。

现在这种寻常市民的打扮，反而便于他们在据点暴露的时候第一时间逃跑，并分散混入下城区那缺乏严密管理制度的平民中间。心中这么思索着，邓肯的目光也从集会场中扫过，突然间，他感觉到有一道视线正落在自己身上。他立刻循着感觉望去，看到了那道视线的主人——一个正站在十几米外的留着黑色短发、身材娇小的女孩。

那女孩身上穿着缀有白色花边的黑色连衣裙，容貌清秀而文静，年龄看上去和妮娜差不多，而最醒目之处，便是她脖颈间还戴着一道暗红色的颈环，那颈环上缀着一个精巧的银色铃铛，看起来虽有几分可爱，却又显得格外古怪。当邓肯将视线转过去的时候，那女孩也正好很自然地把目光转向其他地方——她转移得不动声色，可邓肯敢断定，刚才那道视线绝对来自这个年轻姑娘！这帮邪教徒里为什么还有个这么小的孩子？

邓肯心中不由得泛起疑问，同时他又看了一眼这女孩的穿着打扮……不知为何，他总觉得这女孩和这里的环境格格不入。就这么思索间，一阵门轴转动的声音突然从不远处传来，那名高高瘦瘦的邪教头目下令关上了地下室的大门，接着，他便走向了集会场的中间。现场所有的目光立刻集中在这位首领身上，邓肯也收敛起思绪，关注着现场情况的变化，他看到那高瘦男人以一种自信从容的姿态站在众人的目光中，他略显阴鸷的面容上带着一丝笑容，随后从怀中取出了一样物品，在众人间高高举起。

那赫然是一个淡金色的太阳面具——与之前在地下集会场中那名主持献祭仪式的邪教神官脸上佩戴的面具一模一样。

"向主的荣光献上敬意，在主的注视下默念真言，"高瘦男人高声说道，语气虔诚无比，"向这受赐福的面具低头吧，愿太阳子嗣的庇护，助我指引聚集于此的兄弟姐妹。"

周围的教徒们顿时齐声念诵着真实太阳神的名号，随后又以手握拳放在眉心，低头做出敬服姿态——他们竟不是在向集会场中央的那名高瘦男人致敬，而是在致敬那张黄金面具，就仿佛那面具才是某个上位者的本体，而手举面具的男人只不过是个载体。邓肯也装模作样地混在一群邪教徒中做着动作，但他可不知道所谓的真言是什么东西，所以嘴里随便咕哝了两句乘法表，就开始认真观察这帮教徒的举动，同时从他们的仪式动作中反推着其每一个环节背后的意义。

那个高高瘦瘦的男人郑重其事地将面具戴在了自己脸上。下一秒，邓肯立刻察觉到这个男人身上似乎发生了……某种变化。他说不清楚这种感觉是怎么回事，就好像对方在戴上面具的瞬间就换了个气质，又好像在他的身影中多出了一个额外的影子。邓肯看着那模仿太阳造型的金色面具，看到面具上的纹路似乎都在缓缓游走着——这一刻，面具仿佛活了过来，好像有一个遥远又强大的存在将它的微末力量投射到了面具上，让这本来平平无奇的物品具备了超凡的特质。佩戴面具的普通人，就随着这一个"佩戴"的动作，随着这简短的仪式，完成了"神圣化"，成为了某种神权力量的象征。

周围的教徒们齐声颂叹起来："唯愿吾主荣光永存！唯愿吾主之道降临尘世！"

邓肯把乘法表背到了第六列，同时脑海中飞快地回忆着。他之前在下水道那个集会场上也看到了佩戴黄金面具的神官，但当时，那名神官已经完成了"佩戴"这个过程，再加上当时邓肯还搞不明白周围情况，所用的临时躯体也状态不佳，所以他根本没有意识到这个看似普普通通的金色面具有什么特殊之处，也没有想过为什么佩戴面具的神官会被普通教徒称作"使者"。

现在看来……这所谓的太阳面具，难道正是那些躲藏在文明社会之外的"太阳子嗣"用来遥控信徒、观察世界的"通信装置"？或者更准确点，是某种精神投

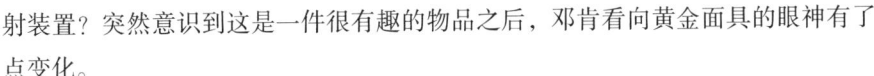

射装置？突然意识到这是一件很有趣的物品之后，邓肯看向黄金面具的眼神有了点变化。

这玩意儿……说不定与他有缘。

邓肯很快便收回了注视黄金面具的目光，让自己像周围的普通教徒一样微微垂下眼睛，做出准备认真聆听教诲的模样。他还没有听到有用的东西，不能过早地引起这支邪教团体的关注。可就在低下头的瞬间，那种被人用视线扫过的感觉再一次传了过来。邓肯微微皱了皱眉，顺着感觉看去，果然又是那个穿着黑色连衣裙、脖子上戴着奇怪铃铛的女孩在偷偷观察自己——而且当自己视线转过去的时候，她也不动声色地转过了头。

这让邓肯心中分外疑惑。他确信自己不认识对方，在这具身体原主的记忆里，也没有这个女孩的信息残留——一个初次见面的太阳神追随者，为什么会频繁关注自己？难道是因为自己肩膀上的鸽子真的很别致？他就这么胡思乱想了一下，便听到那名信徒头目的声音从前方传来——在佩戴上金色面具之后，那头目已然成为某种神权力量的化身，连说话时的声音都显得低沉而威严起来，也不知道这是他刻意控制了声线，还是面具真的在他的声音中混入了另一个意识：

"祝祷结束了，主已见证了我们的虔诚与敬畏，恩典已经照耀我们的灵魂。兄弟姐妹们，心怀感恩吧，我们在这艰难黑暗的世界上每多坚持一天，便距离那烈日复生、秩序重铸的日子又近了一天。"

那佩戴金色面具的"神官"张开双手，以极具蛊惑性的语气说着，随后他的视线便突然落在了集会场的角落，语气变得平缓而亲和。

"不过在进行今日的集会之前，我们首先要欢迎两位同胞。他们在艰难的时局中一度被黑暗所困，但幸得主的指引，他们得以重归群体……做一下自我介绍吧，简单即可。"

两位同胞？

邓肯一下子想起刚才这名头目好像确实是跟自己说过，在这处集会场上的陌生面孔不止自己一个。紧接着他便看向了这头目正注视的方向——他看到了那个身穿黑色连衣裙的女孩。

不知为何，他感觉并不意外。

"你们可以叫我雪莉，"那女孩很自然地上前半步，落落大方地开口，"我的父母同为信徒，但在四年前便不幸被深海教会的爪牙杀害，这些年我藏身在十字街区，一直不曾与其他手足联络……幸好你们来了。"

她声音不大，显得文静乖巧，若非亲眼所见，实在很难将这样的孩子跟血腥的邪教徒联系起来。

"欢迎回到我们中间，年轻的姐妹，"那头目点了点头，紧接着便看向周围的教徒们，"雪莉的父母是在四年前被教会大清洗所害，我们在当年的名单上找到了她父母的名字——接下来是另一位同胞。"

头目的视线终于落在了邓肯身上。

"邓肯，住在下城区，"邓肯早就做好了准备，很坦然地上前半步，"几天前深海教会破坏了下水道中的一场献祭仪式，我是幸存者。"

他说得很简短，但态度足够诚恳坦然，而且之前深海教会突袭下水道邪教据点的新闻也是广为人知，占据了好几份报纸的头版，因此他话音落下之后周围立刻便有几名教徒低声交谈起来，集会场中央的头目则点了点头，补充着情况："这也是一位饱经考验的同胞，在经历了深海教会那些鬣狗的残害之后，他仍在想办法重回主的怀抱——他身上有受赐福的护符为信物，是可信的。"

头目话音落下，现场那些不了解情况的教徒们顿时向邓肯投来了目光，有人点头有人感叹，邓肯则继续遮着大半张脸，又把乘法表倒着背了一遍……

"简单的介绍已经结束，"这时，那头目终于开口说到了邓肯感兴趣的部分，"接下来通告最新的情况。"

邓肯的耳朵立刻竖了起来。

"……目前，仍有为数众多的同胞汇聚到这座城邦中来，其中既包括信仰坚定的普通信徒，也有强大的使者与神官，我们在这城邦中的力量正逐渐增强，秩序重塑的日子已经临近……"

"但不可否认的是，深海教会的爪牙们也已经反应过来，最近一段时间城邦当局对外来人口的盘查越发严厉，我们有数个聚集点也已经被当局破坏，因此在城中活动的手足们要务必小心，搜集祭品一事可以放缓——主的子嗣已降下喻令，我们近期所收集到的力量已经过半，还有空缺之处，主的子嗣将亲力解决……"

周围的教徒们顿时受到了莫大的鼓舞，纷纷开始赞颂起太阳神的慈爱与伟大。邓肯则立刻联想到了之前在下水道里所见的那场献祭仪式——这帮邪教徒，果然是在用那种仪式收集力量。而且听上去……那群被称作"太阳子嗣"的幕后操控者这次竟然也亲自参与进来了？！目前这群邪教徒收集的力量似乎还有不足，因为普兰德的市政厅和教会已经察觉了他们的活动，但如果那些子嗣也亲自上阵……这帮邪教徒的计划恐怕还是要继续推进！

就在这时，他听到那头目又继续说道："……当前我们最主要的任务，还是确定太阳碎片的具体位置。牢记，我们的目标永远是让真实太阳神重现世间，而寻回失落的太阳碎片是最紧要的一环！"

邓肯心中一动——太阳碎片？那是什么玩意儿？凑一摞太阳碎片能让"亚顿

之矛开个大"（编者注："亚顿之矛"源自游戏《星际争霸2》的设定，形容强大、压倒性的力量；"开大"指网络游戏中的角色使用终极技能。）吗？他感觉自己肩膀上的鸽子突然不安分起来，艾伊一边使劲摇晃着身体一边从喉咙里发出低沉的咕咕声。透过灵体之火传来的联系，他隐隐约约能察觉到这鸽子想干啥。它想叨叨，想大声叨叨，想让邓肯拿上"太阳能战斧"，再重新召集一波部队。但它不能开口——它在这儿只是个鸽子。

这可让它郁闷坏了。

"安静。"邓肯只能小声嘀咕了一句，同时用手背蹭了蹭鸽子的脑袋以示安抚。而与此同时，一名距离头目较近的教徒开口询问："我们现在能确定太阳碎片的大致位置吗？有什么办法可以……探测到它吗？"

"太阳碎片目前正处于沉睡状态，尚无法用任何办法探测到，"那头目摇了摇头，"但主已降下指引，那碎片应该就藏身在普兰德的下城区附近。另外考虑到今天有新的同胞加入，我再说明一下情况：根据已掌握的情报，那碎片最初在人世间现身应该是在十一年前，并极有可能引发过某种大范围的超凡现象——可能是大型火灾，可能是整个街区的反常高热，也可能是集体自燃、群体幻象，这正是我们现在的调查方向。"

"城邦当局有关于历年超凡现象的详细资料，伟大的神眷者已经在尝试寻找这些记录，生活在下城区的普通人中也可能有人还记得十一年前发生在这里的'诡异之事'，我们的任务就是搜集这方面的线索，以推断太阳碎片的位置。"

"但要注意，所有的打探行为都务必小心，虽然当局对下城区的管理一向松散，但深海教会那帮鬣狗的嗅觉有时候格外灵敏……他们已经警觉起来了。"

那头目向周围的教众们说明着当前的情况，邓肯的头脑也在跟着飞快转动，他尤其注意着"十一年前"这个时间点——按照头目的说法，十一年前，是被称作"太阳碎片"的某种超凡事物现身于世的日子，但邓肯注意到这个时间点却是因为别的事情。

十一年前，年仅六岁的妮娜失去了她的父母——好像就是因为一场大火。

仅仅是巧合？存在这么巧的巧合吗？

邓肯努力整理着脑海中那些凌乱破碎的记忆，可这些记忆中有一大半都已经随着身体原主人的死去而消散了。他努力回忆，也只能记起一两个模模糊糊的片段：自己这具身体的原主人冲出大火，怀中抱着奄奄一息的侄女，一座看不清模样的建筑物在他身后熊熊燃烧并倒塌，而在远方，是扭曲昏暗、仿佛幻影一般的城市街道，数不清的狂乱人群在街道上呼号狂奔……

邓肯最终也没有从脑海中挖掘到更多的线索。尽管这具身体的原主人确实曾牵挂过妮娜，与妮娜有关的事情也确实曾是他脑海中最深刻的回忆，但多年的疾病与烈酒、药品的滥用已经严重破坏了这些东西，当名为罗恩的邪教徒呼出最后一口气的时候，他那麻木的头脑中已经不剩多少有关家人的温情记忆了。只有一点可以肯定，十一年前确实曾存在过一场大火，就发生在下城区——那场大火夺走了妮娜亲生父母的生命，也永久地改变了那孩子的人生轨迹。这或许是一个巧合，但更有一种可能，这件事背后真的与这些太阳教徒所寻找的"太阳碎片"有关系。

意外现世的太阳碎片在城市中引发了大火，无辜的市民失去生命，一个孩子在大火中变成了孤儿，而在若干年后，这孩子仅存的亲人竟又堕落成了追随太阳碎片的邪教徒之一……冥冥中，仿佛有一份孽缘，这孽缘围绕太阳而行，如同人被困于重力般无法阻挡。就在这时，周围的教徒中突然有人说话，打断了邓肯的思绪："我这些日子向周围的居民打听了一些情况，没听说过下城区在十一年前有过什么比较出名的大火……倒是有人提起当年曾有一座工厂发生泄漏，储罐里漏出来的毒气蔓延了几个街区，让许多人陷入幻觉还发了疯，这件事当时还上了报纸。"

邓肯诧异地抬头，看到说话的是一名容貌普通的女性教徒。

不过还不等认真思考对方所说之事，他便注意到那名邪教头目的目光转向了自己："同胞，你正好就是这里的当地人，你知道这方面的情况吗？"

邓肯一怔，突然意识到自己竟成了现场的焦点——对于这帮正想办法收集情报的外地教徒而言，自己这个"住在普兰德下城区"的本地人无疑是个很好的情报来源！

注意到周围几道视线传来，他略一思索便想好了说辞："我十一年前还不住在这里，所以具体情况不清楚，但工厂泄漏的事情也确实听人提起……"

一边这样敷衍着，他一边看向了刚才那个开口的女性教徒："十一年前，下城区真的没发生过什么大火吗？"

"至少就我打听到的情况，是这样的，"那名教徒点点头，"按照我听来的说法，普兰德的下城区已经二十年不曾发生过比较大的火灾了……诸如厨房失火之类的小火灾倒是有，但那显然不在考虑范围。"

邓肯眨了眨眼，什么也没说。他明明记得，妮娜的父母就是在十一年前的大火中去世的！他脑海中的记忆碎片甚至有"自己"带着妮娜冲出火场的画面！这是哪里出了差错？是这具身体继承记忆的时候发生了错乱？还是说当年那场大火并不在下城区？或者……只是因为眼前这个邪教徒并没能打听到真实的情况？他心中泛起淡淡疑惑，因为事情涉及了妮娜和"自己"，他下意识地对这件事关注起来。而就在这时，他又听到一个声音从对面传来，是那个名叫雪莉的女孩："十一年前的工厂泄漏事件……是发生在第六街区的那次吗？"

"第六街区？嗯……似乎没错，"女性教徒点了点头，"据说当时这件事影响很大，因为化学物质让很多人留下了后遗症，下城区不少居民到今天都还记得它。"

旁边有几名教徒闻言点头附和起来，看样子他们也打听到了差不多的情况。

"工厂泄漏……"位于集会场中央的头目突然打破沉默，低沉威严的声音也打断了现场教徒之间的交谈，"明面上的生产事故极有可能是被当局伪装起来的超凡事件，而且正好是十一年前这个节点……这是非常重要的线索。接下来我们就朝这个方向调查，看这所谓的工厂泄漏背后是否指向神圣的太阳碎片。"

现场的教徒们立刻点头应命，紧接着，那佩戴面具的头目又说道："另外，我们不但要关注十一年前发生在下城区的超凡事件，也要关注最近一段时间普兰德城邦中的不寻常之事。"

"虽然太阳碎片目前仍在沉睡，但它的觉醒之日已经临近，其活性每天都在增加。四年前，我们的教会同胞曾尝试提前唤醒那枚碎片，虽然当时的尝试失败了，甚至因仪式失败引来了深海教会的疯狂绞杀，但并非完全没有效果——唤醒仪式的刺激让太阳碎片和现实世界的联系进一步加深，这足以让它在彻底觉醒前的一小段时间里就具备干涉现实的威能，这或许可以帮助我们找到它。"

"近期多多关注城邦内的报纸和街头巷尾的流言，一切看起来不寻常的事件都有可能指向太阳碎片，不要放过任何线索，明白吗？"

教徒们纷纷低下头，恭敬领受命令，邓肯则注意到了一个关键节点：四年前！

四年前，普兰德城邦的深海教会确实一举摧毁了城中最大的太阳异端据点，据说当时那事件影响极大，同时也是如今的城邦审判官"凡娜"的立威之战——在那之后，这座城中的太阳教徒便一蹶不振，直到如今。一直以来，邓肯所知的都只有这部分表面情报，现在看来，这件事的真相竟是因为当时城里的太阳教徒想要提前唤醒沉睡在某处的太阳碎片？！不知不觉间，一连串隐藏在过往的真相在邓肯面前展露出来，他飞快地在头脑中组合着已知的信息碎片，同时思考着要如何从这些邪教徒口中得到更多的情报，但就在这时，一种奇怪的味道钻入了他的鼻孔。

那闻上去像是硫磺在燃烧，又夹杂着化学药剂般酸臭刺鼻的气味。

下一刻，周围的普通教徒们都闻到了这股刺鼻又明显的味道，一部分人面面相觑着，似乎在寻找味道的来源，那站在集会场中央的头目则瞬间反应过来，他立刻从怀中摸出了一枚仿照太阳的护符——那护符与邓肯携带的太阳护符一模一样，其表面正燃烧着虚幻般的半透明火焰！

刺鼻的气味正是从火焰中传来。

"肮脏的杂质……火焰被欺骗了！"头目看了正在燃烧的太阳护符一眼，顿时惊怒交加，"我们中间潜藏了一个异端！"

现场顿时一片哗然，邓肯第一反应就是自己已经暴露，虽然不知道是怎么暴露的，但那名头目身上携带的太阳护符好像终于识别出了自己这个压根不信仰太阳的"异端"。念及此，他微微叹了口气，正准备把鸽子放出来，便听到另一声叹息从对面传了过来——叹息声来自那个穿着黑色连衣裙的女孩。名叫雪莉的少女，遗憾地摇了摇头："我就知道阿狗不靠谱，伪装根本持续不了三个小时。"

话音未落，一团漆黑的火焰骤然在这女孩身侧爆燃！

那火焰凭空而生，有着火的形状，却漆黑宛若阴影，它在女孩的手臂上点燃，又在一秒钟内蔓延了她近乎三分之一的身体。下一刻，雪莉的右半身都化作了黑火的柴薪，在噼啪作响间，火焰流淌下来，其半空中的部分化作了一条漆黑的锁链，落在地上的部分，却眨眼间凝聚成一个骸骨嶙峋、浑身燃烧黑焰的怪物！

那是一只漆黑的魔犬，是足有半人多高的巨大犬类。它的身躯仿佛是由无数扭曲堆叠的骸骨拼接而成，本应是血肉的地方却充斥着燃烧的黑火和蠕动的阴影，它的头颅嶙峋狰狞，本应是眼睛的地方却一片空洞，里面只有血红色的光雾，里面充斥着无边的饥渴与恶意！一根漆黑的锁链从这巨犬的脖子延伸出来，一直延伸到雪莉的手臂上，竟隐隐与她的身躯融为一体。

"幽邃猎犬……湮灭教派的召唤师？！"集会场中央的头目看到这一幕惊怒交加，"这是什么意思？！你们这些崇拜幽邃的家伙是要与太阳的追随者开战吗？！"

一看眼前的情况，正准备大大方方站出来表示"内鬼正是在下"的邓肯立刻就又不动声色地退了回去，转而以吃瓜看戏的心态看着这集会场上的局势。合着这场上不止自己一个内鬼——那个穿黑色连衣裙的女孩从一开始就给他一种不协调的感觉，原本邓肯还只以为是对方过于年轻又文静的气质与这邪教集会格格不入，才给自己带来了这种印象，却没想到竟是这种情况。

他注意到集会头目提起了两个词：幽邃猎犬，湮灭教派。

幽邃猎犬指的显然是女孩召唤出来的黑色骸骨巨犬，湮灭教派则听上去就不是一个可以在市政厅正常备案的民间友好团体——这女孩确实不是太阳神的追随者，而是另外一波邪教里的？！这世界上到底还有多少奇奇怪怪的黑暗教派在阴沟里窝着？邓肯这边念头转动着，那召唤幽邃猎犬的女孩已经微微抬起了手臂上的黑色锁链，她一边做着戒备的姿态一边扫视会场，嘴角则带着讥讽的笑意："湮灭教派……很遗憾，我跟他们可没多大关系——跟你们这帮必须给某个邪神当狗才能睡安稳的杂种不一样，我只为自己做事！"

"你这说辞骗不了人，只有湮灭教派才知道如何召唤幽邃深海中的诡异——我劝你放弃抵抗，异端，你站在太阳神的领地上，哪怕幽邃猎犬的魔咒也保不住你！"集会场中央的头目死死盯着雪莉，声音低沉而充满威胁，"说，你们到底想干什么？！湮灭与太阳虽不结盟，但也从未敌对，你为何要伪装身份混入我们的神圣集会？"

"只是想从你们这些杂种不太灵光的脑袋里掏点情报而已——"雪莉扬起嘴角，与她身体相连的锁链随之发出一连串哗啦哗啦的声音，那质地不明的锁环仿佛活物般慢慢蠕动起来，"还有，我说过了，我不是湮灭教派的……！"

女孩话还没说完，一连串的噼啪声突然从四周响起，设置在房间中各处的油灯仿佛受到了不知名力量的鼓动，骤然间全部熊熊燃烧起来！

油灯明亮的光焰一下子将整个地下室照得亮如白昼，每一盏油灯上空都逸散、升腾起了一个小小的火球，那些火球竟宛若一个个小小的太阳，开始不断散发出浩大的威能。站在集会场中央的头目不知何时已用力握紧了他的太阳护符，护符边缘锐利的火焰尖刺扎破了他的手掌，鲜血渗入护符，让这头目握着护符的整只手都燃起火来，与那些骤然异变的油灯遥遥相应。显然，这个经验老到的邪教神官只是用三两句话来拖延时间，在雪莉不注意的时候，他已经发动了某种超凡能力。

"束手就擒吧，异端，"金色面具下传来了威胁的声音，"太阳神的力量已经封锁了整个集会场，我知道你们湮灭教徒的能力，你们能从自己召唤出来的恶魔口中借用魔咒，并以魔咒伤人，幽邃猎犬本身的暗影吐息也确实可怕——但此地已被封锁，你和你的狗都不可能从幽邃深海中借到任何力量！"

邓肯插在口袋中的手指轻轻动了动，他在思索要不要出手相助，虽然这看上去是两波邪教徒在狗咬狗，但那个名叫雪莉的女孩可能也知道一些东西，而现在看上去她显然寡不敌众。

就在这时，那佩戴金色面具的头目向雪莉伸出了那紧握太阳护符、正在熊熊燃烧的手掌，面具下传来的声音低沉又蛊惑，仿佛有无形的力量混杂在他的声音中："放弃抵抗，在太阳神的领域中皈依，然后告诉我你所知道的一切，仁慈的太阳会赦免你的罪过……跪下吧，年轻的姐妹……你用不出魔咒的……"

然而面对这太阳神官的威胁，雪莉却充耳不闻，她只是扭头看了看那些燃烧的油灯，又看着周围已经纷纷拔出短剑、匕首甚至左轮枪的太阳教徒们，很冷静地问了一句："你维持这个禁制力场应该挺费劲吧？"

太阳神官一声冷哼："哼，吾主赐下的威能……"

他这边话音未落，黑裙女孩突然有了动作！只见雪莉猛然一步上前，燃烧着黑火的右臂猛然抬起，漆黑的铁链在空中发出呼啸的声音，铁链尽头的幽邃猎犬随之被她抡圆了高高甩起——这足有普通猎犬好几倍大的巨犬被一股怪力抡了一个整圆，紧接着便发出恐怖的一声巨响，"砰"一声砸在那太阳神官的胸口！

骨骼碎裂的声音清脆传来，太阳神官本来正全力维持着禁制，所以压根没来得及做出任何反应，便被一狗砸飞出去，整个人跟个破麻袋般撞在对面的墙上，没了动静。

邓肯："……"

这个他真没想到。这突发的情况让现场所有邪教徒都没反应过来，那些太阳追随者还等着头目的命令，下一秒便看到自己的老大飞了出去，而紧接着，锁链在半空中呼啸的声音便再一次响起！雪莉再次扬起了手臂，漆黑铁链锵锵作响，一股怪力将幽邃猎犬如流星锤般甩起。那巨犬在空中划过令人惊恐的圆弧，然后在"砰砰砰"几声巨响之后，又是将好几个邪教徒撞得口吐鲜血倒飞出去！

这一次，邪教徒们终于反应过来。顾不得心中震惊，所有人都怒吼着冲向了那再次扬起铁链的女孩。十几把匕首与刀剑破空而出，而回应他们的，是雪莉抡圆了的幽邃猎犬，以及女孩的破口大骂："去陪你们的主吧！杂种玩意儿！"巨犬破空而来，邪教徒无不筋断骨折倒飞出去。雪莉一手"流星锤"使得出神入化，场上一时间只见铁链横飞、巨犬呼啸，女孩则在其中辗转腾挪、手起狗落……

就在这时，几声"砰砰"枪响突然传来！那些带着左轮手枪的太阳教徒终于找到了空隙，在确认近战根本不可能拿下眼前的怪力女孩之后，他们毫不犹豫地扣动了扳机。黄铜子弹划破空气，两发打在铁链上，迸发出明亮短暂的火花，另外几发则先后钻入了雪莉的身体。

"呜……"女孩的身体突然摇晃了一下，子弹钻入体内带来的冲击与痛楚让她一下子没站稳，然而下一秒，就在邪教徒们以为局势逆转的时候，铁链呼啸的声音再一次响起。

"阿狗！帮我屏蔽痛觉！"

被抡到半空的幽邃猎犬发出一阵混沌不清的咆哮，下一秒便将一个持枪的邪教徒直接撞飞出去，那教徒脑袋撞在远方的柱子上，当场成了个"青春迷你版"的爱丽丝……

而集会场中央的流星猎犬则比刚才更加声势凶猛！

邓肯默默地往后退了两步，一边降低自己的存在感，一边等着这一切结束。他现在主要是怕血溅自己身上——这衣服是今天新换的，弄脏了回去跟妮娜不好解释。至于那个使得一手好流星猎犬的……女壮士，应该用不着自己帮忙——她状态好着呢。

整场战斗其实并没有持续太久，黑裙女孩的流星猎犬力道奇大速度又快，这逃无可逃的地下室对她而言简直就是个人专享的猎杀舞台，邓肯就站在墙角默默背第二遍乘法表，没等背完，场上就打完了。而等到所有邪教徒都被打成一片之后，地下室中终于安静下来。雪莉终于停了下来，她紧握着束缚幽邃猎犬的铁链，在房间中央大口喘着气，但突然间，她的目光捕捉到了一个站在墙角的身影。

她终于注意到了邓肯，这是会场中的最后一个"邪教徒"。

尽管对这个古怪"邪教徒"的淡定模样感到错愕困惑，雪莉还是毫不犹豫地拎着狗走向那最后一个目标——她的敌意毫不掩饰。看着雪莉杀气腾腾地朝自己这边走过来，邓肯就忍不住叹了口气，心说这个麻烦最后果然还是要落在自己头上。他倒是不怎么紧张，虽然平心而论，他知道自己几乎没有战斗经验，而眼前的姑娘看起来就是个放在长坂坡都能七进七出的女壮士，但他一点都不慌。

首先，他有个擅长延迟斩的鸽子，艾伊的能力在影响范围内是即时生效，发动起来比枪还快，雪莉真抢狗过来怕是在半空就会被鸽子用高延迟打败，然后"丢包"而死。其次，他掌控着对一切超凡事物都有奇效的灵体火焰，这火连"失乡号"都能控制，眼前的幽邃猎犬想来总不至于比"失乡号"上那一堆妖魔鬼怪还难搞吧？大不了一个火焰附体缠绕全身，然后就是他擅长的领域了：姑娘，我看你这狗与我有缘……最后，也是最重要的一点——反正这身体不是他的本体。

此刻他所用的不过是一具化身，虽然从生理学角度看，这具化身好像是活着的，但本质上"它"仍然只是一个被幽灵力量驱动起来的尸体，邓肯并不需要这具躯体保持生理完整来驱动它活动，就像之前在下水道里那个失去心脏仍然能活动的"化身"一样，他只需要这具躯体"存在"，就可以继续把它用下去。

他甚至怀疑哪怕自己当前这个化身被大卸八块了，自己也能控制着它分批次回家。唯一要发愁的，就是万一自己被雪莉一个流星猎犬砸得全身骨折，回去之后该怎么跟妮娜解释她叔叔骨骼精奇的事儿……

他就这么坦然地站在这里，好整以暇地看着那身穿黑色连衣裙的女孩来到自己面前，看着对方手中的黑色铁链在半空晃动，而那奇诡恐怖的幽邃猎犬则迈着难以捉摸的步伐，慢慢跟在自己主人身边。因为之前的激战，女孩手臂和脸颊上沾染了不少血迹，这完全破坏了她一开始给人的那种文静乖巧之感，反而尽显诡异危险。

"你倒是不怕，果然有古怪，"雪莉在邓肯面前两三米的地方停了下来，皱着眉看着眼前的"太阳教徒"，同时右手已经不动声色地慢慢抬起，"是放弃抵抗了吗？"

邓肯想了想："我要说我不是跟他们一伙的，你信吗？"

一边说着，他一边不动声色地在口袋中搓了搓手指，让虚幻的灵体火焰在自己的衣服与皮肤间缓缓游走，以防这姑娘一言不合就用狗砸人。雪莉怔了一下，沾染血污的脸上慢慢露出"你×× 在逗我"的表情："你以为我……"

她话音未落，跟在她旁边的那只幽邃猎犬竟突然口吐人言，骸骨交织的喉咙中发出嘶哑低沉的声音："我信。"

"啊……啊？"雪莉惊愕地看着自己的召唤物，"阿狗你刚才撞坏脑子了？这个……"

"你先等会，"那幽邃猎犬晃了晃头，然后在邓肯木然的注视下走到旁边，一伸脖子，"呕——"

分外响亮的呕吐声回荡在血迹斑斑的地下室中，这来自幽邃深海的恐怖恶魔当场翻江倒海，吐出了无数呛烈刺鼻的黑焰、灰烬以及仿佛酸液般的漆黑污物，钢筋水泥的地面被那些污染物腐蚀得嘶嘶作响，眨眼间便凹陷下去一片。邓肯面无表情地看着这一幕，心里寻思着自己是不是掌握了这个雪莉战斗力上的短板——这姑娘虽然力气大，下手狠，作战风格奇诡难防，但显然不擅长持久作战。

关键就在于她那个打法，人受得了，狗受不了。

于是现场气氛就这么尴尬了有两三分钟，等那幽邃猎犬的呕吐终于平静下来，邓肯才忍不住探头看了它一眼："……你没事吧？"那狗立刻低下头，骸骨盘曲而成的尾巴紧紧夹在胯下："承蒙您的关心，希望我的失礼之处没有污了您的眼，您看您还有什么吩咐？要没事的话我们先走了……"

邓肯都还没反应过来这狗怎么回事，雪莉便先惊呼起来："阿狗你真的没事吧？我刚才真把你脑袋撞坏了？！你平常跟人类说话可没这么客气，站你对面的人就没有能在十秒钟后还保住自己母亲的……"

邓肯此刻已经隐隐反应过来，他看向那外貌凶残可怕的幽邃猎犬，眼神变得深沉。根据刚才从那太阳神官口中听来的只言片语，眼前这只"巨犬"是某种从幽邃深海中召唤出来的恶魔，姑且不论所谓的湮灭教派是怎么回事，也不考虑幽邃深海中到底都有些什么奇怪玩意儿，为什么还能召唤出狗来，有一点很明显：这只"狗"在惧怕自己，这个来自幽邃深海的恶魔，它……很可能有着和普通人类不一样的"视野"。

"你知道我是谁吗？"邓肯淡淡开口了，"你认识我吗？"

"不认识，不认识，"幽邃猎犬连头都没抬，"真的不认识……但您肯定是位大人物，这个毫无疑问……"

邓肯皱了皱眉，又问道："在你眼中，我不像个人类，对吗？"

幽邃猎犬一下子迟疑起来，它分外谨慎地抬头看了邓肯一眼，才犹犹豫豫地说道："您……是像……还是不像呢……"

邓肯收回了目光，看向一旁的雪莉。黑裙女孩正惊疑不定地看着这边——她终于收起了一开始的敌意，取而代之的是浓浓的错愕与戒备。这姑娘的性格看上去有点莽撞，但显然还不是笨蛋。在自己的"宠物狗"连续表现出如此异常的反应之后，哪怕是再莽撞的性格这时候也会冷静下来，并开始察觉到不对劲了。

她一边悄悄收紧与幽邃猎犬之间的锁链，一边不动声色地后退了半步，小心打量着邓肯："你刚才说你不是和他们一伙的……"

"是啊，"邓肯摊开手，"说来你可能不信，我也是混进来打探情报的……"

"我信。"雪莉干脆利落地说道。

这次轮到邓肯有点意外了，他发现这女孩带给自己的印象一直在变。最开始从外表看时，他以为对方是个文静乖巧的孩子，结果下一刻她就表现出了狂暴血腥的一面，刚才打架后他以为对方是个莽撞的"一根筋"，结果现在她这因势而动"借坡认怂"的速度又比自己想象的还快……

这得是什么样的家庭，能培养出这样的孩子来？心中转着古怪的念头，邓肯同时也被对方这过于干脆的态度弄得有点反应不过来，他定了定神，才组织出问题："刚才在集会时，你为什么连续两次看向我。"

"是阿狗一直在关注你，"雪莉回答得有点不情愿，但还是老老实实配合，"我也就跟着好奇看了两眼……"

"阿狗？就是这个吗？"邓肯皱了皱眉，扫了那只漆黑的骸骨猎犬一眼，"我刚才听那个神官提起湮灭教派——这是一个崇拜幽邃深海的教会？你和这个湮灭教派有什么关系？"

"我和他们没关系！"雪莉立刻说道，带着格外强调的语气，"他们崇拜幽邃深海是他们的事，我和阿狗是因为别的原因认识的！"

邓肯的目光落在女孩和幽邃猎犬之间的锁链上。根据刚刚得到的情报，崇拜幽邃深海，能够从幽邃深海中召唤出恶魔，并且在正常情况下借用恶魔的力量使用魔咒作战，似乎就是湮灭教派的特点，那名太阳神官也正是因为雪莉召唤出的幽邃猎犬才下了这方面的判断——尽管他因为判断失误已遭受了飞狗流星锤的重击。但邓肯相信，最起码在"正常情况"下，这些情报是没问题的。

有问题的只不过是眼前这个古怪的女孩，她似乎十分抵触别人把她和邪教徒联系在一起——尽管她拥有一只来自幽邃深海的猎犬。

"没关系就没关系吧，"邓肯摇了摇头，又问道，"那你为什么会出现在这里，你要调查什么？"

雪莉抿了抿嘴，她似乎不太想回答这个问题，然而旁边猎犬不断释放出的紧张信号却让她明白，眼前这个看上去平平无奇的中年男人恐怕极端危险，自己最好能配合对方。

"我……"

雪莉张了张嘴，然而就在她开口的瞬间，一声爆鸣骤然在地下室中炸裂，一团炽热的火球突然从旁边飞了过来——但在这火球靠近之前，邓肯便已经有所反应。他的感知远比躯体更快，异常能量在地下室里出现的瞬间他就察觉到了不对劲，这时候更是顾不上细想便下意识地抬手一挡！一点点灼热感从指尖传来，但下一秒，喷薄而出的灵体之火便以反冲的气势卷入那火球中，邓肯凭空抓住了从地下室角落射来的火团，这炽热的烈火几乎立刻便被染上一层幽绿，爆烈的能量瞬间变得服服帖帖，开始在他手中静静燃烧。

邓肯就这么抓着已经变成幽绿灵火的火球，转头看向了袭击传来的方向。

而就在他视线转开的一瞬间，那只被称作"阿狗"的幽邃猎犬立刻向后猛然跳开，一道涌动着无数阴影与黑雾的裂隙在其落地的位置凭空浮现。它毫不犹豫跳了进去，漆黑铁链同时拖拽着雪莉，后者在飞入裂隙之前朝旁边用力啐了一口，几枚带着血的子弹被她吐在地上。

下一秒，一人一狗便消失在地下室中。

邓肯听到动静便诧异地回头看去，却只看到那女孩裙摆落入裂隙的最后一幕——这古怪的人狗组合就这么趁着他一转眼的工夫跑了。自己还有一大堆问题没来得及问，而这全都因为某个生命力异常强悍的邪教徒突然偷袭！

邓肯的心情不爽起来，他再次看向火球飞来的方向，正看到那个戴着太阳面具的邪教神官歪歪斜斜地靠在墙角，撑着最后一口气维持抬起手臂的姿态。他似乎正惊愕于自己拼尽气力召唤出的火球竟不但被凭空抓住，甚至被篡夺了权限——隔着金色面具都能看到那双眼睛呆滞的状态。

"打完不补刀可不是什么好习惯……"邓肯脸色阴沉，一边念叨着某个打完架不知道补刀的抢狗女孩，一边慢慢向着那重伤未死的邪教神官走去。他手中仍然托举着那静静燃烧的幽绿火球，而这火球逸散出的力量正悄然在地下室中扩散。

随着邓肯的每一步前进，设置在地下室各处的油灯与火把皆仿佛受到了莫名的感召，那些跳动的火焰一个接一个染上一层幽绿，而在这不断迫近的阴森火光映照下，那名脸戴面具的太阳神官终于感受到了一种比任何时候都要强烈的恐惧——他感到自己与太阳神之间的联系正在迅速减弱，随着一盏又一盏灯火被"篡夺"，太阳神的注视如春日冰雪消融般离开他的灵魂！在巨大的恐惧中，面具下终于传来了颤抖的声音："你……你不是普通的异端，你到底是什么……"

最后一盏灯火变成了幽绿的灵魂烈焰，邓肯在这神官面前停了下来。他微微低头，面孔在灵体之火的映照下显得格外阴森："我刚才还没问完，就被你打断了，这很不礼貌，你妈没教过你吗？"一边说着，他一边注意到了那太阳神官的状态。他觉得自己错怪雪莉了——这个邪教徒胸口有一半都已经完全瘪下去，断裂的肋骨甚至可能已经扎穿其心脏和肺叶，这是毫无疑问的致命伤害，理论上根本没有补刀的必要。这个神官还活着，是因为某个更加强大诡异的力量在吊着他的命，那或许就是这些邪教徒口中的"太阳神"。

但即便如此，邓肯仍然能很明显地看出生机正在迅速从这名神官的体内流逝，他的每一次呼吸都在变得微弱下去，不久就会咽气。虽然不知道原因，但显然太阳神的赐福正在迅速远离这个神官。

"看样子太阳神降下的赐福也不怎么可靠啊，"邓肯摇了摇头，语带感慨，"你的主已经离你而去了。"

他只是随口感叹，却没想到这一句话竟刺激到了本已奄奄一息的神官，后者顿时目眦欲裂，在巨大愤怒的驱使下迸发出最后的气力来，并在邓肯意外的注视下突然从衣袖中取出了一根血迹斑斑的布带！

"我向主献上此身！愿圣骸布净化眼前异端！"

那神官高喊着，污浊的血块和内脏碎片沾满金色面具，他高高举起了手中的"圣骸布"，并向他的主献上了最彻底、最疯狂的祭品——他献祭了自己的全部，只为点燃圣骸布，要与眼前这篡夺火焰的异端同归于尽！然而邓肯却只是平静地注视着这最终的疯狂献祭——尽管这神官刚才突然从袖口里取出东西的时候确实让他吓了一跳，但在看清那是什么东西之后，他整个人都淡定下来。那正是之前刚刚进入集会场时，对方用来验证自己"同胞身份"的古怪布条——只是没想到这布条竟然还有"圣骸布"这样不得了的名号。

就如邓肯预料的那样，圣骸布安安静静毫无反应，邪教神官临终前最极端的献祭也没有唤醒任何奇迹降临。面具下的眼睛流露出一丝茫然，那邪教神官勉力撑着自己的身体，在绝望中看着手中没有丝毫动静的圣物，不信邪地再次咳出一口污血："我向主献上此身……"

"我猜，你想要的是这个。"

邓肯看不过去了，他摇了摇头，抬手指向那块沾满血污的布条。下一秒，一簇幽绿火焰便爆燃而起！

灵体之火点燃了圣骸布，点燃了邪教神官咳出的污血，点燃了这疯狂之徒的血肉，神官在灵火中惊怒交加地发出嘶吼声："不……不应该是这样……主不会背弃，主……主会惩戒你这异……你到底是谁？！"

在熊熊烈火中，那邪教神官的声音终于渐渐虚弱、消散，超凡力量支撑起的生命力终究未能让他扛住这直接灼烧灵魂的火焰——或者说，正是由于超凡力量的存在，才让他在这灵火反噬中化作了灰烬。灵体之火终于渐渐熄灭，靠在墙角的太阳神官被彻底烧尽，原地只留下了一套散开的衣物，以及那个模仿太阳造型的金色面具，甚至连那片所谓的"圣骸布"，也因充当"介质"而在火焰中烧成了灰。

邓肯皱起了眉。

说实话，这不是他第一次见到尸体——之前地下洞穴中见到的那些"祭品"以及那个被"献祭"掉的神官早已锻炼了他的神经。此刻他只是感到有些意外。

正常情况下，他的灵体之火是只作用于超凡物品的，这一点他在"失乡号"上的时候就曾用各种东西做过测试——被火焰烧过的超凡物会被"篡夺"成为邓肯船长的所有物，而如果不是超凡物，哪怕是一张纸，也不会被灵体之火影响。刚才灵体之火产生了实际焚烧的效果，这是他的主动激发——他担心那邪教徒真的用那块圣骸布搞出什么事情。从出于谨慎，命令圣骸布自我焚毁的结果来看，这圣骸布确实忠实地执行了命令。

但他没想到那蔓延出去的火焰会把这个邪教神官也一并烧成灰，这不符合他当初做完测试之后得到的结论：圣骸布被焚毁是正常的，因为它是超凡物品，会被灵体之火影响；邪教神官的衣物完好无损地留了下来也是正常的，因为那些衣服显然是"凡物"，灵体之火对凡物而言就如同平行时空的幻影，不会产生丝毫影响——除非那衣服本身被附过魔，或者织造过程中掺入了什么超凡的材料；那金色面具完好无损地留下也是正常的，因为邓肯对这件明显超凡的物品很感兴趣，在火焰开始蔓延之后他便立刻下达了命令，以防面具在火中受损。但……为什么这个邪教徒会被灵体之火烧成灰烬？

邓肯带着困惑蹲了下来，仔细检查着那些灰黑色的灰烬，发现这些灰烬与圣骸布焚毁之后的灰烬差不多。邓肯从未用活人测试过自己的灵体之火，更别提主动用这火焰去夺取人的性命，而这邪教神官应该算是他火焰下第一个真正的牺牲品。

至少，是在他有意识控制的前提下第一个真正的牺牲品。慢慢地，邓肯脑海中冒出了一个大胆的想法：难道，这种因为崇拜特定神明而接受过"赐福"的"凡人"，也可以被视作"超凡物品"？

▶ 第十一章

无名之火

邓肯的思索没有结果，因为他现在也不知道该上哪儿找第二个还喘气的太阳教徒来测试自己的结论。

这种事，是要看缘分的。

邓肯慢慢站了起来，地下室中一盏又一盏幽绿的灵火之灯在密闭的空间中无风摇曳，影影绰绰的光影中，他的思路又慢慢发散开来。信仰神明并接受赐福的教徒可能会被灵体之火视作是一种"超凡物品"，那……普通人呢？这火焰烧在普通人身上，除了表面的"光影特效"之外，它是否还能产生更多影响？如果不能的话，那究竟要信仰神明到什么程度，才会被这火焰视作能够生效的"超凡目标"？信仰邪神的邪教徒可以烧，那信仰正神的人呢？邓肯平静地看着房间中的幽幽灯火，突然淡淡地笑了一下。

"他们是人。"

于是所有的思索便止步于此。

这火焰是一种强大的力量，强大的力量本身无罪，但软弱的意志却极有可能招致堕落。战斗中出手是一回事，为了满足好奇心就找弱者试刀那是另一回事了。邓肯轻轻呼了口气，看着仍然在自己手上燃烧的幽绿火球，挥手将其散去。

火焰忠诚地服从了他的命令，无声无息地消散在空气中，邓肯微笑起来——他是，且永远是这火焰的主人。

在灵体之火散去之后，地下室中的环境也迅速从诡异恢复到平常，那些幽绿的灯火一个接一个地复原成了一开始明亮澄净的样子，邓肯则环视四周，看着这一片狼藉的现场，思索着接下来该做什么。那个名叫雪莉的古怪女孩不见了，而且看上去还是用了某种超凡手段逃跑的，他在这方面一窍不通，也不知道该上哪儿找她——这着实令人遗憾。他还有很多问题想问，现在看来是没机会了，但邓肯总觉得自己说不定什么时候还会遇到那女孩。这并非毫无根据的猜测，而是因为那女孩的目的很明显就是要找这帮太阳教徒的麻烦，要从这帮邪教徒中间打探什么。最近一段时间普兰德城邦里的太阳教徒活动又正是高峰，会有无数类似的集会在阴暗中活动，以雪莉和"阿狗"的行事风格……

他们迟早会搞出很热闹的大乱子的。

邓肯身上揣着的被篡夺了权限的太阳护符，可以感知到城内太阳教徒的活动。虽然目前的感知范围也不太大，但只要自己闲着没事就在城里走走，说不定就能碰上新的乐子。至于这里这一片狼藉，邓肯是没兴趣帮忙收拾的，他只是从地上那一片灰烬中捡起了太阳神官留下的金色面具，并细细擦去其表面沾染的灰烬与尘埃——这是他的战利品，是要带到"失乡号"上研究的。

那神官被烧得很干净，其身上所有涉及超凡领域的物品也都变成了灰，太阳面具算是他留在这世上唯一的"遗物"了。

"……巴掌大的护符还好说，这玩意儿的尺寸可能有点大了……"捧着太阳面具掂量了几下之后，邓肯若有所思地嘀咕着，"而且万一遇上深海教会的专业人士，说不定还会被用特殊手段探测出来……"

这面具随身携带很难安全带回古董店里，而且即便带回去了也有可能被妮娜发现，到时候少不了出些乱子，最好的办法是直接把它送到一个绝对安全的地方。思索中，邓肯回过头，看向正停在自己肩膀上的鸽子，他有了个全新的测试想法——在自己不一起行动的情况下，这只鸽子独自进行灵界行走可以把东西带回"失乡号"吗？

鸽子歪了歪头，跟邓肯大眼对小眼："大锤八十，小锤四十！"

邓肯一乐："就当加个班，回头我想办法在船上给你整点薯条——你试试看能不能自己把这个面具带到'失乡号'上。"

鸽子顿时拍了拍翅膀，一边飞向邓肯手中的面具一边发出那独具特色的尖锐女声："我本想拒绝的，但你给的实在是太多了！"

话音未落，邓肯便看到眼前光影一闪，鸽子与面具同时消失在自己的视野中——而在他意识深处的感知里，则清晰地感觉到艾伊的气息突然出现在了"失乡号"的船长寝室里，前后延时不到一秒！

这鸽子好快的速度！原来它传送物品可以这么迅速的吗？邓肯心里刚感叹了这么一句，便感觉眼前一花，骨鸽形态的艾伊从空气中凭空蹿了出来并落在他肩膀上——这鸟拍拍翅膀，亡灵态的身躯重新化作白鸽，得意洋洋地仰起脖子："传送成功！"

邓肯一看对方蹿出来的状态，顿时心里点点头，觉得事情合理起来："骨鸽"比"艾伊"快那是理所当然的。随后他便整理了一下衣服，确认了自己身上没有残留任何可疑的血迹，现场也没有留下自己的痕迹（事实上从进门开始他就什么都没碰，生怕留下指纹之类的东西），这才小心翼翼地用衣服垫着打开那扇铁门，通过来时的步行梯回到了外面。那轮被双重符文圆环约束的太阳已经下沉到地平线附近，瑰丽的晚霞光芒沿着下城区参差杂乱的屋顶弥漫过来。晚霞中，天空最高处那道苍白的裂痕已经若隐若现了。

邓肯一看这天色，便打消了继续在城市里查探的念头——妮娜快放学回家了。

那孩子的"邓肯叔叔"才刚变好一点，他不能夜不归宿。邓肯快步离开了废弃工厂，沿着记忆中的路线向主干道的方向走去，他穿过七扭八歪的小巷，穿过污水横流怪味弥漫的管道交会区，终于听到车水马龙的声音从远处隐隐传来。

天还没有彻底黑下去，最后一班巴士车应该还能赶上。但邓肯突然停下了脚步。

在前面不远处的路口，他看到了四名身穿制服的人——其中两人穿着深蓝色带有肩章的治安官服饰，腰间配着警棍与左轮；另外两人则穿着略带教会风格、形制介于风衣和礼服间的黑色外套，腰间不但可看到大型左轮的枪套，更可以看到一柄仿佛与当前时代格格不入的精钢长剑。那两名身穿黑色长外套的人腰间还有另一样显眼的东西：一种带着符文装饰的提灯，显然是巡夜所用。

路口那身穿制服的四人似乎是在交接工作，邓肯愣了一下，迅速反应过来：他们是隶属市政厅的治安官与教会名下的守卫者。治安官维系着日间城市的秩序，守卫者保护着夜幕中城邦的安宁，现在太阳正渐渐下沉，昼夜交替之时快要到了——正是世俗与神权交换位置的时刻。

这算是这个世界独特的"风景"。

那四人似乎没有注意到邓肯，邓肯坦然地走了过去——虽然刚才犹豫了一瞬间，但他很快就想到，自己是问心无愧的，守法市民趁着天没黑在外面走走又不犯罪。正在执行交接工作的一名教会守卫者终于注意到了向自己走来的身影，这个高大的年轻人抬起头，看到邓肯之后立刻摆着手高声提醒："市民！天快黑了，尽快回家去，外面不安全。"

"先生们！我向你们举报个情况，"邓肯加快脚步，走过去之后特诚恳地说着，"刚才我听到那边的废弃工厂里传来很大的动静，更早些的时候还看到有很多鬼鬼祟祟的家伙在那边进进出出的……"

说到这他顿了顿，又补充道："之前我看报纸，说让大家积极举报身边不正常的集会和异响……"

远离废弃工厂的某处陋巷深处，一间不起眼的陈旧小屋中，一盏油灯突然被点亮。摇曳的灯火中，可以看到小屋中简单陈旧的陈设，略微发霉的天花板，褪色脱落的墙纸，以及房间角落一道正在缓缓蠕动收缩的漆黑裂隙。外貌骇人的骸骨猎犬正趴在这道裂隙旁边，仿佛浑身脱力的死狗般一动不动，而在漆黑铁链的另一端，身穿黑底白边长裙的雪莉则认真调整了一下油灯的灯芯，然后来到窗前，不放心地确认了一眼外面的天色。

"……'世界之创'出来了，"女孩轻轻呼了口气，"幸好在夜幕彻底降临之前回了家，否则怕是要像条狗一样死在某个臭水沟里。"

不远处趴在地板上挺尸的幽邃猎犬立刻抬起头，喉咙里发出嘶哑劈裂的声音："你说就说，别拿狗说事。"

"还能说话啊？我还以为你这一趟幽邃穿梭就丢了半条命呢，"雪莉扭头看了阿狗一眼，"现在能说了吗？为什么突然就要跑路——而且还是用最危险的幽邃穿梭？你不是说幽邃深海里有无数恶魔在等着嚼烂你这副黑骨头吗？"

"幽邃深海里的恶魔再多我也可以绕着走，打不过就跑得过，但刚才……那可真是不赶紧跑说不定就跑不掉了，"幽邃猎犬这时候才终于好像喘匀了气，微微抬起头看着雪莉，"你应该庆幸我反应快，在那个可怕的家伙转移视线的瞬间打开了裂隙，否则只要他的目光还落在你我身上，我连逃跑的通道都打不开！"

雪莉皱了皱眉，慢慢来到幽邃猎犬面前："所以到底是怎么回事？你为什么怕成这样？那个名叫'邓肯'的家伙……阿狗你难道见过？他是湮灭教会的某个大人物？还是他背后站着某个幽邃恶魔？"

幽邃猎犬似乎一下子回忆起了某种极端可怕的感觉，它浑身的骨骼都咔啦作响了一下，这才压低声音咕哝着："没见过，我也不认识他。"

雪莉顿时瞪起眼睛："没见过你怕成这样？！"

"即便没见过，作为一个幽邃恶魔，我也能'看'到比死亡更可怕的影子！"幽邃猎犬突然抬起头，那空洞赤红的眼窟窿直勾勾地"注视"着雪莉，"一个人类的躯壳里，塞着一团我看一眼都感觉精神错乱的光影漩涡，你说我能不怕？！"

说到这它停顿了一下，仿佛是要组织语言好向身为人类的雪莉描述自己当时的感觉，组织了半天才慢慢开口："他说话的时候，我能听到有一万个重叠的声音在同时嘶吼；他注视的时候，我能感觉到自己从诞生到消亡所有的命运都被摊开碾平地放在地上供人观阅。我跟你讲，上回我遇上这么吓人的玩意儿，还是在幽邃深海里远远地看见'圣主'那次！但圣主他不会动弹啊，今天咱们遇上那个人，他能走能动的！"

雪莉被阿狗这吓人的语气和眼神（虽然它的眼睛只是两个发光窟窿）弄得浑身发毛，但还是下意识嘀咕了一句："我当时怎么什么都没感觉到呢……我还觉得他挺和善的……"

"所以有时候我真羡慕你们人类这种低效迟钝的感知——这层无知的屏障真

是世界赐予你们的至宝，它能让你们在疯狂扭曲的灭顶之灾中都面带微笑地死去，"幽邃猎犬有气无力地再次趴了下去，"继续眼瞎目盲吧，这世界还能更美好一些——我这样可怜的小狗可就没那么幸运了，隔三岔五就要看到能吓死狗的玩意儿……"

"……世界上怎么会有你这么胆小的幽邃恶魔，"雪莉忍不住斜了阿狗一眼，紧接着便若有所思地考虑了些什么，才说道，"但你这么一说，我反而觉得咱们不该跑啊……如果那个真如你所说，是个超级厉害的大人物，那说不定可以抱大腿啊！你看，他刚才对咱们还是挺和善的，还跟咱们打听事情，而且看起来他也跟那帮太阳杂种不对付，这不是机会吗？我撒撒娇，扮扮可爱，万一是个靠山……"

女孩话没说完，就听到漆黑铁链哗啦一声，前一秒还在躺尸的阿狗顿时就蹦了起来："立刻收起你这疯狂的想法！你的狂乱程度已经够开启亚空间通道了！"

紧接着它顿了顿，又不放心地继续叮嘱着："听着，永远不要跟这种顶着人类外壳，内在又不可名状的东西打交道，他们比纯粹的恶魔更狡诈，比真正的人类更险恶，他们与你心平气和的交谈永远只是一场盛宴的开胃——别看刚才他挺和气的，但你觉得你把自己知道的事情都告诉他之后，他还能让你完完整整地离开？"

似乎是幽邃猎犬这从未有过的严厉语气产生了作用，雪莉有点被镇住了，她终于放弃了自己的大胆想法，但还是咕哝起来："知道了——不过阿狗你的语气怎么跟个老妈子似的……"

幽邃猎犬往地上一趴："废话，我养大你的！"

雪莉哼了一声，随后看了看窗外的天色，在看到夜幕已经渐渐低垂之后，她迈步走向窗口。黑色铁链紧绷，随着女孩的脚步，本想趴着休息的幽邃猎犬无奈地被拖着在地上移动起来，这庞大沉重的幽邃恶魔在雪莉手中竟好像没什么重量般被拖来拖去："你又想干什么，就不能让我趴会儿么，今天打了那么大一场，累死我了……"

"打架主要是我在出力好吗？"雪莉头也不回地看着外面，"我在看外面的情况……完全黑下来了，路灯刚刚才亮起来。"

"毕竟是贫民区，当局能确保这些路灯维持最基本的驱邪能力已经很不错了，别指望它们跟别的城区一样能在暮钟之前就点亮，"阿狗嘀咕着，又回头看了一眼放在陈旧餐桌上的油灯，"一会儿把灯熄了吧，油挺贵的。"

雪莉抿了抿嘴唇："……睡觉前再熄吧，要不屋里太黑。"

阿狗肚子里咕噜了一声，却也没说什么。在城邦内，城市的管理者和建设者严格规划了"路灯"这一最基础驱魔装置的位置和数量，分布全城的瓦斯灯可以确保在入夜之后将整个城区置于保护内，因此地表的民居不管是使用电灯还是油灯都一样安全，甚至在路灯燃起之后熄灭房间里的灯也是安全的。但再繁华的城市中也有被遗忘的角落，在比下城区还要陈旧破败的贫民窟深处，瓦斯路灯的数量远远少于其他区域，这些路灯只勉强能够维系昼夜间的安全，而这种"勉强够用"的状态显然是不够让人安心的。所以在贫民区，使用火焰照明的油灯和油脂蜡烛是家家户户必备的东西。

如果路灯晚了一时半刻，那么家中的火光至少能暂时抵挡太阳落山之后的黑暗。当然，许多贫民家庭使用油灯和蜡烛还有另一个重要的原因：他们付不起相对高昂的电力改装费用。电灯明亮清洁又安全，在安全无忧的城区里，早已是家家户户的照明首选，但在这间位于贫民窟的小屋中……

能带给雪莉和阿狗安全感的，仍然只有那盏旧灯中摇曳的火苗。昏暗的灯火中，幽邃猎犬的声音打破了沉默："……这阵子还要出去活动吗？"

"嗯。"

"继续找那帮太阳杂种的麻烦？"

"是找他们打听情报。"

"反正差不多……不过现在看来，好像他们也不是很清楚十一年前到底发生了什么，你看今天的情况，连他们都在找当地人打听……"

"这是因为今天这拨人正好都是从伦萨来的，下次说不定就有收获了。"

"行吧，你乐意就好。"

"阿狗，你下次帮我伪装的时候靠点谱就行，别再到一半就暴露了。"

"我只希望别再碰上今天那个可怕的家伙——我怀疑今天咱们的气息提前暴露就是因为现场有一个那么强的'干扰'……"

"行行行，你说是就是吧……"

在天边最后一线霞光消散之前，邓肯见到了古董店那熟悉的门面。道路两旁的瓦斯路灯早已点亮，略微泛黄的灯光照亮了门前的招牌与灰扑扑的墙面，大门两侧的橱窗中正亮着灯光，显然，妮娜早已回家——她打开了一楼的灯，正等着邓肯回来。

严格来讲，从邓肯的视角看，自己与妮娜其实只不过刚刚认识，但不知为何，在看到一楼的灯光时，他心中竟感觉到了一种莫名的……歉意。这歉意是因为自己出门迟迟不归吗？邓肯迈步上前，推开古董店的大门，悬挂在门口的铃铛清脆鸣响，下一秒，他便听到一阵急促的脚步声从楼梯方向传来。

穿着朴素长裙的女孩仿佛一阵风般从楼上跑了下来。

"邓肯叔叔！"妮娜在楼梯上停下，惊讶又喜悦地看着出现在门口的邓肯，眼神中还有些意外，"我还以为你今天又……"

"去城里转了转，没注意天已经快黑了，"邓肯摇摇头，"抱歉，其实我本来还想去十字街区接你放学来着，后来遇上点意外。"

"您去十字街区了？"妮娜惊讶又困惑地看着邓肯，她上下打量着，仿佛在确认叔叔是否又在外面喝了酒，或者正因为药物作用而精神不振，"接我……放学？"

邓肯表现出了陌生又熟悉的一面，这让妮娜不知道该作何反应了。

"只是有些好奇你现在在学校的情况罢了，"邓肯随口说道，"不说这个了，你以后不用担心我出门喝酒或者去跟'朋友'厮混，如果我回来晚了，也是因为去办正事，知道了吗？"

妮娜一愣一愣地看着邓肯叔叔进屋关门，看着对方步履稳健精力充沛的神态，下意识地点了点头。

"时间不早了，"邓肯一边走向通往二楼的楼梯，一边对站在楼梯口的妮娜说道，"吃饭了吗？"

"还……没有，"大概是因为仍然不适应叔叔如今的变化，妮娜回答时总显得有些迟疑，"我回来的时候看到你不在家，也不知道你今晚还回不回来，就……还没做饭。不过我买了些面包，本来是打算……"

"只吃面包不够营养，走，厨房有点好东西，"邓肯踏上台阶，回头对妮娜笑了笑，"今天我下厨。"

叔叔要下厨？！妮娜仿佛听到了什么天方夜谭，但还不等发问，她就看到邓肯已经大踏步地向上走去，于是只好赶紧跟上。与此同时，她的目光也注意到了正稳稳当当停在邓肯肩膀上的艾伊，顿时有些惊讶："叔叔，这只鸽子一直跟你在一起？"

"对啊，它还挺黏人的，"邓肯随口说道，"啊对了，我给它起了个名字，叫艾伊。"

"艾伊？作为一只鸽子……好奇怪的名字……"妮娜挠了挠头发，她已经跟着上到二楼，看着邓肯真的向厨房走去，她终于忍不住问道，"您买什么了吗？"

"其实只是个咸鱼干，"邓肯从厨房柜子里找到了被自己放起来的咸鱼，拎着这根硬邦邦的食材对妮娜晃了晃，表情颇为得意，"别看长得不怎么样，用来煮汤味道还挺好的。"

"鱼？！"妮娜惊讶地睁大了眼睛，"今天是什么日子吗？鱼那么贵，平常不是都……啊？"

她终于看清了邓肯手里的鱼干，其外貌让女孩十分困惑，她眨巴着眼睛看了半天:"这是什么鱼?我怎么没见过?"

邓肯就知道妮娜会是这个反应。城邦中的居民当然是见过鱼的——尽管无垠海很危险,深海中还有被称作"子嗣"的危险玩意儿在威胁人类安全,但并非所有海域都和深海地区一样诡异极端,由于众神庇护以及城邦本身的防御体制,在靠近城邦的浅海以及少数蒙受神恩的航线上,海洋会相对安全一点,而这些区域往往为城邦文明提供着宝贵的资源。

人们从近海区域采集海产、矿物,在众神庇护的航线上捕猎鲸鱼等具备极大工业价值的鱼类,用这些东西维持城邦生存以及支撑工业发展,在这一前提下,"渔民"这种职业当然也会存在。不过这个世界的海洋终究不像地球,即便是安全海域,也是和深海区相比的"安全",因此在这个世界,哪怕是近海捕捞,也是一件极端专业、危险甚至需要考验超凡知识和战斗技巧的事情。

鱼,对生活在城邦中的人而言是一种昂贵的食材,哪怕他们身边就是海,哪怕海中有数不尽的鱼。

妮娜已经很多年没有吃过鱼了——哪怕是在叔叔生病之前,她这样的平民也没多少机会看到鱼被端上餐桌。寻常的鱼尚且如此珍稀,就更不要提来自深海的馈赠了,邓肯甚至怀疑自己在"失乡号"上钓到的这种深海鱼是第一次出现在普兰德城邦境内。别说妮娜这个平民姑娘,恐怕就连城邦的执政官和教会的高阶神官们也没机会尝这个鲜。

妮娜今天有口福了。

"就别在意是什么品种了,你等着吃就好。"邓肯知道有些事情解释不清,便干脆没有解释,他转身回到厨房,开始准备今天的晚餐。

这怪鱼个头不小,哪怕风干之后尺寸都很可观,用来做汤的话一次是吃不完的,所以他把咸鱼干分成两段,准备先食用鱼头部分——剩下的可以用绳子穿起来之后继续吊在橱柜里,进一步风干之后或许更具风味。

叔叔真的开始做饭了。

看着熟悉的身影在厨房中忙碌起来,妮娜觉得跟做梦一样。她其实一点都不在意叔叔拿出来的那条怪鱼是怎么回事,她甚至根本不在意今天的晚饭,和这些细枝末节的东西比起来,叔叔身上发生的变化才是最古怪,又最值得她好好关注的事情。刀与砧板撞击的声音传来,瓦斯灶在嘶嘶作响,锅中的底汤咕嘟咕嘟冒着泡泡。

妮娜有些恍惚,她几年不曾见到这样的景象了?

她脸上露出一丝犹豫,片刻之后才下定了决心,在厨房门口对着里面忙碌的背影说道:"叔叔,明天……莫里斯先生要来家访。"

"家访？"正忙着做饭的邓肯听到这话顿时一愣，"莫里斯先生……你那位历史老师？"

妮娜点点头："是的。"

"那座学校的老师竟然还会做家访？"邓肯将处理好的鱼块投入锅内，一边将刀具放到水池中一边惊讶地回头看了妮娜一眼，"我还以为这是上城区那些学校才会有的'特色'。"

"学校……确实没这个规矩，"妮娜一边关注着邓肯的态度一边小心说道，"但莫里斯老先生比较特殊，他……格外关注学生。"

邓肯一时间没有说话，事情稍微超出了他的预料，他可没想到自己这个"邓肯船长"在城邦里展开活动的时候竟还会突然遇上这种情况需要应付！他考虑过跟教会打交道，考虑过跟治安官打交道，甚至考虑过跟城邦海军以及军警部队打交道——不管愿不愿意，他的预案里充满了灵火、刀剑与"失乡号"的一百多门侧舷炮，但他从没在自己的预案里考虑会出现一个在公立学校里教历史的老头。

这现实怎么就总这么出人意料呢？

"叔叔？"妮娜看邓肯久久没有反应，不由得有点担忧，"您是不愿意吗？那我可以跟莫里斯老先生说的……其实今天我就跟他说了，我告诉他您的身体不太好，所以这次也没办法接受家访，他当时没说什么……"

邓肯看着妮娜这有点紧张的反应，心中泛起思绪。

那位莫里斯老先生看样子已经不是第一次提出家访的要求，那么妮娜又以同样的理由拒绝了多少次呢？

"……他是教历史的，对吧？"邓肯突然又问了一遍。

虽然不知道叔叔为什么又问这个问题，妮娜还是点点头："对啊。"

"挺好的，我正好想跟历史领域的专业人士打交道，"邓肯笑了起来，"他明天什么时候过来？"

一个不知因何原因跑到"平民学校"里教历史的学者，一个通晓古代史知识而且貌似跟妮娜关系不错的老师，他的到来对邓肯而言是个意料之外的情况——但也是个机会。那位莫里斯老先生在专业领域的造诣必然可以帮邓肯解开很多问题，而且如果可以和这种专业人士打好关系，将来或许会有意想不到的便利——一个较有地位的老学者，在城邦中是必然有一定人脉的。妮娜不知道自己的邓肯叔叔为什么突然答应了家访的事情，她也没有细想，只是感觉格外高兴。

这恍惚间甚至让她产生了一种错觉——就好像自己的生活真的在朝着好的方向变化，在渐渐……回到过去的状态。夜幕渐深了，"世界之创"苍白清冷的光辉映照着古董店二楼的窗台，静谧的夜色下，整座城市在渐渐变得安静。

在这个被奇诡之物充斥的世界，绝大部分人都没什么夜生活可言。

"来吃饭了，"邓肯招呼着正在窗前发呆的"侄女"，他把炖煮好的鱼汤端上餐桌，配上妮娜下午买回来的面包以及刚才随手炸出来的洋葱圈，在他看来，这晚餐其实算不上丰盛，但考虑到"鱼"的特殊性，这一餐放在下城区或许也算得上是盛宴了，"明天还要早起上学。"

"哦，好的邓肯叔叔。"

妮娜答应一声，乖巧地来到餐桌旁，鱼汤的香气已经飘散开来，她惊奇地耸了耸鼻子，有些不敢相信地看着邓肯："好香啊……叔叔你的手艺什么时候变这么好了？"

"这也能算手艺好？"邓肯不由失笑，寻思着自己这做饭的本事恐怕也就比爱丽丝强一点点，竟然还有被评价为手艺好的时候，"难道我以前手艺很差？"

"那已经不能用很差来形容了，你以前做饭都是按照吃不死的标准来的，而且明明手艺差得要死还总要野心勃勃地研究什么新菜色，每次都拉着我跟你一起试毒……"妮娜"巴拉巴拉"地念叨起来，她回忆着往日的时光，竟有点眉飞色舞，"有一次你弄出来的东西实在太难吃了，你自己都吃不下去，只好把那东西扔垃圾桶，然后拉着我去隔壁街的家庭餐馆解决午餐问题。回来之后就看到邻居家的狗趴在门口的垃圾桶前吐了一地，从那以后狗见了你都绕着……"

妮娜说着说着，声音突然又慢慢低了下去。

"算了，都好几年前的事了，而且你一向不喜欢听我提起这些……"

邓肯沉默不语。在这具身体残留的记忆中，没有丝毫妮娜所回忆的这些场景——这些对妮娜而言几乎是她和叔叔在一起时仅有的美好记忆，却已经随着歧途之人的最后一口气消散了个干干净净。妮娜默默地掰开干硬的面包，用鲜美的汤汁将面包一点点泡软，邓肯则伸出手去，揉了揉这孩子的头发。

妮娜惊讶地抬起头："叔叔？"

"叔叔的新菜色研究成功了。"邓肯一本正经地说道。

妮娜一愣一愣地看着邓肯，她的表情变化了数次，无数思绪在脑海中盘旋起伏，最后所有的表情却汇成了个憋不住的笑容："叔叔你一本正经的样子太好笑啦！"

"不准取笑大人，"邓肯瞥了妮娜一眼，紧接着仿佛突然想起什么似的，不经意间提了一句，"对了，我这阵子准备好好整理整理店里，你要是看到一楼有什么奇奇怪怪又不认识的东西，别乱碰。"

他这是在为接下来的两地穿梭、"物资"集散周转做准备。随着艾伊的能力被开发出来，他少不了要频繁在"失乡号"和古董店之间传送货物，而这很难完全瞒过妮娜的眼睛——所以不如提前打个预防针。妮娜丝毫没有怀疑，她很快点了点头，邓肯则紧接着又说道："另外，我也打算在店里增加个人手，这样万一我白天出门也有人能留下照应——当然这只是个初期计划，不一定能实现，就是提前跟你说一声，免得哪天你突然见到店里有陌生人会感觉奇怪。"

这一次，他是在给爱丽丝的到来做铺垫——当然也仅仅是铺垫。要让人偶小姐进入城邦还有很多事情需要考虑，将其传送过来仅仅是其中最不起眼的一环，他还要想想该怎么避免爱丽丝的"人偶"真相被人发现——爱丽丝的外貌几乎与真人无异，只要戴上长手套遮挡手部关节就不会有大问题，顶多再戴个面纱，以遮挡她那甚至比真人还要精致的容颜，但这都是小问题，真正的大问题……是她的脑袋。

他把爱丽丝弄过来是要给自己帮忙的，若成天在人前表演抱头鼠窜可不行。

妮娜则惊奇地看了邓肯一眼："叔叔你竟然还要给店里招店员了？！这可是大事……你有人选了？是个什么样的人啊？"

邓肯努力把一大串不太良好的形容词从自己脑海里过滤掉，仔细想了想，爱丽丝身上似乎只剩下"勤劳"还算个褒义词了。这才板着脸："有个初步目标，是一位……勤劳的年轻女士。"

然后他就看到妮娜脸上的表情一下子微妙起来。

这姑娘上下打量了自己的叔叔好几眼，终于没忍住："年轻女士？叔叔难道你……"

邓肯是个过来人，一看妮娜这模样就知道她在想什么，立刻用手指敲敲桌子："好好吃饭！胡思乱想什么！"妮娜立刻憋着笑，发出"吭哧吭哧"的声音继续低头吃饭，在尝了一口鱼肉之后，她又惊奇地睁大了眼睛："真好吃！"

邓肯笑了起来，一边随手掰了点面包扔给正在旁边踱步的鸽子，一边开口："那就多吃点，厨房里还有呢。"

古董店小小的二楼上，妮娜与她的邓肯叔叔就这样结束了简单又久违的一顿晚餐，而在晚餐结束，一切收拾妥当之后，邓肯叫住了正准备回房间休息的妮娜。

他有些事情想要确认。

"妮娜，"他看着刚刚收拾好杯盘从厨房出来的女孩，"我有些事情想问你。"

"啊？"妮娜有些好奇，"什么事情？"

"你还记得……小时候的事吗？"邓肯一边斟酌切入点一边回忆着自己在那场邪教徒聚会上听来的情报，"就是你六岁那年。"

妮娜皱了皱眉，她不知道叔叔为什么会突然提起十一年前的旧事，但还是跟着思索起来。事情已经过去了十一年，当年的她更是只有六岁，因此在回忆过去的时候，她心中其实也谈不上有太多伤感。

"我那时候还小，有很多事情都记不清了，但就记得那天很乱……到处都是乱糟糟的大人。有人说十字街区附近有工厂泄漏了，有人说下三街发生了集体狂乱，甚至有人说上城区都出了事……很多事我当时都没印象，还是后来听大人谈起才对上号的……"

邓肯想了想，看着妮娜的眼睛："那你记不记得有一场大火？我当时带着你从火场逃离，你的父母……就是在那场大火里……"

他也只是试探着提了一下，却没想到妮娜竟陡然睁大眼睛："大火？叔叔您果然也记得当时有一场大火？！"

"……我当然记得，"邓肯一看妮娜这反应就知道这件事果然有不对劲的地方，"我记得大火有什么不对吗？"

"我也记得当时失火了，很大很大的火，"妮娜有些激动，她飞快地说道，"但后来我说给周围的大人听，却没有一个人记得这件事，他们都说我当时是被吓傻了，根本没地方失火……长大一些之后，我还专门去找了当初的报纸……"

说到这她停了下来，带着古怪的表情慢慢摇头："可连报纸上都没提起有什么大火的事情……所有的记录，都只说当时有一座工厂泄漏，化学物质引起了大范围的幻觉……"

妮娜回房间睡觉了。

在这个世界，大多数人都是早睡早起——太阳消退之后的时间是危险的，"世界之创"的微光会让整个世界的扭曲程度达到顶峰，哪怕城市中有灯火保护，人们也必须谨慎地面对夜幕。没办法出门聚集，没有太多的娱乐手段，夜晚阅读书籍虽然不像海上读书一样危险，却也很容易导致精神疲惫、幻听幻视。偶尔还会引来夜幕中不必要的窥探，所以综合考虑，最安全的办法还是早早睡觉，等待第二天太阳升起。

邓肯却没有丝毫睡意，他熄了屋子里的灯，披着衬衣站在窗户附近，一边随意地欣赏着夜幕下的普兰德城邦夜景，一边回忆着晚餐之后和妮娜的交谈。

妮娜记得有一场大火，他这具身体残留的记忆中也有那么一场大火——在大火中，"他"带着只有六岁的女孩从一座坍塌燃烧的建筑中逃离，遥远的街头则是狂乱的人群与弥漫的雾气。然而只有他们两个记得这场大火——妮娜曾找其他大人提起这些事情，却被当成是"小孩子吓傻之后的错乱记忆"，十一年前的报纸也清晰地记录着"真相"：当时普兰德下城区和十字街区的交界地只有一座工厂泄漏引发群体幻觉，并无任何火灾记录。

邓肯微微皱着眉，这件事中另一个疑点则是在"他自己"身上。

按照妮娜的说法，"邓肯叔叔"其实也是不记得这场火灾的，一直以来都只有她自己记得这件事情而已，她小时候甚至跟邓肯叔叔（虽然那时候的应该是"罗恩"）提起大火之事，而邓肯叔叔当时也是认为她"被吓傻之后记错了事情"的大人之一。但是现在，邓肯的记忆中却出现了大火的画面——那是这具身体的原主人残留在脑海最深处的回忆。问题出在哪儿？为什么在妮娜的记忆中，自己的叔叔压根不记得这场火灾，可邓肯却在这具身体的记忆深处找到了对应的画面？是妮娜的叔叔一直在说谎？还是这记忆一直被封存着，直到一个幽灵船长接管了这具身体，最深层的记忆才浮现出来？

邓肯用手指无意识地敲打着窗棂，在脑海中默默地整理着时间线。他把自己从那些太阳教徒口中得到的情报整合在了一起。

十一年前，太阳碎片第一次出现在普兰德城邦境内，碎片引发的超凡现象可能波及很大区域。同样是在十一年前，妮娜成为孤儿，在她与邓肯的记忆中，当时有一场大火，就发生在下城区——但除了他们之外，所有人都不记得这场火灾，也没有任何能证明曾发生过火灾的证据。此后太阳碎片在城邦中蛰伏下来，不再有任何异动，当年的某场事件所留下的唯一记录，就是"十字街区工厂泄漏事件"。

数年中，妮娜与她唯一的亲人相依为命。

时间来到四年前，普兰德城邦中的太阳神追随者尝试提前唤醒沉睡中的太阳碎片，并举行了危险的献祭仪式，但仪式未能成功便被当时新晋升的见习审判官凡娜带队扑灭，其教团势力遭到沉重打击，声势浩大的清剿运动之后，太阳神教会被逐出城邦。但尽管当时的仪式没有进行到最后一步，那帮邪教徒的"唤醒"尝试也有可能产生了一定影响，太阳碎片在那之后开始逐渐脱离沉睡。也是在那前后，与妮娜相依为命的"叔叔"染上怪病，并在病痛的折磨下逐渐堕落，最终接受了城内残存的太阳教徒的引诱，成为一名邪教爪牙。

时间来到不久前，太阳碎片活动的消息开始吸引太阳教徒重新聚集到这座城市，低调蛰伏了四年的邪教徒们重新举行献祭仪式。再之后发生的事情……就是邓肯介入了。

整个时间线中，许多事情似乎都隐隐相连，却又都缺乏关键的证据。最可疑的就是十一年前，当时太阳碎片到底引发了什么超凡异象，那场大火到底存不存在？城邦当局抹掉了那场事故的真相，抹掉了大火的痕迹？然后出于维持秩序考虑，将整件事对外公布为工厂泄漏导致的集体幻觉？但这无法解释为什么许多人的记忆中都不存在那场大火——除非当局还大费周章地重塑了所有当事人的记忆。而且还有一点——在这个世界，异常、异象本就是对大众公开的，连小孩子都知道超凡事物的存在和危害性，当局方面也明显知道这一点，并且一直秉持着"提前公布危险以确保市民具备自保常识"的方针来治理城市，如果那真的只是一场由超凡力量导致的火灾……又为什么非要隐藏起来？

除非……那火灾背后还有更大的问题，以至于哪怕仅仅是消息披露，都会导致某种危险因素蔓延失控。

邓肯突然皱起眉头，或者，还有一个可能。超凡现象的特性诡异，很多时候它所造成的危害不仅局限于物理层面，甚至还会扭曲人的认知，以至于扭曲已经落在纸上的证据——如果人们对这次事件的记忆、认知甚至城邦当局和教会的记录都被太阳碎片污染了呢？邓肯觉得自己的脑洞有点开得太大了，作为一个在异常和异象领域半吊子的"新手"，他的想象力未免过于放飞，但另一方面，他这个念头一出来，便已经难以抑制。

人们的记忆，当局的记录，甚至档案卷宗里十几年前白纸黑字写上去的东西，都是可以被扭曲替换的——这种事放在以前他可能不信，但放在现在，他比任何人都要相信。

因为他所在的这个地方，现在叫"邓肯古董店"，这里每一个人都认识他们的老邻居——开古董店的邓肯先生。

邓肯轻轻舒了口气，他低下头，透过二楼的窗户看着被瓦斯灯照亮的街道。

现在还剩下一个问题，不管十一年前那场大火是否存在，不管是不是太阳碎片污染了当事人的记忆以及城邦留下的记录，有一点很关键：为什么妮娜记得那场大火？

上城区，一座执政官名下的宅邸内。

凡娜从一场噩梦中惊醒，但这一次，这噩梦不再与黑太阳有关，也没有指向那艘从亚空间返航的"失乡号"——她只是突然梦到了小时候的事情。在那个充斥着雾、烟、血腥以及狂乱人群的夜晚，年仅十二岁的她被自己的叔父背着从暴徒围攻中逃离。在梦中，她仿佛又回到了当年那无助、脆弱的样子，引以为傲的武技和强大的神术力量化作乌有，她只能在狂人和阴影的追逐下仓皇逃窜，和叔父越过工厂上空的管道与阀门。她在浓烟和热浪中惊恐地俯瞰城市，看到无边火海四处升腾，弥漫在目之所及的整个城区……

身穿睡裙的年轻审判官坐在床上，深深吸了口气，看着窗外的天空——"世界之创"的清辉仍然高悬天际，而挂在窗户附近的挂钟显示，此时才刚过午夜。

她觉得自己简直在噩梦中沉沦了一个世纪。

凡娜起身扭亮电灯，来到梳妆台前看着镜子里的自己，她低声念诵风暴女神的名字，获得内心的平静之后，才叹了口气，仿佛安慰自己般自言自语："至少现在不会梦到那艘船了……"

她话音刚落，便突然听到有脚步声从屋外的走廊响起，紧接着传来了敲门声："凡娜？凡娜你做噩梦了吗？"

说话的是叔父——普兰德城邦中最令人敬仰的执政官。

"我没事。"凡娜定了定神，随后整理了一下衣服，起身去打开房门。

丹特·韦恩站在门口，这个灰发灰眸、不算太魁梧的中年人显然也是刚刚醒来。他随意披了件外套，在门开之后便关切地看着自己的侄女。由于曾在某次事件中失去了一只眼睛，他如今拥有一只红宝石制成的眼球——眼球内部还可看到精巧的黄金纹路。眼球周围的眼眶上则可看到十一年前留下的狰狞疤痕，这让他的面容令人生畏，但凡娜早已看习惯了，她知道自己的叔父其实是个宽和而公正的人。

"做了个噩梦，"她揉揉眼睛，语气有些无奈，"没想到把您吵醒了。"

"没什么，上了岁数本就睡眠很浅，"丹特·韦恩关心地看着凡娜，"又梦到小时候了？"

"嗯，又梦到那时候了。"

叔父取来了安神的草药酒，药力和酒精的力量让凡娜略有些烦躁的心绪终于渐渐平复，她打开了通往阳台的门，站在阳台上吹着风，看着远方大教堂的方向。

丹特·韦恩的声音从她身后传来："你每次回来住都会做噩梦，而且总是梦到小时候的事情。"

"……作为一名审判官，这是不应有的软弱表现，"凡娜嗓音低沉，她足足比自己的叔父高出一个头还多，但在这位相依为命将自己养大的长辈面前，她总不介意表露出内心中的真实一面，"我很苦恼。"

"……跟海蒂谈过吗？"

"她跟我推荐了四种脑外科手术和两种神经穿刺疗法，"凡娜叹了口气，"考虑到多年交情，我没动手。"

"……是她的风格，她不怎么跟正常人打交道，"丹特·韦恩摇了摇头，"其实我也没想到，这么多年了你还是被那一晚的噩梦所困。"

"我也总以为自己已经走出来了，"凡娜揉着眉心，"或许真的跟这座大房子有关吧，只要回到这里，我就会梦到当时的情景……或许我该考虑为这座房子再举行一次驱邪仪式，要不我总觉得这座建筑物里封存了当年那场灾难的阴影……"

丹特叔父思索了一下，倒是没有提出什么反对意见，只是若有所思地问了一句："这次你的噩梦中还是有那场火灾吗？"

凡娜点点头："是的，到处都是大火，您背着我从火场中逃出来，我甚至清晰地记得我们从工厂的管道上逃离城区，附近有一座燃烧的建筑物正在大火中渐渐倒塌……"

说到这她停了下来，目光落在自己的叔叔身上："……您并不记得有这场火，对吧？"

"不只是我不记得，所有人都不记得，"表情严肃的城邦执政官慢慢摇着头，"我只记得毒气泄漏的管道以及那些发了狂的邪教徒……那一晚的当事人有很多，但似乎只有你见到了熊熊燃烧的火海。"

凡娜一时间没有说话，只是沉默着思考了不知多久，才突然轻声开口："除了'火灾'这件事之外，我和您的记忆都是吻合的……当时我什么都不懂，但现在我很清楚，这一定是某种超凡力量在施加影响。而且这么多年过去了，我又晋升成为一名圣徒，这种影响仍未消散。"

"这说明要么这种影响的位格极高，以至于在你的灵魂中烙下了终生不灭的印记，要么就是影响的源头并未随着那次事件平息而消失，反而一直隐藏在城邦某处——这些年我一直在调查这件事，但很遗憾，到现在也没什么进展。"

丹特·韦恩的语气到最后带上了一丝歉意，他不仅是在为无法解决侄女的苦恼而抱歉，也是因为自己身为城邦执政官却始终调查不清一桩旧案而心怀遗憾——十一年前那次"大混乱"，留下的疤痕太长远了。

凡娜知道这件事不只是自己的心结，也一直是叔父的心病，但她并不擅长安慰别人，想了半天，她也只能把话题引开："我记得当时抓了很多邪教徒，从事后的清算来看，那一次事件甚至比四年前的'黑太阳'事件规模还大。"

"是啊，抓了数千人，多到我都怀疑这么多邪教徒是怎么能藏在普兰德这一座城邦里的，"丹特·韦恩叹了口气，"而且还不止一个教派……有追随黑太阳的太阳异端，有崇拜幽邃圣主的湮灭教徒，甚至还有崇拜亚空间本身的终焉传道士……这些阴沟里的蛆虫在那一晚全都冒了出来，神经错乱地四处破坏。"

凡娜看着丹特："但根据后来的审讯结果，当局抓捕的数千破坏分子竟无一人可以称得上'主谋'，甚至没有一个人知道当晚为什么要引发混乱。与其说是那些邪教徒在组织起来搞破坏，不如说他们只是在同一时间被引爆了精神深处的疯狂，陷入了集体失控状态。"

丹特一时间没有说话，他静静地思索着，随后突然看向凡娜的眼睛："你烦躁的原因应该不只是做了那个噩梦吧——突然提起这些事情，与最近城邦不安稳的局势有关？"

凡娜没有回避这个问题："确实有一定关联——太阳异端在向城邦汇聚，他们在寻找一个被称作太阳碎片的'异常'，而'失乡号'也几乎同时重新出现在现实世界，其'航向'隐约指向普兰德。虽然这两件事还说不好有什么关联，但这种暗流涌动的气息……总让我忍不住想起十一年前那次混乱。"

"……我已经下令所有港口严查人员流动，并和其他城邦的执政官通了消息，有不少太阳异端在船上被揪了出来，他们流入城邦的途径基本上是掐断了，至于已经流入普兰德的那些……主要还是看教会方面的动作，守卫者是寻找并锁定超凡犯罪的专业人士。"

说到这，这位中年执政官突然停了下来，他仿佛是在仔细斟酌有些事情是不是该现在提出，但在片刻犹豫之后还是下定了决心："至于'失乡号'的事情，在超凡领域我帮不上太大的忙，但在世俗方面，我有个想法。"

"世俗方面？"凡娜皱了皱眉，她刚想说"失乡号"那艘幽灵船能跟"世俗"扯上什么关联，便紧接着想起了某个说法，"等等，您是说……"

"先锋探索舰'璀璨星辰号'的船长，露克蕾西娅·艾布诺马尔，还有北方海域那个海盗头子，'海雾号'的船长提瑞安·艾布诺马尔，"丹特不紧不慢地说道，"'失乡号'是一艘超出现实理解的幽灵船不假，但只要它曾是现实世界的一员，现实世界就留有它曾存于世的'锚点'……不知道邓肯船长的一双儿女，对自己的'父亲'再度现世会有什么反应。"

凡娜慢慢眯人了眼睛，她习惯了用简单粗暴的办法直接解决敌人，却从没从这个角度考虑过与"失乡号"有关的事情，但很快她便皱起了眉来："但我听说那两个人几乎不和城邦势力打交道……他们在无垠海上自成势力，各霸一方，和所有城邦都保持着冷淡甚至紧张的关系。"

"这很正常，毕竟他们是那个幽灵船长的子女，'璀璨星辰号'和'海雾号'更是当初'失乡号'的两艘护航舰。尽管他们在一百多年前就分道扬镳，但在大多数城邦眼里，只要跟那个幽灵船长沾上过关系的，就意味着诅咒和危险，与其说是他们疏远了城邦，不如说是城邦在主动回避他们。"

凡娜皱着眉看着自己的叔父："那您难道指望他们能来帮普兰德对抗他们的父亲？"

"只是个想法，但值得一试，"丹特竟很认真，"毕竟，我们都知道'璀璨星辰号'和'海雾号'在一个世纪前就与'失乡号'分道扬镳，露克蕾西娅和提瑞安在维瑟兰十三岛事件之前就与他们的父亲决裂了。半个多世纪前更是有传言说，某些远洋船长亲眼见到'海雾号'在北方海域和'失乡号'的幻影交战——那个时候'失乡号'已经成为传说中的幽灵船，这或许能说明那两位船长在面对自己'父亲'时的态度。"

"半个多世纪前……那时候'海雾号'还是寒霜女王麾下的总旗舰，那位提瑞安船长或许只是在奉命保护城邦，"凡娜一边思索一边慢慢说道，"不过您说得对，至少这足以证明'海雾号'确实有和'失乡号'对抗的记录。"

但她仍有些疑虑，并在思索了几秒钟后把心中疑虑说了出来："如果'璀璨星辰号'和'海雾号'不理会普兰德怎么办？"

"所以这只是个尝试，"丹特静静说道，"我会把消息散布出去，找途径把'失乡号'现世并驶向普兰德的情况送到那两位船长的桌子上——我只做这么多，之后那两位船长会有什么反应就看他们的了。"

即便是幽灵，也曾是现实世界的一员，一个世纪前坠入亚空间的"失乡号"如今再怎么可怕，也是被现实世界的工匠打造而成的舰船，就如那位邓肯船长，在化作亚空间的阴影之前也曾是个人类。

对普通的海员而言，与"失乡号"有关的一切都必然要蒙上一层"诅咒""诡异"的面纱，就好像那恐怖的幽灵船长是直接从亚空间中滋生出来的造物一般。没有人会思考一个在无垠海上游荡的天灾是否有什么个人喜怒，是否有什么人际关系，许多人心目中的"邓肯船长"甚至就像一个符号化的自然现象——存在即可，无需追本溯源。

恐惧在凡人心中筑起了高墙，让他们下意识地不去思考高墙对面究竟还有什么细节，但作为专门与这种恐惧对抗的审判官，凡娜懂得该怎么从一系列的传说、夸大、呓语中分辨出那些真实的部分。"失乡号"那位可怕的船长……在他还是个人类的时候，在维瑟兰十三岛事件之前，他也有自己的至交好友和家族成员，他手下也有忠心耿耿的水手和副官，他也需要去港口维护补给，去跟城邦当局打交道，他不可能一生下来就是个移动天灾。

邓肯船长有一对儿女，分别是长子提瑞安·艾布诺马尔，以及女儿露克蕾西娅·艾布诺马尔——而且他们现在仍存于世，据说某种诅咒的力量延长了他们的寿命，让这两位船长能够和他们那可怕的父亲一样永生不朽地在世界上徘徊。这两位船长各自执掌着一艘强大的舰船，并长期徘徊在文明世界的边缘，他们与所有城邦的关系都很冷淡甚至隐隐对立，以至于许多人不知道邓肯船长竟还有一对儿女在世间活动，而只有一部分通晓历史又足够理智的人才了解他们的事情。

另一方面，尽管与各个城邦关系冷淡，这两位船长却至少还站在人类这边——"失乡号"可怕的诅咒并没有让他们步上邓肯船长的后尘。露克蕾西娅·艾布诺马尔女士执掌的"璀璨星辰号"是一艘强大的先锋探索船，这位女士热衷于探索世界的极限，据说她曾抵达已知世界的最边缘，并在那里见证了世人难以想象的奇观。没有人知道她到底在世界边缘寻找什么，但在极偶尔的情况下，她会派出使者造访某些城邦的探险家协会，并将自己在航路上发现的一些知识告诉世人——这仅有的善意是她仍站在人类一侧的证明。

据说冷港城邦的探险家协会甚至给这位神秘的女士颁发过一枚名誉会员的勋章，但没有人知道后者是否接受了这份……"名誉"。

提瑞安·艾布诺马尔则是一个比他的妹妹更加"接近"人类世界，却又更加危险的存在——在半个多世纪以前，他曾效命于北方海域的寒霜城邦，现在的他则是冷洌海域最强大的海盗船长。这位喜怒无常的船长控制着冷洌海将近半数的主要航线——以"海雾号"为旗舰，有十余艘战船为其作战。他事实上已经成为冷洌海上除了冷港、寒霜之外的一支半官方势力，其所占据的岛屿也发展到能够与城邦分庭抗礼的程度，俨然超过了"海盗团"的概念。

至于这位提瑞安船长是如何从寒霜女王麾下将领摇身一变成为海盗首领的，人们众说纷纭。一部分人说他正是半个世纪前寒霜叛乱的主谋，是亲手将寒霜女王推上断头台的人，他则在那之后洗劫了城邦财富，以此建立了强大的海盗团。另一个说法则截然相反：少数学者认为提瑞安·艾布诺马尔在寒霜叛乱的时候为女王战斗到了最后一刻，他最后变成海盗，并频繁袭击寒霜、冷港之间的船只则是因为心灰意冷，以及为女王复仇的执念。

凡娜不知道这纷纷乱乱的世人猜测中有几分真几分假，考虑到那两位船长的性格，他们应该也没兴趣向世人解释自己的事情。但有一点可以肯定："失乡号"重现世间，对他们而言绝对是一件需要关注，甚至需要警惕戒备、全力备战的大事。毕竟，这对兄妹在一个世纪前便带着各自的舰船背叛了"失乡号"——而现在，他们那暴怒的父亲又从亚空间回来了。当然，就像丹特·韦恩说的那样，这也只是一张备用的牌——能派上用场更好，但不能把希望就押在这张牌上面。

真正能指望上的，还是自己的力量。

当街区教堂的钟楼鸣响，特殊节奏的汽笛声也同步打破夜晚的寂静，沉寂了一夜的城邦渐渐苏醒过来。阳光沿着远方的建筑群渐渐蔓延，天空中的"世界之创"在阳光中逐渐变淡、消隐，车马行人的声音从街道上传了过来，这座被无垠海包围的城市又经历了一次夜幕，并安然迎来了日出。

妮娜早早就起床准备好了早饭，蘑菇酱和烤面包的香气帮助邓肯驱散了这具人类之躯在清晨时的困倦，听着外面街道上传来的自行车铃声，他突然说道："你想要辆自行车吗？"

"自行车？"妮娜愣了一下，紧接着摆摆手，"那好贵的……而且我也用不到啊。"

"上学会方便一点，"邓肯说道，"钱的事情你不用担心，我会想办法。"

他认真思考过这个问题——这间古董店虽然看上去不怎么样，但从仓库中货物的堆积轮换情况以及店内存放的现金判断，它平日里应该是有稳定销量的，至少养活两个人绝对绰绰有余。如今妮娜这生活拮据的状态，完全是因为她原本的叔叔将一半以上的家财都捐给了邪教，剩下的钱又一大半被挥霍在了烈酒、赌场和药品上。现如今这堕落的生活已经结束，在浪费的大额开销被堵住之后，他不用干别的，只要正常维持店铺的生意就能让妮娜过上比之前更好一点的日子。

当然，他并不懂得开店，记忆中所知的几个进货渠道也有些模模糊糊，但……这都可以慢慢适应，最关键的，还是要让妮娜真正安下心来，让她习惯自己的"叔叔"已经重新变得可靠这一转变。

妮娜低下头，小口小口地啃着有些发硬的面包，过了一会儿还是重复道："那好贵的……"

邓肯张了张嘴，刚想说些什么，便突然听到有敲门声从一楼传来。

"这么早……还没开门就有人来？"妮娜听到敲门声愣了一下，一边下意识念叨着，一边起身向外走去，"我下去看看情况！"

女孩飞快地跑下楼去，邓肯则随手掰了块面包扔给正在桌上踱步的鸽子："你说……除了正常开店，还有什么赚钱比较快的法子呢……要不用你开个物流公司？"

这鸽子顿时往旁边跳开两步，气急败坏地拍着翅膀："却不是特地来消遣我。"

然后它就开始叨叨起来，什么"那黛玉大怒，抢起丈八蛇矛"，又"唐长老双拳祭出，直打得那裴千仞陀螺般旋转"，接着又"待抬头看时，如来头上现一血条，盈满全屏，三兄弟冷汗尽出"……

邓肯整个人都傻了："……"

他能理解妮娜在的时候这鸽子没法说话，因此憋得不轻，但他完全不能理解这鸟憋了半天之后脑子变成了什么结构——它这词库里都什么乱七八糟的！不过还不等他开口跟这鸽子说话，妮娜的声音便突然从一楼传来——她的语气听上去颇有点紧张："邓肯叔叔！有……有两位治安官先生来找您……"

治安官？两个治安官一大早来找自己？邓肯一愣，立刻命令鸽子去房间里待着，自己则起身飞快地下了楼。

刚到一楼，他就看到了正一脸紧张回头望向楼梯的妮娜，以及那两位站在古董店门口、身穿深蓝色制服的治安官。邓肯定了定神，向门口的两位治安官走去。他心里是坦坦荡荡的——反正自己又没搞任何破坏，也没跟当局起过任何冲突。邓肯船长虽然名声在外，但无垠海上的移动天灾跟他一个老实本分的古董店长有什么关联？仔细想想，自己最可疑的行动也就是参加了一次邪教徒聚会，从那出来之后他还热心举报了呢！

等等！举报？

邓肯突然想起了这茬，立刻便隐约猜到了两名治安官上门的原因，向前迈出的脚步变得更加自信起来。但妮娜显然没这份沉稳，她见到叔叔下楼便脚步匆匆地迎了上来，同时在两位治安官看不到的角度，压低声音语气急促地说着："叔叔，一会儿两位治安官先生问问题的时候，您一定要老实交代啊……"邓肯脚步顿时一个趔趄，眼神怪异地看着自己的"侄女"："我在你心中就这么个形象？"

妮娜有些委屈地看着自己这位风评不佳，隔三岔五就因为酗酒或赌场斗殴而被人找上门的"叔叔"："……不然治安官先生还能因为什么上门找您？"

邓肯："……"

他无奈地叹了口气，来到店门口，对两位身穿深蓝色制服的治安官露出灿烂的微笑："早上好，两位先生，请问有什么事吗？"

"邓肯·斯特莱恩先生，"两名治安官中较为年长的那位开口了，礼貌且带着公事公办的语气，"我们按照登记的地址找到了这里——您昨日向巡逻人员举报的线索得到了证实，我们代表市政厅感谢您为维护城邦秩序做出的贡献，并送来奖励金。"

话音落下，旁边的年轻治安官便上前一步，将一个看上去颇有点厚度的纸包递了过来。站在一旁的妮娜瞪大了眼睛。

邓肯刚才已经猜到了两名治安官的来意，却没想到人家竟然还直接把奖励金送上了门！他有些意外地接过纸包，在封口的位置看到一次性的蜡封上有着"435索拉"的字样——对于下城区的居民而言，这算得上一笔非常丰厚的奖金。

"原来还有钱拿啊……"邓肯捏了捏纸包，感受着钞票的厚实，"当时我都没想这么多。"

"当然是有赏金的——执政官极端重视对城邦内罪恶行径的打击，尤其是最近一段时间，一切有效的举报皆会得到切实且丰厚的奖励，"那位年轻治安官笑了起来，"更何况你提供的线索……很不一般。"

听到这邓肯心中不由一动，装作不经意地问道："对了，我当时听到那边动静不对就没敢过去细看……那边到底发生什么了？"

两名治安官对视了一眼，随后向前两步进到店内，妮娜见状则愣了一下，反应过来之后，赶快上前关上店门。

"我们没有去现场，这件事是守卫者在处理，但根据传来的消息……现场情况很惨烈，"那位年轻一点的治安官开口说道，他还没有完全学会资深者那种公事公办的口吻，"你没有贸然靠近而是第一时间找到巡逻人员举报的是正确的，否则一定会身陷险境。"

年轻人话音落下，另一名治安官也跟着开口："具体情况普通市民不需要了解，我们只是要提醒一句——近期城内邪教活动渐多，不要和外人提起你举报领赏的事情。"

邓肯怔了一下，很快反应过来。这里是下城区，污水毒障下坠汇流之地，普兰德最见不得光的东西都藏在这些破旧曲折的陋巷里面，而异端邪祟也最可能藏身于这种地方。虽然古董店所处的这条街区已经算下城区比较体面的地方，离那些最破落的贫民窟还有一段距离，但从藏污纳垢的角度看，整个下城区其实都是差不多的。而从另一方面，即便不考虑下城区的普通人中可能潜藏着邪教分子，一个"向当局举报并收取赏金的人"在这里也极有可能是旁人觊觎的对象。

熟悉当地情况的治安官当然知道这一点，他们这是例行公事的提醒，同时也确实是出于善意。

邓肯想了想，觉得人家提醒得对。这地方确实容易出邪教徒——他兜里现在还揣着那个太阳护符呢。

"感谢你们提醒，"他诚恳地道了谢，尽管不知道这里大部分治安官的平均水平如何，但至少眼前这两位给了他不错的印象，"要在这里歇歇脚吗？"

"不必了，"那名年长的治安官摆了摆手，转身走向店门，"我们还有巡逻任务。"

那名年轻的治安官则在离开前又回过头来："如果今后仍遇上这方面的线索，欢迎及时举报——城邦的安全影响着我们每一个人。"

"当然，"邓肯捏了捏手里的纸包，脸上露出发自肺腑的笑容，"我一向是关心城邦秩序的好市民。"

第 十 二 章

撕碎的历史

　　两位治安官离开了"热心好市民邓肯先生"的古董店，而直到那两个穿着制服的身影消失在街道上，妮娜才终于回过神般看向自己的叔叔——邓肯正在打开纸包，数着里面一张张蓝蓝绿绿的钞票。纸币翻动间传来的悦耳声音让她一点点有了实感："叔叔……这真的是市政厅的奖励？您竟然……真的……"

　　女孩张了半天嘴，最后还是没好意思把"您竟然真的能做出好事"这句话给问出来。

　　邓肯却知道妮娜在想什么，也知道她在疑惑什么，他笑了起来："就是昨天回家的时候举报了一些不法行为——叔叔我一向热心公益。"

　　妮娜："……"

　　"不过能有这么高的奖金倒是挺让我意外，"邓肯没等妮娜开口，便又低下头若有所思地看着手中钞票，小声嘀咕，"这个可比做生意来钱快啊……"

　　还有句话他没说出口：根据之前掌握的情报，可还有不知多少来自各个城邦的邪教徒藏在城里呢，那都是钱呐！

　　妮娜一下没反应过来："叔叔您说什么？"

　　"没什么，"邓肯摆摆手，一边在心里寻思着这新的赚钱门道一边随口说道，"你不是该上学了吗？早点出发，别迟到了——对了，莫里斯先生什么时候来家访？"

　　"下午，下午我只有一节课，"妮娜说着，好像想到了什么，"叔叔你今天还要出门？"

　　邓肯点点头："嗯，出门一趟，不过会赶在你的历史老师来之前回家的。"

　　妮娜一听这个顿时投来了怀疑的目光："叔叔你要干什么去？"

　　邓肯笑得格外灿烂："叔叔出门打猎去。"

　　他已经有了个想法，既然太阳护符那么好使，当局发钱又如此痛快，这门道不用白不用——反正哪怕没有"举报领钱"这个因素，只当为了确保自己周边环境的安定，他也高低是要找邪教徒麻烦的。现在确定了找完他们麻烦之后还能再多薅点钱，何乐而不为？妮娜却是个聪明的姑娘，哪怕不知道邓肯的底细，她也一下子猜到了叔叔话里的"打猎"是个什么意思，她清秀的眉毛立刻皱了起来："……叔叔你这样是不对的，你昨天还说了要踏踏实实开店，还说要整顿店里的情况，要招店员……"

"关心城邦治安跟踏实开店又不矛盾，"邓肯大手一挥，"你上学去吧，叔叔自有分寸。"

然而他没想到的是，妮娜听到这话反而在旁边找椅子坐了下来。

"妮娜？"

"叔叔，这样危险。"妮娜抬起头，眼睛直勾勾地看着邓肯。

邓肯："呃……其实……"

"我要看着你，"妮娜执拗地坐在那里，"刚才那两位治安官先生都说了，最近城邦里不安全……不小心遇上事情就算了，怎么还能主动去找那些危险呢？"

邓肯有点发愣地看着这个只有十七岁的女孩。他突然意识到，对方真的是在关心自己——以一种她认为正确且安全的执拗方式，关心着在她眼中"重病多年，身体虚弱，做事莽撞，最近又急迫想要赚钱的邓肯叔叔"。

"我不要自行车。"妮娜低着头，小声嘀咕着。

"去上学吧。"邓肯突然吁了口气，带着笑上前按了按妮娜的脑袋。

妮娜惊讶地抬起头。

"你说得对，这样危险，"邓肯很认真地看着妮娜，"我哪儿也不去，在店里等你回来。"

妮娜出门上学去了，就像过去许多年的许多次一样，她又一次相信了叔叔对自己的承诺，相信叔叔会在店里等着自己放学回家。

也可能她其实早已不信，却还执着地做着相信的样子。

邓肯站在古董店一楼的橱窗后面，看着妮娜小跑的身影快速转过尽头的街巷，消失在自己的视野中。邓肯叔叔会在店里等她回家，他答应好了的。

"艾伊，过来。"心中念头一闪，一道绿色的焰流便在空气中骤然划过，鸽子的身影出现在邓肯面前。

这鸟歪着脑袋，用绿豆眼看着自己的主人。通过灵体之火建立的联系，邓肯能清晰地感知到这只鸽子的位置，感知到它的状态——虽然现在还做不到完全共享五感的程度，但目前这种层次的感知已经能很多事情了。邓肯低下头，看着艾伊的小眼睛："你其实是很聪明的，能完全听懂我的话，也能做很多事情，对吧？"

鸽子立刻自豪地拍了拍翅膀："忠不可言，忠不可言呐！"

"那我现在有个大胆的想法，想让你试试看。"邓肯微笑起来，随后从怀里摸出了那枚如今已经变成"邪教徒接近报警器"的太阳护符。

他用一块布仔细地将护符包好，以防其暴露在普通人面前，然后又用布条小心翼翼地把它绑在了艾伊后背。鸽子从头到尾都格外配合，甚至还用嘴帮邓肯给布条打结，它似乎完全明白自己的主人想干什么，除了没办法把自己的想法准确说出来之外，聪明得就像人一般。

"你就在城里乱飞，护符发热的时候就搜索产生共鸣的地点，最好能具体到某座建筑，"邓肯认真跟鸽子交代，"我会感知你的位置……对了，先在下城区和十字街区附近活动，别去上城区，那边我不熟，光凭定位也确定不了地址。"

鸽子拍拍翅膀，歪了歪脑袋："整点薯条？"

邓肯板着脸："但凡你能定位到一个，我可以用薯条把你埋了。"

鸽子二话不说，拍着翅膀就冲向了大门，仿佛生怕主人反悔一般。邓肯面带微笑看着鸽子在天空中渐飞渐远，感知中则清晰地追踪着这只鸽子目前的方位以及其周围大致的环境状态。随后他又返回房间，取了张普兰德城邦的地图放在柜台上，一边看着地图，一边在脑海中回忆着下城区的平面细节，一边在感知中追踪着艾伊，不断确认着那只鸟的方位。这竟比他预想的还简单——灵体之火建立的连接比最初要稳固，艾伊的飞行路线在他的脑海中几乎是一条清晰且明亮的指示线，加上地图以及记忆的辅助，要定位那只鸟完全不难。

邓肯轻轻呼了口气，换了个舒服的姿势靠在柜台后面——他答应了妮娜不会出去"自讨危险"，那自然是要做到的。但他可以把鸽子放出去打猎，自己在家写举报信……平心而论，这反而是个更好的方案，能够飞行的鸽子可比他自己坐车在城里乱逛的搜索效率要高不知多少——当然这么做也有缺点，那就是找到邪教徒窝点之后没办法再混入其中打探情报了。但邓肯并不怎么在意这点遗憾，反正根据上次参加集会的经验，那些能够被轻易找到的邪教徒实质上也都是一群在基层里打探消息的小喽啰，他们的情报价值本就有限，而如果艾伊真的感应到了什么"大鱼"……他也有后续的办法把大鱼单独"捞起来"。

毕竟，艾伊的能力可不只是驮着个感应器飞来飞去，它的本职工作是干快递的，真发现了大鱼，就让艾伊直接原地开门把人传送到"失乡号"上，自己的本体在船上，反而可以更方便细细盘问。正好自己还没试过让鸽子传送人类，他不能拿无辜市民做这种实验——但那帮闲着没事就杀人剜心的邪教神官就不一样了。

必要的时候，他们可以是"耗材"。

邓肯就这样一边靠在椅子上感知艾伊的位置，一边在脑海中盘算着自己的方案，越来越觉得这是个完美的计划——他的举报信草稿、审讯草案、搜捕及传送流程都规划好了，现在就差一种名叫"太阳信徒"的两腿钱袋了。目前这全套方案中唯一还需要考虑的，就是如果自己的举报信真成了，当局再下发奖金的时候该怎么跟妮娜解释——他可是答应过人姑娘不出门"打猎"的。

邓肯想了半天，突然想起一件事——在这个已经发展到工业时代的世界上，是存在"银行"这种东西的，这是经济和生产力发展的必然结果，也是必需条件。虽然这个世界的银行系统远不如地球上那么便利，也没有那么普及，但最起码的账户功能总是有的。无垠海上各城邦之间甚至以此构筑了互通流动的金融体系——尽管维系这套体系远比在地球上艰难，他们还是把这套体系建了起来。

自己这具身体的原主人混得不怎么样，也没有在城邦银行建立过账户——这在下城区是很正常的事情，通常情况下，只有上城区的体面人才会达到能够和银行打交道的"层次"。但银行本身是对所有市民开放的，十字街区就有银行。

邓肯心中有了盘算，他决定这两天内就去一趟十字街区，给自己在这个世界建立第一个"银行账户"。这样如果自己在人类世界的活动扩大，资金流转方面也会变得比较方便——而哪怕不考虑将来，今后自己写举报信的时候也可以省去留下地址的环节，直接留个账户名就行了。当然，这么做具体是否可行，到时候还要试一试，毕竟他这具身体的原主人也没多少和城邦治安部门打交道的经验（或者严格来讲是没多少正面经验），但邓肯认为这么做是合理的，在这个不怎么安全的世道，匿名举报应该是许多热心市民在谨慎心理下的正常选择才对。

至于今天……他还是决定就安分地待在古董店里面。这倒不全是因为他要严格遵守和妮娜的"约定"，而是因为这是他第一次将鸽子放飞那么远之后，再借助灵体之火的力量进行定位，操作上的不熟练让他必须格外集中精力，因此需要一个安定的环境。另一个原因则是他也确实该认认真真做一天"生意"了——这店到他手里还没开过张呢。

邓肯伸了个懒腰，从柜台后站了起来，他慢慢来到大门口，将"营业中"的牌子挂在外面。他现在又有了一些规划，有了新的方案，而这一切的开端，竟只是因为自己和一个十七岁的姑娘定下了约定，这还真是……有趣的体验。

十字街区附近，破败的废弃工厂内，身穿黑底银边长外套的教会守卫者已经在周围拉起了封锁线，身穿轻质甲胄、背着赐福巨剑的审判官凡娜则在两名深海牧师的陪同下穿过了那条倾斜向下的楼梯，来到了工厂地下一层的废弃空间。

这里的一切还维持着最初的模样——在第一批守卫者接到举报并发现这处集会场之后，他们便将现场封锁到了现在。偌大的地下室中，令人作呕的血腥气格外浓郁，中间又夹杂着火焰炙烤化学物质之后的刺鼻气味，邪教徒们的尸体横七竖八地倒了一地，但除了这些太阳异端的尸体之外，现场没有发现任何属于"袭击者"的痕迹——没有额外的尸体，甚至没有额外的衣物碎片。

凡娜微微皱起眉头。这是一场单方面的碾压之战，袭击者力量远超这些基本上都是普通人的邪教徒，而且看上去事情发生得又极其突然，以至于这些太阳异端中有相当一部分都是在没来得及反抗的情况下就被直接干掉的。

谁动的手？

与这些邪教徒有私仇的野生超凡者？另一支实力强大的异端教团？还是某种失控的血腥献祭，这帮自寻死路的异端从"深层"召唤出来了他们根本无法控制的怪物？年轻的审判官陷入了沉思。集会场中只留下了邪教徒们横七竖八的尸体，找不到任何能证明袭击者身份的证据，这给调查工作带来了很大难度。但有一点可以肯定，制造这场袭击的绝对不是普通人。

空气中残留着特殊的刺鼻气味，这是"火焰"曾被污染过的痕迹。

凡娜认真检视着那些留在地下室中的油灯，在她身旁，一名牧师则从工具包中取出了特殊的粉末和药剂，以分析油灯中是否残留了不该出现在现实世界的东西。火是这个世界上最特殊的事物，火是可视的秩序，是众神为世界订立契约时的笔迹，是代表"文明仍然存续"的证据——火焰燃烧中，万物变迁皆会留下印记。如果这里曾发生过超凡级别的战斗，那么火焰中一定会残留对应的痕迹。

在牧师开始忙碌之后，凡娜又回到了地下室中央，看着一个倒毙在此的太阳异端的尸体。

"全身骨骼有几十处断裂，就像被一头狂奔的野牛直接撞上，实在很难想象是怎样的武器能造成这种结果，"一名验尸官在旁边说道，"单纯的蛮力钝击，未发现任何法术痕迹。"

"蛮力钝击……一下子撞断几十处骨头的蛮力钝击？"凡娜微微皱眉，"这是什么？直径一米的流星锤子？"

验尸官摇了摇头："比起这些，尽头那边的灰烬更加可疑。"

凡娜来到地下室尽头，看到了对方口中所讲的"灰烬"。

有一套完整的衣物散落在地上，衣物间是灰黑色细腻的灰烬，这让人可以很容易联想到——这里曾经倒着一个人。

"毫无疑问，是某种超凡力量，从痕迹判断可能是异变火焰的一种，"凡娜简单判断了一下，便对身旁的验尸官说道，"正常的火焰很难将人烧成这样的灰烬，而且还在焚烧过后完整保留了衣物。"

"墙壁有受到撞击的痕迹，这个邪教徒似乎是先被巨大的力量撞到墙上，随后又被火焰烧尽的，"现场的另外一名牧师说道，"整个现场只有这一个邪教徒是被超凡力量杀死——而且是一种从未见过的超凡力量。"

"另外，我们在地下室角落还发现一处被不明力量严重腐蚀过的地面，但未发现任何残留的实体物质，这也有可能是超凡力量的效果。"

"可能是由人施展的法术，也可能是异常物，"凡娜随口说道，"这里是由市民举报才被发现的吗？"

"是的，一名热心市民听到了废弃工厂里的异常响动，在昼夜交替时向街口换班的治安官和守卫者举报了这里，"旁边的牧师点头说道，"这些邪教徒其实很谨慎，他们抹掉了进入城邦之后的活动痕迹，并顺利潜伏到了下城区里，如果不是这场袭击，他们恐怕还能再潜伏下去。"

"现在暴露了一个窝点，就意味着可能还有更多的藏在暗处，"凡娜沉声说道，"下城区的阴沟陋巷是这段时间的排查重点，要……"

她话刚说到一半，一名守卫者便急匆匆地从旁边走了过来，手中拿着一个小小的托盘，托盘中是几枚沾染着血迹的、略显变形的铜制子弹："审判官，您看看这个！"

"我们在现场发现了两把开过火的左轮手枪，这几枚子弹应该就是从那两把枪里发射出来的，"守卫者汇报着，"子弹上的血迹极有可能来自袭击者！"

凡娜的目光落在那几枚子弹上，第一眼便注意到了弹头的变形情况——子弹沾染着血迹，这说明它们曾被射进血肉之躯，然而那弹头收缩变形的状态……却绝非柔软脆弱的血肉所能造成，除非这每一发子弹都正好打在骨头上，或者……中枪的人有着极度强悍的身体。

而且这几枚本已打入人体的子弹是怎么落在现场的？凡娜仔细思考了一下，认为只有两种可能：要么，袭击者在现场给自己做了取出子弹的手术；要么，袭击者具备特殊的能力，依靠强大的肉体将子弹"排"出了体外。而不管是哪种可能，有一点都显而易见：这强大的袭击者在身中数枪的情况下仍然毫无迟滞地干掉了这里的所有邪教徒，并在事情结束之后相当淡定地把体内的子弹取了出来。

凡娜看了看自己的双手，这种事情她可以做到，但也正因为自己可以做到，她更清楚这对于普通血肉之躯的凡人而言有多高难度。

"杀死这些邪教徒的应该是一名身体经过极度强化的超凡者，使用的武器是某种大型钝器，"脑海中有了考量，凡娜转过头，对一名随从说道，"对方战斗经验丰富，意志坚韧，极度强壮，考虑到所用武器，身材应该也很高大，同时可能掌握某种火焰力量，初步判断与太阳异端属敌对关系，但暂时不能确定是否站在我们这边……"

"通告各级守卫者和治安官，近期注意符合上述特征的人，一旦发现疑似目标，优先汇报，不要贸然接触。"

担任随从的守卫者立刻低下头："是，审判官。"

凡娜轻轻呼了口气，脑海中大致勾勒了一下那大闹集会现场的袭击者可能的模样：挥舞巨型狼牙棒或流星锤的两米壮汉，武艺超群冷静坚韧，还能召唤火焰。

差不多应该就是这样。

邓肯面带微笑地送走了第二位客户，看着那位胖乎乎的夫人慢慢走远，心情颇为愉快。

那位夫人算是这家店的老主顾，她今天看上了一对花瓶，要当作送给新邻居的礼物。那花瓶是从批发市场进的货，虽然生产日期是上周，但距今已有八百年历史，原价二十多万，打完折二十六，还附赠一对上礼拜三出厂的、索兰德王朝时期的石雕摆件。

老客户知道东西是假的，但从头到尾都认为邓肯店长是真的。将几张皱巴巴的钞票扔进抽屉之后，邓肯坐回到柜台后面，感觉浮躁的心情得到了舒缓。至少就目前为止，开着这家古董店对他而言还算一件新奇有趣的事情。当然，靠这点小生意赚钱确实有限，两只花瓶搭着两个摆件卖出去的利润也就六索拉多一点，而这大半天过去了，他这古董店里也就来了两个客户——他不知道这"客流量"对于平常而言算多算少，但显然是不如举报邪教徒来得有前途。

邓肯分出一部分精力，关注着艾伊那边的情况。那鸽子正低空掠过第四街区上空，遗憾的是，绑在它背上的太阳护符目前为止都没什么反应。当然这也正常——虽然说现在有很多邪教徒涌入了普兰德城邦，但他们也没到能遍地开花的程度，再加上他们会刻意分散行动，躲在各种被人遗忘的犄角旮旯里头，要发现自然是不容易的。

打猎嘛，要的就是耐性。

邓肯悠闲地享受着这清静时光，分出精力关注鸽子动向的同时，又偶尔关注一下"失乡号"那边的情况，有时他会控制着自己在船上的身体去甲板走动，观赏爱丽丝跟船上稀奇古怪的东西打架，然后被追得抱头乱跑的奇景。他突然觉得，这奇妙的人生也还不错。就在这时，一阵清脆悦耳的铃铛响声从门口方向传来，打断了他闲适安逸之下的胡思乱想。

"欢迎光临。"

邓肯一边随口说了一句，一边抬起头看向门口，便看到一位头发花白的老先生正推门进来。这是一位穿着很考究的老先生，深褐色的外套崭新整洁，脚上的皮鞋擦得很亮，手中提着一根看不出材质的黑色手杖，头发与领结也一丝不苟。

这不像是会出现在下城区的装扮，倒更像是十字街区，甚至上城区的体面人。邓肯对这个世界的所谓"体面人"倒是没什么概念，但他一眼就能看出，这位老先生不是个寻常客户。

"有看上的吗？"他笑了起来，像个真正的古董店长那样，"有缘就带走吧。"

老先生走进这家古董店，好奇地打量着周围的陈设，那陈旧的橱窗、廉价的铁质货架以及几乎是随意摆放的"古董"们几乎完美体现着这家店铺的定位：整间店里除了收的钱是真的，就没一样不假的。可即便这样，这位穿着打扮完全不像是下城区普通市民的老绅士仍然满怀兴趣地打量着店铺里的东西，直到邓肯的声音从柜台方向传来，他才终于转过视线。

"很有趣的说法，"老先生笑了起来，"带走有缘之物……抛开东西不谈，这本身是很美的句子。"

"其实光有缘不行，还得有钱，"邓肯同样回以微笑，"好在这里的东西都不贵——有想要的吗？"

"呃……我不是来买东西的，"老先生张了张嘴，"其实……"

他还没说完，邓肯就热情地接着说道："不买的话，看一看也是好的嘛！兴许就有入眼的呢？"

老先生脸上不由露出一丝无奈："你这……东西都是假的啊。"

"对啊，"邓肯一脸理所当然，"真货能摆这儿么——我这店连个防盗门都没安，靠的就是让贼回不了本。"

老先生脸皮明显抽了一下，大概是没想到眼前这个卖假货的古董店长能有这么坦然的心态，噎了好几秒钟，才开口道："那……"

"擅长说服自己的呢，就拿我这儿当古董店，图个自我满足；现实主义的呢，就拿我这儿当个杂货店，图个物美价廉；又认清现实又想骗自己的呢，我就恭喜他垃圾堆里发现了金砖，整间店里就一件真货还被他给碰上了，极为有缘——反正花个三五十的目的主要是为了开心，你就是在我这儿上再大的当也超不过一百，还能到手个现代工业的结晶，想一想，是不是也挺划算？"

老先生一愣一愣地听着邓肯这套歪理邪说，大概是平常没有这方面的社交经验，一下子有点反应不过来，而紧接着，他的目光便突然落在了柜台旁边的一处角落，脸上表情有了微微变化。邓肯本来正沉浸在做生意的愉快中，这时候注意到老先生视线变化，顿时心中一动，但他还没来得及开口，便看到老先生朝那个角落伸出手去："这东西……"

在一堆杂物中间，他发现了一柄样式古老，保存却极为完好的匕首。

他把那匕首取了出来，那正是邓肯之前藏到杂物堆里的，来自"失乡号"的老物件——整间古董店里仅有的两件真货之一，另一件是放在杂物堆更深处的铸铁炮弹。邓肯一开始还想转移老先生的注意力，但紧接着他便注意到了对方表情的变化以及检查匕首刀鞘纹路时的专业神态，立刻意识到一件事情：这位老先生可能是个"专业人士"。

邓肯皱了皱眉，目光扫过匕首。其实不是什么大事——这玩意儿不是超凡物品，也没有携带诅咒、污染之类的"海上特产"，虽然是从"失乡号"上带出来的东西，但本质上它跟平常的"古物"也没什么区别。一件平平无奇的物品，他要是反应太大反而不对劲了。

"这东西……"老先生又重复了一遍，他抬起头，有些意外地看着邓肯，"也是店里的'商品'？"

这位绅士话很委婉，言下之意却挺明显：你这一堆假货里面怎么混了个真的？工作失误还是什么原因？邓肯一看对方的反应，就猜到这是个懂行的，这时候自己装傻不识货那就不太对了。于是他收敛了一下笑容，带着一丝高深莫测："你看，这不就遇上有缘的东西了吗？"

紧接着他清了清喉咙，一脸认真："店里绝大多数商品都打折，少数除外，比如你手中这件。"

老先生立刻回头看了一眼那些货架，目光扫过那些标价几十万打完折后好几十的"现代工艺品"，也不知脑补了些什么，顿时就觉得这看似破落唬人的古董店神秘有趣起来。他小心翼翼地把匕首放在柜台上，正要开口询问价格，一阵铃铛响动的声音却突然从门口响起，打断了他的动作。邓肯抬头看向店门口，是妮娜的身影。

"邓肯叔叔，我回来了！"妮娜一进门，头也没抬就先对着柜台方向喊道，"莫里斯先生到了吗？"

"没见到啊，"邓肯看了一眼店里面，"我正招待……"

他话音未落，便看到眼前的老先生干咳两声，又抬手指着自己："我叫莫里斯。"

邓肯："……？"

"莫里斯先生！"妮娜这时候也看到了柜台前的老绅士，顿时像每一个在放学之后撞见老师的学生一样肉眼可见地紧张起来，并"啪"地一下子站得笔直，"下午好！"

邓肯看看妮娜，又看了一眼眼前的老人，顿时感觉气氛尴尬起来。

"我一开始就想自我介绍的，"老先生无奈地摊开手，"没开口就被你打断了，然后你开始给我介绍店里的东西……"

妮娜这时候也反应过来发生了什么，紧接着便注意到了放在柜台上的那把看起来灰扑扑的匕首，赶紧上前两步："老师您别买啊！我家店里的东西都是假的！"

邓肯眼神古怪地看了这姑娘一眼，心说这孩子怎么如此实诚，在老师面前一秒钟不到就把自家底细给卖了——虽然就以这店里商品的水平和莫里斯这个历史专家的眼光，她卖不卖也没什么区别……另一边的莫里斯老先生则在听到妮娜的话之后摇了摇头，抬手指着柜台上的匕首："这件是真的。"

妮娜一愣："……啊？"

"这把匕首应该来自一个世纪以前，是当时普兰德及伦萨等中部城邦的海员们钟爱的工具匕首之一，但由于锻造工坊破产以及出海物品易受风浪腐蚀的原因，如今存世量很少，且大多数状态极糟……"

莫里斯说着，小心翼翼地拿起了柜台上的匕首，将刀刃拔出一截之后，带着惊叹的语气继续说道："我……我从未见过保存情况如此之好的，它简直像是前不久还在被正常使用，刀刃锋利得能滑开纸张，上下没有一点瑕疵……"

"它还带个原装的刀鞘呢，"邓肯在旁边补充了一句，"如果你仔细观察，你会发现它连刀鞘背面的搭扣都是原装的。"

莫里斯一听，赶紧又仔细检查了匕首的刀鞘及配件，眼神中的惊讶更甚："这……我刚才确实没注意……我的天！这东西简直像刚刚从一位来自一个世纪前的水手口袋里掏出来的！如果不是我对自己的眼光有足够的自信，我甚至怀疑这是一件惊人的仿品……可它连刀柄连接处的花纹和刀柄末端的一处特殊瑕疵都……"

说到这儿他突然疑惑了，抬头看看邓肯，又看看旁边的妮娜，这位历史专家竟不自信起来："真的不是仿品？"

妮娜一听赶紧摆摆手："叔叔仿不出这么真的东西……"

邓肯眼角一跳，看着自己的侄女："上楼写作业去！"

妮娜愣了一下："我今天没有作业啊……"

"那就看书去！"

妮娜吐了吐舌头，小步小步地往楼梯方向走去，但走两步，又回头看了一眼自己的历史老师："莫里斯先生，您别忘了您是来家访的啊……"

"当然，我有很多事情要和邓肯先生聊，"莫里斯满脸笑容，容光焕发，"你先上楼看书吧——放心，我不会在背后告你的状的。"

妮娜疑惑地看着邓肯与自己的老师——她似乎并未想到这场家访会以这样的形式开始。但下一刻，她脸上又突然露出一丝笑容，随后轻快地跑上了楼梯。

邓肯有些困惑地抓了抓头发："这孩子傻笑什么呢……"

然后他便听到莫里斯老先生的声音从柜台旁传来："老实说，你和我印象中的大不一样，邓肯先生。"

"大不一样？"邓肯抬了抬一侧眉毛，"你对我印象是怎样的？"

一边说着，他一边从柜台后面绕出来，将"暂时休息"的牌子挂在门口后，又搬了一把椅子放在柜台旁边——在确认了对方是来家访的老师而非普通客人之后，再让人家站着显然就不合适了。

"谢谢，"莫里斯点头道谢，坐上椅子，脸上带着温和儒雅的笑容，"我没见过你，但我从一些渠道听说过妮娜的家庭情况。恕我失礼，但据我听到的传言，妮娜有一个酗酒、滥赌且暴躁的叔叔，那孩子生活在恶劣的家庭氛围中，以至于她在学校几乎没有朋友——其他学生都不太愿意和她打交道。"

邓肯正在一旁冲泡咖啡，听到莫里斯的话之后他的动作下意识停顿了两秒，随后才不紧不慢地完成手中活计。他端着两杯咖啡回到柜台前，将其中一杯推给老人："希望你不介意我这里只有这种便宜货——下城区最好的咖啡也就这水平。"他在老人对面坐了下来，二人一手捧着一杯热气腾腾的咖啡，那柄古旧的匕首放在他们中间，但现在双方的注意力都暂时没在它上边。

"严格来讲……这些传言都是真的，"邓肯慢慢说道，"我之前生了场病，好吧，比较严重的病——止痛药不管用的情况下，只能依靠烈酒来麻痹神经。那是一段颓废的日子，不幸的是，那段日子正好是妮娜青春期中的关键几年，现在看来这对她的影响比我想象的还严重。"

莫里斯认真观察着邓肯，良久才若有所思地开口："是这样吗？但我却感觉你不像是刚刚从颓废中走出来的人——而更像是一位从未陷入颓废，一直都很积极乐观的绅士，你与人交谈时的机敏与幽默可不像被酒精影响过。"说着，他品了一口杯中的咖啡，没有对咖啡做出任何评价，而是随口提了一句："我觉得我看人还是挺准的。"

"或许只是我心态调整比较快，"邓肯笑了起来，语气格外坦然——他必须承认这位老人确实看人很准，但他相信再准的眼神也看不出自己这副躯壳中的秘密，所以压根不慌，"妮娜已经快成年了，我是她唯一的监护人，我得拿出点责任感来。"

"……不管怎么说，这对那孩子而言是好事，"莫里斯深深看了邓肯一眼，"她正在学业的关键阶段，虽然很多人都说公立高中毕业出来也只能去工厂中拧螺栓，但他们总是忽略掉一点：知识本身就是一笔宝贵的财富，它总会在你人生中的某一天突然展现出意义来，而那往往是在你已经没有机会返回校园之后。"

老先生说着，摇了摇头："可惜我打过交道的大多数家长都不认同这一点——

他们的注意力放在让自己的孩子尽快毕业并找到工作上。"

邓肯一听到这里就顿感亲切：老先生这番话他熟啊！类似的话他当老师的时候也经常跟学生或者学生家长说，但没人听他的……不过很快，他便收敛起了这种"同行相见"的心态，思索了一下自己当前所处的环境之后，微微摇头："因为这里是下城区，莫里斯先生，你的看法确实智慧而充满远见，但这里的大多数人是真的很需要尽快还上上个月的账单，你不能因此就说他们的目光不够长远。"

"确实如此，很多人其实也想往远处看，但生活中的高墙总会挡住我们看向更远处的视线，"老先生感叹着，"抱歉，在书本里泡久了，就总会忽略掉生活中的实际问题……你是一个很善于思考的人，看样子我的一些担心是没必要的。"

"担心？"邓肯皱了皱眉，"说起来，是妮娜最近在学校里出什么问题了吗？她的成绩退步了？"

"她的成绩一向很好，但最近……她确实是有些心不在焉，"莫里斯斟酌着用词，"她在课堂上走神，自习的时候睡觉，实验课的时候还会分心——上周的化学课上，她甚至点燃了实验台。这在以前都是从未出现过的情况……至少在她身上从未出现过。"

说到这，老先生顿了顿，补充道："前两天的测验中，她的成绩倒是没出现什么下降，但如果这种状态继续下去，就很难说她毕业时的成绩会怎样了——虽说公立高中毕业之后能选择的出路确实有限，但在下城区的工厂里组装机器和在上城区的教堂里维护蒸汽核心还是不一样的。作为妮娜的监护人，你应该重视起来。"

"妮娜最近经常在上课的时候走神分心？"邓肯皱了皱眉，"她倒是没跟我说过这方面的事……"

"这个年纪的女孩，肯定不会跟你说太多的，"莫里斯摇摇头，"我一开始还以为是因为家中出了什么事情，或者是她那'酗酒的叔叔'最近做了什么，才影响了她在学校的状态，因此才来做这次家访。但现在看来……不是这方面原因。"

邓肯没有开口，只是认真回忆着这几天妮娜在自己面前是否有表现出什么异常，莫里斯则在过了几秒钟后又问道："你是最了解她的人，那孩子最近有什么异常吗？比如休息不好、身体不好之类的？"

邓肯寻思了半天，只能摊开手："……说来惭愧，我想不出答案。"

他是想不出答案——一个礼拜前他甚至还不认识妮娜呢！他哪知道那孩子最近和以前比起来有什么变化。莫里斯对邓肯的回答好像也不怎么意外，这很可能是因为他来之前就根据坊间传言调低了对"妮娜的叔叔"的期待，所以这时候也只是习惯性说了一句："你应该对她多一点关注——尤其是对于这个年龄的女孩而言，仅仅物质生活上的支持是不够的。"

邓肯一听这个，脑海里顿时冒出个想法："她会不会是谈恋爱了？"

坦白说，这想法多多少少有点出于"周铭"作为人民教师的经验了。莫里斯听到这句话之后却露出了有点古怪的表情，老人眼神怪异地看了邓肯一眼："那是一座女校……"

邓肯想了想，一脸认真："女校也是可以的。"

莫里斯微微睁大了眼睛，这位一贯醉心于学术的老先生大受震撼！

"咳，好吧，我只是随口一说，"邓肯一看老人家的反应就知道这个话题可能有点超纲了，赶紧干咳两声把尴尬打断，"我会好好跟妮娜谈一谈的……她应该愿意跟我说。"

"啊……哦，当然，"老先生这才反应过来，他似乎仍沉浸在某种震撼中，说话给人的感觉都慢了半拍，"据我了解……妮娜是一个很坦诚、很老实的孩子，你好好跟她说，她应该不会太抗拒。"

邓肯点点头："此外还有什么情况吗？妮娜最近在学校里还别的不对劲吗？"

"除了走神分心、精神恍惚之外倒也没什么，"老先生想了想，摇摇头，"今天我来其实主要就是为了说这件事的，顺便了解一下她的真实家庭情况……对了，说起这个，妮娜的父母是因为……"

"十一年前的事故，"邓肯说道，"官方记录有这次事件，第六街区的化工厂泄漏。"

"原来是这样，"老先生叹了口气，"我记得这次事故，当时我和我的女儿正好在十字街区附近，化工厂泄漏的时候动静很大，受到影响的人群甚至一度冲到了上城区的边缘……事后调查还说当晚有很多邪教徒在趁机作乱，化工厂也是他们破坏的……"

邓肯心中一动，不动声色地说道："当天晚上下城区是不是还发生了一场大火？"

"大火？我不记得有什么大火，"莫里斯皱了皱眉，"你记错了吧？"

"……看样子是我记错了，"邓肯按了按额头，笑着说道，"我真的应该远离酒精。"

对于莫里斯的反应，邓肯早有所料，他提出这个话题也只是想要确认一下罢了。

正如他此前掌握的情报，莫里斯这样的普通人完全不知道什么大火的存在——那场火海，仅存在于妮娜和自己的记忆中，或者严格来讲，直到自己执掌这具躯体之前，那场火都只存在于妮娜自己的记忆里。这个话题很快便被带了过去，莫里斯也没有因这个莫名其妙的话题而产生什么疑问，接下来他又向邓肯介绍了一些关于妮娜学业、班级的情况，并询问了一些有关妮娜的家庭情况。看得出来，这位关心学生的老先生很早以前就想了解这些了，但妮娜的叔叔此前那糟糕堕落的生活，让这一切推迟到了今天。

邓肯从身体中继承来的记忆有限，老先生的很多问题他其实也不太清楚，但好在他思维灵活，可以根据已有的记忆以及充分的脑补能力应对过去，至于那些实在无法应对的……就推给曾经生活颓废、酗酒如命吧……

他对于"家访"这事儿经验丰富，知道老师一般情况下的提问习惯和关注重点，虽然如今换了个世界又换了个身份，但这些经验多少还能派上用场。而等到这方面的"正事"终于谈完之后，莫里斯老先生的注意力才落在了他第二关心的事情上面。老爷子看向柜台上那把保存完好的古董匕首，眼神中的热切谁都看得出来："这东西……卖吗？"

邓肯顿时露出微笑："这里是古董店。"

摆在古董店里的古董那当然是卖的。他这时候是想明白了，这把匕首虽然来自"失乡号"，但仔细想想卖出去好像也没有什么隐患——"失乡号"上东西多了，又不是全都跟超凡有关，像这把匕首，扔到别的地方那也就是个普通古董，有什么不能卖的？跟店里那一堆假货比起来，"失乡号"的货舱那才是来钱的好手段啊！

思路一捋顺，顿觉天地宽，邓肯这心里马上就敞亮起来，他突然意识到自己原来一直都坐拥宝库——那些被他当成破铜烂铁的玩意只是摆错了地方的财宝，只等着有钱的有缘人来。眼前这位莫里斯老先生……不就是个有缘人吗？莫里斯却不知道眼前的古董店长脑袋里都在转什么念头，他的注意力这时候已经全都扑在眼前这把保存完好的匕首上面，犹豫了半天之后，他才谨慎开口："多少钱？"

邓肯："……"

天地不宽了，因为他不知道该定多少钱。哪怕他完整继承了这具身体的记忆，他也不知道该定多少钱——这家店从开张那天起就没卖过真的……而且古董这玩意儿也没个定价标准，他是个彻底的门外汉，这时候喊多少合适？邓肯飞快思索起来，他首先排除了按照店里那堆价签给定个二三十万的选项——因为哪怕这匕首是真的而且品相极佳，它距今的历史也只有一百多年。同时按照老先生刚才透露的情况，这种一个世纪前的匕首虽然存世量不多，却也不算孤品，当年的水手们是拿它当工具刀用的——这就注定了这玩意儿的价值有限。

年代较近，并非孤品，没有特殊的历史背景，属于品相极佳但收藏观赏价值一般的近代产物，老先生看起来很喜欢它，这能稍微提高一点价钱，但再怎么提价也有限——人家还是妮娜的老师呢，这份关系也得考虑在里面。邓肯寻思了一整圈，最后还是摇了摇头，带着微笑："你开价吧——莫里斯先生，你是妮娜最尊敬的老师，我实在没办法按照普通客户那般开价。"

他清楚地意识到了自己见识的局限性，这时候自己开价要蒙一个靠谱的数字那实在比让山羊头三天不说话都难，开高开低都显得水平不行，那还不如随便给个台阶，让眼前这位老先生帮忙掌掌眼，他相信这位莫里斯先生大概也能猜到自己的用意。

至于这场交易会不会吃亏……邓肯倒是很看得开。无本的买卖，能亏到哪儿去——他在毫无准备的情况下能得一笔意外收入，顺便还能积累点经验，认识一位历史领域的专业人士，无论如何都是算赚的。

莫里斯认真思索起来。

"三千……三千四百索拉，这是我的估计，"莫里斯终于开口了，他似乎很是斟酌了一番才定下这个数字，"邓肯先生，你可能觉得这个价格过低了点，但要考虑到这把匕首本身的年代以及它的历史定位……这种非孤品的藏品在市场上折价是很厉害的。当然，它的品相很好，这很难得，但也要考虑到并不是所有收藏家都会对它感兴趣……"

老先生似乎在努力解释自己定出这个价格的理由，邓肯一边听着，脑海中却已经开始飞快地盘算起来：在下城区，普通三口之家一个月的全部开销加起来也只有两百多索拉——而大部分下城区平民的月收支几乎是没有结余的，有也极少。

这把匕首，几乎相当于下城区普通人家一年半的收入，这就是一件"真货"在这里的价值，而且还是一件不那么贵重的"真货"。他不知道是该感叹古董行当"三年不开张，开张吃三年"的状态，还是该感叹这下城区普通人的生活与所谓"上流社会体面嗜好"之间惊人的差距。或许他该感叹眼前这老爷子真有钱。

"成交。"他轻轻呼了口气，面带微笑地对老先生说道。

他没有考虑讨价还价来浪费工夫，无论如何，这对于现在的妮娜和他而言是很大一笔钱——举报个邪教徒窝点都远远没这么多。他前不久还在考虑赚钱的门道，这时候却发现这件事似乎已经没那么急迫了。

世事无常。

莫里斯却感觉邓肯答应得过于痛快，他甚至因此产生了一点歉意："其实……这个价格你是吃亏的，正常的估价，以这把匕首如今的存世数量以及品相来看，它至少还应再贵个一两成……但……"

老先生摸了摸鼻子，似乎有些窘迫："我最近一段时间在收集古物方面的花销比较大，手头稍微有点……"

这位老先生比邓肯想象得还要坦诚。

"我认为这是个很好的价格，中间的差价就当作'缘分'吧，"邓肯笑着说道，紧接着又好像突然想起什么，起身走向柜台后面，"对了，为庆祝这笔'大生意'，我还有件赠品。"

莫里斯好奇又期待地看着邓肯从柜台后面的某个格子里取出了一枚小巧的紫水晶吊坠，老先生眼尖，一眼就看到那吊坠上某个玻璃工坊的标签都没摘。

莫里斯："……"

"具备安神祛邪效果的吊坠，水晶被施加过祝福，可以在幻象与诅咒中指引出正确的方位，古老的催眠师们用它来保护自己的精神，以应对梦境世界中潜藏的危险，"邓肯把吊坠推过去，表情一脸严肃，"它曾保护过一代又一代的主人，现在与你有缘……"

莫里斯犹豫着指了指吊坠的标签："但这上面写着约翰尼玻璃工坊出品……"

"我知道，忘摘了，"邓肯面无表情地把标签摘掉，"这是赠品，我这店里哪有那么多真货当赠品？"

莫里斯愣了一下，不由得笑出了声："好吧，说的也是——非常感谢你的'赠品'，有了这东西……希望我女儿能少唠叨我几句。"

他一边说着一边收下吊坠，紧接着又在怀里摸了半天，摸出一张支票本："我出门没带那么多现金——这张支票可以在十字街区或上城区的普兰德城邦银行兑付，你看可以吗？"

邓肯面带微笑："当然。"

一边这么说着，他的目光随之落在了莫里斯的支票上面。

最初听到妮娜提起自己的历史老师时他便有些疑问，今天真正接触到这位莫里斯先生之后，他的疑惑再一次冒了出来。不论是从穿着打扮，还是从日常言行，以及在历史、文物方面的专业素养来看，这位老先生都显然不是寻常人——哪怕不知道上城区的情况如何，邓肯也能判断出这样一位学者更应该出现在上城区的大学里，而不是在十字街区的公立学校里面。哪怕不考虑别的因素，也有一个显而易见的问题：一个普普通通的公立学校历史老师，可以这么轻松地拿出下城区普通人一年半的收入，来买一件恰好看上眼的收藏品吗？

普兰德城邦所谓的"公立学校"与上城区那些真正的大学是完全不一样的——这些由市政厅拨款扶持的学校并非培养真正学者的学府，它们更大的作用是为下城区的工厂以及为教会的蒸汽机关培训熟练的工人，并在这个过程中对大众进行基础的扫盲教育。在这一前提下，十字街区那所公立学校的资源和水平自然可以想象出来——并不太好。

邓肯是第一次与莫里斯接触，但哪怕是第一印象，他也能看出这位老先生的学术造诣不凡。这是一位可以仅凭第一眼就从一堆杂物里准确识别出一件古物，并准确说出其年份和历史背景的真正的专家，他这样的专家，放在上城区的大学里都绰绰有余。就事论事地讲，他的一肚子学识放在十字街区的公立学校里完全是在浪费，妮娜都说了，她班上几乎就没几个学生在意老先生教授的内容，大家能保持一堂课不睡觉就算尊师重道了。更何况这位莫里斯先生还能拿出一大笔钱来购买一把一个世纪前的匕首。

邓肯想了想，直接开口问"您老怎么这么有钱"显得过于突兀，但换个说法问就很自然："其实我有些好奇，你这样的学者，怎么会留在十字街区的公立学校当老师？"

"……你不是第一个这么问的，"莫里斯似乎早已习惯了旁人在这方面的疑问，他只是淡淡一笑，一边小心地收好东西一边说道，"其实也没什么，只是年纪大了，厌倦了上城区那些大学里过于紧张的学术氛围，与其和年轻人争夺本就不多的资源，还不如找个清净点的地方完成自己的研究……而且晚年还能把自己的知识传给更多的年轻人，这不是很好吗？"

老人似乎没有全部说实话，但邓肯看出对方不想谈得太细，也就没有追问，只是随口提了一句："不过我听妮娜说，她的同学们倒是不怎么珍视你教导的知识啊……在这生存艰难的下城区，追索克里特古王国的光辉是否过于遥远了一点？"

"哪怕是在最深邃黑暗的阴沟陋巷里，只要灵性的头脑仍在思考，'历史'就永远是有价值的，"莫里斯摇着头，"正是有了过去千百年的历史，我们才能走到今天。凡人的寿命很短暂，是对历史的继承和敬畏，才让文明的寿命可以远远超过个体的极限，而这也是我们有别于深海中那些诡异盲目之物的关键——它们悠久，却不懂得记录文明，便永远无法消灭我们。"

"当然，邓肯先生，你说得也没错，在这下城区，很少有人会愿意听我的长篇大论……但哪怕只教会了一个学生，我也觉得自己这些年的时光没有白费。"

莫里斯就这样不紧不慢地说着，随后好像突然反应过来什么，露出一个温和而歉意的微笑："抱歉，职业习惯，我有些说教了。"

"没关系，我认为是很有价值的'说教'，"邓肯摆摆手，"事实上我倒是很乐意与你谈谈——你看，你是一位历史专家，我是一个古董商人，从某种意义上，我们是同行。"

在"老师"这方面，也是同行——邓肯心中默默补充了一句。

"说真的，如果只从走进这家古董店的第一印象……我是真不相信你口中的'同行'一词，"莫里斯摊开手，"但现在我多少有点相信了——你好歹还有一件真货呢。"

邓肯脸上的表情特别坦然，心说岂止一件真货——在老爷子填支票的那一刻他就已经把"失乡号"所有的货舱在脑海里盘算了一遍，要不是担心冲击市场，他这时候连第八家分店的装修风格都给规划出来了……

心中定了定神，邓肯继续保持着面带微笑："我听妮娜说，您更擅长的其实是古代史，尤其是克里特古王国前后的历史？"

"严格来讲，只有'后'，没有'前'，"莫里斯立刻纠正道，"克里特古王国是深海时代的文明开端，在古王国之前就是大湮灭事件，那是文明的熔断之处，没有人能说得清那个时间点之前的世界是什么模样，有的只是各个城邦流传的荒野怪谈中自相矛盾的表述。"

邓肯若有所思："文明的熔断之处……就像一道横亘在历史河流中的'视界极限'么……"

莫里斯显然是第一次听到这个词："视界极限？"

"一个概念，放在'大湮灭'事件上的话，你可以将其看作一堵无形的时间墙，墙对面的一切信息都无法传递到墙的另一侧，不管是光学上的观测，还是事物的因果联系，都在那界限前被切断。你永远无法站在边界一侧了解到另一侧发生了什么，就仿佛万事万物的时间轴都是从那道边界开始。"

"相当有趣的说法！"莫里斯老先生微微睁大了眼睛，他的眼睛中甚至微微放出光来，"横亘在历史中的视界极限……一堵时间墙……确实，非常贴切！邓肯先生，原谅我一开始对你的错位印象和……轻视，你比我想象中更专业，难道你也时常研究古代史？"

"不，我在古代史方面没什么了解，只是思路比较灵活，有时候能想到一些奇妙的比喻罢了，"邓肯立刻谦虚地说着，"不过我确实很好奇大湮灭时期的事情……你刚才提到，正统学界对大湮灭前的历史尚无公认，但各个城邦的'野史'中却有很多互相矛盾的记录？这些记录又是什么样的？"

"野史怪谈而已……不过我确实也研究过一些，"莫里斯思索着，慢慢开口说道，"比如普兰德城邦曾有一份记录，是新城邦历 1069 年的一份手抄本，其原件已不可考，那份手抄本中如此描述大湮灭之前的世界：世界是一个球体，漂浮在茫茫星海中，有无数天体作为星辰点缀夜空，天空有一轮太阳，还有三轮月亮，人类占据了三块大陆，其中一块大陆常年冰封，因此人们建造了一种名为'穹顶'的装置，让它笼罩大陆，以制造'永恒之春'，这穹顶的能源仿照了天空的太阳，以海水中的某种成分为燃料，几乎可以永恒……"

莫里斯说到这里，停顿了一下，似乎是给邓肯一些思考、记忆、整理的时间，紧接着又继续说道："而在冷港附近的一座岛屿上，探险家们却发现一份刻在岩石上的记录，那记录也是在描述大湮灭之前的世界，学者们费尽心力将其破解之后却大感困惑。石板书上描述，一个被称作'母星'的故乡已经枯竭，世人皆乘坐在名为'阿比尼克斯'的巨大舰船上，这巨舰能跨越星海，以虚无中捕获的尘埃和气体为燃料。巨船航行了四万七千个日夜，突然被卷入'巨大的闪光和旋涡'，随后船只在旋涡中解体消失，后裔们则从海水中生还，在洞窟中留下了关于故乡的回忆。"

"当然，这些记录都不如轻风港的精灵们留下的传说离奇。精灵拥有千年寿命，他们的历史本应比其他短寿种族更加详尽、可靠，但不知为何，轻风港的历史反而是所有城邦历史中最支离破碎、荒诞离奇的，他们的许多卷宗甚至都被不知名的力量扭曲成了无法阅读的'失落书卷'，因污染严重而不得不封存。而在精灵口耳相传的记述诗中，则如此描述大湮灭之前的世界：世界是一个梦，是大魔神萨斯洛卡在半梦半醒间的一次呼吸，精灵们则在梦境中诞生，维持着萨斯洛卡的安眠，但有一天，这位魔神突然梦见大洪水来袭，他惊醒过来，于是洪水从他的梦境中泄漏到了现实世界，精灵们也随之被洪水席卷到了现实……魔神萨斯洛卡因苏醒而消失了，精灵们再也回不去那个安宁祥和的家园，便在洪水之后的深海时代定居下来。"

莫里斯叹了口气。

"当我们这些在历史中挖掘的人拼尽全力来到大湮灭这堵高墙前，穷尽一生去寻获文物、比对典籍，想要窥见那堵高墙对面的风景时，我们所面对的就是这样光怪陆离的东西。"

老人脸上带着浓浓的疲惫与沮丧，仿佛是一位已经跋涉了大半生的旅者，因在旅途的末尾仍旧看不到终点，而不得不接受现实。

"大湮灭之前的历史支离破碎，互相矛盾，不同城邦之间的记录宛若一个个光怪陆离的故事，抑或是互不相通的梦境……没有任何决定性证据能够证明其中哪一个记录是正确的，或有一套理论能够把这些互相矛盾的东西整合在一起。"

邓肯却一时间没有说话，因为他的思绪已如海浪般起伏。在莫里斯所描述的这些不可思议的"野史残片"中，他经历了一场信息风暴的洗礼。作为一个经历过信息时代，又有着不错联想能力的"异邦人"，他能够从对方的描述中想象或猜测出一些东西——覆盖整个大陆的穹顶，那可能是某种人造生态装置，与太阳同源的能源系统，依靠海水中的物质为燃料，那可能是聚变科技；在虚无中航行的巨船，依靠捕捉太空中的尘埃和气体分子来提供动力，这可能是一艘或数艘殖民星舰；至于所谓魔神的梦境……从梦境中来到现实的海水……这个他一时间难以想象是什么东西，但这听上去很像是一个奇幻概念，是与前两段历史中的科技氛围画风截然不同的东西。

许多东西他都能找到解释或猜想，然而这些东西都不可能拼凑到一起。就像莫里斯说的，它们更像是一个个互不相通的梦境，在勾勒着完全不同的"史前历史"。

矛盾而破碎，完全无法用来重现大湮灭之前的世界样貌。

"或许你的说法是正确的，在大湮灭这个关键事件上，存在一道'视界极限'，"莫里斯的声音从柜台对面传来，打断了邓肯的思绪，老人扶着额头，语气低沉，"我们无法观察到视界对面的'事件'，因此大湮灭之前的历史对我们而言就是一个永远无法溯源的概念。"

看着满心感慨的莫里斯，邓肯的思路却仍然没有停下，渐渐地，他冒出了一个颇为大胆的想法："那……如果这些记录全是真的呢？"

莫里斯抬起眼睛，有些意外地看着邓肯："哦？"

"如果这些记录全是真的，每个城邦或每个种族记录的历史真的是他们认知中'大湮灭之前的世界'真实的模样呢？"邓肯摸着下巴，若有所思地说道，"或许我们一万年前的祖先们真的来自一个个完全不同的'故乡'，有着截然不同的文明呢？大湮灭将这些来自不同世界的流亡者困在了这片大海上，而流亡者的后代在文明传承完全断绝之前把自己所知的东西勉强记录下来，一万年之后，就变成了让学者们困扰的'矛盾历史'……"

他的思路活跃起来，接着说道："大湮灭的本质或许不是世界末日，而是一次'大传送'呢？"

莫里斯惊讶地看着邓肯，突然说道："……布洛克·本迪斯学派的猜想？世界漂流说？这是个比较冷门的流派，你对古代历史的研究原来这么深么？"

他这是一句赞叹，邓肯反而一下子有点蒙：听这意思，原来早有人想到这个可能性了？！他眨了眨眼睛，倒是没让自己的惊讶暴露出来，只是顺着话题往下："都是些零零散散的知识，但我很喜欢这个猜想。"

"我也很喜欢这个猜想——虽然它很冷门，"莫里斯摇了摇头，"但就像其他所有猜想一样，我们没有证据，那它就只能是个猜想。"

"克拉克学派曾假设亚空间对现实世界的干涉扭曲了所有的历史记录，维伦蒂姆学派认为大湮灭之前的世界是无数个互相隔绝的晶格，博洛尼亚城邦的人甚至认为大湮灭之前的世界根本不存在，所有关于史前历史的记录都是亚空间中的阴影制造出来的幻觉……"

"说句不该说的，甚至连一些异端邪教都对世界历史有着自己的理解，崇拜亚空间的终焉传道士们坚信世界末日其实已经开始，而且正在沿着历史长河追逐、吞噬我们的文明，各城邦矛盾的历史记录就是真实的历史逐渐被亚空间撕碎的结果，大湮灭则是一道阻挡在末日前的屏障，等到大湮灭之后的历史也逐渐被污染撕裂，就是整个世界落入亚空间的日子……"

邓肯越听越是惊愕，良久才下意识地摇摇头："我倒是不知道竟然还有这么多稀奇古怪的假设……"

"普通人不会涉猎这种领域的，研究历史在神秘学意义上毕竟是一件危险的事情，"莫里斯说道，"但有一个道理是显而易见的：如果有成千上万的学者已经皓首穷经地在一个看不到出路的领域中摸索了几百甚至几千年，那么他们一定已经提出了所有能提出的假设。"

邓肯慢慢理解了这位老人的意思。对于这些真正在典籍和文物堆里钻了一辈子的人而言，提出一种能够解释现状的假设是很简单的，作为学者，他们缺乏的从来不是想象力和眼界，他们缺的是证据，能够证明哪怕任何一种假设的证据。

"……没有任何证据留下吗？"邓肯问道，"任何来自大湮灭之前历史的，能证明某些'野史'所言非虚的'物证'，一个都没有吗？"

"迄今为止尚未发现，"莫里斯缓缓说道，"一万年的岁月，再加上中间一段又一段黑暗时代，无数城邦在无垠海中兴亡起伏，太难有上古时代的东西遗留下来了……能流传下来的要么是来源不可靠的手抄本，要么是口耳相传的故事，而这些东西本身也可能在流传的过程中变了样子。"

邓肯一时间没有说话。在他的精神深处，在遥远的"失乡号"上，海浪正轻缓地起伏着，无边无际的大海一如既往，覆盖着整个世界，也覆盖了所有可能存在的真相。

他不由感叹道："研究上古历史真是一件困难重重的事情。"

"是啊，我们要面对的不只是支离破碎的'岁月'，更有空无所依的现状，"莫里斯叹了口气，"城邦这样有限的土地上，能挖掘出什么东西的话早就挖出来了，如果挖不出来，那就说明能够证明我们历史的东西被藏在凡人无法触及之处。"

"比如海底？"邓肯突然说道。

"海底？哈，真是惊悚又大胆的说法，"莫里斯笑了起来，"不过这还真是很多穷尽假设的历史学者们仅存的念想……海底有证据，有堆积成山的文物，有古代文明的城市，有能够解释一切的遗址，但又有什么用呢？我们向下潜去，只能触碰到阴影，凡人是无法触及这个世界的最深处的。"

说到这，他停顿了片刻，又开口道："不过这也确实衍生出了另一个猜想……虽然未成学派，但倒是有不少人猜测历史中那失落的'旧世界'其实就在无垠海的海平面下，甚至精确地定位在幽邃深海和灵界之间的某个'深度'——大湮灭之前的世界就在那个深度沉睡着。"

"为什么这么说？"邓肯有些好奇，这煞有介事却又无凭无据的假设引起了他的兴趣。

莫里斯想了想，解释道："因为许多破碎的古老历史中，都提到了大湮灭之前的世界有'星空'笼罩四野，而众所周知的是，'星空'就在幽邃深海和灵界的交界面上嘛。"

邓肯差点一口口水把自己呛死："咳咳……啊？"

"你没事吧？"莫里斯被邓肯的反应吓了一跳，"这应该不是什么不可思议的……"

"我没事，只是听得太入迷，呛了一下，"邓肯赶紧摆摆手，"星空就在幽邃深海和灵界之间嘛，我当然知道，当然知道……"

▶ 第十三章
寒霜女王

邓肯飞快地调整好表情和心态，好让自己看上去不像是个常识错乱的"异邦人"，然而他的心绪却再也无法平复下来，如惊涛骇浪般翻涌不息。

事实证明，当你突然来到一个奇诡异常的世界上，那么最初这段日子里，不管适应力再强，伪装得多么到位，都随时有可能在一些平平无奇的"常识"上被本地的世界观给糊一脸——寻常的历史知识可以系统学习，艰深的专业知识在生活中无需顾及，而只有"常识"，那是只有迎面"撞上"的时候才会让你惊呼的玩意儿。

这个世界的天空中没有群星，这是常识。这个世界的星空在深海之中，在灵界与幽邃深海的交界地带，这也是常识。对这第二点所谓"常识"，邓肯除了用两个字组成的词来形容当下心情，别无其他语气词可用。他从未接触过这个领域，也不曾抵达过这个深度——他曾驾驭着"失乡号"在灵界深处飙过船，也在"失乡号"的船舱底层见到了从亚空间泄露过来的错乱光流，却唯独不曾见过幽邃海域与灵界间的那片"星空"……这恰好是他目前为止的认知"盲区"。

他一边应付着莫里斯的交谈，一边在脑海中飞快地思索。

群星……藏在海水深处……这会是怎样古怪离奇的光景？莫里斯提到的那所谓"星空"，和他自己所知的"星空"是一个东西吗？灵界与幽邃海域交界的地方到底是个什么形态？那里是一片更深邃黑暗的海洋？还是仅仅被冠以海洋之名的特殊空间结构？不知为何，邓肯突然想到了那个名叫雪莉的女孩，以及她形影不离的宠物兼武器"阿狗"。

阿狗是一只"幽邃猎犬"，按这个世界的说法，那是一种被从幽邃深海召唤到现实世界的"恶魔"。邓肯无法想象那样一只骸骨猎犬有着怎样的生理结构，但从其外观来看，它显然不是个"水生生物"……那么便可以大胆推测，所谓的"幽邃深海"也不一定就是"海"。

那可能是一片极为广阔的奇异空间，而且……被星空包裹。邓肯脑海中勾勒着幽邃深海可能的空间模型，莫里斯则注意到眼前的古董店主突然有些心不在焉，这位老先生好奇地看着邓肯："关于星相学，难道你也有涉猎？"

"我只是……有些兴趣，"邓肯扯了扯嘴角，心说自己在已经接受了这个世界没有星空的事实之后，突然又听到"星相学"三个字，感觉还真不是一般的奇妙，"星空隐藏在那么深的地方……要探索它可不容易啊。"

"那当然是极为危险的事情，但好在我们也可以通过一些间接的科学手段来观察星空的投影——这点应该感谢技术的进步，灵界透镜出现之后，远洋船只的导航员在导航过程中发疯的情况就少多了，"莫里斯笑了起来，他似乎是很久不曾找到愿意与自己交流这些问题的对象，此刻谈兴正浓，"要知道，在一个世纪以前，导航员一向是远洋船只上死亡率最高的岗位……其实我一直想收集一套最早期的灵界透镜，可惜实在没有门路。"

邓肯眨了眨眼，他压根没在意老先生最后一句话在说什么，他只觉得心中一个长久的疑问突然得到了解答：在这个天空没有星体的世界上，远洋的舰船是如何校准航线的？答案是仍然依靠"观星"——通过特殊的科学仪器，观察从灵界深处倒映出来的"星空"投影。

在新城邦历 1800 年以前，为船只导航甚至是一项致命的工作，毕竟，普通的船上可没有"失乡号"那样跟卫星定位一样实时更新的"海图"，也没有可靠的"山羊头大副"。

"你真是一位博学的人，"又交谈了许多问题之后，邓肯终于忍不住诚心实意地感叹了一句，"妮娜有你这样的老师，是她的幸运。"

"我也很高兴看到她有你这样的叔叔，"莫里斯矜持地点点头，"现在我所有的疑虑都消失了，你不但是个称职的监护人，而且兴趣涉猎广泛、求知欲旺盛，说真的……我已经很长时间不曾和人谈得这么愉快了。"

老人说着，微微叹了口气："我现在的生活哪儿都好，清静、平和，少了许多在上城区的琐事，唯一的问题就是大部分时间都很难找到人愿意听我说这些枯燥的东西……哪怕是一同工作的老师们，也往往跟不上我的思路。真难得，你竟然能听我说这么多。"

"我很乐意当你的听众，"邓肯一听这个顿时露出笑容，"我对历史可是格外感兴趣的。"

"看得出来，"莫里斯老先生舒心地笑着，随后他朝橱窗方向看了一眼，这才惊觉时间流逝，赶紧站了起来，"哦，女神在上，我竟然已经在这儿待了一整个下午？！"

"如果不介意的话，留在这里过夜也没问题，"邓肯随口说道，"你可以尝尝我的手艺。"

"……应该还能赶得上返回十字街区的巴士车，"莫里斯看了一眼正在渐渐下沉的太阳，婉拒了邓肯的好意，"感谢你的邀请，但我想我还是回家吧，最近一段时间城里可不太平，彻夜不归会让家里人担心的。"

"说的也是……那我就不挽留了，"邓肯想了想，起身相送，"我先把妮娜叫下来。"

莫里斯刚想说什么，邓肯便已经转头对着二楼招呼道："妮娜！莫里斯先生要回家了，下来送送老师！"

脚步声从楼梯上传来，换了一身居家长裙的妮娜轻快地跑下楼，她先是对老师打了招呼，接着又看了一眼外面的天色，惊讶地看向邓肯："你们竟然聊了这么久？！"

"我们谈得非常愉快，"莫里斯笑着说道，"你叔叔是一个涉猎广泛且乐于学习的人，我们交流了很多历史方面的问题。"

邓肯在旁边保持一脸严肃，默默点头。所谓交流，其实就是老先生单方面地讲，他假装很懂地一边听一边糊弄，但既然老先生自己都这么说了，邓肯当然也不会多说什么。而且平心而论，他觉得自己这个听众还挺合格的，能够适时地提出一些问题让交流持续下去，这对于平时苦于无人听自己念叨的老学者而言可不就是最好的交流环境？妮娜却一脸狐疑地看看自己的叔叔，又看看满脸愉快的老先生，她想说自己的叔叔什么时候就涉猎广泛乐于学习了，但话到临头还是咽回了肚子里，紧接着她突然又有点紧张，拽着邓肯的袖子小声嘀咕："你们都说我什么了吗？"

"一点学校里的小状况而已，"莫里斯别看上了年纪，听力却很好，"你叔叔会告诉你的——放心吧，我可没有乱告状。"

一边说着，这位老人一边拿起了进门时放在一旁的手杖，又确认了一下放在怀里的那把古旧匕首，这才与叔侄两人道别，慢慢走出门去。等送走老先生之后，邓肯看了一眼外面的天色，干脆挂上了关门的牌子，锁了店铺的大门——这个时间，想来也不会有更多的生意上门了。而且他刚刚有了很大一笔进项，寻常的"生意"也显得不那么紧要了。

妮娜看着邓肯在那边忙碌，又是锁门又是收拾柜台，感觉憋了一肚子疑问，但还不等她开口，邓肯便突然抬起头来，笑着看着她："过两天我带你去买辆自行车吧。"

"啊？"妮娜一下子没反应过来，"为什……"

"之前得了一笔市政厅的奖金，钱就已经够了，然后刚才又做了笔大生意，我想……咱们就可以过得稍微宽裕一点，"邓肯扬了扬手中支票，"至少一辆自行车总是能派上很大用场的，不是吗？"

"大生意……"妮娜终于反应过来，"啊，您真的把那把匕首卖给莫里斯先生了？"

"卖了，"邓肯点点头，"卖三千多索拉呢。"

妮娜："……？！"

对金钱很有概念的女孩被这个数字吓了一跳，紧接着便表情怪异地看着她的邓肯叔叔。

"老师来家访，您拉着他聊了一下午，还卖给他三千多索拉的东西……这以后传出去怎么办啊！"

邓肯想了想，一脸认真："咱家店就出名了。"

妮娜："您认真的？"

邓肯一摊手："那不然呢，老先生看上那东西了，我总不能白送吧——店里难得有件真货。"

妮娜叉着腰，腮帮子鼓了起来，但最后，这憋着的一口气还是突然变成了笑容。

街道上的天色渐渐暗下来了。在送走莫里斯并收拾好一楼店面之后，邓肯也终于有时间跟妮娜提起了这次家访时她老师所说的情况。毕竟这才是莫里斯老先生今天登门拜访的主要原因——虽然后来两人聊着聊着就跑题了。

"你最近是休息不好吗？还是身体不太舒服？"在二楼的餐桌旁，邓肯一边在面包片上涂抹黄油一边关心地问道，"我听你的老师说，你这样的情况已经持续好几天了。"

妮娜显然有点紧张，她大概也猜到了今天老师来一定会提起这些事情，但截至不久前，她都不曾想过自己的邓肯叔叔会真的开始关注她在学校里的情况。一种因久未被人关心而忐忑不安的别扭情绪在她心中弥漫着："就是有点……犯困。"

"那看来莫里斯先生说的是真的了，"邓肯认真观察着妮娜的表情，"身体方面的原因？还是因为别的？如果有心事的话可以跟我说。"

说到这他顿了顿，又斟酌着补充道："当然，你在这个年纪可能有些事情不愿跟我这样的大人讲，这也很正常，因为你在成长，你有独立的人格和自己的想法，这都应该得到尊重——但你仍要记住，人在遇上困难的时候寻求帮助并不丢人，如果是我可以帮忙的，你大可以说出来，咱们一起想办法。"

他尽量让自己的言辞显得可靠亲切一点，这并不容易，因为他从前也没有过这个年龄的血亲需要照顾。但他多多少少有些面对学生的经验，因此这时候也就是按照面对青春期学生的经验来和妮娜交谈——他认为自己的态度已经足够温柔亲切了。

"我……我真的没事，真的！"妮娜似乎有点不适应如此亲切的叔叔，但内心深处更不抵触，她使劲摆了摆手，迎着邓肯的目光，"我就是最近总感觉犯困，睡觉的时候总是惊醒，有时候还做梦。"

"做梦？"邓肯皱了皱眉，突然想到什么，"噩梦？难道是梦到小时候那场大火？"

或许是因为最近正关注太阳碎片以及十一年前的悬案，他下意识想到了这件事情，但妮娜却摇摇头："不是，不是小时候的事。"

"那是什么？"

"我总是梦到……梦到自己站在一个很高很高的地方，好像是城里的塔楼，然后脚下的街区都是黑漆漆一片，到处是废墟和灰烬，"妮娜回忆着，慢慢说道，"废墟和灰烬就好像一道巨大的伤疤，沿着下城区的中心一路延伸到十字街区，又延伸到上城区的边缘，仿佛要把城市撕开一般可怕，我被困在那个很高很高的地方，想要离开，却又被看不见的墙挡住……"

妮娜回忆着，突然轻轻摇了摇头："梦中就总是这样的景象，要说可怕……其实也没什么可怕的东西出现，也没什么危险靠近，就只是看着城市被不知什么东西碾压出了一道疤痕，然后我自己被困在原地无法动弹，每次醒来还会很累，第二天上课就开始犯困……"

邓肯认真听着女孩的描述，慢慢皱起了眉头。妮娜所描述的……确实不是她童年所经历的那场大火，也不是邓肯脑海中所记忆的场景，那更像是一幕静态的"展示"，在向她昭显着不知哪个时空中的普兰德所呈现出的景象。如果是在地球上，邓肯只会把这当成一个不断出现的怪梦，但是在这个奇诡异常的世界，他不由得心生警醒。前有妮娜不知为何记得一场仅存在于她和邓肯脑海中的大火，后有她连续不断的、仿佛"预兆"般的怪梦。

"你是从什么时候开始做这些梦的？"邓肯表情严肃地问道。

"一两周前？也可能更早点……记不清了，"妮娜喝了一口蔬菜汤，声音有些含混不清，"当时我没在意……"

邓肯听到之后，本想说"你应该更早点说出来"，却想起那时候妮娜的"叔叔"还是一个沉溺在邪教活动和酒精麻醉中的烂人，而她身边根本没有任何可以倾诉又可靠的对象，于是硬生生把话咽了回去，转而开口："你有咨询过专业人士吗？比如医生？"

妮娜抬起头："您是说精神医师？"

"对，精神医师。"邓肯想了想，点了点头。

在这个世界，"精神医师"是一个必不可少的职业，因为夜幕与深海中有太多东西在虎视眈眈地盯着城邦，普通人的精神受到这些气息的影响便极有可能出现大大小小的问题——噩梦，幻听，幻视，认知偏移，甚至人格错乱。这些病症困扰着许多人，以至于这个世界在相关领域的治疗技术已经发展到了匪夷所思的高度——最高明的精神医师甚至会用超凡力量来矫正被扭曲的心灵。

妮娜这频繁的怪梦，应该也属于这些精神医师关注的"病症"。

"我还没有，"妮娜闷声闷气地说道，"他们的诊金很贵的……我只是做些怪梦而已。"

"但这些怪梦已经开始影响你的生活了，"邓肯很严肃地说道，"持续梦到这种怪异的场景，说不定是一种危险征兆，你在学校里应该也是学过这些的。"

一边这么说着，他心中也在飞快考量——妮娜这连续不断的怪梦一定有问题，无论如何，既然他已经生活在一个奇诡异常的世界上，那就必须对这些超凡领域的"元素"有所警惕，但他自己在理论方面是个门外汉，这件事必须找些专业人士才行。

正好，他也想接触下文明社会中的"专业人士"，看他们是如何与可能涉及超凡的事件打交道的。妮娜明显还有些犹豫，但在邓肯严肃的表情面前，她终于还是败下阵来："那……那我们周末的时候可以先去一趟社区教堂，请那里的深海牧师做一次安神赐福，这样费用很少，如果不管用，就再找专门的精神医师看看，行吗？"

教堂？深海牧师？信仰风暴女神葛莫娜的神官？

邓肯心中一动，突然觉得这也很好——他同样对那些侍奉神明的神官很感兴趣。

"好，那就这么说定了，"他立刻点了点头，"正好你周末的时候要去博物馆，等你回来咱们就顺便去一趟教堂。"

"嗯！"

晚饭之后，妮娜如往常一样早早回了房间，邓肯也回到自己的房间中，并一眼看到窗台上艾伊懒洋洋的身影。

这鸽子在外面飞了一天，毫无收获地回来了。

邓肯随手关好房门，走向窗户，鸽子则在见到自己的主人之后，懒洋洋地举起翅膀打个招呼，发出生无可恋的声音："毁灭吧，赶紧的，累了……"

"你确实辛苦了，"邓肯一看这鸟半死不活的模样，就知道它这一天确实累得不轻，他上前解下鸽子背上的"邪教徒感应器"，安抚道，"这事确实不那么容易，毕竟他们都藏得很深，而且最近深海教会盯得很紧，他们肯定会更加谨慎……"

鸽子翻起眼皮，抖了抖翅膀，继续趴着不动弹了。邓肯一看顿时乐了："即便这样，今后这事儿还是得做……当然一次飞一天整确实有点强度过大，我给你安排得劳逸结合一点。"

他是决定将搜寻城内邪教徒当成现阶段的长期工作来做了，虽然在做了今天一单"大生意"之后，他对金钱的需求已经不那么紧迫，不必指望着依靠"打猎"来贴补家用，但找那帮邪教徒的麻烦本身还是颇有意义的。一方面，这样做说不定能从邪教徒中钓到大鱼，来满足自己的情报需求——更高一级的神官必然知道更多关于"太阳"的秘密，也有可能知道十一年前太阳碎片的更多情报。另一方面，还有个貌似野生的超凡狗和萝莉在城邦中活动，对方也在不断找太阳教徒的麻烦，而且她也可能知道一些超凡世界的秘密。邓肯想碰碰运气，看能不能再跟她谈谈有关幽邃深海以及幽邃恶魔的事情——在与莫里斯交谈过后，他现在可是对幽邃深海上空那层"星空"好奇得紧。

注意到邓肯脸上认真的表情，意识到自己将来被迫加班的命运，艾伊极为人性化地叹了口气。

"唉……"这鸟的语气中充满忧愁，"我们之间已经隔了一层可悲的厚障壁了……"

邓肯："……你词库还挺丰富！"

又一小撮从冷港搭乘私运船渗透进来的太阳异端被揪了出来，关押在港口区附近的教堂内。凡娜从教堂地下的监牢区返回，来到上层圣堂的休息室中，负责此处教堂的地区主教已经在房间中等待。

"凡娜审判官，"身材略显消瘦的地区主教向年轻的审判官行礼致意，"愿海浪庇护您的灵魂。"

"愿海浪庇护你的灵魂，"凡娜对主教回礼，随后迈着有些疲惫的脚步走向一旁的座椅，"仅仅在港口区，这都已经是第二批被投进监牢的太阳异端了吧？"

"是的，三天前我们就抓到十几个人——他们在尝试杀害一名市民的时候被及时发现并阻止，现在这是第二批，他们在公寓楼里举行黑暗仪式的时候引起了一名抄表员的警觉，"地区主教点点头，眼神中略有些忧虑，"不知不觉间竟有如此多的邪教徒渗透了进来……幸好我们发现得早，否则他们的黑暗仪式不知道要害死多少人。"

"普兰德是无垠海上的交通枢纽，而在过去四年一切风平浪静，这让很多人的神经麻痹了，"凡娜点点头，"不过……现在还说不准我们发现得算早还是算晚，那些提前抵达的异端，极有可能已经在暗地里活动了一段时间，只是最近才暴露出来。"

地区主教看了一眼审判官的神色，犹豫片刻后问道："听说其他地区也抓到不少人？"

"是的，几乎各个城区都有，"凡娜没有隐瞒，"现在几乎每座教堂的地下监牢中都关押着被抓到的太阳异端，少则几人，多则数十人……但大多是最底层的爪牙，为了打探情报而在城邦中活动，没经过多少训练，因而暴露得也很容易……真正的上层神官迄今为止还未被发现。"

凡娜在说到最后的时候，语气也不自觉严肃起来，脸上带着隐隐的担忧。自从这些异端教徒寻找"太阳碎片"的行动暴露，普兰德当局和教会方面便迅速反应了过来，在全城的隐秘场所展开了大搜捕，又积极发动市民进行举报、排查，这一系列行动的成果不可谓不丰厚——极短时间内，就有大量没来得及反应的邪教徒因行踪暴露落网，这些肮脏血腥的教徒如今塞满了各个教堂的地下监狱，其数量几乎达到过去四年在城邦内发现的邪教徒数量的总和。然而至今为止，落网的都只是喽啰而已，顶多有一些拿着"量产圣物"、刚刚接受过赐福的底层神官，那些真正的高阶力量至今还隐藏在幕后。

这让凡娜有些烦躁不安。

"每天都有成果，但始终抓不住他们的'主干'，这给我一种事态仍然在视线之外恶化的感觉，"她对眼前的地区主教说道，"如此大量的邪教徒在城邦内活动，不可能没有一个高阶指挥者在他们身后做统筹安排，但这个'指挥者'到现在还未曾现身。"

地区主教略作沉思，慢慢开口："根据目前的审讯结果，这些爪牙都只听从'使者'的调令，而所谓的'使者'就是一群基层神官，他们通过仿制的太阳面具直接聆听来自子嗣的声音……您说，会不会有一个太阳子嗣已经潜伏在城邦里面？"

"太阳子嗣潜伏在人类城邦里？说真的……逻辑上不太可能，"凡娜眉头微皱，"它们虽然有强大的力量，却也有明显的'存在痕迹'，污浊恶臭的气息根本藏不起来……城邦里到处都是教堂和巡逻的守卫者队员，理论上不该有'盲区'存在。"

"所以也只是猜测，"地区主教摇了摇头，"我也知道太阳子嗣很难在文明社会隐藏，但那些低级'使者'确实都随身携带着太阳面具，他们哪怕没有直接被子嗣控制，也肯定在一定程度上和太阳子嗣保持了联系……毕竟，量产圣物也是圣物，那些邪教徒也是要考虑行动成本的，他们不会做无意义的安排。"

凡娜曲起手指抵着下巴，在思索中突然开口："我看了昨天的审讯记录，那些异端主要是在打听十一年前发生在城邦中的超凡事件……他们认为那与太阳碎片有关？"

"现在看来是这样，"地区主教点点头，"虽然不知道他们的情报来源，但他们似乎坚信是太阳碎片引发了十一年前普兰德的那次'化工厂大骚乱'……我记得您当年也是……"

地区主教说着，突然停了下来，他看着凡娜左眼位置那道醒目的疤痕，微微低下头："抱歉，我失言了。"

凡娜下意识抬起手，拂过脸上的伤疤，但很快便淡然一笑，摇了摇头："没关系，一道疤而已，你说得没错，我也是那场骚乱的亲历者，这没什么不能说的。"

"那场骚乱中也有邪教徒的身影，当年事后抓捕的破坏分子中有多达百人是太阳异端，"地区主教沉声说道，"但现在渗透进城邦的太阳异端却又在打听十一年前的事件真相……就好像他们真的不知道十一年前这里到底发生了什么，您不觉得这很奇怪吗？"

"……要么，十一年前是普兰德城邦的太阳异端擅自行动，所以其他城邦的邪教徒并不知道这里的真相，要么……十一年前太阳碎片现身普兰德只是个意外，或者是某个第三方势力的手笔，而当年那些参与骚乱的异端只是被当了枪使，"凡娜淡淡说道，"根据当年的审讯记录，那时候被抓获的'破坏分子'们也确实都处于神志不清的状态。他们的疯狂失控不像出于本意，倒更像是被强大力量影响了。"

"……追逐扭曲诡异之物，又被诡异之力支配发狂，在浑浑噩噩中成为混乱之火的柴薪，最后被抛弃在灰烬中……"地区主教叹了口气，"真是可悲至极的人生。"

凡娜一时间没开口，她只是默默站起身，来到了休息室的窗户旁边。透过这里的窗户，她可以遥遥看到港口区的情况——整个港口的全面封锁已经结束，目前许多码头和栈桥已经重新投入使用，但一号码头仍然维持着最高等级的封锁状态。那艘漂亮而崭新的蒸汽船"白橡木号"仍然静静地停泊在栈桥尽头，按计划接受着不间断的监控以及每天一次的净化仪式。"白橡木号"上的船员们则已经转移到中央大教堂——作为近距离接触过"失乡号"的当事人，他们现在正接受最高等级的监控。

教堂地下关押着追随黑太阳的异端，港口上停泊着一艘接触过"失乡号"的"迷途归航之船"，还有一群近距离跟邓肯船长打过照面的海员住在中央大教堂里面……想想都让人头大。夕阳已经渐渐下沉，但还未到昼夜交替的时间，地区主教提前点亮了房间中的几盏油灯，摇晃的火苗倒映在玻璃窗上。凡娜收回了望向港口区的视线："我听说关于'异常099'的失控通告文件已经下发到港口区了？"

"是的，今天下午刚刚送到，您要过目一下吗？"地区主教一边说着，一边随身摸出了被叠好的文件，"不知为何，比预想得晚了一点。"

"给我看看吧，"凡娜伸手接过文件，借着窗口旁的夕阳余晖看起来，同时随口解释着，"晚一点是正常的——毕竟'异常099'的失控情况很特殊，它是在和那艘幽灵船的正面接触中挣脱封印的，各个城邦的主教们必须仔细权衡通告文件中的措辞和信息指向，以防这份即将分发到所有航路上的文件产生太多的'指向性联系'……否则这本应帮助船长们规避风险的东西反而可能把他们和'失乡号'联系起来。"

在夕阳临近的昏暗天光中，休息室内距离凡娜最近的一盏油灯突然跳动了一下，伴随着她随口说出的"失乡号"一词，油灯中的火苗发出了细微的噼啪声。

"失乡号"船长室内，正双手抱胸坐在窗前闭目养神的邓肯慢慢睁开了眼睛。他看了一眼熟悉的房间陈设，感知了一下身体的情况，微微舒了口气。现在，他将自己的主意识再次转移到了"失乡号"上，留在普兰德城邦的那具身体则留在古董店中，他正略显生疏地控制着那具躯体收拾一楼店铺，并将休息的牌子挂在门口。

船长寝室里的邓肯慢慢从椅子上站了起来，一边活动手脚一边看向不远处的书桌。他看到鸽子艾伊正在书桌边缘闲庭信步，此前送到这边的太阳面具则静静地躺在桌上，在透过窗户洒进来的夕阳余晖中，面具金色的表面泛着迷幻的色彩，仿若有虚幻的火焰在其金色纹路中流淌。

古董店前的邓肯店长挂好了"晚间休息"的木牌，转头与正好回家的一位邻居打着招呼，他脸上带着淡淡的微笑，与这位"老街坊"谈论着今天的天气以及最近的生意情况。古董店前的他表情有些僵硬，语速也略显迟缓，但邻居并未产生怀疑——一个前不久还沉溺在酒精中的烂赌鬼现在竟然认真生活，这已经足够让人惊讶了，相比之下一点点反应上的迟缓根本不算什么，被酒精搞坏身体的人还能精神到哪儿去？

船长寝室中，邓肯脸上露出一缕微笑，在控制着自己的"远程交互用外壳"完成一次社交尝试之后，他便随手拿起了那放在桌上的太阳面具。在普兰德城邦的事情还有很多，但入夜之后的城邦有严格的宵禁制度，在晚上时，自己那具人类躯体最好乖乖留在店中，以防引人注目——傍晚之后的时间，最好是留给"失乡号"上的"本体"。

他准备趁这时候研究研究此前从那个太阳神官身上拿到的面具。面具入手冰凉，似乎是纯金属铸造，拿着沉甸甸的，很有些分量。看着手中的金色物品，邓肯的思维突然活跃起来，他第一时间想的是这玩意儿是不是纯金的——如果是的话，那研究完之后把这玩意儿熔了说不定还能卖不少钱……虽然现在他在城邦那边暂时没了经济上的压力，但金钱这玩意儿在人类社会那是永远都不嫌多的，万一将来用得上呢？那帮太阳邪教徒身上的羊毛多种多样，可以用来套情报，可以举报来换赏金，还可以拿到与自己有缘的超凡物品……

这就叫立体化开发，可持续性"薅羊毛"。脑海里寻思了片刻，邓肯突然摸着下巴若有所思地感叹道："太阳教徒全身都是宝啊……"

正在散步的艾伊突然停了下来，歪着脑袋看了邓肯一眼，发出尖锐的女声："做个人吧，做个人吧！"

"你一个鸟没资格说我，"邓肯瞪了这鸽子一眼，紧接着便搓了搓指尖，准备召唤出灵体之火，先把这面具从里到外"清理一遍"，在掌握权限之后再对其进行深度"测试"。

一簇幽幽的绿色火苗在指尖燃起，邓肯正准备将火焰导入面具，却听到了一个模模糊糊的声音，那声音微弱缥缈，仿佛是在他心底耳语："……反而可能把他们和'失乡号'联系起来……"

邓肯的动作突然停了下来。

他看向旁边的鸽子："你有没有听到什么声音？"

鸽子想了想，拍打着翅膀跑调离谱地大声唱了起来："听……海哭的声音……叹惜着谁又被伤了心……"

"停停停……我就不该问你！"邓肯赶紧把鸽子摁住，心道自己跟这鸟的交流过程简直是量子态，说的跟听的都测不准。而在把鸽子摁住之后，他也立刻集中精神，尝试去追踪刚才那一声"耳语"响起时，自己心底浮现的短暂"感知"。他敢肯定，刚才没有幻听！刚才他听到了一个声音，一个年轻而沉静的女性声音！

而在那声音响起的同时，他也模模糊糊地感知到了一种"联系"，这联系比他和"远程躯壳"之间的联系要微弱得多，但绝对存在！邓肯将金色面具的事情暂且放在一边，又看了一眼仍在自己指尖静静燃烧的灵体火焰。

那微弱的联系，似乎也基于火的燃烧。

他微微闭上了眼睛，感知着这火焰带给自己的"指向感"，在随之而来的黑暗中，他似乎看到有一道微光在眼前浮现。那微光隐隐约约是个"窗口"，窗口中好像有人影在晃动，可他看不清，也听不清那窗口对面的情况。但即便如此，邓肯也在冥冥中感知到了火焰的指引。他睁开眼睛，循着黑暗中那道微光曾浮现的方向寻找着，直到看到了一面挂在房门旁边的镜子。

那只是一面普普通通的椭圆镜子，有着古朴暗沉的木质镜框，并不是什么超凡物品，就像很多平常人家里用的一样。但邓肯能感觉到，他的火焰现在需要一个介质，来增强这突然建立起来的微弱联系——联想到自己在黑暗中看到的模糊景象以及隐隐约约感知到的方位，镜子或许就很合适。镜子，在很多神秘学仪式中都占据着很重要的位置，它被视作"洞察"的象征，也能用于延伸心智的感知能力，用以观察原本不可见、不可知的真相。

邓肯来到镜子前，将手中的火焰触碰镜面。绿色的灵体之火宛若流水般在玻璃镜面上荡漾开来，一层微微泛着绿光的光影通道瞬间建立，下一秒，邓肯在黑暗中所看到的那个微光窗口便无比清晰地浮现于镜面上！

他好奇地凑了过去。微微荡漾的光幕中，他看到一个被灯火映亮的房间，有一位身材异常高大的女士正站在窗户附近，她在借着天光的余晖阅读着什么东西，丝毫没有察觉到正有一个目光透过她旁边的玻璃，观察着房间内的景象。

凡娜的目光扫过文件，逐字逐句确认着上面的内容。这是由各个城邦的主教们共同商议、拟定的通告，并由坐镇风暴大教堂的教皇冕下亲自审阅、核准，通告的商议过程在灵能共鸣的状态下远程完成，全程由女神注视并庇护，以确保通告上的文字在拟定过程中不会被任何异常、异象干扰。这种极其特殊的通告文件只有一个作用：告知每一位在无垠海上航行的远航者，有一个上位异常物已经脱离文明世界掌控。

这很有必要。

在无垠海上失控的异常物并不会永远消失在世人眼中，尽管深海会吞噬一切，却从不会吞噬落入其中的"异常"，那些脱离掌控的异常往往会以更加奇诡难防的方式游荡在文明世界的边缘，就像在牧场周围游荡的狼群般追逐、威胁着远航者的安全，几乎每年，都会有远航的海员因遭遇失控异常而丧命。而作为异常物的保管者和封印者，每一个教会都应在自己名下的异常物失控之后将情况告知所有可能会与其遭遇的船长们——没有人认为这会损伤教廷的"脸面"，因为这就是教会的责任和义务。及时通告失控情况，说不定就能在未来的某一天挽救一艘不幸遭遇异常的舰船，或让一个失控的异常物被重新封印、收容。

正常情况下，这种通告会在失控事件发生的二十四小时内下发至港口单位，但这份涉及"异常099"的通告晚了一些。因为这次失控事件不但涉及"异常099-人偶灵柩"，还涉及"异象005-失乡号"。教皇和主教们必须仔细斟酌文件中的内容，以确保在信息披露准确的同时，避免人们在阅读这份文件的时候引来"失乡号"的关注。凡娜面沉似水，逐字逐句地阅读着文件，确认着文件中的字句是否符合神圣的祷言结构，是否能避免"失乡号"上那位幽灵船长的注视。而在她身旁的窗户玻璃上，在她和地区主教都无法察觉的光影缝隙中，邓肯正使劲探着头瞄着文件上的内容。

幽灵船长大受震撼。

镜中所呈现出的视角似乎是基于一扇窗户，邓肯感觉自己是一个紧贴窗口的人，正透过玻璃观察着房间内的景象，而房间中有一位身材异常高大的年轻女性，她的侧颜看上去有些眼熟。略作回忆，邓肯便想起自己在什么地方见到过这张脸——这是那位普兰德威望正盛的审判官，凡娜·韦恩！她的身影曾出现在报纸上。

自己为什么会看到这样的景象？为什么会突然透过一扇窗看到这位风暴女神的信徒？某种隐秘的联系？这种联系又是什么时候建立起来的？为什么之前自己一直未曾察觉，此刻却突然感知到了这道无形的"线"？邓肯心中一瞬间冒出了无数的念头，但下一秒，他脑海中乱七八糟的想法便被自己视线扫到的一样事物给打断了。

他看清了镜中那位审判官小姐正阅读的东西。那是一份文件，用严谨的格式书写，纸面上印着风暴女神的神圣符号，开头第一句就是：兹通告无垠海上各船长及随行牧师、向导，"异常099-人偶灵柩"已于近日失控，至圣至明者见证，诅咒之物迷失于风暴中，现将此异常失控情况及其特征公告如下……邓肯慢慢瞪大了眼睛，他的视线越过凡娜肩头，看着那份文件中有关"异常099"的事情，看到了具备斩首威能的危险诅咒，看到了人偶灵柩的发源地，看到了"爱丽丝断头台"的相关记录……他的目光在惊愕中一路下移，于文件末尾又看到了"白橡木号"遇"袭"的记录。然而最后一句话的关键部分，却被审判官小姐高大的身影挡住，怎么也看不清楚。

邓肯在镜子前面左右探头，心里着急，便下意识念叨："往旁边让让，往旁边让让……"休息室中的凡娜突然感觉有一缕微风吹过耳垂，她下意识地看向旁边，看到窗户开着一条缝，傍晚寒凉的海风透过窗户吹了进来。房间中的几盏油灯火焰摇动，柔和的灯火驱散了夜幕临近时弥漫在天地间的恶意，也带给她一种格外安心的感觉。她将文件放在一旁，转头看向地区主教："收起来吧，城邦主教们的处置肯定是周密的，这东西很安全。"

地区主教点点头，一边上前收起文件，一边又扭亮了房间中的电灯，比油灯更加明亮的光芒驱散了昼夜交替时的昏暗："您今夜还要赶回中央大教堂吗？"

"瓦伦丁主教还在等我商议事情，"凡娜微微颔首，"最近一段时间，城邦中诸事不宁，我们可能需要进行一次大规模的祝祷活动来强化大教堂对整座城邦的防护。"

说着，她抬头看了一眼屋顶垂下的吊灯，吊灯中安装的灯泡让房间亮如白昼：

"……哎，如果电灯也能有驱邪的效果就好了，明明如此明亮，照明范围也远胜火焰……"

"谁说不是呢，"地区主教摊开手，"只可惜电力并无圣性。"

凡娜摇了摇头，没说什么，在向地区主教告别之后，她便迈步离开了这间休息室。

在凡娜离开之后，靠近窗户的一盏油灯突然微微摇曳，紧接着又恢复平静。镜中的景象渐渐消散了，绿色光膜褪去之后，玻璃上重新倒映出船长寝室内的事物。

刚才，在那位审判官小姐转头的一瞬间，邓肯还是看清了文件末尾的那行字——对他而言，那行字最有用的信息也就是几个词："异象005-失乡号"。

"'失乡号'的分类果然是'异象'……而且编号排名竟然如此之高。"他回到书桌前，若有所思地喃喃自语着，但紧接着又有些疑惑，"话又说回来，这编号到底是怎么排的？"

妮娜的课本中提到了许多异常和异象的编号、名称，也提到过这份"名单"以及名单背后的制定规则是源自古老的克里特王国，但那些异常、异象的编号具体如何确定、由谁确定，却语焉不详。里面只说是各教会拥有解释权及公布义务，并提到在正常情况下，越是靠前的编号便越是诡异、危险，或越有特殊的历史地位——最初邓肯还没细想，但这时候他却突然冒出了疑问。

这编号……是按照发现顺序排列的吗？如果是按照发现顺序排列的，那么历史只有百年的"失乡号"就不可能占据这么靠前的数字，毕竟这世界上有的是比"失乡号"古老的异象，理论上所有的上位编号肯定早就被占满了。可如果不按发现顺序排，而按照危险程度排列的话，岂不是这些编号就要时时变动？每当发现新的异常或异象，都要重新评估一遍其危险值，然后对整个"排行榜"进行校正，这就变成了一个大工程，而且使用起来也极不方便。

虽然课本上说异常和异象的危险程度不一定百分之百和排名正相关，但也明确提过，在绝大部分情况下，编号靠前的异常和异象都比靠后的要危险恐怖。这就有了一个很值得思考的问题：如果现有的异常、异象列表是较为稳定、轻易不改的，那么它的排列者就简直是个先知，他在列表的时候几乎要预知每一个异象和异象的"排名"，不但要在新的异常和异象被发现时准确赋予其位置，还要提前在表格中给未来会出现的强大异常、异象留下"空位"才行。

邓肯因看到"异象005-失乡号"这一表述而突然对这份"名单"及其背后的制定者产生了疑惑，但很快，他便把这些疑惑暂时放在一边。因为目前有件事比"超凡事物排行榜"背后的制定规则更加重要——爱丽丝，这个"谐门"的诅咒人偶竟然有那么大来头！

"我出去一趟。"邓肯随口对桌上的鸽子说了一声，迈步走出船长寝室。

海图室的山羊头听到房门动静，立刻吱吱嘎嘎地转过头，看到邓肯之后例行公事般开口："姓……"

"邓肯·艾布诺马尔——先别说这个了，爱丽丝在哪儿？"

"啊，伟大的船……"山羊头确认完名字之后刚想习惯性地"巴拉巴拉"几段，结果刚蹦出几个字就被船长堵了回去，憋得它脖子里嘎吱作响，好一会儿才反应过来，"您找爱丽丝小姐？她可能在自己的房间数头发呢……"

"数头发？"邓肯一愣，"她又添什么新毛病了……算了我自己去一趟，你继续开船就行。"

这话撂下之后，他也没等对方回应，扭头就开门，风风火火地离开了船长室，留下山羊头在海图桌上，一愣一愣地看着已经重新紧闭的门口。

"我都还没来得及多说点……"憋了半晌，山羊头终于反应过来，语气郁闷得不行，"我这打开话题的能力是不是减弱了……"

他话音刚落，就见到角落那扇通往船长寝室的门开了一条缝，鸽子艾伊大摇大摆地从门缝里挤出来，扑拉着翅膀飞到了桌子上。

"聊五块钱的？"鸽子歪着头，眨巴着小眼睛。

"好啊好啊，有个能陪我聊天的就行！"山羊头顿时愉快起来，他对自己的交流对象一点都不挑，"你想聊点什么？话说你真能正常说话吗？总感觉你……"

"整点薯条。"

"啊？"山羊头一愣，"不，我的意思是，你真能意识到自己……"

"整点薯条。"

"……如果你要聊的是海上美食的烹饪……"

"整点薯条。"

"你还能说点别的吗？"

"整点薯条。"

山羊头："……"

邓肯并没有关注自己离开之后船长室的动静，他径直穿过了上层甲板，很快便来到了甲板下的海员舱，在爱丽丝的房门前稍微整理一下思路之后，他伸手敲门："爱丽丝，是我。"

结结巴巴的声音很快从门内传来："请……请……请进……"

邓肯一听这动静就下意识挑了挑眉毛，接着一把推开大门。那身穿哥特长裙的人偶坐在床旁边的桌子前，正对着桌上的一面梳妆镜，她双手捧着自己的脑袋，一头银白色的头发如瀑披散——那头颅的视线转了过来，漂亮精致的脸上渐渐绽放开笑容……

想象这样一幅画面：在一艘嘎吱作响的幽灵船上，你推开了走廊最深处的一扇木门，昏暗的油灯在轻轻摇晃，摇曳的灯火中，身穿哥特长裙的无头人偶坐在梳妆镜前，人偶手中捧着自己的头颅，那头颅转向你，慢慢露出一个僵硬的微笑……

邓肯严肃道："你把脑袋安上。"

"啵儿。"

爱丽丝特听话地把脑袋按回了脖子，笑容灿烂地跟邓肯打招呼："船长晚上好啊！您找我？"

邓肯这才定了定神，狐疑地打量了这人偶好半天："你在这儿干吗呢？为什么山羊头说你在舱里数头发？"

爱丽丝左右活动了一下脖子，又用手指轻轻理顺稍有些杂乱的头发，脸上的表情显得有点尴尬："就是……看看头发还剩下多少。"

邓肯跟看弱智一样看着这个人偶，紧接着便注意到了桌子边缘的一样事物：那是一根不知道从哪儿翻腾出来的线轴，线轴上缠绕着几根银白色的发丝，发丝的来源显而易见……

邓肯面无表情："……"

爱丽丝则注意到了船长的视线，她立刻拿起线轴，一脸认真地跟邓肯解释："您看，这一根叫米菲，这一根叫珀利，这一根叫菲米亚，还有这一根，名字叫……"

邓肯大惊："你甚至给自己掉的每一根头发起了名字？！"

"留个纪念，"爱丽丝一脸郑重，郑重中又带着一点忧愁，"您不是说了么，我是个人偶，人偶又不会自己长头发……万一哪天掉完了，我还能拿着名单回忆下跟它们在一起时的美好时光……"

邓肯感觉自己的脑袋被这人偶弄得有点蒙，目瞪口呆半天，才憋出一句："我当时也就是随口一说，你不用往心里去吧……怪不得这两天你总待在船舱里，合着每天都在干这个？一边数头发一边给掉下来的头发起名字？"

爱丽丝人畜无害地点点头："嗯啊。"

邓肯绷着脸，半晌才叹了口气："好吧，回头我在城邦里给你找找，看有没有擅长这个领域的工匠能帮你……"

爱丽丝大吃一惊："您要把人绑了带到船上？"

邓肯瞪了她一眼："……我给你买几顶假发备用着！无垠海移动天灾跑人类城

邦绑架一个人偶师，这像话吗？”

“那移动天灾渗透到人类城邦买假发也不怎么像话……”爱丽丝下意识嘀咕起来，但刚嘀咕到一半便赶紧咽回去，“啊我不说了，嘿嘿……”

“别傻嘿嘿，”邓肯突然感觉一阵脱力，他摆了摆手，也终于想起自己过来这里的真正目的，“算了，让你一打岔正事都忘了——爱丽丝，你坐下，我来找你是有正事的。”

爱丽丝一看船长的严肃表情，就知道这不是开玩笑的时候，赶紧收敛了那讨好的笑容，一边把线轴收起来，一边飞快地在床边的木箱子上坐下——坐姿笔直，双手交叠于膝上，十分优雅端庄。邓肯则叹了口气，不知为何，他在爱丽丝面前总是很容易被破了定力——哪怕最开始来到这个世界，面对山羊头时也能保持冷漠淡定，附身到一个胸怀敞亮的祭品身上面对满地遗骸的时候也能绷住表情，唯有面对这个过于邪门的人偶时，他的心态就总是游走在崩与不崩的边缘。

仔细想想，这大概就是画风的力量——爱丽丝这个画风，属实很难让人绷住。他朝旁边勾了勾手指，房间中的一把椅子立刻吱吱嘎嘎地跑到了他身后，他在椅子上坐下，努力让自己的表情恢复阴沉威严，并注视着爱丽丝的眼睛。

“蕾·诺拉，这个名字你有什么印象？”

“蕾·诺拉？”爱丽丝眨眨眼，脸上毫无作伪，“没听说过啊……听上去是位女性？而且有一种优雅高贵的感觉……您的熟人？”

“理论上应该是你的‘熟人’，但你说不认识……好吧，我相信，”邓肯对爱丽丝的回答并不怎么意外，他接着问道，“那寒霜城邦呢？你熟悉吗？有什么印象吗？”

“寒霜城邦？在箱子里的时候听说过，好像是冷冽海上的一个城邦，还有个叫冷港的地方，是寒霜和中部海域的门户，”爱丽丝想了想，“不过具体的就不知道了，也就只听过名字。”

“那‘爱丽丝断头台’呢？”

人偶一脸迷惑：“爱丽丝我知道啊，我就叫爱丽丝——但断头台是什么？”

邓肯就这样连着提了好几个问题，得到的回应却大同小异，而这情况基本在他预料之中。

爱丽丝对这一切都稀里糊涂，就像见面第一天时她自述的那样，她根本不知道自己的过往，不知道“异常099”背后的真相，她不曾了解那座寒霜城邦，更没有听说过半个世纪前便死去的寒霜女王。

哪怕她的容貌与那位寒霜女王一模一样。

邓肯提出这些问题本就没指望得到多少正面答复，他只是想试试，看爱丽丝在听到这些"关键字眼"的时候会不会有什么特殊反应——现在测试结束了，人偶仍然是那个憨憨人偶。他相信这个胆子奇小的人偶不敢在自己面前伪装，她的智力应该也不支持她进行这种高端操作。所以……或许自己应该关注的不是人偶，而是"灵枢"？

邓肯的眼神慢慢犀利起来，他的注意力落在了爱丽丝那口华丽沉重的木箱上。那曾用来容纳人偶的华丽木箱仍然放在房间中，现在爱丽丝就稳稳当当地坐在它上面。爱丽丝很喜欢自己这口箱子，她把它当凳子和储物柜，有时候还会在里面睡觉——尽管房间里有正常的床铺。

"你把箱子打开，让我看看。"邓肯说道。

爱丽丝感觉有些疑惑，但还是很快从箱子上跳下来，并随手打开木箱。

邓肯上前看去，木箱中衬着柔软的红色天鹅绒，角落的地方堆着一点点杂物：有梳子，有缠绕头发的线轴，一面小镜子，还有几样金属制的小饰品。

"我从船上找到的，在别的舱室里，"爱丽丝指着箱子角落的杂物，小心地解释道，"我问过山羊头先生了，他说这些都是无主之物，我……我能收着吗？我觉得它们很漂亮……"

邓肯看了看那些陈旧的饰品。或许在一个世纪前，这艘船上也曾有人将它们佩在发梢，戴在胸口，那是"失乡号"曾归属人间的留证。

"送你了，留着吧，"邓肯点点头，不过，他的目光却突然注意到了杂物堆中的一件小物件，忍不住伸手将其拾起，"这东西……"

那是一枚小巧的发卡，精致得不像是会出现在"失乡号"上的事物，它形似一片银白色的羽毛，边缘又点缀着些许碎浪，虽然历经一个世纪的时光，但仍崭新如初——这一点与那些陈旧的物件截然不同。邓肯皱了皱眉，不知为何，在看到这发卡的时候，他心中竟隐隐有点……怀念。甚至有一个名字几乎要脱口而出。

但他始终回忆不起那个要脱口而出的名字是什么。邓肯眨了眨眼，他略有些错愕，不知这突然从心底浮现出来的感情是怎么回事，但渐渐地，他明白过来。就如他来到这艘船上的第一时间便知道了"邓肯·艾布诺马尔"这个名字……他刚才再次接触到了自己这具躯体中残存的"回响"！他低头看着手中的发卡，思索着这样一枚精致小巧的事物怎么会跟无垠海上最大的天灾产生"共鸣"，但很快，爱丽丝的声音便将他从思索中惊醒："船长？船长您……"

"抱歉，这个发卡不能给你，"邓肯回过神，对爱丽丝说着，紧接着补充道，"之后有机会我去城邦给你买些新的——这些东西都很旧了。"

"真的？！"爱丽丝顿时露出惊喜的表情，"船长您真好！"

"先别忙着夸了，"邓肯摇摇头，随手将发卡收好，"正事还没说完呢……爱丽丝，接下来我要跟你说一些事情，事关你的'本质'，你要认真听。"

在确认爱丽丝对所有的"关键词"都没有反应，且完全不知道关于"斩首"这一能力的情报之后，邓肯决定把自己刚刚掌握的情况告诉这个糊里糊涂的诅咒人偶。因为他这时候已经隐隐有了个猜想：或许"异常099-人偶灵枢"这一异常物的关键其实并非爱丽丝这个人偶，而是她的"灵枢"。

无垠海上风浪和缓，船舱在随着风浪轻轻摇晃，油灯摇曳不定的辉光中，幽灵船长缓缓讲述着人偶灵枢的前世今生——然后把人偶吓得缩成一团。邓肯面无表情地看着已经坐在床角，背靠着墙壁抱着脑袋的爱丽丝："你至于紧张成这样？"

"这……这听上去真的吓人啊！"爱丽丝语调都变了，就像个刚刚听完鬼故事的普通人类姑娘，"什么无差别斩首，什么范围内死光了才会停手，什么不断扩大领地范围……这这这……这我完全不知道啊！"

"我现在相信你是真不知道，"邓肯看了爱丽丝一眼，"但这确实是'异常099-人偶灵枢'的情报。"

爱丽丝扶着脑袋，脖子僵硬地看着邓肯："那……"

"所以我现在有两个猜想，第一，上述'斩首'事迹或许是你无意识间发动的能力，因为你本身是个异常物，你的力量极有可能只是个被动的范围特效，哪怕是你之前的'沉睡'状态，也不影响斩首效果的发生。"

邓肯说着，慢慢从椅子上起身，他来到那华丽的木箱前，用手中长剑的前端碰了碰那箱子。

"第二，人偶灵枢的'斩首'力量可能并非来自你这个人偶，而是来自你的'灵枢'。"

"灵枢……你是说我的箱子？"爱丽丝慢慢瞪大了眼睛，目光随着邓肯的动作落在床边的木箱上，这个后知后觉的人偶这时候才反应过来："你的意思是……"

"'异常099'的完整名字是'人偶灵枢'……换句话说，你和你的木箱加起来，才是完整的'异常099'，而我在第一次见到你的时候，下意识地认为你是其中的'主导部分'……因为那时候我还不清楚'人偶灵枢'这个完整的名字，"邓肯摸着下巴，一边思索一边说道，"现在仔细想想，'人偶灵枢'这个词……重点似乎就是后半部分？"

爱丽丝眨了眨眼睛，脑袋里运转了一番，终于一拍巴掌："哦！我是这箱子附带的！"

邓肯面无表情地看了这个缺心眼的人偶一眼："……你可以不用这么自豪。"

爱丽丝却仿佛没有听出邓肯语气中的揶揄，她只是心事重重地看了自己的木箱一眼，语气有点发愁："那这么说……我的箱子一直在给人'斩首'？可我在这里面住了这么久，也没觉得它如此邪恶危险啊……而且也没感觉到它有什么特殊的力量……"

"废话，你是整个'异常099'的一部分，你的感觉能参考吗？"邓肯皱起眉头，"而且你摸摸自己的脖子，我都怀疑这脑袋隔三岔五就掉下来的原因就是在这箱子里睡久闹的！"

爱丽丝顿时感觉船长说得对，表情变得复杂起来，但紧接着她又有点迷惑："可要这么说的话……'斩首'是我这'灵枢'的固有属性，那它都在船上放这么长时间了，怎么也没见它的能力发动呢？"

她这话一出来，便迎上了邓肯幽幽注视的目光，后知后觉的人偶小姐顿时感觉一股无言的压力"哐当"砸在脑袋上——她是在船上住了一阵子松懈了，这时候才突然回忆起来，眼前这位船长是个怎样的人物。邓肯就这么默默地注视着人偶，等爱丽丝缩成更小的一团之后才幽幽说道："这船上除你之外唯一的人形生物就是我，你的意思……"

"什么意思也没有！"爱丽丝差点要跳起来，赶紧一边摆手一边说道，"您听我狡辩，我是说这箱子……"

"我又没说要把你怎么样，"邓肯无奈地看着她，"你现在是'失乡号'的船员，我是你在无垠海上的保护者，你大可不必如此害怕——能不能好好坐着？这样显得好像我把你怎么样了似的。"

爱丽丝这才"哦"了一声，慢慢挪回到床铺边上。邓肯的心中却因为爱丽丝这一打岔有了别的灵感——是啊，不管人偶灵枢的主体到底是人偶还是"灵枢"，"异常099"都在"失乡号"上待这么久了，早已超出了它每一次进行"检定"的周期，而这个异常始终呈现出人畜无害的状态……显然，这是由于受到了压制。

那么压制它的，是"失乡号"，还是自己这个"船长"？邓肯低头看了看自己的双手。他知道，自己掌握着相当强大的力量，这力量不但让他完全占据了名为"罗恩"的邪教徒的人生，甚至强大到了可以让爱丽丝这个上位异常第一眼就瑟瑟发抖、让身为幽邃恶魔的"阿狗"夹起尾巴的程度。他尚不知这力量的本质是什么，但这不妨碍他渐渐对自己的特殊性有一定的认知。而另一方面，"失乡号"更是无垠海排名第五的异象——是"异象"，而非异常。

这意味着只要是在"失乡号"范围内，就有一个二十四小时不间断生效的"场域"，在不断对范围内的一切目标施加影响。有了"船长＋船"的压制，"异常099"自然是人畜无害的，但如果他真的按照计划把爱丽丝带到普兰德城邦去……那情况很可能就会失去控制。因此，他必须搞明白一系列的事情——"异常099"产生效果的主体到底是人偶爱丽丝，还是这口木箱？对"异常099"产生压制的到底是自己这个船长，还是"失乡号"？将爱丽丝和木箱分离的话，"异常099"的效果是否还会出现？如果产生压制效果的是自己这个船长，那这个压制距离又是多少？

他的思路延伸开来——如果产生斩首效果的是"灵枢"，那么自己将爱丽丝单独带到普兰德城邦是否就是安全的？如果"灵枢"是一个可以拆分出来的异常要素，那么自己的火焰是否也能对它单独施加影响？如果用火焰彻底支配这口箱子，是否就相当于控制住了原先不受控的斩首效果？就像用火焰去控制艾伊和黄铜罗盘？邓肯脑海中一大堆问题罗列着，而这些问题又渐渐形成了一套复杂的对照测试方案，但在方案的最后，他却沮丧地发现一件事：他缺乏许多进行测试的必要条件。

"失乡号"并不是合格的试验场，因为幽灵船的力量会干扰结果的准确性，他也没有合适的测试目标——因为"异常099"的斩首效果比较氪命（编者注：此处"氪"指"大力投入"的意思）……氪"测试者"的命。邓肯抬起头，看向正老老实实坐在床边的爱丽丝——人偶小姐正有些忧愁地看着自己最心爱的木箱，心中所有的纠结仿佛都印在脸上。似乎是注意到了船长的视线，爱丽丝打破了沉默，她低声说道："从我有意识的那天起……我就一直住在这口箱子里，它是我的床，是我的家，也是我的庇护所，睡在里面的时候，我会感觉很安全。"

邓肯没有开口，只是静静地看着眼前的人偶。

"我现在知道为什么那些人类会如此惧怕了，"爱丽丝伸出手，轻轻抚摸着她的木箱，"他们怕的是'我们'啊。"

"我原本正计划着在下次灵界行走的时候带你前往普兰德城邦，"邓肯沉声说道，"我在那边需要一个帮手。"

爱丽丝的眼睛似乎亮了一下，但紧接着便暗淡下来："啊，这可不太行……"

"计划推迟了，但并未取消，"邓肯的表情与语气都没有太大变化，"我们只是需要更多时间来确认你……'你们'的力量，掌握这个'斩首'效果的生效条件。陆地上的人类城邦都能通过各种取巧的办法封印甚至利用多种异常物，而这里是'失乡号'，我们能做的事情更多。"

爱丽丝疑惑地看了邓肯一眼，从船长平静深邃的目光中，她意识到这并不是一句安慰的空话。

"您有计划？"

邓肯想了想，抬起指尖，点亮一簇幽幽火苗。

"首先，我们可能需要一点小火。"

"船长，您确认这样真的没事啊？"爱丽丝紧张兮兮地看着邓肯手中的"小火苗"，两只手不断抓着衣服边的蕾丝装饰，"别把我房子烧了……"

邓肯手中托着一团灵体之火，一边在爱丽丝的"灵枢"旁边寻找着下手的地方一边无奈地回头看了这人偶一眼："我的灵体之火完全受控——难道你不相信我的力量？"

爱丽丝赶紧摆手："我信，我信……"

邓肯这才收回目光，定了定神。以现在"失乡号"上的条件，要对爱丽丝的"灵枢"进行完整测试是不太可能，但这并不意味着他就不能先做一些"前期研究"，在自己对灵体之火掌控愈发纯熟的现在，他已经隐隐约约摸到了一些利用这火焰来探究超凡之物内部秘密的门道。

他仍然不敢轻易将这火焰用在爱丽丝身上，但如果是用来研究她的木箱……那便另当别论。做了一番准备之后，邓肯终于慢慢伸出手去，让指尖的一簇火苗蔓延至那华丽木箱的表面。

火苗如同虚幻的倒影，悄无声息地沉入箱中。爱丽丝瞪大了眼睛，仔细观察着眼前的动静，在短暂的两三秒沉寂之后，她便看到一片幻影般的光焰突然在视野中爆发——灵体之火开始在木箱上燃烧，从里到外地燃烧！整个箱子眨眼间便呈现出半透明的质感，而在这似真似幻的景象中，熊熊燃烧的火焰开始飞快填充这箱子内的每一处细节，就仿佛在重构它全部的"骨架"结构！

"哎，船长船长，烧起来了，烧起来了！"

人偶大惊小怪地咋呼起来，但她的咋呼却没有得来回应——邓肯此刻已经将注意力都放在了对火焰的操控以及对"灵枢"的感知中。他表情肃穆地注视着眼前跳动的火焰与虚幻的木箱，耳边传来的爱丽丝的声音缥缈得仿佛来自另一个世界。

邓肯的心神渐渐沉静，他感觉到周围越来越安静，连无垠海上永不休止的风浪似乎都远离了自己的感知，他感觉到自己的力量渗入了一个极为广阔的"地方"，而越来越多的"感知"正在通过火焰建立起来的通道传入自己的意识中——这与他之前用火焰改造太阳护符时的感觉截然不同！非要类比的话，用火焰改造太阳护符给他的感觉就好像是接满一个水杯般轻松，而此刻他却感觉自己的火焰在汹涌不断地注入一片大湖，两者的体量完全不在一个层级。这就是人工量产的超凡物品和排名 099 的异常物之间的差距？

邓肯心中有所明悟，而就在这闪念间，他突然感觉火焰的联系终于达到某种顶峰——力量的传递骤然间变得如河流般顺畅，紧接着，汹涌的"记忆"便涌入头脑！

海浪声……海浪在拍击着陌生的海岸线，冷冽的寒风在吹过高墙，巍峨的墙垒在远方伫立着，模模糊糊仿若冰封，还有人群……晃动的，昏暗的，仅有轮廓的人群……

邓肯的视野飘浮在某个地方，似乎是距离地面两三米的空中，他惊愕地环视四周，却只看到陌生的城邦与海岸线上的高台，他看到高台周围聚拢着数不清的黑影，那似乎是影影绰绰的人群，但一个都看不清楚。嗡嗡隆隆的声音从四面八方传来，那好像是人们窃窃私语的交谈声，却出奇响亮、嘈杂，邓肯努力分辨着，最后发现那根本不是人们交谈的声音，而是数不清的"心声"——是头脑中纷繁错乱的念头，是紧张压抑气氛下的自言自语，是对神明的祷告以及在恐惧中的哀求。

那些"黑影"没有开口，但他们的声音却如风暴般席卷海岸高台。

邓肯心中一动，突然回过头去。在远方苍白又昏暗的天光映照下，他看到一个高耸的事物。

一座断头台——它锐利的刀锋在昏暗中泛着冰冷的光。

通过脑海中仅有的那点历史知识，联想到"异常099"背后的起源，邓肯已经意识到自己在什么地方了。他看向那断头台下方，似乎随着他的认知渐渐稳固，断头台下一个模模糊糊的身影也迅速变得清晰起来。他看到了那位女王，那位在半个世纪前被叛军处决的寒霜女王——她银发如瀑，淡紫色的眸子在昏暗中仍然明亮，她在寒风中穿着略显单薄的衣裙，却咬牙让自己的身体没有丝毫颤抖。

她果然有着和爱丽丝一模一样的面容。

邓肯心中泛起一些古怪，他看着那位与爱丽丝有着一模一样容貌的女士，尽管知道这才是历史上的"正体"，却仍忍不住在脑海中先入为主地浮现出了船上那个活蹦乱跳的人偶形象。而下一秒，一个突然不知从何传来的声音又打断了他的思绪——"你的时间到了，寒霜'女王'。"

这个声音冰冷又遥远，却仿佛穿透了历史的帷幕般在断头台旁响起。下一秒，邓肯看到断头台旁突兀地浮现出了两道幻影，那两道幻影来到寒霜女王身旁，似乎想要按着女王的胳膊令她跪倒在断头台下。然而女王的身姿岿然不动，那两道高大的幻影竟如孩童般羸弱无力。邓肯听到，周围嘈杂的声音骤然变得比刚才还要汹涌，那数不清的黑影纷纷晃动起来，中间甚至夹杂了一些清晰的喊叫——之前那个冰冷又遥远的声音又响了起来，这次似乎多了一分愤怒："安静！维持刑场的秩序！"

更多的幻影在断头台周围浮现出来，寒霜女王终于被压制到那森寒的刑具之下，她跪倒在冰冷的尘埃中，却仍然抬起头，平静地注视着远处城邦的高墙。而在她的脖颈上方，锋利沉重的刀刃伴随着吱吱嘎嘎的绞盘声开始渐渐上升……

邓肯皱了皱眉，尽管知道这只是历史记录下的幻影，但在看着"爱丽丝"那张脸的时候他还是下意识地向前迈步，想要伸出手。但就在他刚有"动作"的瞬间，那断头台下的寒霜女王竟突然微微转动了一下头颅——她注视着邓肯所在的方位，注视着在她所处的时空中本应空无一物的地方，她张了张嘴，清晰又轻声地说道："无论您是谁，请不要污染历史。"

邓肯惊愕地停了下来，而紧接着，他更加惊愕地听到了断头台旁边有人在惊叫："你在跟谁说话？！"

寒霜女王却已经收回视线，她仿佛突然想明白了什么，原本冰冷的面容上露出一丝释然的微笑，她转过头，似乎是在对着身旁的行刑者说道："动手吧，在太阳落山之前。"

断头台猛然下坠。无边无际的黑暗突然从四面八方汹涌而至，历史的幻象被撕裂成四分五裂的光影，邓肯感觉自己与"这里"的联系正在飞快变弱。他知道，这一幕"回响"已经到了尾声，而在不断崩裂远离的幻象中，他仍能听到一些嘈杂破碎的声音，那些声音忽远忽近，他只能模模糊糊听到其中几个片段——

"……寒霜女王已死，我们斩断了'失乡号'回归现实世界的渠道……"

"……蕾·诺拉妄图建造第二艘'失乡号'……她与亚空间的阴影勾结，证据确凿，死有余辜……"

"……新的执政官会很快重塑秩序，所有与'潜渊'探索计划有关的资料都将被销毁……积极举报者尚有机会得到宽恕……"

"全力追击叛舰'海雾号'及叛逃海军……生死勿论……等等，什么声……快离开，这里要塌了！"

惊呼声，喊叫声，巨物断裂坍塌的巨响，呼啸汹涌的海浪……邓肯猛然脱离了这无边无际的黑暗，如同从一场深潜中返回海面。在黑暗的最后，他听到的是轰然而至的一连串巨响，听上去仿佛整片山崖从海岸线上坍塌落入了大海。

他亲眼见证了一段历史，又听到这段历史在黑暗中坠入虚无，他在历史中见到一个幻影，那幻影请求他不要污染历史。

他慢慢睁开眼睛，看到熟悉的船舱，听到熟悉的海浪声。他还看到那熟悉的人偶坐在床头，正把脑袋"啵儿"一下拔掉，又"啵儿"一下塞回去，玩得不亦乐乎。

邓肯："……？"

第十四章
篡火者

邓肯面无表情地看着爱丽丝，仿佛在看一个智障。

他头脑中那段来自历史的回响还未完全散去，半个世纪前寒霜女王那冷静又仿佛看透一切的目光仍然盘踞在他的脑海。可这令人思绪纷杂的残像现在迎面"怼"上了爱丽丝这个有智力缺陷的人偶，并在她"啵儿啵儿啵儿"拔脑袋的动静中渐渐变成"谐门"的模样。

看了半天后，邓肯终于忍不住了："……你在干什么？"

"啊！船长！"爱丽丝这才后知后觉地反应过来，赶紧一手扶着头，看向邓肯，"哦，我总感觉有几根头发夹在脖子关节里面……"

邓肯面无表情："你再拔两下就又该给新头发起名字了。"

"我已经起好了啊！它们要是掉了就叫威廉姆斯一家……"

邓肯费了很大力气才控制住自己的表情，并克制着把这个人偶扔出船舱的冲动。过了几秒钟，他才长长地叹了口气，心绪渐渐平静。平心而论，爱丽丝的出现确实给死气沉沉的"失乡号"带来了一点欢乐的气氛，但有时候实在乐过头了……连山羊头都经常无法跟上这个人偶的节奏，邓肯更是搞不明白这家伙的脑壳里是个什么结构。

说不定是实心的。

邓肯的目光扫过爱丽丝，心中不由得又回忆起自己之前在那片黑暗空间中所见到的……"残响"，他的表情严肃起来，那残响中所见的细节让他眉头微皱。他可以肯定，那就是传说中在半个世纪前被叛军处决的寒霜女王蕾·诺拉，是关于"异常099"背景资料中所提到的爱丽丝这个人偶的"原型"。他见到了那"处决"的现场，而其中的契机，就是源自眼前的"人偶灵柩"。

灵体之火让他和"灵柩"间建立了连接。但那些画面的本质是什么？是"灵柩"在有意识地告诉他一些事情？是一些被动记录下来的"影像"？是"异常099"的记忆？是真实的历史片段，还是存在一定扭曲、修正的"幻象"？他脑海中浮现出了那位年轻女王望向自己的冷静目光，回忆起了对方的轻声请求——"无论您是谁，请不要污染历史。"

这句话是对谁说的？真的是对自己说的？这句话真的跨越了时空？还是说，这仅仅是"灵枢"所勾勒出的幻象，在根据自己的"造访"做出一定反应？而且在女王说完这句话之后，断头台下还有个略显惊恐的声音，在问她是在对谁说话……

这连续的场景如此真实，甚至真实到让人有些不寒而栗。至于"残响"的最后，黑暗中传来的那些声音，同样让邓肯格外在意。寒霜女王被叛军处决，其"罪名"之一，竟然是"妄图让'失乡号'进入现实世界"以及"建造第二艘'失乡号'"，还有一个"潜渊"计划，似乎也是导致那位女王众叛亲离的原因……可这些事情，他从未听山羊头提过！

山羊头是经常向他念叨一些"'失乡号'的伟大事迹"的，比如在哪条航路上吞噬了多少多少船只，在哪个城邦引起过多么巨大的骚动。虽然他的话十句里有八句都不怎么可靠，但如果真有一位城邦统治者曾与"失乡号""勾结"，那他肯定早就说出来了——没事都要硬编三千字，何况这么大的事儿！除非……这件事是假的，只是叛军给女王编造的罪名。

"船长？船长您没事吧？"爱丽丝的声音突然从旁边传来，打断了邓肯的胡思乱想。邓肯轻轻呼了口气，将脑海中纷纷乱乱的思绪强行压下去。他看了爱丽丝一眼，想要从这家伙身上找到一点"寒霜女王蕾·诺拉"的影子，但很快便摇了摇头："没事，我刚才看到了'灵枢'中保存的一点'记录'。"

"记录？"爱丽丝好奇地睁大眼睛，"是什么样的记录？"

"半个世纪前寒霜女王被斩首的一幕，"邓肯淡淡说道，"我见到了她——确实与你一模一样。"

爱丽丝立刻下意识地摸了摸脖子，人偶小姐不知道是该感觉紧张还是该感觉此事平平无奇，纠结了半天才终于憋出话来："难不成我真的是那位寒霜女王？被斩首之后没有死，反而被超凡力量影响变成了现在这副模样？"

邓肯想了半天，实话实说："如果你不说话，不活动，就安安静静躺在这口箱子里，我真的会这么想。"

爱丽丝反应了一下，没反应过来。不过她很快便把这点疑惑甩在脑后，转而很认真地看着自己的"灵枢"："那您用……'火'烧过它之后，它有什么变化吗？您成功控制住它了吗？"

邓肯这才把注意力重新放在那木箱上，并仔细感知着自己与这木箱间残留的联系。

火已褪去，然而火留下的痕迹长存，在无形的感知中，他能清晰地"看"到自己留在这"灵枢"中的印记，感觉到自己与它之间丝丝缕缕的关联。这有些类似他和那变异太阳护符间的联系，却又更加复杂、更加微妙。抛开这"灵枢"中所记录的信息带给自己的巨大谜团，他确实成功和这东西建立了联系，然而和结构简单的太阳护符不同，他对如何控制这"灵枢"毫无头绪，他甚至感觉不到这东西存在"控制"的选项。

他只能确定一点：这"灵枢"现在很安稳，很……"驯服"。在火焰拂过之后，它似乎已经完全"驯化"了，就好像……"失乡号"的一部分一样。"我不确定，或许我们需要做进一步测试才能知道它是否已经安全，然后还需要更多的测试来确定'斩首'这一效果到底是源于"灵枢"还是源于你，"邓肯摇了摇头，"不过就目前我感觉到的，它现在很'服帖'，就像'失乡号'上的其他物品一样……"

一边说着，他一边转头看向身旁的人偶："现在的关键是你，你感觉有什么异常吗？"

爱丽丝好奇地指了指自己："我？我没有啊，您为什么这么问？"

"你和你的木箱本是一体，你们加起来才是'异常099'，现在我用火焰篡夺了'灵枢'的权限，你这个人偶或许会受一定影响，"邓肯很认真地看着爱丽丝，他知道这人偶反应慢，也就渐渐习惯把话跟她说透，"活动活动自己的身体，有什么不对劲的告诉我。"

爱丽丝这才后知后觉地反应过来，赶紧起身检查着自己。她绕着房间跑了两圈，又原地跳了跳，最后回到木箱前，向自己的木箱勾了勾手指头。

木箱纹丝不动。

"它……它……它不听话了！"爱丽丝大惊，终于发现了大问题，"原先我只要一下令它就会飘起来的！"

邓肯心中一动——在爱丽丝对木箱勾指的时候，他似乎确实感觉到"灵枢"有了一些响应，但是……这"灵枢"在等待他的命令。他眉毛跳了一下，突然有点尴尬："可能……是因为在接触过灵体之火后，这'灵枢'已经将我视作了更高一级的'主人'。"

爱丽丝目瞪口呆地看着眼前的船长，表情肉眼可见地委屈起来。

"不过没关系，我可以解除对它的限制，"邓肯一看人偶这委屈巴拉的表情就顿觉更加尴尬，赶紧挥了挥手，"它仍将听从你的命令。"

爱丽丝愣了愣，又扭头对自己的木箱勾了勾手指——这一次，她终于看到木箱再次响应了自己的命令，就如往常一样。人偶小姐笑逐颜开，让木箱落回地上之后，立刻扑上去抱着它的盖子："太好了！我还以为你以后都不听话了！"

邓肯表情微妙地看着情绪飞快完成切换的人偶小姐，憋了半响才冒出一句：

"有时候……我真羡慕你这豁达的人生态度。"

爱丽丝听到船长的话之后一怔，反应了半天，又没反应过来……

"算了，你开心就好，"邓肯叹了口气，"你确认自己身上没有不对劲的地方？"

"没有，"爱丽丝低头看看自己，"一点不舒服的地方都没有，而且……反而感觉比以前更好了？"

"比以前更好？"

"说不上来，就是觉得……身体很轻松？还有一种踏实安心的感觉？"爱丽丝想了想，努力寻找词汇描述着自己的感受，"就有点像以前躺在箱子里时的那种安心感，但现在我站在箱子外面，也感觉同样安心……"

人偶一边说一边思考，最后不等邓肯帮她分析，她已经颇为豁达地一摆手：
"无所谓了，反正不是坏事！"

爱丽丝非常坦然地接受了自己的箱子已经被改造成"失乡号"零件的事实，然后飞快地把关于寒霜女王蕾·诺拉的事情抛在了脑后——豁达的程度让邓肯望尘莫及。

按照人偶小姐自己的说法，她之所以如此坦然，是因为这一切对她而言都算"身外之事"。

"反正我现在就住在这艘船上，今后也不打算离开，箱子变成'失乡号'的一部分也没什么大不了的，寒霜女王的事情就更简单了——我都不认识她，"爱丽丝重新坐在了自己的木箱盖上，脸上带着愉快的笑容，"我不知自己是不是她，也不知道她曾经是个怎样的人，反正这都是半个世纪前的事……历史的，就归历史吧。"

"你心宽就好。"邓肯静静地看着爱丽丝那淡紫色的眸子，良久，他轻轻点了点头。

到最后，他还是没有向对方提起那回响中的"细节"，没有提起寒霜女王蕾·诺拉在被处决前突然对自己说的话。毕竟即便提了，这人偶也肯定什么都不知道……她现在这样无忧无虑，倒也挺好。

"就这样吧，现在我们已经对你的'灵枢'有了初步的了解和掌控，但对于'异常099'的斩首效果是否也一并得到控制，之后有机会还要做一些测试，"邓肯轻轻呼了口气，"我先走了。"

"哎，船长您慢走！"

离开爱丽丝的房间，邓肯回到了甲板上，他满腹心事慢慢向船长室走去，一边走一边整理着目前遇到的问题。

他本是要查明"异常099"的"斩首"力量是否可控的，但到最后也没能解决这个问题，却意外触及了半个世纪前的一桩旧事……被叛军处决的寒霜女王，与

"失乡号"勾结的指控，以及某个神秘的"潜渊"计划。这些东西在他脑海中盘旋着，久久消散不去。除了这些之外，还有件事也让他很在意。

邓肯伸手从怀中取出了一样东西。那是一枚小小的发卡，造型宛若被海浪包围的银白羽毛，无论如何，这都不像是粗犷的男性海员拥有的东西。在自己看着它的时候，会感到一种遥远而模糊的怀念情绪，这发卡……似乎对真正的"邓肯船长"而言有着特殊的意义。邓肯心中满是疑问，但他知道，不能直接向山羊头询问。他收好发卡，就这样心事重重地返回了船长室。山羊头仍然在兢兢业业地控制着船只，不过让邓肯意外的是，本应留在寝室里待命的鸽子艾伊，竟然也跟他在一起。

那鸟正趾高气扬地站在山羊头的犄角上，嚣张无比地用山羊头的脑门磨着自己的嘴壳子。邓肯开门进屋就看到了这一幕，顿时好奇地问了一句："你们什么时候关系这么好了？"

鸽子拍拍翅膀，高冷地没有开口。山羊头则吱吱嘎嘎地把脑袋转了过来，黑曜石磨制的眼睛直勾勾地看着邓肯："伟大的船长啊……您下次带着艾伊灵界行走的时候能不能顺便弄点薯条回来？"

邓肯一愣："……你怎么也开始来'整点薯条'这套了？"

山羊头的声音几乎有点颤抖："求您了，整点薯条吧……就当是为了让您的鸽子闭嘴……"

邓肯目瞪口呆地看着鸟跟羊的组合，半晌才隐隐约约猜到发生了什么，顿时一乐："你终于遇上天敌了啊？"

"我换了七十六个话题！七十六个！穷尽毕生所学，纵贯千年历史，从诗词歌赋到煎炒烹炸，从众神祭祀到母猪养殖！但得到的所有回应都是'整点薯条'！"山羊头那声音听着都有点崩溃，"您平常到底是怎么跟这只鸽子打交道的？"

"简单，少跟它说话就行，你不跟它说话，它自己就会很快安静下来，"邓肯一摊手，"我猜你做不到。"

山羊头想了想，一声叹息："……那您回头还是整点薯条吧。"

邓肯不置可否，只是对艾伊招了招手，鸽子便立刻扑棱棱飞过来落在他肩膀上，随后他才在自己的椅子上坐下，并转向山羊头貌似随意地说道："寒霜城邦半个世纪前的统治者，寒霜女王蕾·诺拉——你有所了解吗？"

"寒霜女王？半个世纪前被叛军处决那个？"山羊头愣了一下，"倒是听说过这件事，说起来几十年前咱们好像还在那附近跟他们打了一仗来着……不过除此之外也没更多交道了。您怎么突然提起这个？"

邓肯平静注视着山羊头的眼睛，他知道，这位"大副"没有说谎，山羊头真的不清楚那位寒霜女王的事情，"失乡号"并没有和那座寒霜城邦有过联系。非但没有联系，"失乡号"当年甚至还和那座城邦的守卫部队产生过冲突——就像和其他城邦、其他航路的舰船发生冲突一样。既然在山羊头的记忆中，"失乡号"从来都不是寒霜城邦的盟友，那就说明半个世纪前叛乱安在寒霜女王头上的罪名完全是虚构的。当然，现在下这个结论也可能过早了点，毕竟是一桩半个世纪前的旧事，被掩埋的历史中可能还有很多曲折的细节，而他这边只有山羊头的一面之词，这位大副或许只是实话实说，但他所知的也不一定就是全部的真相——只是这些都不重要。

邓肯现在也没有要为半个世纪前的寒霜女王翻案的意思，他只想知道跟"失乡号"以及爱丽丝有关的事情。

"你知道吗？爱丽丝的容貌和半个世纪前的寒霜女王一模一样——所谓的'异常099'，极有可能就是被处决的寒霜女王受到无根海诅咒之后诞生的，"他用手指逗弄着肩膀上的鸽子，一边随口说道，"而那位寒霜女王当年被叛军处决的最主要'罪状'，就是与'失乡号'勾结。"

山羊头一下子愣住了。

邓肯可很少看到这家伙会愣住的。

"跟'失乡号'勾结？！那些城邦中的愚蠢人类连背叛自己的君主，都必须要编造个如此可笑的理由吗？"过了好几秒钟，山羊头才终于大声嘲笑起来，他显然觉得此事可笑至极，"您别怪我嘲笑得太大声，实在是那些人类过于愚蠢又软弱，他们怕是连出门摔个跟头都要怪罪到'失乡号'的诅咒上！这'罪状'编造得实在是过于离谱了！"

说到这他顿了顿，才接着说道："不过您说爱丽丝小姐长得很像那个寒霜女王？这还真是……不可思议，如果爱丽丝小姐真的是那位寒霜女王转化而来……那这件事可就充满讽刺喽。"

"是啊，如果她们真的存在这种联系，可真充满讽刺，"邓肯向后靠去，以一个舒服的姿势靠在椅背上，"寒霜女王生前从未与'失乡号'联系，却被叛军安上了一个勾结'失乡号'的罪状，半个世纪后的今天，爱丽丝真的成了'失乡号'的船员——那群叛军当年硬按上去的罪名倒是跨越时空成真了。"

"怪不得您一回来就急匆匆地去找爱丽丝小姐，原来是找到了关于'异常099'的关键情报，"山羊头立刻开始拍马屁，"真不愧是伟大的邓肯船长，您的每一次出行都必有收获！这就让我想起一位航海家说过的一句话，也可能是个……"

邓肯立刻瞪了这山羊头一眼，随手把鸽子从肩膀上拿下来放在山羊头面前："你俩聊吧。"

山羊头："……？！"

……

普兰德城邦，中心大教堂内，凡娜将一份刚刚签署好的文件递给自己的随从："将这份文件送交西部教堂——这是最后一份搜查令了。"

年轻的守卫者战士接过文件："是，审判官。"

凡娜轻轻呼了口气，活动着因为文书工作而略有些僵硬的脖颈，感觉跟笔杆子打交道比挥舞巨剑与异端作战还要令自己疲累。

桌子边缘，油灯正在静静燃烧，铜制熏香炉中冒出了袅袅青烟，这两样东西是在夜间处理文书时必备的防护措施——哪怕是在神圣的大教堂内，该有的防护还是要有的。

"希望今天晚上别再有更多麻烦事了。"

年轻的审判官小姐一边伸着懒腰一边忍不住咕哝着。就仿佛是为了回应她的这一句咕哝，凡娜话音刚落，一阵急促又尖锐的钟声突然从教堂主楼的方向传来！刚拿上文件还没来得及离开房间的守卫者战士听到这钟声顿时停下脚步，他疑惑地看了一眼窗外，又看向自己懒腰刚伸到一半的上司："夜间讯钟鸣响……发生什么事了？"

"是召集聆听的钟声，"凡娜迅速分辨出了钟声所传达的信息，表情一下子变得严肃起来，"七次连续短鸣，来自'无名王者陵墓'……难道是发现了新的异常或异象？"

晚间讯钟响了三遍，而在第三遍响起之前，凡娜便已经来到大圣堂中。老主教瓦伦丁已经在此等候，这位德高望重的老人身披黑色的神官长袍，正静默伫立在风暴女神葛莫娜的圣像前闭目祷告，他听到了有人踏入圣堂的声音，没有回头，便知道来者是凡娜。

"凡娜审判官，"瓦伦丁沉声说道，"风暴大教堂发来了召集聆听者的命令。"

"风暴大教堂直接发来的？！"凡娜吃了一惊，她快步来到圣像前，让自己全身置于灯火的辉光中，"难道不是发现了新的异常或异象吗？"

"如果仅仅是发现了新的异常或异象，讯钟不会连响三遍，"瓦伦丁摇了摇头，"是'墓室'那边的守墓人直接传来消息，说无名王者之躯有异动，虽然尚不清楚他要传达什么信息，但似乎……是已有的名单正在发生变化。"

一边说着，这位老主教一边转过头，静静地看着凡娜的眼睛。

"这次我们需要派一名聆听者进入墓室内部，直接从无名王者之躯那里听取情报，目前轮值墓室的是深海教会，聆听者将从风暴女神的追随者中选出——具体人选还未定下，我和你都在待选名单内。"

凡娜定了定神，冷静地问道："我们什么时候出发？"

"现在，"瓦伦丁点了点头，示意凡娜跟上，他走向女神圣像身后，而一扇绘刻着诸多神圣符号的门扉已经敞开，露出了门后深邃的甬道，"灵能通道已经准备好了。"

凡娜向葛莫娜的圣像躬身行礼，随后转身跟上了老主教的脚步。他们穿过那扇门，又穿过长长的甬道，在摇曳的灯火照耀中，两名虔诚的信徒抵达了这座古老教堂的最深处——一间特殊的密室正位于甬道尽头。

这是一间不大的房间，与教堂主体的水泥和砖块结构不同，这小小的密室全部由石块砌造而成。灰扑扑的不规则石块严丝合缝地堆砌成了房间的墙壁和屋顶，房间中央的地面则是一个凹陷下去的火塘，噼啪作响的火焰在那石坑中熊熊燃烧——但火焰底部却看不到任何燃料，就仿佛这火是自空气中凭空凝聚。除了房间中央的火焰，整个密室中没有任何其他家具或陈设，唯有不知从何而来的、细微的流水声不断从四面八方响起，四周的每一面墙壁都显得湿漉漉，连房间的地面都仿佛随时有细小的水流在流动——这给人一种感觉，石砌的小屋并非大教堂中的某个房间，而是……一间位于海底的浸水的洞窟。

凡娜并非第一次来到这间密室——作为城邦中地位与主教平等的"审判官"，她也有权使用这里的"灵能通道"，这间看上去不起眼的房间正是构筑灵能通道的"端口"。每一座城邦的中心教堂中，都有类似的设施，每一个教会也都有类似的技术——风暴女神的神官们使用的是这样的"浸水洞窟"，死神的神官则在"苍白墓室"中构筑彼此联通的路径。这些看似阴沉压抑的设施实则有着神奇的作用：它们能将使用者的精神剥离，并送入一个庞大而彼此互通的灵能空间，不管这些城邦之间相距多么遥远，不管无垠海上的风浪如何汹涌，都不影响这种互联。

这是在众神赐福下实现的奇迹，它让无垠海上相距甚远的教会分部能够及时进行通信。而在更加古老的时候，在远洋舰船还不像现在这么可靠的年代里，这甚至是许多城邦之间维持通信、确认彼此存活的唯一途径。

密室的门缓缓关闭了，那扇漆黑沉重的金属大门发出沉闷的一声响动，两扇门扉上复杂的符文随之飞快游走，如同活物般彼此纠缠、啮合，将整个房间完全密封起来。凡娜与瓦伦丁一同站到了密室中心的火塘旁边，他们低下头，注视着那跳跃的圣洁火焰，默默念诵风暴女神葛莫娜的圣名。虚幻的水流声连续不断从四周传来，并随着圣名念诵而越发响亮。渐渐地，那水流声汇聚成了浪涛，甚至发出轰鸣，而一种潮湿的气息则充斥着整个房间，在越来越重的潮湿气息中，凡娜看到地面的涓涓细流骤然化作翻腾的波浪，并开始迅猛地上升。

她注视着房间中央的火焰，火焰一如既往，在上升的波浪中熊熊燃烧。

凡娜闭上了眼睛，任凭那虚幻的海水将自己完全浸没。冰冷的触感迅速消散了，她再度睁开眼睛，看到的不再是浸水洞窟般的岩石密室，而是一片极为宽广的混沌空间——这似乎是一个广场，近乎无边无际的广场。广场古朴而浩荡，又有许多宏伟的立柱在视线的尽头，那些立柱顶端皆呈现出支离破碎的模样，其顶部仿佛碎裂、消散在遥远的天空中，浑浑噩噩的光流笼罩着广场上方，在那光流深处似乎隐藏着什么东西，却绝非凡人的目光所能穿透。

凡娜定了定神，她看到广场上已经伫立着许多人影——都是一些仅有轮廓的黑色虚影，虽然看不清面目，但通过每个身影上传来的熟悉气息，她可以确认这些都是风暴女神的虔诚圣徒——是来自各个城邦，各个移动教堂，甚至风暴大教堂的圣徒们。

只有"圣徒"，才能成为备选的"聆听者"——因为有些"声音"，只有强大的圣徒才能在保持清醒的前提下完成聆听。

"看来我们是最晚一批，"一个黑影飘飘忽忽地靠近，因为平日里就很熟悉，凡娜在这黑影开口之前便辨认出他是瓦伦丁主教，这位老人的语气似乎略显尴尬，"上次开会我也是最晚到的……"

"其他城邦的圣徒难道是住在密室里吗……"凡娜咕咕哝哝，"每次召集的消息一出来，不到十分钟他们就能聚齐一半人……"

"自从二十年前圣徒福尔松在集会场的登记簿上写了个'第一'，他们就开始争相早到了，"瓦伦丁摇摇头，"说真的，无法理解……女神又不会因为这个而降下格外的关注。"

凡娜不置可否，而就在这时，一阵突如其来的轰鸣声突然从人群的尽头传来，打断了她的思索，也打断了所有圣徒虚影之间的交谈声。凡娜与瓦伦丁不约而同地抬头，赫然看到广场中央的地面正在隆起——那支离破碎的古旧石砖竟如水波般荡漾起来，层层叠叠的波纹中，有庞然大物在迅速上升，先是苍白的尖顶，紧接着是倾斜的石壁与古朴立柱。几乎是片刻间，那东西便完全进入了凡娜的视野——一座以苍白巨石堆砌而成的庞大建筑。

那是一座暮气沉沉的"宫殿"，一座在失落的历史中建造起来的古老建筑，它以一座金字塔为主体，周围则是数座方尖碑和塔楼。世间没有任何一座城邦是这样的风格，它那低沉压抑的氛围也完全不像是给活人居住的建筑，与其说那是一座宫殿，倒不如说那是一座巨大的陵墓。

事实上，那确实是一座陵墓——一座属于某个古老强大存在的陵寝。

和其他所有人一样，凡娜的目光也不由自主地落在了那巨大金字塔建筑的底部，在无数道目光的注视下，那座陵墓的大门终于缓缓打开，沉重苍白的石门向两旁退下，一个极为高大的身影从陵墓中缓缓走出——那是无名王者陵墓的守墓人。

在凡娜看来，很难说"他"还是个活着的人类。他的躯体包裹着层层叠叠的裹尸布，其一半身躯和裹尸布都呈现出近乎烧焦的漆黑状态，另一半身体则缠绕着沉重的符文枷锁。有一些阴沉的锁链甚至是直接从他的血肉中延伸出来，其末梢缠绕着跳动的血管和神经——这古老的守墓人就如一个由血肉之躯、钢铁束缚和死亡诅咒混合而成的可怕生物，从无名王者的陵寝中迈步而出，迈着沉重的脚步走向那些聚集在广场上的黑影。

尽管已经不是第一次见到"守墓人"，凡娜这时候还是感觉肌肉有些紧绷，下意识地吸了口气。然后，她便看到那"守墓人"径直朝自己走了过来。

人选已经决出。

守墓人毫不迟疑地越过了广场上的每一个人，直到在凡娜面前才停下脚步。他那被裹尸布和铁链缠绕的头颅上只有一只独眼暴露在外，这只眼睛平静地注视着凡娜——尽管后者身材已经相当高大，可守墓人仍然比她高出了整整一个头。

"你，可以进入墓室。"守墓人开口了，随后他又抬起那只仿佛被火烧焦的右手——那手中抓着一根羽毛笔，以及一卷羊皮纸。

"记下你听到的。"守墓人言简意赅地吩咐道。

看着守墓人递到自己面前的羽毛笔和羊皮纸，凡娜轻轻吸了口气，让自己的情绪迅速平静下来。

"我可以进去多久？"她抬起头，注视着那无名的守墓人。

守墓人微微垂下头颅，这个兼具生与死之姿的存在似乎认真判断了一下眼前灵魂的强度，给出一个冰冷的答复："一瞬间，或者永恒。"

这个回答意味着即将从墓室中传达的信息是简短且单一的，但可能会指向一个非常非常危险的"源头"，聆听者存在死亡的可能。凡娜轻轻点了点头，从守墓人身上收回了目光。她迈步向不远处的那座巨大陵墓走去，守墓人也随之跟在她身后，腐朽暗沉的铁链在地上拖拽着，发出刺耳尖锐的噪声，而那些聚集在广场上的黑影则只是静静地看着，目送一位被选中的圣徒前往陵寝。在陵寝的大门前，凡娜停了下来，她抬头仰望着那高耸的苍白石门，后者所传达出的某种古朴苍凉的气息让她心中微微触动。

她并非第一次在灵能集会中见到这座陵墓，却是第一次被选中，以"聆听者"的身份进入陵墓。

"异象004-无名王者陵墓"——这座位于某个奇异时空夹缝中的古代陵寝并不是深海教会名下控制的异象，而是由各正教轮流值守、共享的上古之物。从外观上，它是一座有着浓郁克里特古王国风格的陵寝，而现有的种种证据也表明，这座陵墓确实是那个古老王国留下的遗产——然而没有任何人知道具体是谁建造了它，也没有人知道这座古老的陵墓为何会化作"异象"。

人们只知道，这座陵墓中的主人会不定时向外界传达一些信息，这些信息中所携带的污染在大多数情况下足以要了凡人的命，但从另一方面，这些信息又足够可靠、精准，甚至可以直接揭示某些强大异常和异象的"真实情报"。每当陵墓的主人向外传达信息的时候，都会有一名"守墓人"从墓室中走出，并选召聆听者进入陵墓——守墓人本身就是"异象004"的一部分，他无名无姓，忠于职务，谨守秘密，他会优先选择那些靠近集会广场的灵魂，而如果广场周围没有灵魂，他便会在全世界范围内随机带走受选者。

在人们尚未总结出"异象004"规律的年代里，这样的"随机选召"曾带走过成百上千的性命——直到数千年前一位圣徒的出现，才第一次打破这可怕的循环。那位圣徒活着从无名王者陵墓返回人世，并向世人公布了第一份来自"无名王者"的馈赠：异常与异象最初的名单。

世人皆知异常与异象的分类方法及名单是克里特古王国遗留后世的馈赠，却很少有人知道这份馈赠其实是以这样的方法流入人世——古王国留下了"异象004"，"异象004"则在千百次失败的选召之后才成功公布了最初的名录。而在那之后，各大教会才渐渐掌握通过灵能集会来主动靠近陵墓、派遣圣徒成为"聆听者"的办法，让这古老的异象渐渐能够相对安全地为人所用。

"进入陵墓，准备聆听。"守墓人低沉嘶哑的声音从身后传来，凡娜随之向前迈出脚步。

石门渐渐闭合的声音从身后传来，守墓人的气息也同时消散在空气中——那个古老的看守者重新成为了陵墓的一部分，现在，他正通过无形的感知监视着进入坟墓的灵魂的一举一动。苍白的火焰在通往墓室的走廊两侧燃烧起来，凡娜沿着火焰照亮的道路走向墓室深处，她的目光扫过两侧的墙壁，在巨石堆砌的墙壁上，依稀可以看到仿佛是用指甲硬生生抠出来的……"纹路"。

"笔直向前，不可回头。"

"不可向守墓人询问墓室主人的身份和名字。"

"不可奔跑，不可喊叫，不可向任何神明祈祷。"

"保持谦卑与敬畏，但不可跪拜。"

"在进入墓室之后，不可开口。"

那是在过去无数岁月中由无数的聆听者留下的记录——在古老的年代里，绝大部分聆听者都死在了这条墓道中，而其中有百分之一甚至千分之一的人或许足够强大，便能够在死前留下这些警示后人的"叮嘱"。这些宝贵的"叮嘱"如今已经被写在各大教会培养圣徒的典籍中，凡娜对它们烂熟于心，一字一句都不敢忘。不过此刻凡娜突然又有些好奇——她听说过这墓道中存在先辈们留下的叮嘱，却没想到这里只有这些叮嘱，那些歇斯底里的，那些陷入疯狂的，那些在绝境中丧失希望而苦苦哀求甚至疯狂破坏的人呢？他们不曾在这墓道中留下痕迹吗？

人性复杂，在各大教会成功控制住"异象004"之前，守墓人曾将成百上千的人带进这里，那些人中肯定也有精神崩溃者，有怨天尤人者，也免不了会有人在墓道的墙壁上留下疯言疯语甚至唾骂诅咒……可这一路走来，凡娜所见的只有先辈们留下的勉励与叮咛，就好像……这里只允许那些坚毅而高尚的灵魂留下痕迹似的。

凡娜心中有些困惑，但最后也没有呼唤守墓人问出自己的疑惑。理论上，她是可以在墓道阶段向守墓人搭话的，这并不违背陵墓的"规则"，守墓人本身也确实存在回应访客、主动解答问题的记录，但这是凡娜第一次以聆听者的身份进入这里，她很谨慎，不敢做多余的事情。就这样在神经紧绷的情况下，年轻的审判官终于抵达了墓道的尽头——微光摇曳间，她已经可以看到最深处的"无名王者陵墓"。

她迈步跨过了走廊尽头的石门，一座宽阔而古朴的墓室出现在她眼中。

偌大的金字塔状房间内，四面倾斜的苍白石壁上刻满了模糊不清的纹路，又有两排黑褐色的金属火盆分布在入口两侧，火盆中燃烧着苍白的火焰，升腾着朦胧的烟雾，墓室中央却看不到棺椁之类的东西——那里只有一把石质的座椅，座椅上，便是陵墓的主人。那是一具无头的躯体，看上去似乎是一个身材高大的男性——其四肢被锁链牢牢地束缚着，手臂、胸口仿佛动物般覆盖着厚厚的黑色毛发，他的双足畸形扭曲，像是变了形的动物肢体，又仿佛曾被烈焰灼烧，呈现出焦黑溃烂的模样。

这具躯体就这样静静地坐在王座上，似乎对凡娜的造访没有任何反应。但凡娜谨记着自己曾学习过的内容，她在看到那"无名王者"的瞬间便拿出了羊皮纸和羽毛笔，一边集中起精神准备应对即将到来的精神污染，一边准备记录下自己听到的……

凡娜睁开了眼睛。

她看到自己正平躺在集会广场的地面上，那些遥远而高耸的破碎支柱连接着混沌的天空和破碎的地面，更远处则聚集着成群的黑影，有几个黑影正在朝自己走来，其中一个看上去似乎是瓦伦丁主教。

"你醒了，离开吧。"

　　守墓人嘶哑低沉的声音突然从旁边传来，凡娜惊愕而艰难地抬起头，赫然发现自己竟躺在"异象004"的门口，眼角的余光中，她看到那个高大的守墓人正转身走入陵墓石门，紧接着便是一阵轰然震动——巨大的陵墓建筑在她身旁迅速下沉，并消失在广场的地面中。凡娜还没反应过来发生了什么，有几个黑影便已经来到了她身旁，其中一个黑影发出瓦伦丁主教的声音："凡娜你没事吧？我看到你从陵墓里走出来之后直接就晕在门口……"

　　"我……"凡娜缓慢地支撑起身体，她感觉浑身的力气都仿佛被抽干了，但现在体力同时也在渐渐回流，这让她的头脑也渐渐清醒过来，"我进去多久？"

　　"一瞬间，"旁边另一名圣徒的虚影沉声说道，"你进入大门，然后大门闭合了一下，紧接着你又从里面走了出来。"

　　凡娜怔了怔，随后她又听到瓦伦丁主教开口："羊皮纸呢？看看你都写下了什么东西？"

　　"哦，哦对，羊皮纸！"凡娜这才完全清醒过来，紧接着感觉到手中确实握着什么东西，她赶紧抬起手，下一秒，她的视线却凝固下来。

　　她手中原本那张完整的羊皮纸，不知为何竟只剩一点点被撕碎而剩下的纸片，数厘米长的小纸片上，仅有潦草的几个数字和字母："异常099-人偶"。

　　这就是羊皮纸上仅有的内容，是凡娜从无名王者陵墓中返回之后所携带出的仅有的情报。在看到那几个潦草字母的一瞬间，凡娜的表情就有些呆滞。她能感觉到，自己身旁的瓦伦丁主教以及另外几个身影同样陷入了错愕中，而在短暂的沉默之后，其中一位圣徒的黑影才沉声开口："一个已有的'异常'被凭空改变了……而且是在文明世界的视线之外。"

　　"它落入了'失乡号'手中，"另一名圣徒紧接着点了点头，"可能是那个幽灵船长做了什么……"

　　"可究竟是怎样的改变，会产生这样的结果？"之前开口的圣徒显得忧心忡忡，"人偶灵枢与人偶之间所差的不只是几个字母……而且这次改变直接触动了无名王者陵墓，甚至让守墓人突然召集聆听者进入墓室以传达这份情报……"

　　几位圣徒严肃地低声讨论着，而他们的视线最终又都汇聚在凡娜身上。凡娜此刻也已经恢复过来，她在瓦伦丁主教的帮助下起身，看着手中仅剩的纸片："……我完全不记得墓室中发生了什么，只记得自己在墓道中行走。"

　　"遗忘在墓室中的经历是很正常的情况，这是你的心智在进行自我保护，所以才需要守墓人提供的羊皮纸和羽毛笔来记录下有用的情报，"瓦伦丁主教慢慢说道，"但你的羊皮纸上只剩下这几个单词，这情况就……不太对劲了。"

　　凡娜怔怔地看着自己的双手，良久才有些迟疑地嘀咕着："羊皮纸是被我自己撕碎的吗？"

"理论上，只可能是你，"瓦伦丁主教看着她，"陵墓中不会有别人，守墓人从不干涉聆听者与墓室主人的交流，而墓室主人除了传达消息之外不会有任何多余行动。"

凡娜心中困惑丛生，但在她想要继续开口时，一个低沉庄严的女声却突然从广场边缘传来，打断了圣徒们的交流："集会结束的时刻就要到了。"

圣徒们顿时纷纷肃立，望向声音传来的方向。凡娜也赶快调整好自己的状态，并看向广场尽头那个发出声音的身影——一位似乎身披华服的女性正静静站在那里，注视着聚集起来的一个个圣徒。那位女性身影的旁边没有任何随从，但她一个人站在那里，便已经散发着足够的威仪与气场，她的身影和其他"灵魂"一样也呈现出黑色剪影，但那黑影却比任何人的都要清晰、凝实，甚至凝实到了能隐隐约约看出容貌轮廓的程度，让人能看出她是一位雍容华贵的女性。

凡娜心怀敬畏地向那身影微微低头。

那便是深海教会的领袖，风暴女神葛莫娜在人世间的代行，坐镇风暴大教堂的教皇冕下。这位蒙受神恩的超凡者是如此强大，以至于她的灵魂都已经发生质变，甚至在这灵能集会场中都可以依稀呈现出作为"人"的完整样貌。要知道，哪怕是力量远远凌驾于一般超凡者的"圣徒"们，在这集会场上也只不过能勉强维持人类轮廓而已。

凡娜感觉到教皇冕下的目光落在了自己身上。

"你已经做得很好了，圣徒凡娜，"教皇轻轻点了点头，她的声音威严却又温和，安抚着凡娜略有些沮丧的心情，"聆听者能从墓室中带出多少信息向来是一件不可控的事情，而且很多时候，聆听者带出来的情报并不只局限在羊皮纸上。"

"您的意思是……"凡娜好奇地抬起头，大着胆子问道。

"羊皮纸上残留的内容越少，就说明墓室主人所传达的信息越危险，是你的灵性预警在驱动着你，让你在墓室中销毁了自己写下的字句，以防那些危险的真理被昭之于众……有这条情报足矣，这足够让风暴大教堂作为参考，以拟定接下来的航路，并向吾主进行特定的祷告以寻求指引。"

凡娜认真聆听着教皇的言语，她的心绪渐渐平复下来。她知道，这并不是随口而来的宽慰——教皇冕下不会做这种无意义的事情，冕下既然这么说了，那就说明这件事已经在一定程度上得到女神的认可。

她已经从无名王者陵墓中带出了足够有价值的情报。

"先散去吧，"那位雍容优雅的女士轻声说道，"这次集会到此结束，风暴大教堂将谨慎评估'异象004'这次所传达的信号——若有必要，我会降下喻令或再度召集诸圣徒。"

凡娜赶紧收了收心，她向着教皇的方向躬身行礼致敬，随后身影渐渐消散在这片混沌宽广的空间中。其他圣徒的身影也紧随其后，一个个黑影从广场上消失，不过眨眼工夫，这里便再度恢复了寂静。偌大的集会场上，只剩下了古朴龟裂的石砖，支撑混沌天穹的立柱，以及风暴教皇海琳娜的灵魂投影。这位蒙受葛莫娜恩眷的教皇并没有离去，在解散集会之后，她仍然静静地伫立在广场上，一动不动地望着广场中央那片空地。过了不知多久，海琳娜突然扭头，看向了自己身旁不远处——那里的空气正如水波般荡漾起来，顷刻间，一个又高又瘦的身影便出现在她的视线中。那个高高瘦瘦的身影似乎穿着一身袍服，与海琳娜一样，他的容貌竟也依稀可辨——那是一位表情严肃而苍老的男性。紧接着，在这位苍老的高瘦男性身旁又浮现出了另一个身影，那是一位身材矮矮胖胖的老人，容貌依稀可辨，又带着和善的笑容。

"班斯特，"海琳娜先是对那高高瘦瘦的严肃苍老男性点了点头，紧接着又看向那位笑容和善身材矮胖的老人，"卢恩——怎么，你们很空闲吗？死亡教派和真理学院难道不用巡查边境？"

"边境近期平稳，留有可靠监控。"被称作班斯特的高瘦苍老男性言简意赅地说道。

"我们暂时把巡查边境的任务交给靠谱的人代劳了，"名叫卢恩的矮胖老人也跟着点点头，"这次主要是过来看看你这边的情况……看样子文明世界不太平啊。"

"上次陵墓出现类似情况，也是在深海教会值守时期，"班斯特面无表情地说道，"好像是一百年前？"

"明知故问，"海琳娜淡淡开口，"上次当然是一百年前——那一次是我作为聆听者进入陵墓内部，那时候我还不是风暴大教堂的掌舵人，我记得很清楚。"

"是啊，上次是你进去，我也记得很清楚，"矮矮胖胖的老人卢恩抚着胡须，颇为感慨地回忆道，"你也是进去之后立刻就被陵墓'扔'了出来，晕头转向地过了好久才清醒，而且就跟今天那个小姑娘一样，你带进墓室的羊皮纸也只剩下一个小纸条，上面也只有潦草的几个字母……海琳娜，还记得你一个世纪前从墓室中带出来的信息是什么吗？"

风暴大教堂的掌舵人沉默了片刻，才轻声说道："记得很清楚——'异象005-失乡号'。"

卢恩轻轻点了点头："没错，是你第一个带回了'失乡号'化作异象的消息……而你当时带回来的几个字母在短短一个月后便得到了证实，'失乡号'的幻影从死亡教派的大墓地边缘呼啸而过，班斯特这个倒霉蛋眼睁睁看着自己刚造好还没来得及剪彩的护航舰当场被吞得只剩下剪彩用的绳子……"

死亡教派的领袖，教皇班斯特面无表情地看了卢恩一眼。海琳娜则仿佛没有听到卢恩的最后几句话，她只是若有所思地沉默着，过了许久才缓缓开口："不管是'人偶'还是'人偶灵柩'，都只是一个排名接近百位的'异常'，与排名第五的异象没有可比性。"

"是没有可比性，但你也知道，问题的关键并非纸条上留下的信息——反而是那些没能留下的部分，是那些可以让圣徒的精神都濒临崩溃，以至于在本能驱使下必须将其毁去，令其埋葬在墓室里的'真相，'"卢恩脸上的表情终于渐渐严肃起来，"'异常099'的名字从人偶灵柩变成了人偶，这本身不算什么，但那些与其相关却又被隐去的情报才最要命……"

"现在唯一的猜测方向，就是这背后与那艘幽灵船有关，"海琳娜说道，"但前几日我向主寻求启迪……"

说到这她突然停了下来，随后摇了摇头，似乎不打算再继续这个话题。

"弗雷姆为什么没有来？"她看向眼前的两个身影，"他不是也一向喜欢看热闹吗？"

"弗雷姆和他的传火者教会在忙很重要的事情，"矮矮胖胖的卢恩笑着说道，"四大正教的领袖总不能全都凑到这边来凑热闹……"

"很重要的事情？"海琳娜皱了皱眉，"他在干什么？"

"在巡查边境。"班斯特言简意赅地说道。

海琳娜："……"

虚幻的海水如黎明时的梦境般迅速消散，凡娜的精神再度回归肉体，她在一次深呼吸后猛然睁开了眼睛，看到自己仍然站在那仿佛海底洞窟般的岩石密室中，一篷火焰在眼前熊熊燃烧着。她看向身旁，看到瓦伦丁主教也正在睁开眼睛。灵能集会时的记忆还清晰地印在脑海中，凡娜下意识地看向自己手心——当然，她手中空空如也，那一片仅存在于集会场上的羊皮纸并没有被她带到现实世界。

"我们才刚刚向外发出通告，告知远洋船长们'人偶灵柩'失控的消息，"瓦伦丁主教叹了口气，"现在看来又要重新发布通告了。"

凡娜活动了一下手腕，若有所思地看向主教："问题是……通告该怎么写？除了'异常099'的名字发生变更之外，我们什么都不知道……"

老主教一时间没有说话，显然他也认为这是个颇为棘手的问题。凡娜从"异象004"中带回了消息，然而那消息仅仅是"异常099"新的名字，或许她确实曾从那陵墓主人口中听到了更多更详尽的情报，甚至听到了"异常099"更名为"人偶"之后的新特性，但这部分内容显然已经随着那撕碎的羊皮纸而永远被留在了主墓室里。

"现阶段，只能先公布'异常099'由'人偶灵枢'更名为'人偶'的情况，同时将'异常099'的一切特性描述修正为'可能存在异变'，"沉默许久之后，瓦伦丁才说道，"那是百位以内的异常，其名字发生改变一定会伴随着一系列的连锁反应，它的威能、触发条件、封印条件甚至外在特征都极有可能也跟着发生变化，再按照旧情报对待很可能会出大事……"

凡娜默默点了点头。

"异常099"的编号未变，它的绝对危险性和诡异程度或许也没有太大变化，可对于人类而言，它却已经从一个已知异常变成了未知异常——曾经用无数人命堆出来的经验就此化为乌有，而"未知"……便成了它如今最大的危险。如果说上一次通告发出之后，无垠海上的船长们在遭遇"异常099"之后还有可能按照旧资料的经验来尝试重新收容封印"人偶灵枢"，那么从今天开始……所有人在遭遇"人偶"之后的唯一选择就只剩下立刻远离，并期待四大正教的守卫者能将其重新封印了。

密室中一时间安静下来，凡娜和瓦伦丁都在思考着各自的事情，这气氛持续了好一阵，凡娜才突然打破沉默："……世间所有异常和异象的编号都来自'异象004'，是吗？"

"当然，"瓦伦丁点了点头，"你怎么会突然问这个？"

"我在想……那座陵墓中的无名尸体，还有那个总是很沉默的守墓人，他们到底是……'谁'，"凡娜若有所思，"他们明显不是人类，甚至也不是现实世界的存在，不是神明，又不是亚空间中的古神阴影……一个能够与外界交互的异象，为什么会用这种方法'帮助'世人？陵墓的主人又是如何确定异常和异象的名单的？"

瓦伦丁看着凡娜的眼睛，等对方一口气说完所有问题之后，他才叹了口气："这是你第一次作为聆听者进入墓室内部，绝大多数人在从那里离开之后也会和你一样产生这么多问题……但遗憾的是，这么多年过去了，我们对异常和异象的了解越来越多，对'异象004'的本质却始终无法触及，那座陵墓……从不会解释跟自己有关的信息。"

"我记得你也曾进入过那座陵墓，"凡娜转过头，好奇地看着老主教，"当时你带出来的是什么信息？也是跟异常或异象有关吗？"

"那倒不是，"瓦伦丁摇了摇头，"虽然大部分情况下，那座陵墓向外公布的都是跟异常或异象有关之事，但其实陵墓的主人也会偶尔传达一些别的东西。有的时候甚至会是很……古怪甚至无用的信息，在收到守墓人召集的时候，谁也无法确定陵墓主人要传达的是什么，唯一能确定的就是来自墓中的情报一定是真的……"

凡娜仍旧好奇地看着老主教："那你当时带出来的情报是……？"

老主教显得有点纠结："不是很有用，就……一句话而已……"

老主教的回避意图很明显，然而凡娜是个执着的人："所以具体的呢？"

瓦伦丁无奈地看了这个死心眼的审判官一眼，摊开手："七月二十四日，普兰德天气晴，东南风四到六级……"

凡娜："……？"

"你别这么看着我，有时候就会是这样的信息，"瓦伦丁捂着额头，"异常与异象不可捉摸，这种'不可捉摸'会体现在各种各样的地方，我正好赶上了比较特殊的……你要笑的话，能不能转过身去？我都这么大岁数了……"

"抱歉，"凡娜使劲绷着脸，紧接着一边背过身一边说道，"不过说实话，我反倒有点羡慕你了，听到一句天气预报也好过今天这般离奇诡异的经历——无事发生才是好事，不是吗？"

"……哎，我就相信你说的吧……"

上城区边缘，一座较为老旧的独栋宅院内，海蒂正面无表情地看着表情略显局促的父亲："……所以，您前两天去学生家家访，中间有好几个小时都在跟学生家长闲聊，总共就抽出二十分钟谈了一下学生的情况，走的时候还掏了三千多索拉买了一把旧匕首，以及一个玻璃做的假水晶吊坠？！"

莫里斯坐在桌子后面，桌子上摆放着一枚紫水晶吊坠（标签已经摘了），身后的架子上则摆满了各种各样的收藏品，他擦了擦额头并不存在的冷汗，表情有些尴尬："吊坠没花钱，是赠品……"

"……那您把它当成给我的生日礼物是不是问题更大了？！"海蒂忍不住捂着脑门，"您哪怕假装这是精心挑选的呢……"

莫里斯认真想了想，无奈地摊开手："那家店里实在是找不到第二件真东西，真没什么可挑的……"

海蒂："……"

气鼓鼓地又对峙了几秒种后，她终于没憋住，自己先泄了气："算了算了，反正也不是第一次……您怎么总是当这种冤大头呢？"

"这次我没吃亏啊！吃亏的是那位邓肯先生，"莫里斯立刻说道，"我买下那把匕首可比市价便宜两成呢……"

海蒂本来正摇头叹息，突然听到父亲提起的名字之后，愣了一下："那家古董店的店长叫邓肯？"

"啊，对啊，他叫邓肯·斯特莱恩，"莫里斯随口说道，"一直有传言说他是个酒鬼、赌鬼，但实际接触之后才发现真是谣言害人，那明明是一位风趣幽默又涉猎广博的人……嗯？你怎么这个表情？这个名字有什么不对吗？"

海蒂张了张嘴，犹豫一下之后才说道："唉，最近正接触很棘手的'案子'，正好与这个名字有关，听到就有点神经过敏。"

"这是个很常见的名字，同名同姓的人多了，"莫里斯点了点头，不过紧接着又有点在意，"是什么样的案子？"

"不是您的专业，您就别问了，反正不可能是同一个人，"海蒂摆摆手，"一个让人闻风丧胆的幽灵船长和一个在下城区开古董店的店长能是同一个人吗？"

"那必不可能，"莫里斯一听这个松了口气，他知道自己的女儿经常以顾问身份协助市政厅甚至教会去处理一些危险案件，有时候甚至与超凡者有关，在这方面自然会紧张一点，但现在他放松下来，并将目光落在桌上的水晶吊坠上，"那这个吊坠你还要不……"

"要！当然要！"海蒂一把抓过了桌上的吊坠，"好不容易您能想起来给我带一次礼物，哪怕是赠品呢……"

莫里斯想了想，很认真地提着建议："……其实你可以假装我花了三千多索拉给你买了一个吊坠，而那把匕首是赠品。"

海蒂一边把吊坠戴在脖子上一边看了莫里斯一眼："您要真花三千多索拉上这个当，我绑也得把您绑到我的治疗室里！"

轻柔的海浪正在缓缓起伏，"失乡号"正平稳地航行在无垠海上，在扬帆多日之后，这艘古老的幽灵船仍旧没有寻找到任何可以作为航线标记的岛屿或航标。漫长的漂流之旅似乎没有尽头，但它的船长仍有许多事情要忙。

邓肯再次回到了船长寝室内，那金色的太阳面具仍然静静地躺在桌上。但在研究这东西之前，他还有些别的事情需要思考。爱丽丝的事情可以之后再安排，对"异常099"的后续测试和研究也不急于一时，半个世纪前的寒霜叛乱更不是现在就要调查的事情，但除了这些事之外，还有一件事是与自己息息相关的。

邓肯抬起头，看向那面挂在墙上的镜子。曾经飘浮在镜面上的绿色火焰早已消散，曾经出现在镜子中的、来自远方的景象也已经消失无踪，但邓肯仍然能隐隐约约地感觉到，那份微弱而模糊的"联系"并没有随着镜中倒影的消失而消失——它仍然存在着，而且正遥遥指向普兰德城邦中心那座宏伟的大教堂。这份联系给他的感觉有些类似自己与"古董店长"以及"白橡木号"之间的"连接"，却又更加微弱，更加缥缈，非要说的话……就像是某种衍生物，是从一个清晰而明确的连接中延伸出来的"次要通道"。

邓肯微微闭上了眼睛，而在他身旁的桌面上，艾伊胸口的黄铜罗盘也悄然打开了一条缝隙，幽幽的绿色火焰在其中静静燃烧，邓肯再度回到了那个充斥着无数星光、光流的黑暗空间中。但这一次，他并没有执行"灵界行走"，而是维持着即将进入灵界行走的临界状态，仔细地观察着这片黑暗空间中的微光流动以及那些星星点点的光芒。他首先看到了一颗最明亮的"星辰"，那颗星辰指向古董店，代表着他的另一副躯壳，那副躯壳正在打扫仓库的卫生，顺便清点库存中的货物；他又看到一片朦胧无形的光雾，比普通的星辰要大得多，那代表着"白橡木号"，一艘曾经与"失乡号"正面相撞，并被他的灵体之火彻底焚烧过一遍的蒸汽船；最后，他终于在一片朦胧星光中分辨出了那个与自己隐隐有些联系的"星辰"。

邓肯好奇地凑了过去，想要仔细观察这簇星光，但他刚刚靠近，便感觉到一股微妙的排斥从那簇星光中扩散出来。这排斥的力量并不是很强，似乎只是一股纯粹的坚定意志在保护着自身，邓肯觉得如果自己强行将灵体之火延伸过去的话，应该就能焚毁这份意识的自我保护——但他还是立刻停了下来，和那星光保持着距离。

这星光背后的主人应该就是那位名叫"凡娜"的审判官，一个风暴圣徒，一个强大的超凡者。过于莽撞的接触首先可能惊动星光的主人，而更糟糕的情况下，甚至可能惊动那位圣徒身后站着的"神明"，在对这个世界的神明还不甚了解的情况下，邓肯还不打算冒这个险。而且从另一方面讲，这种隐隐约约的排斥感或许也是在提醒着他，这些星光彼此不同——最初占据那个"祭品"的躯壳时，他没有感觉到排斥，占据那个刚刚死亡的邪教徒"罗恩"的躯壳时也没有排斥感，为什么凡娜的星光周围会有这种排斥存在？是因为她还"活着"？是因为活人的心智力量会自发地抵御不可名状的侵蚀？还是因为……所谓信仰和神恩的庇护？

邓肯后退了一些，一边思索着这片黑暗空间中星光的意义，一边尝试着向距离自己最近的另一簇星光慢慢伸出手。他在触及那簇星光前的最后一刻停了下来——没有排斥感。随后他又在四周尝试了许多次，那每一颗星辰都不曾排斥他的靠近——而在其中一些星辰中，他还隐隐约约地感觉到了一些新的……"要素"。

他感觉到了鲜活的生命感，甚至感觉到那些星辰本能的战栗和畏缩——那是生命在面对无可抵挡的死亡阴影时的本能退避。邓肯回到了星光无法照耀的黑暗区域，低头看着自己的双手，一些绿色的火焰在黑暗中游走着，在他手指间勾勒出似真似幻的光影。

似乎是随着灵界行走次数的增多，他对火焰的掌控和感知也在变得愈发精准、敏锐，他如今竟能从那些星辰中感知到生机的存在！邓肯微微皱起眉头，看向无尽黑暗的远处，那星星点点的光辉在黑暗混沌中繁密地延伸出去，一眼望去甚至有一点壮观。出于谨慎，他从未向这片黑暗空间的远处探索过，但仅仅眺望那星光的规模，他便可以想象这里的光点到底有多少。

在一开始，他以为这里的星光代表的都是刚刚死去又符合条件的"尸体"，因为最初的两次"依附"，他都是附身在尸体上。但现在他从某些星光中感受到了生机的存在，这说明他一开始的猜想有误。这些星光中不仅有亡者，也有生者，最初占据了两具尸体只是巧合。那位名叫凡娜的"审判官"也在这些星光中，她毫无疑问是个活人。

那……这里无数的星光，难道代表的就是全世界所有的生者和亡者？邓肯在黑暗中微微皱起了眉头，这个猜想如此自然地浮现在心中，看上去似乎合情合理，但很快他便摇了摇头。虽然这里的星光很多，虽然这个世界的人口数量远少于地球，但目之所及的范围内，那些星光应该也抵不上全世界的总人口，而且活人还好说，亡者的数量又该如何界定？古往今来所有的亡者都算吗？还是只有残存着尸体才能算？是只要有尸体残留就算呢，还是死亡时间不能超过一定期限才能算数？

更何况，这里还出现了像"白橡木号"那样的光辉聚团……一艘船都能在这里呈现出对应的投影，这该怎么解释？所以现在贸然将这里的星光认定成"世间的亡者和生者"还为时过早——最起码他也要有了足够的证据才能下定论。但不管这里的星光到底是如何和现实世界产生联系的，有一点都很明显：绝大多数星光都不会对邓肯的接近表现出排斥，只有凡娜这位"圣徒"的光芒产生了这种自我保护的反应。这或许就是她所信仰的那位神明在发挥作用。

邓肯对这个世界的"信仰"力量产生了些许好奇。但不管凡娜通过信仰建立起来的保护屏障如何强大，它也显然出现了漏洞——这层屏障并没能阻止"失乡号"的船长和她之间建立起一种深层次的"隐秘连通"。那么就只剩下一个问题了：这份联系是什么时候，又是如何建立的？

邓肯在黑暗中认真思索着，思索自己与那位素未谋面的审判官之间有何交集，为什么会凭空出现这么一层联系，在排除了一个又一个的猜想之后，一个极为大胆的念头突然浮现在他脑海中——难道，是自己最初附身的那个"祭品"？！邓肯回忆起了自己第一次踏上普兰德城邦时的经过，回忆起了那次太阳献祭——他以祭品的身份大闹会场，随后将自己附身过的"躯壳"留在了现场。而在那之后不久，审判官凡娜便带队突袭邪教徒据点，抓获了留在现场的邪教徒，也肯定参与了对现场"残留物"的善后。

非要说的话，他和那位审判官小姐唯一的"交集"就只可能出现在那时候。

仅仅是一具附身过的躯壳，仅仅是一个曾共同出现过的地点。

"这就……联系上了？！"邓肯越想越觉得这有可能，不禁错愕地低头看着自己的双手，过了半晌，他错愕的表情变成了古怪之极的无奈苦笑，"这是哪门子的时空伴随者感染途径……"

邓肯现在开始有点理解为什么世人会对"失乡号"如此畏惧而又憎恨，对"失乡号"的船长视之如同瘟疫了，因为从某种意义上，这"移动天灾"真的如同瘟疫一样。在一片黑暗混沌的空间中，邓肯静静地注视着自己双手中那游走跳跃的火苗，感受着这对自己而言极为温顺的火焰中所蕴含的力量。火，是这个世界上最特殊的存在——它不仅是光明与温暖的载体，也是凡人文明能在危机环伺中发展至今的保障，它维系着超凡领域与现实世界之间的秩序平衡，也象征着诸神对尘世的赐福和庇护。

在绝大多数涉及超凡的领域，"火"都占据着特殊的位置，起着特殊的作用。而他的火焰，似乎隐隐携带着某些极为危险的……特性。这种特性，哪怕放在超凡领域，也比所有的火焰都要可怖，它具备极致的污染，极致的隐秘，极致的篡夺和极致的亵渎力量。仅从目前已知的情报来看，灵体之火就具备污染并扭曲超凡物品的特性，还能用于占据亡者的躯壳，更能隐匿在活人的灵魂中，即便是圣徒的力量也无法将其彻底清除——只要一个恰当的时机，火焰便会在灵魂中"阴燃"，建立起通往"失乡号"的隐秘通道。这相当于一种几乎无法被察觉和根除的瘟疫，最起码现在看来，所谓"圣徒"的力量在这种火焰面前没什么作用。

邓肯轻轻呼了口气。

他还不知道自己与凡娜之间建立的这种微弱联系能派上什么用场，但至少现在看来，只需要有合适的"介质"，再加上某种"契机"，他就能直接看到、听到那位圣徒附近的情况。而根据当时自己在"镜面"旁的感知，他应该也能在一定程度上将自己的力量投放到那位圣徒附近——最有效的投放方式应该就是污染那位圣徒附近的"火焰"。在通道建立起来的时候，他明确地感知到了凡娜身旁有"火焰"存在，且那火焰在响应自己的窥视，再加上此前操控灵体之火时积累下来的经验，他可以确定"火焰"必然是建立连接的条件。至于合适的"介质"和"契机"分别是什么……前者暂时可以确定"镜面"与"火焰"能作为投射通道的载体（或者用超凡领域的"专业说法"，叫作"仪式道具"），后者的话……

邓肯回忆起了在联系突然建立起来的时候自己听到的那句话："……反而可能把他们和'失乡号'联系起来……"他是在听到这句话之后立刻感知到通道建立的，所以契机可能也就在这句话上。

"'失乡号'这个单词么……"

邓肯对超凡领域了解有限，但哪怕就这点了解，他也知道"名字"在超凡领域中的特殊作用。邓肯·艾布诺马尔这个名字，"失乡号"这个名字，都具备力量。

他心中暂时有了一定答案：当凡娜这个"携带者"在火焰与镜面附近说出"失乡号"这个名字的时候，她与"失乡号"之间的联系就会被瞬间加强，而这时候如果邓肯这边再主动响应这份"呼唤"，通道就会建立起来。心中思绪渐渐平定，邓肯也收回了望向远处那点点"繁星"的目光。他与深海教会并无矛盾，对那位年轻的审判官小姐更无任何恶意，自然也不打算利用这份联系去加害对方，但如果这份联系能隔三岔五给自己带来一些有价值的情报……倒也不算坏事。

黑暗混沌的空间与星星点点的光辉如流水般褪去，邓肯睁开眼睛，看到自己已经重新"回到"了寝室中。那面仿照太阳而造的金色面具正静静地躺在手边，鸽子艾伊则蹲在面具附近的桌面上，正在打盹。这鸟之前曾被打发去跟山羊头聊天，但后者不知为何竟不想说话，于是又把这鸟打发了回来。

略作犹豫之后，邓肯伸手拿起了那太阳面具。

虽然经历了一些小插曲，又稀里糊涂地碰见了许多意料之外的情报，但现在事情终于回归正轨——他有时间研究这件"太阳圣物"了。

他首先把面具来回翻看了几遍，以确认这东西造型上的细节和具体的材质情况，而在翻看间，他突然注意到面具的一角似乎被磕了一点，那磕破的位置隐隐透出晦暗的色调。邓肯皱了皱眉，下一秒，之前还在桌上打盹的鸽子便突然睁开了眼睛，拍着翅膀连蹦带跳地咋呼："铁的镀铜！铁的镀铜！"

邓肯一听鸽子的话，便感觉那面具上磕坏的部分更加扎眼，他赶紧把那一点破损处用指甲抠了抠，又仔细研究了片刻，终于表情木然地得出结论——真的是"铁的镀铜"，连镀金都不是。

因为面具角落有些地方甚至已经开始发绿了……

"这不糊弄人么！"心理上的落差让邓肯忍不住嘟囔起来，他沮丧地看着手里这块沉甸甸的铁疙瘩，回忆起之前刚要研究面具时心中的"倒卖"计划，感觉心里哇凉哇凉的，"这还指望着从那帮邪教徒身上多薅几层呢……量产的圣物也不能这么搞吧？！"

鸽子艾伊听着邓肯的嘟囔便翻动着眼睛，扑腾着翅膀嚷嚷道："你这瓜保熟吗？"

邓肯反应了一下，才明白过来这鸽子什么意思——它意思是"你店里就都是真货吗？"。

他回忆了一下自己店里那堆现代工业的残次品，面无表情地看了艾伊一眼："你闭嘴。"

说完便不再搭理旁边的傻鸟，转而把注意力放在了黄金面具上。在确认这玩意儿真的是个不值钱的量产货之后，他的"测试"便再没有了后顾之忧。一簇幽幽的绿色火焰在指尖升腾起来，并如流水般覆盖了金色面具表面的纹路，随后在邓肯的控制下，渐渐向着这"圣物"的内部渗透。量产圣物也是圣物，哪怕这玩意儿真实材质是铁的镀铜，它内部铭刻的符文以及其表面的太阳造型也肯定是能发挥超凡作用的。既然那个太阳神官可以用这玩意儿沟通他的"神明"，那就说明这个太阳面具可以按照超凡物品的规律来进行分析研究。

邓肯在超凡物品的研究领域颇有经验，他的主要经验就是一言不合放火烧——最近一次实操是用绿火烧了爱丽丝的"棺材盒子"，事实证明这种研究方式非常有效。感受着火焰渐渐侵入面具内部，邓肯也集中起了精神，开始感知这件超凡物品内部可能蕴含的情报。这是个量产的玩意儿，其"位格"肯定比不上爱丽丝的人偶灵枢，邓肯认为自己应该很快就能摸透这东西的功能和用法，并反向将其污染、篡夺成为自己的东西。

他就带着这样的念头，窥探着面具深处的真相——然而下一秒，事情的发展便超出了他的预料！

一阵仿佛轰雷般的爆鸣突然在脑海中炸响，就仿佛这本平平无奇的面具深处突然被他"炸"开了一条通道，他深入面具内部的精神猛然感受到一股庞大而灼热的力量四溢开来。紧接着，他便感到自己仿佛"穿过"了一条通道，又像推开了一扇大门，而在这之后，恢弘盛大的幻象涌入了他的脑海！

那或许只是一秒钟，甚至可能更短的几个画面——在那画面中，他目睹了一颗炙热燃烧的、孤悬于黑暗太空中的炽烈火球。

太阳，一颗真正的，燃烧的，释放着庞大引力的……恒星。

在惊人的热量与撕裂般的引力中，邓肯直面着那烈日的炙烤，然而他却没有在这太阳中化作灰烬——那轮恒星仿佛只是亘古的幻影，它残留了曾经真实存在过的威仪与气势，却无法真正影响到现实世界分毫，邓肯便这样目瞪口呆地注视着这一轮在虚幻中燃烧的烈日。

随后，这轮烈日在视线中缓缓转过了一个角度。

在太阳背面，是晦暗苍白的血肉和亿万卷曲枯萎的触腕，这绵延亿万公里的可憎肢体，共同簇拥着一只半睁半闭，已经朽亡不知多少岁月的巨大眼瞳。

炙热的日冕，便在那血肉和触腕共同编织、支撑起来的一层虚假外壳上熊熊燃烧——释放着极力像"太阳"，却终属赝品的威能。

一个微弱缥缈，仿佛幻觉般的声音在邓肯耳旁响起："篡火者……熄灭我……求求你……"